행복충만

행 복 충 만

일벗님   지음

하움출판사   펴냄

처음 뵙겠습니다. 『행복충만』의 일벗님입니다. 반갑습니다. 배우고 겪으며 알고 느끼며 헤아리고 깨우친 것들이 모자란 제가 감히 이 세상 여러분들께 필생의 뜻·바람·소원인 『행복충만』을 내놓게 되었습니다.

저는 이 세상 보통의 보금자리에서 태어나 엄마와 아빠 및 가족들의 사랑을 듬뿍 받고 유복하게 잘 자랐습니다.

각 단계별 배움터, 특히 동국대학교 불교학과 및 동국대 행정대학원 복지행정학과(사회복지 전공)에서 스승님들의 가르침을 받고 벗들과 어울리면서 열심히 배웠습니다.

아울러 군종장교 군법사(육군 대위) 및 서울시 공립중학교 선생님으로 일하였으며, 특정직 국가공무원(당시 국가안전기획부 / 현재 국가정보원)으로 일했습니다.

특히 저는 공무원 시절에 "아기의 젖병과 힘든 하루 및 울 자격도 없는 바보 아빠?! 아들 돌봄의 응어리와 즐거움 및 아침 생이별과 저녁 이산가족 상봉?!"과 같은 맞벌이 가족의 응어리를 몸과 마음으로 직접 보고 들으며 겪으면서, 우리네 사람이 세상을 살면서 겪는 삶의 응어리를 풀어주고 삶의 즐거움을 늘려주는 구체적인 방안을 마련하고자 무척이나 애썼습니다.

저는 행복충만이라는 뜻 바람 소원을 세우고 그 뜻을 펴기 위해 철밥통인 특정직 국가공무원을 그만두게 된다. 왜냐면 행복충만의 뜻을 펴기 위하여 보통 사람들이 이 세상을 살아가면서 흔히 겪게 되는 온갖 응어리와 고달픔 및 애절함을 온 몸과 온 마음으로 두루두루 직접 부딪치고 느끼며 체득하고 증득하여 수많은 벗님들을 품을 수 있는 그릇이 되도록 온갖 행복을 짓고 닦으며 쌓아서 충만해져야 하는 내 현생의 삶의 길을 알게 되고 꿰뚫어 보게 됐기 때문입니다.

그리하여 사회복지관·노숙인 복지시설·장애인 복지시설·어르신 복지시설들에서 가련하고 애절하게 살아가는 사람·일터를 잃은 사람·몸과 마음이 어려운 사람·어르신들을 돌보는 일을 하면서 숱하게 땀과 눈물을 흘리기도 하였지요.

우리네 사람들은 어느 보금자리에서 엄마와 아빠 사이 사랑의 인연으로 이 세상에 태어나서 엄마와 아빠 및 가족들의 사랑을 듬뿍 받으면서 기르심과 보살핌을 받고 자라며, 배움터에서 스승에게 벗들과 함께 이 세상의 학문을 배우고, 일터에서 땀과 눈물을 흘리고 몸과 마음을 다 바쳐 열심히 일하면서 살아가고 있습니다. 또한 사회 나라 세계의 온누리에서 살아가고 있는 한편, 자연우주하늘의 베풀어줌과 돌봄 및 보살핌들을 받으면서 하루하루를 올바르고 부지런하며 열심히 살아가려고 무척 애쓰고 있습니다.

이렇듯 우리가 보금자리·배움터·일터·온누리·자연우주하늘에서 살아가다 보면, 삶의 즐거움도 생기는 한편 삶의 응어리도 일어나기 마련입니다.
　특히 삶의 응어리·스트레스가 일어나면 몸과 마음에 끓어오르는 것들이 쌓이고, 이것이 되풀이되면 튼튼한 몸 및 가뿐한 마음을 지니지 못하여 아프기도 합니다.
　따라서 삶의 응어리로 인한 끓어오르는 것들을 때때로 풀어주어야 하겠지요!

　우리의 『행복충만』은 삶의 응어리·스트레스 때문에 끓어오르는 것들을 풀어줄 수 있는 하나의 구체적인 방안 또는 프로그램입니다.

　행복충만은【 우리네 벗님들이 서로 어울려서 "튼튼한 몸(몸), 가뿐한 마음(맘), 포근한 보금자리(보), 뜨거운 배움터(배), 보람찬 일터(일), 밝은 온누리(온), 깨끗한 자연우주하늘(자), 넉넉한 돈(돈)"의 온갖 행복을 짓고 닦으며 쌓아서 충만하기 위하여 〈인사 나누기, 노래 부르기, 행복충만 몸돈 읊조림, 말씀하고 듣기, 몸마음 풀어주기, 자연 풍경 보기, 행복충만 읊조림, 알리는 말씀, 끝 인사하기〉의 모두 아홉 마당 100분을 함께 하는 모임·프로그램·방안 】입니다.

　이 세상 모든 분들이 가장 좋아하고 즐겨 쓰며 함께 누리기 바라는 것은 "행복"이라고 헤아립니다. 아마도 누구든지 행복이 무엇이라고 나름대로 여기고 있을 것입니다.

　저 일벗님은 감히 그 행복의 필요·충분 조건은 바로 "튼튼한 몸(몸), 가뿐한 마음(맘), 포근한 보금자리(보), 뜨거운 배움터(배), 보람찬 일터(일), 밝은 온누리(온), 깨끗한 자연우주하늘(자), 넉넉한 돈(돈)"의 8가지라고 내세웁니다. 이 8가지가 이루어져야 비로소 행복하다고 할 수 있는 필요 조건인 한편, 그 8가지 밖의 다른 것은 공통적이 아닌 개인적인 것이기 때문에 충분 조건인 것입니다.

　우리 모든 사람들이 누구라도 가장 바라는 것이 『행복충만』이며, 그 행복충만을 이루기 위해서는 8가지, 곧 "몸맘보배 일온자돈"이 필요·충분 조건입니다. 따라서【 행복충만! 몸맘보배! 일온자돈! 】의 12글자의 행복충만 구호가 새롭게 만들어지는 것입니다.

　여러 가지로 모자란 저 일벗님의 행복충만 글을 처음으로 읽고 계신 이 세상 모든 여러분!【 행복충만! 몸맘보배! 일온자돈! 】은 꼭 기억하십시요!
　행복충만! 몸맘보배! 일온자돈!　　　행복충만! 몸맘보배! 일온자돈!

　다음에 『행복충만! 몸맘보배! 일온자돈!』을 구체적으로 실현하는 방안은 바로【 〈인사 나누기, 노래 부르기, 행복충만 몸돈 읊조림, 말씀하고 듣기, 몸마음 풀어주기, 자연 풍경 보기, 행복충만 읊조림, 알리는 말씀, 끝 인사하기〉의 모두 아홉 마당 100분의 행복충만 짜임새 】입니다.

　이런 행복충만의 짜임새를 숱한 생각 및 수많은 책들을 보면서 창조력을 발휘하여 새롭게 마련한 여덟 가지의 틀·원리·바탕·기준은 아래와 같습니다.
　① 우리네 사람들이 예로부터 요즘에 이르기까지 만들어 낸 여러 문화들 및 과학 문명들을

어울렸으며, ② 몸과 마음을 어울려 삶의 응어리를 풀고 삶의 즐거움을 더할 수 있도록 했고, ③ 우리들이 그저 보거나 듣기만 하는 수동적인 존재가 아니라 스스로 하는 주체적인 존재로 참여해야 하며, ④ 시간과 돈이 많이 들지 아니하여 누구나 쉽게 찾을 수 있도록 꾸몄지요. ⑤ 또한 서로가 홀로 떨어져서가 아니라 함께 어울려서 하도록 해야 하고, ⑥ 어버이와 아들 딸의 온 가족이 더불어 즐길 수 있는 건전성과 품위성을 갖추어야 하며, ⑦ 앎(생각; 知) 및 함(실천; 行)의 어울림을 이루어야 하고, ⑧ 우리네 사람들의 고귀함과 존엄성 및 값어치를 으뜸으로 여기는 사람문화를 가꿀 수 있도록 행복충만의 짜임새를 마련하도록 무척이나 애 를 썼습니다.

　맨 처음의 〈인사 나누기〉는 우리 행복충만의 어색하고 서먹한 분위기를 재빠르게 어울리는 분위기로 만들어 줄 수 있는 한편, 맨 끝의 〈끝 인사하기〉도 우리 행복충만의 애틋한 분위기 를 다음에도 이어질 수 있도록 구실을 하는 중요한 것입니다.
　〈인사 나누기〉는 진행 벗님들과 모인 벗님들 사이, 모인 벗님들끼리, 처음 벗님들과 이미 벗님들 사이에 "반갑습니다!"라고 말하면서, 큰 절 또는 목례 및 손뼉들로 서로 인사를 나누 는 것입니다.
　한편 〈끝 인사하기〉는 진행 벗님과 모인 벗님 사이, 처음 벗님과 이미 벗님 사이, 모인 벗님 들끼리 "고맙습니다!"라고 말하면서 큰 절 또는 목례 및 손뼉들로 서로 끝 인사를 하는 것입 니다.

　더불어 『노래 부르기, 행복충만 몸돈 읊조림, 말씀하고 듣기, 몸마음 풀어주기, 자연 풍경 보기, 행복충만 읊조림, 알리는 말씀』은 우리네 사람들이 예로부터 요즘에 이르기까지 만든 종교·철학·교육·문학·노래(음악)·영화·영상·그림(미술)·사진·몸놀림(체육)·춤(무용)·의학의 문화들 및 컴퓨터·인터넷·파워포인트·영상기기·음향기기·마이크의 과 학문명들을 어울려서 마련했습니다.

　왜냐면 이런 갖가지 문화·문명들은 우리들이 살아가면서 겪는 삶의 즐거움을 늘리고 삶의 응어리를 푸는 데 저마다 값어치가 있고 필요한 것이지만, 어느 한 가지만을 하는 것보다 갖 가지를 어울리면 그 효과가 훨씬 크기 때문입니다.

　저는 《행복충만》이라는 글을 아내와 아들들 및 제가 맞벌이 가족으로서 이 어렵고도 힘든 세상을 살아가면서 직접 보며 듣고 느끼면서 쌓인 응어리 및 즐거움을 있는 그대로 진솔하게 풀어서 누구나 쉽게 알 수 있고 똑같은 한 마음으로 느낄 수 있는 에세이 형식으로 쓰려고 제 법 애를 썼습니다.

　제가 《행복충만》을 쓰면서 잘못 생각한 것이나 미처 생각하지 못한 것이 있다면, 누구이시 든지 가르침을 베풀어 주시면 참으로 고맙게 배우겠습니다.

　아울러 《행복충만》의 글을 쓰면서 한글을 쓰려고 무척 애를 썼습니다. 온누리에서 가장 쓰 기 쉽고 좋은 글은 누구든지 제 나라의 글입니다. 우리나라의 글은 훌륭하고 멋지며 자랑스 러운 한글입니다. 따라서 한글을 쓰려고 애썼으며, 되도록 한자 또는 영어를 쓰지 않으려고 애를 썼지요!

　그동안 저를 사랑하고 좋아하며 인정하고 보살펴준 분들이시여, 고맙습니다! 덕분에 제가 행복을 짓고 닦으며 쌓아 충만해지기 위해 더욱 애쓰며 정진하였지요.
　또한 저를 미워하며 싫어하고 업신여기며 짓밟은 분들이시여, 감사합니다! 덕분에 내가 음복덕을 지으며 닦고 쌓는 한편 참고 견디며 이겨내기 위하여 더욱 분발하였습니다.
　아울러 그동안 어렵고도 험한 이 세상을 살아가면서 제가 알고 또는 모르면서 하고 지은 모든 행동과 말 및 마음으로 인하여, 몸과 마음이 상하고 한이 맺히며 삶의 의욕이 꺾이고 사람의 존엄성 및 권리가 짓밟힌 분들이시여, 무척이나 뉘우칩니다!

　특히 저의 어설픈 행복충만의 원고를 어엿한 《행복충만》의 책으로 펴내 주신 하움출판사의 우찬석 대표님과 김다인 디자이너님 및 모든 임직원분들께 깊고 넓으며 진심 어린 고마움과 존경 및 사랑을 널리 표합니다.
　더불어 자연우주하늘 가운데에는 우리네 사람·마음·뜻의 어울림으로 과학·기계·도구의 문제점을 뛰어넘은 놀라운 일들이 벌어지고 있지요! 그 구체적인 보기가 바로【 행복충만과 하움출판사의 어울림(258쪽) 】입니다.

　부디 이 세상 모든 벗님들과 여러 가지로 모자란 저 일벗님이 서로 이런 인연 및 저런 사연으로 애틋하게 우리 『행복충만』과 만날 수 있기를 참으로 바랍니다.

　존경하옵는 벗님 여러분들께서 어렵고도 험한 이 세상을 올바르고 부지런하며 열심히 보금자리·배움터·일터·사회·나라·세계에서 살아가시다가 우리 행복충만의 모임과 행사에 관한 소식을 보고 들으며 알게 되시면, 부디 귀중한 시간을 내어 함께 참여하시어 우리 행복충만을 더욱더 빛내주시기를 간절히 바랍니다.

　이 세상 모든 벗님들께서 우리 행복충만에 같이 참여하여 〈인사 나누기, 노래 부르기, 행복충만 몸돈 읊조림, 말씀하고 듣기, 몸마음 풀어주기, 자연 풍경 보기, 행복충만 읊조림, 알리는 말씀, 끝 인사하기〉의 모두 아홉 마당 100분의 짜임새를 같이 한 모든 벗님 여러분들의 그 마음·뜻·소원·간절함이 지구, 달·해들의 태양계, 우리 은하·국부 은하군·처녀자리 초은하단들의 은하계, 관측가능우주·외부우주들의 우주 모두 및 극락·천국들의 자연우주하늘 모두에 두루두루 닿으며 널리 알려지고 아로새겨져서, 우리 모든 벗님들께서 "튼튼한 몸(몸), 가뿐한 마음(맘), 포근한 보금자리(보), 뜨거운 배움터(배), 보람찬 일터(일), 밝은 온누리(온), 깨끗한 자연우주하늘(자), 넉넉한 돈(돈)의 온갖 행복들이 충만하소서!
　우리 모든 벗님들께서 온갖 행복들이 충만하소서!
　우리 모든 벗님들께서 온갖 행복들이 충만하소서!
　우리 모든 벗님들께서 온갖 행복들이 충만하소서!

2026년 1월 1일

일 벗 님　드림

차   례

행:1장. 세상을 살면서 겪는 삶의 응어리들 및 행복충만의 길

1. 아기의 젖병과 힘든 하루 및 울 자격도 없는 바보 아빠?!

널따랗고 드높은 자연우주하늘 가운데 우주 모두·은하계·태양계에 속하는 우리 지구가 생긴 뒤로 그동안 45억 년 동안이나 늘 그러했듯이, 오늘 1987년 10월 22일 자연우주하늘의 아주 작은 곳인 지구에 있는 우리나라 대한민국 서울에도 아침 해가 두둥실 떠오른다. 과연 오늘 하루는 아기와 엄마 및 아빠에게 어떠할까?

오늘은 서울특별시 공립중학교 선생님인 엄마의 두 달간의 육아휴직이 끝나서 다시 학교에 가야 하는 날이기 때문에, 아기와 엄마 및 아빠는 지금까지와는 전혀 새로운 삶을 살아가야 만 하게 된다. 엄마와 아빠는 상의하여 시골에 살고 계시는 아들을 돌보아줄 먼 친척 할머니 한 분을 모신다. 엄마는 전날에 그 할머니에게 아들을 돌봐주는 방법 및 요령을 자세히 설명 하고 또 거듭거듭 가르쳐준다. 드디어 엄마가 학교에 다시 가야 하는 날인 바로 오늘이 오고 야 만다. 엄마와 아빠는 조마조마한 마음으로 일터로 가고, 아들은 엄마와 떨어져 낯선 할머 니와 지내야만 하게 되는구나!

아빠가 저녁에 일터에서 보금자리로 돌아오자, 아기와 엄마가 함께 울고 있는 것이 아닌 가?! 이 무슨 황망한 일이란 말인가?! 아빠는 너무 놀라면서 왜 그러느냐고 묻는다. 엄마는 아들이 아침부터 아무것도 먹지 않고 특히 젖병을 입에 갖다 대기만 하면 소스라치게 놀라면 서 악을 쓰며 울어대기만 했다는 것이다. 엄마가 학교에서 보금자리로 돌아오자 아기도 울고 할머니도 울고 있더라는 것이다. 아기는 종일 아무것도 먹지 않고 울기만 했고, 울다가 지치 면 잤으며, 다시 깨어나면 또 울기만을 되풀이했다는 것이다.

아빠는 아들을 달래며 젖병을 입에 갖다 대자 또다시 깜짝 놀라면서 악을 쓰며 울어대 는 데, 이제는 아기가 너무나 지쳤는지 제대로 울지도 못하고 숨을 할딱거리는 것이다. 엄 마가 아들을 달래며 젖병을 입에 갖다 대자 아기는 또다시 놀란다. 어제까지는 젖병으 로 우유를 냠냠거리면서 맛있게 잘도 먹었는데, 왜 오늘은 도대체 먹지를 않느냐고 하면서, 아기를 품에 안은 채 엄마는 또다시 눈물을 흘리면서 울기만 한다. 왜 그럴까?! 무엇 때문에 먹지를 않을까?

　20여 분이 지나자, 아빠는 엄마의 눈물과 함께 아기의 할딱거림과 울음이 어우러진 소리에 슬그머니 짜증이 나기 시작한다. 10여 분을 더 참다가 아빠는 "엄마가 왜 아기 우유도 못 먹이느냐? 너는 왜 우유도 먹지 않고서 엄마 아빠의 애간장을 녹이느냐?" 하면서 엄마와 아기에게 짜증을 내버리고야 만다. 그리고는 문을 열고 거실로 나와 버린다. 어느 사이엔가 눈물이 흐른다.

　얼마 뒤에 큰 방으로 들어가면서 "미안해!"라고 한다. 엄마는 "우리 아기, 병원에 데리고 가 봐요!" 한다. 엄마와 아빠는 아기를 병원에 데리고 간다. 엄마의 설명을 듣고서 의사 선생님께서 아기를 살펴본다. 얼굴도 보고 가슴도 보며 팔다리도 본 다음에 아기의 입 안을 살펴보자마자, "아! 입안이 터지며 짓무르고 헤어졌네요! 아마도 젖병 꼭지에 데어서 화상을 입어 그런가 봐요!"라고 하면서, 아기의 입을 벌려 보여준다. 엄마와 아빠가 아기의 입안을 살펴본다. 아기의 입안이 짓무르고 헤어지며 터져 있구나! 엄마는 바로 눈물을 흘리면서 "아가! 얼마나 아팠을까?" 한다. 아빠의 눈에도 어느새 이슬이 맺힌다.

　엄마는 "할머니에게 냉장고 안에 있는 우유 젖병을 꺼내 전자레인지에 넣어 데워서 꺼낸 다음에, 반드시 젖병 뚜껑을 열어 젖꼭지와 젖병이 미지근할 때까지 식혀야 해요. 그리고 나서도 꼭 한 번 더 확인한 뒤에, 아기 입에 젖병을 물려 우유를 먹어야 해요! 그토록 수없이 당부하고 가르쳐주었는데도…왜? 아기에게 뜨거운 젖병을 물려서 화상까지 입혔을까?" 하면서 계속 눈물을 흘리면서 울 뿐이다. 아빠가 겨우 엄마를 달랜다.
의사 선생님께서 아기의 입안을 소독하고 화상 치료를 해주신다. 그리고는 하루종일 우유를 비롯한 그 어떤 음식도 전혀 먹지를 못하여 배고프고 허기지며 지칠 대로 지친 아기에게 영양제를 놓아 주어야 한다고 한다. 그런데 아기가 너무 어려서인지 팔과 손등 및 머리의 핏줄이 너무 약해 주사하지 못한다. 결국은 발에서 핏줄을 겨우 찾아 주삿바늘을 꼽고 그 주위에 판자로 부목을 대어 고정시켜서 겨우 영양제를 맞힌다. 한참 동안 아기의 치료를 다 마치고서 엄마와 아빠는 의사 선생님과 간호사님들께 "고맙습니다! 감사한다!"라고 인사를 한 다음에, 아기를 데리고 보금자리로 돌아온다.

　벌써 밤도 깊어 큰방 침대 가운데에 아기를 눕히고 엄마는 아기의 오른쪽 안쪽에, 아빠는 아기의 왼쪽 창가에 눕는다. 조금 뒤에 아기의 새근새근 숨소리가 나고 잠을 자는 것 같으며, 한참 뒤에는 엄마도 잠에 드는 것 같다. 하지만 아빠는 오래도록 잠이 도대체 오지를 않는다. 옆을 보니까, 아기는 엄마의 엄지손가락을 꼭 잡고 엄마는 아기를 안고서 자고 있다. 아빠는 조용히 일어나 앉아서 엄마의 엄지손가락을 꼭 잡은 아기의 손과 엄마의 손을 살며시 잡는다. 어느새 눈가에 이슬이 맺히고는 눈물이 흐른다. 아빠는 참으로 울 자격도 없는 바보 아빠인데도 말이야!

　우리 잘난 아가야! 아빠가 미안하구나! 아가야 너에게 오늘 하루는 참으로 힘들었지? 무척이나 힘든 하루를 참고 견디며 이겨낸 너의 몸과 마음을 전혀 헤아리지 못하고서, 이 멍청이 아빠는 조금 전에 너에게 "너는 왜 우유도 먹지 않고서 엄마 아빠의 애간장을 녹이느냐?" 하면서 짜증을 내었지! 우리 씩씩한 아들아, 아빠가 참으로 미안하구나! 너는 오늘 태어난 지 61일째 되는 아기로서 무척이나 힘든 하루를 보낸 것이구나!

　너는 전처럼 오늘 아침에 눈을 뜨고서 엄마를 찾아보아겠지? 갓난쟁이 어린 너에게 엄마는 모든 것인걸. 네가 먹고 자며 싸고 웃고 울며 노는 데에 엄마는 절대적으로 필요한 하늘과 땅이고 해와 달과 같은 존재이지! 더구나 어제까지 아침에 네가 눈을 뜨면 “우리 잘 난 아들, 잘 잤지!” 하던 엄마가 보이지 아니했구나! 네가 엄마를 찾으려고 눈을 두리번거리 며 사방을 둘러보아도 엄마는 안 보였지. 네가 한동안 엄마를 기다려 보았어. 그래도 엄마는 보이지 아니하고서… 그래서 너는 엄마를 찾으려고 자그마한 소리로 울어 보았지. 엄마가 안 오네? 그리하여 너는 더 큰 소리로 울면서 엄마를 불렀겠구나! 그러자 문이 열리고 누군가 들 어와서 너는 당연히 엄마인 줄 알았지. 그런데 엄마가 아니네? 왠지 낯선 할머니야! 너는 놀 라서 아주 큰 소리로 울어댔어. 그러자 그 할머니는 밖으로 나가더니 조금 뒤에 젖병을 가져 왔지. 어제까지 네가 우유를 냠냠거리며 맛있게 먹던 그 젖병이기에, 너는 배도 고프고 하여 우유를 먹으려고 입을 크게 벌렸구나. 그런데 “앗 뜨거워! 이게 뭐야?” 너는 소스라치게 놀라 젖병을 내뱉으면서 목을 돌리고 악을 쓰며 울어댔지! 뜨거운 젖병이라니? 이 무슨 날벼락이 야! 그러자 그 할머니도 놀라더니, 또다시 그 뜨거운 젖병을 네 입 안에 넣었겠지! 너는 온몸 을 부들부들 떨면서 젖병을 입안에서 내뱉으려고 악을 쓰며 울부짖었지! 아, 어쩌란 말이냐? 하늘이시여!

저녁이 되어 네가 그토록 보고 싶어 했던 엄마가 드디어 네 앞에 왔지! 그런데 엄마는 할머니와 얘기를 나누더니, 잠시 뒤에 엄마도 다시 그 젖병을 네 입안에 넣으려고 했겠 지! 너는 소스라치게 놀라 그 젖병을 내뱉고 고개를 저으면서 악을 쓰고 울부짖었는걸! 왜 엄마도 그러는 거야?

밤이 되어 아직까지는 서먹서먹한 아빠가 왔거든. 엄마하고 뭔 얘기를 하더니, 이번에는 아 빠도 또다시 그 젖병을 네 입안에 넣으려고 했지! 너는 깜짝 놀라 그 젖병을 내뱉고 고개를 저 으면서 악을 쓰고 울부짖었지! 왜 아빠까지도 이러는 것이야? 한참 뒤에 아빠는 나에게 “너 는 왜 우유도 먹지 않고서 엄마 아빠의 애간장을 녹이느냐?” 하면서 짜증을 내었지! 아, 어찌 하란 것이냐? 땅이시여!
우리 잘난 아가야! 아빠가 참으로 미안하구나! 아가야 너에게 오늘 하루는 태어나서 가장 힘들었고, 아니 어쩌면 네가 앞으로 한평생을 살아가다가 겪으면서 참고 견디며 이겨내야만 하는 어려움 가운데 오늘 하루가 가장 힘들었겠지? 무척이나 힘든 하루를 핏덩이 갓난쟁이 아기인 네가 참고 견디며 이겨내서 이 못난 아빠는 아기 네가 참으로 기특하고 대견하며 자 랑스럽구나!

또다시 눈물이 흐른다. 아직 핏덩이 갓난쟁이 아기인 네가 평생 가장 힘든 오늘 하루를 참 고 견디며 이겨낸 너의 몸과 마음을 전혀 헤아리지 못했구나! 나는 참으로 너를 위해 울 자격 도 없는 바보 아빠이다. 더구나 그런 너에게 이 못난 아빠는 “너는 왜 우유도 먹지 않고서 엄 마 아빠의 애간장을 녹이느냐?” 하면서 짜증을 내었지! 참으로 나는 단 한 방울의 눈물도 흘 릴 자격도 없는 바보 아빠이구나?! 그런데도 이 못난 바보 아빠는 어찌하여 하염없이 눈물이 흐르는 것일까? 하늘이시여! 땅이시여! 조상님이시여!

내일 아침에 그 할머니가 오거든, 엄마에게 너의 아픔을 얘기하고 젖병을 데워서는 꼭 식히 고 확인한 다음에 너의 입안에 넣어주라고 좋은 말, 결코 싫은 말이 아닌 통 사정하는 말로 하 라고 아빠가 당부할 거야. 왜냐면 혹시라도 그 할머니가 엄마의 싫은 말을 듣고서 서운한 마 음이 들면, 아무래도 그 할머니가 어린 너를 돌보는 데에 소홀해질 수도 있겠다는 염려가 엄 마와 아빠는 되는구나. 그러니 너도 내일 아침에 할머니가 젖병을 주거든 아무 걱정하지 말 고서 입을 벌리고 우유를 맛있게 잘 먹으려무나! 또한 내일 낮 동안 엄마가 아무리 보고 싶어 도 꾹 참고, 엄마의 목소리가 듣고 싶어도 반드시 견디며, 엄마의 품에 안겨 엄마의 체취를 느끼고 엄마의 사랑을 온몸으로 받고 싶어도 꼭 이겨내야만 한다. 이 세상은 모든 것을 네가 하고 싶은 대로만 다 할 수는 결코 없으며, 힘들고 어렵지만 참고 견디며 이겨내야 할 것도 엄연히 있단다. 아가야!

　우리 잘난 어린 아들아, 아직 핏덩이 갓난쟁이 아기인 네가 평생 가장 힘든 오늘 하루를 참고 견디며 이겨내어서 엄마와 아빠는 아기 네가 참으로 예쁘고 자랑스러우며 대견하구나! 한편으론 이 능력이 모자란 아빠는 네가 그토록 하루종일 함께 있고 싶어 하는 엄마와 같이 지내게 해주지 못하여 참으로 미안하고 거듭 안타까운걸! 이 못나빠지고 멍청하며 울 자격도 없는 바보 아빠인 나는 왜 또 눈물이 흐르는 것이냐?!

◆ 지금까지 내 두 손으로 안아 올린 것 중에서 최고는 바로 너란다!
(For all the things my hands have held, the best by far is you!)
♣ 자식을 키워보면 부모의 사랑을 알게 된다.
자식을 길러본 뒤에야 부모의 마음을 안다. * 왕양명
(To understand your parents'love you must raise children yourself. /
Without child, without true filial gratitude.)

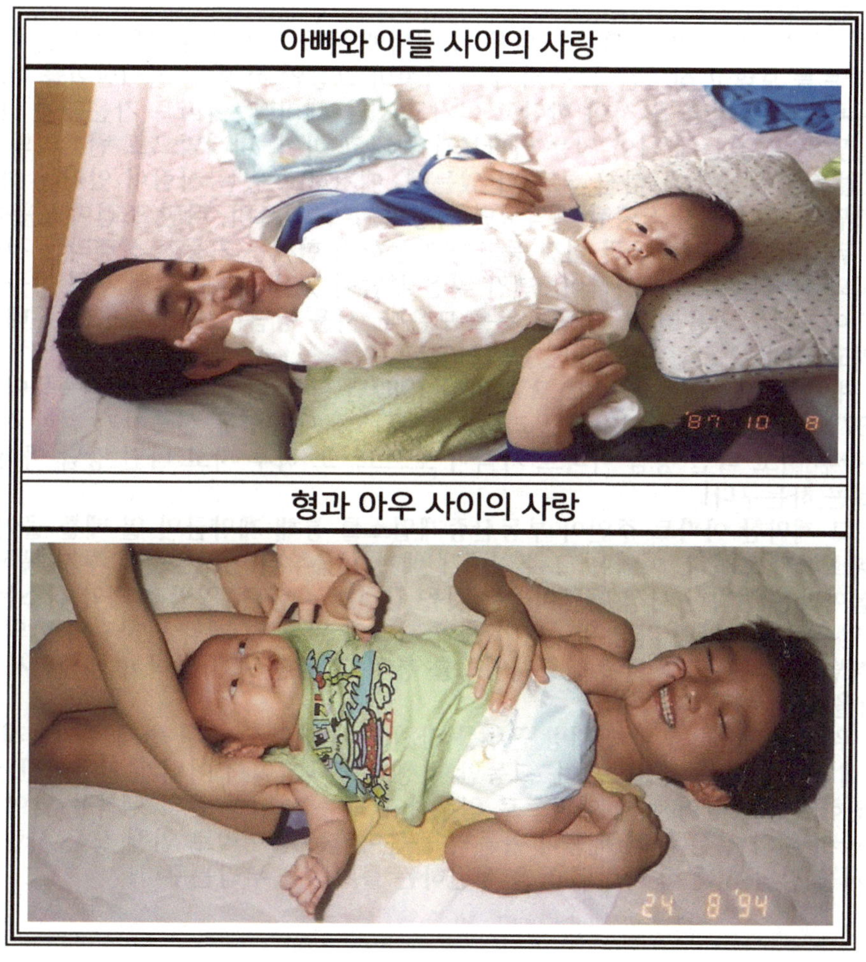

우리 아들과 위의 할머니는 서로 적응하면서 제법 잘 지냈다가 할머니께서 몸이 불편하여 스무날 뒤에 시골로 내려가게 된다. 이어 동네 아주머니가 우리 아들을 돌보게 된다. 보름 뒤에 퇴근한 아주머니가 밤늦게 연락하여 일이 생겨서 내일은 나올 수가 없다고 하는구나! 아, 어찌해야 하는가? 엄마와 아빠가 내일은 일터에 중요한 일이 있어서 도저히 빠질 수가 없는데… 어쩔 수 없이 아빠가 누님에게 연락하여 사정을 해본다. 고맙게도 누님께서는 그렇게 하겠다고 하시는구나! 누님께서는 다음 날 아침 일찍 초등학교에 다니는 아이들의 뒷바라지를 한 뒤에, 부랴부랴 우리 집으로 와서 아이 돌봄에 대해 누님과 엄마는 서로 얘기를 나눈다. 엄마와 아빠는 출근하고, 아이는 고모와 함께 잘 지낸다.

아빠가 늦은 저녁에 퇴근하여 집에 와보니까, 누님께서 할 얘기가 있어서 기다리고 있다. 누님께서는 우리 맞벌이 가족의 힘듦과 어려움을 직접 보고 들으며 느꼈기 때문에 큰누님과 상의했다면서 우리 아들을 잘 돌봐줄 터이니 누님들께서 사는 동네로 이사를 오라는 제안을 한다. 마침 누님들 집 바로 옆에 최근에 새 아파트가 세워져 입주를 하고 있는 중이라는 정보도 알려주는구나!

그리하여 아기와 엄마 및 아빠는 그다음 날 저녁에 돈을 모아서 누님들이 사는 동네인 강남의 새 아파트를 보려고 찾아간다. 특히 우리 가족이 그동안 두 번의 전세살이를 하고 있는데, 이제는 하루빨리 우리 집을 사야 한다고 여기고 있을 때이다. 아파트 가운데에 있는 부동산중개업소 몇 곳을 갔는데 남아 있는 아파트가 없다고 하여, 마지막으로 변두리의 허름한 부동산중개업소를 찾아간다. 마침 한 채가 있는데, 얘기하고 있는 사람이 있기는 하지만 언제일지는 확답이 없기에 지금 당장 계약하면 가능할 수도 있으며, 다만 조건이 있는데 그 아파트가 3년 뒤에 정식으로 소유권 이전 등기가 가능하며 현재는 가등기 상태라는 것이다. 그리하여 엄마와 아빠는 서로 얘기하여 3년간 위험 부담이 있을지라도 현재 우리 아들 돌봄이 절박한 처지이기에 계약을 바로 하자고 뜻을 모은다. 서울 강남에 있는 누님들 동네의 새 아파트를 사려고 1987년 11월 말에 매매계약을 맺는구나!

그런데 계약 이후 주말을 지나고 그 유명한 1987년 말 강남 아파트 가격 폭등이 시작된다. 특히 1987년 12월 16일에 실시된 우리나라의 제13대 대통령을 선출하기 위한 선거철과 맞물려서, 하루 자고 나면 강남 아파트 가격이 오르고, 또 하루 자고 나면 강남 아파트 가격이 더욱 오르곤 하는구나!

그러자 그 계약한 아파트 주인이 부동산중개업소를 통해 계약금의 열 배를 물어줄 터이니 계약을 취소하자고 한다. 아빠는 그 주인에게 내가 처음부터 얘기했듯이 투기 목적이 아니라 아이 돌봄이라는 절박한 사정 때문이라는 것을 간청하는 한편, 일방적 계약 취소는 우리나라와 같은 민주주의 나라의 가장 밑바탕인 계약 자유의 원칙 및 계약 당사자의 합의 원칙에 어긋나는 불법행위라는 것을 부동산중개업소를 통해 그 주인에게 강력히 내세워서 그 부동산 매매계약을 그대로 관철시킨다.

더불어 우리 가족은 3년 뒤에 지방 근무를 마치고 서울로 오게 된 원래 주인에게 그 아파트를 다섯 배가량 받고서 되팔았으며, 그동안 법상 무주택자여서 어렵게 만들어진 직장주택조합에 가입하여 당첨되어서 새 아파트로 입주하게 되는 넉넉한 돈의 행복을 맞이할 수 있게 된다. 따라서 위와 같은 우리 복둥이 아들의 돌봄이라는 응어리로 인해 모든 사람이 살고 싶어 하는 서울 강남에 내 집 마련의 꿈을 실현하는 즐거움을 누리는구나!

그리하여 우리 어린 아들은 낮 동안 바로 이웃에 사는 고모들과 고모부들 및 누나들의 사랑을 듬뿍 받으면서 웃고 울며 놀면서 2년간을 유복하게 잘 자란다.

그러다가 아들이 세 살이 되는 해에 유치원과 비슷한 어린이집을 알아본다. 유치원은 오후 2시까지만 하여 우리와 같은 맞벌이 가족에게는 맞지 아니하기에, 오후 7시까지 하는 어린이집을 알아본다. 마침 엄마 학교 바로 옆에 좋은 어린이집이 있어서 응모하여 다행히도 합격된다. 그래서 그해 봄에 아침부터 저녁까지 하는 어린이집에 다녀야 하게 된다. 전날에 아들과 엄마는 내일 아침에 어린이집에 잘 가겠다고 손가락도 걸고 도장도 찍고 사인도 하며 복사도 하곤 하면서 굳게 약속하고 다짐을 한다. 드디어 1990년 3월 2일 아침 해가 떠오르고 날이 밝아온다. 아침 일찍 우리 가족은 차를 타고 어린이집으로 간다. 차 뒷자리에서 아들과 엄마는 두 손을 꼭 맞잡고 또다시 약속하고 다짐을 한다. 차에서 내려 엄마가 아들을 안고 아빠는 책가방을 들고서 어린이집으로 간다.

어린이집 입구에서 아들과 엄마 및 아빠는 잠시 같이 지낸다. 7시 40분가량이 되어 엄마의 학교 출근 시간이 7시 50분까지이기 때문에, 엄마가 아들에게 "이제 가야지? 착하지!"하면서 아들을 품에서 떼어 놓으려고 한다. 아들은 "엄마!"하면서 엄마 품에서 떨어지지 않으려고 두 손으로 엄마의 목을 끌어안고 발버둥을 친다. 아빠가 억지로 아들과 엄마를 떼어 놓고 아들을 안자, 아들은 "엄마야…!" 부르면서 울어버린다. 엄마가 멈칫하기에 아빠가 빨리 가라고 손짓을 한다. 엄마가 걸어가자 아들은 큰 소리로 "엄마야…!" 부르면서 울부짖는다. 엄마가 몇 걸음 가다가 뒤돌아 아들을 본다. 그러자 아들은 온몸을 부들부들 떨면서 엄마에게 가려고 발버둥을 친다. 아빠가 아들을 꽉 안으면서, 엄마에게 빨리 가라고 손짓을 한다. 아들이 눈물 콧물 범벅이 되어 "엄마야…!"라고 울부짖는다. 그러자 엄마의 눈에서 눈물이 흐른다. 아빠가 급한 손짓으로 엄마에게 빨리 가라고 독촉한다. 엄마가 돌아서서 종종걸음으로 간다. 아들은 "엄마야…!"라고 엄마가 간 방향으로 몸을 기울여 본다. 이윽고 엄마가 보이지 않자, 아들은 "엄마야…!" 큰 소리로 울부짖는다.

아빠가 아들을 꼭 안으면서 "우리 아들 착하지! 엄마가 이따가 오후에 너를 데리려고 올 거야. 씩씩하네, 우리 아들!"이라고 달래 본다. 아들은 내 품에 꼭 달라붙으면서 안겨온다. 나는 아들의 울음과 서러움이 사그라질 때까지 아들을 안고서 어린이집 입구 근처를 오간다. 아빠는 특정직 국가공무원(당시 국가안전기획부 / 현재 국가정보원)으로 아침 출근 시간이 9시이기에, 엄마가 학교로 간 사이에 8시까지 잠시 동안 아들을 돌볼 수 있다. 한참 뒤에 아빠는 아들에게 "이제 아빠도 가야 해. 우리 아들아! 선생님 말씀 잘 듣고 벗들과 재미있게 지내야지! 우리 잘난 아들, 씩씩하네!"라고 타이르면서, 아들을 떼어 놓으려고 해본다. 그러자 아들은 아빠 목을 끌어안고 달라붙으면서 "아빠!"라고 부르며 또다시 울어버린다. 아빠가 난감해하고 있는데, 어린이집 출입문이 열리고 여자 선생님이 나온다. 아빠와 아들의 모습을 보더니 무슨 상황인지 알아차리고는, 우리 아들에게 "안녕! 너 왔구나! 반가워!"하면서 아들을 달래준다. 조금 뒤에 아빠는 아들을 떼어서 그 선생님에게 넘겨주려고 해본다. 아들은 "아빠야…!" 부르면서 또다시 울부짖는다. 아빠는 억지로 아들을 떼어내어 그 선생님에게 안겨 준다. 선생님은 아빠에게 "이제 가야 해요!"라고 한다. 아빠는 돌아서서 아들 곁을 떠난다. 아들은 큰 소리로 "아빠야 …!" 부르면서 또다시 울부짖으며 발버둥을 친다. 아빠는 애써 참고 아들을 돌아보지 않으면서 황급하게 걸음을 재촉한다. 아들의 "아빠야 …!" 라는 울부짖음이 아빠의 귓가에 계속적으로 맴돈다. 어느새 아빠의 두 눈에 이슬이 맺히고 눈물이 흐른다. 아들의 "아빠야 …!"라는 울부짖는 소리가 들리지 아니한 곳까지 내달린다. 근처에 있는 어린이 놀이터로 들어가, 그네에 주저앉는다. 아, 어찌하란 말이냐? 하늘이시여! 하늘은 나의 피맺힌 절규에 답은 주지 아니하고서, 비를 내리기 시작하는구나! 한참 동안 멍하니 있을 수밖에… 아빠의 두 뺨에 흐르는 것은 과연 빗물이냐, 눈물이더냐? 아, 어쩌란 것이냐? 땅이시여! 이 능력이 모자란 아빠는 우리 잘난 아들인 네가 그토록 하루종일 함께 있고 싶어 하는 엄마와 같이 지내게 해주지 못하여 참으로 미안하고 거듭 안타까운걸! 하지만 엄마와 아빠는 결코 금수저가 아니고 흙수저인 것을… 엄마와 아빠는 열심히 일을 해서 돈을 벌어야 앞으로 너를 잘 키울 수 있거든! 아, 어떻게 해야 합니까? 조상님이시여!

그 아침 해가 두둥실 떠서 한낮이 되고 오후 네다섯 시가량이 되면 엄마는 학교에서 형과 누나들을 가르친 다음에 종종걸음으로 어린이집으로 달려간다. 어린이집 출입문을 열고서 "아들아!" 하고 부른다. 그러면 아들은 그 엄마의 소리를 재빨리 알아차리고는 그동안 하고 있던 모든 것들을 다 팽개치고서 "엄마!"라고 부르면서 재빨리 뛰어 달려간다. 그런데 아들이 엄마에게 달려가는 그 속도야말로 우사인 볼트(Usain Bolt)의 100미터 세계 신기록인 9초 58보다도 훨씬 재빠르거든?! 그렇게 하여 아들과 엄마는 서로 부둥켜안고서 뜨거운 이산가족 상봉을 한다.
아울러 밤이 되어 아빠가 저녁에 보금자리로 돌아온다. 현관문이 열리자마자 "아들아!"라고 부른다. 그러면 아들은 "아빠! … "라고 부르면서 또다시 우사인 볼트보다도 훨씬 재빠르게 아빠에게 달려오는걸! 또다시 아빠와 아들은 서로 얼싸안고서 반가운 이산가족 상봉을 다시 한번 하는구나!

위와 같은 맞벌이 부부와 자녀들 사이 아침의 생이별 및 저녁의 이산가족 상봉은 결코 우리 보금자리만이 아니겠지! 이 세상의 모든 맞벌이 엄마와 아빠 및 아이들 사이의 보금자리에서 아침의 생이별 및 저녁의 이산가족 상봉은 꼭 이루어지는 것이려니?!
그리하여 아빠는 이 세상의 모든 맞벌이 엄마와 아빠 및 자녀들이 날마다 겪어야 하는 삶의 응어리를 풀어주며 삶의 즐거움을 늘려주는 구체적인 모임 · 프로그램 · 방안 · 운동으로서 『행복충만』을 꼭 마련하고자 굳게 마음을 다잡고 거듭하여 마음을 부여잡는구나!

참으로 다행하게 우리 맞벌이 가족의 아침의 생이별은 날이 지날수록 시간이 짧아지면서 우리 아들은 어린이집에 차츰 적응해가고 재미를 느끼며 빨리 가고 싶어 한다. 얼마 뒤에는 우리 아들은 집에서부터 스스로 가방을 등에 메고 씩씩하게 어린이집에 잘 다닌다. 더불어 어린이집에서 엄마를 초대하여 우리 아들은 엄마랑 함께 즐겁게 공부하기도 한다. 한편 우리 아들이 어린이집에서 "아빠 곰! 엄마 곰! 애기 곰!"의 《곰 세 마리》라는 노래 및 춤을 배워서 엄마와 아빠에게 가르쳐준다. 엄마는 곧잘 따라서 하는데, 아빠는 몸치인지 춤이 잘 안되어서 아들에게 혼쭐이 나기도 한다.

위와 같이 맞벌이 가족인 아들과 엄마 및 아빠는 우리네 사람들이 모두가 바라는 행복 가운데 포근한 보금자리를 가꾸려고 무척 애쓰면서 열심히 또한 즐겁게 살아가고 있구나!

나는 위의 "아기의 젖병과 힘든 하루 및 울 자격도 없는 바보 아빠?! 아들 돌봄의 응어리와 즐거움 및 아침 생이별과 저녁 이산가족 상봉?!"과 같은 맞벌이 가족의 응어리를 비롯한 우리네 사람이 세상을 살면서 겪는 삶의 응어리를 풀어주고 삶의 즐거움을 늘려주는 구체적인 방안을 마련하고자 대학원에 진학하여 사회복지를 전공하려고 알아본다.

마침 내가 일하고 있는 특정직 국가공무원 회사에서 국비 장학생을 모집하고 있다. 회사와 같은 남산에 있는 동국대학교 행정대학원 복지행정학과 사회복지 전공과정에 시험을 보아서 합격한다. 그리하여 국비 장학생으로 선발된다.

낮에는 회사에서 일하고 밤에는 대학원에서 공부하는 생활을 2년 반 동안 열성적으로 한다. 사회복지 학과 공부 및 사회복지시설에서 사회실습도 하며, 여러 복지 프로그램을 연구한다.

《사회복지관의 지역복지사업 현황 및 개선방안에 관한 연구》라는 석사학위 논문도 쓰고 통과되며, 졸업 시험도 된다. 그리하여 드디어 사회복지 석사학위를 받고, 사회복지사 1급 자격증도 딴다.

석사학위 논문인 《사회복지관의 지역복지사업 현황 및 개선방안에 관한 연구》의 요약은 아래와 같다.

현대사회의 복지는 단순한 시설보호나 일률적 서비스만으로 대처하여 나가기가 어렵게 되어가고 있다. 사회복지 요구가 급격히 다양화되고 고도화되는 상황 아래, 복지이념도 사후 복지에서 예방 교육개발을 중시하는 사전 복지로 변화되어 가고 있다.

복지서비스 영역에 있어서도 가시적 서비스로부터 비가시적 서비스로 변화되고 있으며 서비스의 효율화와 서비스망 확충이 요구되고 있다. 지금까지의 사회복지가 시설중심주의에서부터 재가와 지역중심의 사회복지로 방향이 전환되는 추세를 보이고 있다.

또한 앞으로 사회복지의 특징은 저소득층의 기본적인 생계 문제는 각종 사회복지제도의 확충으로 어느 정도 해결되어, 사회문화적 욕구를 충족시키는 복지사업들이 출현할 것으로 예상된다. 아울러 사회복지의 초점이 극빈층이 아닌 일반 계층으로 확대되어 이들에 대한 서비스도 확대될 것이며, 서비스의 내용도 단순한 구호성 복지보다는 삶의 질을 높이는 2차적 욕구에 치중하는 사회복지 사업이 될 것이다. 결국 2천 년대에는 1차적 욕구의 충족에서 더 나아가 2차적 욕구를 해결하려는 정책 위주로 사회복지 사업이 전개될 것이다.

요컨대 지금까지의 사회복지가 시설중심주의에서부터 지역중심의 사회복지로 방향이 전환되는 추세를 보이는 따위로 사회복지 전반에 걸친 변화는 앞으로 사회복지관의 지역복지사업을 활성화시킬 것으로 전망된다. 따라서 사회복지관의 지역복지사업에 대한 학문적 발전이 한층 더 이루어지고, 이를 바탕으로 한 사회복지관의 지역복지사업이 활발히 전개될 것이다. 그러므로 우리들은 지역사회의 발전은 물론이요, 나라와 인류의 번영에 이바지할 수 있도록 노력해야 할 것이다.

****

《 A Study on the Present Conditions and
Improvements of the Community Welfare Work
in Social Welfare Center 》

The all-round changes of social welfare which seems to turning tendency from establishment of the social welfare to community welfare will prospect activating the community welfare work of social welfare center.

Thus the scientific development on the community welfare work in the social welfare center will get accomplished, and the community welfare work in the social welfare center which makes background it will be evolved actively.

Therefore we should be make an effort to contribute toward the development of community as well as the prosperity of nation and mankind.

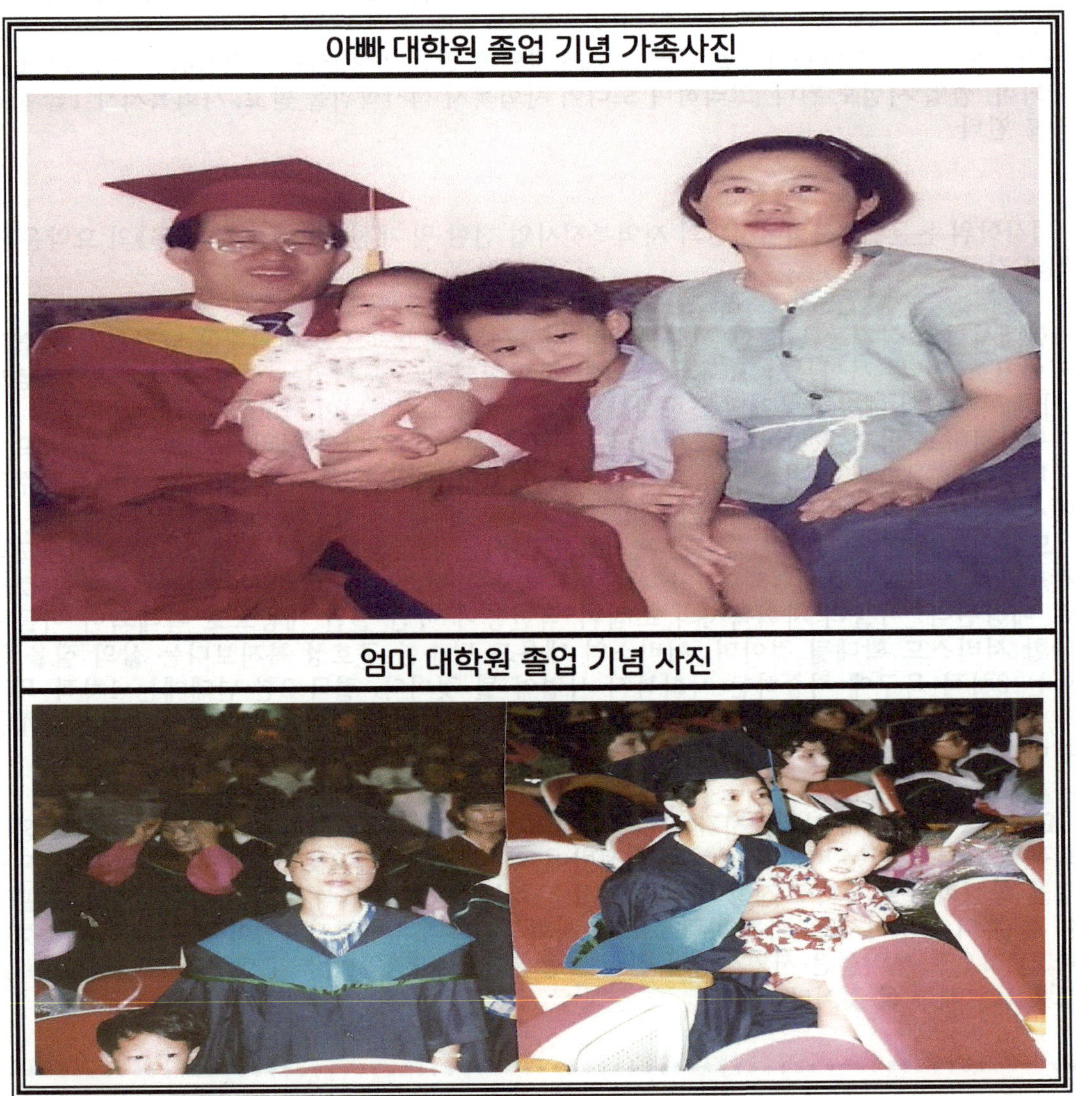

<table>
<tr><td>아빠가 국가공무원으로 일하면서
받은 임명장</td><td>엄마가 선생님으로 일하면서
받은 훈장증</td></tr>
</table>

4. 행복충만을 연구하여
새롭게 마련하려고 애쓰면서

　행복충만의 근본 목적은 결코 금수저가 아닌 흙수저로 태어나 열심히 일해야만 먹고 살아가는 보통 사람인 맞벌이부부 및 자식들을 비롯하여 우리네 사람들이 세상을 살면서 겪는 삶의 응어리를 풀어주고 삶의 즐거움을 늘려주는 구체적인 모임·프로그램·방안·운동을 마련하는 것이다.

　행복충만은 남녀의 차별도 없으며, 어르신과 젊은이의 차별도 없고, 종교 이념 정치 학력 경력 직업 경제력 지역 계층의 그 어떠한 차별 및 색채도 없어야 한다. 따라서 이 세상의 모든 보통 사람들이 그 누구라도 똑같이 어울릴 수 있는 것이어야 한다.

　행복충만은 우리네 사람들이 예로부터 요즘에 이르기까지 만든 여러 문화 및 과학문명을 어울려야 하고, 몸과 마음을 어울려 삶의 응어리를 풀고 즐거움을 더해야 하며, 우리들이 그저 보거나 듣기만 하는 수동적인 존재가 아니라 스스로 하는 주체적인 존재로 참여해야 하고, 시간과 돈이 많이 들지 아니하여 누구나 쉽게 찾을 수 있으며, 서로가 홀로 떨어져서가 아니라 함께 어울려서 하도록 해야 하고, 어버이와 아들딸의 온 가족이 더불어 즐길 수 있는 건전성과 품위성을 갖추어야 하며, 앎 및 함의 어울림을 이루어야 하고, 우리네 사람의 고귀함과 존엄성 및 값어치를 으뜸으로 여기는 사람문화를 가꾸어야 한다.

　그런 행복충만을 연구하기 위하여 각종 책들 및 자료들을 사거나 모은다. ① 먼저 종교 철학 심리학 교육학 노래 영화 체육 춤의 인문 분야 책들 및 자료들을 사거나 모은다. ② 또한 복지학 사회학 행정학 경제학 경영학 법학 정치학의 사회 분야 책들 및 자료들을 사거나 모은다. ③ 한편 생물학 물리학 천문학 우주과학 의학 정보학의 과학 분야 책들 및 자료들을 사거나 모은다.
　내 조그마한 문간방에 책들이 한가득 쌓여간다. 아마도 책들 및 자료들이 천여 권에 달하며, 책값 및 자료비로 오천만 원가량을 썼으리라!
　위의 책들과 자료들을 꼼꼼히 읽으면서 주요 부분은 밑줄도 긋고 메모도 해간다. 토요일과 일요일 및 공휴일은 하루 종일 책들 및 자료들과 씨름하면서 지낸다. 평일에도 책들과 자료들을 회사에 가져가서 점심시간에 보곤 한다. 주로 퇴근 뒤에 집에서 밤늦도록 책을 보고 생각하며 글을 쓰는데, 한 생각 또는 한 글자가 막힐 때에는 꼬박 날을 새다시피 그 막힘을 뚫으려고 스스로와 끈질긴 다툼을 벌인다.

　흔히 회사에서는 점심시간을 많이 활용하여 책들과 자료들을 보고 글을 써간다. 그 어느 날도 전처럼 점심 식사를 일찍 하고 다들 점심 식사 하려고 간 사이에 홀로 사무실에서 때마침 몸마음 풀어주기의 몸놀림 동작을 생각해내려고 춤사위에 관한 책 대여섯 권을 쫙 펴놓고 열심히 연구하고 있었다. 그런데 옆자리에 있는 계장님이 무엇을 잊었는지 그것을 가지고 가려고 하여 사무실로 갑자기 확 들어온다. 내가 깜짝 놀란다. 그 계장님은 내 책상에 있는 여성들이 수영복 차림의 벌거벗은 모습으로 여러 춤사위를 시연하는 사진들이 있는 책 및 내가 쓴 원고를 쭉 훑어본다. 그리고는 고개를 갸우뚱거리면서 빈정거리는 투로 "야, 너! 춤바람 났나? 아니 춤바람 났으면 몰래 다니면 되지! 이렇게 책까지 보아가면서 그러면 되겠어? 안 되겠는데, 감찰실에 찔러야 하겠네!"라고 한다.

그 계장님이 나간 뒤에 나는 멍해지면서 "내가 구태여 이럴 까닭이 왜 있나? 빵을 위한 공부도 아니고, 도대체 무엇을 위한 것인가? 남들은 그럭저럭 한 세상 살아가는데, 왜 나에게는 행복충만이라는 뜻이 인연이 맺어졌을까?" 따위의 상념들이 몹시 괴롭힌다.
그러다가 우리네 사람들은, 물론 나도 포함하여, 결국 스스로가 보고 들으며 생각하고 느끼는 것만을 알뿐이요, 그 이상의 것은 아예 짐작도 하지 못하면서도 모든 것을 자기의 생각으로만 여기며 판단하고 규정지어가며 살아가고 있다는 엄연한 현실, 이른바 『우물 안의 개구리 및 주관의 객관화 현상 또는 투사(投射 : projection)』를 뼈저리게 느낀다.

그 당시 남산에서 일한다면 다른 사람들이 속으로는 떨떠름해도 겉으로는 멸시나 천대하지 않으며 또한 그것도 권력이라고 아부하려거나 이용하려고 접근하며 접대하는 사람들도 있는 시절이다. 그 계장님이야 그럭저럭 한 세상 살아갈 뿐이지 구태여 뜻을 세우며 뜻을 마련하려고 애쓸 필요도 없이 살아가고 있다. 그러기에 나의 뜻은 아예 짐작도 못 하고 더구나 춤바람이 났으면 그냥 몰래 다니면 되지 책까지 보는 나쁜 사람이기에 회사의 감찰실에 찔러서 처벌해야 한다고 치부해 버리는 것이려니!
아, 어찌할 것이냐? 그 계장님의 그릇 또는 근기가 그만하기에 남의 뜻을 모르니, 스스로의 뜻도 없이 그렇게 의미 없이 살다가 흔적도 없이 사라져갈 뿐인 참으로 가엽기 짝이 없는 불쌍한 중생인 것을! 그 무엇을 탓하고 원망하며 미워하랴? 그냥 걸리지 않고 넘어버리면 되지 않겠는가!

이렇듯 한참 뒤에 애써 마음을 다잡고는 하고 있던 몸마음 풀어주기의 몸놀림을 또다시 연구한다.

한편 이 세상의 그 무엇이든지 창조력을 발휘하여 새롭게 만들어내는 모든 사람들이 다 겪는 것처럼, 나도 10여 년이 넘도록 그 얼마나 생각에 생각을 거듭하면서 짓고 부수며 쌓고 허물며 뿌듯하고 황량하며 흐뭇하고 허탈해하는 숱한 가슴앓이들을 되풀이했던가?

그리하여 드디어 『행복충만』을 창조력을 발휘하여 새롭게 생각해낸다. 행복충만은 『우리네 벗님들이 서로 어울려서 "튼튼한 몸(몸), 가뿐한 마음(맘), 포근한 보금자리(보), 뜨거운 배움터(배), 보람찬 일터(일), 밝은 온누리(온), 깨끗한 자연우주하늘(자), 넉넉한 돈(돈)"의 온갖 행복을 짓고 닦으며 쌓아서 충만하기 위하여 〈인사 나누기, 노래 부르기, 행복충만 몸돈 읊조림, 말씀하고 듣기, 몸마음 풀어주기, 자연 풍경 보기, 행복충만 읊조림, 알리는 말씀, 끝 인사하기〉의 모두 아홉 마당 100분을 함께 하는 모임』이다.

이렇게 큰 틀을 짜고 나서 본격적으로 800자 원고지를 사용하여 글을 써간다. ① "행복충만"으로서 「행복의 풀이 / 행복은 무엇일까? : 튼튼한 몸, 가뿐한 마음, 포근한 보금자리, 뜨거운 배움터, 보람찬 일터, 밝은 온누리, 깨끗한 자연우주하늘, 넉넉한 돈 행복충만을 위하여」의 글을 써간다. ② "행복충만 짜임새"로서 「인사 나누기, 노래 부르기, 행복충만 몸돈 읊조림, 말씀하고 듣기, 몸마음 풀어주기, 자연 풍경 보기, 행복충만 읊조림, 알리는 말씀, 끝 인사하기」의 글을 써간다. ③ "행복충만 모임 가짐"의 글을 써간다.

이처럼 10여 년의 세월이 흘러서 "800자 원고지"로 『3,673장』이나 되는 행복충만의 글을 1차적으로 마무리한다. 당시에는 내가 컴퓨터를 하지 못하여 800자 원고지에다 행복충만의 글을 쓴다.

배우고 겪으며 알고 느끼며 헤아리고 깨우친 것들이 모자란 내가 위와 같이 행복충만을 새롭게 마련할 수 있었던 바탕·기틀은 아래와 같은 네 가지라고 감히 헤아린다.

1. 내가 국가정보기관 국내정보분야의 활동부서 및 분석부서에서 정보관 및 분석관으로 일하면서, 불교·기독교·천주교·천도교를 비롯한 민족종교·신흥종교의 종교계의 행사를 직접 참여하고, 종교계의 활동상을 살피기도 하며, 종교계 인사들을 만나기도 하는 한편, 각종 종교계의 경전 책 논문 신문 잡지 소식지 연감 홍보물 유인물을 보기도 했는데, 이런 종교계의 경험 및 노력들이 행복충만을 새롭게 마련하는 데에 많은 도움이 됐다.

2. 우리네 사람들이 살아가면서 큰 문제의 하나인 '내 집 마련의 꿈'은 앞에서 살펴보았듯이 누님들을 비롯한 가족분들께서 복둥이 아들을 돌보며 키워주기로 하여 마련한 아파트가 밑바탕이 되는 한편, 기관 특성상 집단거주에 따른 테러의 위험성 때문에 어렵게 만들어진 국가정보기관 직장주택조합에 들어가 우여곡절을 겪고서 좋은 아파트를 분양받을 수가 있었다. 따라서 집 걱정을 크게 하지 않고서 행복충만을 새롭게 마련하는 데에 열중할 수 있었구나!

3. 대학 시절 불교학을 공부하면서, 종교 철학 심리학 교육학 노래 영화 체육 춤의 인문 분야와 사회학 행정학 경제학 경영학 법학 정치학의 사회 분야 및 생물학 물리학 천문학 우주과학 의학 정보학의 과학 분야에 걸쳐 폭넓게 책들을 보거나 강의를 듣는 학문적 지식과 노력 및 경험들이 행복충만을 새롭게 마련하는 데에 큰 도움이 됐다.

4. 나의 바로 앞 전생의 독립운동가 및 24전생의 스님으로 살았던 전생들의 수많은 인연들과 더불어, 부처님·공자님·소크라테스님·예수님의 4대 성인 및 수많은 성현님들의 훌륭한 가르침들로 여러 가지로 모자란 내가 감히 행복충만을 새롭게 마련할 수 있었다고 감히 여긴다!

뒷날에 참으로 다행스럽게도 내가 정보시대에 맞춰 컴퓨터를 배울 수 있는 행복을 누리게 된다. 그리하여 용기를 내어 틈나는 대로 800자 원고지로 '3,673장'인 행복충만의 원고를 "한글 프로그램(한글과 컴퓨터(주)에서 개발하여 1989년 4월에 1.0판이 출시된 한글 전용 소프트웨어)"을 사용하여 컴퓨터로 작성하기 시작한다.
이렇게 컴퓨터로 행복충만의 원고를 작성하니까, 참으로 편리한 것이 많구나! 먼저 행복충만의 글을 고치거나 줄이거나 늘리기가 너무나 편리하다. 또한 글자의 모양이나 크기를 마음대로 바꿀 수 있어서 좋은걸. 아울러 행복충만의 원고에 갖가지 모양의 표를 만드는 한편, 그동안 살아오면서 뜻깊은 순간들을 담은 여러 사진들을 넣을 수 있어 멋지거든. 한편 내가 요즘의 정보시대에 맞춰 컴퓨터를 배워 정보능력을 갈고 닦고 쌓음으로써, 정보시대에 뒤떨어진 컴맹(com盲)을 벗어날 수 있어 참으로 다행이라고 여긴다.

이처럼 800자 원고지로 3,673장인 '1. 행복충만 / 2. 행복충만 짜임새 / 3. 행복충만모임 가짐'의 글을 "한글 프로그램"을 사용하여 컴퓨터로 작성하기 시작하여 5년가량의 세월이 걸려서 행복충만 글의 컴퓨터 작성을 완료한다.

이렇게 컴퓨터로 작성한 행복충만의 컴퓨터 원고의 분량은 A4 용지의 '1,230장'이다. 또한 이런 처음의 A4 용지 1,230장 행복충만의 컴퓨터 원고를 "한글 프로그램"을 사용하여 재작성하여, 행복충만의 컴퓨터 원고의 분량을 A4 용지의 '1,136장'으로 줄여 고쳐 쓴다. 한편 두 번째의 A4 용지 1,136장의 행복충만의 컴퓨터 원고를 "한글 프로그램"을 사용하여 3년가량 재작성하여, 행복충만의 컴퓨터 원고의 분량을 A4 용지의 '714장'으로 줄여 거듭 고쳐 쓴다.

　아울러 행복충만과 관련한 제도 및 법령이 새로 생기거나 바뀌거나 없어지든지 또는 어떤 사회의 논쟁거리 이슈(issue)가 일어나면, 거기에 알맞게 행복충만의 컴퓨터 원고를 지속적으로 수정하거나 보완하면서 거듭 고쳐 쓰곤 하는구나!

　위와 같은 제법 많은 갈래를 다루는 행복충만의 글을 쓰다 보니 예로부터 요즘에 이르기까지의 우리나라와 동양 및 서양에 걸쳐 온누리의 수많은 성현님들 및 훌륭하신 분들의 가르침 보살핌 이끄심 도움을 많이 받는다.

　또한 《다음·네이버·엣지·크롬들의 인터넷》의 도움을 많이 받았거든.
　한편 언론계의 도움을 많이 받았지! 곧 조선 동아 중앙 한국 한겨레 경향 서울 문화 국민 세계 매일경제 한국경제 서울경제 전자의 일반 신문사 및 불교 법보 현대불교 기독교 가톨릭 원불교의 종교 신문사, / 한국방송공사(KBS) 문화방송(MBC) 서울방송(SBS), 채널A TV조선 JTBC MBN 연합뉴스TV YTN의 일반 방송사, / 불교방송(BBS, BTN) 기독교방송 평화방송 원음방송의 종교 방송사들의 도움을 무척이나 많이 받았는걸!.
　아울러 인공지능(AI) 챗지티피(Chat GTP)의 도움을 많이 받았지!

　이 자리를 빌려 그 모든 분들께 고마운 마음을 바쳐 올린다.

　한편 《행복충만》의 글을 쓰면서 한글을 쓰려고 무척 애를 쓴다. 온누리에서 가장 쓰기 쉽고 좋은 글은 누구든지 자기 나라의 글이다. 우리나라의 글은 세종임금님께서 1446년에 만든 훌륭하고 멋지며 자랑스러운 한글이다. 따라서 한글을 쓰려고 애썼으며, 되도록 한자 또는 영어를 쓰지 않으려고 엄청나게 애쓴다.

　그런데 위와 같은 과정을 거치면서 쓴 행복충만이라는 글은 논술 형식으로 너무 어렵게 작성되어 있고 현실과는 동떨어진 먼 이웃 세상에나 알맞은 푸념과 같거든! 그리하여 딱딱하고 밋밋한 행복충만이라는 글을 아내와 아들들 및 내가 맞벌이 가족으로서 이 어렵고도 힘든 세상을 살아가면서 직접 보고 들으며 느끼면서 쌓인 응어리 및 즐거움을 있는 그대로 진솔하게 풀어서 누구나 쉽게 알 수 있고 똑같은 한 마음으로 느낄 수 있는 에세이 형식으로 새롭게 쓰려고 무척이나 애를 쓰는구나!

　배우고 겪으며 알고 느끼며 헤아리고 깨우친 것들이 모자란 나 일벗님이 감히 행복충만을 새롭게 마련하면서 잘못 생각한 것이나 또는 미처 생각하지 못한 것들이 있다면, 그 어느 분이시든지 훌륭한 가르침을 베풀어 주시오면 참으로 고맙게 배울 것이다.

　나 행복충만 일벗님의 연락 번호는 『 010 － 3968 － 9487 』이며, / 이메일은 『 hbcm3773@naver.com 』이고, / 주소는 『 (우편 번호 : 06318) 서울특별시 강남구 개포로 311 (개포더샵트리에) 902동 1009호 』이다.

　부디 연락 주시기를 거듭 간청 드린다.

　지난 대학 시절 교직과정을 이수하여 교원자격증을 가지고 있어서, 군대 제대 뒤에 서울특별시 공립 중등학교 선생님 채용공개시험인 순위고사를 본다. 참으로 다행히도 부처님과 조상님의 보살핌으로, 경쟁률도 높은 선생님 시험에 된다.

　서울시 관악산 기슭에 있는 공립 중학교에서 학생들을 가르치게 된다. 집에서 학교까지 다니기가 멀고 힘들 것 같아서, 그 유명한 신림동 고시원에 들어간다. 낮에는 학교에서 학생들을 가리키고, 밤에는 고시원에서 책을 보면서 지낸다. 도덕 과목을 가르치는 선생님으로서 청소년들의 인성을 드높이고 꿈을 키워주려고 나름대로 열심히 노력한다. 담임을 맡지는 않았으나, 제법 학생들에게 인기가 있는지, 교무실 내 책상에는 학생들이 가져온 꽃들이 항상 놓여 있구나!

　그 고시원에 있는 고시생들과 인사를 하고 지내게 된다. 그 사람들 가운데 모교인 동국대학교를 나온 벗들을 알게 된다. 그 벗들의 방에서 차를 마시다가, 특정직 국가공무원 모집 안내문을 보게 됐으며, 나는 그 벗들의 권유 및 도움을 받으면서 그해 3월 말에 참으로 어렵다는 그 특정직 국가공무원 공개경쟁채용시험을 준비하게 되는구나!

　낮에는 학교에서 학생들을 가르치고서, 밤에는 고시원에서 그 공부를 한다. 고시원에서 6시쯤 아침 식사를 하고 10분쯤 걸어서 텅 빈 학교에 제일 먼저 간다. 교무실 문을 열쇠로 열고 가장 끝에 있는 내 자리에서 아침 공부를 집중해서 한다. 선생님과 학생들이 오며 교직원 회의를 하고 나서 학생들을 가르치다가 학교가 끝나면 고시원으로 간다. 내가 낮에 학생들을 가르칠 때에도 고시원에서 계속적으로 고시 공부를 하고 있었을 벗들과 결국은 경쟁해야 함으로, 몸이 피곤해도 참으며 졸음이 오면 찬물로 세수도 해가면서 공부를 집중해서 하려고 애쓴다. 이렇듯 낮에는 일하고 밤에는 공부하는 힘든 생활을 한다.

　그 특정직 국가공무원 1차 필기시험을 그해 9월에 그런대로 치른다. 얼마 뒤에 학교에서 수업을 마치고 교무실로 오는 데, 교감 선생님께서 손짓을 하면서 큰 소리로 부르더니 무척 놀라운 표정으로 "국가안전기획부에서 찾던데, 무슨 일이냐?"고 황망한 모습으로 덜덜 떨면서, 메모 쪽지를 준다. "예? … …" 그 당시 교감 선생님 책상에만 있는 교무실의 유일한 전화기로 번호를 돌려 연락을 한다. 내 이름을 밝히자, "축하한다!"면서 "지난 번에 보았던 필기시험 성적이 아주 우수하여 미리 연락을 주었다"고 한 뒤에 "방문하여 상담을 하자!"고 한다. 다음 날 학교가 끝나고 약속한 곳으로 가서 그 사람을 만나서 많은 상담을 한다. 이어서 문답 면접과 인성 테스트 및 즉석 영어 타임지 독해의 2차 면접시험도 되고, 3차 체력시험도 통과하며, 4차 신원조사도 되어서, 드디어 아주 우수한 성적으로 특정직 국가공무원 공개경쟁채용시험에 최종적으로 합격한다.

　아마도 특정직 국가공무원 시험에 우수한 성적으로 된 것은 감히 부처님의 가피력 및 조상님들의 은덕이라고 여긴다. 1차 필기시험을 본 다음 며칠 뒤에 꿈속에서 홀연히 부처님과 조상 어르신께서 나타나신다. 부처님과 조상 어르신께서 빙그레 웃으며 "수고했구나! 받거라!" 하시면서 증서를 내려주신다. 나는 부처님과 조상 어르신께 큰절을 올린 다음에, 그 증서를 받으면서 "고맙습니다! 감사합니다!"라고 말하며 뜨거운 눈물을 흘린다.

　그 다음 해 연초에 특정직 국가공무원의 공개경쟁채용시험 우수 합격자 교육인 『정규과정 23기』의 연수교육을 1년간 받으면서, 특정직 국가공무원의 길을 시작하게 된다. 나의 동국대학교 불교학과의 학력 및 군종장교 군법사의 경력이 독특해서인지 동기생들이 의아해하다가, 어느 사이엔가 "법사님!"으로 통한다. 교양교육·어학교육·실무교육·체력교육들에 걸친 수많은 연수를 받는다. 특히 특전사에 위탁하여 한 달 동안 공수훈련을 받으면서 낮·밤·경무장·중무장 낙하들의 4번의 낙하를 하면서 푸르고 맑은 하늘을 훨훨 날아본다. 아울러 해병대의 해양훈련도 받으면서 막막한 바다를 헤엄쳐 보기도 하는구나!

나는 1년간의 연수 교육을 마치고 국가정보기관 국내정보분야의 활동부서 및 분석부서에서 정보관 및 분석관으로 일하면서, 불교·기독교·천주교·천도교를 비롯한 민족종교·신흥종교의 종교계의 행사를 직접 참여하고, 종교계의 활동상을 살피기도 하며, 종교계 인사들을 만나기도 하는 한편, 각종 종교계의 경전 책 논문 신문 잡지 소식지 연감 홍보물 유인물을 보기도 했는데, 이런 종교계의 경험 및 노력들이 행복충만을 새롭게 마련하는 데에 많은 도움이 됐다.

특정직 국가공무원 공개경쟁채용시험을 볼 때마다 옆자리에 앉는 인연이 맺어진 동기생의 서울특별시 공립 중학교 선생님인 여동생을 소개받아 내가 직접 연락하여 서로 만나 사귀다가 결혼하는 소중한 인연을 맺는다. 결혼식을 모교의 동국대학교 법당인 정각원에서 당시 동국대 총장님이시며 은사님이신 지관 큰 스님을 주례로 모시고 온 가정의 축복 속에서 성대하게 봉행한다.

나와 아내는 부모로서 아들을 낳아 기르고 보살피면서 한 사람으로 키워가는 즐겁고 흐뭇하며 애달프고 애틋한 인연을 맺게 된다. 아내는 아이를 가지면서 태몽으로 부처님을 뵈었다고 한다.
아내는 학교에 가서 학생들을 가르치고 보금자리로 왔는데, 저녁에 출산기가 와서 급히 아내를 큰 종합병원으로 데리고 가서 아이를 낳는다. 아내가 7시간가량의 온몸이 마디마디 으스러지는 출산의 고통을 거든히 이겨내고서 드디어 1987년 8월 22일 새벽에 3.9킬로그램의 튼튼한 아들을 낳는다. 간호사님이 아기의 온몸에 묻은 피와 양수를 깨끗이 씻겨내고 보자기로 곱게 쌓은 다음에 아빠인 나를 부른다. 나와 우리 아들은 첫 만남을 가진다. 조금 뒤에 간호사님이 우리 아들을 데리고 와서 엄마 품에 안긴다. 이렇게 아기와 엄마 및 아빠가 이 세상 온누리에서 처음으로 인연을 맺는다. 엄마와 아빠는 아기를 보고 만지면서 이 세상의 온갖 행복을 모두 가진 듯이 기쁘고 즐거우며 벅차오르고 뿌듯하며 충만해진다. 병원에서 갓 태어난 아기의 모습과 함께 손바닥 및 발바닥 모양을 채취하여 사진으로 찍어서 출산 기념으로 준다.

아내가 서울특별시 공립 중학교 선생님이어서 1987년 당시 『교육공무원법』 제44조 및 제45조에 따라 "2개월간의 육아휴직(월급을 받는 유급)"을 받는다. 아기와 엄마 및 아빠는 웃고 울며 젖도 먹이고 똥오줌도 받아내며 목욕도 시키는 한편 사진도 찍고 영상도 찍으면서 오순도순 알콩달콩 행복하게 하루하루를 살아간다.
엄마가 2개월간의 육아휴직이 끝난 바로 다음 날에 우리 행복충만 책의 맨 처음인 『아기의 젖병과 힘든 하루 및 울 자격도 없는 바보 아빠?!』라는 삶의 응어리를 겪는다. 더불어 우리 아들이 자라면서 『아들 돌봄의 응어리와 즐거움 및 아침 생이별과 저녁 이산가족 상봉?!』라는 삶의 응어리도 겪는구나!

어느덧 우리 아들도 여섯 살이 된다. 나와 아내는 "둘째 아이를 낳느냐, 마느냐?"하는 문제로 생각에 생각을 거듭거듭 한다. 맞벌이 부부로서 아이 키우는 어려움을 너무나 잘 알기 때문에 무척이나 망설여지기도 한다. 하지만 아들 혼자만 키우면 언젠간 나와 아내도 죽을 터인데, '이 세상에 아들 홀로 남겨지는 외로움을 어떻게 달래줄 수 있을까?' 하는 부모로서 미안한 마음도 쉽게 떨쳐버릴 수가 없구나! 나와 아내는 조심스럽게 어리지만 아들의 마음도 헤아려보려고 애쓴다. 아들은 엄마에게 "애기 동생은 내 장난감도 되는 것이지?!"라고 좋아하더라고 한다. 그래서 나와 아내는 둘째 아이를 낳기로 하고 둘째 아이를 갖는다.

둘째 아이의 출산일이 다가온다. 아내는 학교에 가서 학생들을 가르치고 보금자리로 왔는데, 저녁에 출산기가 와서 급히 아내를 큰 종합병원으로 데리고 가서 아이를 낳는다. 아내가 9시간가량의 온몸이 마디마디 으스러지는 출산의 고통을 거든히 이겨내고서 드디어 1994년 6월 9일 새벽에 아들을 낳는다. 한참 뒤에 간호사님이 나를 불러서 갔는데, 아이는 보이질 않는다. 무슨 일일까? 간호사님이 "우리 아이가 태어나면서 엄마의 양수를 한 모금 먹어 조금 문제가 있어서 우리 아이가 치료를 받고 있다"고 한다. 우리 아이를 볼 수 있냐고 하자 곤란하다면서 의사 선생님께 간청해보라고 한다. 내가 의사 선생님을 찾아가서 애걸복걸 통사정하여 겨우 허락을 받는다. 간호사님을 따라 신생아실로 가서 창문 앞에서 기다린다. 커튼이 열리고 간호사님이 보육기(保育器) 또는 인큐베이터(incubator) 안에서 치료를 받고 있는 우리 아들을 보여준다.
　이렇게 아빠인 나와 둘째 아들인 아우의 첫 만남이 이루어지는구나! 어느새 나의 얼굴에는 눈물이 흐른다. 하늘이시여! 어쩐 일입니까? 이 못난 제가 태어나서 지금까지 살아오면서 몸과 입 및 마음으로 알게 또는 모르게 지은 잘못 때문에 받는 업보이고 벌입니까? 땅이시여! 차라리 저에게 잘못에 대한 업보와 벌을 내려주실 것이지, 어찌하여 갓 태어난 우리 아들에게 이 나쁜 아빠를 대신하여 태어나자마자 삶의 응어리를 주시는 것입니까? 아빠인 나는 그저 하염없이 눈물을 흘린 뿐이다.
　더불어 아빠인 나의 현생 및 전생들에서 몸과 입 및 마음으로 알게 또는 모르게 지은 잘못들에 대해 뉘우치면서 살아야 한다는 것을 뼈저리게 깨우친다. 또한 갓 태어난 우리 아들의 전생들에서 몸과 입 및 마음으로 알게 또는 모르게 지은 잘못들에 대해서도 아들을 대신하여 아빠인 내가 뉘우치면서 살아야 한다는 것을 깊이 헤아린다.

한편 애써 눈물을 진정하고 엄마에게는 어떻게 말할까를 생각한다. 엄마는 우리 아이가 어떠한가를 무척이나 궁금해하고 있으며 물어볼 터인데 … 아빠인 내가 사실대로 우리 아들이 보육기에서 치료를 받고 있는 모습을 보았다고 얘기할 수는 없는 노릇이라고 여긴다. 왜냐면 엄마는 지금 우리 아들을 낳아서 온몸이 부서질 듯이 아플 것이기 때문이다. 우리 아들의 태어나면서의 삶의 응어리에 대해 아빠인 나보다 엄마는 훨씬 더 예민하게 받아들이고서 스스로의 잘못이라는 자책감이 매우 클 것이라 여기기 때문이기도 하다.
　그리하여 어쩔 수 없이 사실이 아니지만 꾸민 말을 할 수밖에 없다고 헤아린다. 따라서 아빠인 나는 엄마에게 "우리 아들 잘 있어요! 태어나면서 양수를 한 모금 먹었는데, 치료를 받고서 이제는 괜찮아요!"라고 안심시켜주는구나!
　그 다음 날에 우리 아들은 몸이 나아 보육기에서 나와 신생아실에서 지낸다. 엄마는 신생아실에서 잘 지내는 아들과 첫 만남을 가진다. 나흘이 지난 다음에 우리 아우는 보금자리로 와서 형과의 만남을 가지는 데, 형은 아우의 손 발 얼굴들을 만져보고 귀여워한다.

참으로 다행하게도 엄마는 서울특별시 공립중학교 선생님이기 때문에, 형 때의 2개월간의 육아휴직이 아니라, 1994년 당시 교육공무원법 제44조 및 제45조에 따라 가장 긴 기간인 "3년간의 육아휴직(월급이 없는 무급)"을 받는다. 그리하여 우리 아우는 3년 동안 엄마와 왼 종일토록 함께 지내면서 웃고 울며 먹고 싸며 놀고 자면서 복스럽고 씩씩하게 잘 자라난다.

형은 아침에 아우에게 '안녕!'하고 학교에 갔다가, 오후에도 아우 이름을 부르면서 보금자리로 들어온다. 형과 아우의 터울이 일곱 해가 되어서 그런지, 형은 전혀 아우를 시샘하거나 해코지 아니하면서 아우를 장난감처럼 만지고 안으며 업기도 한다.

나와 형이 했던 것처럼, 형은 아우를 배에 태우고 아우의 발을 얼굴에 올려놓으면서 사진을 찍기도 한다. 아울러 서울대공원 놀이동산에 가서 꽃밭에서 형이 아우를 번쩍 들고 형과 아우가 함께 해맑게 웃으면서 사진을 찍기도 하는구나!

위와 같이 아내와 나는 엄마와 아빠로서 큰 아들인 형 및 막내 아들인 아우를 키운다. 특히 큰 아들인 형 때에는 태어남의 응어리는 없고 돌봄의 응어리가 있는 한편, 막내 아들인 아우 때에는 태어남의 응어리는 있고 돌봄의 응어리가 없는 삶을 산다.

아울러 형으로 인해 현생에 대한 생각을 깊게 해보는 한편, 아우로 인해 전생과 내생에 대한 생각을 넓게 해보는 삶을 사는구나!

형과 아우는 엄마와 아빠의 사랑을 듬뿍 받으면서 행복하게 잘 자란다. 초중고에 다닐 때에 나름대로 열심히 공부하여 원하는 대학에 들어간다.

형아우 형제 모두는 각각 대학 1학년 때에 영어 공부를 열심히 하여 미군부대인 카투사 (KATUSA - Korean Augmentation to the United States Army : 주한미군 부대에 배속된 한국군 병력)에 응시하여 합격해서, 군대 복무와 더불어 요즘 국제화 시대에 필수적인 영어를 폭넓게 배우는 행복을 누리게 된다.

형은 카투사 제대 뒤에 대학 고시원에 들어가 열심히 공부하여 대학 재학 중에 1차 및 2차에 걸친 국가전문자격시험인 『공인회계사(公認會計士 : CPA - Certified Public Accountant)』에 합격하여 전문직에서 열심히 일을 하고 있다.

아우도 카투사 제대 날 저녁에 아빠가 수백만 원에 달하는 인터넷 강의를 등록하여 집과 대학 도서관에서 열심히 공부하여 대학 재학 중에 1차 및 2차에 걸친 국가전문자격시험인 『보험계리사(保險計理士 : Actuary)』에 합격하여 전문직에서 열심히 일하고 있다.

엄마와 아빠는 형과 아우가 2차 국가전문자격시험을 볼 때마다 봉은사 미륵대불 바깥법당에서 자식을 위한 기도정성을 드리곤 한다.

형은 첫 월급을 받아 엄마와 아빠에게 큰 텔레비전을 선물하며, 아우도 첫 월급을 타서 엄마 및 아빠에게 안마의자를 선물하고 특히 엄마 머리에 염색도 해주는 참으로 효성스러운 아들들이구나!

참고로, 나는 26년이 지난 뒤에 우리 막내아들이 국가전문자격시험인 보험계리사에 합격하여 취업이 되어 첫 월급을 타서 엄마아빠에게 안마의자를 선물한 어엿한 사회인으로 잘 자란 다음에야, 비로소 엄마에게 아빠인 나와 막내아들인 아우의 첫 만남을 얘기한다. 사실은 우리 아들이 보육기에서 치료를 받고 있는 모습이라는 애틋하고 가슴 저미는 첫 만남에 대해 얘기한다. 그동안 나는 살아오면서 특히 드라마에서 '보육기에 있는 아이의 모습'을 보기만 하면 그저 눈물이 어느새 흘러나와 얼른 그 자리를 떠나서 엄마가 모르게 하려고 했던 삶의 아픔을 겪는 따위로 나 홀로 간직한 채로 가슴에 품어온 삶의 응어리를 애써 푸는구나! 아, 바보 아빠인 나는 왜 또다시 눈물이 흐르는 것이냐? 왠 눈물이 … …

형은 좋은 배필을 만나 결혼을 하여 보금자리를 꾸리고, 엄마 아빠와 똑같이 맞벌이로 열심히 일하고 알뜰하게 돈을 모아 서울에 아파트를 마련하여 행복하게 살고 있구나!

　아우도 같은 보험회사에 다니는 전문직 여성을 만나 조금 뒤에 보금자리를 꾸릴 예정이며, 둘이 2025년 추석 명절에 쉬지 아니하고 발품을 팔아 부지런히 이곳저곳을 다녀서 신혼집으로 재건축을 추진 중인 서울의 아파트를 사서 삶의 가장 큰 고민거리인 "내 집 마련"의 꿈을 실현하면서 열심히 또한 올바르게 살아 행복하려고 애쓰고 있구나!

　위와 같이 이 못난 남편과 아빠를 아내와 자식들이 크게 탓하거나 미워하며 원망하지 아니하고서, 오히려 사랑하고 참으며 믿어 주었기 때문에, 포근한 보금자리를 가꾸면서 엄마와 아빠 및 아들과 며느리들의 우리 가족 모두가 힘들고 어려운 이 세상에서 오늘도 행복충만하게 살아가는 행복이 베풀어진 것이라고 참으로 감사하게 여긴다?!

가족 나들이　　　형과 아우의 어울림

형 – 미군부대
방문 가족사진

아우 – 미군부대
방문 가족사진

형 결혼식
가족사진 – 1

형 결혼식
가족사진 – 2

6. 홀로 수술과 어머님 위독 소식 및 애틋한 가족

지난 1997년 가을철에 오래전부터 배가 아파왔는 데, 그날따라 몹시도 배가 아파 걸음을 제대로 걸을 수가 없어서 어쩔 수 없이 병원에 간다. 의사 선생님이 보자마자 "탈장(脫腸 : hernia, rupture)인데, 당장 수술해야 한다!"라고 하면서 "그동안 상당히 오래 무척이나 아팠을 터인데, 어떻게 참고 견디었느냐?"라고 한다.

아마도 내가 공무원 시절인 1994년에 최고 윗사람인 당시 국가안전기획부장에게 정책 제안했다가 버림받은 응어리·스트레스들이 쌓여서 몸속의 내장인 창자도 힘들어서 꼬이고 뒤틀리며 터져 나왔나 보다. 나는 조그마한 창자가 터져서 그나마 다행이라 헤아린다. 만일 뇌·목·손·허리·등·발들이 터졌으면 내 삶이 훨씬 힘들어졌을 터인데, 불행 중 다행이라고 애써 스스로를 위로하는구나!

그 당시 사회복지시설에서 낮에 일하며 밤에 기거하고 있었기에 일터에서 절차를 밟아 병가를 얻는 한편, 집에는 구태여 아무런 말을 하지 않은 채로 홀로 병원에 입원하여 10월 7일에 수술을 받는다.

아침에 수술을 무사히 받고 나서, 병실로 돌아와 간신히 의식이 돌아오고 있는 중인데 핸드폰이 울린다. 겨우 핸드폰을 받는다. 가족인데, "어머님께서 위독하니 급히 오라는 연락이 왔다!"고 한다. 아, 어쩌란 말이냐? 수술을 하여 겨우 의식이 돌아오고 있는 중이며, 마취도 다 풀리지 않아서 몸을 제대로 움직일 수가 없는걸! 아, 어머님과 늦둥이 막내아들인 나는 무슨 얄궂으며 애틋한 인연이란 말이냐! 어머님께서는 아직까지도 나를 '내 새끼'라 부르면서 그 모든 것을 다 주시려고 하며, 이 세상에서 제일 잘났으며 최고로 똑똑한 아들이라고 주위 분들에게 온갖 자랑을 하는 것이 사는 즐거움이라 여기는 분이신데 … … …

나는 지금 어떻게 살아가고 있을까? 온 가족의 잔치를 벌이고 시작한 그 철밥통이라 부르는 특정직 국가공무원 자리를 그만두고 나서, 내 삶의 뜻인 행복충만을 펴기 위해 여러 사회복지시설에서 몸과 마음이 어려운 사람을 돌보고 이끌면서 삶의 응어리와 고달 픔 및 애절함을 온몸과 온 마음으로 두루 직접 부딪치고 느끼며 체득하고 증득하여 수많은 벗님들을 품을 수 있는 그릇이 되도록 온갖 행복을 짓고 닦으며 쌓아서 충만해져야 하는 때이거늘!
그러기에 부모님이나 가족에게 당당하지 못하고 떳떳하지 못하며 빚지고 사는 것 같아서, 가족에게 알리지도 못하고 나 혼자서 병원에 입원하여 수술까지 할 수밖에 없는 처지이구나!
어머님께서 위독하면 얼른 가서 뵈어야 하는 것이 그동안 애지중지 키운 막내아들의 당연한 도리이리라! 그런데 수술이 끝나서 아직 의식도 채 다 돌아오지 않고 마취도 아직 풀리지 않아서 몸을 움직일 수가 없으니, 이 불효를 어찌할까나?! 그저 눈물만이 흐를 뿐이다. 아무런 말도 하지 못하고 그저 흐느끼기만을…

가족은 뭔가 이상하게 느꼈는지 "무슨 일이 있느냐?"고 묻는다. 수술 뒤라 마취가 아직 안

풀려 혀가 꼬부라지고 더듬거리며 말이 잘 안 된다. 보다 못한 옆 환자의 보호자가 큰 소리로 "수술하고 나온 지 얼마 안 되어 말이 잘 안 돼요!"라고 대신하여 말해준다. 가족은 그 소리를 들었는지 놀라 "수술이라니! 왜요? 말도 안 하고 혼자서… 어느 병원인데요?" 하면서 울먹거린다. 나는 "어…어… 머…니…님…!"이라는 소리를 겨우 할 뿐이다. 가족은 엉엉 울면서 "어느 병원이냐"고 애타게 되묻는다. 나는 울먹거리면서 그저 "어…어…머…니…님…!"이라는 소리만을 거듭한다. 계속적으로 가족은 울면서 "병원"을 묻고, 나는 눈물을 흘리면서 "어…머…님…"을 소리낼 뿐이다. 그러한 모습이 너무 딱했는지 옆의 보호자들도 눈시울을 적신다. 핸드폰을 끊고서 나는 마음속으로 "석가모니불! 어머님…! 석가모니불! 어머님!"을 외우면서 눈물을 하염없이 흘린다.

그날 늦은 오후에 마취가 거의 풀리고 말이 제법 될 때에 어머님이 계신 병원으로 연락을 한다. 어머님은 다행히도 한 고비를 넘기고 살아 계신다고 한다. 아마도 부처님의 보살핌으로 어머님께서는 이 못난 막내아들이 당신의 임종을 지켜보지 못하는 불효를 저지르지 않도록 마지막 힘을 내어 당신의 목숨을 지키셨으리라 여긴다.

가족들은 이제 어머님 걱정은 안 해도 되니까, 어느 병원인지를 가르쳐 달라고 독촉한다. 나도 이제는 수술도 잘 됐고 회복되고 있으니 아무 걱정하지 말라고 한다. 그래도 가족은 병원에 가겠다고 자꾸만 조른다. 내가 거듭 괜찮다고 하자, 아들들을 바꿔어서 조른다. 중학생인 큰아들 및 초등학교에 갓 들어간 막내아들은 "아빠! 아프니까 우리가 가볼래요?" 하면서 훌쩍거린다. 나는 "이제 아빠 괜찮아! 구태여 아빠한테 올 것까지는 없어! 엄마 말 잘 듣고, 공부 잘 해야지!" 하면서 달랜다.

나도 어버이의 잘난 아들이며, 형제자매의 똑똑한 아우임은 물론이요, 아내의 당당하고 떳떳한 남편이고, 아들의 자상하고 멋진 아빠인걸! 비록 지금 이렇게 삶의 뜻인 행복충만을 펼 행복을 짓고 닦으며 쌓아서 충만해지기 위하여 이 세상의 갖가지 괴로움과 아픔 및 어려움을 두루두루 겪는 중이지만… 그러기에 구태여 가족들에게 내가 온갖 행복을 짓고 닦으며 쌓아서 충만해지기 위하여 겪어야 되는 삶의 길을 알릴 것도 없으며, 더구나 그 모습 및 현장을 보여줄 필요는 아예 없으리라!

아마도 부처님께서 삶과 죽음을 뛰어넘은 깨달음을 얻기 위한 숱한 힘듦과 어려움을 참고 견디며 이겨낼 수 있었던 바탕의 하나로, 당신의 어머니께서 당신을 이 세상에 낳고 나서 당신에게 삶을 주기 위한 출산의 아픔 때문에 칠 일 만에 목숨을 여읜 애틋한 인연이었으리라! 아마도 부처님께서 태어나지 아니했더라면, 당신의 어머님은 생명을 잃지 아니했을 것이다. 따라서 부처님의 생명은 결국 어머니의 목숨을 여읜 큰 희생으로 비롯된 것이다. 그러기에 부처님께서는 몸과 마음을 모두 바쳐 삶과 죽음의 도리를 깨우치기 위해 어렵고도 힘들며 괴로운 고행 및 수행을 참고 견디며 이겨내기 위하여 정진하고 또 정진하며 용맹 정진할 수 있었으리라! 그리하여 드디어 부처님께서는 우리네 사람들의 삶과 죽음을 뛰어넘어 초월하고, 자연우주하늘의 도리와 이치를 훤히 꿰뚫어보는 깨달음을 얻고 증득할 수 있었을 것이라 여긴다.

또한 예수님께서 십자가에 못 박혀 온갖 멸시 천대 조롱을 받은 뒤에 끝내 돌아가서 세마포에 싸여 무덤에 안장됐을 때에 그 무덤가를 차마 떠나지 못하고 서성거렸던 사람은 어머니 마리아(Maria / Mary) 및 가족이었으며, 그리하여 예수님께서 사흘 뒤에 부활했을 때에 가장 먼저 그 부활한 모습을 보여준 사람도 다름이 아니라 어머니와 가족이었다고 한다.

이 세상 모든 사람들이 제아무리 삶이 어렵고 힘들며 괴로워도 쉽사리 목숨을 저버리지 못하고 참으며 견디고 이겨내면서 목숨보다 질긴 삶을 살아가도록 만드는 밑바탕은 바로 어버이와 자식 및 가족들 사이의 애틋하고 간절하며 애절한 그 마음이려니!

그로부터 16년이 지난 2013년에 나는 다시 탈장 수술을 받는다. 전에는 오른쪽 사타구니이었는데 이번에는 반대의 왼쪽 사타구니이구나! 아마도 행복충만 표·마크를 새롭게 만들어내려고 지난 10여 년가량 가슴앓이를 해왔던 응어리·스트레스가 쌓여서 또 창자가 터졌나보다. 엄마에게는 미리 말을 하고 아들들에게는 절대로 얘기하지 말라고 하는 한편, 엄마도 병원에 올 필요는 없다고 당부를 하고서 홀로 병원에 가서 탈장 수술을 받는다.

또한 지난 2020년부터 왼쪽 사타구니가 조금씩 부풀어 오르면서 "으리! 저리!" 아프기 시작하는구나! 아니 왜 또다시 이럴까? 왜 나는 탈장과 인연이 깊을까나? 왜 이러지?
아마도 3번이나 창자가 터지는 탈장과의 모질고도 애틋한 인연은 40여 년가량 비록 내가 죽더라도 행복충만을 반드시 잊지 말라는 일깨움인 한편, 이 세상의 힘들고도 어려운 삶을 부지런하고 열심히 살아가면서 튼튼한 몸과 가뿐한 마음 및 그 밖의 온갖 행복들을 갈고 닦으며 충만하도록 힘써 애쓰라는 자연우주하늘의 높고도 드넓은 가르침이려나?!
더불어 이제 2026년 1월 현재는 내 왼쪽 사타구니를 그 누구든지 만지면 속의 창자가 터지고 한 주먹 가량 만져질 정도로 불쑥 튀어나온 것을 알 수가 있고, 행여라도 꽉 조인 바지를 입으면 불쑥 튀어나온 것을 볼 수가 있구나! 그러니 몸이 완전히 편안하지 못하며 자주 아프고 쑤시며 으릿저릿 하구나? 아, 어찌하란 뜻이냐? 하늘이시여! 땅이시여! 조상님이시여!

지금은 50여 년 동안 써온 행복충만의 글 가운데 『국민 정책 건의서』를 마무리하는 중이거늘!

여러 가지로 모자란 나 행복충만 일벗님이 감히 이 세상에 제기하는 『국민 정책 건의서』는 【 ① 한민족 주체성과 자긍심 고취를 위한 서울대 표·마크 바꿈 / ② 인류 건강과 세계 평화를 위한 담배제조 금지운동 / ③ 국민통합과 정치다툼 해소를 위한 국회의사당 여야어울림 좌석 재배치 / ④ 문화분야의 관객 참여형 영화 만들기 운동 / ⑤ 밝은 온누리를 위한 "얼싸!" 구호 운동 / ⑥ 한국과 세계의 모든 인류들의 어울림을 위한 행복충만 】들 이다.

따라서 나는 아무리 아파도 수술을 받을 수는 없는 일이야! 행여라도 죽더라도 ……

왜냐면 널따랗고 드높은 자연우주하늘 가운데 우주 모두·은하계·태양계에 속하는 우리 지구가 생긴 뒤로 그동안 45억 년 동안이나 수많은 사람들이 태어났다가 죽기를 되풀이하는 과정에서, 요즘의 82억 명 가운데 한 사람으로 이 세상인 지구에서 태어나 살면서 조그마한 공간 및 짧은 시간이라도 차지한 엄청난 행운을 누리고 있거늘… 그에 대한 고마움과 감사함으로 스스로가 하고 싶고 할 수 있으며 해야 하는 일들을 마무리 짓는 것이 한 사람으로서 당연한 도리·윤리·이치가 아니겠는가?!

7. 일상생활 속에서
행복충만 기도정성을 드리려 노력하고

나는 이 세상을 살아가는 일상생활 속에서 "행복충만!" 또는 "행복충만! 몸맘보배! 일온자돈!"을 읊조리며 몸과 마음을 다지는 '행복충만 기도정성'을 드리려고 애쓴다.

① 날마다 이른 아침에 잠에서 깨어나자마자, ② 집에서 일터를 가는 아침의 출근길에, ③ 낮에 일터에서 일을 하면서, ④ 일터에서 집으로 오는 저녁의 퇴근길에, ⑤ 집으로 돌아온 밤에, ⑥ 하루의 일과를 마치고 잠자리에 들어서 '행복충만 기도정성'을 드린다. ⑦ 때때로 쉬는 날 또는 저녁에 운동을 하면서, ⑧ 한 달에 한 번가량 쉬는 날에는 우리 집 근처에 있는 구룡산을 오르면서, ⑨ 추위 및 더위 속 바깥의 부처님 앞 대리석 돌바닥에서, ⑩ 아침 및 밤의 부처님 앞 돌바닥에서, ⑪ 도시 공원에서, ⑫ 밤 산속 무덤에서, ⑬ '가는 인연을 훌훌!, 오는 인연을 간절하게!' 맞이하도록, ⑭ 봉은사 미륵대불 바깥법당 대리석 돌바닥에서 몸과 마음을 모아 '행복충만 기도정성'을 간절히 드리려고 무척이나 애쓰는구나!

1. 나는 날마다 이른 아침에 잠에서 깨어나자마자, 오늘 하루도 온갖 행복을 짓고 닦으며 쌓아 충만해지기를 바라면서 마음속으로 또는 소리를 내어 "행복충만!" 또는 "행복충만! 몸맘보배! 일온자돈!"을 읊조리며 몸과 마음을 다지는 '행복충만 기도정성'을 간절히 드린다. 부디 오늘 하루도 튼튼한 몸(몸), 가뿐한 마음(맘), 포근한 보금자리(보), 뜨거운 배움터(배), 보람찬 일터(일), 밝은 온누리(온), 깨끗한 자연우주하늘(자), 넉넉한 돈(돈)의 온갖 행복을 짓고 닦으며 쌓아서 충만할 수 있도록 살아가기를… 하루를 시작하는 아침마다 나는 행복충만 기도정성을 간절히 드린다.

2. 집에서 일터를 가는 아침의 출근길에는 대중교통 수단 가운데 지하철을 이용한다. 지하철을 타려고 갈 때에 걷거나, 지하철을 타서 자리에 앉거나 또는 손잡이를 잡고 서 있을 때에도 행복충만 기도정성을 드린다.
대중교통인 지하철은 참으로 편리하다. 먼저 생활 속에서 몸놀림이 모자란 요즘에 지하철을 이용하면서 걷기의 몸놀림을 하여 튼튼한 몸을 가꾸는 데에 도움이 된다. 곧 열차를 기다릴 때에 되도록 의자에 앉지 않고 통로를 걸으면서 운동을 하는 한편, 계단을 오르고 내릴 때에도 되도록 엘리베이터를 타지 않고서 계단으로 걷거나 에스컬레이터를 타고 걷는 따위로 몸놀림을 한다. 또한 교통사고의 위험도 적고 비용도 싼 편이다. 교통의 막힘이나 지체가 없이 비교적 일정한 시간에 목적지에 갈 수가 있어 약속을 지키고 신용을 높이는 데에 이바지할 수 있다. 이런 지하철을 타고 집에서 일터를 가는 아침의 출근하는 시간에 행복충만 기도정성을 드린다. "행복충만!" 또는 "행복충만! 몸맘보배! 일온자돈!"

3. 낮에 일터에서 일하면서도 한가한 시간이나 쉬는 시간에는 틈틈이 "행복충만!" 또는 "행복충만! 몸맘보배! 일온자돈!"을 읊조리는 행복충만 기도정성을 드리곤 한다.

4. 하루의 일을 마무리하고 일터에서 집으로 오는 저녁의 퇴근길에도 지하철을 이용하면서 행복충만 기도정성을 드린다.

5. 일터에서 집으로 돌아온 밤에는 저녁 식사를 하고 나서 필요한 집안일을 도와준 다음에

도, "행복충만!" 또는 "행복충만! 몸맘보배! 일온자돈!"을 읊조리는 행복충만 기도정성을 열심히 드린다.

6. 하루의 일과를 마치고 잠자리에 들어서도 몸과 마음을 모아 "행복충만!" 또는 "행복충만! 몸맘보배! 일온자돈!"을 읊조리면서 행복충만 기도정성을 드리는구나!
　특히 오늘 하루도 튼튼한 몸(몸), 가뿐한 마음(맘), 포근한 보금자리(보), 뜨거운 배움터(배), 보람찬 일터(일), 밝은 온누리(온), 깨끗한 자연우주하늘(자), 넉넉한 돈(돈)의 온갖 행복을 짓고 닦으며 쌓아서 충만할 수 있도록 살았는지에 대해 곰곰이 생각한다. 그리하여 오늘 하루 동안 잘못한 것은 뉘우치는 한편, 잘한 것은 더욱 발전시키도록 다짐한다.

7. 때때로 쉬는 날 또는 저녁에 운동을 하면서 마음속으로 또는 소리를 내어 행복충만 기도정성을 드린다. 우리 집이 개포동에 있어 양재천 생태공원에서 걷고 갖가지 운동기구로 몸을 푸는 운동을 하면서도 몸과 마음을 다지는 행복충만 기도정성을 드린다.

　우리 집인 개포더샵트리에 아파트 902동 1009호에서 식탁에 앉아 밥을 먹으면서 거실 창문을 통해 강남 일대에 걸쳐 사람과 자연이 조화롭게 어울려져 있는 널따랗고 멋들어진 풍경을 그윽이 바라본다. 곧 개일초교 운동장 흙, 구룡역 위 구름다리, 굽어진 도로 길, 높다란 롯데월드타워, 숲, 아파트, 빌딩, 구룡산, 대모산, 일자산, 아차산, 푸른 하늘, 흰 구름, 따사로운 햇볕들이 멋들어지게 어울려져 있구나!
　우리 집을 나와 아파트 정문에서 오른쪽으로 돌아, 쭉 걸어서 구룡중학교 옆을 지나, 양재천 생태공원으로 들어선다. 오른쪽으로 돌아, 봄철 꽃들 및 가을철 단풍들이 참으로 아름다운 산책길을 걷다가, 벼농사 학습장 안내판이 가리키는 영동4교 다리 밑으로 내려가서, 농구장을 지나가고, 드디어 벼농사 학습장으로 들어선다. 그 벼농사 학습장의 아래 및 위의 2개의 논둑에 있는 촉촉한 흙길을 1시간가량 팔자로 빙글빙글 돌면서 운동을 한다. 곧 콘크리트길이나 시멘트길이 아닌 논둑의 흙길이며, 아울러 그 흙길도 딱딱하지 아니하고 논의 물이 스며들어 촉촉한 논둑의 흙길을 계속해서 1시간 정도 걸으면서, 걷고 또 걸으며, 두 손을 돌리기도 하고, 멈추어서 허리를 굽혔다가 위로 두 손을 뻗어 젖히는 운동을 한다.

　벼농사 학습장인 논의 주위에는 양재천 생태공원에 살고 있는 물고기ㆍ새ㆍ곤충의 수많은 자연들이 있어서, 나는 그 자연들과 더불어 걷기운동을 한다. 특히 양재천 물속에는 크고 작은 잉어들이 떼를 지어 오가며, 물에는 오리 가족들이 즐거운 물놀이를 하고 있는 한편, 물 위에는 하얀 학 암수 한 쌍이 하늘을 날아다니다가 천천히 물에 내려앉기도 한다. 위와 같은 벼농사 학습장의 논둑에서 걷기 운동을 하면서 "행복충만!" 또는 "행복충만! 몸맘보배! 일온자돈!"을 읊조리는 행복충만 기도정성을 드린다.

　다음에는 벼농사 학습장을 떠나, 안내판까지 올라와서, 여러 운동기구들이 있는 곳으로 들어선다. 먼저 허리 돌리기 기구로 온몸을 돌려보고, 철봉을 잡고 온몸을 쭉 펴며, 거꾸로 매달리는 운동기구로 머리를 밑으로 발을 위로 가게 해서 온몸을 거꾸로 해본다. 이어 자전거 타기운동을 하고, 윗몸 일으키기 운동기구로 머리 배 허리의 윗몸을 펴고 굽히기 운동을 하며, 두 손을 돌리는 운동들을 한다. 이런 운동기구들로 1시간 정도 온몸을 풀어주는 운동을 한다. 아울러 운동기구들로 온몸을 푸는 운동을 하면서도, "행복충만!" 또는 "행복충만! 몸맘보배! 일온자돈!"을 읊조리는 행복충만 기도정성을 열성적으로 드린다.

8. 한 달에 한 번가량 쉬는 날에는 우리 집 근처에 있는 구룡산을 오르면서 몸과 마음을 다지는 행복충만 기도정성을 드리곤 한다.
  우리 집을 출발하면서부터 "행복충만!" 또는 "행복충만! 몸맘보배! 일온자돈!"을 읊조린다. 우리 집인 개포더샵트리에 아파트를 나와 아이파크아파트를 지나, 구룡산의 구룡터널능선 등산로를 따라 올라가다가, 개암약수터에 이르러 시원한 물을 마시고, 쭉 올라가 구룡산 꼭대기까지 올라간다.

  구룡산 꼭대기의 한적한 곳에 널따란 바위돌이 있다. 그 바위돌에 앉으면 개포동, 양재천생태공원, 대치동, 도곡동, 양재동, 말죽거리근린공원, 서초동, 역삼동, 삼성동, 잠실동, 청담동, 학동, 논현동, 반포동, 압구정동, 잠원동을 아우르는 강남이 두루 보인다. 또한 서울의 젖줄인 한강, 잠실종합운동장 및 남산, 남산서울타워, 응봉산, 안산, 인왕산, 북악산, 북한산, 도봉산, 불암산, 아차산, 일자산도 두루 보인다. 그 구룡산 바위돌에 앉아 "행복충만!" 또는 "행복충만! 몸맘보배! 일온자돈!"을 읊조리면서, 행복충만 기도정성을 드린다.

  9. 추위 및 더위 속 바깥의 부처님 앞 대리석 돌바닥에서 몸과 마음을 모아 행복충만 기도정성을 드린다. 그 어느 겨울철 밤에 칠 일가량 추위 속에서 봉은사의 바깥에 있는 미륵 부처님 앞의 대리석 돌바닥에 방석을 깔지 않고 그냥 맨 돌바닥에 앉아 행복충만 기도정성을 드린다. 겨울철이라서 금방 추워진다. 추위를 참아낸다. 이빨이 서로 부딪치는 소리가 나면서 온몸이 부들부들 떨리고 뼈 속까지 시려 온다. 이튿날 밤에도, 다음 날 밤에도, 또 그 다음 날 밤에도… 그렇게 칠 일 동안을 나는 밤마다 추위 속에서 바깥에 있는 미륵 부처님 앞의 대리석 돌바닥에 앉아 행복충만 기도정성을 드려본다. 나는 왜 이렇게 추위 속의 바깥에서 행복충만 기도정성을 드려야 하는가? 삶이 뭐길래? 왜 이렇게 사는가? 목숨보다 질긴 삶! 이처럼 추위 속 바깥에서 행복충만 기도정성을 드린다.

  한편 다음 해 칠월의 여름철에도 칠일가량 밤마다 더위 속에서 봉은사의 바깥에 있는 미륵 부처님 앞의 대리석 돌바닥에 방석을 깔지 않고 그냥 맨 돌바닥에 앉아 행복충만 기도정성을 드린다. 이제는 덥구나. 금방 더워서 땀이 난다. 온몸이 후근거리며 특히 엉덩이가 타들어가는 것처럼 뜨겁다. 이윽고 온몸에서 땀이 줄줄 흘러 옷을 흠뻑 적신다. 나는 왜 이렇게 더위 속의 바깥에서 행복충만 기도정성을 드려야 하는가? 삶이 뭐길래? 왜 이렇게 사는가? 목숨보다 질긴 삶! "행복충만!" 또는 "행복충만! 몸맘보배! 일온자돈!"

  그렇게 추위 및 더위 아래 바깥의 부처님 앞 돌바닥에서 방석을 깔지 않은 채로 그냥 앉아 마음속으로 또는 소리를 내어 행복충만 기도정성을 드리면서 몸과 마음을 모은다. 이어서 내가 전생들 및 현생에서 태어나 살아오면서 나 보금자리 배움터 일터 온누리 자연우주하늘에 쌓은 응어리를 풀려고 애쓰는구나! 이렇듯 추위 및 더위를 참고 견디며 "행복충만!" 또는 "행복충만! 몸맘보배! 일온자돈!"을 읊조리는 행복충만 기도정성을 드린다.

  10. 아침 및 밤의 부처님 앞 돌바닥에서 몸과 마음을 다지는 행복충만 기도정성을 드린다. 오래 전에 내가 일하고 있었던 몸과 마음이 어려운 사람들을 돌보는 사회복지시설에서 걸어서 15여 분쯤 되는 곳의 산기슭에 부처님 도량인 절이 있다. 그 오래된 절은 고려시대 태조 왕건의 발원으로 나라를 여는 절이라는 뜻의 개국사라고 창건됐구나!

  아침마다 부처님 앞 돌바닥에서 몸과 마음을 가다듬고 행복충만 기도정성을 드린다. 또한 하루의 일이 끝난 밤이면 그 절의 맨 위쪽 구석의 한적한 곳에 있는 미륵 부처님이 서 있는 곳으로 간다. 두세 평쯤의 돌이 깔려 있는 부처님 앞의 돌바닥에서 머리·두 손·두 발을 바닥에 대고 큰 절을 올린다. 이어서 부처님 앞의 10여 미터쯤의 흙바닥을 왔다 갔다 걸으면서 애써 몸과 마음을 모아 본다. 이윽고 다리가 뻐근해지면, 부처님 앞으로 와서 신발을 벗어 놓고 돌바닥에 자리하여 몸을 가다듬고 앉아서 마음을 다진다. 한참 뒤에 힘들어지면, 자리에서 일어나 돌바닥에 머리·두 손·두 발을 조아리며 부처님께 큰절을 올리면서 어렵게 몸 마음을 모은다. 어느덧 숨도 가빠지고 땀도 나며 온몸 특히 돌바닥에 맞닿는 무릎이 얼얼하게 힘들어지면, 또다시 부처님 앞 돌바닥을 오가고 걸으면서 힘들게 몸과 마음을 다져본다. "행복충만!" "행복충만! 몸맘보배! 일온자돈!"

이렇게 부처님 앞 돌바닥에서 걷고 앉으며 절을 하면서 부처님 및 자연우주하늘에 행복충만 기도정성을 드리다 보면, 한 시간·두 시간·세 시간이 되어 어느새 절을 찾는 사람들도 끊어지고 스님들의 방에도 불이 꺼져 가며, 네 시간이 되어 산새들마저 잠들고, 다섯 시간인 자정이 되어 산과 땅마저 잠들어 하루의 밤도 깊어져 가면서, 나의 간절하고 애절한 "행복충만!" 또는 "행복충만! 몸맘보배! 일온자돈!"의 읊조림은 산과 땅 및 자연우주하늘에 두루두루 여울지며 퍼지고 아롱지며 넘쳐나는구나!

또한 토요일 오후 및 일요일 낮에도 부처님을 찾아 행복충만 기도정성을 드리곤 한다. 그 어느 쉬는 날 오후에도 부처님 앞 돌바닥에서 자리를 틀고 앉아 몸과 마음을 모아본다. 어떤 어린아이 둘이 이리저리 뛰며 놀다가 나를 본 모양이다. "아저씨, 뭐해요?" "…" 나에게 다가온다. "아저씨!" "…" 어린아이들이 내 등을 손으로 눌러본다. "…" "으응?" "죽었나 봐!" "그래, 죽은 아저씨야!" 이어 다른 곳으로 가서 뛰논다.

행복을 짓고 닦으며 쌓아서 충만해지기 위한 수련인지, 세파의 애달픔 시련 아픔 응어리를 겪으면서 몇 년 전부터 법당 안의 방석에 앉아 행복충만 기도정성을 드리는 것이 너무 편하고 안이한 것을 추구하는 것 같아, 되도록이면 법당의 실내가 아닌 바깥의 돌바닥·자갈·보도블록·흙·풀·잔디이거나 또는 법당 안에서도 방석을 깔지 않은 마루 또는 바닥에 앉아 행복충만 기도정성을 드리곤 한다. 몇 년을 그러다 보니 방석을 깔고 앉은 것이 오히려 불편하고, 돌바닥·흙·마루에 그냥 앉아 있는 것이 편안하게 여겨질 정도로 몸과 마음이 아물어지고 여물어지며 다져진다.

한편 밤에 바깥의 돌바닥에서 행복충만 기도정성을 드리다 보니 무릎에 흙이나 먼지가 묻어서 일터로 돌아올 때에는 휴지나 물로 무릎을 닦곤 한다. 그 어느 날에는 무릎이 잘 닦이지 않았는지 일터의 직원이 "산책하다가 넘어졌나 봐요? 무릎은 안 다쳤어요?" 하면서 키득거린다.

으레 밤이면 부처님 앞 돌바닥의 조그마한 공간에 머무는 것이 당연한 일과이다. 따라서 나는 밤마다 행복충만 기도정성을 드리는 일만 할 뿐이며, 그 밖의 다른 일은 아예 만들 줄도 모르고 또한 할 줄도 잊어버리며 우직스럽기 짝이 없는 행복충만 기도정성 자동화 시스템이 어느새 되어버린 것을…! "행복충만!" 또는 "행복충만! 몸맘보배! 일온자돈!"

11. 도시 공원에서도 몸과 마음을 모아 행복충만 기도정성을 드린다. 그 어느 사회복지시설에서 낮에 일을 마친 다음에 밤이면 도시의 가운데에 있는 공원에 가서 조금 조용하고 한적한 곳을 찾아 걷거나 잔디 의자 땅바닥에 앉아서 행복충만 기도정성을 드린다.

주위에는 운동하는 사람, 음식 먹는 사람, 데이트하는 사람, 술 마시는 사람, 싸우는 사람, 똥오줌 누는 사람, 노숙하는 사람들이 있다. 내가 도시 공원에서 행복충만 기도정성을 드리는 것처럼, 그 사람들도 그곳 도시 공원에서 각자 제 할 일들을 하는 것이려니…

그러기에 그들을 탓할 수는 없는 것이며, 내가 그것들에 걸리지 않고 품어서 바로 지금 내가 할 일인 행복충만 기도정성을 드리도록 애써야 하겠지! "행복충만!" 또는 "행복충만! 몸맘보배! 일온자돈!"을 읊조리면서, 몸과 마음을 모아 행복충만 기도정성을 드린다.

12. 밤 산속 무덤에서도 몸과 마음을 다지는 행복충만 기도정성을 드린다. 그 어느 사회복지시설에서 어르신들을 돌보며 보살피다가, 하루의 일이 끝나고 밤이 되면 뒷산에 올라가 행복충만 기도정성을 드리곤 한다. 그 뒷산은 돌멩이들이 많으며, 잔디가 거의 없다. 그러기에 유일하게 잔디가 있는 무덤을 중심으로 삼아 행복충만 기도정성을 드린다. 무덤가 옆의 자갈길을 쭉 걸어 올라갔다 다시 내려오면서 행복충만 기도정성을 드린다. 이윽고 다리가 저리며 쑤시고 아프면, 무덤가 잔디에 오랫동안 앉아서 "행복충만!" 또는 "행복충만! 몸맘보배! 일온자돈!"을 읊조리며 몸 마음을 다지는 행복충만 기도정성을 드린다.

처음에는 밤 산속 무덤이라서 왠지 머리카락이 꼿꼿하게 일어서며 쭈뼛해지고 섬뜩해지며 무서움이 깃들여온다. 그래서 생각해 본다. 저 무덤에 누워 있는 것은 그 무엇인가? 지난날에는 나와 같은 사람으로 살았겠지! "행복충만!" 나도 언젠가는 저 무덤 속에 누워 있겠지! "행복충만! 몸맘보배! 일온자돈!" 그렇다면 저 무덤 속의 죽은 사람은 바로 나의 앞으로의 모습이요, 현재 살아있는 나는 저 무덤 속 사람의 지난날의 모습이려니! 결국 살아있는 나 및 저 무덤 속의 죽은 사람은 둘이 아니고 하나인걸. 아울러 삶과 죽음도 결국에는 둘이 아니고 하나이겠지! 그러면 구태여 내가 나를 쭈뼛해지고 섬뜩해지며 무서워해야 되겠는가? 이렇게 마음을 다잡고는 밤에 산속의 무덤에서 거닐기도 하며 앉기도 하고 눕기도 하면서, 몸과 마음을 다지는 행복충만 기도정성을 드린다.

어느 부슬비 오는 음산한 날에도 우산을 받쳐 들고 어김없이 그 산속 무덤을 찾아 행복충만 기도정성을 드린다. 나와 삶 및 죽음이 어우러진다. 얼마나 지났을까? 산 밑에서 나를 부르는 고함소리가 들린다. 무슨 일일까? 산속 무덤을 내려온다. 중간에서 직원들과 만난다. "무슨 일 있나?" "괜찮으세요?" "어어?" "이렇게 무서운 날씨인데, 밤 12시가 넘어도 오지 않아서, 무슨 일이 있는지 찾아 나선 것이다." "아, 그래! 미안하구먼!" "이토록 무서운 날씨에 밤 늦게까지 홀로 산책하면 무섭지 않으세요?" "글쎄…!"

이런 밤 산속 무덤의 행복충만 기도정성을 드리면서 삶과 죽음, 극락 또는 천국 및 지옥 또는 저승을 넘나들고 관조하며 삶의 뜻 값어치를 되새기고, 죽음의 무서움·두려움을 떨쳐내며, 죽음과 관련된 부정적 의미인 귀신·악마·악귀·유령·악령·저승사자·염라대왕을 비롯한 저승십왕·사탄·마왕들을 이겨내려고 애쓴다.

한편 밤 산속 무덤의 행복충만 기도정성을 드리면서 이 세상을 살아가며 겪을 수 있는 삼재·팔난·액·살·마장·업장들을 미리 막으려고 애쓴다. 우리들이 살아가면서 세 가지 재앙(삼재:三災)【하늘의 재앙(천재), 땅의 재앙(지재), 사람의 재앙(인재) 또는 화재, 수재, 풍재】 / 여덟 가지 어려움(팔난:八難)【배고픔, 목마름, 추위, 더위, 물, 불, 칼, 병란 또는 재산 손실(손재), 관청 재앙(관재), 음주 음란(주색), 질병, 부모 사망, 형제 불화, 부부 불화, 학업 부진】 / 액(厄)·살(煞)·마장(魔障)·업장(業障)들을 당하면 삶의 응어리는 더욱 깊고 넓게 된다. 그런데 이런 삼재 팔난 액 살 마장 업장들은 결국 우리 스스로가 그동안 수많은 전생들로부터 현생에까지 몸과 입 및 마음으로 알고 또는 모르고서 지은 모든 나쁜 것들 때문에 당하는 것이려니! 따라서 밤 산속 무덤의 행복충만 기도정성을 드리면서 나는 수많은 전생들로부터 현생에까지 몸과 입 및 마음으로 알고 또는 모르고서 지은 모든 나쁜 것들을 뉘우치며 반성하려고 무척이나 애쓰는구나!

이렇듯 밤 산속 무덤에서도 "행복충만!" 또는 "행복충만! 몸맘보배! 일온자돈!"을 읊조리면서 몸과 마음을 모아 간절히 행복충만 기도정성을 드린다.

13. "가는 인연을 훌훌!, 오는 인연을 간절하게!" 맞이하도록 행복충만 기도정성을 드린다. 이 세상을 살아가다 보면 우리네 사람들은 그 누구라도 삶의 여러 분야에서 가는 인연이 많이 생기는 한편, 오는 인연도 수없이 맺어지기 마련이다. 그럴 때마다 가는 인연에 애걸복걸 얽매이지 말고 훌훌 보내주는 한편, 오는 인연을 간절하게 맞이하도록 몸과 마음을 모아 "행복충만!" 또는 "행복충만! 몸맘보배! 일온자돈!"을 읊조리면서 간절히 행복충만 기도정성을 드리는구나!

14. 봉은사 미륵대불 바깥법당에서 '행복충만 기도정성'을 드린다. 이 세상을 살아가면서 시간을 마련하려는 온갖 노력을 거듭하여 우리 집인 개포동에서 가까운 삼성동에 있는 봉은사 미륵대불 바깥법당에 자주 들러서 '행복충만 기도정성'을 드리려 애를 쓴다.

먼저 봉은사 미륵대불 바깥법당의 불그스름한 대리석 돌바닥에 앉아서 '석가모니불! 행복충만!' 또는 '석가모니불! 행복충만! 몸맘보배! 일온자돈!'을 마음속으로 읊조리면서 몸과 마음을 다지는 행복충만 기도정성을 드린다. 이어 미륵대불 바깥법당 끝의 한 가운데에 서서 행복충만 기도정성을 드리고 나서, 바깥법당 및 미륵대불 돌이를 한다.

이같은 갖가지 일상생활 속에서 나는 "행복충만!" 또는 "행복충만! 몸맘보배! 일온자돈!"을 읊조리면서 몸과 마음을 모아 『행복충만 기도정성』을 간절히 드리려고 무척이나 애쓰는구나!

먼저 행복충만 기도정성을 드리면서, 우리네 모든 벗님들이 그 누구라도 바라는 "튼튼한 몸(몸), 가뿐한 마음(맘), 포근한 보금자리(보), 뜨거운 배움터(배), 보람찬 일터(일), 밝은 온누리(온), 깨끗한 자연우주하늘(자), 넉넉한 돈(돈)"의 여덟 가지 행복을 충만하기 위한 공통적인 열두 가지 길 또는 방법들인【행복충만, 올바르게 살고, 열심히 일하며, 3하(하고 싶다·할 수 있다·해야 한다) 원칙, 고맙습니다! 뉘우칩니다!, 어려움을 참고 견디며 이겨내자!, 시간을 아껴 쓰며, 기도정성을 간절히 드리고, 자원봉사활동을 하자, 웃으려 애쓰고, 창조력을 발휘하며, 자연우주하늘을 품자구나!】을 헤아리고 되새겨본다.
"행복충만!""행복충만! 몸맘보배! 일온자돈!"

또한 일상생활 속에서 행복충만 기도정성을 드리면서, 반드시 몸과 마음으로 되새겨야 할 것들이 있구나!
① 일상생활 속에서 행복충만 기도정성을 끈기 있게 꾸준히 드려야 한다. 몇 번의 일상생활 속에서 행복충만 기도정성으로 원하는 뜻이 쉽게 이루어지지 않기 때문에, 오랫동안

수없이 끈기 있게 꾸준히 일상생활 속에서 행복충만 기도정성을 드려야 한다.
  ② 일상생활 속에서 행복충만 기도정성을 드리는 시간을 반드시 마련하자. 이 세상을 바쁘
게 열심히 살아가지만, 시간 및 몸마음 상태를 다스려서 되도록 행복충만 기도정성을 드리는
시간을 꼭 마련하자구나!
  ③ 행복충만 기도정성을 하지 않거나 게을리하는 데에 그 어떤 까닭이나 핑계를 대는 심리
학상의 방어기제(防禦機制 : defense mechanism)의 하나인 합리화(合理化 : ratio- nal-
ization)를 결코 쓰지 말아야 한다.
  ④ 일상생활 속에서 행복충만 기도정성을 뽐내거나 우쭐대거나 자랑하지 않는 한편, 생색
을 내지 말고 상을 세우지 않으며 남들이 알아주기를 바라지 말아야 한다.
  ⑤ 일상생활 속에서 행복충만 기도정성을 드리는 것이 습관이 되고 버릇이 들어 몸과 마음
이 자동화 시스템이 되어야 한다. 일상생활 속에서 행복충만 기도정성을 드리는 것이 당연한
일이며, 다른 일은 아예 만들 줄도 모르고 또한 할 줄도 잊어버리며 우직스럽기 짝이 없는 행
복충만 기도정성 자동화 시스템이 되어야 한다.
  ⑥ 조금의 행복충만 기도정성으로 부처님을 원망하지 않아야 한다. 행복충만 기도정성을
열심히 드렸다고 스스로 생각하고 원하는 뜻이 얼른 이루어지지 않으면, 부처님을 원망하거
나 또한 부처님의 거룩함과 가피력 및 위신력과 신통력들을 온전히 믿지 못하기 쉽다. 하지
만 그럴수록 스스로가 원하는 그 뜻은 점점 멀어질 뿐이다. 따라서 그동안 드려왔던 행복충
만 기도정성을 더욱더 시간・양 및 공간・질에서 간절하게 드려야 할 것이다.
  ⑦ 일상생활 속에서 행복충만 기도정성을 드리면서, 개인적인 행복과 더불어 사회 나라 세
계의 행복 및 나아가 자연우주하늘의 행복까지도 바라는 크고 높으며 넓은 뜻을 지녀야 할
것이다. 곧 개인적인 행복은 튼튼한 몸(몸), 가뿐한 마음(맘), 넉넉한 돈(돈)이며, 사회 나라
세계의 행복은 포근한 보금자리(보), 뜨거운 배움터(배), 보람찬 일터(일), 밝은 온누리(온)이
고, 자연우주하늘의 행복은 깨끗한 자연우주하늘(자)을 뜻한다.
  이처럼 우리 행복충만의 여덟 가지의 행복은 우리네 사람 및 자연우주하늘의 모든 존재까
지도 아우르는 크고 높으며 넓은 것이리라!
  "행복충만!" "행복충만! 몸맘보배! 일온자돈!"

  부디 우리네 벗님들께서 일상생활 속에서의 『행복충만 기도정성』으로 "튼튼한 몸(몸), 가뿐
한 마음(맘), 포근한 보금자리(보), 뜨거운 배움터(배), 보람찬 일터(일), 밝은 온누리(온), 깨
끗한 자연우주하늘(자), 넉넉한 돈(돈)의 온갖 행복들이 충만하소서!

8. 땡볕 아래 돌바닥에서의
자식을 위한 행복충만 기도정성

  우리 큰아들이 어느새 자라 대학을 입학하며, 카투사 군대 복무를 마치고 나서, 이른바 대
학교의 창살 없는 감옥이라는 고시원에 들어가서 국가전문자격시험인 『공인회계사(公認會
計士; CPA- Certified Public Accountant)』를 공부하여 1차 시험에 합격하고 드디어 2차
시험을 보게 된다.

  나와 아내는 부모로서 자식을 위한 행복충만 기도정성을 드리기로 한다. 먼저 행복충만

기도정성 돈 봉투를 준비한다. 종이에 "아들 성명 합격 기원"이라는 문구를 쓰고 성의 있게 마련한 돈을 종이에 싸서 봉투에 넣는다. 다음에 아들의 시험 수험표를 흰색 투명파일 넷 장에 엇갈리게 넣어서 바람에 날아가지 않고 열에 녹지 않도록 준비한다.

드디어 2015년 6월 28일 우리 큰아들이 국가전문자격시험인 공인회계사 2차 시험을 보는 날이 된다. 나와 아내는 아침 일찍 아들을 승용차에 태워 시험을 보는 학교로 데려다준다. 학교에 도착하여 나는 아들의 어깨를 쓰다듬고, 아내는 아들의 손을 잡고서 시험을 잘 보라고 격려해준다. 나와 아내는 아들이 학교로 들어가 걸어가서 모습이 보이지 않을 때까지 뒷모습을 쳐다보면서 부디 시험을 잘 보기를 기원드린다.

나와 아내는 아들이 시험을 보는 학교에서 출발하여 부지런히 서울 강남 삼성동에 있는 봉은사 미륵대불 바깥법당에 다다른다. 바깥법당 끝부분 가운데에 두 손을 모아 합장을 하고 바로 섰다가 고개를 숙여 부처님께 절을 하고 똑바로 선다. 이를 세 번 되풀이한다. 신발을 가지런히 벗고 불그스름한 대리석에 올라가서 앞으로 걸어가 한가운데에 자리한다. 두 손을 모아 합장을 하고 바로 섰다가 고개를 숙여 부처님께 절을 하고 똑바로 서는 '반절'을 세 번 드린다. 이어 두 손을 모아 합장을 하고 바로 섰다가 무릎을 꿇고 부처님께 두 손과 두 발 및 머리의 다섯 군데를 바닥에 대었다가 일어나는 오체투지의 "큰절"을 세 번 되풀이한다. 다시 '반절'을 세 번 드린다.
아내는 나와 아내가 정성스럽게 마련한 행복충만 기도정성 돈 봉투를 불전함에 넣는다. 나는 흰색 투명파일에 넣은 아들의 시험 수험표를 부처님께서 보시기 좋은 방향, 곧 내가 보기에 거꾸로 바닥에 놓는다.
나는 방석을 하나 가져와서 아내의 자리에 놓는다. 아내는 방석에 앉고, 나는 방석을 깔지 않은 채 대리석 돌바닥에 그냥 앉는다. 먼저 오른쪽 발을 발바닥이 위로 향하게 하고 무릎이 바닥에 닿게 놓는다. 이어 왼쪽 발을 포개어 오른쪽 발 위로 놓으며 발바닥이 위로 향하게 한다. 다음에 앉은 채로 두 손을 모아 합장을 하고 고개를 숙여 부처님께 절을 하며 바로 한다. 이를 세 번 되풀이한다.
두 손을 모아 합장을 하고 똑바로 앉는다. 허리와 고개를 쭉 펴고 바르게 하며, 어깨의 힘을 빼고 편안히 한다. 눈은 완전히 뜨지도 말고, 꼭 감지도 말며, 코끝이 보일락 말락 할 정도로 가볍게 뜬다.
드디어 나와 아내는 부모로서 자식을 위한 행복충만 기도정성을 드리기 시작한다.
'행복충만! 아들 성명! 합격기원!'
10분 … 30분 … … 1시간 … … … 2시간 … … … … 3시간

낮 12시 30분이 됐는지, 아내의 핸드폰에서 알람이 울린다. 나와 아내는 '반절'을 세 번 드리고, "큰절"을 세 번 되풀이하며, 다시 '반절'을 세 번 드린다. 아내는 아들의 수험표를 챙기며, 나는 방석을 제자리에 놓고 돌아온다. 나와 아내는 두 손을 모아 합장을 하고 바로 섰다가, 부처님을 바라보면서 뒷걸음으로 대리석 바깥법당 끝으로 온다. 신발을 신는다. 바깥법당 끝부분 가운데에 '반절'을 세 번 드린다. 이렇게 하여 나와 아내는 오늘 오전의 부모로서 자식을 위한 행복충만 기도정성을 마친다.

나와 아내는 미륵대불 바깥법당의 뒤편 숲속으로 들어간다. 잔디에 앉아 아내가 가져온 김밥 도시락으로 간단히 점심 식사를 한다. 그 숲속에는 개미들이 이리저리 부지런히 움직이

며, 새들은 즐겁게 노래하고, 벌 나비들은 날아다니며, 풀벌레들은 찌르르 소리를 내고 있다. 또한 꽃들은 향기를 내뿜으며, 풀들은 흔들거리고, 나무들은 울창하며 싱그럽다. 아울러 바람은 산들산들 불어오고, 햇볕은 따사롭게 비추며, 하늘은 드높고 푸르며 맑다. 또한 도시의 사람들은 거리를 오고 가며, 차들은 씽씽 달리고 있고, 빌딩들은 저마다의 모습으로 수없이 뻗어 있다. 이처럼 우리네 사람들과 자연우주하늘은 모두가 오늘 하루도 열심히 살아가고 있다. 나와 아내도 다른 모든 사람들 및 자연우주하늘과 똑같이 오늘의 해야 할 일을 하고 있는 것이다. 이제 오후의 일을 하자구나!

　　나와 아내는 미륵대불 바깥법당 앞으로 온다. 바깥법당 끝부분 가운데에 두 손을 모아 합장을 하고 바로 섰다가 고개를 숙여 부처님께 절을 하고 똑바로 선다. 이를 세 번 되풀이 한다.

　　다음에 나는 미륵대불 바깥법당 대리석 안으로 들어가는 한편, 아내는 미륵전 건물 안으로 들어간다. 무슨 연유로 어찌하여 왜 나와 아내는 같은 곳으로 가지 아니하고 따로따로 나누어 다른 곳인 바깥법당 대리석 또는 미륵전 건물로 들어가서 부모로서 자식을 위한 행복충만 기도정성을 드려야만 할까나?
　　내가 들어가려는 미륵대불 바깥법당 대리석은 6월 말의 33도가량의 뜨거운 햇볕으로 달구어져 펄펄 끓고 있다. 그러기에 그 더운 곳에는 남성인 내가 들어가 아빠로서 자식을 위한 행복충만 기도정성을 드리려는 것이다. 한편 아내는 남성보다는 몸이 약한 여성이기에 미륵전 건물 안으로 들어가서 엄마로서 자식을 위한 행복충만 기도정성을 드리려는 것이다.
　　나와 아내는 부부로서 인연을 맺었으며, 아들과는 똑같은 부모로서 인연을 맺는다. 엄마인 아내는 아들을 몸속에 품어서 열 달 동안이나 뱃속에서 기른다. 그리고는 목숨을 모두 바쳐 온몸이 아프고 부서지며 터지고 찢어지는 괴로움을 참고 견디며 이겨내어 드디어 아들을 이 세상에 태어나게 한다. 하지만 아빠인 나는 몸속에 아들을 품지도 아니했고 온몸의 괴로움도 전혀 겪지를 아니한다.
　　그리하여 이번에는 내가 아빠로서 목숨을 다 바쳐 더위를 참고 견디며 이겨내어 아빠로서 자식을 위한 행복충만 기도정성을 드리려 하는 것이다. 나는 그동안 행복충만의 뜻을 펼칠 수 있는 바탕을 짓고 닦으며 쌓아서 충만해지기 위하여 추위 및 더위 속 바깥의 부처님 앞 대리석 돌바닥에서, 아침 및 밤의 부처님 앞 돌바닥에서, 도시 공원에서, 밤 산속 무덤에서의 행복충만 기도정성을 드린 체험과 경험들이 쌓여 있어서 몸과 마음이 수련되고 단련되며 아물어지고 여물어졌다. 하지만 아내는 그렇게 단련하고 수련한 경험이 전혀 없다.
　　나는 위의 연유들을 전부터 집에서 여러 번 아내에게 설명하고 안심하라며 설득을 하여 이해를 구한다. 그래서 나는 미륵대불 바깥법당 대리석 안으로 들어가는 한편, 아내는 미륵전 건물 안으로 들어가서, 똑같이 부모로서 자식을 위한 행복충만 기도정성을 드린다.

　　나는 미륵대불 바깥법당 끝에 신발을 가지런히 벗고 대리석 돌바닥에 올라가서 앞으로 걸어가 한 가운데에, 곧 가로로 29개의 돌바닥 가운데 15번째이며, 세로로 31개의 돌바닥 가운데 16번째인 '기축생 이상휘'라는 분의 글자가 새겨진 대리석 돌바닥에 자리한다. '반절'을 세 번 드리고, "큰절"을 세 번 되풀이하며, 다시 '반절'을 세 번 드린다. 나는 방석을 가져오지 아니하며 그냥 대리석 돌바닥에 앉는다. 먼저 오른쪽 발을 발바닥이 위로 향하게 하고 무릎이 바닥에 닿게 놓는다. 이어 왼쪽 발을 포개어 오른쪽 발 위로 놓으며 발바닥이 위로 향하게 한다. 다음에 앉은 채로 두 손을 모아 합장을 하고 고개를 숙여 부처님께 절을 하며 바로 한다. 이를 세 번 되풀이한다.
　두 손을 모아 합장을 하고 똑바로 앉는다. 허리와 고개를 쭉 펴고 바르게 하며, 어깨의 힘을 빼고 편안히 한다. 눈은 완전히 뜨지도 말고, 꼭 감지도 말며, 코끝이 보일락 말락 할 정도로 가볍게 뜬다. 드디어 나는 아빠로서 자식을 위한 행복충만 기도정성을 드린다.
'행복충만! 아들 성명! 합격기원!' … 10분 … … 30분 … … … 1시간 … … … …

　나는 아빠로서 자식을 위한 행복충만 기도정성을 드리면서, 감히 우리네 사람들의 삶의 기본 원리이고 자연우주하늘의 근본 원리인 시간을 헤아리며, 공간도 헤아린 다음에, 시간과 공간의 아우름을 꾀해 본다.

　우리네 사람을 비롯하여 자연우주하늘의 모든 존재는 자연우주하늘 가운데 널따랗고 드높으며 둥그런 원 안에서 시간(時間; time)이라는 X 축 및 공간((空間; space)이라는 Y 축의 한 점에서 시작하여 선을 그어가면서 하루하루를 열심히 살아가고 있다.
　시간과 공간은 우리가 생활하고 있는 현실 세계를 구성하는 두 가지 기본요소이다. 시간은 일련의 사건이 일어나는 차례를 기록하고 정렬하는 척도로서, 존재하며 변화하는 모든 들에 영향을 미친다. 더불어 공간은 모든 대상과 현상이 위치하는 매체로서 존재한다.

　1. 시간을 헤아린다. 바로 지금 미륵대불 바깥법당 대리석에서 아빠로서 자식을 위한 행복충만 기도정성을 드리고 있다. 오늘 아침에 아들이 국가전문자격시험 고사장으로 걸어 들어가는 모습을 떠올린다. 아들이 학교 고시원에서 공부하는 모습, 카투사 군복무 때에 가족이 미군부대로 면회 간 모습, 대학에 들어간 모습, 고등학교 중학교 초등학교 시절 모습, 어린이 시절 모습, 이 세상에 갓 때어난 모습들이 보인다. 이어 나와 아내의 결혼식 모습이 보인다. 나의 국가공무원 시절, 교사 시절, 군법사 시절, 대학생 시절, 고중초 학생 시절, 어린이 시절, 태어나는 모습들이 떠오른다. 계속하여 내가 바로 앞 전생에서 일본 군인들에게 목이 옭아매어 졸리며 죽는 모습, 일본 정보기관 교육 모습, 독립운동 모습, 어린 시절, 태어나는 모습들이 떠오른다. 위와 같이 나는 바로 앞 전생에는 우리나라의 독립운동가로 살았구나! 나아가 2전(전전)생 및 24전생을 비롯한 전생들을 꿰뚫어 보면서, 나 행복충만 일벗님은 감히 전생 ⇨ 현생 ▣ 내생에 흐르는 도도한 시간을 헤아리는구나!

　한편 과학적으로 우리네 사람들이 사는 지구의 시간 또는 나이는 탄소연대측정법으로 45억 년가량이다. 태양의 시간으로서 생존 기간은 123억 년이고, 나이는 46억 살이며, 앞으로 77억 년간 더 존재할 수 있다. 우리 은하의 시간 또는 나이는 약 135억 년으로 추정되며, 빅뱅이 일어나고 3억 년 뒤에 생긴 것이다. 관측 가능 우주의 시간 또는 나이는 전에 120억 년·127억 년·200억 년의 다양한 견해가 있었으나, 현재 정립된 것은 138억 년이다. … 2시간 …

　2. 공간을 헤아린다. 바로 이곳 미륵대불 바깥법당 대리석 돌바닥에 앉아 자식을 위한 행복충만 기도정성을 드리고 있다. 이윽고 내가 서서히 떠오르며 공간을 넓혀가면서 헤아린다. 과학적으로 이곳 미륵대불 바깥법당 ⇨ 강남 ▣ 서울 ⇨ 우리나라 ▣ 지구 ⇨ 달 해

➡ 태양계 ➡ 은하계 ➡ 우주 모두와 함께, 종교적으로 삼계 이십팔천 ➡ 육범사성 십계 ➡ 삼천대천세계 ➡ 저승 지옥 및 극락 천국이 다 보인다. 그리하여 자연우주하늘 모두가 두루두루 보인다. 이처럼 내가 자연우주하늘을 훨훨 날아올라 드디어 자연우주하늘을 다 품은 그곳, 곧 자연우주하늘의 한가운데에 다다른다. 자연우주하늘의 한가운데는 아득하게 넓고 고요하며, 수많은 은하 및 세계들이 이슬방울처럼 저마다 영롱하게 빛을 내면서 전체적으로는 불그스름하고도 푸르스름한 빛을 띠고 있구나!

한편 지구의 공간 또는 면적은 5억 1,010만 제곱킬로미터(㎢)이다. 지구 표면 중에 땅·육지·대륙은 21%(1/5)인 1억 712만 제곱킬로미터이며, 바다는 79%(4/5)인 4억 298만 제곱킬로미터이다. 태양의 공간 또는 면적은 6.0877 × 10의 12승(1조)이므로 모두 6조 877억 제곱킬로미터(㎢)이다. 우리 은하의 공간 또는 면적은 반지름이 5만 광년(LY)이므로, 9조 4,600억 × 25억 × 3.14 = 742해 6,100경 ㎢ 가량이다. 관측가능우주의 크기 또는 넓이는 9조 4,600억 × 930억 광년 = 6,422자 8,338해 900경 km 가량이다. 관측가능우주의 공간 또는 면적은 반지름이 465억 광년(LY)이므로, 9조 4,600억 × 216경 2,225조 × 3.14 = 642구 2,833양 8,900자 ㎢ 가량이다. 참고로, 1광년은 초속 30만 km인 빛이 1년 동안 진행하는 거리의 단위이며, 수치로는 9조 4,600억 km이다. … 3시간 …

3. 우리네 사람들의 삶의 기본 원리이고 자연우주하늘의 근본 원리인 시간과 공간의 아우름을 꾀해 본다.
위의 시간의 헤아림 및 공간의 헤아림을 아우른다. 그리하여 내가 자연우주하늘의 한가운데에 자리하여 숨을 들이마시면서 자연우주하늘의 '기운 생기 에너지 원천 밑바탕 근원, 곧 튼튼한 몸·가뿐한 마음·포근한 보금자리·뜨거운 배움터·보람찬 일터·밝은 온누리·깨끗한 자연우주하늘·넉넉한 돈의 온갖 행복'을 몸 안으로 받아들인다.
또한 내가 자연우주하늘의 한가운데에 자리하여 자연우주하늘의 기운(행복)을 숨을 내쉬면서 자연우주하늘에 보내준다. 곧 내가 천천히 숨을 내쉬면서 그 자연우주하늘의 기운(행복)을 과학적으로 이곳 ➡ 우리나라 ➡ 지구 ➡ 달 해 ➡ 태양계 ➡ 은하계 ➡ 우주 모두와 함께, 종교적으로 삼계 이십팔천 ➡ 육범사성 십계 ➡ 삼천대천세계 ➡ 저승 지옥 및 극락 천국의 자연우주하늘의 필요한 곳에 자연우주하늘의 기운(행복)을 두루 보내준다.
더불어 이윽고 나에게서 빛이 쭉 뻗어 나온다. 나에게서 뻗어 나온 휘황찬란하고 영롱한 빛들이 과학적으로 이곳 미륵대불 바깥법당 ➡ 도시 ➡ 서울 ➡ 우리나라 ➡ 지구 ➡ 달 해 ➡ 태양계 ➡ 은하계 ➡ 우주 모두와 함께, 종교적으로 삼계 이십팔천 ➡ 육범사성 십계 ➡ 삼천대천세계 ➡ 저승 지옥 및 극락 천국의 자연우주하늘에 두루 비추인다. 그리하여 자연우주하늘의 모두가 나에게서 뻗어 나온 빛들로 아름답고 휘황찬란하며 멋지고 영롱하게 빛나며 장엄되는구나! … 4시간 …

그 얼마나 지났을까나?! 이윽고 아내가 나에게 와서 "아들이 시험을 잘 보았다!"는 연락이 왔다고 하고서, "참으로 뜨겁고, 힘들었을 터인데…" 하면서 눈물을 글썽거린다. 나는 "아, 그래. 잘됐네…! 난 괜찮아!" 하면서 아내를 안심시켜 준다.
나는 앉은 채로 두 손을 모아 합장을 하고 고개를 숙여 부처님께 절을 하며 바로 한다. 이를 세 번 되풀이한다. 드디어 대리석 돌바닥에서 일어난다. 나와 아내는 두 손을 모아 합장을 하고 바로 섰다가 고개를 숙여 부처님께 절을 하고 똑바로 서는 '반절'을 세 번 드린다. 이어 두 손을 모아 합장을 하고 바로 섰다가 무릎을 꿇고 부처님께 두 손과 두 발 및 머리의 다섯 군데를 바닥에 대었다가 일어나는 오체투지의 "큰절"을 세 번 되풀이한다. 다시 '반절'을 세 번 드린다. 나와 아내는 두 손을 모아 합장을 하고 바로 섰다가, 부처님을 바라보면서 뒷걸음으로 대리석 바깥법당 끝으로 온다. 신발을 신고, 바깥법당 끝부분 가운데에 '반절'을 세 번 되풀이한다. 이렇게 하여 나와 아내는 오늘 오전 및 오후 하루의 부모로서 자식을 위한 행복충만 기도정성을 모두 마무리한다.

　　며칠 뒤에 나는 아내로부터 내가 6월 말 33도 땡볕의 열기로 끓어오른 미륵대불 바깥법당 대리석 돌바닥에 방석도 없이 그냥 앉아서 아빠로서 자식을 위한 행복충만 기도정성을 오전 3시간 및 오후 4시간의 모두 일곱 시간가량 드리는 모습을 본 사람의 갖가지 반응을 듣게 된다.
　　① 어린이들은 바깥법당 대리석 돌바닥에 들어가자마자 "앗, 뜨거워!"라고 소리를 지르며 펄쩍 뛰쳐나온다.
　　② 10대 학생들은 바깥법당 대리석 돌바닥에 들어가자마자 "앗, 뜨거워!"라고 소리를 지르며 얼른 나온다.
　　③ 20대 대학생들은 바깥법당 대리석 돌바닥에 들어가자마자 "앗, 뜨거워!"라고 하면서도, 앞으로 걸어가서 부처님께 절을 하고 나온다.
　　④ 30대 젊은이들은 바깥법당 대리석 돌바닥에 들어가자마자 발을 움츠리며 앞으로 걸어가서 부처님께 절을 하고 대리석 돌바닥에 앉아 10여 분가량을 기도정성을 드리다가 나온다.
　　⑤ 40대 어른들은 바깥법당 대리석 돌바닥에 들어가 앞으로 걸어가서 부처님께 절을 하고 대리석 돌바닥에 앉아 30여 분가량을 기도정성을 드리다가 나온다. 이어서 한참 동안 나를 쳐다보다가 떠난다.
　　⑥ 60대 어르신들은 바깥법당 대리석 돌바닥에 들어가 앞으로 걸어가서 부처님께 절을 하고 대리석 돌바닥에 앉아 1시간 정도 기도정성을 드리다가 나온다. 그리고는 한참 동안 나를 쳐다본 다음에, 대리석 바깥법당을 사방으로 돌면서 나를 향해 절을 했다고 하는구나!!!

자연우주하늘의 집 아파트 건물과 절 교회 성당 기도원 종교시설 및 산 들 강 바다 하늘에서 드리는 행복충만 기도정성은 시간·양 및 공간·질에서 간절해야 한다.

　　1. 행복충만 기도정성의 시간·양(量)은 행복충만 기도정성을 드리는 시간에 관한 것이다. 시간·양은 ① 하루 몇 시간 : 1~24시간 ② 며칠 : 1~30일 ③ 몇 달 : 1~12달 ④ 몇 년 : 1~100년 ⑤ 몇 생 : 1~수백 생으로 이루어져 있으며, ①부터 ⑤까지 모두를 더한 것이다.
　　봉은사 미륵대불 바깥법당에서 행복충만 기도정성을 드리는 사람들은 하루에도 수만 명에 이를 것이다. 대부분이 삼사십 분가량일 것이기에 삼사십 분가량 행복충만 기도정성을 드려서는 아마도 부처님께서는 그저 보고 있을 뿐이리라! 하지만 한 시간·두 시간·세 시간 ⋯ 하루 이틀 사흘 ⋯ 한 달·두 달·석 달 ⋯ 한 해·두 해·세 해 ⋯ 한 생·두 생·세 생 ⋯⋯
　　곧 ①부터 ⑤까지 모두를 더한 시간·양이 많을수록, 부처님께서도 '저 중생은 왜 그러는가?'하고 살펴보기 시작하는 한편, 비로소 부처님께서도 그 중생의 행복충만 기도정성의 간절함이 이루어지도록 듬뿍 행복을 내려주실 것이려니!

2. 행복충만 기도정성의 공간·질(質)은 행복충만 기도정성을 드리는 공간에 관한 것이다. 그러한 공간·질은 ① 건물·방석 ② 건물·맨바닥 ③ 바깥·방석 ④ 바깥·맨바닥으로 이루어져 있구나.

　행복충만 기도정성을 드리는 공간은 건물 또는 바깥으로 갈래지으며, 아울러 방석 또는 맨바닥으로 또다시 나눌 수 있다. 곧 행복충만 기도정성을 건물에서 그저 편하게만 드리기도 하는 한편, 더위 또는 추위 및 시끄러운 소리(소음)들을 참고 견디며 이겨내면서 바깥에서 행복충만 기도정성을 드린다. 아울러 행복충만 기도정성을 헝겊 고무의 방석을 깔고 앉아서 드리는 한편, 아예 방석을 깔지 아니하고 돌 마루 흙의 맨바닥에 그냥 앉아서 행복충만 기도정성을 드린다.

　아마도 부처님께서는 "① 건물·방석 〈 ② 건물·맨바닥 〈 ③ 바깥·방석 〈 ④ 바깥· 맨바닥"의 공간·질에서 행복충만 기도정성을 드리는 중생들에게 더 많은 행복을 베풀어 줄 것이리라!

　내가 아빠로서 자식을 위한 행복충만 기도정성을 미륵대불 바깥법당 대리석에서 방석도 깔지 않은 채로 6월 말 33도 땡볕의 열기로 끓어오른 돌바닥에 그냥 앉아 오전 3시간 및 오후 4시간의 모두 일곱 시간가량을 드릴 수 있었던 것은 결코 특별한 것은 아니라고 생각한다. 그것은 이 세상 모든 아빠들이 자식을 위해서는 그 누구라도 모두 드릴 수 있는 행복충만 기도정성이라 감히 여긴다.
　왜냐면 아빠와 자식 사이에는 애틋한 사연들이 그 누구도 다 있기 마련인걸! 나와 우리 아들 사이에는 "아기의 젖병과 힘든 하루 및 울 자격도 없는 바보 아빠?! 아들 돌봄의 응어리와 즐거움 및 아침 생이별과 저녁 이산가족 상봉?!"의 애절한 사연들과 더불어, 나와 똑같이 우리 아들도 창살 없는 감옥이라는 고시원에서 공부하면서 시험의 응어리를 참고 견디며 이겨낸 애틋한 사연들이 있다.
　그러한 가슴 저미게 시린 사연들이야 이 세상 온누리를 살아가는 아빠와 자식 사이에는 그 누구도 있는 것이다. 그러기에 모든 아빠들은 자식을 위해서라면 6월 말 33도 땡볕의 열기로 끓어오른 대리석 돌바닥에 방석도 없이 그냥 앉아 일곱 시간가량을 아빠로서 자식을 위한 행복충만 기도정성을 그 누구라도 모두가 능히 드릴 수 있는 것이려니?!

　참으로 다행스럽게도 우리 큰아들은 그 국가전문자격시험인 공인회계사에 당당히 합격하는 행복을 엄마와 아빠 및 아우와 더불어 온 집안 가족들에게 베풀어 준다.
"부처님, 고맙습니다! 감사한다!" "행복충만!" "행복충만! 몸맘보배! 일온자돈!"

　조금 뒤에 우리 큰아들은 대학을 졸업한다. 나는 태어나서 처음으로 꽃다발을 사 들고 학교에 가서 큰아들을 참으로 축하해준다.

　그리고는 나와 아내 및 큰아들과 아우는 대학 졸업을 기념하는 사진들을 큰아들에게 공부하면서 뜻이 있는 곳에서 많이 찍는구나!

형 국가전문 자격시험 공인회계사 합격 기념 가족사진	형 대학 졸업 기념 가족사진

형 대학 졸업 사진	아우가 형의 졸업가운을 입은 모습

9. 행복충만은 무엇일까?

우리의 『행복충만(幸福充滿 : Haeng Bog Chung Man : HBCM / Happiness Full-ness, Well-being Abundance, Welfare Repletion)』은 우리네 벗님들이 서로 어울려서 여덟 가지의 행복을 충만하기 위하여 모두 아홉 마당 100분의 짜임새를 함께 하는 모임』이다. 곧 『행복충만』은 【 우리네 벗님들이 서로 어울려서 "튼튼한 몸(몸), 가뿐한 마음(맘), 포근한 보금자리(보), 뜨거운 배움터(배), 보람찬 일터(일), 밝은 온누리(온), 깨끗한 자연우주하늘(자), 넉넉한 돈(돈)"의 온갖 행복을 짓고 닦으며 쌓아서 충만하기 위하여 〈인사 나누기, 노래 부르기, 행복충만 몸돈 읊조림, 말씀하고 듣기, 몸마음 풀어주기, 자연 풍경 보기, 행복충만 읊조림, 알리는 말씀, 끝 인사하기〉의 모두 아홉 마당 100분을 함께 하는 모임 】이다.

우리네 벗님들은 널따랗고 드높은 자연우주하늘 속의 과학적으로 우주 모두의 외부우주 · 관측가능우주, 은하계의 처녀자리 초은하단 · 국부 은하군 · 우리 은하, 태양계의 해 · 달, 지구에 있는 어느 보금자리에서 엄마와 아빠 사이 사랑의 인연으로 이 세상에 태어난다.

그리하여 엄마와 아빠 및 가족들의 사랑을 듬뿍 받으면서 기르심과 보살핌을 받고 자라며, 배움터에서 스승에게 벗들과 함께 이 세상을 배우고, 일터에서 땀을 흘리면서 몸과 마음을 모두 바쳐 열심히 일한다. 또한 사회 나라 세계의 온누리에서 살아가고, 자연우주하늘의 베풂과 돌봄 및 보살핌을 받으면서 살아가고 있다.

이렇듯 우리가 보금자리 배움터 일터 온누리 자연우주하늘에서 살아가다 보면, 삶의 즐거움인 행복도 있으며 또한 삶의 응어리인 불행도 쌓이게 마련이다.

이 세상에 살아가고 있는 우리 모든 사람이 그 누구라도 가장 바라는 것은 무엇일까?
이마도 우리 모든 벗님들이 가장 좋아하고 즐겨 쓰며 함께 누리기 바라는 것은 "행복"이라고 헤아린다. 나 일벗님은 감히 그 행복의 필요 · 충분 조건은 바로 "튼튼한 몸(몸), 가뿐한 마음(맘), 포근한 보금자리(보), 뜨거운 배움터(배), 보람찬 일터(일), 밝은 온누리(온), 깨끗한 자연우주하늘(자), 넉넉한 돈(돈)"의 8가지라고 내세운다. 이 8가지가 이루어져야 비로소 행복하다고 할 수 있는 필요조건인 한편, 그 8가지 밖의 다른 것은 공통적인 아닌 개인적인 것이기 때문에 충분조건인 것이다.

우리 모든 사람이 누구라도 가장 바라는 것이 『행복충만』이며, 그 행복충만을 이루기 위해서는 8가지, 곧 "몸맘보배 일온자돈"이 필요 · 충분 조건이다. 따라서 【 행복충만! 몸맘보배! 일온자돈! 】의 "12글자의 행복충만 구호"가 새롭게 만들어지는 것이다.

여러 가지로 모자란 나 일벗님의 행복충만을 보거나 듣거나 알고 계신 이 세상 모든 여러분!
【 행복충만! 몸맘보배! 일온자돈! 】입니다.
　행복충만! 몸맘보배! 일온자돈!　　　행복충만! 몸맘보배! 일온자돈!

우리들이 이 세상을 살아가면서 행복이 충만하다는 것은 건강과 돈의 온갖 행복이 모자라서 쪼들리지 아니하여 가득하고 넉넉히 차고 깃들어서 포근하고 안락하며 여유롭고 사람다운 삶을 누릴 수 있는 상태라고 여긴다.

행복의 충만은 단 한 번에 되는 것이 결코 아니고, 그 행복들을 계속해서 꾸준히 짓고 갈며 닦고 쌓음으로써 비로소 충만해지는 것이라고 느낀다. 곧 온갖 행복들이 과학적으로 이곳, 우리나라, 지구, 달 · 해들의 태양계, 우리 은하 · 국부 은하군 · 처녀자리 초은하단들의 은하계, 관측가능우주 · 외부우주들의 우주 모두와 함께, 종교적으로 삼계 이십팔천, 육범사성 십계, 삼천대천세계, 저승 지옥 및 극락 천국의 자연우주하늘에 두루 닿으며 널리 알려지고 아로새겨질 정도로 온갖 행복들을 계속해서 꾸준히 짓고 갈며 닦고 쌓아야만 드디어 충만해지는 것이라고 여긴다.

이런 행복을 충만하는 모임 · 프로그램 · 방안 · 운동은 우리네 사람들이 ① 예로부터 요즘에 이르기까지 만든 여러 문화들 및 과학 문명들을 어울려야 하고, ② 몸과 마음을 어울려 삶의 응어리를 풀고 즐거움을 더해야 하며, ③ 우리들이 그저 보거나 듣기만 하는 수동적인 존재가 아니라 스스로 하는 주체적인 존재로 참여해야 하고, ④ 시간과 돈이 많이 들지 아니하여 누구나 쉽게 찾을 수 있도록 꾸며야 한다. ⑤ 또한 서로가 홀로 떨어져서가 아니라 함께 어울려서 하도록 해야 하고, ⑥ 어버이와 아들딸의 온 가족이 더불어 즐길 수 있는 건전성과 품위성을 갖추어야 하며, ⑦ 앎(생각 知) 및 함(실천 行)의 어울림을 이루어야 하고, ⑧ 우리네 사람의 고귀함과 존엄성 및 값어치를 으뜸으로 여기는 사람문화를 가꿀 수 있도록 행복충만의 짜임새를 마련해야 한다고, 감히 헤아린다.

우리의 행복충만에서는 이런 인연 저런 사연으로 행복충만을 찾아오신 분들을 『벗님』이라고 부르기로 하자구나! 곧 우리 행복충만에서 "벗님"은 우리네 사람들이 태어나 자라고 배우며 일하고 살아가는 동안에 삶의 즐거움 및 응어리를 겪으며 이런 인연 저런 사연으로 행복충만을 찾아와서 우리의 행복충만을 빛내주고 행복충만을 함께 하려고 모이신 사람들을 뜻한다.

『벗님』은 '벗'을 위하고 아끼며 존경하고 다정하게 이르는 높이는 말인 한편, 순수한 한글로서, 부르기도 또 듣기에도 좋은 말이로구나! "벗님"은 서로 친하게 사귀는 사람; 사람이 늘 가까이하여 심심함이나 지루함을 달래는 사물을 비유적으로 이르는 말이며, 비슷한 말로는 '동무 · 친구(親舊) · 동료(同僚) · 교우(校友) · 신우(信友)'들이 있고, 영어로는 'friend · compani- on · buddy · pal · mate'들이라고 한다.

우리 행복충만에서 행복충만을 이끄는 "진행 벗님"들을 "사회 벗님, 일 벗님, 노래 벗님, 풀기 벗님, 정보 벗님, 안내 벗님, 먹거리 벗님, 차량 벗님"들이라고 부르기로 하자!

감히 배우고 겪으며 알고 느끼며 헤아리고 깨우친 것들이 모자란 나 "일벗님"은 행복충만을 '첫 번째(일:1, first, 처음)'로 마련하는 한편 행복충만을 널리 펴려고 열심히 '일(work)하는' 벗님을 뜻한다.

더불어 "모인 벗님"들은 행복충만을 찾아와서 우리의 행복충만을 빛내주고 행복충만을 함께 하려고 모이신 벗님들을 뜻한다. 그리하여 【 김(○○) 벗님, 이(○○) 벗님, 박(○○) 벗님, 최(○○) 벗님, 정(○○) 벗님, 강(○○) 벗님, 조(○○) 벗님, 윤(○○) 벗님 : ※《통계청의 2003년 인구총조사》결과를 정리한 성씨들의 순위 ◈ 】들이라고 남성 · 여성 · 어르신 · 젊은이의 구별 없이 모두 똑같이 부르기로 하자구나!

　이런 행복충만을 이 세상의 이런 인연과 저런 사연이 있는 모든 벗님들에게 처음으로 알리기 위하여 행복충만 파워포인트(PowerPoint; PPT)를 만들어 보자! 행복충만 파워포인트의 틀은 아래와 같다.

　1. 행복충만은 무엇일까
　2. 행복충만의 표
　3. 행복은 어떤 것인가?
　튼튼한 몸(몸), 가뿐한 마음(맘), 포근한 보금자리(보), 뜨거운 배움터(배), 보람찬 일터(일), 밝은 온누리(온), 깨끗한 자연우주하늘(자), 넉넉한 돈(돈), 행복충만을 위한 길
　4. 행복충만의 짜임새
　인사 나누기, 노래 부르기, 행복충만 몸돈 읊조림, 말씀하고 듣기, 몸마음 풀어주기, 자연풍경 보기, 행복충만 읊조림, 알리는 말씀, 끝 인사하기
　5. 행복충만은 앞으로 어떻게 쓰일까?
　6. 건강과 돈의 온갖 행복이 충만하소서!

　그리하여 행복충만 파워포인트의 슬라이드는 30개이며, 슬라이드 쇼로 재생시간은 10분이고, 배경 사진·그림은 18장이다.

　행복충만 파워포인트의 배경 노래로는 ① 아리랑, ② 첫 발자국, ③ 골짜기와 산을 넘어, ④ 이사도라, ⑤ 태평소 + 사물놀이, ⑥ 이모션, ⑦ 외로운 양치기, ⑧ 러브 스토리, ⑨ 가방을 든 여인, ⑩ 산(허준 주제곡 : OST)의 신나고 흥겨운 10곡의 경음악이다.

　음악편집프로그램 가운데 웨이브패드(WavePad)를 사용하여 위의 경음악들에다가 뻐꾸기·꾀꼬리·소쩍새·갈매기들의 온갖 새소리 및 시냇물·파도 소리가 멋들어지게 어우러지는 자연 소리를 어울려서 편집하여 넣는다.

　이렇게 만든 10곡의 배경 노래를 위의 30개의 슬라이드에 각 노래마다 구간을 정하여 편집하여 넣어서 노래 및 슬라이드가 자동으로 어울려 나오도록 만든다. 따라서 파워포인트를 열고서, "슬라이드 쇼 ▶ 처음부터"를 누르면, 화면 및 노래를 함께 감상할 수 있다.

　한편 슬라이드의 처음의 2장 및 끝의 1장은 슬라이드 글자 화면의 돌리기, 튀어 내리기, 빤짝거리기의 조그마한 멋을 부려 본다.

　위와 같은 행복충만 파워포인트를 구태여 만든 까닭은 우리 행복충만의 책은 글자이므로 읽고 생각하며 느끼는 과정을 거쳐야 해서 시간이 제법 걸리기 때문이다. 하지만 행복충만 파워포인트는 시청각자료로서 갖가지 색깔 및 모양으로 보여줄 수 있는 한편, 갖가지 노래 및 자연소리들을 어울려서 들려줄 수 있으므로 보고 들으면서 바로 몸과 마음을 사로잡고 감흥을 일으키며 공감을 낳는 값어치가 있다.

　원래 우리 행복충만은 모두 "아홉 마당 100분"인데, 처음에는 우리네 벗님들이 행복충만이 무엇인지를 모르기 때문에 파워포인트 10분을 넣어서 다 함께 '열 마당 110분'으로 진행하고자 하오니, 벗님 여러분들께서 너그러이 헤아려 주시기 바라는구나!!!

우리 행복충만의 '표·모양·표식·상징·마크(mark)·로고(logo)·심볼(symbol)'은 아래와 같다.

이 행복충만의 표는 한가운데 노란색의 정사각인 우리네 사람들의 행복충만을 위해서 안쪽의 초록색의 마름모 및 바깥쪽의 보라색의 동그라미가 서로 안고 감싸며 아끼고 위하면서 어울리는 모습이다.

이런 표는 ① 우리네 사람의 개인적으로 몸과 마음의 어울림, ② 보금자리에서의 남편과 아내·어버이와 자식의 어울림, ③ 배움터에서의 스승과 제자·벗들 사이의 어울림, ④ 일터에서의 윗사람과 아랫사람·동료 사이의 어울림, ⑤ 온누리에서의 나와 너·사회와 나라 및 세계 사이의 어울림, ⑥ 자연우주하늘에서의 자연과 하늘 및 우주 사이의 어울림들을 나타낸다.

따라서 행복충만의 표는 우리의 "튼튼한 몸·가뿐한 마음·포근한 보금자리·뜨거운 배움터·보람찬 일터·밝은 온누리·깨끗한 자연우주하늘·넉넉한 돈"의 온갖 행복을 짓고 닦으며 쌓아서 충만하기 위해서는 ① 우리네 사람들의 각 개인의 애씀 및 노력과 더불어, ② 보금자리·배움터·일터의 안아줌 및 아낌과 함께, ③ 사회 나라 세계의 온누리·자연우주하늘의 감싸줌 및 위함들이 서로 어울러야 비로소 이루어진다는 것을 뜻한다.

행복충만의 표 안의 '행복충만'이라는 글씨체는 "태나무"이며, 크기는 "48"이다.

위와 같은 행복충만의 표는 우리 행복충만의 책에 쓰이며, 앞으로 행복충만의 갖가지 행사 및 모임에 널리 사용될 것이다. 아울러 우리 행복충만의 홍보물 전단지 팸플릿(pamphlet) 포스터(poster) 현수막(placard), 인터넷 홈페이지((Internet home page) 카페(café) 블로그(blog), 깃발 만장 안내판 간판, 상장 감사장, 상패 감사패 기념패, 반지 목걸이 브로치(brooch) 넥타이 넥타이핀들의 장식물, 일벗님 가운·진행벗님 조끼·자원봉사자 조끼, 보금자리 배움터 일터들에서 행복충만의 표는 두루두루 쓰일 것이다.

이제부터는 행복충만을 널리 알리는 방안을 생각하자구나!

"내가 만든 이 표·마크는 이미 누군가 만들었던 건 아닐까? 혹시 내가 혼자 대단하다고 생각하는 이 구조가 이미 세상 어딘가에 있는 건 아닐까? 말하자면 우물 안 개구리 같은 착각은 아닐까 하는 의심이었다. 그래서 나는 직접 확인해보기로 했다. 정말 이 구조가 기존에 존재하는지, 세상 사람들이 쓰고 있는 도안 중에 비슷한 게 있는지를 검색하기 시작한다.

먼저 우리나라에서 가장 공신력 있는 디자인 및 상표·마크 검색 사이트인 키프리스(www.kipris.or.kr / 운영기관: 특허청)에 들어갔다. 여기에서【"정사각형(노랑) / 마름모(초록) / 동그라미(보라)"의 세 개의 모양 및 한 가운데 노란 정사각형 안의 "행복충만" 글자】를 검색해봤다. 그런데 아무리 찾아봐도 내가 만든 모습과 똑같거나 비슷한 모습은 전혀 없구나!

그러면 다른 나라엔 있을까? 그래서 이번엔 세계지식재산기구(WIPO)의 공식 검색 시스템인 글로벌 브랜드 데이터베이스(www.wipo. int)에 들어갔다. 여기서도 symbol, square, rhombus, circle, happiness 같은 검색어를 조합해서 수십 번에 걸쳐 확인해봤지만,【"정사각형(노랑) / 마름모(초록) / 동그라미(보라)"의 세 개의 모양 및 한 가운데 노란 정사각형 안의 "행복충만" 글자】를 이 구조 그대로, 이 철학 그대로 표·마크현한 표·마크는 전 세계 어디에도 없었다. 그때 나는 확신하게 됐다. 내가 만든 이 표·마크는 세상 어디에도 없던 새로운 모습이로구나!"

나는 내 손으로 직접 만든【"정사각형(노랑) / 마름모(초록) / 동그라미(보라)"의 세 개의 모양 및 한 가운데 노란 정사각형 안의 "행복충만" 글자】의 조합, 곧《'행복충만 표·마크》가 국내외 어디에서도 존재하지 않는 독창적인 상징임을 확인했다. 그러면 이를 법적으로도 보호받을 수 있는 장치를 마련해야 하지 않겠는가?

그래서 나는 먼저 우리나라의 관련 법령을 찾아봤다.

1. 대한민국 - 디자인 보호법 / 상표·마크법 ① 디자인보호법 제2조 (정의) 디자인이란 "물품의 형상·모양·색채 또는 이들의 결합으로 시각을 통해 미감을 일으키는 것"으로 정의된다. ⇨ 내가 만든 도안은 형상과 조합으로 이루어진 시각적 표·마크이므로, 보호 대상이 될 수 있다. ② 디자인보호법 제5조 (디자인 등록 요건) 디자인이 다음 요건을 충족할 경우 보호된다. - 신규성 (이전에 존재하지 않아야 함) - 창작성 (전문가가 쉽게 만들 수 없는 독창성) - 공업상 이용 가능성 (사용될 수 있는 가능성) ➡ 내 도안은 이미 국내외에 유사 디자인이 존재하지 않음을 검색으로 입증했으므로, 이 요건을 만족한다. ③ 상표·마크법 제2조 (정의) 상표·마크는 "자기의 상품과 타인의 상품을 식별하기 위해 사용하는 표·마크시"로, 문자, 도형, 도형과 문자의 결합 등도 상표·마크로 보호될 수 있다. ⇨ '행복충만'이라는 글자를 포함한 마크 전체를 상표·마크 등록할 수도 있다.

2. 국제적 보호 - WIPO를 통한 글로벌 등록 ① WIPO (세계지식재산기구) ⇨ www.wipo.int ② 마드리드 프로토콜(Madrid Protocol) ➡ 하나의 국제출원을 통해 여러 국가에 상표·마크를 동시에 등록할 수 있는 제도. ⇨ 대한민국은 마드리드 의정서 가입국이므로, 국내 상표·마크 등록 후 WIPO를 통해 해외 등록 가능. ③ 헤이그 시스템(Hague System) ➡ 디자인 보호를 위한 국제등록제도 ⇨ 하나의 출원으로 여러 나라에 디자인 등록이 가능하는 한편 ➡ 도형 도안이 주된 구성일 경우에 활용 가능하다.✔

결론적으로 내가 취할 수 있는 보호 방식은 다음과 같다.
① 국내 등록 - 디자인보호법에 따른 디자인 등록 - 상표·마크법에 따른 복합상표·마크 등록 (도형 + 글자) / ② 국제 등록 - 마드리드 시스템으로 상표·마크 세계 등록 - 헤이그 시스템으로 도안 국제 디자인 등록 / ③ 기록 보호 병행 - 저작권 등록 (한국저작권위원회) - 출판·배포·인터넷 공개를 통한 공표·마크 우선권 확보이다.
이는 나의 도안이 단순한 마크가 아니라 법과 제도 아래 보호될 수 있는 철학적 상징임을 증명하는 근거이자, 실제 행동 지침이다.

나는 지금 이 글을 쓰며 결심하고 있다. 20년 가까이 마음속에서 숙성시켜온 '행복충만 표·마크'는 이제 단순한 그림이 아니다. 이것은 내가 전하고자 하는 인생 철학의 결정체이자, 모든 사람들에게 '행복'이라는 가치를 직관적으로 전달하는 시각 상징이다. 그렇기에 나는 이 도안을 법적으로도 완전하게 보호받을 수 있는 준비를 한다.

1. 대한민국 특허청 등록을 위한 준비 - 디자인 등록 (디자인보호법 기준) : 내가 만든 도안은 시각적 창작물로, 【"정사각형(노랑) / 마름모(초록) / 동그라미(보라)"의 세 개의 모양 및 한 가운데 노란 정사각형 안의 "행복충만" 글자】의 독창적 조합을 갖추었기에 디자인 보호 대상에 해당된다. - 복합상표·마크 등록 (상표·마크법 기준) : 행복충만이라는 문자와 시각적 도형의 결합은 상표·마크법상 '복합상표·마크'로 등록할 수 있다.

2. 등록을 위한 주요 제출 서류를 특허청(KIPO) 공식 홈페이지(www.kipo.go.kr)에서 확인하여, 미리 내려받아 작성해둔다.

3. 나 일벗님은 【행복충만 표·마크】를 2025년 8월 1일에 특허청을 방문하여 『접수 번호 1-1-2025-5015521-11 / 상표·마크등록출원서를 출원 번호 40-2025-0140574』로 특허를 출원했다.

다음부터는 우리 가족과 삼성그룹과의 인연을 살펴보자구나!

  우리 막둥이 아들이 네 살이 되는 1998년 3월부터는 엄마의 육아휴직이 끝나서 하루 종일 아이를 돌봐주는 어린이집을 다녀야 하기 때문에, 1997년 가을에 우리 아파트 근처의 어린이집을 알아본다. 다행히도 집에서 걸어서 10분가량 곳에 "삼성복지재단"에서 운영하는 『예지어린이집(서울특별시 강남구 개포동 1282번지 2호)』이 있구나!
  그 곳에 아들과 엄마 및 아빠가 찾아가서 원장님을 만나 내년의 모집에 대해 상담을 받고는 모집 요강을 받는다. 모집 요강을 꼼꼼히 살펴보고 그 날짜에 맞추어 지원 서류를 낸 다음에, 아들과 엄마가 면접을 본다.
  참으로 다행히도 우리 막내 아들은 '70 대 1'이라는 어마한 경쟁을 뚫고 합격하는구나!

  그리하여 1998년 3월 2일부터 2001년 2월까지 우리 가족과 삼성그룹은 소중한 인연이 맺어진다. 우리 막내 아들은 형과는 다르게 "아침 생이별!"이라는 애틋한 모습 없이 아침에 엄마와 떨어질 때에 조금 머뭇거리는 하지만 그럭저럭 엄마와 "안녕!"하면서 어린이집으로 들어가곤 한다. 얼마 뒤에는 일찍 일어나 스스로 준비물도 챙기고 가방도 둘러매며 어린이집에 밝게 웃으면서 잘 다닌다. 엄마와 아빠는 아마도 예지어린이집 모든 선생님들께서 우리 아들을 사랑으로 돌보고 가르치며 이끌어 주시는 덕분이라고 참으로 감사히 여기고 있구나!
  더구나 그 시절에 가끔씩 방송사에서 어린이의 아동학대사건들이 보도되어 엄마와 아빠의 몸과 마음을 애끓게 찍어놓았기 때문에, 더욱 예지어린이집 모든 선생님께 참으로 고맙게 여긴다!

  1998년 9월 23일에 나는 휴가를 받아 아침에 아들과 손잡고 예지어린이집에 데려다준 다음에, 저녁에도 조금 일찍 예지어린이집에 가서 아들을 기다리다가, 목이 말라 손님용 냉장고를 열려고 하는데, 그 문 위쪽에 1938년부터 1993년까지 쓰였다는 삼성그룹의 오래된 마크인 『별 세 개(★★★)』를 보게 되었는걸! 아, 별 세 개?
  그 삼성의 "별 세 개" 모습이 내 마음속 깊이 자리 잡았고, 결국 행복충만이라는 도안을 만들게 되는 밑바탕 · 기틀 · 터전이 되었던 거야!

  세 개의 모양? 그러면 나도 우리 행복충만의 도형을 세 개로 하자구나! 그리하여 행복충만 표 · 마크를 만들려고 몸과 마음을 모두 바쳐 온갖 애를 쓰는 10여 년이 지나서야 드디어 【"정사각형(노랑) / 마름모(초록) / 동그라미(보라)"의 세 개의 모양 및 한 가운데 노랑 정사각형 안의 "행복충만" 글자】의 모양이 비롯된 것이야! 결국 그 삼성그룹의 별 세 개의 모습이 우리 행복충만 표 · 마크의 밑바탕이 되었거든!

  얼마 뒤에 행복충만 책이 펴내지자마자, 그동안 배우고 겪으며 알고 느끼며 헤아리고 깨우친 것들이 모자란 나 일벗님은 감히 이 세상에 내놓기가 무척이나 부끄러운 행복충만 책을 네 권 준비하여 등기 우편으로 보내려 한다. 곧 " ① 삼성그룹 회장 - 이재용님, ② 우리나라 대통령 - 이재명님, ③ 채널A - 김진님, ④ 대통령 직속 대중문화교류위원장 - 박진영님"들께 등기 우편으로 보내드리는구나!

부끄러운 행복충만 책의 첫 번째 권은 "삼성그룹 회장 이재용님"께 등기 우편으로 보낼 생각이다. 그 까닭은 두 가지이다.

① 1998년 3월 2일부터 2001년 2월까지 우리 가족과 삼성그룹은 소중한 인연이 맺어진다. 곧 우리 막내 아들이 1998년 3월 2일부터 삼성복지재단에서 운영하는 "예지어린이집(서울특별시 강남구 개포동 1282번지 2호)"에 들어가서, 2001년 2월까지 다닌 귀중한 인연이 맺어졌기 때문이다.

② 1998년 9월 23일에 손님용 냉장고에서 삼성의 처음 표·마크인 "별 세 개(★★★)" 모습이 우리 행복충만 표·마크의 【"정사각형(노랑) / 마름모(초록) / 동그라미(보라)"의 세 개의 모양 및 가운데 노랑 정사각형 안의 "행복충만" 글자】의 모양이 밑바탕이 되었기 때문이다.

1993년 6월 7일 독일 프랑크푸르트의 켐핀스키 호텔에 삼성 임원 약 200명이 소집되었다. 이건희 회장은 이 자리에서 약 70분간 '양에서 질로'라는 방향 전환을 골자로 한 신경영을 선언했고, 이는 이후 삼성 전반에 큰 변화를 불러오게 된다. 따라서 삼성은 창립 55주년을 맞은 1993년 6월 말에서 7월 초 사이에 기존의 '별 세 개' 로고를 내려놓고, 영문 'SAMSUNG'과 파란 타원을 중심으로 한 새로운 표·마크를 도입하게 된다.

한편 외람되게도 감히 나 일벗님은 기존의 '별 세 개' 표·마크를 내려놓고, 영문 'SAM-SUNG'과 파란 타원을 중심으로 한 새로운 표·마크를 공식적으로 도입하게 된 것에 대해 아래와 같이 평가한다. "삼성의 별이 사라졌다. 파란 타원 안에 'SAMSUNG'－영문 다섯 글자만 남았다. 세계화라니, 디자이너들과 제일기획 및 외국 광고회사까지 머리를 맞대고 오래도록 고민했겠지? 그러나 내겐 허전했다. 글자 하나만 남은 표·마크는 색도 없고 상징도 없으며, 별이 떠난 자리는 빛도 이야기도 영감도 꿈도 없구나!"

우리의 행복충만 도안은 단순한 창작물이 아니라, 삼성이라는 기업이 내게 보여준 따뜻함과 감동 및 오랜 세월 품어온 고마움의 결정체다. 그러니 이 표·마크는 누구보다 삼성에게 가장 먼저 기꺼이 드리고 싶은 상징이다.

또한 이 '행복충만 표·마크'를 삼성에 기꺼이 드리려는 마음에는 단 하나의 조건이 있다. 그것은 이 도안이 원래 '행복충만'이라는 이름을 중심으로 만들어졌기 때문에, 이 표·마크 안에 들어가는 글자 역시 한글이어야 한다는 점이다. 만약 삼성이 이 표·마크를 실제로 사용하고자 한다면 '행복충만'이라는 글을 지우고 그 자리에 '삼성'이라는 글자를 넣어주기를 바란다. 다만 그 삼성이라는 글자는 영어 'SAMSUNG'이 아니라 반드시 한글로 "삼성"이라야 한다. 그 한 가지 조건만 지켜진다면, 나는 이 표·마크를 삼성에 기꺼이 무료로 드릴 것이다.

감히 여러 가지로 모자란 나 행복충만 일벗님은 삼성그룹 이재용 회장님 및 고위 임원분들께 아래와 같은 제안을 드린다.

"지금 삼성에서 사용하고 있는 현재의 'SAMSUNG' 표·마크와 더불어, 내가 공짜로 드리려는 이 행복충만의 【"정사각형(노랑) / 마름모(초록) / 동그라미(보라)"의 세 개의 모양 및 한 가운데 노랑 정사각형 안의 "행복충만" 글자】표·마크 위에 '삼성'이라는 한글 글씨를 얹은 버전을 두 개 나란히 놓고, 직접 비교해보기 바란다. 그 두 표·마크가 갖는 상징성과 어울림 및 정서적 깊이와 사회적 이미지까지 함께 살펴보시고, 진정으로 삼성의 정신과 미래에 더 어울리는 쪽이 무엇인지를 임원들께서 함께 깊은 토론을 나누어 주셨으면 한다. 이 제안은 어떤 요구나 기대가 아니라, 오직 순수한 마음에서 우러난 제안이며, 판단은 전적으로 삼성의 손에 달려 있구나!

삼성 표·마크	행복충만 표·마크

이 세상에 태어나 배우고 겪으며 알고 느끼며 헤아리고 깨우친 것들이 모자란 나 일벗님은 2024년에 국내총생산(GDP) 1조 8천억 달러 및 1인당 국민소득 3만 6천 달러를 달성하여 세계 경제 대국 10위권에 들어가도록 큰 구실을 한 우리나라의 대표적인 기업은 "이재용 회장님"께서 이끌고 있는 【 삼성 그룹 】이라고 감히 헤아린다.

삼성 그룹은, "공정거래위원회 2025년 5월1일 공시대상기업집단 기준"에 따르면, 국내에 삼성전자를 비롯하여 63개 계열사가 있고, 해외 50여 개국에 450여 개의 지사가 있는 다국적 네트워크 기업집단이다. 또한 공정자산총액은 589,114십억원이고, 공정자산총액 순위는 1위이며, 2024년 경영성과는 매출 399,636십억원, 당기순이익 41,602십억원이다. 아울러 일하고 있는 사람은 국내 284,761명 및 해외 17여만 명으로 모두 45여만 명이다.

더불어 삼성 그룹은 우리나라에서 연봉 수준이 가장 높고, 그렇기 때문에 업무의 응어리·스트레스도 가장 높을 것이다. 따라서 직원들의 복지 차원에서 응어리·스트레스를 풀어주는 프로그램이 가장 절실하며, 감히 삼성그룹 이재용 회장님께서도 그 응어리·스트레스를 풀어주는 프로그램이 가장 절실히 필요할 것이라고, 여러 가지로 모자란 나 행복충만 일벗님은 감히 여긴다.

우리의 행복충만은 【 우리네 벗님들이 서로 어울려서 "튼튼한 몸(몸), 가뿐한 마음(맘), 포근한 보금자리(보), 뜨거운 배움터(배), 보람찬 일터(일), 밝은 온누리(온), 깨끗한 자연우주하늘(자), 넉넉한 돈(돈)"의 온갖 행복을 짓고 닦으며 쌓아서 충만하기 위하여 〈인사 나누기, 노래 부르기, 행복충만 몸돈 읊조림, 말씀하고 듣기, 몸마음 풀어주기, 자연 풍경 보기, 행복충만 읊조림, 알리는 말씀, 끝 인사하기〉의 모두 아홉 마당 100분을 함께 하는 모임 】이다.

따라서 이재용 회장님께서 운영하시는 삼성그룹 기업의 강당·체육관·운동장들에 우리 행복충만 벗님들이 찾아가서, 회장님을 비롯한 모든 임직원분들을 모시고 「인사 나누기, 노래 부르기, 행복충만 몸돈 읊조림, 말씀하고 듣기, 몸마음 풀어주기, 자연 풍경 보기, 행복충만 읊조림, 알리는 말씀, 끝 인사하기」의 모두 아홉 마당 100분의 짜임새를 실시하여, 그동안 일하면서 쌓여있던 응어리·스트레스를 풀어주어 회사 모든 분들께서 한 마음·한 뜻·동일체 의식을 드높이도록 도움을 주려는 것이려니?!

다만 우리의 행복충만을 할 때에 아래의 두 가지는 이재용 회장님께서 꼭 지켜주어야 한다. ① 회장님 및 윗 사람들이 단상 위에 앉거나 또는 따로 자리를 마련하여 윗 사람들끼리만 자리를 앉을 것이 결코 아니라, 회장님과 윗 사람들 및 아랫 사람들의 모든 회사원들이 똑같은 자리에 서로 어울려서 몸을 맞대고 끼어 앉아야 할 것이다. ② 행복충만 행사는 100여 분이고 오후 2시부터 3시 40분까지 진행되며 많은 분들이 모여 있어서 열도 날 것이기 때문에, 행복충만이 끝난 뒤에 마시는 먹거리를 미리 준비해야 한다. 다만 똑같은 먹거리를 꼭 마련해야 하며, 회장님과 윗 사람들 및 아랫 사람들의 먹거리를 다르게 차이를 두어서는 아니 된다.

한편 삼성그룹은 오래 전부터 삼성전자 리더십 센터, 수원 신입사원 연수센터, 삼성 비즈니스 아카데미 과정 교육, 삼성 인재 개발 프로그램, 삼성 기술대학교 과정들의 삼성 직원 교육 과정을 실시하고 있는 것으로 알고 있다.
그곳에는 이미 훌륭한 프로그램이 많이 있을 것이다.

여러 가지로 부족한 나 일벗님의 행복충만도 그 응어리·스트레스를 풀어주는 프로그램의 하나로 마련해 주기를 감히 삼성그룹 이재용 회장님께 간절히 부탁드린다.

나는 삼성 회장 - 이재용님께 부끄러운 《행복충만》 책을 등기우편으로 보낸 다음 날에 회장 비서실에 연락을 한다.
《행복충만》 책을 등기우편으로 보낸 사실을 알리고, 그 책이 너무 많은 분량이기 때문에, 10분짜리 『행복충만 파워포인트(PPT)』를 받을 수 있는 이메일을 알아본다.
《행복충만》 책이 도착하면 책을 이재용 회장님께 전해 올리는 한편, 『행복충만 파워포인트(PPT)』를 열고서 "슬라이드 쇼 ⇨ 처음부터"를 눌러서 화면 및 노래를 함께 감상할 수 있도록 하여 드릴 것을 간절히 부탁드리려는구나!

한편 여러 가지로 모자란 나 행복충만 일벗님이 감히 마련한 『국민 정책 건의서』들을 헤아려보자구나! 이 정책 제안들은 그 누구의 힘도 아닌 오직 나 일벗님의 한 사람의 진심 어린 문제의식에서 비롯된 것이며, 작고 미약한 움직임일지라도 언젠가 커다란 변화의 물결이 되기를 간절히 바라는 마음으로 담아낸 것이다.

아! 1994년 9월이었던가? 당시 특정직 국가공무원으로 국가안전기획부(현재의 국가정보원)의 본부에서 분석관으로 특정부서의 선임 사무관을 맡으면서 일하고 있었지!

그동안 나는 맞벌이 가족으로서 행복충만 책의 앞부분에 있는 "아기의 젖병과 힘든 하루 및 울 자격도 없는 바보 아빠?! / 아들 돌봄의 응어리와 즐거움 및 아침 생이별과 저녁 이산가족 상봉?!"과 같은 삶의 응어리·스트레스를 직접 보고 들으며 느끼고 겪으면서, 이 세상 모든 사람들의 삶의 즐거움을 늘리고 삶의 응어리를 풀어주는 구체적인 방안을 마련하고자 행복충만을 연구하기 시작했다.

그리하여 10여 년의 세월이 흘러서 "800자 원고지"로 『3,673장』이나 되는 행복충만의 글을 마무리한다.

행복충만은 【 우리네 벗님들이 서로 어울려서 "튼튼한 몸(몸), 가뿐한 마음(맘), 포근한 보금자리(보), 뜨거운 배움터(배), 보람찬 일터(일), 밝은 온누리(온), 깨끗한 자연우주하늘(자), 넉넉한 돈(돈)"의 온갖 행복을 짓고 닦으며 쌓아서 충만하기 위하여 〈인사 나누기, 노래 부르기, 행복충만 몸돈 읊조림, 말씀하고 듣기, 몸마음 풀어주기, 자연풍경 보기, 행복충만 읊조림, 알리는 말씀, 끝 인사하기〉의 모두 아홉 마당 100분을 함께 하는 모임 】이다.

우리나라에서 1962년에 「정부업무개선 기본지침」이 만들어지면서 그 안에 『공무원 제안제도』가 처음으로 도입됐고, 그 당시 1990년대 초에는 "1인 1제안" 운동이 활발히 전개되고 있었지.
그리하여 나는 용기를 내어 이를 국민 정책으로 제안하기 위해 책으로 만들었는걸.

그래서 책 내용을 요약하여 "사람들이 어울리는 모임"이라는 국민정책 제안서의 제목으로 10여 쪽으로 만들어 책 앞표지에 클립으로 끼워 넣고, 그 뒤에 책을 구체적 증거자료로 제시했다.

이어서 그 국민 정책 제안서를 지휘계통을 밟아 계장 ⇨ 과장 ⇨ 부국장 ⇨ 국장 ⇨ 차장에게 올려 승인을 받았지. 마지막으로 최고 책임자인 부장에게 올렸거늘!

하루, 이틀, 사흘, 나흘이 지나간다. 연락이 오지 아니한다.
또 하루, 이틀, 사흘, 나흘이 지나간다. 연락이 오지 아니한다.
다시 하루, 이틀, 사흘, 나흘이 지나간다. 연락이 오지 아니한다.

결국 나 일벗님은 마음이 너무나 상하여 응어리가 많이 쌓였으며, 한참 뒤에 이른바 철밥통이라는 그 국가공무원 자리를 스스로 그만두었구나!

그리고는 나는 1997년 10월 7일에 첫 번째 탈장 수술을 받는다.

공교롭게도 그런 조금 뒤인 1997년 12월 3일에 우리나라는 "나라살림 망가짐 사태 또는 국제통화기금(IMF : International Monetary Fund) 사태를 맞이하는걸!

아! … 행여라도 만일 그 국가안전기획부장이 나의 국민정책 제안을 승인하여 국민들에게 "사울모임(사람들이 어울리는 모임)"을 국민운동으로 적극적으로 전개하여 국민들이 서로 어울리는 분위기를 만들었다면, 혹시라도 나라살림 붕괴 사태를 미리 막을 수도 있었으리라!

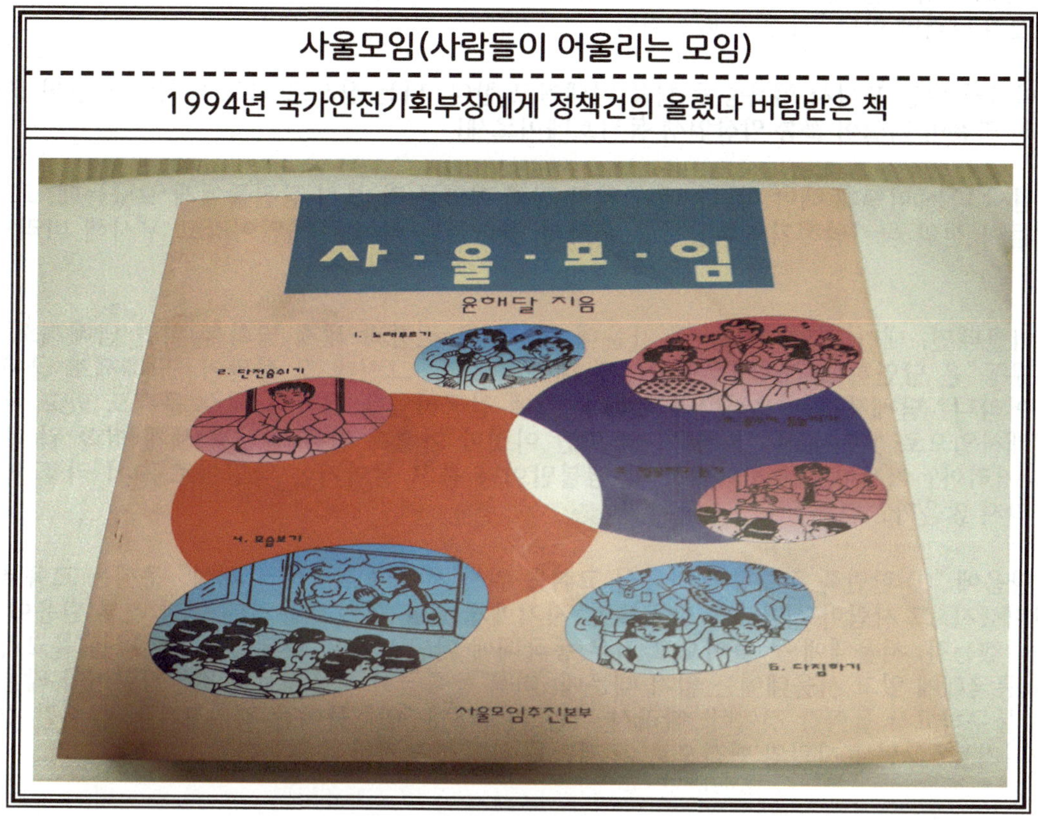

지금은 어떠한가? 나의 원래의 "사울모임(사람들이 어울리는 모임)"이 '사울'이라는 단어 때문에 기독교 계통이라고 입방아에 오르내려서 나는 그것이 싫었지. 그래서 1000년대를 마치고 새로운 천년 대를 시작하는 2000년 1월 1일부터 비록 한자이지만 『행복충만』으로 바꾸어서 쓰고 있거든!

아울러 행복충만의 내용을 깊고 넓게 가다듬는 한편, 행복충만 표·마크를 만들려고 10여 년가량 가슴앓이를 하면서 애쓰곤 하였는데 또 창자가 터져서 몇 년을 고생하다가 결국 2013년에 두 번 째로 탈장 수술을 받았거든. 이어서 2020년 초부터 또 다시 창자가 떠져 탈장이 되어 불쑥 튀어나와서 아픈걸! 아!… 나와 탈장은 끈질긴 인연인가보구나!

아마도 3번이나 창자가 터지는 탈장과의 모질고도 애틋한 인연은 40여 년가량 비록 내가 죽더라도 행복충만을 반드시 잊지 말라는 일깨움인 한편, 이 세상의 힘들고도 어려운 삶을 부지런하고 열심히 살아가면서 튼튼한 몸과 가뿐한 마음 및 그 밖의 온갖 행복들을 갈고 닦으며 충만하도록 힘써 애쓰라는 자연우주하늘의 높고도 드넓은 가르침이려나?!

더욱 이상한 것은 이제 공무원도 아닌데, 왜 다시 정책 제안을 하려고 하는가? 그것은 2001년 3월 28일에 「전자정부 구현을 위한 행정업무 등의 전자화 촉진에 관한 법률」이 제정되어 2007년 1월 3일에 현행 약칭인 "전자정부법"으로 변경되었고, 그 "전자정부법 제38조(국민제안) : 행정기관의 장은 행정에 대하여 국민이 제안할 수 있도록 전자적 수단 등을 이용한 제도적 장치를 마련하여야 한다. 이 경우 행정기관의 장은 제안의 처리 결과를 제안한 사람에게 알려야 한다."가 있기 때문이다.

아울러 나는 또다시 행복충만 책을 펴내려고 한다. 나는 참으로 바보 멍청이 얼간이 쪼다 등신 팔푼이 찌질이 꼴통 막장인생 동키호테이로세!

현재 나는 어떻게 해야 하나? 내가 위의 정책 건의를 각 부처 장관들에게 보냈는데, 그 사람들이 전의 국가안전기획부장처럼 혼자서 평가하여 하찮은 제안이라고 무시해 버리면? …

이를테면, 내가 제안하려는 것 가운데 "② 인류 건강과 세계 평화를 위한 담배제조 금지운동"은 당연히 보건복지부장관에게 내야 하겠지. 그런데 그 장관이 "담배제조 금지운동이라니? 담배제조는 우리나라가 해방 뒤에 건국하였을 때부터 세수 문제도 있고 하여 전매사업으로 했는데, 내가 뭘 어째! 또한 이것이 어떻게 인류 건강과 세계 평화 뭐 운운할 거리야? 이상야릇한 사람이고, 불평불만이나 품고 살아가는 국민이로구나!"라고 여겨버리지 않을까?

다음에 "① 한민족 주체성과 자긍심 고취를 위한 서울대 표 · 마크 개정"문제는 교육부장관이겠지. 그 사람이 서울대를 나왔으면, 자기에게 침을 뱉는 내용인데 먼저 거부 반응이 일어나겠는걸. 서울대에 못 들어오고 겨우 동국대에 다닌 멍청이 주제에 감히? 나는 불교학과가 동국대에 있고 서울대에는 없기 때문에, 비록 등록금이 서울대보다 3배 가량이나 많은데도 불구하고서 들어간 것이다. 따라서 나는 서울대에 "안" 들어간 것이고 '못' 들어간 것이 아니거늘? 그런 혼자만의 편견으로 이 제안을 하찮게 평가하지 않을까?

여러 가지로 모자란 나 행복충만 일벗님이 감히 이 세상에 제기하는 『국민 정책 건의서』는 【 ① 한민족 주체성과 자긍심 고취를 위한 서울대 표 · 마크 바꿈 / ② 인류 건강과 세계 평화를 위한 담배제조 금지운동 / ③ 국민통합과 정치다툼 해소를 위한 국회의사당 여야어울림 좌석 재배치 / ④ 문화분야의 관객 참여형 영화 만들기 운동 / ⑤ 밝은 온누리를 위한 "얼싸!"구호 운동 / ⑥ 한국과 세계의 모든 인류들의 어울림을 위한 행복충만 】들이다.

이 모든 『국민 정책 건의서』를 그냥 무심하게 지나치지 아니하고서 꼼꼼히 살펴줄 그 분은 과연 우리나라에서 그 누구이실까? 있을까, 아니면 아예 없을까? 나는 곰곰이 헤아려본다. 나 행복충만 일벗님은 외람되게도 그분은 바로 오직 한 분이며, 현직 대통령이신 "이재명님"이라고 이 세상 모든 분들께 감히 외친다. 내 말이 맞는가? 아니면 틀린가?

그리하여 이 세상에 내놓기가 참으로 부끄러운 《행복충만》의 책의 두 번째 권을 여러 가지로 모자란 나 행복충만 일벗님은 외람되게도 "우리나라 대통령 - 이재명님"께 등기 우편으로 보내는구나!

　나 일벗님은 우리나라 대통령 - 이재명님께 《행복충만》 책을 등기 우편으로 보낸 다음 날에 대통령 비서실에 연락을 한다. 《행복충만》 책을 등기 우편으로 보낸 사실을 알리고, 그 책이 너무 많은 분량이기 때문에, 10분짜리 『행복충만 파워포인트(PPT)』를 받을 수 있는 이메일을 알아본다. 《행복충만》 책이 도착하면 책을 이재명 대통령님께 전해 올리는 한편, 『행복충만 파워포인트(PPT)』를 열고서 "슬라이드 쇼 ⇨ 처음부터"를 눌러서 화면 및 노래를 함께 감상할 수 있도록 하여 드릴 것을 간절히 부탁드리려는구나!

　우리나라 대통령 - 이재명님께서 여러 가지로 모자란 나 행복충만 일벗님에게 연락을 하면, 나는 기꺼이 찾아뵙고 위의 여섯 가지 국민 정책을 건의하련다.

　특히 국민 정책 가운데 세 번 째의 "인류 건강과 세계 평화를 위한 담배제조 금지운동"에 대해 자세히 건의할 것이다.
　【※ ① 대통령님께서 우리나라에서 담배제조 금지운동에 대한 명확한 뜻을 세우고 구체적인 성과가 나면, 각국 세계지도자에게 담배제조 금지운동을 같이 실시하자고 적극적인 협조를 구하십시오. ② 그러면 이 못난 나이지만 유엔, 스웨덴 노벨상 위원회들을 찾아다니면서 "우리 대통령님을 인류 건강과 세계 평화를 위한 담배제조 금지운동의 공로로 노벨 평화상을 주십시오!"라고 요청드리겠습니다. ③ 물론 우리나라 국내 정치도 사심 없고 대립 없으며 서로 어울리게 잘 이끌어야 하겠지요. 그런데 국내 정치만으로는 노벨 평화상을 운운하기는 어렵지요. 그것을 바탕으로 세계 담배제조 금지운동을 열성적으로 이끌어서 인류 건강과 세계 평화를 이루는 밑바탕을 세운다면, 충분히 노벨 평화상을 운운해도 자연스럽겠지요. ④ 그리하여 우리 대통령님께서 노벨 평화상을 받으시면, 그것은 대통령님과 나 및 모든 국민들에게 큰 영광이며 자랑이 아니겠습니까? ※】

　하루, 이틀, 사흘, 나흘이 지나간다. 연락이 오지 아니한다. 또 하루, 이틀, 사흘, 나흘이 지나간다. 연락이 오지 아니한다.
　행여라도 지난 1994년에 국가안전기획부장에게 정책 제안했다가 버림받은 《사울모임》 책에 이어, 또다시 이번에 국민 제안하려는 《행복충만》 책도 대통령에게서 외면당해 버리면 과연 나는 어찌할까나???

　그리하여 나는 어쩔 수 없이 감히 언론계에 "제발 도와 주십시오?"라고 매달리는 것이다. 그 첫 번째 방법이 바로 감히 "채널A - 김진"님께 외람되게도 여러 가지로 모자란 나 행복충만의 일벗님을 "부디 도와주십시오?"라고 무릎을 꿇고 눈물 콧물 다 흘리면서 하소연 드리는 것이다.

　따라서 이 세상에 내놓기가 무척이나 부끄러운 《행복충만》의 책의 세 번째 권을 나 행복충만 일벗님은 감히 "채널A - 김진"님께 등기 우편으로 보내는구나!

　나 일벗님이 지난날 국가안전기획부에서 일할 때에 가장 찾으려고 애타게 목말라한 것은 바로 『특상(대통령님께 직접 올리는 보고서)』이었던 것처럼, 지금 언론인인 김진님께서도 가장 찾으려고 애타게 목말라한 것은 아마도 『특종(이 세상에서 처음 보도하는 기사)』이라고 헤아리기 때문이다.

사실 나는 김진님을 개인적으로 모른다. 다만 아침 08:50부터10:30까지 김진님께서 진행하고 있는 《돌직구 쇼》를 열심히 보곤했지! 그 프로그램을 보면서 "김진님께서 시원시원하고 멋지며 날카롭고 재미있기도 하며 논리적이고 어울리기도 잘하며 강단 있으며 부드럽기도 하면서 참으로 사람들을 끌어당기는 묘한 매력이 샘솟는 사람이로구나!"라고 헤아리곤 한다.

여러 가지로 모자란 나 행복충만 일벗님이 감히 이 세상에 제기하는 『국민 정책 건의』는 【 ① 한민족 주체성과 자긍심 고취를 위한 서울대 표·마크 바꿈 / ② 인류 건강과 세계 평화를 위한 담배제조 금지운동 / ③ 국민통합과 정치다툼 해소를 위한 국회의사당 여야어울림 좌석 재배치 / ④ 문화분야의 관객 참여형 영화 만들기 운동 / ⑤ 밝은 온누리를 위한 "얼싸!" 구호 운동 / ⑥ 한국과 세계의 모든 인류들의 어울림을 위한 행복충만 】들이다.

위의 여섯 가지 국민 정책 건의는 참으로 힘들고 어려운 문제들이다. 그러기에 이 못난 나 일벗님은 한 평생, 정확히는 50여 년 동안 홀로 끌어안고 울고 웃으며 새웠다가 부수며 쌓다가 허물며 꼬박 날밤을 지세우면서 온갖 짓을 다하면서 겨우 마련한 것이리라!.

지금 이 순간에 가장 죄송한 분은 "채널A - 김진"님이로구나! 나 일벗님이 평생 동안 겪어온 응어리를 왜 채널A - 김진님께 무작정 던져 놓은 것이야? 그러면 그 분도 나처럼 응어리를 끌어안고 살라는 것이냐?

그리하여 여러 가지로 모자란 나 행복충만 일벗님은 감히 "채널A - 김진"님께 조금이나마 속죄하려는 마음으로 아래와 같은 각 정책건의의 진행 방향을 드려서 외람되게도 작은 도움을 주려고 하는구나!

1. 【 한민족 주체성과 자긍심 고취를 위한 서울대 표·마크 바꿈 】이다.

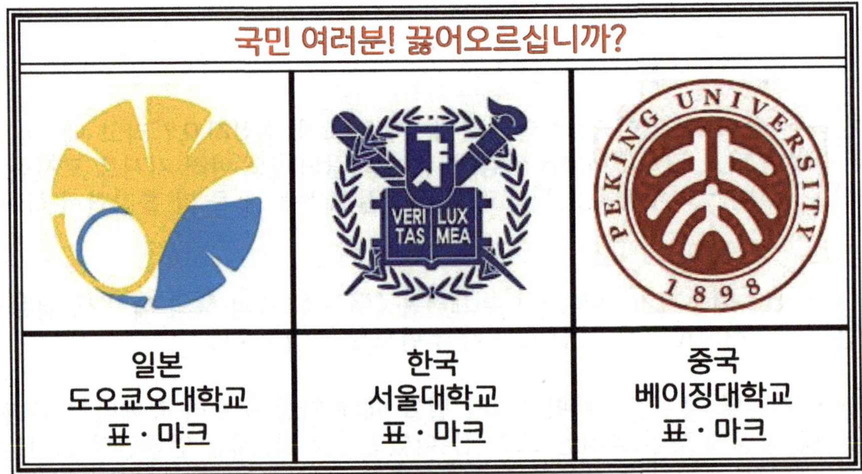

특히 "한민족 주체성과 자긍심 고취를 위한 서울대 표·마크 바꿈"은 지난 1975년 3월 2일에 실제로 일어난 일이다. 나는 동국대학교를 들어갔고 친구는 서울대학교를 들어가서 오후에 서로 만났다. 그 당시에는 대학생들도 교복을 입는 시대이었거든. 그 서울대생 교복에 왠 꼬부랑 글씨가 보이길래, "야, 왠 꼬부랑 글씨가 있느냐?" "진리 뭐 그런 것이래! …" "서울대가 국립대인데, 왜 꼬부랑 글씨가 있느냐?" "그냥! …" "잘못 됐지! 서울대가 사립대이면 괜찮아, 그런데 서울대는 국립대이잖아? 국민들이 내는 세금으로 운영되는 국립대?" "어? …" "이건 바꿔야 되는 것이야?"

그것이 바로 내 삶의 응어리가 시작된 일이었구나? 지금 생각하면 참으로 애틋한 사연이지! 내가 만일 그 때에 그 문제의식이 일어나지 않았으면, 나도 남처럼 그럭저럭 한 평생을 되는 데로 평안히 살았을 터인데 … 어찌하여 나에게 그런 얄궂은 인연이 맺어졌는가? … … 아! 하늘이시여!, 땅이시여,! 조상님들이시여! … … …

①. 처음에는 맨 위칸의 제목을 빼고 사진 3개를 올림 ⇨ 10초 뒤에 위의 제목을 옆에서 사진으로 들어오는 모습으로 연출함 ⇨ 20초 동안 사진 전체를 보여준다.

②. 김진 및 참여자들이 서울대학교의 표·마크 안에 있는 라틴어로 된 "VERITAS LUX MEA"라는 글자를 『진리는 나의 빛』이라는 한글로 빨리 바꾸어야 한다고 토론을 진행한다.

③. 김진 및 참여자들이 월계수는 서양 고대 로마 및 그리스에서 전쟁 승리의 상징이므로, 꽃 대나무 나무 해 달들의 평화롭고 어울리는 상징이 우리나라 서울대학교에 알맞다는 토론을 진행한다.

④. 더구나 위의 사진 3개를 서로 비교해 보면, 우리나라의 최고대학이며 국립대학으로서 서울대학교의 표·마크 안에 있는 "VERITAS LUX MEA"라는 글자가 그 얼마나 엉뚱하고 우스꽝스러우며 얼빠진 짓인 한편, 우리 겨레의 민족적 주체성과 유구한 역사성 및 자존심과 자긍심을 짓밟는 커다란 허물임을 뼈저리게 깨우쳐야 할 것이니라!

⑤. 우리나라는 그동안 너와 나 우리 모두가 피와 땀 및 눈물을 흘리면서 참고 견디며 이겨내어 이른바 '한강의 기적'을 이루고 지금은 세계경제대국에 올라서 특히 2024년에 국내총생산(GDP) 1조 8천억 달러 및 1인당 국민소득 3만 6천 달러를 달성하여 우리나라를 실질적으로 "세계 경제 대국 10위권"에 들어가도록 애썼구나!
더불어 문화 분야에서 '케이(K; Korea, 한국)-컬처(C; Culture, 문화, 文化)'로서 "노래, 운동, 영화 및 드라마"를 당당히 내세우고 있지 아니한가?

⑥. 이제는 너와 나 우리 모든 국민 여러분들께서 더 이상 끓어오르지 마시고, 한민족 주체성과 자긍심을 떳떳하고 당당하며 활기차게 내세울 때가 되지 아니하였는가?!
따라서 "한민족 주체성과 자긍심 고취를 위한 서울대 표·마크 바꿈"은 하루 빨리 이루어져야 한다고 여러 가지로 모자란 나 행복충만 일벗님은 국민 여러분들께 몸과 마음을 다바쳐 호소드리며 강력하고 애절하며 우렁차게 거듭 내세운다!

※ 자세한 내용은 뒤의 "197쪽~201쪽"에 있다. ※

2. 【 인류 건강과 세계 평화를 위한 담배제조 금지운동 】이다.

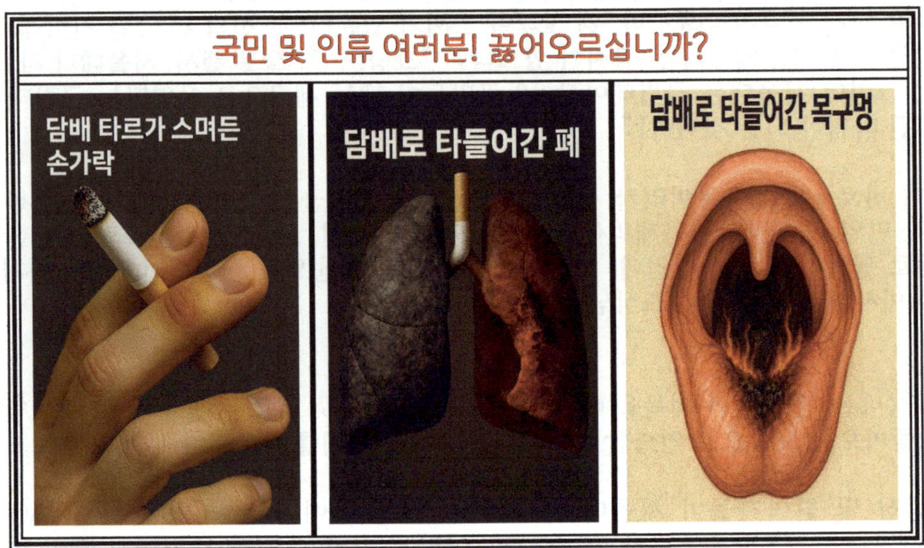

　①. 처음에는 맨 위칸의 제목을 빼고 사진 3개를 올림 ⇨ 10초 뒤에 위의 제목을 옆에서 사진으로 들어오는 모습으로 연출함 ⇨ 20초 동안 사진 전체를 보여준다.

　②. 담배로 인한 한국, 일본, 미국의 각 나라별 2024년 세금수입 합계액을 도표 · 마크로 보여준다.

　③. 우리나라 대통령님께서 국민 건강을 위해 그 조그마한 담배로 인한 세금수입을 과감히 포기하는 크고 깊으며 숭고한 용단을 내려 담배제조 금지선언을 한 다음에, 그 정책을 빠르게 실시하자는 것이다. 그리하여 어느 정도 뚜렷한 성과가 나타나야 한다.

　④. 우리나라 대통령님께서 세계 지도자들에게 담배제조 금지선언 및 운동을 실시하자고 널리 제안한다. 그리하여 어느 정도 뚜렷한 성과가 나타나야 한다.

　⑤. 나 일벗님이 세계 여러분들에게 우리나라 대통령님께서 담배제조 금지운동으로 인류 건강과 세계 평화를 위한 공로가 있으므로 노벨 평화상을 받아야 한다고 연설 및 설득활동을 적극적으로 전개하고자 한다.

　⑥. 우리나라 대통령님께서 노벨 평화상 또는 세계 평화상을 받으면, 대통령님 개인 및 나와 너 우리 모든 국민들에게 큰 영광이고 자랑거리이며 후손에게도 기리 물려줄 보배일 것이다.

　※ 자세한 내용은 뒤의 "125쪽～128쪽"에 있다. ※

3. 【 국민통합과 정치다툼 해소를 위한 국회의사당 여야어울림 좌석 재배치 】이다.

　①. 우리나라의 지난날 국회의사당에서 여당 및 야당 의원들이 제 자리에서 주먹을 높이 쳐들고 항의하거나, 여당 및 야당 의원들이 제 자리에서 일어나 의장석 앞으로 뛰쳐나가 항의하면서 서로 다투는 잘못된 모습들을 국민들에게 자주 보여주었구나!

　②. 위의 국회의사당에서 여당 및 야당 의원들이 서로 다투는 모습들은 우리나라를 비롯한 일본 인도 사우디 미국 캐나다 브라질 영국 프랑스 독일 남아공들의 모든 민주주의 나라에서도 똑같이 일어나고 있는 잘못된 모습들이 아니겠는가?

　③. 김진 및 참여자들이 돌아가면서 이것은 꼭 고쳐야 한다고 강조하면서 이에 대한 토론을 진행한다.

　④. 내가 "국회의사당 여야어울림 좌석 재배치"를 얘기한다.
　크게 ① 법·제도 방안 / ② 마음 치유 방안이 있다.
　먼저 ① 법·제도 방안은 국회법 3조에 따른 현재의 여당은 여당끼리 앉고 야당은 야당끼리 앉는 좌석 배치를 바꾸어서, 여당과 야당이 어울려서 여당 ⇨ 야당 ⇨ 여당 ⇨ 야당으로 서로 어깨를 맞대고 붙여 앉는 방식으로 좌석을 재배치해야 한다는 방안이다.
　다음의 ② 마음 치유 방안은 흔히 가방을 들고 다니는 여성의원이 가방에 좌우 양옆의 다른 당 의원 몫까지 세 개의 물을 챙겨서 국회 의사당의 옆 좌석 책상들에 아무 말없이 놓으면, 다음날에는 옆의 두 분의 남성 또는 여성 의원들도 다른 과자 또는 떡을 세 개씩 챙겨서 국회 의사당의 좌석 책상에 놓을 것이기 때문에, 이런 방법으로 여당과 야당이 서로 먹고 이야기하면서 자연스럽게 친해지고 마음의 벽을 허물어서 국민들에게 더 이상 다투는 국회의원들이 아니라 서로 어울리는 여야 국회의원들이라는 것을 뚜렷하게 보여주자는 방안이로구나!

　※ 자세한 내용은 뒤의 "222쪽～227쪽"에 있다. ※

4. 【 문화분야의 관객 참여형 영화 만들기 운동 】이다.
　①. 우리의 행복충만에서는 관객들이 주체적이며 적극적으로 참여하여 함께 만들어가는 영화로 제작하는 한편, 『문화분야의 관객 참여형 영화 만들기 운동』을 적극적이며 열성적으로 전개하련다.

　②. 영화의 제1부에서는 행복충만의 뜻을 세우고 글을 쓰며 행복충만의 기틀을 마련하는 과정을 관객들이 보고 들으며 웃고 울면서 느끼게 하는 영화로 만들려는 것이다.

　③. 영화의 제2부에서는 행복충만의 『인사 나누기, 노래 부르기, 행복충만 몸돈 읊조림, 말씀하고 듣기, 몸마음 풀어주기, 자연 풍경 보기, 행복충만 읊조림, 알리는 말씀, 끝 인사하기』를 우리 행복충만 영화를 보려고 모인 관객들이 주체적이며 적극적으로 참여하여 우리 행복충만 영화를 감독·배우·제작사와 더불어 관객들이 함께 만들어가는 영화로 제작하려고 한다.

　※ 자세한 내용은 뒤의 "388쪽～395쪽"에 있다. ※

5. 【 밝은 온누리를 위한 "얼싸!" 구호 운동 】이다.
　①. 우리네 사람들의 삶은 옛날·요즘·앞날 및 동양·서양·도시·농촌·어촌에도 그저 쉽고 즐거운 것이 아니라 어렵고도 힘든 것이리라! 그리하여 나 행복충만 일벗님은 이 세상에 "밝은 온누리를 위한 『얼싸!』구호 운동"을 감히 정책 건의한다.

　②. 얼른 떠오른 말이 "화이팅(Fighting)!"이다. 그런데 그것은 영어이고 '싸우는 중이다', '싸워라'라는 뜻이다.

　③. 그래서 한글로 좋고 마땅한 말을 찾으려고 온갖 노력을 하여 결국 "얼싸!"를 찾아내다. "얼싸!"는 어깨동무, 포옹, 친근함의 뜻이 담겨 있고, '얼싸안다'에서 온 말이라 '서로 어울림, 함께 함'이라는 좋은 이미지가 강하며, 새로운 국민 구호로 만들기에 적합한다. 한편 "얼싸!"는 말하기와 듣기 및 부르기에도 좋다. 아울러 "얼싸!"는 다른 나라 사람들에도 발음 하기도 쉽구나!

　※ 자세한 내용은 뒤의 "195쪽"에 있다. ※

6. 【 한국과 세계의 모든 인류의 어울림을 위한 행복충만 】이다.
　①. 우리네 사람들은 보금자리에서 엄마와 아빠 사이 사랑의 인연으로 이 세상에 태어나서 배움터 일터 사회 나라 세계 자연우주하늘에서 살아가다 보면, 삶의 즐거움 및 삶의 응어리도 생기기 마련이다. 특히 삶의 응어리·스트레스가 일어나면 끓어오르는 것들이 쌓이고, 이것이 되풀이되면 튼튼한 몸 및 가뿐한 마음을 지니지 못하여 아프기도 한다. 따라서 삶의 응어리로 인한 끓어오르는 것들을 때때로 풀어주어야 하겠는걸!

　②. 우리의 『행복충만』은 삶의 응어리·스트레스 때문에 끓어오르는 것들을 풀어줄 수 있는 하나의 구체적인 방안 또는 프로그램이다. 곧 행복충만은 【 우리네 벗님들이 서로 어울려서 "튼튼한 몸(몸), 가뿐한 마음(맘), 포근한 보금자리(보), 뜨거운 배움터(배), 보람찬

일터(일), 밝은 온누리(온), 깨끗한 자연우주하늘(자), 넉넉한 돈(돈)"의 온갖 행복을 짓고 닦으며 쌓아서 충만하기 위하여 〈인사 나누기, 노래 부르기, 행복충만 몸돈 읊조림, 말씀하고 듣기, 몸마음 풀어주기, 자연 풍경 보기, 행복충만 읊조림, 알리는 말씀, 끝 인사하기〉의 모두 아홉 마당 100분을 함께 하는 모임 · 프로그램 · 방안 】이다.

③. 이 행복충만은 나 일벗님이 적극적이고 열성적으로 앞장서서 우리나라 모든 곳 및 동양 서양 아프리카들의 세계 방방곳곳을 찾아다니면서 널리 알리고 모두 아홉 마당 100분 프로그램을 실시하려고 하는구나!.

위와 같은 흐름으로 "채널A - 김진"님께서 진행하기 바란다.

더불어 "채널A - 김진"님께 감히 부탁드리고 싶은 요망사항이 두 가지가 있구나!
1. 현재 김진님께서 진행하고 있는 《돌직구 쇼》는 아침 08:50부터 10:30까지인데, 그 시간대는 맞벌이를 하는 가족을 비롯한 모든 직장인들이 집중해서 보기가 어렵다. 따라서 대부분의 사람들이 쉬는 시간이어서 평안하고 집중해서 볼 수 있는 시간인 오후 8시부터 오후 10시까지로 바꾸어 "국민 정책 제안 토론회"라는 이름으로 개최하여 주기 바라는 것이다.
2. 토론 참여자는 "김진"님께서 선정하시기 바라며, 다만 한 분은 꼭 모셨으면 한다. 그분은 국회 보건복지위원회 위원장인 박주민(더불어민주당) 의원님이시지! 왜냐면 "3. 인류 건강과 세계 평화를 위한 담배제조 금지운동"은 우리나라 및 거의 모든 세계에도 적용되는 한편, 앞으로 우리나라 대통령님의 노벨 평화상까지 이어질 중요한 문제이기 때문이다.
그 토론회의 참여자가 확정되어 나에게 가르쳐주면 《행복충만》 책을 토론회의 참여자 모든 분들게 증정하고 싶구나!

한편 나 일벗님은 "채널A - 김진"님께 부끄러운 《행복충만》 책을 등기우편으로 보낸 다음 날에 연락을 한다. 《행복충만》 책을 등기우편으로 보낸 사실을 알리고, 그 책이 너무 많은 분량이기 때문에, 10분짜리 『행복충만 파워포인트(PPT)』를 받을 수 있는 이메일을 알아본다. 《행복충만》 책이 도착하면 『행복충만 파워포인트(PPT)』를 열고서 "슬라이드 쇼 ⇨ 처음부터"를 눌러서 화면 및 노래를 함께 감상하기를 간절히 부탁드리려는구나!

나는 이제 "채널A - 김진"님께서 부디 연락 주기를 기다린다. 하루, 이틀, 사흘, 나흘을 기다린다. 또 하루, 이틀, 사흘, 나흘이 지나간다. 다시 하루, 이틀, 사흘, 나흘이 지나간다. 이렇게 보름 정도를 기다린다. 서서히 불안감이 스며온다. 만일 그러다가 1994년 내가 정책 제안했는데, 끝내 연락을 아니 주었던 당시 국가안전기획부장(현재 국가정보원장)처럼 말이야!
…

그리하여 나는 차선책을 쓸 수 밖에 없구나! 그것은 【 ① TV 조선-신효섭님 / ② MBN-김명준님 / ③ JTBC-서복현님 / ④ SBS-사공성공님 / ⑤ MBC-성장경님 / ⑥ KBS-김용준님 / ⑦ YTN - 김혜민님 / ⑧ 연합뉴스TV - 김지선님 】들게 나 일벗님의 부끄러운 《행복충만》 책을 등기 우편으로 보내면서 "님들이시여, 제발 저를 도와 주십시오?!"라고 목놓아 하소연 하는구나!

여러 가지로 모자란 나 행복충만 일벗님은 네 번째의 행복충만 책을 대통령 직속 대중문화교류위원장 - 박진영님께 등기 우편으로 보내드리는구나!

감히 박진영님의 가수 데뷔곡은 1994년 Don't Leave Me이고, 대표곡은 Proposal Song(1995년) / She was Pretty(1997년) / Honey(1998년) / No Love No More(2009년)이며, 1997년에 '태홍기획'을 설립하여 2001년에 현재 이름 "JYP 엔터테인먼트"로 바꾸었다고 헤아린다.

또한 SBS 서바이벌 오디션 K-팝 스타(K-Pop Star) 시즌 1(2011년) 및 시즌 4(2014년)에서 심사위원을 맡아 그 이름을 널리 알렸지! 아울러 그는 세계주류인 미국에서 여러 어려움과 문화적 갈등을 극복하는 한편, 트레이 키즈(Stray Kids; 남성 그룹) 및 트와이스(Twice; 여성 그룹)들을 발굴하고 키우면서 한국 음악가로서 경험했을 숱한 어려움을 참고 견디며 이겨내어 한국 음악과 문화의 중요성을 몸소 절실하게 느끼고 깨우친 노력을 깊고 높게 존경한다.

한편 연세대학교 지질학 전공자로서 자연과학에 대한 이해와 우주적 관점까지 지닌 그는 음악 활동과 더불어 사람과 자연, 과학과 문화가 만나는 복합적 맥락 속에서도 의미 있는 성취를 이루어냈다는 점에서 깊은 공감을 불러일으킨다. 끝으로 박진영님은 자랑스럽게도 2025년 10월 1일에 출범한 대통령 직속 대중문화교류위원회 위원장(공동)을 맡고 있어 참으로 다행이며 진심으로 축하드린다.

나 행복충만 일벗님은 지금 우리나라 K-문화(Korea-culture)로서 K-노래(팝;Pop) 및 K-영화 · 드라마(Film)에 이어 K-음식(Food) 및 K-한복(Fashion)으로까지 확장되고 있는 배경에는 우리 한민족의 주체성이 중요한 밑바탕으로 작용하고 있다고 보기 때문에, 문화 사회 정치 경제의 모든 각계각층에서 우리 한민족의 주체성이 충분히 확립되어야 한다고 헤아린다. 따라서 박진영님께서 우리 문화의 미래와 정체성을 위해 한민족의 주체성 문제를 명확히 성찰하고, 학문적 · 사회적 논의를 통해 문제 제기를 해야 한다고 내세운다.

우리 한민족의 주체성을 다듬고 확립할 수 있는 중요한 장치 가운데 하나가 바로 서울대학교의 표 · 마크 문제이다. 현재의 서울대학교의 표 · 마크는 우리 한민족이 쓰지고 않고 전혀 관련 없는 라틴어로 된 "VERITAS LUX MEA(진리는 나의 빛)"이라는 글자, 월계수, 칼들의 서양적 상징이 그대로 남아 있어, 민족적 정체성을 충분히 반영하지 못하고 있다. 이렇게 놔둬서는, 우리 젊은 세대가 다니는 대학의 상징조차 민족적 주체성을 제대로 체감할 수 없게 된다.

한편 그 서울대학교 표 · 마크 하나만 봤을 때는 크게 문제로 느껴지지 않을 수 있지만, 일본 도쿄대학교 표 · 마크 및 중국 베이징대학교 표 · 마크와 함께 3개를 놓고 함께 비교하면, 우리 한민족의 주체성을 제대로 반영하지 못한 민족의 얼 및 혼이 빠진 표 · 마크라는 느낌을 지울 수 없다. 솔직히 말해서 현재의 서울대학교 표 · 마크는 우리 한민족으로서 매우 부끄럽고 창피스러우며 한심스러운 모습이로다!

생각해볼까나? 같은 동양권인 일본 사람 및 중국 사람이 서울대학교 표 · 마크를 보면 어떤 평가를 내릴까? 그들은 현실을 외면한 채로 말로만 K-컬처를 외치대는 우리를, 우물 안의 개구리처럼 우리 문화가 세계로 뻗어나간다고 착각하고 있는 것이라고 여길 것이다. 아울러 국립대학인 서울대학교 표 · 마크는 서구의 문화를 아직까지도 맹목적으로 추종하면서 한민족의 주체성을 망각한 치욕스러운 모습이라고 헤아릴 것이다. 따라서 우리 젊은 세대가 민족적 주체성을 뼈저리게 느끼도록 해야 하며, 어서 빨리 현재의 서울대학교 표 · 마크는 재검토되고, 한민족의 주체성을 살리는 방향으로 바로잡아야 할 것이다.

따라서 존경하는 대중문화교류위원회 위원장이신 박진영님께서 우리 한민족의 문화와 주체성 및 정체성을 위해 결코 사립대학이 아닌 우리 모든 국민들이 내는 세금으로 운영되는 국립대학인 서울대학교 표·마크 문제에 대해서 날카로운 성찰을 통해 문제 제기와 여론 조성 및 조속한 개선조치를 마련하여 주시기를 강력히 간청드리는구나!!!

한편 나 일벗님과 같은 보통 국민들은 정책제안을 하기가 쉽지 않고 어렵고도 힘들구나! 일반 국민들이 국민제안을 하면 행정기관의 장의 판단에 따라 수용 또는 거부되기도 한다. 마치 1994년에 내가 특정직 공무원 시절에 공무원 제안제도에 따라 "사울모임(사람들이 어울리는 모임)"의 책을 만들어 국민정책 제안을 지휘계통을 밟아 계장 ⇨ 과장 ⇨ 부국장 ⇨ 국장 ⇨ 차장에게 올려 승인을 받았으나, 마지막으로 최고 책임자인 부장에게 올렸지만 거부되었는거든!
따라서 이런 응어리가 있기 때문에, 대중문화교류위원회 위원장이신 박진영님께 "한민족 주체성과 자긍심 고취를 위한 서울대 표·마크 바꿈 문제"를 거듭 내세우는 것이다.

마지막으로 나 행복충만 일벗님은 언론계의 신문사 및 경제계에 나의 이 세상에 내놓기에 몹시 부끄러운 《행복충만》 책을 두루두루 등기 우편으로 보내려는구나!
1. 언론계로서 아래와 같은 서울 중앙 신문사의 편집국장 및 대표 기자님들께 『행복충만』 책을 보내련다.
조선일보-강경희(편집국장) 및 김수경(사회부), 동아일보-이승헌(편집국장) 및 조승연(사회부), 중앙일보-예영준(편집국장) 및 권영민(정치부), 한겨레-박현(편집국장) 및 김가윤(사회부), 경향신문-김광호(편집국장) 및 고희진(사회부), 한국일보-이태규(편집국장) 및 최현빈(사회부), 문화일보-이제교(편집국장) 및 이현욱(사회부), 서울신문의 김상연(편집국장) 및 송수연(사회부), 국민일보의 남도영(편집국장) 및 박재현(사회부), 매일경제-김대영(편집국장) 및 김상봉(경제부), 한국경제-이심기(편집국장) 및 이민영(경제부)들이다.

2. 경제계로는 2024년에 국내총생산(GDP) 1조 8천억 달러 및 1인당 국민소득 3만 6천 달러를 달성하여 세계 경제 대국 10위권에 들어가도록 큰 구실을 한 우리나라의 각종 업종을 대표하는 50대 기업의 회장님들께 감히 《행복충만》 책을 등기 우편으로 보내는구나! 그 까닭은 모든 회장님들께서는 복지 차원에서 직원들의 응어리·스트레스를 풀어줄 수 있는 프로그램·방안이 참으로 절실히 필요하기 때문이다.

우리의 행복충만은【 우리네 벗님들이 서로 어울려서 "튼튼한 몸(몸), 가뿐한 마음(맘), 포근한 보금자리(보), 뜨거운 배움터(배), 보람찬 일터(일), 밝은 온누리(온), 깨끗한 자연우주하늘(자), 넉넉한 돈(돈)"의 온갖 행복을 짓고 닦으며 쌓아서 충만하기 위하여 〈인사 나누기, 노래 부르기, 행복충만 몸돈 읊조림, 말씀하고 듣기, 몸마음 풀어주기, 자연 풍경 보기, 행복충만 읊조림, 알리는 말씀, 끝 인사하기〉의 모두 아홉 마당 100분을 함께 하는 모임 】이다.

따라서 회장님들께서 운영하시는 기업의 강당·체육관·운동장들에 우리 행복충만 벗님들이 찾아가서, 회장님을 비롯한 모든 임직원분들을 모시고 「인사 나누기, 노래 부르기, 행복충만 몸돈 읊조림, 말씀하고 듣기, 몸마음 풀어주기, 자연 풍경 보기, 행복충만 읊조림, 알리는 말씀, 끝 인사하기」의 모두 아홉 마당 100분의 짜임새를 실시하여, 그동안 일하면서 쌓여 있던 응어리·스트레스를 풀어주어 회사 모든 분들께서 한 마음·한 뜻·동일체 의식을 드높이도록 도움을 주려는 것이려니?!

대한상공회의소 및 한국증권거래소의 자료에 따르면, 우리나라의 각종 업종을 대표하는 50대 기업 및 회장님 성명은 아래와 같구나!

　　삼성(이재용), 현대(정의선), SK(최태원), LG(구광모), 포스코(최정우), 롯데(신동빈), 한화(김승연), GS(허창수), 신세계(이명희), KT(구현모), CJ(이재현), 한진(조원태), 두산(박정원), 네이버(최수연), 카카오(홍은택), 농협(이성희), KB금융(윤종규), 하나금융(함영주), 신한금융(조용병), 우리금융지주(임종룡), 코오롱(이웅렬), SM엔터테인먼트(이성수), YG엔터테인먼트(양민석), JYP엔터테인먼트(박진영), 하이브(방시혁), 효성(조현준), 이랜드(박성수), 삼양(김윤), 오뚜기(함영준), 동서식품(김석수), 매일유업(김정완), 풀무원(이효율), 대상(임정배), 대웅제약(전승호), 종근당(김영주), 녹십자(허은철), 유한양행(조욱제), 넥슨(김정주), 이마트(정용진), 동국제강(장세주), 쿠팡(김범석), 엔씨소프트(김택진), 일진(허진규), 삼표(양귀승), 애경(장영신), 부영주택(이중근), 세스코(전찬혁), HMM(최원혁), OCI(이우현), 파라다이스(임일순)들이다.

　　다만 우리의 행복충만을 할 때에 아래의 두 가지는 회장님께서 꼭 지켜주어야 한다.
　① 회장님 및 윗 사람들이 단상 위에 앉거나 또는 따로 자리를 마련하여 윗 사람들끼리만 자리를 앉을 것이 결코 아니라, 회장님과 윗 사람들 및 아랫 사람들의 모든 회사원들이 똑같은 자리에 서로 어울려서 몸을 맞대고 끼어 앉아야 할 것이다.
　② 행복충만 행사는 100여 분이고 오후 2시부터 3시 40분까지 진행되며 많은 분들이 모여 있어서 열도 날 것이기 때문에, 행복충만이 끝난 뒤에 마시는 먹거리를 미리 준비해야 한다. 다만 똑같은 먹거리를 꼭 마련해야 하며, 회장님과 윗 사람들 및 아랫 사람들의 먹거리를 다르게 차이를 두어서는 아니 된다.

◈ 행복과 성취 및 성공은 끈질기게 노력하고
열정적으로 일할 때 찾아온다. * 세종임금

♤ 인생에서 한 사람의 행복이란
열정의 지배 속에서 만들어진다. * 테니슨

◑ 할 일이 있고, 사랑하는 사람이 있으며,
희망이 있다면 그 사람은 지금 행복한 사람이다. * 칸트

♣ 우리네 사람들은 우주하늘에서
별과 행성 및 은하처럼 행복한 존재이다
(We men are happy being as star and planet and
galaxy in the universe and sky).

☯ 행복한 도의 근본은 하늘에서 나왔고,
이는 우리 마음속에 갖추어져 있다. * 이황

♡ 진정한 행복은 자신과의 평화에서 비롯된다. * 정약용

[그림 1]. 지구와 태양계 및 자연우주하늘의 어울림

나 일벗님 및 인공지능(AI) 챗지티피(Chat GTP)가 어울려서
2025년 9월 17일에 만든 그림

복:2장. 우리네 사람들의 행복은 무엇일까?

1. 사람 및 행복의 풀이

우리네 사람들은 무엇일까? 널따랗고 드높은 자연우주하늘의 수많은 존재 가운데 우리네 사람은 그 어떤 존재일까? 이 물음은 예로부터 오늘에 이르기까지 수많은 사람이 나름대로 생각했으며, 앞으로도 많은 사람들이 또 묻고 생각하게 될 본질적인 물음일 것이다. 또한 '사람은 무엇일까'라는 물음은 우리네 사람에 대한 올바른 인식과 삶을 어떻게 살아가야 하는가 및 진리·값어치·온누리·사물·역사에 대한 바른 인식의 바탕을 이루는 중요한 것이다.

우리의 행복충만에서는 사람에 대해 과학 분야·인문 분야·사회 분야·그 밖의 갖가지 생각을 어울려 보고자 한다. 그리하여 우리의 행복충만에서는 사람을 [몸이 있는 존재, 마음을 지닌 존재, 더불어 사는 존재, 일해야만 사는 존재, 말·글·도구·불을 쓰는 존재, 웃음 짓는 존재, 만들어 남기는 존재]라고 감히 헤아린다.

1. 몸이 있는 존재 : 우리네 사람은 움직이고 숨 쉬며 일정한 공간을 차지하여 눈으로 볼 수 있는 몸 또는 신체가 있는 존재이다. 몸이 있는 존재는 우리네 사람에 대해 생물학·의학들의 과학 분야의 생각들을 어울려서 살펴본 것이다.

2. 마음을 지닌 존재 : 우리네 사람은 헤아리고 생각하며 느끼고 분석·판단·종합할 수 있는 마음을 지닌 존재이다. 우리는 흔히 '마음'을, 사람을 이루고 있는 다른 한 짝인 "몸"과 견주어서 다루고 있다. 우리의 행복충만에서는 마음을 지닌 존재로서의 우리네 사람을 불교·유교·도교·기독교·서양철학·심리들의 인문 분야의 생각을 통해 살펴보자.

3. 더불어 사는 존재 : 자연 상태에 있어서는 아직 미완성의 모자란 존재로서 태어나는 우리네 사람은 사회 안에서 다른 많은 사람들과 더불어 살면서 문화적인 공동생활을 배워가며 삶을 영위하기 때문에, 예로부터 사람을 사회적 동물로서 더불어 사는 존재라고 일컬어 왔다. 곧 사람은 매우 불완전한 존재로서 태어난다. 다른 동물들이 그들의 생활환경에 알맞은 기관과 기능을 이미 자연으로부터 받아 완성되어 있는데 견주어서, 동물로서의 사람은 그렇지 못하다. 따라서 우리네 사람은 보금자리·배움터·일터·사회 나라 세계의

온누리에서 남들과 같이 살고 서로 아끼고 위하며 도와서 개인과 조직의 발전과 번영을 꾀하는 더불어 사는 존재이다. 우리의 행복충만에서는 더불어 사는 존재로서의 우리네 사람을 가정학 · 교육학 · 노무학 · 사회학 · 행정학 · 경제학 · 정치학 · 정보학 · 국제학들의 사회 분야의 생각을 통해 살펴보자.

　4. 일해야만 사는 존재 : 우리네 사람은 자연우주하늘의 수많은 존재 중의 살아있는 존재인 생물 가운데 움직이는 존재인 "동물"이기 때문에 일해야만 사는 존재이다. 자연우주하늘 가운데 움직이는 존재인 동물은 움직이지 않고 제자리에 머물러 있는 식물과는 다르다. 식물은 살기 위하여 제자리에 머물러 있으면서 자연우주하늘이 베풀어주는 햇볕 · 물 · 공기 · 바람 · 각종 영양분을 받아들여 식물의 뿌리 잎 줄기들이 유기적으로 도와 살아가는 생기 에너지 원천을 스스로 마련할 수 있는 능력을 지니고 있다. 곧 식물은 빛 · 에너지를 이용하여 이산화탄소와 수분으로 유기물을 합성하는 과정인 광합성(光合成; photosynthesis)을 할 수 있기 때문에, 살기 위하여 구태여 스스로 움직여 이곳저곳을 다니면서 따로 먹거리를 구할 필요가 없으며, 제자리에 머물러 있으면서도 먹거리를 스스로 만들어 먹고 사는 존재이다.
　하지만 동물은 그냥 제자리에 머물러 있어서는 자연우주하늘이 베풀어주는 햇볕 · 물 · 공기 · 바람 · 각종 영양분을 전혀 받아들이지 못하기 때문에 굶어 죽게 마련이다. 따라서 동물은 살기 위해서는 반드시 스스로가 움직여 이곳저곳을 다니면서 식물 또는 다른 동물을 먹거리로 구해야만 하는 것이다. 이런 이치가 자연우주하늘의 모든 동물에게 주어진 삶의 짐 또는 운명 숙명 필연이다.

　이를 헤켈(Haeckel)은 동물(사람)은 활동성(活動性 : activity)과 종속영양(從屬營養 : heterotroph), 식물은 비활동성(非活動性 : inactivity)과 독립영양(獨立營養 : auto- trophism)의 특성을 지니고 있다고 헤아리는구나!

　따라서 우리네 사람은 자연우주하늘의 모든 동물과 마찬가지로 살아있는 생명을 유지하는 가장 기본적인 조건인 먹거리를 스스로가 몸을 움직이고 마음을 써가면서 찾고 구하며 얻어야만 하는 존재인 것이다. 우리네 사람이 굶어 죽지 않고서 살아있는 생명을 유지하는 가장 기본적인 조건인 먹거리들을 찾고 구하며 얻는 구체적인 방법이 일터에서 일하는 것이다. 곧 우리네 사람은 그 누구라도 살기 위하여 일터에서 스스로의 몸을 움직이고 마음을 써가며 열심히 일을 해서 돈을 벌어야만 하는 것이 자연우주하늘을 살아가는 가장 기본적인 도리 이치 의무 책무이다. 그러기에 우리네 사람은 놀기만 하면 굶어 죽기 때문에, 반드시 스스로의 몸을 움직이고 마음을 써가며 열심히 『일해야만 사는 존재』이다.

　5. 말 · 글 · 도구 · 불을 쓰는 존재 : 우리네 사람들은 말(얘기 · 言), 글(글자 · 문자 · 語), 도구(기계 · 연장), 불(화 · 火)을 쓰는 존재이다.

　(1). 말을 하는 존재 : 우리네 사람들은 말 · 얘기 · 언(言)을 하는 존재이다. 이처럼 말을 하고 들음으로써 서로 간의 의사소통을 할 수 있으며, 정보를 주고받고 지식을 전달할 수 있다. 또한 사람관계를 부드럽게 만들고, 설득을 효과적으로 할 수 있으며, 삶의 응어리도 풀 수 있다. 아울러 말을 하는 것은 창조적 활동이고, 무리(떼 · 집단)를 어울리게 만들 수 있으며, 올바른 삶을 이끌어 준다. 말은 의사전달의 수단이라는 뜻에서는 정도의 차이는 있을망정 많은 동물사회에서도 찾아볼 수 있다. 그러나 사람의 말을 동물의 말 또는 소리와 구별하는 일반적 특징으로, 나누어진 소리 · 상징적 기능 · 설명적 기능 · 사회적으로 이

어져 내려옴을 들고 있다.

　(2). 글을 쓰는 존재 : 글・글자・문자・어(語)야말로 우리네 사람을 동물과 구분해 주는 뚜렷한 것이다. 따라서 우리네 사람만이 글을 쓰는 위대한 존재이다. 글이란 부호나 기호 또는 상징적인 표들을 어울려서 온누리의 눈에 보이는 것 및 눈에는 보이지 않는 마음・생각・뜻들의 온갖 것들을 눈으로 볼 수 있는 형태로 표현하거나 나타내는 우리네 사람의 독특한 창조물이다. 말은 해버리면 금방 없어져 버리지만, 글은 시간과 공간을 초월해 까마득한 예로부터 요즘까지 내려옴과 함께 온누리의 모든 곳까지 전해질 수 있는 것이다. 또한 글은 우리네 사람들의 발자취를 기록하고 문화를 전달 또는 전파하는 소중한 것으로, 흔히 글자가 만들어져 쓰인 뒤부터를 역사(歷史)시대라 하며, 글자가 만들어지기 이전을 선사(先史)시대라 부른다. 우리네 사람은 글을 통해 책을 써서 스스로의 생각이나 뜻을 펼치는데, 종교・철학・문학・예술・교육・역사들의 인문 분야와 사회・행정・정치・경제・법률들의 사회 분야 및 물리학・생물학・화학・의학・공학・정보학들의 과학 분야의 온갖 것이 바로 글을 수단으로 해서 발전되어 간다.
　위와 같은 말과 글을 합쳐서 언어(言語)라고 하는데, 세계의 모든 민족은 각각 고유 언어를 가지고 의사를 소통하며, 그것이 민족의식을 강화하는 매개체 구실을 하고 있다.

　요즘 세계의 어족(語族 : language family)은 ① 인도-유럽 어족 : 인도, 이란, 프랑스, 이탈리아, 그리스, 독일, 영어, 스페인, 포르투갈어 ② 함-셈 어족 : 아랍어, 에티오피아어, 이집트어 ③ 우랄 어족 : 핀란드어, 헝가리어 ④ 알타이 어족 : 터키어, 몽골어, 퉁구스어, 한국어, 일본어, 만주어 ⑤ 드라비다 어족 : 인도의 남쪽에서 쓰이는 언어들 ⑥ 인도 - 차이나 어족 : 중국어, 티베트어, 타이어 ⑦ 남도 어족 : 인도네시아어, 필리핀어, 뉴질랜드어, 말레이시아어 ⑧ 남아 어족 : 캄보디아어, 베트남어 ⑨ 아메리카 어족 : 아메리카 원주민 언어 ⑩ 아프리카 어족 : 아프리카 원주민 언어로 나눈다.

　(3). 도구를 쓰는 존재 : 도구・기계・연장은 우리네 사람들이 보다 쉽고 안락하며 능률적으로 살아가기 위해 의도적으로 만들어 내는 물건이며, 우리네 사람은 바로 이런 도구를 쓰는 존재이다. 우리 사람은 바로 도구를 만들어 씀으로써 만물의 영장이 될 수 있었으며 나아가 과학기술을 발전시키고 물질문명을 꽃피울 수 있었다.

　우리네 사람이 도구를 쓰는 존재가 된 것은 생물학적으로는 네 발로 다니는 것이 아니라 두 발로 서서 걸어 다닐 수 있는 직립(直立) 존재가 되어서 자유로워진 두 손으로 물건을 다룰 수 있었기 때문이다. 또한 우리의 지능이 점점 발전됐으며, 어떤 도구이든지 그것을 만들어 내기 위해 숱한 실패를 딛고 일어나며 피와 땀과 눈물을 아끼지 않고 몸과 마음을 다해 애쓴 바로 우리들이 있었기 때문에 비로소 이루어진 것이다.

　(4). 불을 쓰는 존재 : 우리네 사람들이 불 또는 화(火)를 처음 사용한 시기는 전기 구석기 시대로서 호모 에렉투스가 살았던 142만 년 전으로 거슬러 올라간다. 사람들은 불을 겁내지 않고 이용하게 되면서 날것보다는 익힌 것이 더 좋다는 사실을 깨달았다. 또한 불은 따뜻함과 외부로부터의 안전을 가져다 주었고, 추운 밤 시간대에도 사람이 활동할 수 있도록 확장해 주었으며, 야생동물이나 곤충으로부터 보호받을 수 있게 도와주었다.
　과학자들은 사람이 불을 발견한 방법에 대해 여러 가지 가설을 세우고 있다. ① 번개나 화산 같은 자연 현상으로부터 불을 발견했다. ② 사람이 나무나 돌을 마찰시켜 불을 만들었다. ③ 사람이 자연에서 불을 발견한 뒤에 그 불을 보관하고 관리하는 방법을 배웠다고 여긴다. 불은 사람의 역사에서 가장 중요한 발명품 가운데 하나로서, 사람의 삶의 질을 크게 향상시켰고, 사람 문명의 발전에 큰 이바지를 했다.

　(5). 웃음 짓는 존재 : 예로부터 사람은 웃음짓는 존재이며 웃을 수 있는 유일한 존재이다. 따라서 웃음은 우리네 사람에게만 부여된 특권이라 했다. 웃음이란 사람의 존재를 특징지을 수 있는 것이며, 사람이라면 누구나 웃음 지을 수 있다. 웃음이란 우리의 눈·입·목소리·배·배꼽들의 몸짓이 어우러진 움직임으로, 튼튼한 몸을 가꾸고 가뿐한 마음을 닦을 수 있는 것이고, 보금자리·배움터·일터·온누리를 밝게 만들어 주며 모든 사람들을 자연스럽게 어울리게 해줌은 물론이요, 우리네 사람의 존재를 다른 것들과 구별시켜 주는 사람만이 지을 수 있는 표정인 것이다.
　동양에는 예로부터 "웃음이 있는 곳에 온갖 복이 찾아든다(소문만복래; 笑門萬福來)"라는 말이 전해 내려오며, 웃음은 온누리 어디에서나 통하는 공통의 말이라 한다. 웃음은 살아가면서 느껴지는 답답함·지루함·지침·피곤함·짜증·스트레스·불안감들을 풀어주며, 몸과 마음의 건강에도 유익하고, 사회활동을 하는 데 있어 없어서는 안 될 중요한 청량제이다. 또한 웃음은 보금자리·배움터·일터·온누리에서 이루어진 수많은 사람들과의 관계에서 서로의 경계심과 서먹함을 풀어주고 마음의 벽을 허물어 주며 서로를 부드럽게 맺어준다. 웃음은 서로의 마음을 비추어주는 등불인데, 그 빛은 스스로를 밝게 만들어 주며 남들에게 기쁨을 주고 희망과 안정감을 주는 것이다. 그러기에 버튼(Button)은 "사람이란 무엇인가 재미있는 것에 따라 함께 웃고 나면 그 사이가 가까워진다"고 했다. 우리 속담에도 "웃는 얼굴에 침 뱉으랴?"라는 말이 있듯이 나에게 웃음짓는 사람에게 나쁘게 대할 수는 없는 것이다. 또 윌콕스(Wilcox)도 "웃으라, 그러면 이 세상도 함께 웃을 것이다. 울어라, 그러면 너 혼자 울게 되리라!"고 말하기도 했다.

　웃음의 값어치로는 ① 먼저 웃음은 세계 공통의 훌륭한 말씀 수단이다. 비록 서로 낯설고 핏줄이 다르며 살갗 색깔이 다르고 말씀이 다른 사람일지라도 웃음을 지으며, 그것으로 뜻이 통하고 마음이 이어지며 따스한 정이 오간다. ② 웃음은 서로를 친하게 만들어 주는 친화 작용을 한다. 처음 만나는 사람들끼리의 모임에서 누군가가 재미있는 말이나 짓을 하여 다 함께 웃음을 짓고 나면 그때까지의 서먹함과 긴장감이 어느덧 풀어지고 서로 친밀감이 생겨난다. 혹시 언짢은 일로 다투게 될 경우에도 어느 한쪽에서 웃어버리면 더 이상 다투지 않게 되는 것처럼 웃음은 친화작용을 한다. ③ 웃음은 많은 사람들을 모이게 하는 유인작용이 있다. 웃음이 있는 곳에서 자연히 많은 사람들이 모이게 마련이며, 지나가는 사람들이 재미있는 듯하여 뭘까 하고 그 모임에 다가가고 가능하다면 슬그머니 그 무리 속에 어울리고 싶어 한다. 그리하여 웃음은 오가는 사람들을 끌어들이고 모이게 하는 유인작용을 하는 것이다. ④ 웃음은 살아가면서 겪은 많은 것들로 인해 우리들의 지친 몸과 굳은 머리를 풀어주는 해방 작용을 한다. 몸과 마음에 응어리가 쌓여 있을 때에 재미있는 코미디 프로나 영화 또는 비디오들을 보면서 실컷 웃어 보자. 그러면 분명히 몸과 마음을 누르던 응어리에서 어느덧 벗어나 해방되고 가뿐한 상태가 될 것이다. ⑤ 웃음에는 전달 작용이 있다. 한자리에 모인 사람들이 동시에 웃자고 약속하고 다 함께 억지 웃음이나마 웃다가 보면 억지 웃음을 짓는 사람의 표정이 우스워 이번에는 진짜 웃음이 터져 나온다. 그것이 우습다고 또 웃고 다시 웃으며…

　웃음의 생리적 작용으로는 발트의 생각, 뉴잉글랜드대학의 연구, 뮤디의 질병치료법이 있다.
　①. 1911년에 발트(Valt)는 『사람 음성의 생리·병리·위생학 입문』이라는 책에서 웃음의 생리적 작용에 대해 아래와 같이 생각했다. 웃을 때는 입이 벌어지고 콧구멍이 커지며 짧고 빠른 날숨의 충격이 보인다. 또 횡격막이 이완하지 않고 오히려 짧은 경련적 수축이

일어나며 복근과 함께 복강내압을 높이는 구실을 한다. 이 현상은 통상적으로 성문의 해방과 함께 일어나기 때문에 밝은 목소리가 나온다고 했다. 또한 웃음은 우리의 몸을 운동시켜 에너지를 소비시킨다고 한다. 조금 웃고 그친 경우라면 아무것도 아니지만, 오랫동안 웃고 나면 온몸에 힘이 빠진 것 같은 느낌이 들게 된다. 이는 사람이 웃기 위해 소모하는 에너지는 기초 대사량(사람이 누워서 아무것도 하지 않고 온몸의 힘을 빼고 단지 생명유지를 위해 필요한 심장운동과 숨쉬기만을 하면서 쓰는 에너지량)의 2~5배쯤이라 한다. 이는 평지를 자전거로 달리거나 체조에서 소비되는 에너지가 대체로 기초 대사량의 3배쯤인 것과 견주면, 웃음을 통한 운동도 대단한 것이다.

②. 1992년 미국의 뉴잉글랜드대학이 유머방송을 30분간 보여줘 실컷 웃게 한 사람 10명 및 재미없는 방송을 30분간 보여준 10명으로부터 침을 받아내 비교하여 연구했다. 그 연구결과에 따르면 실컷 웃는 사람들의 침 속에는 바이러스 감염을 막아주는 구실을 하는 글로브린 에이(A)의 양이 평균 15.8% 증가했으나, 다른 사람들의 침에는 단지 0.8%가 올라갔을 뿐이었다고 한다. 이렇듯 크게 소리 내어 웃으면 스트레스가 해소되고 세포가 활성화되어 몸의 면역력이 올라감을 알 수 있다. 따라서 웃음을 통해 감정을 고양시켜 자율신경의 움직임을 활발히 하면 면역력도 올라간다는 것이다. 요컨대 뉴잉글랜드대학의 연구는 크게 소리내어 웃음 짓는 것이 건강에 좋다는 것을 생리학적으로 밝힌 귀중한 업적인 것이다.

③. 뮤디(Mudy)라는 의사는 웃음을 질병치료법에 이용했다. 웃음은 스스로의 문제를 재미있는 시각에서 파악하게 만드는데, 중증의 우울증환자가 웃음을 통해 스스로를 재미있게 볼 수 있게 된 뒤로는 우울증에서 벗어날 수 있었다고 한다. 또 웃음은 통증을 덜어주는 작용이 있어, 무의식의 긴장 때문에 늘 두통을 호소하던 사람에게 재미있는 자극을 주었더니 웃기 시작했고 그 결과 통증을 느끼던 부분의 긴장이 풀어져 통증이 가벼워졌다고 한다. 더불어 웃음은 의사와 환자 사이의 의사소통을 확립 또는 회복시켜 주며, 환자의 살고자 하는 의식을 높여 주고 또한 그 표현이기도 하다. 따라서 의사는 웃음을 통해 환자로 하여금 살아야겠다는 마음을 불러일으킬 수 있다.

우리나라를 비롯하여 동양에서는 예로부터 입춘에는 "웃음이 있는 곳에 온갖 복이 찾아든다(소문만복래: 笑門萬福來)"라고 대문 또는 기둥에 써 붙이는가 하면, "한 번 화내면 한 번 늙고, 한 번 웃으면 한 번 젊어진다(일노일노 일소일소:一怒一老 一笑一少)"라고 하여 웃는 삶을 강조했다. 베르그송(Bergson)은 "사람을 웃음짓게 하는 것은 사람뿐이다"라고 했다. 이 말처럼 우리는 사람 때문에 웃는 경우가 많다. 개가 빙판에 미끄러지는 것보다 사람이 미끄러지면 더 웃으며, 어떤 사람을 과장해서 표현해도 웃게 되고, 어떤 권위를 풍자해도 웃음 짓는다. 이처럼 우리의 주변에는 웃음의 소재가 많이 있다. 그런데도 우리는 흔히 웃음거리 또는 웃을 일이 없다고 한다. 왜 그럴까? 그것은 우리의 일상생활 그 자체를 그저 덤덤히 그리고 무관심하게 바라보고 느끼며 웃으려고 노력하지 않기 때문이다.

우리는 살아가면서 보금자리·일터·온누리에서 만나는 사람들의 입에서 흘러나오는 말이나 몸짓 또는 행동에서 웃음을 찾아낼 수 있으며, 스스로도 남들에게 웃음의 소재를 주기도 한다. 사소한 것이라도 우습거나 웃을 기회가 있거든 실컷 웃도록 하자! 아울러 우리의 생활에서 접하는 일들을 그저 있는 그대로 덤덤히 받아들이거나 판에 박힌 사고방식으로 바라볼 때에는 웃음을 지을 수 없다. 웃음짓기 위해서는 나름대로 독창적이고 적극적이며 유연히 눈과 마음을 지니고 온누리를 살펴보아야 한다.

한편 예로부터 남들을 웃음짓게 만들기 위해 애쓴 사람들이 있었다. 예전에는 광대·어릿

광대·변사·만담가들이 있었으면, 요즘에는 코미디언(comedian)·코미디 작가·개그맨(gagman)들이 있다. 특히 텔레비전 방송에는 코미디(comedy)·쇼(show)들의 프로(pro; 프로그램〈program〉의 준말)가 있어서 많은 사람들을 웃음 짓게 만들어 삶의 응어리를 풀어줄 수도 있다. 우리나라에도 유명한 코미디언과 코미디 작가들이 많이 있는데, 이들의 공통된 얘기로는 남을 웃음 짓게 만든다는 것이 참으로 어렵다고 한다. 어느 사람은"혼자의 머리로는 끊임없이 웃음거리를 만들어낼 수 없으며, 책·잡지·신문·텔레비전·비디오들을 많이 보는 것은 물론이요, 끊임없이 사람들을 만나고 현장 체험을 하면서 몸으로 뛰는 노력도 게을리하지 않아야 한다"고 했다.

(6). 만들어 남기는 존재 : 우리네 사람은 한평생을 살아가면서 그저 먹고 자며 놀기만 하는 존재가 아니라, 선조들이 남기어 놓은 것을 바탕으로 삼아 무엇인가 새로운 것을 만들어내고 또한 그것을 후손들에게 남겨주어 날이 갈수록 발전을 거듭하는 만들어 남기는 존재 또는 문화적 존재이다. 물론 인류가 시작되어 요즘까지의 모든 사람이 무엇인가를 만들어 남긴 것은 아니고 지극히 적은 수의 사람들만이 만들어 남겼기 때문에 엄밀히 따지면 우리네 모든 사람을 만들어 남기는 존재라고 하기는 어려울 것이겠지만, 여기에서는 동물들과 견주어 본 우리네 사람들의 특징의 하나로서 또한 사람의 삶 속에서 필요한 것을 만들어 냈기 때문에 우리네 사람을 만들어 남기는 존재라고 여긴다.
곧 동물들은 예나 요즘이나 비슷한 모습으로 살아가고 있는데, 그것은 동물들은 주어진 자연환경에서 살아갈 뿐이고 새로운 것을 만들어내지 못하며 더구나 후손들에게 남기지 못하기 때문이다. 하지만 우리네 사람은 주어진 자연환경에 적응하면서도 그 자연환경을 새롭게 바꿀 수 있는 능력이 있으며, 앞 세대가 이루어 놓은 문화적 유산을 받아들여 향유하면서 새롭게 바꿀 수 있는 능력이 있으며, 앞 세대가 이루어 놓은 문화적 유산들을 받아들여 향유하면서 그 문화적 유산을 새롭게 만들어 냄과 함께 뒷 세대들에게 그 새롭게 만든 문화들을 남겨줄 수 있는 존재인 것이다.

우리 모두가 그 무엇이든지 만들어 남기는 고귀한 존재가 되기 위해 창조력을 발휘하도록 노력해야 하겠다. 창조력(創造力)은 창의력(創意力)·독창력(獨創力)이라고도 하며, 새로운 것을 만들어내는 힘을 뜻한다. 창조력은 우리네 사람들의 곁에 있는 것을 그저 따르려고만 하지 말고, 현재 있는 것을 "더하고(+) 빼며(-) 모으고(×) 나누는(÷)" 방법들로 새롭게 생각해내거나 만들어내는 능력을 발휘하는 것이다. 곧 사물이나 현상을 단순히 나열하거나 병합시키는 것이 아니라, 상상적 활동으로 사물·현상에 대한 생각이나 사상을 종합하는 경험에서 얻은 지식이나 정보를 새로운 환경에 알맞게 바꾸어 적용하는 방법을 새롭게 만들어내는 것을 뜻한다. 따라서 창조력은 무위의 공상이 아니라 기존의 것을 대상으로 하여 미지의 관계나 법칙을 추구하고 만들어내는 지적이면서 동적인 활동인 것이다. 이런 창조력을 발휘해야만이 새로운 것을 만들고 남길 수 있다. 창의력은 지금까지 없었던 것을 생각이나 방안을 내세우는 힘이며, 창조력은 창의력을 통해 문화적 또는 물질적인 새로운 것을 만드는 힘이다. 또한 발명이란 일반적으로 전에 없었던 것을 처음 생각해 내거나 만들어 내는 것을 말하며, 특허법에서는 '자연법칙을 이용한 기술적 사상의 창작으로서 고도의 것'을 뜻한다.

우리는 에디슨(Edison)이 말한 "천재는 1%의 영감 및 99%의 노력으로 이루어진다"를 인용해서 창조력에 대해 생각해 볼 수 있다. 창조력이란 1%의 반짝하는 아이디어와 더불어, 99%의 현실화하려는 노력으로 이루어진다는 것이다. 많은 사람들, 혹은 거의 모든 사람들이 인생을 살아가면서 분명히 가치 있는 그 무엇인가 새로운 생각을 했었던 순간들이 있었을 것이다. 하지만 대부분의 사람들이 자신의 그 새로운 생각을 구체화하지 못하고 그냥 망각해 버린다. 그들은 1%의 영감은 있지만, 99%의 필요한 노력 가운데 얼마만큼이 부족했던 것이다.

창조력 지수(創造力 指數)는 C Q(Creative Quotient)라고 하며, 새로운 아이디어를 만들어내는 능력이다. 특히 독창적인 개성이 중요시되는 현대사회에서는 창조력이야말로 가장 중요한 능력 가운데 하나이다. 이미 선진국은 지능 지수(知能 指數, I Q : Intelligence Quotient)에서 감성 지수(感性 指數, E Q : Emotional Quotient)로 넘어갔으며, 요즘은 사회성 지수(社會性 指數, S Q : Social Quotient) 시대로 들어서고 있는 한편, 미래 시대는 바로 창조력 지수(C Q)의 시대가 될 것으로 내다보고 있다.

①. 이 창조력 지수는 1950년에 길포드(Guilford) 교수가 미국 심리학회 회장 취임 연설에서 창조성의 중요성을 역설한 이후에 강조됐다. 그리하여 교육계와 문화계 및 산업계에서도 지난 50여 년 동안 창조성에 대한 관심이 증대됐고, 갖가지 창조성 이론을 온누리에 적용하는 연구가 계속되고 있다. 길포드는 창조력의 지적 능력요소로서 문제를 볼 줄 아는 능력 · 주어진 시간 안에 보다 많은 아이디어를 생각해 내는 능력 · 보다 융통적인 사고능력 · 정보를 분석하고 종합하는 능력 · 주어진 의미를 재정의하는 능력 · 조잡한 것을 정교하게 만드는 능력으로 여기고 있다. 또한 창조력의 구성요소로서 유통성 · 유창성 · 독창성 · 정교성 · 조직성 · 지각적 · 개방성 · 성격적 요인들을 들고 있다.
②. 맥키넌(Mackinnon)은 창조력이 있는 사람의 특징으로서 감정을 표현함에 있어서 개방적이고 흥미가 다양하며, 판단에 있어서 습관 · 경험에 의하기보다는 사물 · 현상에 대한 통찰의 결과에 의존하고, 형태나 색감이 더 복잡한 상태를 즐기는 한편, 기존의 규칙 · 법칙 · 질서로부터 자유롭고 공격적이며, 설명적이면서 재미있고, 자립성이 강하고 자발적임과 함께, 성취 욕구가 강하며, 세분된 것보다는 전체적인 의미나 암시성에 높은 관심을 가지고 있다고 했다.

창조적 생각은 자발성, 독자성, 집착성, 정직성, 호기심들이라 할 수 있다. ① 자발성은 문제 상황에 적극적으로 대처하고, 필요한 아이디어를 자발적으로 산출하려는 성향이나 태도, ② 독자성은 자신의 아이디어에 대한 가치를 인정하고 다른 사람들의 즉흥적인 평가에 구애받지 않으려는 성향이나 태도, ③ 집착성은 문제를 해결하기 위해 가능한 한 다양한 정보를 수집하고 문제가 해결될 때까지 끈질기게 물고 늘어지는 태도, ④ 정직성은 자신이 관찰한 것과 생각한 것을 그대로 정직하게 받아들이고 꾸밈없이 표현하는 태도, ⑤ 호기심은 늘 생동감 있게 주변의 사물에 대해 의문을 갖고 끊임없는 질문을 제기하는 성향들이다.

한편 창조적 생각을 기르는 방법으로 ① 지나치는 모든 것에 호기심을 가짐, ② 스스로 질문함, ③ 문제를 찾아봄, ④ 관점을 바꾸어 봄, ⑤ 논리와 상상을 병행하여 생각함, ⑥ 직관을 활동시킴, ⑦ 객관적인 시각으로 봄들이 있다.

창조력 개발 기법으로는 브레인 스토밍(Brain Storming) · 체크리스트(checklist)법 · 고든(gordon)법 · 시넥틱스(synectics)법 · 트리즈(TRIZ) · 형태분석법 · 입출법 · 카탈로그(catalogue)법 · KT법 · NM법 · 특성 열거법 · 결점 열거법 · 희망점 열거법들과 더불어, 매트릭스(matrix)법 · 초점법 · 고스톱(GoStop)법 · 특성 요인법 · 탐구 발견법 · 문제해결법 · 우뇌 훈련법 · 6색 모자 발상법 · 아하 게임법들의 수많은 기법들이 있다.

『행복(幸福 : Happiness)』은 무엇일까? 우리네 사람들이 그 누구라도 모두 바라는 것이 사람마다 제각각이겠지만, 그 무엇보다도 "행복"이야말로 이 세상 모든 사람들이 똑같이 바라는 것이려니!

『행복(幸福 : Happiness)』은 생활에서 충분한 만족과 기쁨을 느끼는 흐뭇한 상태; 몸과 마음의 욕구가 충족되어 만족감을 느끼는 상태; 복된 좋은 운수; 마음에 차지 않거나 모자라는 것이 없어 기쁘고 넉넉하고 포근한 상태; 자신이 원하는 욕구와 욕망이 충족되어 만족하거나 즐거움을 느끼는 상태를 뜻한다. 또한 행복은 행운(幸運), 복(福), 복덕(福德), 공덕(功德), 은덕(恩德)들과 비슷한 뜻이며, 영어로는 happiness, well-being, welfare, bliss 들이라 한다. 아울러 행복에는 만족 기쁨 즐거움 재미 웃음 보람 가치감 평온감 안정 의욕 희망 뿌듯함의 여러 요소가 포함된다. 이렇듯 행복은 넓고 깊으며 오묘하고 다의적이며 함축적인 뜻을 지닌 말이다.

이런 행복에 대해 예로부터 요즘에 이르기까지 종교 철학 사상 문학 예술 법률의 갖가지 분야에서 수많은 분들께서 훌륭한 가르침 및 유명한 말씀(명언)을 베풀어주고 있다.

우리네 사람은 옛날부터 행복해지려는 방법을 추구하는 데에 많은 관심을 기울여 왔다. 행복에 대한 생각, 행복하기 위해서는 어떠한 삶을 살아야 하는가의 방법론들을 제시하는 글과 책 및 이론들을 일반적으로 행복론이라고 부른다.

1. 불교의 부처님께서는《관무량수경》에서 사람은 마땅히 삼복을 닦아야 한다고 강조했다. 삼복은 세복 · 계복 · 행복을 말하며, 또 이들을 세선 · 계선 · 행선이라고도 한다.

① 세복(世福)은 세간의 윤리도덕을 잘 지켜야 하는 것이다. 곧 세상의 윤리도덕을 지킴으로써 세간의 도리에 벗어나지 않아 세간의 복을 지으니 덕이 높아 명망을 얻게 되며, 하늘의 기쁨을 누리게 되는 것이다. ② 계복(戒福)은 불교에서 정해놓은 계율을 잘 지켜야 하는 것이다. 곧 오계와 구족계의 계율을 청정히 지키면 절대로 삼악도에 떨어지지 않고 좋은 스승을 만나게 되며 천상에 태어나는 복을 짓게 되는 것이다. ③ 행복(行福)은 보살도를 잘 닦아야 한다는 것이다. 곧 불교에서 가르친 인과 및 인연의 도리를 믿으며, 경전을 읽어서 그 뜻을 이해하고, 다시 남에게도 권하게 되면 복이 크게 켜져서 깨달음을 성취하는데 더 빠르게 이룰 수 있는 공덕을 쌓게 되는 것이다.

또한 우리나라 고려시대의 보조국사이며 조계종을 세웠고《진심직설 · 목우자수심결》들을 지어서 불교를 널리 중흥시킨 지눌 스님은《목우자 수심결》또는《수심결》에서 행복 곧 공덕에 대해 "마음을 닦는 행복은 한량없이 크다. 선한 행위의 결과로써 지옥 아귀 축생 따위 삼악도의 괴로운 윤회를 면하고, 천상과 사람 세상에서도 큰 즐거움의 과보를 누리는 데, 하물며 마음을 깨끗이 닦는 이 최상의 높은 가르침은 잠시 믿기만 해도 그 공덕은 가히 어떤 비유로 설명하기 어려울 것이다"는 훌륭한 가르침을 베풀어주고 있다.

2. 기독교의 예수님께서는《마태복음 - 5장 3절~12절》의 산상 수훈(山上垂訓 : Sermon on the Mount) 또는 산상 보훈 · 산상 설교 가운데 너무나도 유명한 「여덟 가지 복(팔복 : 八福 : Beatitudes)」에 대해 가르침을 베풀어주고 있다. ①「마음이 가난한 자는 복이 있나니」천국이 저희 것이요, ②「애통하는 자는 복이 있나니」저희가 위로를 받을 것이요, ③「온유한 자는 복이 있나니」저희가 땅을 기업으로 받을 것이요, ④「의에 주리고 목마른 자는 복이 있나니」저희가 배부를 것이요, ⑤「긍휼히 여기는 자는 복이 있나니」저희가 긍휼히 여김을 받을 것이요, ⑥「마음이 청결한 자는 복이 있나니」저희가 하나님을 볼 것이요, ⑦「화평케 하는 자는 복이 있나니」저희가 하나님의 아들이라 일컬음을 받을 것이요, ⑧「의를 위하여 핍박을 받은 자는 복이 있나니」천국이 저희 것이라. 나를 인하여 너희를 욕하고 핍박하고 거짓으로 너희를 거슬러 모든 악한 말을 할 때에는 너희에게 복이 있나니 기뻐하고 즐거워하라, 하늘에서 너희의 상이 큼이라. 너희

전에 있던 선지자들도 이같이 핍박했느니라.

3. 유교의 《서경-홍범편》에서는 오복을 「수 · 부 · 강녕 · 유호덕 · 고종명」이라고 맨 처음으로 언급했다. ①「수(壽)」는 하늘이 내려준 수명을 누리면서 오래 사는 행복이다. 이 수야말로 오복의 가장 근원적인 것이라 하겠다. 이 수가 있지 않고는 나머지 네 가지 복을 누리거나 가질 수도 없다. ②「부(富)」는 돈이 넉넉하여 상당한 저축을 하며 안락한 생활을 하는 행복이다. 스스로 평안한 생활을 하며 남을 도울 수 있는 생활이면 이 복이 갖추어졌다고 여긴다. ③「강녕(康寧)」은 평생을 살아가는 동안에 몸이 튼튼하여 건강하며 마음이 가뿐하여 즐겁게 살아가는 행복이다. ④「유호덕(攸好德)」은 좋은 덕을 짓고 닦으며 쌓는 행복이다. 이 좋은 덕을 가지려면 자기 일생 동안 앞일을 계획해서 덕을 쌓아야 한다. ⑤「고종명(考終命)」은 불의의 사고로 목숨을 잃는 일 없이 제 명대로 살다가 삶을 마치는 행복이다. 이 오복에 대하여 그 뒤 다른 경전이나 문헌에도 인생에서 온갖 복을 갖추었다고 말할 때, 이 오복이란 말을 흔히 사용하고 있다.

4. 도교의 노자는 "남들이 자신을 원망하더라도 덕으로 대하라"는 뜻의 「보원이덕(報怨以德)」을 강조했다. 곧 《도덕경》에서 "큰 것은 작은 것에서 비롯되고, 많은 것은 적은 것에서 비롯되며, 원수를 덕으로 갚는다(大小多少 報怨以德)"라고 했다. 이 글에서 보원이덕은 "남들이 자신을 원망하더라도 덕으로 대하라, 원수를 덕으로 갚으라, 자신에게 원한을 품더라도 복수하지 말라"는 뜻이다.

5. 우리나라의 민간에서 내려오는 오복은 ① 이(치아)가 좋아서 잘 먹음, ② 자손이 많아서 대가 끊어지지 않음, ③ 남편과 아내가 사이좋게 오래 사는 부부 해로, ④ 가진 것이 넉넉하여 손님 대접할 것이 있음, ⑤ 죽어 명당에 묻혀 자손에게 복을 전함이다.

6. 세종 임금은 "마음의 부정을 버리고 선행을 하면, 언제나 행복을 느낄 수 있다."라고 했고, 아리스토텔레스는 "행복이란 삶의 의미이자 목적이요, 사람 존재의 총제적 목표이자 끝이다."라고 했다. 또한 이이는 "행복한 것은 부귀와 명예가 아니라, 행복한 마음이다."라고 했으며, 로슈푸코는 "사람은 그 마음속에 정열이 불타고 있을 때가 가장 행복하다."라고 했다. 정약용은 "행복은 외부 상황에 의해 결정되는 것이 아니라, 내면에서 비롯된다."라고 했고, 세네카는 "진정한 행복은 행복에 집착하지 않을 때 찾아오는 것이다."라고 했다. 아울러 회남자는 "행복은 불행이 없으면 보다 커지지 않는다."라고 했으며, 법정 스님은 "행복은 결코 많고 큰 데만 있는 것이 아니다, 작은 것을 가지고도 고마워하고 만족할 줄 안다면 그는 행복한 사람이다."라고 했다. 한편 방탄소년단(BTS)은 "꿈이 없으신 분 괜찮습니다. 꿈이 없을 수도 있어요. 행복하시면 됩니다."라고 했고, 감히 나 일벗님도 《행복의 지름길은 우리네 벗님들이 이 세상을 살아가다가 어려움에 닥쳤을 때마다 일단 한번 '참으며' 또 참고 참아서 그 어려움을 "견디고" 다시 참고 참아서 그 어려움을 「이겨내면서」, 그르지 않고 『올바르며』 놀지 말고 『열심히 일하면서』 살아가는 것이다!》라고 외람되게도 내세운다.

7. 『행복주의(幸福主義 : Eudemonism)』는 서양 철학에서 행위의 규준 곧 행위의 옳고 그름의 판단근거를 행복에 두는 윤리적 입장이다. 행복주의는 넓은 의미에서 목적론의 한 형태이다. 이 행복주의는 행복의 구체적 내용에 따라 더욱 세분화된다. 곧 고전적이고 대표적인 보기라고 할 수 있는 아리스토텔레스(Aristotle)는 만물이 지향하는 최고선이라고 하는 행복은 덕을 쫓는 영혼의 탁월한 활동이라 생각했고 쾌락과 동일시하지 않았다. 반면에 에피쿠로스(Epicouros)학파 및 공리주의자는 행복을 쾌락과 동일시했다. 또한 행복의 대상이 자기 · 타인 · 사회 성원 전체 중 어느 편인가에 따라, 행복주의는 이기적(자기) · 이타적(타인)

· 공리주의적(사회 성원 전체) 성격을 띠게 된다.

8. 이 세상 모든 분들이 가장 바라는 행복의 법률적 근거는 행복추구권이다. 『행복추구권(Right for Pursuit of Happiness)』은 모든 국민이 사람으로서의 행복을 추구할 수 있는 권리이며, 우리네 사람들이 누구라도 스스로 행복을 짓고 닦으며 쌓을 수 있는 권한이다. 아울러 행복추구권은 사람의 존엄 및 가치와 더불어 자연법에 의하여 사람이 태어나면서부터 가지고 있는 권리(천부인권 : 天賦人權 : natural rights)이며, 국가 이전의 자연권을 선언한 국가의 기본질서이고, 법해석의 최고 기준인 근본규범이며, 자유권·평등권·참정권·사회권·청구권들의 기본권 및 물권·채권·무체재산권들의 재산권의 근거 규정이다.

행복추구권의 비롯됨은 미국 헌법문서에서 찾고 있는데, 바로 1776년 미국 버지니아 권리선언 및 독립선언서이다. 먼저 버지니아 권리선언은 국민의 안전과 행복이 국가의 목적임을 밝히고 있는데, 국민 개인에게 부여된 행복의 추구가 기본적으로 그 당시의 사회계약설에 바탕을 둔 자연법적 사고의 전통에 입각했음은 의심의 여지가 없으며, 사람이 가지는 하나의 총괄적인 자연권을 의미한다. 또한 미국 독립선언서 제2부는 사람의 하늘로부터 받아 선천적으로 타고나기에 남에게 양도할 수 없는(천부불가양 : 天賦不可讓 : Creator with certain unalienable) 권리로서 생명 자유 및 행복을 추구할 권리를 규정했다. 이것은 로크(Locke)의 사상에서 영향을 받은 것으로 생명과 자유 및 재산에 대한 권리를 의미한다.

이에 따라 행복추구권을 이 세상의 모든 나라들이 헌법에서 보장하고 있다. 우리나라도 헌법 제10조에서 "모든 국민은 사람으로서의 존엄과 가치를 가지며, 행복을 추구할 권리를 가진다."라고 하여, 행복추구권을 보장하고 있다. 이는 1980년 제5공화국 헌법이 제9조에서 행복추구권을 처음으로 명문화한 뒤에, 현행 헌법도 제10조에서 계속 규정하고 있는 것이다.

이런 행복추구권은 흔히 행동자유권과 인격의 자유발현권 및 생존권들을 뜻한다. 따라서 먹고 싶을 때 먹고, 놀고 싶을 때 놀며, 자기 멋에 살고 멋대로 옷을 입어 몸을 단장하는 따위의 자유가 포함되며, 자기 계획에 따라 인생을 살아가고, 자기가 추구하는 행복의 개념에 따라 생활함을 말한다. 또한 환경권과 사람다운 주거공간에서 살 권리도 포함된다. 더불어 행복추구권 규정은 헌법 개정의 방법으로써도 없앨 수 없으며, 단순한 프로그램적 규정이 아니라 국가가 이를 보장할 의무를 지고 있다. 따라서 국가기관 및 개인도 남의 행복추구권을 침해하지 못한다. 다만 국가안전보장과 질서유지 및 공공복리를 위하여 필요불가결한 경우에는 본질적인 내용을 침해하지 않는 한도 내에서 제한할 수 있다(37조 2항).

9. 『행복 지수(指數)』는 자신이 얼마나 행복한가를 스스로 측정하는 지수로서, 영국의 심리학자 로스웰(Rothwell)과 인생상담사 코언(Cohen)이 2002년에 만들어 발표한 행복공식이다. 이 공식에 따르면 사람의 행복에는 다른 어떤 요소들보다 건강 돈 사람관계들의 생존조건이 중요하며, 사람이 스스로 행복해지기 위해서 "① 가족과 친구 및 자신에게 시간을 쏟아라. ② 흥미와 취미를 추구하라. ③ 밀접한 대인관계를 맺어라. ④ 새로운 사람들을 만나고, 기존의 틀에서 벗어나라. ⑤ 현재에 몰두하고, 과거나 미래에 집착하지 말라. ⑥ 운동하고 휴식하라. ⑦ 최선을 다하되, 가능한 목표를 가져라!"라고 강조했다.

10. 『국제 행복의 날(International Day of Happiness)』은 "3월 20일"이며, 국제 기념일이고, 국제연합(UN)이 마련했다. 2012년 6월 28일에 유엔 고문인 일리엔(Illien)이 제창하여 국제연합 총회에서 193개 회원국이 만장일치로 채택했다.

11. 국제연합(UN)은 2025년 3월 20일 국제 행복의 날을 맞아 《2025 세계 행복 보고서 (World Happiness Report; WHR)》를 발표했다. 이 세계행복보고서는 유엔 산하 자문기구인 지속가능 발전해법 네트워크(SDSN)가 주관하고 여론조사기관인 갤럽과 함께 세계 각국의 주민을 대상으로 삶의 만족도를 발표하는 자료이다. 올해 보고서는 147개국을 대상으로 각 나라 사람들의 삶의 만족도를 조사했다. 1인당 국내총생산(GDP)·사회적 지원·건강한 기대수명·자유·관대함·부패에 대한 인식들의 6가지 기준으로 순위를 정한다. 2025년이 13번째이며, 첫 번째는 2012년에 발표됐다.

2025년에 우리나라는 세계 조사대상인 147개국 가운데 58위를 차지했다. 1인당 GDP에서 21위로 높은 순위를 기록했지만, 사회적 지원 및 자유에서 상대적으로 낮은 평가를 받았다. 경제적 풍요에도 불구하고 국민들이 상대적으로 낮은 행복감을 느낀다는 점을 보여준다. 우리나라는 2024년 52위, 2023년 57위, 2022년 59위, 2021년 62위, 2020년 61위, 2019년 54위, 2018년 57위, 2017년 56위, 2016년 58위를 기록했다.

1위 핀란드(8년 연속), 2위 덴마크, 3위 아이슬란드, 4위 스웨덴, 5위 네덜란드(상위 북유럽 국가의 행복 비결은 자연이 일상 가까이 있음), 6위 코스타리카 및 10위 멕시코(두 나라의 행복비결은 끈끈한 가족관계와 강력한 사회적 유대 및 공동체 의식), 22위 독일, 23위 영국, 24위 미국(역대 최저 순위, 젊은 성인층에서 사회적 고립감 및 삶의 만족도 저하), 러시아(66위), 우크라이나(111위)를 기록했다.
아시아에서는 대만(27위), 싱가포르(34위), 베트남(46위), 태국(49위), 우즈벡(53위), 일본(55위), 필리핀(57위), 우리나라 한국(58위), 말레이시아(64위), 중국(68위), 인도(126위)이며, 북한은 조사대상에 포함되지 않았다. 세계에서 가장 행복지수가 낮은 나라는 아프가니스탄(147위)이다.

이런 세계행복보고서는 경제성장이 지속되고 있지만 행복도는 전반적으로 상당히 후퇴하고 있으며, 경제적 부가 행복의 유일한 척도가 아니라는 사실을 새삼 보여준다.

또한 2020 세계행복보고서에는 세계도시의 행복순위가 처음으로 발표됐다. 1위 핀란드 헬싱키, 2위 덴마크 오르후스, 3위 뉴질랜드 웰링턴, 4위 스위스 취리히이다. 우리나라의 서울은 83위, 인천 88위, 대구 102위, 부산 107위이다. 다른 도시는 조사에서 빠졌다.

한편 2024년 9월 10일 미국 시사주간지인 US 뉴스 앤드 월드 리포트(USNWR)가 발표한 2024년 《세계에서 가장 강력한 국가(the planet's most powerful countries)》에 따르면, 미국(1위)·중국(2위)·러시아(3위)·독일(4위)·영국(5위)·우리나라 한국(6위)·프랑스(7위)·일본(8위)·사우디아라비아(9위)·아랍에미리트(10위)이다.

위와 같은 행복에 대하여 이 세상 모든 사람들은 누구든지 저마다의 생각을 지니고 있다. 그 생각들의 가장 기본적이며 일반적이고 공통적인 것으로서, 우리의 행복충만에서는 '튼튼한 몸(몸), 가뿐한 마음(맘), 포근한 보금자리(보), 뜨거운 배움터(배), 보람찬 일터(일), 밝은 온누리(온), 깨끗한 자연우주하늘(자), 넉넉한 돈(돈)'의 여덟 가지라고 감히 헤아린다.
　이 세상 모든 분들이 가장 좋아하고 즐겨 쓰며 함께 누리기 바라는 것은 "행복"이라고 헤아린다. 아마도 누구든지 행복이 무엇이라고 나름대로 여기고 있을 것이다.

　나 일벗님은 감히 그 행복의 필요·충분 조건은 바로 "튼튼한 몸(몸), 가뿐한 마음(맘), 포근한 보금자리(보), 뜨거운 배움터(배), 보람찬 일터(일), 밝은 온누리(온), 깨끗한 자연우주하늘(자), 넉넉한 돈(돈)"의 8가지라고 내세운다. 이 8가지가 이루어져야 비로소 행복하다고 할 수 있는 필요조건인 한편, 그 8가지 밖의 다른 것은 공통적인 아닌 개인적인 것이기 때문에 충분조건인 것이다.

　배우고 겪으며 알고 느끼며 헤아리고 깨우친 것들이 모자란 나 일벗님이 우리네 사람들의 행복을 감히 "튼튼한 몸(몸), 가뿐한 마음(맘), 포근한 보금자리(보), 뜨거운 배움터(배), 보람찬 일터(일), 밝은 온누리(온), 깨끗한 자연우주하늘(자), 넉넉한 돈(돈)"의 8가지라고 헤아리기까지는 참으로 어렵고 힘들며 오랫동안 생각하고 부수고 쌓고 허물며 다시 고치는 길을 걸었구나?! 특히 한자가 아닌 한글로 나타내는 한편, 누구나 쉽게 읊조릴 수 있는 네 박자의 흐름 또는 리듬으로 만들려고 무척이나 가슴 조이고 애를 태웠는걸!

　우리 모든 사람이 누구라도 가장 바라는 것이 『행복충만』이며, 그 행복충만을 이루기 위해서는 8가지, 곧 "몸맘보배 일온자돈"이 필요·충분 조건이다. 따라서 【행복충만! 몸맘보배! 일온자돈!】의 "12글자의 행복충만 구호"가 새롭게 만들어지는 것이다.

　여러 가지로 모자란 나 일벗님의 행복충만 글을 읽고 계신 이 세상 모든 여러분!
　【 행복충만! 몸맘보배! 일온자돈! 】　　　　　【 행복충만! 몸맘보배! 일온자돈! 】
　【 행복충만! 몸맘보배! 일온자돈! 】　　　　　【 행복충만! 몸맘보배! 일온자돈! 】

2. 튼튼한 몸(몸)

　『튼튼한 몸(Healthy Body)』은 우리네 사람의 몸에 스트레스·살찜증들이 없고 고혈압·동맥경화증·당뇨병·심장병·뇌졸중·암·에이즈·코로나들의 병이 없어서 보금자리·배움터·일터·온누리·자연우주하늘에서 튼튼하고 건강하며 생기가 넘치게 살아가는 행복한 상태를 뜻한다. 이런 튼튼한 몸을 『건강(健康 : health)』이라고도 한다.

　『몸, 몸통, 신, 신체, 육체, 인체, 육신(身, 身體, 肉體, 人體, 肉身 : body, health, physique, constitution, frame, stature, size, figure, human body, human organism)』은 뼈와 살로 이루어진 사람의 물리적 실체 및 그것의 활동 기능이나 상태를 뜻한다. 몸은 마음과 더불어 우리 사람을 이루고 있는 중요한 것이다.

　세계보건기구(WHO)의 헌장에는 건강은 질병이 없거나 허약하지 않은 것만 말하는 것이 아니라, 신체적 정신적 사회적으로 완전히 안녕한 상태에 놓여 있는 것이라고 정의하고 있다. 곧 사람은 인종 종교 정치 경제 사회를 따지지 않고서 건강을 누릴 권리가 있다는 것을 명확히 한 것이다. 우리나라의 헌법에는 건강을 모든 국민이 마땅히 누려야 할 기본적인 권리라고 규정하고 있어, 건강을 하나의 기본권적 개념으로 보고 있다. 또한 질병이 없는 상태라는 수동적 건강에 대한 태도에서, 금주 금연들의 생활습관의 변화 또는 운동 같은 적극적으로 건강해지려는 노력들의 능동적 태도가 강조되고 있다.

건강의 구체적 요소로는 ① 신장 체중과 같은 외형적 계측 값이나 내장의 여러 기관의 육체적인 형태적 요소, ② 여러 기관의 생리기능이나 종합적인 체력의 기능적 요소, ③ 정신 기능적 요소로 분류한다.

건강권(健康權 : right of health, health right, health investment)은 국민이 가진 기본권의 하나로 건강을 유지하기 위한 최적의 환경을 누릴 수 있는 권리 또는 건강을 해칠 수 있는 요인으로부터 보호 요청을 할 수 있는 권리를 뜻한다.
우리나라는 '헌법 제35조 : ① 모든 국민은 건강하고 쾌적한 환경에서 생활할 권리를 가지며, 국가와 국민은 환경보전을 위하여 노력하여야 한다. 제36조 : ③ 모든 국민은 보건에 관하여 국가의 보호를 받는다.'는 조문을 통해 국민의 건강권을 보장하고 있다.
더불어 국민건강증진법(國民健康增進法 : Law for the Promo- tion of Nation's Health)은 국민의 건강을 증진시키기 위해 1995년 1월 5일 법률 제4914호로 만든 법률로서, 국민에게 건강에 대한 가치와 책임의식을 함양하도록 건강에 관한 바른 지식을 보급하고 스스로 건강생활을 실천할 수 있는 여건을 조성함으로써 국민의 건강을 증진함을 목적으로 한다. 국가 및 지방자치단체는 건강에 관한 국민의 관심을 높이고 국민건강을 증진할 책임을 진다. 모든 국민은 자신 및 가족의 건강을 증진하도록 노력하여야 하며, 다른 사람의 건강에 해를 끼치는 행위를 하여서는 안 된다.

우리네 사람들의 몸을 다루는 대표적인 학문은 생물학 및 의학이다.
《생물학(生物學 : biology)》은, 《다음 · 네이버 · 엣지 · 크롬 · 각종 백과사전들의 인터넷》에 따르면, 우리네 사람들을 비롯한 생물을 대상으로 생명현상을 탐구하고 생명의 기원과 본질을 밝히려는 학문으로서, 의학 · 물리학 · 화학 · 심리학 · 농학들과도 밀접한 관계를 맺고 있다. 생물학의 세부분야는, 정확하게 구분되는 것은 아니지만, 생물의 종류에 따라 동물학 · 식물학 · 미생물학, 수많은 생물의 다양성을 밝히는 분류학, 다양한 생물들의 특성을 밝히는 형태학 · 생리학 · 생태학 · 진화학, 과거의 생물을 연구하는 고생물학, 모든 생물에 공통적인 법칙을 밝히는 세포학 · 유전학 · 분자생물학 · 생화학들이 있다. 특히 생리학(生理學 : physiology)은 생물체에서 일어나는 물리적 · 화학적 현상을 세포 · 조직 · 기관 · 기관계 · 개체들의 여러 수준에서 연구하는 학문이다.

생물학의 발전 과정은 아래와 같다.
①. 17세기에 생물학 분야에서는 학문의 교류를 위한 과학학회가 창립되고, 현미경의 발달로 지금까지 볼 수 없었던 세계를 관찰할 수 있게 됨에 따라 생물학에 커다란 발전이 가능하게 됐다. 또한 하비(Harvey)가 혈액순환의 원리를 발견하면서 실험생물학을 탄생시켰다. 1628년에 『동물의 심장과 혈액의 운동에 관한 해부학적 연구』라는 책을 펴내어서, 심장이 어떻게 혈액을 순환시키는지를 설명했다. 하비는 판막이 혈액을 한쪽 방향으로만 흐르도록 한다는 점을 발견하고 정맥과 동맥이 하나로 이어진다는 것을 밝혀냈다.
②. 18세기에 걸쳐 체계화와 분류가 생물학을 지배했으며, 사람을 포함한 생물의 비교 연구가 중요하다는 것을 깨닫게 된 것도 이 시기였다. 특히 린네(Linné)는 1753년 『식물의 종』 및 1758년 『자연의 체계』를 지었고, 생물을 계 ⇨ 문 ⇨ 강 ⇨ 목 ⇨ 과 ⇨ 속 ⇨ 종으로 분류했으며, 생물분류학을 발전시켜 분류학의 아버지라 불린다. 대양을 건넌 생물탐사는 식물과 동물의 종류에 관한 지식을 늘리고 19세기 진화설의 토대가 됐다.
③. 19세기는 진화론이 크게 발전한 시대이다. 진화론(進化論 : the theory of evolution, transformism) 또는 진화설(進化說)은 생물이 원시적인 것으로부터 진화하여

고등한 것이 됐다는 생각이며, 다윈(Darwin)이 1859년에 『종의 기원(Origin of Species)』을 펴내면서 내세웠고, 그 뒤 1889년에 월리스(Wallace)가 『다위니즘』을 출판하여 진화론을 더욱 발전시켰다. 이런 진화사상은 생명체의 기원과 그 변화를 이해하는 데에 중요한 이론적 틀을 제공하여 생물학 발전의 지도이념이 됐으며, 모든 과학 및 철학·사회과학 분야에도 큰 영향을 주었다.

④. 1865년에 멘델(Mendel)이 유전의 법칙으로서 세 가지를 내세웠다. 곧 우성과 열성의 대립 유전자 가운데 우성이 형질로 발현된다는 우열의 법칙, 단성 잡종끼리 교배했을 때에 우성과 열성의 대립 유전자가 일정한 비율로 분리된다는 분리의 법칙, 서로 다른 상동 염색체에 있는 각 유전자는 독립적으로 행동한다는 독립의 법칙을 내세웠다.

⑤. 19세기에 식물생리학 및 동물생리학이 꾸준하게 발달했다. 19세기 중엽까지는 생물 현상에 관한 종래의 생기론적 견해를 없애고 물리화학적 방법을 생물학연구에 적용하여 생리학이 크게 발달했다. 특히 베르나르(Bernard)는 간의 글리코겐 형성 기능을 비롯해 동물생리학에 관한 많은 연구를 했으며, 기계론적 입장에서 실험생물학의 방법론을 수립한 공이 크다.

⑥. 20세기에 생물학 연구는 대체로 전문적인 시도들이었다. 대부분의 연구는 여전히 박물학적인 방법으로 행해졌는데, 실험에 근거한 인과적인 설명보다 형태학적 및 계통발생학적 분석을 더 강조했다. 그러나 생기론에 반대하는 실험 생리학자와 발생학자들의 영향력이 특히 유럽에서 커져 갔다. 1900년대 및 1910년대의 발생 유전 물질대사에 대한 실험적 접근방법의 엄청난 성공은 생물학에 있어 실험의 힘을 보여주었다. 그 뒤 수십 년에 걸쳐 실험적 연구 방식이 박물학적 연구 방식을 대체해가며 생물학 연구에서 지배적인 방식이 됐다. 그리하여 생태학 및 환경과학, 고전 유전학, 현대 종합설 및 진화론, 생화학, 미생물학, 분자생물학, 생명공학, 유전공학, 유전체학, 분자계통학들이 발전됐다.

⑦. 21세기에 생명과학은 물리학과 같은 고전적인 분야 및 생물물리학과 같은 이전과는 차별화된 새로운 분야로 크게 수렴됐다. 물리적 기기 장치들의 발전과 함께 데이터(data: 관찰 실험 조사로 얻은 자료와 정보)의 수집·저장·분석·시각화·모델링(modelling: 모형을 보고 원형을 만듦)·시뮬레이션 (simulation: 어떤 현상 따위를 예측하고 해석하기 위하여 실제와 같은 모형을 만들어 모의적으로 실험한 뒤에 그 결과로 해결 방법을 연구)을 위한 컴퓨터(computer) 성능의 발전이 이루어졌다. 이러한 기술 발전은 생화학, 생물 시스템, 생태학들의 연구 성과를 인터넷(Internet)을 통해 발표하고 이론 연구 및 실험 연구를 가능하게 했다. 이를 통해 더 나은 측정, 이론 모델, 복잡한 시뮬레이션, 이론 예측 모델 실험, 분석, 모든 세계적인 인터넷 관측 데이터 보고, 공개적인 동료 간의 검토, 공동 연구 및 인터넷 발표에 대한 모든 세계적인 접근이 가능해졌다. 또한 생물정보학, 신경과학, 이론생물학, 계산유전체학, 우주생물학, 합성생물학, 형질생물학과 같은 생명과학의 새로운 연구 분야들이 등장했다. 아울러 진화 현상이 직접 관측되기 시작하면서, 진화 자체가 직접 관찰 가능한 사실임이 증명됐으며, 이를 통해 진화의 과정에 관한 연구가 진화유전학으로 이어지게 됐다.

우리네 『사람·사람(人間 : man, human)·인류(人類 : man- kind)』는 자연우주하늘 가운데 하나의 존재로서 "생물 ⇨ 동물계 ⇨ 척삭동물문 ⇨ 포유강 ⇨ 영장목 ⇨ 사람과 ⇨ 사람속 ⇨ 사람종 또는 호모 사피엔스(Homo sapiens)"이다.

우리네 사람들이 두 발로 걷고 도구를 사용한 증거가 뚜렷한 인류는 지구의 역사상 제4기가 되어서 나타난다. 제4기는 홍적세와 충적세로 나뉘고, 홍적세는 다시 네 차례의 빙하기와 그 사이의 간빙기로 되어 있다. 약 1만 년 전에 마지막 빙하기가 끝나고 기후와 동식물의 모습이 오늘날과 거의 비슷해진 시대가 충적세이다.

홍적세에 나타난 화석인류는 원숭이사람(猿人)·원인(原人)·구인(舊人)·신인(新人)으로 나눈다. ① 원숭이사람(원인:猿人)은 가장 원시적인 최고의 화석인류로서 남아프리카의 오스트랄로피테쿠스와 파란트로푸스, 동아프리카의 진잔트로푸스가 대표적이다. 이 중에서 적어도 진잔트로푸스는 제1빙기 이전인 200만 년 또는 100만 년 전에 살았던 가장 원시적인 인류이다. ② 자바의 피테칸트로푸스(자바원인)와 중국의 시난트로푸스(북경원인)로 대표되는 원인(原人)은 40만~50만 년 전인 제2간빙기에 살았다. ③ 구인(舊人)은 화석인류 중에서 네안데르탈(Neanderthal)인을 통틀어 이르는 것으로, 제3간빙기에서 제4간빙기 초에 걸쳐 살았다. 이 구인의 특징으로서 뇌용량은 현대인과 다름이 없고 오히려 큰 것도 있으며, 옆에서 보면 머리가 낮고 이마는 뒤쪽으로 기울어졌고, 뒤통수가 불거졌고 눈썹 부분은 유난히 돌출해 있으며, 입이 튀어나와 아래턱 끝이 뒤쪽으로 기울어져 현대인의 턱처럼 앞쪽으로 나오지 않았고, 얼굴은 길쭉하며, 전신의 뼈대는 옹골차나 신장은 비교적 작다. ④ 신인(新人) － 현생인류(現生人類) : 신인은 사람의 진화에서 마지막 단계의 인류이고, 현생인류(現生人類)라고도 하며, 여기에 속하는 학명은 '호모 사피엔스(Homo sapiens: 지혜 있는 사람이라는 뜻)'으로서, 현재 지구상에 사는 인류 모두이다.

위와 같이 인류는 약 200만 년 전에 아프리카에서 출현했으며, 호모 하비리스(Homo habilis)와 호모 에렉투스(Homo erectus) 및 최종적으로 현대 인류인 호모 사피엔스(Homo sapiens)로 진화해왔다.

『호모 사피엔스(Homo sapiens)』의 비롯됨에 대하여는 ① 30만 년 전에 아프리카에서 유래되어 7만 년 전부터 아프리카를 떠나 유럽 아세아 오세아니아 아메리카로 이동하여 세계 각지로 퍼졌을 것이라는 아프리카 단일기원설, ② 고인류가 전 세계로 퍼진 이후 제각각 현인류로 진화했을 것이라는 다지역 기원설이 대립했다. 요즘에는 전자가 많은 연구에 의해 뒷받침됨으로써 아프리카 단일기원설이 사실일 것으로 추정된다. 한편 호모 사피엔스인 현생 인류는 고대의 네안데르탈(Neanderthal)인 및 크로마뇽(Cro-Magnon)인들의 다른 인류 종과의 혼혈이 제한적으로나마 이루어진 적이 있다는 것이 최근 연구를 통해 드러났다.

따라서 현생 인류는 30만 년 전에 첫 출현한 호모 사피엔스(Homo sapiens)이다. 사람 또는 호모 사피엔스는 유일하게 현존하는 인류이며, 그 이름은 "슬기로운 사람"의 라틴어로서 1758년에 린네가 고안했다. 호모 사피엔스는 문화면에서는 후기 구석기 문화에 속했으며, 구인 단계에 비해 진보된 문화가 있었다. 또한 호모 사피엔스는 4만~5만 년 전부터 지구상에 널리 분포되어, 후기 석기문화를 가지며 농경·목축의 혁명적 생산 수단을 발명하여 문명의 꽃을 피웠다.

우리네 사람의 『인종(人種 : race, ethnicity)』은 사람을 육체적 기질, 조상, 유전자, 사회적 관계, 또 이들 간의 복합적 관계에 기반하여 분류한 집단이다. 가장 널리 통용되는 인종에 대한 기준은 피부 색깔, 얼굴 형태, 혈통, 유전자를 기반으로 하는 것이다.

역사적으로 가장 유명한 인종 구분 용어는 피부색에 근거하여 사람을 분류하는 색채 용어로서, 백인(白人 : white person)·황인(黃人 : yellow person)·흑인((黑人 : black person)이라는 분류가 널리 쓰여 왔다. 이들은 근대의 과학적 인종주의 이론에서 쓰이던 코카소이드·몽골로이드·니그로이드라는 용어에 대응되는 것인데, 나중에는 이들 분류에 잘 들어맞지 않는 오스트랄로이드나 카포이드와 같은 새로운 구분이 추가되기도 했다. 이러한 분류에 과학적인 의미가 있는지의 여부는 오늘날까지도 논쟁적인 주제로 남아 있다.

이런 백인·황인·흑인이라는 분류는 피부색의 차이이다. 우리네 사람들의 피부색을 만들어 내는 세포가 멜라닌(melanin) 세포인데, 멜라닌 세포의 수는 민족과 피부색에 관계없이 일정하므로, 피부색 차이는 멜라닌 소체의 수, 크기, 멜라닌화의 정도, 멜라닌 소체의 분포 및 각질형성 세포 내에서의 멜라닌 소체의 분해에 의해 결정되어진다. 곧 백인종이든 황인종이든 흑인종이든 인종에 관계없이 멜라닌 세포의 수는 동일하고, 다만 멜라닌 소체의 크기와 각질형성세포에서의 분포로 인해 피부색의 차이가 발생한다.

우리네 사람의 생물학적 특징은 아래와 같다.

1. 미완성 존재 및 적응성을 지닌 존재 : 우리네 사람은 동물과 견주면 미완성의 존재로서 태어난다. 동물들은 그들이 살아야 할 자연환경에 꼭 맞도록 몸의 기관·기능들이 특수하게 완성되어서 태어나기에 환경에 대한 반응으로서의 행동도 결정되어 있다. 그래서 동물들은 본능에 따라서 움직이며 살아갈 수 있다. 하지만 우리네 사람은 몸의 기관·구조들이 완전하지 못하며 매우 미약한 본능을 지니고 있다. 이를테면 동물의 이빨은 육식이나 초식에 알맞게 되어 있는데, 우리의 이는 육식에도 또는 초식에도 꼭 알맞게끔 되어 있는 것이 아니다. 그러므로 우리네 사람은 무엇을 먹고 살아야 한다는 것이 본능적으로 결정되어 있지 않다. 농사를 지어 곡식을 먹고 살든지, 어떤 종류의 요리를 만들어 먹고 살든지 그것은 우리 스스로가 결정할 문제이지, 자연적인 본능이나 몸의 기관에 의해서 미리 결정되어 있는 것이 아니다.

이와 같이 우리네 사람의 몸의 기관들이 특수한 자연적 생활조건과 일정한 환경에 꼭 맞도록 특수화 또는 전문화되어 있지 않다는 것은 생존경쟁을 위해서 불리한 조건이면서도 또한 유리한 조건이라 할 수 있는 것이다. 우리의 이는 육식을 하는 데에 있어서는 호랑이와 같은 육식동물에 비해서는 완전하게 발달되어 있지 않다. 또 초식을 하는 데에 있어서도 소와 같은 초식동물에 견주면 뒤떨어진다. 그러나 육식동물의 이빨은 육식을 하는 데만, 초식동물의 이빨을 풀을 뜯어 먹기에만 알맞게 되어 있다. 그에 비해 우리의 이는 그때그때의 환경에 따라서 육식이나 초식을 자유롭게 선택할 수 있게 되어 있는 것이다. 동물들의 특수하게 전문화된 기관들은 그들의 특수한 자연환경에서는 매우 능률적이다. 하지만 사람들은 여러 가지 생활조건들에 적응할 수 있는 대신에 우리들의 행동에 있어서 본능의 지시에 따라 기계적으로 움직일 수 있게 되어 있지 않기 때문에, 다양한 환경에 반응하고 적응하기 위해서 생각하고 선택할 수 있는 기능이 발달되어 있다.

2. 오랜 성장기간 및 수명 : 우리네 사람은 동물과 견주어 오랜 성장기간이 필요하고 긴 수명을 누릴 수 있다. 우리는 다른 동물들의 임신기간(토끼·다람쥐: 30날, 고양이: 60날, 표범: 90날, 돼지: 115날, 염소: 170날가량)보다 오랜 임신기간(300여 날)을 거쳐야 하는데, 그만큼 완성되기 위해서는 많은 기간이 필요하다. 또한 사람들은 태어나서도 20년쯤을 자라야 하나의 완전한 어른이 되는 오랜 성장기간을 지니고 있다. 이에 견주어 젖먹이동물인 고래는 2년 동안에 20미터에 이르는 거의 완전한 크기로 자라는 것을 볼 수도 있다.

또한 사람은 성장의 흐름도 동물들과는 특이하다. 우리가 태어나서 20년 동안 계속적으로 일정하게 자라는 것이 아니고 성장과 정지의 흐름을 되풀이하면서 자라는 것이다. 아울러 우리네 사람은 몸의 자람이 끝나도 다른 동물들보다 더 오래 생명을 유지하고 그동안 마음적으로 더 성숙할 수 있게 되어 있다. 다른 동물들은 짧게는 2~3년, 보통은 12~15년쯤 살 수 있으며, 드물게 30년이고 50년도 있지만 극히 예외적이다.

하지만 우리네 사람들의 수명은 점차 늘어나고 있다. 세계보건기구(WHO)에 따르면, 2023년 전 세계 사람의 평균 수명은 약 73세이다. 이 수치는 1950년대 약 47세였던 수명과 크게 대비된다. 평균 수명(平均 壽命 : average life expectancy)은 특정기간 동안 사망한 사람들의 나이에 대한 평균, 곧 사람들이 평균적으로 누린 수명을 뜻한다.

2023년 기준으로 가장 긴 평균 수명을 가진 나라는 일본으로 84.3세이다. 그 다음으로 모나코(83.6세), 싱가포르(83.5세), 홍콩(82.9세), 덴마크(82.3세)이다. 반면에 가장 짧은 평균 수명을 가진 나라는 중앙아프리카공화국(49.1세)이다. 차드(52.8세), 콩고민주공화국(53.4세), 소말리아(53.9세), 부룬디(54.6세)도 평균 수명이 낮은 나라에 속한다.

우리나라의 평균 수명은 1970년대 이후 꾸준히 증가해왔다. 1970년에 62세였던 평균 수명은 2023년에는 83.5세까지 연장됐다. 성별 간 차이도 뚜렷하게 나타나며, 여성의 평균 수명은 86.4세로 남성(80.6세)보다 약 5.8년 더 길다.

우리네 사람들의 평균 수명이 증가한 요인으로는 의료 기술의 발전, 공중보건 개선, 생활 수준 향상, 건강한 생활방식의 확산들이다. 특히 전염병 예방 및 치료의 발전이 사람의 수명 연장에 크게 기여한 것으로 여겨진다. 나아가 우리네 사람들의 평균 수명은 앞으로도 계속 증가할 것으로 예상된다.

3. 서서 걸어 다니는 존재 : 우리네 사람은 다른 동물들과 견주어 「서서 걸어 다니는(직립보행; 直立步行; upright walking) 존재」라는 생물학적 특징이 있다. 곧 다른 동물들은 네 발로 다니기 때문에 손이라는 것이 없다. 하지만 우리네 사람은 두 발로 서서 다니며 두 손을 마음대로 쓸 수 있다. 다른 동물들은 몸을 움직이는 데에 네 발이 모두 필요하지만, 우리네 사람은 몸을 움직이는 데에 두 발만 쓰고 두 손으로는 우리들이 살아가면서 필요한 도구·물건·기계를 만들어 쓰고 있다. 우리네 사람이 온누리의 모든 것 가운데 으뜸이라는 존재도 우리가 두 발로 서서 걸어 다니고 두 손으로 삶에 필요한 도구·기계를 만들고 쓸 수 있는 존재이기 때문이다. 다른 동물은 몸을 움직이는 데에만 네 발 모두를 쓰기에, 손이라는 것이 없어서 어떠한 물건을 만들거나 쓸 수는 없다.

한편 우리네 사람이 서서 걸어 다니는 것이 결코 쉬운 것은 아니다. 우리도 갓 태어나서는 두 발로 서서 걷기는커녕 두 발·두 손으로 기어 다니지도 못했다. 다른 동물들은 갓 태어나 조금 뒤에는 네 발로 엉성하지만 걸어 다닐 수 있다. 하지만 우리네 사람은 태어난 지 서너 달이 되어야 겨우 두 발과 두 손으로 기어 다닐 수 있다. 또한 태어나서 1년가량이 되어서야 두 발로 서서 아장아장 걸어 다닐 수 있다. 이렇게 두 발로 서서 걷기 위해서는 우리의 어린 발·발목·무릎·엉덩이·가슴·등·얼굴·손들의 온몸이 아프도록 넘어지면 일어나고 또 넘어져도 일어나는 연습과 단련 및 노력을 수없이 거듭해야만 한다. 우리네 사람이 서서 걸어 다니고 만물의 영장이라는 존재가 되는 것은 결코 자연적으로 이루어진 것이 아니고, 우리의 피와 땀 및 눈물이 어우러진 애씀·노력에서 비롯되는 것이리라!

4. 우리네 사람은 고도로 발달한 뇌 및 도구·문화·언어가 발달해 있는 특징이 있다. 사람은 높은 지능을 가진 사회적 동물이며, 침팬지 돌고래 코끼리들의 다른 고지능 포유류와 비슷하게 무리 떼 집단을 이루어 생활한다. 작게는 가족과 친족에서, 크게는 사회와 나라들의 각종 기구들의 복잡하고 상호작용적인 구조를 만들며 또한 그 안에서 소통을 통하여 생활한다. 이런 사회적 상호작용과 사람의 높은 지능은 가치 규범 윤리 의식 전통을 생산하며, 이는 한 사회를 하나로 융합하는 역할을 한다. 사람의 높은 지능과 호기심은 외부 세계와 현상을 이해하고 설명하며 영향력을 미치려는 욕구로 이어지며, 이는 과학

신화 종교 철학들을 발달시켰다. 인류 문명은 지구에서 처음이자 현재까지 인류가 파악한 하나뿐인 문명이다.

　5. 사람은 육식과 초식을 함께 할 수 있는 잡식동물이며 다양한 에너지 자원을 섭취해야 한다. 특히 우리네 사람은 불을 사용하는 법 및 요리하는 법을 익혀서 더욱 효율적인 에너지 섭취가 가능해졌다.

　6. 사람은 고도로 발달한 전두피질 및 그로 인해 높은 인식 능력을 갖췄다. 또한 사람은 일화 기억, 다양한 감정 표현, 자아인식들의 능력을 가졌다. 아울러 사람은 자아성찰, 상상, 존재에 대한 인식과 고찰이 가능해졌고, 이는 도구의 발달과 더불어 과거 세대의 기억을 미래 세대에 물려주게 될 수 있는 계기로 이어졌다. 글 말 노래 그림 춤들의 문화는 그런 사람의 정신적 발달의 산물이다.

　《의학(醫學 : medicine, medical science)》은,《다음 · 네이버 · 엣지 · 크롬 · 각종 백과사전들의 인터넷》에 따르면, 인체의 구조와 기능을 조사하여 질병 · 상해의 치료와 예방에 관한 일을 연구하는 학문; 인체의 구조와 기능을 조사하여 인체의 보건, 질병이나 상해의 치료 및 예방에 관한 방법과 기술을 연구하는 학문이다. 의학은 크게 서양의학 및 동양의학으로 갈래지으며, 또다시 동양의학은 중의학 · 아랍의학 · 한의학들로 나눌 수 있다.

　서양의학의 발자취는 아래와 같다.
　1. 서양의 선사시대부터 질병을 치료하려는 의료 행위가 있었다. 석기시대에 그린 두개골에 천공을 하는 장면을 담은 벽화는, 주술적인 내용이라는 의견도 있을 수 있으나, 선사시대에도 수술과 같은 외과 치료가 있었다는 것을 알게 한다. 고대 이집트에서는 봉합 수술과 같은 치료가 이루어지고 있었다. 이 선사시대에는 병은 신이 내린 벌이거나 잡귀에 의한 것으로 취급됐다.

　2. 기원전 5~4세기 고대 그리스의 히포크라테스(Hippocrates)는 서양의학의 아버지 또는 의성(醫聖)이라고 불리며,《의사의 선서》를 지었고,『히포크라테스 전집』를 남겼다.
　(1). 원래의 히포크라테스의 《의사의 선서》는 너무 길어서, 요즘 세계 대부분의 국가에서 사용하는 히포크라테스 선서는 1948년 〈제네바 선언〉에서 채택된 내용이다.
　【제네바 선언의 히포크라테스 선서】
　의업에 종사하는 일원으로서 인정받는 이 순간에, 나의 일생을 인류 봉사에 바칠 것을 엄숙히 서약한다.
　① 나의 스승에게 마땅히 받아야 할 존경과 감사를 드리겠다. ② 나의 의술을 양심과 품위를 유지하면서 베풀겠다. 나는 환자의 건강을 가장 먼저 배려하겠다. ③ 나의 환자에 관한 모든 비밀을 절대로 지키겠다. ④ 나는 의업의 고귀한 전통과 명예를 유지하겠다. ⑤ 나는 동료를 형제처럼 여기겠다. ⑥ 나는 종교나 국적이나 인종이나 정치적 입장이나 사회적 신분을 초월하여 오직 환자에 대한 나의 의무를 다하겠다. ⑦ 나는 생명이 수태된 순간부터 사람의 생명을 최대한 존중하겠다. ⑧ 어떤 위협이 닥칠지라도 나의 의학 지식을 인류에 어긋나게 쓰지 않겠다. ⑨ 나는 아무 거리낌 없이 나의 명예를 걸고 위와 같이 서약한다.

　(2). 기원전 480년에서 380년 사이에 여러 사람이 집필한 것으로 전해진 《히포크라테스 전

집》에 의해 질병을 보다 객관적으로 다루고 치료법을 찾는 합리적인 의학이 출발했다.

히포크라테스 전집에 나타나 있는 의학은 질병에 대한 자연주의적 접근을 중요하게 생각한다. 질병을 관찰하는 것을 강조하되 질병 원인을 다룬 이론보다는 치료에 필요한 증상과 경과를 관찰하는 것을 중요하게 여겼다. 그들은 '사람에게 병을 스스로 치료하는 힘이 있다'고 생각했으며, '치료는 자연치유력을 도와주는 것'이라는 이론을 뒷받침하는 식이요법을 주로 시행했다. 식이요법이 실패했을 때에 약제를 사용했고, 수술은 가장 마지막에 하는 보조수단이었다.

(3). 히포크라테스는 철학자 엠페도클레스(Empedocles)가 처음으로 주장한 우주는 흙ㆍ물ㆍ불ㆍ공기의 네 가지 원소로 이루어졌고 사랑과 미움의 힘으로 결합하고 분리하여 여러 가지 사물이 태어나고 멸망한다고 내세운 '4원소설(元素說)'에 근거를 두고서, 『4체액설(體液說)』을 전개했다. 이는 질병 원인을 체액 또는 액체의 변화에서 찾는 액체 병리학 이론이다. 그는 우리네 사람이 체액(정액)에서 생겨나므로 액체가 생명의 근원이라고 생각하여, "혈액, 담즙, 점액, 흑담즙"의 네 가지 체액이 사람 몸을 이루고 있는데, 이들 네 가지 액체 조화가 깨진 경우에 병이 생긴다고 헤아렸다.

또한 4체액설에 따라 「① 다혈질은 혈액이 지배적인 체액일 때 나타나는 기질로서 성격이 겉으로 드러나며 외향적인 경우가 많고, ② 담즙질은 담즙이 지배적인 체액으로서 스스로 결정하는 성향이 강하고 자신의 능력에 확신을 가지며 매우 진취적이며, ③ 점액질이 우세한 사람은 자극에 대해 멍하고 둔하여 흥분하거나 격분하는 일이 적고 활발하지 못하지만, 일단 일을 시작하면 의지가 강하고 인내력이 있고, ④ 흑담즙질 또는 우울질은 흑담즙이 지배적인 경우로서 가장 신중하고 민감하며 일반적으로 지능지수가 높다.」라고 여긴다.

오늘날도 이 4체액설은 높이 평가한다. 그의 의학이론에서 모든 체액을 만드는 장기가 체액마다 별도로 있다고 주장했다. 혈액은 심장에서, 담즙은 담낭에서, 점액은 머리에서, 흑담즙은 지라에서 만든다. 이 체액들은 음식물을 통해 항상 새로 보충하므로 중요한 영향력이 있고, 질병은 체액이 남거나 모자라는 경우, 몸이 충격을 받거나 피로한 경우, 기압의 변화로 체액이 굳거나 녹아 다르게 변한 경우 생긴다고 설명했다. 공중 보건학 발전사에서 고대기(기원전~AD 500)는 개인 위생을 중심으로 보던 시대였다. 히포크라테스는 사람과 환경의 부조화로 질병이 발생하며, 오염된 공기 같은 독기가 질병 원인이라고 분석했다. 따라서 독기가 사람 몸에 들어가면 체액 분비 균형이 깨져 질병이 생긴다고 헤아렸다.

3. 로마 제국시대의 2~3세기에 소아시아(오늘날 터키지역)에 살았던 『갈레노스(Galenus)』는 해부학 생리학 진단법 치료법에 이르기까지 의학의 모든 분야에 걸쳐 1000년 이상 오랫동안 큰 영향을 끼친 훌륭하고도 유명한 의사이다. 그는 서양의 고대의 말기와 중세 시대를 지나 근대 초기까지 의학의 황제로 칭송을 받았던 인물이고, 의학 및 과학 철학들에 대해 400권이 넘는 수많은 양의 글을 썼다. 갈레노스는 동물의 몸이 사람의 몸과 겉모습은 다르지만 내부구조는 비슷할 것이라고 확신하면서, 수많은 원숭이 돼지 개들의 동물 해부를 하여 『해부방법에 관하여』라는 방대한 책을 지어서 해부학 생리학 병리학에 걸친 방대한 의학 체계를 만들어냈다. 또한 그는 약물치료에 대해서 상세하게 30권의 책에 나누어 《갈레노스 약전》을 지었다.

4. 중세 유럽에서 의학은 독자적인 영역이라기보다는 여러 직업군의 부차적인 업무로서 다루어졌다. 외과 치료는 이발사에 의해 이루어지는 경우가 흔했으며, 약학과 연금술은 그리 다르지 않은 것으로 여겨졌다.

5. 18세기에 들어 서양에서는 계몽주의와 자연주의의 영향으로 과학적 방법에 의한 의학 연구가 활발히 진행되기 시작했다. 각 대학에는 해부학 실험실이 마련됐고 당시 지식인에게 인체에 대한 이해는 필수적인 교양이 됐다. 아울러 현미경의 발명으로 미생물을 직접 관찰하게 되고 병원균을 확인하게 되면서 백신의 접종과 같은 전염병의 예방 기술이 발전하게 됐다. 코흐(Koch)는 탄저균·결핵균·콜레라균과 같은 병원균을 발견했다. 19세기 이전까지 생물학의 기술로서 취급되던 의학은 독립된 학문으로서 자리 잡아 근대 의학이 성립됐다.

6. 현대 서양의학은 자연과학의 발달로 많은 과학 분야가 관련된 학제 간 연구의 모습을 띠게 됐다. 분자생물학과 유전학의 발달은 질병의 원인을 밝혀내는 데에 큰 역할을 했고, 통계학은 질병의 위험성을 분류하는 기준을 마련했으며 사회적인 질병관리가 가능하도록 했다. 그리하여 현대 의학은 ① 진료 처방 투약이나 수술과 같은 임상의학, ② 해부학이나 병리학 약리학의 기초의학, ③ 사회적 요인에 의한 건강 장애 및 의료행위나 보건정책이 개인과 사회에 미치는 영향을 다루는 사회 인문 의학의 다방면 분야를 아우른다.

7. 현대 서양의학의 질병을 진단하기 위한 감별진단기술로서 X-Ray, CT, MRI가 있다.
① . X-Ray · X-선(線) · 방사선 촬영은 조영제나 다른 기구를 사용하지 않고 X-선을 인체에 투과하여 내부 조직의 상태를 볼 수 있는 검사 방법이다. 흉부 복부 골격 유방 목들의 다양한 부위의 촬영이 가능하며 특별한 준비과정 없이 간편하게 시행할 수 있는 유용한 검사이다. 엑스-선(X線)·뢴트겐선(線)은 파장이 10~0.01 나노미터이며, 주파수는 3 × 1016헤르츠에서 3 × 1019헤르츠 사이이고, 감마선과 자외선과의 중간 파장에 해당하는 전자기파이다. 뢴트겐(Röntgen)이 1895년에 이를 발견했으며, 이 업적으로 1901년 노벨 물리학상을 받았다. 엑스선은 투과성이 강해 물체의 내부를 볼 수 있으므로, 의료 분야와 비파괴 검사에 널리 쓰인다.
② . CT(Computed Tomography)는 X-ray를 이용하여 인체 내부를 단층으로 촬영하는 검사이고, 다양한 각도에서 촬영된 이미지를 컴퓨터가 처리하여 3차원 입체 이미지를 생성하며, 이를 통해 조직의 밀도 차이를 분석하여 질병을 진단하는 데에 도움을 준다. CT는 보통 몇 분 안에 완료되어 긴급 상황에서 빠른 진단이 필요한 경우 유리하고, 뼈 구조를 명확하게 보여주며, 골절이나 종양을 쉽게 확인할 수 있고, 내장기관 뇌 폐들의 다양한 부위에서 발생할 수 있는 질환을 진단하는데 효과적이다. 하지만 CT는 X-ray를 사용하므로 방사선 노출이 발생하고, 연조직의 세밀한 구조를 잘 나타내지 못한다.
③ . MRI(Magnetic Resonance Imaging)는 강력한 자기장과 고주파를 이용하여 인체 내부의 이미지를 촬영하는 검사 방식이고, 수소 원자의 반응을 기반으로 하여 생체조직의 해부학적 세부정보를 매우 정밀하게 제공한다. MRI는 방사선을 사용하지 않기 때문에 방사선 노출에 대한 우려가 없고, 근육 신경 뇌들의 연조직의 세밀한 구조를 명확히 분석할 수 있으며, T1 및 T2 강조 영상들의 다양한 모드를 통해 특정 질환을 더욱 명확히 진단할 수 있다. MRI는 CT에 비해 검사 시간이 상대적으로 길어 여러 가지 조건을 고려해야 하고, MRI 장비 작동 때에 큰 소음이 발생하여 환자가 불편함을 느낄 수 있다.

8. 질병의 원인에 대한 분석과 치료법의 개발을 위해 다양한 연구와 실험이 이루어지고 있다. 2000년대 이후에는 암의 발생 원인을 찾기 위한 후성유전학적인 연구와 각종 유전성 질환에 대한 연구가 활발하다. 발생유전학을 비롯한 여러 하위 학문의 학제 간 연구인 줄기세포 연구는 다양한 유전성 질환의 치료방법을 확보할 수 있을 것으로 기대된다.

서양의학은 임상의학, 기초의학, 임상지원의학으로 보통 분류한다. ① 임상의학의 임상(Bed-side)이란 영어와 한문의 말뜻대로, 환자 옆에서 또는 병상 옆에서 직접 환자를 진료하는 의학 분야이다. 임상의학은 내과계 및 외과계로 나눌 수 있다. 내과계는 주로 약물 치료를 하는 질병을 다루는 의학 분야인 한편, 외과계는 주로 수술 치료를 하는 의학 분야이다. ② 기초의학은 임상의학을 배우기 위해 필요한 필수 기본 학문이다. ③ 임상지원의학은 임상 의사를 돕는 의학 분야로서 영상의학이나 마취과학들이다.

서양의학의 분과는 내과계, 외과계, 지원계, 복합적인 과들이 있다. ① 내과계는 수술보다는 약물 치료를 주로하는 질병들을 진료하는 과이다. 이 내과계는 소아청소년과, 피부과, 신경과, 재활의학과, 가정의학과, 류마티스내과, 정신과들이 있다. ② 외과계는 수술을 주된 치료법으로 하는 과이다. 외과계는 안과, 이비인후과, 비뇨의학과, 신경외과, 정형외과, 성형외과, 외과, 산부인과, 흉부외과들이 있다. ③ 지원계는 영상의학과, 핵의학과, 마취통증의학과, 방사선종양학과, 진단검사의학과, 병리과(조직검사학, 병리학을 연구)들이 있다. ④ 복합적인 과는 응급의학과, 직업환경의학과, 예방의학과들이 있다.

비전문가의 의료행위가 자칫 환자의 생명을 위험하게 할 수 있기에 모든 나라에서는 국가가 인정하는 의사(醫師; doctor, Dr. ㅡ 의술과 약으로 병을 고치는 일을 직업으로 하는 사람)의 자격을 갖춘 사람만이 의료 행위를 할 수 있도록 제한하고 있다.
① 의과대학에 합격한 학생 중 예과(2학년) 및 본과 1~2학년은 대학에서 의학에 대한 이론을 공부하는 학생이고, 병원에서 수련받을 일이 거의 없다. ② 폴리클리닉(PK)은 본과 3~4학년이며 병원에서 임상실습 중인 학생으로서, 환자를 돌보거나 전문적인 의료행위를 하지는 않는다. ③ 이런 과정을 거쳐 의과대학을 졸업한 사람은 의사 국가시험에 응시하여 합격하면 의사면허를 취득하고 일반의(一般醫)의 자격이 주어진다. ④ 인턴(Intern)은 의사면허를 취득한 일반의로서, 1년 동안 전공과목이 정해지지 않은 채로 병원의 모든 전공과를 돌아다니는 수련을 하는 수련의(修練醫)이다. ⑤ 레지던트(Resident)는 4년 동안 특정 전공과목을 정한 병원에서 수련하는 전공의(專攻醫)이다. ⑥ 이런 전공의의 과정을 거치고, 전문의(專門醫) 자격시험에 합격하면, 해당 전공과목의 전문의 자격을 취득한다.

이어서 의과대학 교수의 과정으로는 ⑦ 펠로우(Fellow) 또는 임상강사는 전문의 취득 뒤에 2~3년 정도 세부적인 분과를 정해서 병원 실습을 도는 제도, ⑧ 임상교수는 임상강사 과정을 마쳤으면서도 교원이 아니고 종합병원에서만 일하는 신분이며, 임상강사와 교원 사이에 있는 중간과정이다. ⑨ 조교수 〈 부교수 〈 정교수들은 전임 교원이다.

한편 『동양의학』은 크게 중국의 중의학(中醫學), 인도 의학, 중동국가의 아랍의학, 우리나라 한국의 한의학(韓醫學)으로 갈래짓는다.

1. 중국의 『중의학(中醫學)』은 수천 년 동안 전해 내려오는 중국의 고유 의학이다. 중의학은 신체를 통해 흐르는 생명력(기)의 불균형으로 인해 질병이 초래된다는 이론을 근거로 한다. 기는 음과 양의 반대되는 힘의 균형을 맞춤으로써 회복되는데, 음양은 신체에서 냉기와 열기, 내부 및 외부, 결핍 및 과다로 발현된다. 중의학은 다양한 질병을 치료하기 위해 약초 혼합물이 함유되는 제조법을 이용한다.

중의학을 대표하는 책은 《황제내경, 상한론, 제병원후론, 천금방, 본초강목》이다.

① 황제내경(黃帝內經)은 지은이 및 펴낸 연대가 확실하지 않으나 춘추전국 시대에 만들어진 것으로 짐작되고, 이 책에 의해 병을 보다 객관적으로 다루고 치료법을 찾는 합리적인 의학이 출발했으며, 기초의학 곧 생리와 병리를 논한 책으로서 중의학을 대표한다. 소문과 영추로 나뉘며, 영추에서는 침구를 상세히 기록했다. ② 상한론(傷寒論)은 200년경 후한의 장기(張機)에 의해서 편찬됐다. 병에 대한 치료법을 쓴 것으로, 임상 전문가에게는 귀중한 책이다. 병은 주로 외부의 사기가 체내에 들어감으로써 일어나는 것으로 설명하고, 그 진행 상태에 따라서 6종으로 나누었다. 맥박과 신체의 표면에 나타나는 증상을 보고 그것을 치료하는 약물과 그 조합을 상세히 기재했다. 이 경우에 개개의 인체의 체질을 감안해서 다르게 적용한다. ③ 제병원후론(諸病源候論)은 수나라의 소원방(巢元方)이 지었으며, 천 가지 병의 증상을 상세하고 구체적으로 기술했으나, 병의 원인·진단·예후 및 치료에 대해서는 신비적이며 미신적인 내용이 약간 있다. ④ 천금방(千金方은 당나라의 손사막(孫思邈)이 지었고, 질병의 진단 및 치료의 요점과 질병에 대한 약의 효용이 상세히 설명되어 있다. ⑤ 본초강목(本草綱目)은 명나라의 이시진(李時珍)이 엮은 52권의 약학서로서, 약용으로 쓰이는 약재의 대부분인 1,892종을 다룬 중요한 책이다.

중의학을 대표하는 의사로는 화타 및 편작이 있다. ① 『화타(華佗)』는 동한 말의 유명한 의사로서, 의술에 뛰어났고 그중에서도 특히 외과 부문에 정통했으며, 자연에서 살아가는 동물 가운데 호랑이·곰·원숭이·사슴·새의 운동 형태와 특징을 인체 생리에 맞게 만든 체조인 오금희(五禽戲)를 개발했다. 그리하여 의성(醫聖) 또는 신의(神醫)라고 불리며 칭송받았다. ② 『편작(扁鵲)』은 주나라의 명의로서, 광범위한 종류의 병을 침·약초로 치료했으며, 맥박에 의한 진단에 뛰어났다. 그에 관한 일화로는 괵나라 태자가 시궐이라는 병에 걸려 거의 죽은 것으로 여겨졌을 때에 그가 치료하여 소생시켰다는 이야기 및 제환공의 안색만을 보고 그 병의 원인을 알아낸 이야기들이 유명하다.

2. 인도 의학의 대표적인 사람은 『수슈루타(Sushruta)』이다. 그는 기원전 9~8세기경에 고대 인도에서 활동했던 의사로서, 오늘날에도 인도에서는 그리스의 히포크라테스 못지 않은 위상으로 의학의 아버지로 불리고 있으며, 이전에 말로 전해져 오던 인도의 전통 의학 및 고대 힌두교의 전통 의학을 집대성하여 아유르베다를 편찬했다. 《아유르베다(Ayurveda)》는 몸과 마음 및 사람과 자연의 균형이 깨졌을 때에 병이 생긴다고 믿으며 균형을 이루는 삶을 중요시하는 의학이다. 아유르베다에 나온 수술법은 한 사람이 정리했다고는 믿기지 않을 만큼 다양하고, 당대는 물론 유럽의 근대 이전 의학보다도 나은 것이었다. 그는 요로결석들의 질병을 최소한의 절개로 치료하는 법을 개발했고, 이 밖에 치질과 백내장 수술 및 이마를 이용한 코 재건 수술들의 일부 외과적 처치는 현대의학의 그것과 크게 원리가 다르지 않은 내용도 포함되어 있어 고대 인도 의학의 선진성을 엿볼 수 있다.

아유르베다의 치료법은 ① 일반적인 신체 치료, ② 어린이 치료, ③ 기술이 필요한 외과적 치료, ④ 얼굴(귀 코 눈 입)과 관련된 치료, ⑤ 영혼 및 마음의 질병에 관련된 치료, ⑥ 독물과 관련된 해독 치료, ⑦ 수명과 회춘에 관련된 치료, ⑧ 성적인 부분에 관련된 치료들이다. 이는 병의 증상을 없애기보다는 원인을 제거하는 것에 중점을 둔 치료 방법으로 특히 만성질환에 치료 효과가 뚜렷한 것으로 알려져 있다.

인도 네팔 스리랑카 방글라데시에서는 아유르베다 의원이 매우 일반적으로 이용되고 있으며, 서양에서는 현대 의학으로 치료할 수 없는 부분에 아유르베다 치료법이 뛰어난 대체 의학으로 떠오르면서 아직까지 그 생명력을 이어 가고 있다. 요즘에 아유르베다가 치유 또는 힐링(healing)과 어울려서 점차 보편화되고 있고, 단순히 질병을 치료하기 위한 치료법을 넘어서 사람들의 일생생활에 건강 해법을 제공하는 구실을 하고 있으며, 이를 바탕으로 하는 제품이 다량 생산되는 따위로 세계인의 일상 속에 빠르게 자리 잡고 있다.

3. 중동국가의 아랍의학은 중세에 크게 발전했다. 이슬람 의학은 고대의 지식을 계승했고, 많은 독자적인 지식과 기술을 축적했으며, 경험적 방법을 중시한 연구 성과를 바탕으로 과학적인 의학서적을 편찬하는 업적을 남겼다. 중세 이슬람의학은 르네상스 시기에 유럽으로 전파되어 유럽의학과 과학의 발전에 큰 영향을 주었다.
 ①.『시나(Sinā)』는 11~12세기 중세 페르시아 제국의 아랍지역의 유명한 의학자로서, 그리스와 아라비아의 철학과 의학을 집대성했고, 《치유의 서》 및 《의학전범》을 지었으며, 후대의 학자들에게 큰 영향을 끼쳤다. 그는 유럽에서조차 의사의 왕이라 불렸으며, 그가 지은 의학전범은 라틴어로 번역되어 유럽에 전파됐으며 17세기까지 각 대학의 의학교재로 사용됐다.
 ②.『라지(Rāzī)』는 중세 시대 아랍지역의 유명한 의학자로서, 고대 그리스의 의학 지식 및 페르시아 인도 중국의 의학 성과도 받아들여 새로운 의료체계를 확립했다. 그는 세계 처음으로 홍역 및 천연두를 정확하게 구분했고, 소아과 및 외과, 전염병학들의 평생 연구 결과를 모아 100권으로 된 《의학집성》을 집필했다. 그의 저서 역시 라틴어로 번역되어 유럽에 알려졌다.

4. 우리나라 한국의 『한의학(韓醫學, Korean Medicine)』은 우리나라 한국에서 기원하고 꾸준한 교류를 통해 발전한 인체의 구조·기능을 탐구하여 보건의 증진, 질병의 치료·예방들에 대한 방법과 기술을 연구하는 전통의학의 일종이다. 일제 시대에는 일본의 영향으로 일본식 용어인 한방(漢方)으로 불렸으나, 해방 뒤에 북한에서 먼저 동의(東醫)라는 명칭을 사용하면서 전통의학의 자주성을 강조하자, 우리나라는 한의학의 漢을 韓으로 바꾸어 한의학(韓醫學)으로 표기하다가 1986년에 의료법 개정으로 한의학(韓醫學)이 공식 이름으로 법제화됐다.

우리나라의 한의학의 발자취는 아래와 같다.
 (1). 삼국시대에 독자적인 의학이 발달해 일본에 의료기술을 전해주기도 했다.
 (2). 고려 말기에는 중의학에서 사용하는 본초(本草)와 우리나라에서 사용하는 한약재인 본초의 차이점을 구분한 "향약(鄕藥)"이 나타났다.
 (3). 조선시대 초기인 1433년에 유효통, 노중례, 박윤덕들이 세종임금의 왕명에 따라 여러 의서를 참고하여 펴낸 책인 《향약집성방(鄕藥集成方)》이 유명하다.
 (4). 《동의보감》은 『허준(許浚)』이 완성하여 1610년에 발행한 의학서이고, 동국(조선)의 실정에 맞는 의서라 하여 동의보감이라 이름 지었으며, 국보 제319호이고, 2009년에 유네스코에 의해 세계기록유산으로 지정됐다.

동의보감은 우리나라 조선시대 선조 때에 어의였던 허준을 비롯하여 정작·정렴·양예수·윤지미·이정구들이 왕명을 받고 중국과 한국의 의학 책을 하나로 모아 연구 및 편집 작업에 착수한 것을 1610년(광해군 3년)에 허준이 마무리하여 완성하고, 1613년에 25권 25책으로 펴낸 활자본의 의학 책이다.

동의보감은 당시 동아시아의 한의학 정보를 집대성한 임상 백과사전이다. 전체 구성은 〈내경편, 외형편, 잡병편, 탕액편, 침구편〉의 다섯 편으로 이루어져 있다. 지금의 의학으로는 내과질환, 외과질환, 유행병과 가정의학, 약제와 약물, 침과 뜸으로 나눈 셈이다.
 ① 네 권으로 이루어진 〈내경편〉에서는 인체의 구성 원리와 신진대사를 설명했고, ② 네 권의 〈외형편〉을 통해 겉으로 드러나는 생김새를 보고 질병을 판단하는 방법을 소개했다.

③ 열한 권의 〈잡병편〉에서 체온 구토 부종의 증상에 따른 치료법을 적었고, ④ 세 권짜리 〈탕액편〉에서는 온갖 재료를 이용해 치료약을 만드는 법을 설명했다. ⑤ 한 권짜리 〈침구편〉은 침과 뜸의 사용법을 담았다.

이처럼 다양한 질병의 치료방법을 담아 누구나 활용할 수 있게 만든 것이 특징이다. 더불어 병의 발생 원인까지 상세하게 밝혔기 때문에 학술서로도 손색이 없다. 특히 무엇보다도 수백 수천에 달하는 기존의 수많은 의학이론과 서적을 한데 모아 논리적으로 엮음으로써 한의학의 새로운 길을 제시했다는 점에서 높은 평가를 받는다.

동의보감의 우수성은 다음과 같다.
①. 동양 의학사에서 처음으로 정·기·신의 이론에 근본을 두고 내장기의 생리적 기능 변조와 그 직접적인 병증을 일괄하여 내경편(내과)에서 새로 다룬 책이다. 이것은 지금의 정신 신체 의학과 같다. 곧 의술의 본의를 정신 수양과 섭생에 두고, 복약과 치료는 2차적인 것이라고 여겼다. 이것이 『동의보감』 전편의 일관된 중요한 특색으로서, 350여 년 전에 현대 의학의 선구적인 학설과 치료법이 이미 강구됐다는 사실은 놀라운 일이며, 『동의보감』이 중국의학이면서도 한국의학이라는 뜻이 여기에 있다.
②. 우리나라에서 나는 약재를 권장했으며, 탕액편에 나오는 약물학의 약재는 속명을 일일이 한글로 부기하여 채약과 사용이 편리하도록 했다.
③. 각종 고방의서를 고증할 때에 인용한 학설이나 처방의 출처를 명시하여 자신의 독자적인 억설이 아님을 밝혔고, 후학들에게 연구의 여지를 남겨두었다.
④. 각 처방약의 용량에 대해 고서에 표시된 것은 용량이 너무 많아 한국인의 체질에 적당치 않음을 지적했으며, 오랫동안의 임상 경험으로 얻은 지식을 살려 표준 용량의 기준을 만들어 가감하도록 하고, 그 복용법까지 명시했다.
⑤. 민간에서 아쉬운 대로 쉽게 조제하여 사용할 수 있도록 단방약을 집어넣었다.

(5). 1900년에 『이제마(李濟馬)』는 《동의수세원보(東醫壽世元保)》를 지었으며, 『사상(四象) 의학설』 또는 『사상 체질(四象 體質) 의학설』이라는 새롭고도 독창적인 한의학 체계를 마련하여 이 세상에 내세웠다. 곧 예로부터의 동양의학 이론은 모두 병의 징후를 위주로 한 논설인데 반하여, 사상 의학설은 동양의학의 기초원리를 체질에 적용하여 체계화한 것이며, 전혀 새로운 의료방법론으로서 동양의학의 신국면을 개척했다. 사상(四象) 의학은 종래의 견해에 비하여 현실적인 측면에서 독특한 사상구조론을 바탕으로 「태양인(太陽人)·소양인(少陽人)·태음인(太陰人)·소음인(少陰人)」의 네 가지 체질을 설정하는 한편, 각 체질에 대한 생리·병리·진단·변증·치료와 약물에 이르기까지 서로 연계를 갖고서 임상에 응용할 수 있는 새로운 방향을 제시한 독창적이며 우수한 이론이다.

이제마의 사상의학설에 따르면, 사람의 체질은 태양인·소양인·태음인·소음인의 4가지로 나누며, 각자 타고난 심성이 달라서 각각의 체질에 따라 장부의 기능적 구조가 다르고, 신체적 특징이 다르며, 성품적으로도 어느 정도 차이가 있다. 따라서 의학적 처방을 완전히 다르게 해야 한다는 생각이다. 곧 평소에 땀이 많이 나는 것이 건강함을 나타내는 체질이 있는가 하면, 반대로 땀을 많이 흘리면 허약해졌다는 징후가 되는 체질이 있다는 것이다.
이제마 시절에는 거의 약의 작용에 대해서만 연구가 이루어졌으나, 요즘에는 침에 의한 경혈의 자극과 효과에 대해서도 여러 가지 연구가 진행되고 있다.

태양인·소양인·태음인·소음인의 네 가지 체질은 아래와 같다.
①. 태양인(太陽人 : taeyangin)은 폐가 크고 간이 작은 형으로, 체격은 상체가 튼튼하고

하체가 약하며, 성질은 활달하고 적극적인 반면에, 조급하고 독선적이며 노여움을 잘 타는 체질이다. 곧 태양인은 폐가 크고 간은 작으며 가슴 윗부분이 발달한 체형이다. 목덜미가 굵고 실하며, 머리가 크다. 대신에 허리 아랫부분이 약하며, 엉덩이가 작고 다리가 위축되어 서있는 자세가 안정되어 보이지 않는다. 다른 사람과 사교하는 데에 소통을 잘하는 장점이 있고, 과단성이 있어 사회적 관계에 유능하다. 태양인은 소변량이 많고 잘 나오면 건강하다. 입에서 침이나 거품이 자주 나오면 병이 된다. 담백한 음식이나 간을 보하고 음을 만들어 주는 식품이 맞다. 지방질이 적은 해물류나 채소류가 좋으며 병에는 오가피장척탕이나 미후등식장탕이 좋다.

②. 소양인(少陽人 : soyangin)은 소화 계통이 강하고 생식 계통이 약하며 감정적이고 끈기가 부족한 체질이다. 곧 소양인은 비대신소하며 가슴이 성장하고 충실한 반면에, 엉덩이 아래로는 약하다. 상체가 실하고 하체가 빈약하며 앉은 모습이 외롭게 보인다. 말하는 것이나 몸가짐이 민첩해서 경솔하게 보일 수도 있고 눈에 정기가 있고 입술은 엷으며 턱은 뾰족하고 성격은 급하면서 쾌활하다. 굳세고 날랜 장점이 있고, 일을 꾸리고 추진하는 능력이 뛰어나다. 양인답게 굳세고 강인함도 있고 적극성도 있어서 어떤 일을 착수하는 데 어려워하지 않는다. 소양인은 대변이 잘 통하면 건강 상태이다. 비뇨기 · 생식기 기능이 약하며 일반적으로 배추 · 오이 · 보리 · 밀 · 녹두 · 해삼 · 돼지고기 및 찬 음식이 맞고, 더운 음식과 기름기 많은 음식을 피하는 것이 좋다. 병에는 양격산화탕 · 육미지황탕 · 양독백화탕 · 형방패독산들을 많이 사용한다.

③. 태음인(太陰人 : taeeumin)은 폐가 작고 간이 큰 형으로, 체격은 큰 편이고 상체가 약하나 하체가 튼튼하며 성질은 꾸준하고 참을성이 있는 반면에, 욕심이 많은 체질이다. 곧 태음인은 간이 크고 폐가 작으며 허리 부위의 형세가 성장하여 서 있는 자세가 굳건하다. 반면에 목덜미 기세가 약하다. 키가 큰 것이 보통이고 작은 사람은 드물다. 대개는 살이 쪘고 체격이 건실하며 간혹 수척한 사람도 있으나 골격만은 건실하다. 성격은 꾸준하고 침착하며 무슨 일이든 시작한 일 및 맡은 일을 이루어 성취하는 데 장점이 있으며, 어느 곳에서나 잘 적응하는 재간이 있다. 태음인은 땀구멍이 잘 통하여 땀이 잘 나오면 건강하다. 호흡기와 순환기 기능이 약해서 심장병 · 고혈압 · 중풍 · 천식들에 걸리기 쉽고, 지방질이 많은 식품은 좋지 않다. 고단백질의 식품이 좋고, 채소류 · 해물류가 좋고, 자극성 있는 조미료나 닭고기 · 개고기는 해롭다. 병에는 청폐사간탕 태음조위탕들이 있다.

④. 소음인(少陰人 : soeumin)은 소화 계통이 약하고 생식 계통이 강하며 내성적 · 사색적인 체질이다. 곧 소음인은 신대비소하며 엉덩이가 크고 앉은 자세가 크나 가슴둘레를 싸고 있는 자세가 외롭게 보이고 약하다. 보통은 키가 작으나 드물게 장신이 있고 상체보다 앞으로 수그린 모습을 하는 사람이 많다. 유순하고 침착하며, 사람을 조직하는 데 능하다. 마음 씀씀이가 세심하고 부드러워 작은 구석까지 살펴서 계획한다. 소음인은 음식소화만 잘 되면 건강하고 먹는 양도 적고 빙과류 같이 찬 것이나 생맥주 같은 것을 먹으면 설사하기 쉽다. 고추 · 파 · 마늘 · 감자 · 미나리 · 닭고기 · 명태 · 개고기 · 대추 들의 더운 음식 및 매운 음식을 좋아하며, 찬 음식을 싫어한다. 병에는 십전대보탕 · 향사양위탕 · 보중익기탕 · 곽향정기탕 · 소합향원들이 있다.

한편 태양인 · 소양인 · 태음인 · 소음인의 숫자는 어떻게 될까나?
① 이제마 본인의 기록에 따르면 만 명 가운데 태음인이 5천 명, 소양인이 3천 명, 소음인이 2천 명이라면, 태양인은 세 명에서 네 명, 많아야 열 명이라고 한다. 이제마가 바로 태양인이었다고 한다.
② 동양인 가운데 태음 소양 소음인이 많고 태양인의 비율이 낮으나, 서양에서는 태양인에 해당하는 사람이 많이 태어난다고 한다.

(6). 1951년 부산에 임시 국회의사당이 마련됐을 때에 한의사(韓醫師) 제도가 국회에서 통과되어 마련됐으며, 대한한의사협회 및 대한한의학회가 만들어져 현재에 이르고 있다.

(7). 1965년 경희대학교가 동양의과대학을 흡수합병하면서, 한국 한의계는 새로운 역사를 열었다. 곧 명문 사학에 한의학과가 설치되어 한의학이란 전통학문이 현대화될 수 있는 계기가 됐다. 경희대학교는 1971년에 한국 처음로 한방 병원을 설립했고, 1972년에 세계 처음으로 무약물 침술 마취에 성공해 세계의 주목을 받았다.

현대서양의학 및 한의학의 차이점으로서는 아래의 두 가지이다.
① 현대서양의학이 사람의 몸을 환원적인 개체의 모임으로 보는 것이라면, 한의학은 하나의 유기체로 본다. 한의학에서는 사람의 몸은 또 다른 우주라고 하여, 서로 관계가 없어 보이는 기관 사이에도 흐름이 존재하고 이것이 질병을 치료하는 데 중요한 요소가 된다고 본다. 한의학은 전체적 통찰적인 관점(거시적)에서 인체를 바라본다.
② 치료관점에서 본다면 현대서양의학이 미시적인 변화(병인)가 질환을 만들어낸다고 보고 이 변화를 되돌리고자 한다면, 한의학은 거시적인 변화가 질환을 만들어낸다고 보고 치료 또한 이 부분에 중점을 두고 있다.

한의사는 망진(望診), 문진(聞診), 문진(問診), 절진(切診)의 사진(四診)을 통해 수집된 정보를 종합 분석함으로써 질병에 대해 전체적으로 이해하고, 질병에 대해 한의학적 진단을 내리게 된다. 이러한 진단을 바탕으로 한의사는 침, 약침, 뜸, 부항, 추나, 한약, 한방물리치료들의 선조들로부터 전통적으로 내려오는 한의학(韓醫學)을 기초로 한 한방의료행위 및 이를 기초로 하여 현대에 들어 새롭게 응용·개발한 한방의료행위를 통해 환자를 치료하게 된다.

한의학의 치료방법은 한약, 침구치료, 약침요법, 교정치료, 심리치료, 외과수술이 있다.
① 한약 : 하나의 방제가 그와 같은 효능과 기전을 가짐은 처방을 구성하는 본초들이 가지는 성질과 상호작용하면서 이루어진다. 이것을 방제라고 한다. ② 침구 치료 : 한국한의학연구원의 한국 침법 발굴조사 보고서에 따르면 한국의 침구술은 50여 가지이다. ③ 약침 요법 : 한국 한의학에서 시작되어 발전해 온, 차별화된 매우 독특한 치료기술이다. 학문적으로 분류하자면 약침요법은 침구요법과 약물요법을 결합한 신침요법의 일종이다. 침구요법은 경락론을, 약물요법은 기미론을 바탕으로 하므로 약침요법은 경락론과 기미론 모두를 근간으로 한다. 시술하는 과정에서 주사기를 사용하나 치료 약물의 선정은 기미론이고 치료 부위의 선정은 경락론을 위주로 하므로, 약침요법은 과학기술 및 의료기기의 발달로 탄생한 한의학의 독특한 치료기술이라 할 수 있다. 대표적인 연구단체로 대한약침학회가 있다. ④ 교정 치료 : 인체의 균형을 중시하는 한의학의 대표적인 치료법 가운데 교정치료가 있는데, 이는 주로 척추를 교정하여 인체의 정상 대사를 찾아주는 것이다. 추나는 대표적인 교정치료 가운데 하나이다. 대표적인 연구단체로 척추신경추나의학회가 있다. 추나요법은 한의학 경전인 황제내경에 기록된 도인안교에서 유래된 치료법으로서 근골격계 기능 이상 및 관절가동성 장애에 대한 관절교정을 주로 하는 정골 추나술; 경혈(각종 반사점 포함)에 대한 자극과 경근(근육 인대 근막)의 기능 이상을 바로 잡는 경근 추나술; 수동운동 및 능동운동을 통하여 경근 및 관절의 기능이상을 해소하고 국부의 운동기능을 개선시키는 도인 추나술을 포함하는 수기치료(손으로 하는 치료)를 가리킨다. ⑤ 심리 치료 : 어떠한 사람의 심리를 바꾼 뒤에 처방하는 것이다. 한의학에서는 마음을 단순히 하나의 기관의 기능으로 보지 않고 몸 전체의 균형이 미치는 영향에 대해 설명한다.

⑥ 외과 수술 : 현대에는 도침요법들의 마취가 필요하지 않은 시술들을 중심으로 외과시술이 이루어지고 있다.

한의학의 분과로는 한방내과, 침구의학과, 체질의학과, 한방재활의학과, 한방신경정신과, 한방안이비인후피부과, 한방소아청소년의학과, 한방여성의학과들이 있다.

우리네 사람의 몸의 기본적인 구성단위는 세포이다. '세포(細胞 : cell)'는 생물체의 구조 및 기능의 기본단위이고, 세포막으로 둘러싸인 세포질로 구성되어 있으며, 단백질 및 핵산과 같은 많은 생체분자들을 포함하고 있다. 세포는 그 기능에 따라 크기가 모두 다르지만, 대부분은 현미경으로 관찰해야 볼 수 있는 마이크로미터 단위이다. 대부분의 식물 세포와 동물 세포는 1~100 마이크로미터(μm) 범위의 현미경으로 관찰할 수 있다.
이런 세포에 대해 연구하는 학문을 세포학이라고 한다. 세포학(細胞學 : cytology)은 생물체의 구성 단위인 세포의 발생 구조 기능 생식들을 연구하는 학문이다. ① 초기 세포학은 1665년에 훅(Hooke)이 코르크를 현미경으로 관찰하면서 시작됐다. 그는 코르크의 죽은 세포를 관찰한 뒤에 그것을 '세포(cell)'라고 했다. ② 1838년에 슐라이덴(Schleiden) 및 1839년에 슈반(Schwann)이 "식물과 동물의 기본 단위는 세포이다"라는 세포설을 처음으로 주장했다. 1892년에 헤르트비히(Hertwig)는 생명과정은 세포적 과정이 반영된 것이라고 주장하면서 세포학을 생물학의 독립된 한 분야로 정립했다. ③ 염색체 활동에 관한 연구는 세포유전학의 태동으로 이어져 1902년에 서턴(Sutton) 및 1902년에 보베리(Boveri)는 세포분열과 유전의 관련성을 설명했다. 아울러 현대 세포학자들은 세포 내 기능을 연구하기 위해 물리학적·화학적 방법을 적용하고 있다.

세포학 분야에서 노벨 생리학·의학상을 받은 사람은 아래와 같다. ① 1974년 : 클로드(Claude)·드뒤브(de Duve)·펄레이드(Palade) : 세포의 구조 및 기능에 대한 연구 / ② 1980년 : 베나세라프(Benacerraf)·도세(Dausset)·스넬(Snell) : 면역 반응을 조절하는 세포 표면의 유전적 구조체 발견 / ③ 1986년 : 코헨(Cohen)·레비몬탈치니(Levi Montalcini) : 세포 성장을 촉진하는 성장 인자의 발견 / ④ 1990년 : 머리(Murray)·토머스(Thomas) : 생체기관과 질병 치료를 위한 세포 이식에 관한 발견 / ⑤ 1991년 : 네어(Neher)·자크만(Sakmann) : 세포의 단일이온채널의 기능 발견 / ⑥ 1994년 : 길먼(Gilman)·로드벨(Rodbell) : G단백질의 발견과 세포 내 신호전달 체계에서의 기능 연구 / ⑦ 1996년 : 도허티(Doherty)·칭커나겔(Zinkernagel) : 세포에 의한 면역방어체계의 특이성에 관한 발견 / ⑧ 1999년 : 블로벨(Blobel) : 세포 내 단백질 이동 경로를 규정하는 고유한 신호전달 체계의 발견 / ⑨ 2001년 : 하트웰(Hartwell)·헌트(Hunt)·너스(Nurse)- 세포주기의 핵심 조절 인자 발견 / ⑩ 2002년 : 브레너(Brenner)·호비츠(Horvitz)·설스턴(Sulston) : 생체기관의 발생과 세포예정사의 유전학적 조절에 대한 발견 / ⑪ 2013년 : 로스먼(Rothman)·셰크먼(Schekman)·쥐트호프(Südhof) : 우리 몸 세포의 주요 운반 시스템인 소포체 운반 조절 기구 발견 / ⑫ 2019년 : 주니어(Jr.)·랫클리프(Ratcliffe)·서멘자(Semenza) : 산소 농도에 따른 세포의 적응 기전에 관한 연구들이다.

《다음백과》에 따르면, 생물은 단세포 생물 또는 다세포 생물(식물 및 동물 포함)로 분류할 수 있다. 식물 및 동물의 세포 수는 생물 종마다 다르다.

우리네 사람들의 몸은 수많은 세포로 이루어져 있다. 세포의 종류도 줄기세포, 피부세포, 장내 세포, 신경세포, 지방세포, 적혈구, 백혈구들의 다양한 형태의 세포가 우리 몸속에 존재하고 있다. 또한 사람의 세포의 종류로는 신호를 전달하는 신경세포, 피부를 보호하는 표피세포, 운동을 담당하는 근육세포, 에너지를 저장하는 지방세포, 외부물질이나 생물로부터 몸을 보호하는 면역세포 및 백혈구, 생식하는 난자 및 정자 세포, 골격을 유지하는 뼈 세포, 소화기관에서 영양분을 흡수하는 소장 상피 세포, 혈액 내에서 산소를 전달하는 적혈구, 소장이나 대장에서 끈끈한 점액질을 술잔 모양에 담았다가 흘러넘치며 방출하는 배상(술잔) 세포, 기능이 미분화된 줄기 세포들이 있다.

세포는 주위의 분자들로부터 자신을 스스로 복제시키는 막으로 둘러싸인 분자들의 특별한 모임이라 할 수 있다. 이런 복제과정은 세포 성장 및 세포 분열이라는 2가지 단계에 의해서 이루어진다. 세포 성장의 단계에 있어서 세포는 원형질막을 통해 주위환경으로부터 단순한 물질들을 선택적으로 흡수하게 되며, 흡수된 물질들은 그 자체의 영구적인 변화를 동반하지 않고 화학반응의 속도를 높여주는 고도로 분화된 많은 촉매제들의 작용을 받게 된다.

다세포 생물에서는 세포분열을 통해서 조직의 성장과 유지가 이루어진다. 세포군에 따라 성장과 분열 방식이 다르나, 그 기본 메커니즘은 서로 유사하다. 세포가 분열하기 전에 우선 DNA의 복제가 일어나는데, 고등생물에서는 DNA 복제 및 세포 분열이 세포분열 주기 중 서로 다른 시기에 일어난다.

세포소기관은 인체의 다른 기관과 유사한 한 가지 이상의 중요 기능을 수행하기 위해 적응 및 전문화된 세포의 일부분으로서, 미토콘드리아·리오시솜·리소좀·페록시솜들이 있다. 특히 미토콘드리아(mitochondria)는 진핵생물에서 산소 호흡의 과정이 진행되는 세포 속에 있는 중요한 세포소기관으로, 한자로는 사립체(絲粒體) 또는 활력체(活力體)라고도 한다. 1897년 독일의 과학자인 벤더(Bende)는 현미경을 통해 쌀알처럼 생긴 알갱이 속에 구불구불한 실과 같은 구조가 들어 있는 세포소기관을 관찰했다. 그는 이 모양을 보고 그리스어로 실·끈이라는 뜻의 마이토스(mitos) 및 알갱이·입자라는 뜻의 콘드로스(chondros)를 합쳐서 '미토콘드리아(mitochondria)'라는 이름을 붙였다. 기본적인 기능이 여러 유기물질에 저장된 에너지를 산화적 인산화 과정을 통하여 생명활동에 필요한 아데노신삼인산(ATP)의 형태로 변환하는 것이기 때문에 미토콘드리아는 세포의 발전소라고 할 수 있다. 세포 1개에 미토콘드리아는 적게는 수백 개 또는 수천 개가 있고, 가장 많은 난자에는 1만 개가 있다고 한다. 따라서 우리네 사람들의 몸에는 세포가 37조 개이므로 평균 세포 1개당 1,000개씩 있다고 보면, 우리 몸 전체 미토콘드리아는 3.7경 개 정도라고 여긴다.

이스라엘 와이즈만연구소의 생물학자 센더(Sender) 및 마일로(Milo)에 따르면, 사람의 몸은 하루에 약 3,300억 개의 세포(80g)가 새로 만들어지고 사라진다. 더불어 사람의 몸은 초당 380만 개 이상의 새로운 세포로 교체되고 있다. 하지만 교체되는 세포 대부분은 혈액세포(86%) 및 장에 있는 세포가 주를 이루고, 나머지 세포는 교체되는 세포 수의 2% 미만을 차지하고 있다.

생명의 단위로서의 세포에 대한 이해는 현미경 외에도 미생물학으로부터 많은 영향을 받았다고 볼 수 있다. 세포의 대사에 관계되는 기본 개념들이 미생물학에서 발전됐으며 이외에도 분자생물학·의학·생화학들이 세포학과 깊은 연관을 가지면서 발전되어 왔다. 세포학은 이제 단일세포에 대한 분석뿐 아니라 세포 간의 상호작용 및 이들의 정보교환에 초점을 두고 있으며, 나아가 하나의 세포는 다른 세포들의 중요한 환경의 일부가 된다는 점도 인식되고 있다.

※【 우리네 사람들의 몸은 모두 몇 개의 세포로 이루어졌을까?

1. 1970년에 도브잔스키(Dobzhansky)는 《진화의 유전학》에서 우리네 사람들의 몸에는 10조 개 정도의 세포로 이루어졌다는 것을 인체를 구성하는 원자가 7189(7×1027)개가 있다는 데서 추정하여 헤아렸다.

2. 그 이후에 오랫동안 알 수 없는 까닭으로 사람의 세포 수는 60조 개라는 것이 정설처럼 사용됐다. 그리하여 이런 "사람 세포 60조개 설"은 각급 학교 교과서, 건강 관련 각종 언론계 기사, 학술단체 논문, 잡지, 강연, 연설들에서 그동안 및 아직까지도 많이 쓰이고 있다.
하지만 이 "사람 세포 60조개 설"은 『① 누구 또는 어떤 단체가 ② 언제인 몇 년도에 ③ 어느 책 또는 논문 또는 자료들에서 ④ 어떠한 근거』로 주장한 것인지에 뚜렷하게 밝혀진 것이 없는 안타깝고 놀라우며 황당하고 우스꽝스러운 과학계의 현재의 실정이다.
그리하여 《다음 · 네이버 · 엣지 · 크롬 · 각종 백과사전들의 인터넷》들에서 "사람 세포 60조개 설"에 대한 출저 및 근거를 오랫동안 찾아보는 한편, 《네이버 −지식iN》 및 한국분자세포생물학회에 질문도 등록했다.
또한 2025년 5월 28일에 인공지능(AI) 챗지티피(Chat GTP)에도 아래와 같이 물어보았다. 【 "사람 세포 60조개 설"은 『① 누구 또는 어떤 단체가 ② 언제인 몇 년도에 ③ 어느 책 또는 논문 또는 자료들에서 ④ 어떠한 근거』로 주장한 것인지에 뚜렷하게 밝혀진 것이 있는가? 아니면 없는가? 】
그러자 챗지티피에서 아래와 같은 답변이 왔다.
【 안녕하세요! 질문해주신 내용에 대해 답변드리겠습니다. "사람 세포 60조개 설"은 과학계에서 널리 알려진 주장 중 하나이지만, 이 수치가 어느 특정한 연구, 논문, 또는 자료에서 명확하게 근거를 제시하여 나온 것인지는 분명하지 않습니다. 곧 ① 누구 또는 어떤 단체가 ② 언제인 몇 년도에 ③ 어느 책 또는 논문 또는 자료들에서 ④ 어떠한 근거로 주장한 것인지에 대해 뚜렷하게 밝혀진 바는 현재로서는 없습니다. 이 수치는 대략적인 추정치로, 여러 과학자들이 세포 수를 추산하면서 나온 일반적인 수치일 뿐이며, 특정 연구에 근거한 공식적인 통계는 아니라고 볼 수 있습니다. 따라서 이 주장에 대한 명확한 출처와 근거를 찾기 어렵다는 점을 참고해 주세요. 】

위와 같이 아쉽게도 "사람 세포 60조개 설"에 대한 출저 및 근거를 전혀 발견하지 못했다.
행여라도 이 "사람 세포 60조개 설"에 대한 출저 및 근거를 알고 있는 분이 계신다면, 부디 여러 가지로 부족한 나 일벗님에게 그 소중한 가르침을 베풀어 주시기를 간절히 부탁드린다.
만일에 이 세상에 "사람 세포 60조개 설"에 대한 출저 및 근거를 알고 있는 분이 전혀 없다면, 이 "사람 세포 60조개 설"은 어서 빨리 고쳐져야 한다고, 나 일벗님은 내세운다.

이 세상의 학문은 크게 인분 분야, 사회 분야, 과학 분야로 나눌 수 있다. 모든 분야의 학문의 기본 원칙은 "객관성, 타당성, 논리성, 명확성"이라고 여긴다. 특히 과학 분야의 학문은 이 기본 원칙이 더욱 철저히 지켜져야 한다고 헤아린다. 따라서 출저 및 근거가 뚜렷하지 않는 "사람 세포 60조개 설"은 하루 속히 없어져야 한다고, 여러 가지로 부족한 나 일벗님은 이 세상 모든 분들에게 강력히 간청드린다.

3. 이스라엘 와이즈만 과학연구소의 밀로(Milo) 교수팀은 2016년에 우리네 사람들의

몸에는 30조 개 정도의 세포가 있다고 추정된다고 보고했다.

4. 《조선일보의 "사람 세포 지도 뼈대 나왔다"는 기사(2024년 11월 22일)》에 따르면, 사람의 몸을 이루고 있는 『37조 (2천억) 개』 정도에 달하는 세포 지도의 토대가 완성됐다고 한다. 우리나라의 서울대 의대 및 포스텍들의 연구진을 비롯하여 세계 102국 3,600명 이상의 과학자들이 모인 『사람 세포 아틀라스(HCA) 컨소시엄』은 2016년부터 진행해 온 사람 세포의 기능에 대한 연구 성과를 종합해 2024년 11월 21일에 국제 학술지 네이처와 자매지에 40여 편의 논문으로 공개하여 "사람 세포 지도(Human Cell Atlas)"를 발표했다.

모든 세계 9,100명으로부터 추출한 약 6,200만 개의 세포를 조사하여, 우리네 사람들의 건강과 질병을 세포 수준에서 이해하기 위해 모든 유형 세포의 상세 정보를 담은 일종의 지도책을 만들고 있다. 세포는 생명체의 기본 구성요소로서 우리의 몸에는 3,000종이 넘는 세포 유형이 있고, 우리네 사람들의 몸은 37조 (2천억) 개가량의 세포로 구성돼 있으며, 그 37조 개에 달하는 인체 세포의 종류 상태 위치 기능들을 분류하여 유전체학과 인공지능(AI)을 어울려서 각 세포의 기능과 역할을 나타내는 지도를 그리고 있다.

과학계에서는 사람 세포 지도를 완성하면 우리네 사람들의 질병의 원인이나 치료법에 대해 더 잘 이해할 수 있다고 헤아린다.

따라서 나 일벗님은 우리네 사람의 가장 기본적 개념으로서 그릇된 "사람 세포 60조개설을 ➡ 사람 세포 37조개설"로 하루 빨리 바꾸어야 한다고 과학계 및 이 세상에 우렁차게 내세운다. 】※

위와 같은 세포는 분열을 거듭하면서 분화하여 일정한 형태나 배열상을 나타내고, 또한 일정한 기능을 나타내는 것들이 집단을 이루어 '조직(組織 : tissue)'을 만든다. 우리 몸의 조직은 상피조직·결합 및 지지조직·근조직·신경조직의 4가지로 나눌 수 있다.

한편 한 종류 또는 몇 종류의 조직이 일정한 규칙에 따라 모여져서 일정한 형태와 기능을 나타내는 '기관(器官 : organ)'을 만든다. 이를테면 심장 간장 위 따위가 바로 기관이다.

아울러 나아가 몇 개의 기관이 어떤 목적의 기능을 이루기 위해 몸 안에서 서로 연락을 가지고 일정한 배치 아래 기능하는데 이것을 '기관계(器官系 : organ system)'라고 한다. 우리의 몸은 위의 갖가지 기관계가 균형을 이루면서 배치되어 있고, 모든 기관계가 서로 어울려서 원만한 몸을 유지할 수 있는 것이다.

우리네 사람의 몸은 골격계·근육계·호흡기계·순환기계·피(혈액)·소화기계·비뇨기계·살갗(피부)·생식기계·내분비계·신경계·감각기계의 12종류의 기관계로 이루어져 있다.

1. 『골격계(骨格系)』 : 우리네 사람의 몸은 1,200개가량의 뼈(骨)와 250여 개의 관절을 지니고 있으며, 이것들이 어울려서 골격계를 이루고 있다. 이 골격계는 ① 우리 몸의 지주 역할을 하며, ② 그중 대부분은 이에 근육이 부착되어 있어서 수동적인 운동기관이 된다. ③ 곳에 따라서는 여러 개의 뼈가 모여서 상자 또는 바구니 모양을 이룸으로써 그 안에 중요한 기관을 간직하여 이것을 보호하는 한편, ④ 뼈의 골수는 피를 만드는 기관으로서

붉은 피톨이나 흰 피톨을 생산한다.

우리 몸의 골격계는 흔히들 크게 머리뼈·몸통뼈·팔다리뼈로 나뉜다. ① 머리뼈(두개: 頭蓋)는 뇌를 둘러싸고 있는 뇌두개골(8개) 및 소화관·숨쉬기기관의 시작부분을 둘러싸고 얼굴의 기초를 이루는 얼굴뼈(안면두개골, 15개)의 두 부분으로 구성되어 있다. ② 몸통뼈(동골: 胴骨, 체간골: 體幹骨)는 척추뼈·갈비뼈·가슴뼈로 나뉜다. 척추뼈(추골: 椎骨)는 경추 7개·흉추 12개·요추 5개·천추 5개·미추 3~6개로서 32~35개의 척추를 이루는 뼈이다. 갈비뼈(늑골: 肋骨)는 몸통을 둘러싸고 있으며 활 모양으로 굽은 12쌍(24개)의 뼈로서 뒤에는 척추뼈와, 앞에는 늑연골을 거쳐서 가슴뼈와 이어진다. 가슴뼈(흉골: 胸骨)는 가슴 앞면의 선을 따라 살갗의 바로 밑에 있는 1개의 뼈로 되어 있다. ③ 팔다리뼈(체지골: 體肢骨) 가운데 먼저 팔뼈(상지골: 上肢骨)는 상지대와 자유상지골의 64개의 뼈로 되어 있다. 상지대는 견갑골과 쇄골로 구성되며, 자유상지골과 몸통 사이에 끼어서 관절을 이룬다. 자유상지골은 상완의 상완골, 전완의 요골과 척골, 손의 손뼈로 되어 있다. 다음에 다리뼈(하지골: 下肢骨)는 하지대와 자유 하지골의 62개의 뼈로 이루어졌다. 하지대는 좌우 한 쌍의 관골로 구성되어 있으며, 척추와 자유 하지골을 잇는다. 자유 하지골은 대퇴골·하퇴골·슬개골·다리뼈들로 이루어져 있다.

2.『근육계(筋肉系)』: 우리 몸에서 몸무게의 40~50%쯤의 근육이다. 근육은 여러 개의 근섬유로 이루어지며 수축에 의해 근력을 발휘한다. 근섬유의 내부는 근원섬유라고 하는 가늘고 긴 형태의 올실로 100만 개의 미세섬유로 이루어졌다. 그리고 미세섬유는 등질부와 부등질부라는 단백질 성분의 중요한 물질로 구성되는데, 이 2개의 단백질 분자가 근육이 수축할 때 중요한 구실을 하고 있다.

근육계의 갈래는 골격근, 내장근, 심장근이다,

① 골격근은 뼈에 붙은 근육으로서, 구조상으로는 횡문근으로 되어 있으며 기능상으로는 수의근이라 하고 수많은 근섬유가 모여서 이루어져 있어, 골격근의 양 끝은 골막이나 건에 이어진 경우, 건에 부착된 경우, 근육의 길이를 연장하기 위해 다른 근육과 연결된 경우의 세 가지 방법으로 부착되어 있다. 대부분의 근육은 근육의 머리가 한 뼈에서 시작하여 관절을 지나서 그 근육의 꼬리가 다른 뼈의 부분에 부착되어 정지한다. 흔히 골격근은 크게 머리(두부: 頭部)의 근, 목(경부: 頸部)의 근, 가슴(흉부: 胸部)의 근, 배(복부: 腹部)의 근, 등(배부: 背部)의 근, 팔(상지: 上肢)의 근, 다리(하지: 下肢)의 근들로 나눌 수 있다.

② 내장근(內臟筋)은 평활근 또는 민무늬근이라고도 하는데, 근육에 세로의 무늬는 약간 있으나 가로의 무늬가 없다. 기능적으로는 불수의근으로서 자율신경의 지배를 받으며, 그 흥분성은 골격근과 견주어 낮아 수축시간이 20초에서 몇 분까지 되고, 수축파의 전파 속도는 골격근에 견주어 훨씬 늦다.

③ 심장근(心臟筋)은 심장벽을 이루고 있는 근육으로, 구조상으로는 횡문근이나 기능상으로는 불수의근이며, 중추로부터의 신경을 막아도 자동적으로 활동한다. 이 심장근은 많은 섬유가 독립되어 있으며 기능적 세포결체를 형성하고 있는 한편, 서로 인접하는 섬유 간의 연락을 맡고, 하나의 흥분이 동방결절에서 일어나면 이것은 심장 전체를 통하여 모든 섬유로 전파된다.

3.『호흡기계(呼吸器系)』: 허파에서 일어나는 호흡은 바깥의 공기를 기도를 거쳐서 허파에 출입시켜 허파의 모세혈관을 지나는 피 및 공기 사이에 가스 바꿈을 일으키는 것인데, 이에 필요한 기도와 허파를 호흡기계라 한다. 많은 척추동물에서는 호흡기계의 일부가 소리를 내거나 냄새를 맡는 기능도 함께 지니고 있다.

호흡기계는 상기도·하기도·기관 및 기관지·허파로 이루어져 있다. ① 상기도(上氣道)는 코·비강·인두로 구성되어 있다. ② 하기도(下氣道)는 후두로 이루어져 있다. ③ 기관(氣管)은 후두에 연속되는 길이 약 10cm·지름 1.5cm쯤의 반 원통형의 관으로서, 제7경추의 높이에서 시작하여 식도의 앞면에 위치하며 흉강으로 들어가고, 다음에 제5흉추의 높이와 심장의 후면에서 좌우의 기관지로 갈라진다. 더불어 기관지(氣管支)는 폐문에서 허파로 들어가 나뭇가지 모양으로 갈라져 폐포에 이르며, 폐외부 기관지 및 폐내부 기관지로 나눠진다. ④ 허파(폐: 肺)는 좌우 한 쌍으로 이루어져 있으며, 각각 흉막에 싸여서 흉강을 채우고 기관을 거쳐 바깥에 연결되어 있고, 전체적으로 반원추형을 이루고 있다. 윗부분을 폐첨·아랫부분을 폐저이라 하며, 흉강에서 좌우의 두폐 사이에 있는 중앙부를 종격이라 하는데, 그 안에 심장·식도·기관지들이 있다. 또 허파의 종격면의 거의 가운데에 폐문이 있어서 이곳으로 기관지, 폐 동·정맥, 기관지 동·정맥, 임파관들이 드나든다.

4. 『순환기계(循環器系)』: 사람과 같은 다세포동물은 바깥환경과의 사이에 물질교환을 전담하고 있는 호흡기관·소화기 및 콩팥들의 기관이 마련되어 있어 이것들을 통해 세포의 활동과 생명유지에 필요한 물질을 받아들이고 또한 노폐물을 배설하기도 한다. 그러나 몸 안의 모든 세포는 이들 기관과 멀리 떨어져 있으므로, 이들과 세포에 접촉하고 있는 간질액 사이에 물질을 운반·이동시키는 특별한 기구가 필요한데, 이것이 바로 순환기계이다. 순환기계는 심장과 혈관 및 임파관으로 이루어졌고, 피는 혈관 안에 있어서 물질들의 운반체 노릇을 하고 있다.

순환기계의 갈래는 심장, 혈관, 비장, 임파계이다.
① 심장(心臟)은 대부분이 횡문이 있는 불수의근, 곧 심근으로 되어 있는 근육성의 주머니 모양의 기관이며, 피를 온몸으로 돌리는 중요한 기능을 한다. 결합조직으로 되어 있는 질기고 얇은 심낭에 싸여 있으며, 흉강의 중앙에 있는 종격의 밑에서 양쪽 허파 사이에 끼어 있고 횡격막 위에 얹어져 있다.
심장의 약 3분의 2가 몸 가운데의 왼쪽에 있고 나머지 3분의 1이 오른쪽에 있다. 심장이 수축할 때의 크기는 그 사람의 주먹 크기쯤이고 무게는 200~300g이며, 전체적으로 볼 때 원추형의 모습을 하고 있다. 그 뾰족한 곳을 심첨이라 부르며, 앞·밑·왼쪽으로 향하여 왼쪽 제5 늑간에서 왼 유두선 위에 있다. 또 원추형의 넓은 쪽을 심저라 일컫는데 이곳에서 심장에 드나드는 큰 혈관들과 이어진다. 심장의 바깥 면에는 옆으로 달리는 깊은 도랑 곧 관상구가 있으며, 이것이 심저 쪽에 있는 심방 및 심첨 쪽에 있는 심실의 경계를 이루고 있다. 또 여기에는 심장벽의 피순환을 맡는 좌우의 관상동맥과 관상정맥이 있다. 한편 심방과 심실은 모두 종격에 의해 좌우로 나눠지기 때문에 심장의 내부에는 모두 4개의 방으로 갈라진다. 심방과 심실 사이에 방실판이 심실 쪽으로 향해 나와 있으며, 우심방과 우심실 사이에는 3개의 판막판으로 되어 있는 삼첨판이 있고, 좌심방과 좌심실 사이에는 2개의 판막판으로 되어 있는 이첨판 또는 승모판이 있다. 심실의 내면에는 유두근이라 부르는 원주상의 근육성 혹이 많이 나와 있다.
② 혈관(血管)은 심장에서 출발하여 심장으로 다시 연결되어 있는 막힌 관계로서, 피는 한쪽 방향으로만 흐르며 온몸의 곳곳에 피를 돌린다. 혈관은 동맥·모세혈관·정맥이 있다. 동맥은 심장으로부터 피를 몸 안의 모든 기관이나 조직에 운반하는 혈관이다. 심장에서 출발하면 차례로 가지로 갈라져서 기관이나 조직에 분포하고 거기서 많은 가지로 갈라져 가늘어지고 모세혈관에 옮겨진다. 이 모세혈관은 조직 안에서 그물 모양으로 분포하고 그 속을 흐르는 피와 바깥의 조직액 사이에서 물질 바뀜이 일어난다. 정맥은 이 모세혈관의 끝에서 시작하여 차례로 다른 정맥들과 합쳐져서 굵은 정맥이 된 뒤 심장으로 들어온다. 곧 말초로부터 피를 심장으로 옮기는 혈관이다.

③ 비장(脾臟; 지라)은 복강의 좌상보, 왼쪽 제8~11 늑골의 뒷부분에 있으며, 윗면은 횡격막에 앞면은 위저에 접하고 있고, 대체적으로 타원형으로 암자색을 한 실질기관이다. 이 비장은 피를 만드는 장기이며, 임파구·조직구를 새로 만드는 기능을 맡고 있다.

④ 임파계(淋巴系) 또는 림프(lymph)계는 모세 임파관에서 시작하여 이것이 모여져서 임파관이 되고 도중에서 임파절을 지나서 임파본간이 된 뒤 대정맥에 이어지며, 이 관내에서 임파가 흐른다. 이 임파계는 감염에 대한 방어기구의 구실 및 조직액 안으로 나온 혈장 단백질을 회수하여 조직압이 올라가는 것을 막는 일을 맡고 있다.

5. 『피 또는 혈액(血液)』: 피 또는 혈액은 혈장이라는 액체성분 가운데 혈구라고 하는 유형성분이 떠다니는 유동체이다. 이를 하나의 조직으로 볼 수도 있으나, 피는 일정한 형태로 일정한 곳에 있는 것이 아니고 온몸의 혈관 안을 끝없이 돌아가고 있는 유동체이다.

피는 용적으로 보아 45%가량의 유형성분(혈구) 및 55% 정도의 액체성분(혈장)으로 이루어져 있다. 유형성분은 주로 세포들로서, 이에는 붉은 피톨(적혈구: 赤血球)·흰 피톨(백혈구: 白血球)·혈소판들이 있다. 또 액체성분은 물이 92%쯤이고, 여기에 수용성 단백질로서 혈청 단백질과 섬유소원 및 혈청으로 이루어져 있다.

이런 피의 주요기능은 온몸 세포의 신진대사에 필요한 물질 및 신진대사에서 생산된 물질을 옮기는 것이다. 또 조직 안의 물(수분)과 몸의 온도 및 몸 안의 산도를 일정하게 유지되도록 하며, 세균이나 바이러스가 몸에 침입하여 병을 일으키는 것을 막아주는 구실을 한다.

우리네 사람들의 혈액형을 처음 발견한 이는 오스트리아의 병리학자인 란트슈타이너(Landsteiner)이다. 그는 1901년에 혈액 응집 현상에 대한 논문을 발표하고, 우리네 사람들의 피의 종류를 A형, B형, C형(뒤에 O형으로 바꿈)이라고 이름 지었다. 더불어 1902년에 그의 동료인 드카스텔로(DeCastello) 및 스털리(Sturli)에 의해 AB형이라는 또 하나의 혈액형이 있다는 사실이 밝혀졌다. 그리하여 우리네 사람들의 피는 흔히 A형·B형·O형·AB형의 네 가지로 나누며, 이를 ABO식 혈액형이라고 하고, 수혈을 할 때 및 친자를 판정할 때에 꼭 필요하다. 한편 란트슈타이너는 1930년에 혈액형을 발견한 업적으로 노벨 생리·의학상을 받았다. 그는 1940년에 우리네 사람들의 다른 혈액형 관련 인자인 RH 인자를 발견하여 혈액과 수혈의 역사에 큰 공헌을 했다.

우리네 사람들의 세계적인 혈액형 분포 비율은 A형이 38% / B형이 10% / O형이 49% / AB형이 3% 정도이다. 특히 대한적십자사가 조사한 혈액형 분포도에 따르면, 우리나라 사람들은 A형이 32% / B형이 31% / O형이 29% / AB형이 9% 정도이다.

피의 수혈(輸血 : blood transfusion)은 헌혈로 채혈된 피를 다른 사람에게 주고받는 것이다. 1818년에 의사인 블런델(Blundel)은 위암 환자에게 피 400cc를 수혈해 환자의 상태가 호전되는 것을 보고서, 수혈 연구에 착수하여 수혈과정에서 일어나는 여러 부작용을 발견했고 이때부터 혈액형과 수혈 부작용의 연구가 활발하게 진행됐다. 1901년에 란트슈타이너가 ABO 혈액형을 발견하여 수혈적합검사법을 도입하여 오늘날 안전한 수혈이 이루어지도록 만들었다. 이를 통해 수혈학의 아버지라고 불리게 되며 현대 안전한 수혈법이 정립됐다.

수혈은 원칙적으로 같은 형의 혈액을 주고받도록 되어 있다. 하지만 환자가 당장 수혈을 받지 않으면 생명이 위독한 비상사태에 같은 혈액형이 없는 상황에 한해서 혈액형이 다르더라도 수혈을 하는 경우가 있다. 곧 ① O형인 사람은 적혈구에 응집원이 없으므로 A형·B형·AB형의 그 어떤 혈액에 수혈해도 가능하며, ② A형 및 B형은 적혈구 속의 각각의 응집원을 지니고 있어서 이 두 가지를 모두 지닌 AB형에게 혈액 수혈이 가능하며, ③ AB형인 사람은 적혈구에 A와 B의 응집원을 모두 가지고 있기 때문에, 같은 AB형에만 수혈할 수 있으나, 그 밖의 O형·A형·B형에게 수혈을 하면 아니된다.

6. 『소화기계(消化器系)』: 섭취된 먹거리를 더 작은 분자로 분해한 뒤 피 안으로 들어오게 하는 일을 주된 기능으로 하는 기관계를 소화기계라 부른다. 먹거리의 복잡하고 형태가 큰 성분분자를 구조가 단순하고 크기가 작은 분자로 분해하는 과정을 소화라 하며, 분해된 산물을 피 안으로 이동시키는 과정을 흡수라 한다. 이 소화·흡수과정은 입에서 시작하여 항문에 이르는 긴(약 9m) 관에서 일어나는데 이를 소화관이라 일컬으며, 구강·인두·식도·위·소장·대장 들로 이루어져 있다. 소화기관 밖에 있으면서 소화·흡수과정에 필요한 물질을 생산하여 공급하고 있는 소화 부속기관도 있는데, 타액선·간·췌장들이다.

한편 소화관의 벽은 원칙적으로 3층 구조로 되어 있다. 안층은 점막이며, 그 바로 밑에 점막 고유층이 있다. 가운데 층은 근층으로서 내측은 윤상, 외측은 종주라는 2층의 평활근층으로 되어 있으며 바깥층은 식도에서는 섬유성의 외막이고 그 밖의 부위에서는 장막으로 덮여 있다. 아울러 신경섬유들이 소화관벽 안에서 그물 모양으로 서로 연결하여 신경층을 이루는데 하나는 점막하조직 안에, 다른 하나는 윤상근과 종주근층의 사이에 있어서 소화관의 운동과 분비를 조절하는데 이들 신경층은 자율신경의 지배 밑에 있다.

소화 작용이 원활하고 질서 있는 순서로 이루어지는 것은 소화기관에 분포하는 신경과 내분비의 작용으로 소화기 각 부분의 기능이 서로 잘 연락되고 협조를 이루고 있기 때문이다.

7. 『비뇨기계(泌尿器系)』: 오줌을 생성·배출하는 기관들을 비뇨기계라 하며, 콩팥·요관·방광·요도가 이에 속한다. 물질대사 과정에서 발생한 분해산물 가운데 몸에 불필요한 물질이나 조직의 노폐물질을 몸 밖으로 버린다. 물질대사 산물 가운데 이산화탄소는 허파로부터, 요소·염류들의 수용성·비휘발유성 물질은 콩팥에서 오줌으로 배설된다. 간은 담즙색소를 배설하며, 살갗으로부터는 땀에 의해 물과 소금기가 배설되고, 염과 수은들은 타액선과 같은 소화선으로부터 배설되기도 한다. 살갗이나 소화선에 의한 배설은 이들의 본래 기능인 몸의 온도조절이나 소화작용에 뒤따라 일어나는 것이며, 본연의 뜻으로의 배설기관은 허파와 콩팥인데, 허파에 의한 이산화탄소 배설은 산소와의 가스교환인 숨쉬기 기능으로 다루어지고 있다.

비뇨기계의 대표적 기관인 콩팥은 오줌을 만들고 이것을 배설하며, 나아가 체액의 항정성을 유지하는 기능도 함께 가지고 있는 중요한 것이다. 곧 콩팥은 여러 가지 대사산물과 해독된 산물들의 몸에 필요 없는 물질을 배설함은 물론이고, 수분·염류·아미노산·비타민 호르몬들과 같이 몸에 필요한 물질이라도 이것이 몸 안에 지나치게 많이 있을 때에는 오줌 가운데 이것들을 내보낸다.

콩팥은 복강의 후벽의 윗부분과 척주의 양측에 있는 한 쌍의 복막후기관이다. 콩팥은 상단은 제12흉추·하단은 제3요추의 높이에 있고, 오른쪽 콩팥은 왼쪽 콩팥보다 약간 낮은 위치에 있다. 또 콩팥은 강낭콩 모양을 한 실질장기로서, 길이는 10cm·무게는 130g쯤이다. 안쪽 중앙부가 푹 들어간 부위를 콩팥문이라 하며, 이곳으로 혈관·임파관·신경·요관이 드나든다.

8. 『살갗 또는 피부(皮膚)』: 살갗 또는 피부는 몸의 전체 표면을 덮고 있는 질긴 막으로서, 바깥 환경에 대하여 몸을 보호하고 체온 조절·물질대사·지방분의 저장들의 기능을 맡고 있으며, 그 밖의 감각기로서 매우 많은 감각신경이 여기에 분포한다.

살갗은 표피·진피·피하조직으로 이루어져 있으며, 그 두께는 몸 부위에 따라 다르나,

손·발바닥에서 가장 두껍고 눈동자·성기에서 가장 얇다. 또 피지선·땀선들이 있으며, 살갗의 일부는 머리털·손톱·발톱으로 변형되어 있다. 살갗의 넓이는 어른의 경우 1.6~1.8㎡쯤이며 무게는 4㎏쯤이다. 살갗의 표면에는 갖가지 크기의 주름이 있고 가는 주름은 살갗의 전체 표면에 그물 모양으로 퍼져 있다. 특히 손가락의 윗부분의 무늬를 지문이라 하는데, 사람마다 그 모습이 다르므로 사람을 식별하는 데에 쓰이기도 한다.

살갗의 색깔은 살갗에 들어있는 케라톤야린·멜라닌들의 색소 및 모세혈관의 분포상태에 따라 다르며, 인종·성별·나이·생활상태에 따라 다르다. 한편 동물에는 바깥의 온도 변화에 따라서 몸 온도가 바뀌는 변온(냉혈) 동물 및 몸 온도가 비교적 일정한 항온(온혈) 동물로 나뉜다. 사람은 항온 동물로서 바깥 온도가 어느 정도 바뀌더라도 살갗의 체온 조절기능으로 세포의 환경 온도를 거의 일정하게 유지함으로써 어느 때나 활발한 활동을 할 수 있다.

9. 『생식기계(生殖器系)』: 생물은 종족을 보존하기 위해 개체가 죽기 전에 다음의 새로운 세대를 만들어내는데, 이 현상을 생식이라 하며, 생식에 관여하는 기관을 생식기계라 한다. 사람의 생식과정을 보면 남자는 정자를, 여자는 난자를 생산하고 이들이 각각 한 개씩 어울려 수정란이 되고, 이것이 여자의 자궁 안에서 자라서 태아가 되며, 분만에 의해 아기가 태어난다. 이 과정 가운데 생식을 시작하게 하는 기능, 곧 수정을 일으키게 하는 기능을 성 기능이라 하며 생식 기능의 일부분이다.

생식기계의 기본기능은 성세포(정자·난자)의 생산 및 성호르몬의 분비인데, 난자와 여성 호르몬은 난소에서 만들어지고, 정자와 남성호르몬은 불알(고환)에서 만들어진다. 남성 호르몬은 남성화 작용을 한다. 한편 여성 호르몬은 여성화 작용을 하고, 황체 호르몬은 임신작용을 하며, 난포·황체·뇌화수체의 성선자극 호르몬의 작용에 의해 여자의 성주기가 되풀이된다.

태어난 뒤 12~15살까지는 남자나 여자나 모두 성기의 기능이 확실치 않다. 뇌하수체에서 성선자극호르몬이 분비되기 시작하면 성기의 성숙이 시작되고 생식기능을 갖게 되는데, 이를 사춘기라 부른다. 사춘기는 남자보다 여자가 일찍 시작되고, 온도가 높은 곳이 낮은 곳보다 일찍 오는 것이 일반적이다.

특히 여자는 45~55살이 되면 난소가 점차로 성선자극호르몬에 반응을 하지 않게 되며 끝내는 성주기가 없어지는데, 이때를 갱년기라 한다. 갱년기의 부인은 두통·이화감·온몸 불안정 들의 증상이 나타나기 쉽다. 남자에도 갱년기가 있을 수 있으나, 불알의 기능 저하가 여자보다는 천천히 진행되기에 여자만큼 확실치 않다.

10. 『내분비계(內分泌系)』: 몸 안의 조직이나 기관의 기능은 신경계통에 의한 유기적 연락에 의해 통제되고 조절되는 한편, 몸 안에서 만들어진 물질의 화학작용에 의해서도 조절된다. 이런 물질은 특정의 세포나 기관에서 만들어진 물질의 화학작용에 의해서도 조절된다. 이런 물질은 특정의 세포나 기관에서 만들어지고 피 순환에 의해 온몸에 퍼지며, 만들어진 곳과는 떨어진 곳에 있는 특정한 조직이나 기관에 가서 그 기능이나 구조에 영향을 주게 된다. 이런 물질을 호르몬이라 하고, 영향을 받는 기관을 표적기관이라 하며, 호르몬을 만들어내는 기관을 내분비계라 부른다. 내분비계는 뇌하수체·갑상선·부갑상선·흉선·부신·췌장·난소·불알 들이다.

호르몬(hormone)이란 말은 그리스말의 '잠에서 깨어나게 하는 물질'에서 비롯됐다. 호르몬은 표적기관의 세포의 기능을 항진시키는 작용을 주로 하지만, 때로는 활동을 억제하는 작용을 한다.

　내분비계의 중추는 뇌의 밑 부분에 있는 10mm가량의 타원체의 작은 장기인 뇌하수체이다. 뇌하수체는 전엽에서 갑상선자극 호르몬·부신피질자극 호르몬·성장 호르몬·난포자극 호르몬·황체형성 호르몬·유선자극 호르몬의 전엽호르몬, 중엽에서 알파·베다의 중엽호르몬, 후엽에서 바소프레신·옥시토신의 후엽호르몬을 분비하는 중요한 기능을 맡는다. 여기서 나오는 자극 호르몬에 의해 갖가지 내분비기관의 내분비가 지배되고 있다.

　11.『신경계(神經系)』: 생물의 모든 생활현상을 조절하고 통제하는 기구에는 내분비계와 신경계의 2가지가 있다. 내분비계는 동물계·식물계에 모두 있으나, 신경계는 동물에만 있는 특유한 것으로 일정한 경로에 따라 온몸에 분포하고 생물의 생명유지에 관여하는 한편, 환경변화에 따라서 생물이 적절하고 신속한 반응을 전개할 수 있게 만든다.

　신경계는 위치하는 부위에 따라 중추 신경계 및 말초 신경계로 나누는데, 중추 신경계는 뇌 및 척수이며, 말초 신경계는 중추 신경계에 드나드는 신경들이며 말초와 중추를 잇는다.

　또한 신경계는 작용상으로 보아 자율 신경계 및 체성 신경계로 갈라진다. ① 자율 신경계는 소화·숨쉬기·순환·분비·생식들의 몸이 생명을 유지하는 데 반드시 필요로 하는 갖가지 기능을 조절하는 신경계로서, 흔히 무의식적·자율적으로 작용한다. ② 체성 신경계는 몸과 바깥 사이의 관계를 조절하는 것으로, 바깥으로부터의 자극을 받아들이는 수용 작용과 이에 대응하여 적절한 반응을 몸의 여러 기관에 일으키게 작용하는 것 및 생각들의 고차적인 정신작용에 관계하는 신경계이며, 대부분이 의식하면서 이루어진다.

　신경계를 이루는 것은 신경조직이며, 이는 신경세포 및 신경교로 구성되어 있다. 직접 신경계의 기능에 관여하는 것은 신경세포이며, 신경교는 신경조직에서의 지지조직이다. 신경세포는 몸의 조직세포 가운데 가장 분화된 것으로, 세포체 및 이로부터 돌출하는 돌기가 있다. 세포체와 돌기를 합쳐서 신경원(뉴런: neuron)이라 부르는데 신경조직에서의 기능적인 단위이다. 또 신경원과 신경원이 만나는 부분을 시냅스(synapse)라고 한다.

　12.『감각기계(感覺器系)』: 몸 안팎의 환경에서 비롯되는 자극을 받아들여서 이것을 신경의 흥분으로 전환시키는 수용기 또는 감수기를 감각기계라 한다. 이 흥분은 구심 뉴런을 거쳐서 반사중추에 이르러 다시 원심 뉴런을 거쳐 말초에 전달됨으로써 반사활동으로 전개되는 한편, 몇몇 뉴런의 중계를 거쳐서 시상과 대뇌피질에 전달되어 감각을 일으킨다.

　감각기계는 3가지로 나눠지며 그들에게는 각각 독립된 감각기가 있다. ① 특수 감각기계는 뇌신경을 거쳐서 전달되는 감각, 곧 시각·청각·미각·후각·평형감각을 맡고 있는 눈·귀·입이다. ② 체성 감각기계는 체성척수신경을 거쳐서 전달되는 감각, 곧 촉각·압각·온각·냉각·통각의 표면(피부·점막) 감각을 맡고 있는 살갗 및 근·건·관절로부터 일으켜지는 심부감각기계가 있다. ③ 장기(내장) 감각기계는 장기에서 자율신경계를 거쳐서 전달되는 굶주림·구역질·장기통각들의 감각을 맡고 있다.

　한편 바깥으로부터 우리 몸에 자극이 가해지며 그것이 무엇인가를 알아내는 능력을 인지라고 하는데, 이것을 위해서는 자극의 내용을 분석해야 한다. 이를테면 어떤 물체를 보고 그것이 무엇인가를 인지하려면 그 물체의 모양·크기·재료·소재들의 갖가지 요인을 종합하여 판단하는 것인데, 이들 각 요인을 알아보는 능력을 지각이라 한다.

　이들 요인은 다시 눈으로 보는 형태·색·명암, 귀로 듣는 소리의 높낮이·셈여림·소리 빛깔, 입으로 알아내는 맛, 코로 맡아서 알아내는 냄새, 살갗으로 느끼는 경도·온도의 요소로 나누어진다.

『뇌과학(腦科學 : brain science)』은 건강한 뇌는 어떻게 정상적으로 작동하는지 또는 지적 능력이 어떻게 기대 이상의 통찰력을 만들어내는지 따위의 물음에 답을 구하려는 학문이고, 뇌의 신비를 밝혀내서 사람의 물리적·정신적 기능을 심층적으로 탐구하는 응용학문이며, 뇌의 복합적인 기능과 구조에 대한 해석을 통해 사람이 가진 가능성의 한계에 대해 답을 구하려고 생물학·물리학·화학들의 기초과학 분야 및 의학·공학·인지과학들을 복합적으로 적용해 뇌의 신비를 밝히고 이를 통해 사람이 갖는 물리적·정신적 기능성의 전반을 심층적으로 탐구하는 학문이다. 넓게는 뇌 정보처리의 작용 원리나 구조의 이해를 바탕으로 모방과 응용을 통해 사람의 두뇌와 비슷한 지능형 기계를 개발하는 것까지 포함한다.

뇌 과학의 발자취는 아래와 같다.
①. 19세기까지 뇌 과학은 암흑기에 있었다.
②. 1850년에 페히너(Fechne)는 실험 심리학의 시조이고, 자극과 감각 사이에 작용하는 강도의 관계를 양적으로 연구하여 '페히너의 법칙'을 수립했으며, 《정신물리학 요강》을 지었고, '정신물리학(Psycho-Physics)'이란 용어를 처음으로 사용했다.
③. 슈레딩거(Schrödinger)는 《정신과 물질》을 지었고, 프로이드와 더불어 정신과학에서 천재적인 인물로 평가하고 있다.
④. 1875년에 칼튼(Charlton)이 뇌와 관련된 전기적 현상을 처음으로 발견하여 노출된 동물의 뇌에서 전류를 검출했다.
⑤. 19세기 말엽에 해부학자인 졸지(Golgi)는 뇌조직을 구성하는 모든 뉴런을 무차별적으로 다 염색하는 것이 아니고 그 일부만을 오다가다 염색하는 특수한 염색 물질을 개발했는데, 이것으로 염색하면 종전의 염색법으로는 뉴런이 너무 밀집해서 서로 분리 관찰할 수 없던 것을 하나하나 똑똑히 관찰할 수가 있다. 한편 카잘(Cajal)의 연구에 의해서도 밝혀졌는데, 카잘은 수많은 동물의 뇌를 골지염색법에 의해 조사한 결과 뇌의 모든 부분이 뉴런을 구성단위로 한다는 것을 밝혔다. 그 뒤 카잘은 뇌의 배선도 곧 뉴런 간의 상호연결을 밝힌다는 엄청난 과업에 착수했다. 그리하여 1906년에 졸지와 카잘은 '신경조직의 구조연구'로 뇌과학 분야에서 처음으로 노벨 생리학·의학상을 받았다.
⑥. 20세기 중반에 접어들면서 호그킨(Hodgkin) 및 허츨리(Huxley)는 뉴런축색전압의 비선형 다이나믹서를 기술하는 방정식을 제안하고 그것을 입증하여 뇌연구에 큰 획을 그었다.
⑦. 뇌에 손상을 입은 사람을 관찰함으로써 뇌의 '질량작용설'이 내세워졌다. 뇌의 일부분이 손상되더라도 별다른 이상이 일어나지 않는 경우가 있다. 따라서 뇌는 특정한 장소가 특정한 기능을 맡고 있는 것이 아니라 전체적으로 공동으로 동작하며, 일부가 없어지면 없어진 질량에 비례하여 뇌의 기능이 저하한다는 학설이다. 그러나 그 뒤에 보다 세밀한 관찰의 결과 그것과 반대인 '기능국재설'이 활발해졌다. 이것은 뇌의 특정 장소는 특정한 역할을 담당한다는 것이 처음부터 결정되어 있으며, 어느 일부분이 손상 받으면 해당 기능이 없어진다는 학설이다. 이런 뇌가 전체로서 기능한다는 질량작용설 및 특정한 장소는 특정한 기능에 관련된다는 기능국재설의 경쟁에서 결국 후자가 이겼다. 그러나 이 문제는 완전히 해결된 것이 아니라 지금까지 파문을 남기고 있다.
⑧. 뇌 연구는 1970년대 이후 다시 새로운 발전이 있었다. 이러한 정보처리와 관련된 뇌 연구 방법론에서 빼놓을 수 없는 것이 '구성적 방법 또는 신경모델링'이다. 이는 뇌의

기본구조인 뉴런에 대한 엄밀한 신경모델링을 바탕으로 하고 논리적 사고에 의해 뇌의 모델을 만들어 그 동작을 관찰함으로써 원리를 추측하는 방법이다.

⑨. 20세기 초에 '카오스(Chaos) 이론'의 태동이 있었다. 19세기 말의 뽀앙까레(Poincare)의 역학적인 다체문제에서의 비선형 항에 의한 기이한 현상들에 관한 연구가 바로 그것인데, 그의 발견들은 물리에 의해서 어떤 연구의 흐름을 형성했어야 했겠지만, 20세기 초의 양자역학과 상대론에 의한 물리학의 큰 혁명 속에서 두각을 나타내지 못하다가, 이들 두 이론이 거의 안정적으로 된 뒤인 1960년대에 와서야 그의 발견은 비선형성, 되먹임, 엔트로피(entropy)와 규칙계에 내재된 비평형에 대한 새로운 연구와 합쳐지게 됐다. 이후 카오스 이론은 컴퓨터 공학의 혁명적인 발전과 더불어 물리 수학 생물 전자 및 기계공학은 물론이고, 생태학 사회학 경제학 의학들에 많은 영향을 미치고 있다.

⑩. 1980년대의 연구에서는 주로 뉴런을 주기적인 전류로 자극하여 세포의 불규칙적인 흥분의 카오스적 성질이 실험적으로 밝혀졌다. 1980년대 후반이 되어서는 신경계의 기능과 카오스와의 관련성이 논의되게 됐다.

⑪. 뇌과학은 1990년대 초반부터 미국·일본들의 선진국을 중심으로 본격적인 연구가 이루어져 왔는데, 이들 국가에서는 대체로 분자 차원에서 생화학 작용에 대한 미시적 탐구 및 인지와 관련해 정보처리의 세분화된 메커니즘을 밝히려는 연구에 주력하고 있다. 곧 기존의 분석적인 탐구방식이 많은 돈이 들면서도 두뇌의 단편적인 기능을 밝혀 줄 수는 있지만, 지성 감성 의식과 무의식이 복합적으로 작용하는 사람의 뇌를 총체적으로 규명할 수는 없다는 인식에서 출발한 연구 분야가 바로 뇌과학이다. 뇌의 작용원리와 의식현상에 대한 연구를 통해 사람의 정체성을 밝혀내고, 이를 통해 과학·의학·교육·산업·문화 전반에 근본적이고 실제적인 변혁을 가져오는 것을 목표로 한다. 이를테면 사람의 뇌 정보 처리기능을 기계에 적용해 사람의 신경망 같은 신경 회로망을 개발하여 현재의 컴퓨터보다 더 능동적인 업무를 수행할 수 있는 장치를 고안하는 것들이다.

⑫. 1981년에 스페리(Sperry)는 대뇌 반구에 관한 연구로, 또한 허블(Hubel)·비셀(Wiesel)은 뇌에 의한 시각의 정보화 과정에 대한 연구로 노벨 생리학·의학상을 함께 받았다. 또한 2014년에 오키프(O'Keefe)·모세르(Moser) 부부는 뇌에 있어서의 공간인지시스템을 구성하는 세포의 발견을 하여 노벨 생리학·의학상을 받았다.

『뇌(腦 : Brain) 또는 골』은 신경세포가 하나의 큰 덩어리를 이루고 있으면서 동물의 중추 신경계를 관장하는 기관이다. 뇌는 본능적인 생명활동에 있어서 중요한 역할을 담당하는데, 여러 기관의 거의 모든 정보가 일단 뇌에 모이고, 뇌에서 여러 기관으로 활동이나 조정 명령을 내린다. 뇌를 이루는 뉴런(neuron) 또는 신경원(神經元)의 작동 원리에 대해서는 상당한 이해가 이루어지고 있는 반면에, 수백만 개의 뉴런이 협동적으로 작동하는 방식에 대해서는 아직 알려진 것이 많지 않다. 현대 신경과학이 제안하는 여러 모델은 모두 뇌를 일종의 생물학적 컴퓨터로 취급한다. 뇌와 컴퓨터는 그 작동이 다르지만, 주변 세계로부터 정보를 획득하여 저장하고 다양한 방식으로 처리한다는 점에서 비슷하기 때문에 이러한 관점이 유용하다.

우리네 사람의 경우 신생아의 뇌 무게는 400g 정도이고, 태어나서 3세와 4~7세 및 10세 전후의 3단계를 거쳐 발달하며, 20세 정도에서 완성된다. 어른의 뇌 무게는 남자가 평균 1400g, 여자가 1250g쯤 된다. 아울러 뇌는 가로 15cm, 너비 15cm, 깊이 20cm로 평균 1350cc 정도의 부피를 가진다.

뇌는 용량이 1.5ℓ밖에 안 되지만 소우주라고 불릴 만큼 신비스럽다. 뇌의 80%는 수분이며 나머지 20%는 물리적·화학적인 구조로 이뤄져 있다. 뇌의 무게는 70kg인 사람의 경우에 전체 몸무게 가운데 2%에 불과하다. 뇌는 몸이 사용하는 산소와 당분의 25%를 영양분으로 소비한다.

뇌는 산소 부족에 매우 민감해 어른의 경우 4~5분 동안 뇌에 산소가 공급되지 않으면 신경세포가 죽게 된다. 뇌에 흐르는 혈액량은 전체 혈액의 15%에 이르며 뇌 신경세포는 산소와 포도당을 사용하면서 활동하고 있다. 더불어 뇌는 몸의 항상성 곧 심장의 박동, 혈압, 혈액 내의 농도, 체온들을 일정하게 유지시킨다.

우리네 사람들의 뇌의 구조와 기능에 관해 살펴보자구나! 뇌는 위에서 아래로 크게 대뇌, 간뇌, 중뇌, 소뇌, 연수, 척수의 6부분으로 나눌 수 있다.
　1.『대뇌(大腦 : cerebrum) 또는 큰골』은,《다음백과 및 위키백과》에 따르면, 인체 해부학상 뇌에서 가장 크고 가장 위쪽에 있는 부위이고, 뇌의 대부분을 차지하며, 정신 작용ㆍ지각ㆍ운동ㆍ기억력 따위를 맡은 중추 기관이다. 대뇌는 대뇌반구ㆍ종뇌라고 하는 전뇌의 앞부분에서 발달된 결합조직이고, 시상과 시상하부들로 이루어져 있다.
　대뇌에는 지각 통합 중추, 언어와 추상적 사고를 할 수 있는 고도의 지적 기능 수행 중추, 수의운동을 담당하는 중추들이 있다. 대뇌반구는 수초신경섬유로 된 안쪽의 백질 및 주름이 많이 진 회백질의 바깥 피질로 이루어져 있는데, 바깥 피질의 발달 정도로 사람의 뇌와 다른 포유동물의 뇌를 구별한다. 백질의 신경섬유는 주로 대뇌피질의 여러 기능 분야들을 서로 연결해주며, 일부 구조는 독자적인 중요한 기능을 담당하기도 한다.
　대뇌는 앞에서 뒤쪽으로 이어진 깊은 열에 의해 2개의 반구로 나누어져서 각각 반대쪽에 해당하는 인체의 활동을 조절한다. 이 가운데 ① 하나는 기능상 우위에 있고 언어와 사고를 담당하는 특수화한 신경기구이며 왼손잡이와 오른손잡이 같은 공간 선호를 결정한다. ② 다른 하나는 얼굴을 인식하는 따위의 보다 정교하고 복잡한 인지활동을 조절한다.
　대뇌의 바깥층은 뉴런의 신경세포체가 모여 회색을 띠고 있어 회백질이라 불리는 한편, 안쪽 층은 신경섬유가 모여 있고 흰색을 띠고 있어 백질이라 불린다. 회백질은 대뇌피질, 기저핵, 변연계를 포함하고 있다.
　(1). 대뇌피질은 위치에 따라 전두엽, 두정엽, 측두엽, 후두엽의 네 개의 엽으로 나눈다.
　① 전두엽은 대뇌반구의 전방에 있는 부분으로 전전두엽 관련 영역에서 기억력ㆍ사고력들의 고등행동을 관장하며 다른 연합영역으로부터의 정보를 조정하고 행동을 조절한다.
　② 두정엽은 마루엽이라고도 하며 중심고랑과 두정후두고랑 사이, 바깥쪽 틈새 상부에 있어 기관에 운동명령을 내리는 운동중추가 있다. 체감각 피질과 감각연합영역이 있어 촉각, 압각, 통증들의 체감각의 처리에 관여하며 피부, 근골격계, 내장, 미뢰로부터의 감각신호를 맡는다.
　③ 측두엽은 대뇌반구의 양쪽 가에 있는 부분으로 청각연합영역과 청각피질이 있어 청각정보의 처리를 담당한다. 이외에도 일차시각피질에서 유래한 정보가 도달해 색, 모양들이 인지되며, 얼굴에 특이적으로 인식하는 세포가 존재한다. 내측두엽 부분은 해마와 함께 기억형성에 주요한 역할을 수행한다.
　해마(海馬 : hippocampus) 또는 해마체(海馬體)는 대뇌 변연계의 양쪽 측두엽에 존재하며 기억을 담당한다. 보통 1cm 정도의 지름 및 5cm 정도의 길이를 가지고 있으며, 1천만(10*7승) 개 정도의 뉴런으로 구성되어 있고, 한 개의 뉴런이 대략 2만~3만 개의 뉴런과 네트워크를 이루고 있다. 해마는 장기기억 전환에 중요한 역할을 수행하는 기관이다. 또한 대뇌 피질에 저장되어 있는 기억들의 인출을 담당하며 해마 앞에 있는 편도체는 감정적 기억형성에 주된 역할을 수행한다. 해마와 함께 주변에 있는 비피질 영역들은 해마와 함께 기억형성을 담당한다. 또한 해마는 파페츠 회로라고 알려진 기억회로의 일부를 담당하고 있다. 해마는 장기 기억을 처리하는 장소로서, 단기 기억이나 감정에 관한 기억은 담당하지 않는다. 해마는 측두엽의 양쪽에 2개가 존재하는데, 좌측 해마는 요즘의 일을 기억하고, 우측 해마는 태어난 이후의 일을 기억하는 것이다.

④ 후두엽은 뒤통수엽이라고도 하며 바깥쪽 표면에서 두정후두고랑 위쪽 끝부분과 후두전 패임을 잇는 가상적인 선의 뒤쪽 부분이고, 안쪽 표면에서는 두정후두고랑의 뒤쪽 부분이다. 시각연합영역과 시각피질이라고 하는 시각중추가 있어 시각정보의 처리를 담당한다. 눈으로 들어온 시각정보가 시각피질에 도착하면 사물의 위치, 모양, 운동 상태를 분석한다. 여기에 장애가 생기면 눈의 다른 부위에 이상이 없더라도 볼 수 없게 된다.
  (2). 기저핵은 운동기능의 조절과 관련이 있다.
  (3). 변연계는 대뇌에서 가장 원시적인 부분으로 공포와 같은 감정반응을 담당하며 편도체, 띠이랑, 해마들을 포함한다.

  2. 『간뇌(間腦 : interbrain) 또는 사이골』은 대뇌와 소뇌 사이에 있는 뇌이고, 내장·혈관 의 활동을 조절하는 기능을 하며, 항상성의 중추이고, 신경세포들이 모여 있는 장소이다. 간 뇌는 시상, 시상하부, 뇌하수체, 송과샘을 포함하는 내분비조직으로 나뉜다.
  (1) 시상은 간뇌의 대부분을 차지하고 있으며 감각정보와 운동정보를 처리하여 대뇌로 보 내는 기능을 한다.
  (2) 시상하부는 시상 밑에 위치하여 항상성 유지를 위한 중추로 작용한다. 시상하부는 내분 비계와 자율신경계의 기능을 조절하며 망상계를 통해 다양한 감각수용기를 포함한 여러 부 위로부터 정보를 받아 시상으로 보낸다. 대표적인 기능으로는 체온 유지, 삼투압 유지, 음식 섭취 조절, 생식기능 조절들이 있다.
  (3) 뇌하수체는 뇌하수체전엽과 뇌하수체후엽으로 이루어져 있다. 뇌하수체후엽은 시상하 부핵에서 합성된 신경호르몬을 분비하는 역할을 하는 한편, 뇌하수체전엽은 뇌하수체 전엽 호르몬을 분비하여 다른 기관에서의 호르몬 분비를 조절한다. 뇌하수체전엽 호르몬의 조절 은 시상하부의 신경호르몬에 의해 조절된다.
  (4) 송과샘은 간뇌 뒤쪽에 위치해 있으며 멜라토닌(melatonin; 동물 식물 미생물에 존재하 며 활성 산소를 제거하는 항산화 역할을 주로 하고, 척추동물들의 활동일 주기를 조절해주는 수인성 호르몬)을 분비하는 작은 기관이다.

  3. 『중뇌(中腦 : midbrain)·중간뇌 또는 가운데골』은 뇌의 가운데에 있는 뇌로서, 간뇌와 소뇌 사이에 있는 뇌의 한 부분이고, 뇌줄기의 가장 앞쪽에 자리하고 있으며, 안구 운동·동 공 조절·반사들을 맡은 신경 중추가 있다.
  중뇌의 기본적인 모양은 척수와 같은 원통형 구조이며, 중뇌를 가로지르는 하나의 관은 중 뇌수도라 하여 제3뇌실과 제4뇌실을 연결한다. 중뇌는 무의식적 반사운동의 중추로서 자율 신경계의 조절, 체온과 혈당들을 조절한다. 중뇌의 앞부분에 위치한 대뇌각은 상행성과 하행 성 흥분을 전달하는 기능을 하는 한편, 뒷부분에 위치한 사구체는 청각과 시각에 대한 반사 중추기능을 한다.

  4. 『소뇌(小腦 : cerebellum) 또는 작은 골』은 대뇌의 아래 및 연수의 뒤에 있는 타원형 뇌 수의 일부이고, 몸의 평형감각과 근육운동 조절 및 감각 인지의 통합 조정 제어의 기능을 한 다. 교뇌등쪽의 제4뇌실에 들씌워지듯이 존재하는 큰 구조이며, 가로 10cm·세로 5cm·높 이 3cm·무게는 150g 정도이다. 소뇌의 주된 작용은 골격근의 활동 조절을 하는 것이다. 소 뇌는 근육운동, 평형감각 조절을 한다. 만약에 소뇌가 없다면 땅에 있는 물건을 잡으려 할 때 에 손이 엉뚱한 방향으로 가더라도 조절할 수 없다.

  5. 『연수(延髓 : medulla oblongata) 또는 숨골·숨뇌』는 뇌와 척수를 이어 주는 기관 으로, 아래쪽의 척수와 위쪽의 다리뇌 및 뒤쪽의 소뇌 사이에 있는 원뿔 모양의 뇌 부분 이다. 연수는 위와 아래쪽으로 달리는 신경섬유 다발 및 호흡과 순환 따위의 생명 기능을

포함한 여러 기능을 하는 신경세포체의 집단으로 이루어져 있다. 이 기관에서 호흡을 제어하므로, 여기가 손상되면 숨을 못 쉬어서 죽는 급소이다. 그래서 뇌 중에서도 깊은 곳에 자리 잡고 있다. 연수는 호흡 운동·심장 운동·저작·연하·구토들의 중추가 된다.

연수는 좌뇌와 우뇌가 갈라지는 교차로의 역할도 한다. 말초신경과 척수에서 흘러온 신호를 분배하며, 척수와 마찬가지로 재채기를 비롯한 무조건 반사를 처리하는 중추가 되기도 한다.

6. 『척수(脊髓, spinal cord)』는 뇌에 연결되는 긴 관상의 신경 중추이다. 위는 연수에, 아래는 척수 원추를 이루어 미골에 이르며, 회백색 신경 세포와 섬유로 되어 있고, 뇌와 말초신경 사이의 지각 운동 및 자극의 전달과 반사 기능들의 역할을 한다.

척수는 100만 개의 신경섬유로 구성되어 있는데 위쪽 부분은 호흡과 팔의 움직임을 조절하고, 중간과 아래 부분은 몸통과 다리의 움직임, 성기능을 조절한다. 이 신경들 가운데 뇌에서 근육으로 전달되는 정보를 운동 뉴런, 몸에서 뇌로 전달되는 정보는 감각 뉴런이라고 한다. 척수는 중추신경계에서 가장 간단한 하위구조의 부분으로, 말초신경을 통해서 들어오는 신체 내외의 모든 변화에 대한 정보를 받아들여 상위 중추인 뇌로 보내고 또 뇌에서 이 정보를 분석 통합한 뒤에 다시 말초신경을 통해 신체 각 부분에 전달해 적절한 신체 반응과 정신 활동까지 할 수 있게 하는 흥분의 정도로이며 척수분절 수준에서의 반사활동의 중추이기도 하다.

요즘에 노령화시대가 가속화되어 어르신들의 보호문제가 가정과 사회적으로 크게 일어나고 있는 실정이다. 고령화(高齡化 : aging)는 한 사회의 전체 인구 중 노인의 인구 비율이 높아지는 것; 노인 인구를 전체 인구로 나눈 노인 비율이 증가하는 것이다. 고령화에는 출산율 감소·의료기술의 발달·평균수명 증가·전쟁들의 여러 까닭이 있으며, 이를 방지하기 위해서는 다양한 대책이 필요하다. 20세기 이전부터 고령화에 진입한 국가들은 다양한 고령화 대책을 펼치고 있으며, 다문화주의·이민·난민·귀화·외국인 노동자들이 가장 대표적인 정책이다.

우리나라의 고령화는, 《나무위키》에 따르면, 1970년부터 2010년까지 대한민국의 노인 인구 증가율은 경제협력개발기구(OECD) 나라 가운데 가장 높았다. 대한민국의 고령화 속도가 이렇게 빠른 이유는 출산율이 단기간에 심각하게 줄어들었고 기대 수명도 많이 증가했기 때문이다. 그래서 고령화로 인한 노인 인구의 증가 때문에 기초노령연금수급의 지출도 크게 늘어나고 있다. 2020년 들어 베이비붐(baby boom) 세대(1955년~1963년에 태어난 세대)가 고령층으로 진입하면서 고령 인구 비율이 급등하고 있다. 2019년 8월 15.2%에서 2020년 6월 16.0%, 2021년 3월 16.7%, 2022년 9월 17.9%로 거의 한 달에 0.1%p씩 증가하고 있다. 2024년 7월 65세 인구가 천만 명을 넘었다.

우리나라는 2024년 12월 23일에 일반 전체 인구 가운데 65세 이상의 노인 인구가 차지하는 비율이 20% 이상인 사회를 뜻하는 "초고령사회(超高齡社會; Super-aged Society)"에 들어갔다. 곧 행정안전부 주민등록 인구통계에 따르면, 우리나라의 65세 이상 인구는 1024만 4550명으로 전체 인구(5122만 1286명)의 20%를 넘은 것으로 집계됐다. 앞으로 2030년 26.7% ⇨ 2040년 39.4% ⇨ 2050년 50.7% ⇨2060년 55.3%로 초고령사회가 깊어질 것이다.

노화는 세 갈래이다. ① 일차적 노화는 모든 사람들이 나이가 들면서 겪는 어쩔 수 없는 하나의 과정이다. 곧 성인 중기 뒤에 흰머리가 생기고, 시각과 청각의 감각이 떨어지며, 등이 휘어서 키가 줄어들고, 자극에 대한 반응속도가 무뎌지는 따위로 기능이 점차 떨어진다. ② 이차적 노화는 모든 사람에게 일어날 수 있지만 나이에 크게 영향을 받지 않아도 일어날 수 있는 것이다. ③ 삼차적 노화는 죽음 바로 전에 나타나며 신체적, 인지적, 사회적 기능이 빠른 속도로 떨어지고 없어지는 것이다.

또한 노화의 까닭에 관한 생각으로는 세 가지가 있다.

(1). 유전적 이론·예정 계획 이론·DNA 작용 과오이론 : 보통 유전인자 속에 노화라는 속성이 이미 존재하고 있는데, 유기체가 시간이 지남에 따라 그 속성이 나타나는 것을 노화라고 보는 생각이다.

(2). 비유전적 세포 이론 : ① 사용 마모 이론은 우리 신체기관도 오랫동안 활동한 결과로 인하여 점차 퇴화된다는 이론이다. ② 노폐물 축적 이론은 노폐물이 정상적인 기능을 방해함으로써 노화 현상이 일어난다는 이론이다. ③ 교차 연결 이론은 세포 속의 분자들이 서로 상대에게 붙어서 움직일 수 없게 되며 어떤 화학적인 반응을 일으켜 조직은 탄력성을 잃게 되어 노화가 발생한다는 것이다. ④ 활성산소 이론·유해 산소론은 몸속에서 활성산소의 부작용을 다스릴 수 있는 효소가 넉넉하지 못하게 되어 기능에 손상을 가져오고, 쌓인 손상은 노화를 일으키게 된다고 본다. ⑤ 신체적 변이 이론은 세포가 다치게 되어 변이된 세포가 쌓여 노화가 일어난다는 생각이다.

(3). 면역 이론 : ① 면역 반응 이론은 이물질이 몸속에 들어온 이물질이 계속 몸속에 남아 있으면서 부작용을 일으켜서 결국은 노화를 일으킨다는 이론이다. ② 자동 면역반응 이론은 몸속의 면역체계가 항체를 만들 때 정상 세포까지 없애는 항체를 만들게 되어 이 항체가 정상 세포를 없앰으로써 노화가 진행되는 것이다.

(4). 생리적 통제 이론은 유기체 안의 내분비선 및 신경조직들과 같은 주요한 기관의 조정 기능이 떨어져 노화가 이루어진다는 생각이다.

우리네 사람의 몸의 병(몸병)으로는 어른병 또는 성인병이 있다. 어른병 또는 성인병(成人病)이란 말은 노인병(老人病 : Geriatrics)이라는 어원에서 비롯되어 영어로는 Chronic illness(慢性病)라 하고 있는데, 노인병이라는 말의 어감이 좋지 않아 일본에서 먼저 이를 성인병으로 쓰기 시작했으며, 우리는 어른병이라고 한글로 썼으면 한다.

이 어른병은 문화병, 고급병, 현대병, 난치병, 불치병, 만성병, 만성 퇴행성 질환이다.

일반적으로 어른병은 20대 후반이나 30대 초반에서 나타나기 시작하여 나이가 들어가며 점차 어른병의 일어남이 늘어나고, 노쇠와 더불어 점점 더 나빠지는 방향으로 진행되어 결국에 난치·불치성으로 되는 만성 퇴행성 질병(慢性 退行性 疾病 : chronic degenerative disease)이라 한다.

이를 나누어 살펴보면 ① 병 자체가 오랜 기간의 경과를 취하고, 특별한 증상 없이 서서히 발병하며, 몸속에서 고통 없이 진행되므로 스스로가 뚜렷한 증상을 느꼈을 때에는 이미 늦은 경우가 많다. 따라서 어른병은 조기발견 및 조기치료가 중요하다. ② 병이 어느 정도 진행된 뒤에는 쾌유와 악화를 되풀이하면서 결국은 점점 나빠지는 방향으로 진행한다. ③ 어른병은 만성퇴행성질환이라 하듯이 나이가 많아지면서 발생률이 늘어난다. ④ 이들 어른병에 속하는 대부분의 몸의 응어리는 여러 연구를 통해 발병의 위협요인이 어느 정도 알려지게 됐지만, 그 까닭이 명확하게 밝혀진 병은 드물어서 1차 예방이 어렵다. 결국 병의 까닭이 명확하지 않으므로 근본적인 예방이 어렵다. ⑤ 이 병은 하나의 병이 생기면 그에 따른 합병증을 가져오는 데, 살찜증 ⇨ 고혈압 ⇨ 뇌졸중과 같다. ⑥ 다행히 어른병은 대부분 비전염성이기에 다른 사람에게 옮겨지지는 않는다. ⑦ 후유증으로 불구 또는 무능력상태를 수반하여, 재활에 오랫동안의 특수한 훈련을 필요로 하는 병이다.

아울러 어른병의 일반적인 까닭으로는 몸놀림 모자람, 영양의 지나침, 마음의 응어리들을 든다. 곧 요즘에 자동차 세탁기의 과학문명의 발달로 인한 생활 속에서의 몸놀림이 모자라고, 사는 형편이 나아져 풍요로운 먹거리로 생활에 필요한 이상의 영양을 지나치게 섭취하는 한편, 요즘 온누리의 생활이 복잡하고 급변하며 어느 분야에서든지 살기 위한 다툼이 심해짐에 따라 마음속에 응어리가 쌓이기 때문에 어른병이 일어난다고 한다.

《통계청 ― 2023년 사망원인통계》에 따르면, 2023년 우리나라의 사망자 수는 352,511명이며, 조사망률(인구 10만 명당 명)은 689.2명이다.
　　10대 사망원인의 차례는 ① 암(악성신생물)(85,271명 : 24.2%), ② 심장 질환(33,147명 : 9.4%), ③ 폐렴(29,422명 : 8.3%), ④ 뇌혈관 질환(24,194명 : 6.9%), ⑤ 고의적 자해 또는 자살(13,978명 : 4.0%), ⑥ 알츠하이머(Alzheimer)병 또는 치매(11,109명 : 3.2%), ⑦ 당뇨병(11,058명 : 3.1%), ⑧ 고혈압성 질환(7,988명 : 2.3%), ⑨ 패혈증(7,809명 : 2.2%), ⑩ 코로나19(7,442명 : 2.1%)이다.

　　우리의 행복충만에서는 몸병의 갈래로, 모든 병의 밑바탕을 이루는 것으로 "스트레스 · 살찜증(비만증)"이 있으며, 대표적인 어른병으로서는 "고혈압 · 동맥경화증 · 당뇨병"(3대 어른병)과 "심장병 · 뇌졸중"〔5대 어른병〕 및 "암"【6대 어른병】이 있고, "에이즈(후천성 면역결핍증)"가 있으며, 요즘의 "코로나"도 있다고 여기고 있다. 이 중에 '스트레스 · 고혈압 · 동맥경화증 · 당뇨병 · 심장병 · 뇌졸중 · 암 · 에이즈 · 코로나'에 대해 간략히 살펴보자!

　　1. 『스트레스(Stress)』란 말은 라틴말의 스트링고(stringo)에서 비롯된 것으로 '무엇을 조인다'는 뜻을 지니고 있다. 곧 개인의 몸과 마음의 균형 상태를 위협하는 내 · 외적 자극으로서의 어떤 조임 누름 억누름 땡김을 뜻한다. 곧 스트레스는 우리네 사람들의 몸과 마음의 안정 상태를 위태롭게 조이며 누르는 환경적 자극조건인 동시에 우리의 정서 행동 생리적 체계에 변화를 가져오게 하는 것으로서, 우리로 하여금 특유반응을 일으키게 하는 원인적 행동의 모든 것을 뜻한다. 이런 스트레스는 외적 자극 및 내적 자극으로 나눠지는데, 외적 자극은 경제적 어려운 일 또는 사람관계의 어려움 · 가족 간의 다툼 · 병 · 사건 및 사고들을 들 수 있고, 내적 자극은 우리 마음의 생리적 욕구이다. 이 외적 · 내적 자극에 어떤 사람이 감당할 능력이 약화되거나 이런 상태에 오랫동안 또는 반복적으로 노출되면, 스트레스는 만성화하여 정서적 불안과 다툼을 일으키고 자율신경계의 지속적인 긴장을 초래하여 결국 몸이나 마음의 기능장애나 병이 나타나게 되는 것이다.
　　스트레스는 그 당시의 시대적 역사적인 특수성 및 의학의 발달과정과 궤를 같이하면서 때로는 좁은 뜻으로 쓰이다가, 넓은 뜻으로 활용되는 것은 19세기 이후부터였다. 곧 17세기에는 스트레스란 학대 궁핍 불운 재난의 뜻으로 쓰였고, 18~19세기 때는 주로 격렬한 노력 · 긴장 · 압력의 뜻으로 쓰이다가, 19세기 이후 20세기에 이르는 이른바 의학 변혁기에 와서야 건강을 해치는 질병 소인 · 정신장애를 일으키는 마음의 응어리로 인식됐다.

　　이런 스트레스에 대한 생각으로는 오슬러, 캐논, 셰리에, 울프들이 있다. ① 오슬러(Osller)는 개인에게 신경 에너지의 극한 상황을 일으키는 것이 스트레스라고 보면서, 그 보기로서 꽉 짜인 일에 몰두해야 할 경우라 했다. ② 캐논(Canon)은 외부적 힘이나 장애요인에 대해 유기체가 도전적 양상이나 도피적 방법을 택해 선택적으로 반응하여 원래 유지하고 있었던 안정 상태로 되돌아가려는 것을 스트레스라 여겼다. ③ 셰리에(Seley)는 스트레스에 대해 연구한 대표적인 학자로서, 《걱정 없는 스트레스》라는 책도 지었다. 그는 스트레스를 몸에 특유반응을 일으키는 원인적 자극의 총칭이라 하여 개인의 반응적 측면을 강조했다. 곧 스트레스는 삶의 과정에서 발생되는 우리 몸의 손상과 마모이며, 하루 동안 보통 소비하고 보충하는 특정량의 적응 에너지보다 더 많은 예비 에너지를 필요로 하게끔 만드는 적응에 대한 어떤 비정상적인 요구로 보았다. ④ 울프(Wolf)는 고민 노여움 불만들의 어떤 마음의 부담이 일어났을 때에 어떤 사람은 위장에, 다른 이는 심장에 이상이 생기는 한편, 같은 사람이라도 오랫동안 살펴보면 어떤 때는 설사, 다른 때는 변비가 되는 따위의 스트레스의 변이성에 대해 생각했다.

　스트레스는 전부 해로운 것은 아니며, 우리의 몸과 마음이 이겨낼 수 있는 정도의 스트레스는 몸과 마음의 이완상태를 적당히 자극시킴으로써 튼튼한 몸과 가뿐한 마음을 가져오도록 만들어준다. 하지만 우리의 몸과 마음이 견딜 수 있는 범위를 넘어선 스트레스에 마주치거나, 가벼운 스트레스라도 만성 장기화되면 우리의 몸과 마음을 해친다.
　(1). 먼저 우리네 사람이 스트레스를 받게 되면 우리의 감정 상태를 맡고 있는 중추신경의 간뇌 부분이 긴장하게 되고, 이런 긴장은 자율신경계에 전달되는 동시에 뇌하수체로도 이것이 전달되어 부신의 기능 변화를 가져와 갖가지 내분비계의 긴장을 일으킨다. 그리하여 심장이 크게 뛰면서 혈압이 오르고 눈동자가 커지며 침이 마르고 가슴이 답답해진다. 따라서 만성적인 스트레스가 쌓이면, 피 가운데 아드레날린(adrenaline)·노에피네프린(nor-epine-phrine)의 성분 함량이 올라가게 되며, 이에 따라 심기항진 불안 초조 긴장감이 뒤따르게 된다. 또한 대뇌 속에는 도파민(dopamine)·세로토닌(serotonin)의 물질대사에 이상이 오게 되고, 이것이 간뇌에 있는 갖가지 뇌의 대사에 이상을 주게 한다. 그러므로 이 같은 현상이 장기화되면 여러 부위의 신체기관에도 나쁜 영향을 주어 마침내 건강을 해치고 고혈압 동맥경화증 심장병의 병리적 현상을 일으키게 된다.
　(2). 다음에 스트레스가 마음에 끼치는 영향으로는 크게 초조한 마음의 형성 및 병적 증상으로의 발전 양상에서 살펴볼 수 있다. ① 먼저 스트레스에는 항상 초조한 마음이 뒤따르며 이 초조한 감정에 피로가 더해져 소리가 귀찮게 느껴지고 근육의 힘이 약해졌다고 느껴져 가만히 있지 못하고 안절부절못하게 만든다. 그래서 글을 읽을 때는 글자가 정확하게 보이지 않고, 기억력이 나빠져서 지난날의 일이나 기억하고 있던 것조차 생각이 잘 안 나며, 복잡한 문제는 바로 이해하지 못하고 머리가 피로해서 멍한 상태에 이른다. ② 또한 스트레스가 장기화·만성화·누적화됨에 따라 병적 증상으로 발전하기도 한다. 여러 마음병 가운데서도 스트레스와 밀접한 관련이 있는 것이 바로 신경증 곧 노이로제(neurose)이다. 곧 우리가 살아가는 데에 있어서 여러 가지 어려운 문제들, 특히 내적인 마음의 다툼이나 현실상황 속에서의 바람 야심 질투 실망 좌절의 스트레스에 대한 반응이 바로 신경증이다.

　스트레스의 요인(원천)은 우리가 살아가면서 부딪히는 보금자리, 배움터, 일터, 사회·나라·세계의 온누리의 수많은 것들이 될 수 있다. ① 배우자나 가족의 죽음·이혼·별거·부부 싸움·가족 불화의 보금자리에서의 문제가 우리들에게 스트레스를 준다. 아울러 지난날의 대가족제에서 요즘의 핵가족화로의 바꾸어짐은 편리함과 자유로움을 주는 동시에 자녀 양육문제·외로움들을 수반하여 스트레스를 받게 만든다. ② 배움터는 입학시험 취업시험 학기말시험 중간시험의 많은 시험을 비롯하여, 하루가 멀다 하고 쏟아지는 새로운 이론과 지식을 습득해야 하며, 벗들과의 경쟁 및 협조 관계를 유지해야 하는 따위의 것들이 스트레스를 낳게 한다. ③ 일터는 생존경쟁의 치열함과 매서움·경제적 손실·사업의 실패·윗사람과 아랫사람 및 동료들과의 관계문제·전근과 전보 및 파견근무의 일터 변경·승진과 승급을 둘러싼 다툼을 비롯하여, 마감 시간에 맞추어야 하는 부담감·해야 할 일이 너무 많거나 너무 적은 경우·똑같은 일을 되풀이해야 하는 단조로움과 지루함의 스트레스 요인이 많다. ④ 사회·나라·세계의 온누리의 급변화·다양화·전문화·조직화·인구과밀들에 따라 온누리에는 교통체증·대기와 물 및 소음 공해·각종 사건과 사고·거리의 폭력배는 물론이고, 사람 관계의 일시성·이기주의 형태·불신과 배신·사람 경시 풍조·대중 속의 외로움의 스트레스를 일으키는 요인이 많다.

요즘의 현대정보화 시대에는 특히 테크노 스트레스라는 새로운 스트레스가 생기고 있다. 테크노 스트레스(techno-stress)란 사무 자동화(office automation; OA) 시대에 마주친 사람의 정신적 장애를 뜻하며, 1983년 미국의 심리학자이자 상담원인 브로드(Broad)가 처음 사용한 용어이다. 테크노 스트레스는 크게 컴퓨터(테크노) 불안형 및 컴퓨터 의존형으로 분류된다.
　①. 컴퓨터 불안형 또는 테크노 공포형은 컴퓨터 조작에 익숙하지 못하거나, 그 메커니즘에 따라가지 못하여 몸마음이 거부반응을 일으켜 회사를 그만두거나 우울증에 빠지는 보기이다. 특히 이런 유형에는 일찍이 컴퓨터를 접할 기회가 없었던 중년 또는 장년층의 샐러리맨(salaried man; 봉급생활자)이 많다. 이들은 컴퓨터를 배우려고 해도 과다한 업무량 때문에 배울 시간은 없고, 후배들의 익숙한 컴퓨터 다루는 솜씨에 더욱 주눅이 든다. 그래서 스트레스 때문에 신경정신과를 찾는 환자가 늘고 심지어 퇴직 행방불명 자살의 까닭이 되기도 한다.
　②. 컴퓨터 의존형은 컴퓨터에 지나치게 동화된 것으로, 컴퓨터에 사활을 걸고 매달려야 하는 소프트웨어(software) 기술자들이 겪는 스트레스들이 그 보기이다. 이런 유형의 사람은 대인관계에서의 섬세한 뉘앙스(nuance; 어떤 말에서 느껴지는 느낌이나 인상)를 이해하지 못하고 감정의 윤기를 잃어 사람들과의 대화도 번거롭게 여겨 결과적으로 대인관계와 일에 지장을 초래한다. 그 막대한 업무량으로 온통 컴퓨터에 매달리다 보니 컴퓨터 이외에는 아무것도 생각할 수 없어 정신분열증마저 생기고, 그 후유증으로 심장박동 이상·손발 떨림·원형 탈모증세까지 생긴다.

　2. 『고혈압(高血壓 : Hypertension, High blood pressure)』은 온갖 어른병 특히 순환기계 계통의 퇴행성질환의 근본적인 까닭이 되는 만성질환으로, 가장 흔하고도 관리가 잘 안되는 정말 문제의 어른병이라 한다.
　이 고혈압의 진단은 혈압을 재는 것으로부터 시작된다. 혈압은 심장이라는 펌프에서 대동맥으로 뿜어져 나온 피가 동맥을 지나 온몸으로 퍼져나갈 때에 동맥 안에서 생기는 압력이다. 혈압은 혈압계의 수은주를 밀어 올릴 수 있는 높이로 표시하는 데 보통 부를 때는【120 / 80(백이십에 팔십)】이라 한다. ① 앞의 숫자를 「최고 혈압」 또는 「수축기 혈압」이라고 하는데, 심장의 좌심실이 수축을 하며 피가 혈관으로 확 밀어나갈 때에 생기는 압력의 최고치를 말한다. ② 뒤의 숫자를 "최저 혈압" 또는 "확장기 혈압"이라 부르는 데, 심장의 좌심실이 확장을 하는 동안에 혈관에서 생기는 압력의 일정치를 가리킨다.

　3. 『동맥경화증(動脈硬化症 : Arteriosclerosis)』은 동맥의 안쪽 벽에 신경 조직·장기·혈액들에 함유되어 있는 지방과 비슷한 물질인 콜레스테롤(cholesterol)과 같은 지방질의 막이 쌓이고 여기에 섬유소 석회들이 달라붙어 점차 동맥의 내경이 좁아지거나 동맥의 탄력성이 손실되고 악화됨으로써, 여러 장기에 피를 제대로 보내주지 못하든지 동맥의 파열을 일으키는 병이다. 이처럼 동맥경화증이 생기면 가볍게는 장기에 피 공급이 모자라서 생기는 증상이 나타나지만, 동맥이 거칠어지고 좁아진 부위에 혈전이 생겨 완전히 피 공급이 막히면 장기의 경색과 괴사가 나타나서 치명적인 증상을 일으킨다.

　4. 『당뇨병(糖尿病 : Diabetes, Sugar Diabetes)』은 오줌(뇨) 속에 당(포도당)이 나온

다는 데서 그 이름이 비롯됐다. 곧 당뇨병은 우리 몸 안에서 혈당(혈중의 포도당)을 조절하는 기관인 췌장(랑케르한스[langerhans]섬의 세포)에서 나오는 인슐린(insulin)이란 호르몬(hormone)이 모자라거나 기능을 제대로 발휘하지 못해 혈당의 농도가 높아져서 오줌으로 포도당이 넘쳐 나오는 병이다. 혈당은 우리가 섭취한 음식물에서 공급되며 우리 몸 속에서 일종의 연료 구실을 함으로써 모든 에너지의 밑바탕이 된다. 보통 사람에게는 공복일 때나 식사의 먹은 음식물에 의해 나오는 인슐린이 핏속의 당분(포도당)을 몸의 세포 속으로 가져다줌으로써 에너지로 이용되게 하여 혈당치를 정상으로 유지시켜 준다. 그러나 당뇨병 환자의 경우에는 이런 인슐린의 나옴이 모자라거나 그 기능을 제대로 발휘하지 못해, 혈당치가 올라가며 그에 따라 오줌으로 당이 나오는 것이다. 이런 당뇨병 환자의 수가 우리나라에서도 날로 증가하고 있는 추세이기 때문에 국민 보건상의 문제점으로 대두되고 있다.

　5.『심장병(心臟病 : Heart Disease, Heart Trouble)』은 심장에 병이 생긴 것이다. 심장은 근육으로 된 펌프이며, 고무로 만든 물딱총처럼 오그라들면 속에 들어 있는 피를 내뿜고 부풀 때는 피를 빨아들이는 식으로 작동한다. 이 같은 심장의 작동 곧 압력으로 액체를 빨아 올리거나 이동시키는 펌프(pump)작용은 심장을 둘러싸고 있는 관상동맥을 통해 흘러들어 오는 피가 운반해 오는 산소와 에너지원에 의해 가능하다. 주먹만 한 크기의 심장은 1분에 60~80번을 박동하며, 한 번의 박동으로 50~80밀리리터의 피를 밀어내므로, 심장은 하루에 9,000리터가량의 피를 온몸에 돌리고 있으며, 70세를 산다고 볼 때에 25억 번이나 박동하는 놀라운 기관이다. 또한 몸무게의 200분의 1가량인 심장이 몸을 도는 피의 20분의 1을 스스로 쓸 정도로 힘들고 중요한 구실을 한다.
　이런 심장도 심장근육에 흘러들어 오는 피에 이상이 있거나, 심장의 근육에 영양을 주는 동맥인 관상동맥에 탈이 생기거나, 펌프작용을 하는 심장판막에 고장이 생겼을 때는 그 기능을 제대로 할 수 없게 되는 데, 이것이 바로 심장병이다.
　심장병의 일반적인 증상으로는 조금만 움직여도 숨이 차며, 가슴이 터질 것 같이 아프고, 쿵덕하는 소리가 나듯이 가슴이 두근거린다. 또 심장이 규칙적으로 뛰지 않고, 빈맥(1분에 1백 번 이상)·서맥(50번 이하)·기회 수축(맥박이 갑자기 빨라졌다가 느려짐)·심장 세동(완전히 제멋대로 움직임)의 현상이 나타난다. 또 간이 부어서 배가 나오고 다리가 퉁퉁 부어오른다.

　6.『뇌졸중(腦卒中 : Stroke, Cerebral Infarction)』은 뇌혈관 장애로 인한 병 및 사고의 총칭으로, 일반적으로 뇌혈관에 순환 장애가 일어나 갑자기 의식 장애와 함께 몸의 반신 마비를 일으키는 급격한 뇌혈관병이다. 우리나라에서는 옛날부터 바람을 맞았다는 뜻으로 중풍(中風)이라고 했으며, 서양에서는 스트로크(stroke)라 하는 데 번개나 벼락같은 강타(stroke)로 몸이 마비되는 상태를 뜻한다. 이 뇌졸중은 전 세계적으로 사망원인의 상위를 차지하고 있는 무서운 병으로, 우리나라에서만 일 년에 15~20만 명쯤이 뇌졸중으로 죽는 것으로 추산되고 있으며, 죽지 않더라도 심한 활동 장애를 일으키기 때문에 사회생활에로의 복귀가 어려워 심각한 사회문제가 되고 있다.
　더불어 뇌졸중의 일반적인 증상은 갑자기 의식이 없어지고 손발이 마비되며 말도 못 하게 된다. 침범된 혈관의 종류 곳 정도에 따라 많은 차이가 있으나, 가벼울 때에는 정신을 잃고 쓰러졌다가 후유증이 없고 회복되기도 한다. 그러나 대부분의 경우에는 두통·구토·언어장애·고열·대소변 실금·안면 신경마비·의식 장애로 혼수상태까지 들어가며, 손발과 목이 뻣뻣해지는 따위로 반신 마비가 일어난다.

　7.『암(癌 : Cancer, Carcinoma)』은 세포의 병인데, 한자 암(癌)의 어원은 바위(岩)에서

비롯되어 바위와 같이 단단하다는 뜻이며, 서양에서는 암의 겉모양이 게딱지처럼 울퉁불퉁하고 단단하다고 해서 카르키노스(뜻: 게)라 부른다. 세포는 항상 신생 분열 증식하면서 맡은 임무를 다하고 나면 죽는다. 이런 세포의 생김과 죽음은 일정한 질서 밑에서 이루어지는 데 만약 그 질서가 어떤 까닭에 의해 깨지면, 생김이 죽음을 앞지르거나 죽음이 생김을 앞지르게 된다. 이 세포의 생김이 죽음을 앞지르는 대표적인 것이 암세포이다. 그래서 암을 악성신생물, 신생물질, 악성종양이라고 부르기도 한다.

암세포는 정상적인 세포가 아닌 미친 세포인데, 일단 미친 세포는 정상으로 돌아가지 않는다. 이 악성의 세포는 무리를 지어 죽을 줄 모르고 계속 자라면서, 마치 고장 난 차가 교통을 막듯이 몸 안의 각 기능을 방해하고 독소까지 내뿜는 따위의 갖은 행패를 다 부린다.

또한 이 암은 빠른 옮김 때문에 더욱 문제다. 암세포는 피와 임파를 타고 온몸으로 흩어져 곳곳에 새로운 암세포를 만들며 옮긴다. 그래서 본거지를 수술로 잘라내고 방사선으로 태워도 여기저기 퍼져 있는 암세포가 자꾸 자라나기에 치료가 어렵다. 아울러 암은 치료가 어렵기에 난치병인 것은 틀림없으나 불치병은 아니다. 일찍 발견하여 손을 쓰면 얼마든지 극복할 수 있는데, 문제는 조기발견이 어렵다는 것이며 난치의 까닭이 된다. 암은 초기에 자각증상이 없으며, 스스로 몸에 이상을 느끼게 될 때는 이미 암이 악화되어 있을 때이다.

세계보건기구는 3월 21일을 '암 예방의 날'로 정했다. 매일경제 2023년 3월 22일 기사에 따르면, 암 예방으로서 유전자 정보 게놈(Genom) 해독 및 코로나를 겪으면서 mRNA 기술 진화로 암 백신 표적설계까지 가능해져서 예방치료용 연구 초기단계이지만, 잇단 임상성과로 상용화 가능성이 있어, 머지않아 암 예방주사와 암 치료도 이루어질 수 있다고 했다.

2024년 12월 22일에 한국과학기술원(KAIST)은 바이오 및 뇌공학과의 조광현 교수팀이 대장암 세포를 죽이지 않고 상태만 변환하여 정상 대장세포와 유사한 상태로 되돌려 부작용 없이 치료할 수 있는 대장암 가역 치료 원천기술을 개발했다고 밝혔다. 현재 시행되는 모든 항암치료의 공통점은 암세포를 사멸시켜 치료하는 것을 목표로 하고 있다. 이에 암세포가 내성을 가져 재발하거나 정상세포까지 사멸해 부작용을 유발하는 근본적 한계가 있다. 조 교수 연구팀은 정상세포가 암세포화되는 과정에서 정상적 세포 분화 궤적을 역행한다는 관찰 결과에 주목했다. 이를 기반으로 정상세포 분화 궤적에 대한 유전자 네트워크의 디지털트윈(digital twin; 가상모형)을 제작하는 기술을 개발했다. 연구팀은 이를 시뮬레이션 분석해 정상세포 분화를 유도하는 마스터 분자스위치를 체계적으로 탐색하여 발굴한 뒤에 대장암 세포에 적용했을 때 암세포 상태가 정상화된다는 것을 분자세포 실험과 동물실험을 통해 입증했다. 조 교수는 "이 기술은 다른 다양한 암종에 응용하여 암 가역 치료제 개발이 가능하다는 것을 제시한 것에 큰 의미가 있다"며 "암세포가 정상세포로 변환될 수 있다는 것은 놀라운 현상으로 이번 성과는 이를 체계적으로 유도해낼 수 있음을 증명한 것"이라고 설명했다. 이 기술은 바이오리버트 회사에 이전돼 암 가역 치료제 개발에 활용될 예정이다.

8. 『에이즈(AIDS)』는 Acquired Immune Deficiency Syndrome의 약칭이며, 후천성 면역 결핍증(後天性 免疫 缺乏症)이라 한다. 후천성은 말이 붙은 것은 태어나면서부터 선천적으로 면역기능이 작용하지 않는 병과 구별하기 위한 것이다. 곧 에이즈란 본래는 가지고 있던 면역기능이 난잡한 성행위·수혈들로 인한 바이러스라는 후천성 까닭으로 그 면역기능이 극단적으로 떨어지거나 결핍되게 만듦으로써, 갖가지 치명적인 병에 무방비 상태로 노출시키는 무서운 병이다. 더구나 바이러스에 일단 감염되더라도 수개월에서 5~6년이라는 긴 잠

복기를 거치는 까닭에, 이 기간 동안 보균자 스스로도 감염 사실을 전혀 알지 못한 채로 다른 사람에게 에이즈 바이러스를 옮기는 데에 문제의 심각성이 있다.

에이즈의 병원체는 바이러스인데, 그것이 처음으로 밝혀진 것은 1983년 5월에 나온 미국의 과학잡지 《사이언스(Science)》에 두 팀의 연구진에 의해 동시에 발표된 논문이었다. 하나는 미국국립보건원의 갤로(Gallo) 박사팀이었고, 다른 하나는 프랑스 파스퇴르연구소의 몽타니에(Montagnier) 박사팀이었다. 이 두 연구팀은 각각 독자적으로 환자에게서 병원체를 분리하여, 그것을 갤로는 사람 T세포친화성 바이러스 Ⅲ형(HTLV-Ⅲ)이라 이름 붙였고, 몽타니에는 임파절증 관련 바이러스(LAV)라 불렀다. 이는 나라나 연구자에 대한 편파적인 생각을 반영하고 있는 듯한 인상을 주었다. 그래서 1986년 6월 파리에서 개최된 국제회의에서 이 바이러스를 「사람 면역결핍 바이러스(HIV; Human Immune deficiency Virus) 또는 에이즈 바이러스」라 부르기로 했다.

9. 『코로나(Corona)』는 2019년 12월 중국 우한에서 처음으로 발생하여 세계의 모든 나라로 급속히 퍼진 새로운 유형(신종) 코로나바이러스에 의한 호흡기 감염 질환이다. 이를 세계보건기구(WHO)에서는 'Corona Virus Disease 2019'를 줄인 「COVID-19」로, 또한 우리나라 질병관리청에서는 『코로나 바이러스 감염증-19(약칭 코로나 19)』"로 부르기도 했다. 세계보건기구는 코로나를 전염병의 최고경보단계 6등급인 "팬데믹(pandemic : 세계적 대유행)" 또는 "국제공중보건 위기상황"이라고 선포했다.

코로나 바이러스는 1937년 호흡기 질환을 앓던 닭에서 처음 발견됐다. 이 "코로나"라는 이름은 ① 이 바이러스의 외피 주변을 감싸고 있는 곤봉 모양의 스파이크 단백질인 돌기들이 많이 돌출되어 있는 모양이 왕관을 닮았다고 생각하여 라틴어로 왕관이라는 뜻을 지닌 코로나를 따라 이름을 붙여준 것이라는 여기는 한편, ② 또한 코로나는 원래 이온화된 고온의 가스인 플라스마(plasma)로 구성된 태양 대기의 붉고 둥근 띠를 이루고 있는 가장 바깥 영역을 뜻하는데, 코로나 바이러스를 현미경으로 보면 모양이 태양 외곽의 붉고 둥근 띠를 뜻하는 코로나와 비슷하게 보여서 이를 코로나라고 부른다는 생각도 있다.

코로나는 감염자의 침방울이 호흡기나 눈 코 입의 점막으로 침투될 때 전염된다. 이 비말감염은 감염자가 기침이나 재채기를 할 때에 침의 작은 물방울(비말; 飛沫)에 바이러스 세균이 섞여 나와 다른 사람에게 감염되는 것이며, 비말의 이동 거리는 2m가량이다.

코로나에 감염되면 약 2~14일의 잠복기를 거친 뒤 발열(37.5도) 및 기침이나 호흡곤란의 호흡기 증상, 폐렴들이 주요 증상으로 나타나는 한편, 두통 근육통 피로감 설사의 증상이 나타나기도 한다. 아울러 심한 경우에는 폐포가 손상되어 호흡 부전으로 사망에 이르기도 한다. 아울러 무증상 감염 사례도 꽤나 나오고 있다.

코로나의 예방법은 마스크 착용 필수, 소독제로 자주 손 씻기, 비누로 물에 30초 이상 꼼꼼히 손 씻기, 기침이나 재채기 때에 소매로 입 코 가리기, 눈 코 입을 만지지 않기, 사람이 밀집된 곳에 방문하지 않기, 코로나 백신 접종, 코로나 먹는 치료제 복용이다.

한편 세계보건기구는 2023년 5월 5일 코로나의 국제공중보건 위기상황에 대한 해제를 발표했다. 우리나라는 2023년 6월 1일을 기해 코로나 위기경보 단계를 심각에서 경계로 하향 조정, 곧 코로나를 팬데믹에서 "엔데믹(endemic : 풍토병)"으로 낮추었다. 이에 따라 2020년 1월 20일 국내 코로나 확진자가 처음 나온 이후 3년 4개월여 만인 2023년 6월 1일에 사실상의 일상회복을 맞았다.

《코로나 실시간 상황판(coronaboard.kr)》에 따르면, 2023년 6월 1일 기준으로 우리나라의 코로나 확진환자는 31,728,115명이며, 사망자는 34,804명이다. 한편 세계의 코로나 확진환자는 685,913,173명이고, 사망자는 6,885,037명이다.

이런 코로나로 인하여 오늘날 튼튼한 몸의 중요성이 다시 한번 강조되고 있으며, 지난날의 흔히들 사람들을 만나고 먹으며 마시고 얘기하는 일상생활의 소중함이 일깨워지고 있는 한편, 사회 각 분야에서 사람의 직접적인 만남을 하지 아니하는 "비대면(非對面)" 또는 "언텍트(untact)" 현상이 날로 늘어나고 있다.

더불어 코로나는 우리네 사람과 미생물을 비롯한 자연우주하늘의 존재에 대한 깊고 넓은 성찰을 불러일으킨다. 흔히 만물의 영장이라는 우리네 사람이 우리의 눈으로는 도저히 볼 수 없으며 또한 그러기에 피할 수도 없는 크기인 100나노미터(nm), 곧 1센티미터(cm)의 10만 분의 1 정도의 아주 조그마한 코로나 바이러스에 의해서 수많은 생명을 잃고 있는 안타까운 실정이다. 이처럼 자연우주하늘에는 우리네 사람이 도저히 볼 수도 없을 만큼 작거나, 또는 볼 수도 없을 만큼 커다란 존재들이 많이 있는 것이다. 아울러 자연우주하늘에는 우리네 사람이 눈으로 볼 수 없는 존재를 비롯하여 귀로 들을 수 없는 존재와 손으로 만질 수 없는 존재 및 살갗으로 느낄 수 없는 존재들도 수없이 많이 있는 것이다. 따라서 우리네 사람이 만물의 영장이라고 뻐기거나 우쭐대서도 안 되는 한편, 거꾸로 우리네 사람이 나약한 존재라고 업신여기거나 깔보아서도 결코 아니 된다. 우리네 사람은 작은 미생물과 큰 존재 및 들을 수 없고 만질 수 없으며 느낄 수 없는 수많은 존재들과 함께 널따랗고 드높은 자연우주하늘 속에서 서로 더불어 같이 살아가는 존재라는 엄연한 이치 도리 원리를 깨우쳐야 할 것이다.

튼튼한 몸을 가꾸기 위한 일반적 건강법으로서 동양에서는 예로부터 사람의 목숨은 본래 하늘에서 타고 나지만 양생(養生)을 소홀히 하면 단명하게 되므로, 장수하고 단명한 것은 스스로에게 달려 있다고 여겼다. 또 몸이 튼튼하고 장수할 수 있는 체질을 타고난 사람도 건강관리를 잘못하면 요절하고, 허약하여 단명하게 보이는 사람도 보양을 잘하면 그 목숨이 길어진다. 따라서 건강관리는 사람의 관리 가운데 으뜸이라 했다.
　우리나라 보건복지부는 ① 식사 전에는 손을 씻고 식사 뒤에는 이를 닦으며, ② 음식은 제때에 싱겁게 골고루 먹고, ③ 행주나 도마는 삶거나 햇볕에 말려서 쓰며, ④ 쓰레기통은 뚜껑을 덮고 주위를 깨끗이 한다. ⑤ 예방 접종과 건강진단은 때맞추어 받고, ⑥ 지나친 담배와 술을 삼가며, ⑦ 알맞게 운동하고 즐겁게 생활하자는 국민건강 생활지침을 마련했다.
　세계보건기구(WHO)는 보건의 날(매년 4월 7일)을 맞아 "오래 살기를 원하십니까? 그러면 짜고 기름진 음식을 피하고 매일 걸으십시오!"라는 표어를 발표했고, 우리나라 보건복지부도 "음식은 싱겁게, 우리 모두 걷기를, 담배를 끊자!"라는 지침을 마련했다.

어른병을 예방 또는 관리하기 위해서는 ① 마음의 안정을 가지며, ② 알맞은 잠을 자고, ③ 규칙적인 식사와 올바른 식생활이 중요한 데 특히 짜게 먹는 습관을 버려야 한다. ④ 지나친 음주와 흡연을 삼가고, ⑤ 몸놀림를 규칙적으로 하고 살찜증을 피해야 한다. ⑥ 정기적인 건강진단을 통해 초기에 어른병을 발견해야 하며, ⑦ 스스로 지키고자 하는 굳은 뜻으로 자신의 건강을 돌봐야 한다.
　미국 건강정보 사이트 Eat This Not That은 2021년 7월 15일 60세 이후 건강을 위해 고쳐야 할 7가지 건강에 해로운 습관으로서 ① 충분히 숙면하지 않는 습관, ② 사회적 관계를 유지하지 않는 습관, ③ 물을 충분히 마시지 않는 습관, ④ 과도한 운동을 하는 습관, ⑤ 두뇌 활용을 적게 하는 습관, ⑥ 음식을 조절하지 않는 습관, ⑦ 흡연하는 습관들에 대해 소개했다.

따라서 위와 같은 것들을 종합하여 보면 튼튼한 몸을 가꾸는 길로는 "가뿐한 마음, 알맞은 몸놀림, 올바른 먹거리, 적당한 잠, 넉넉한 쉼, 자연과 더불어 지내기, 담배 금지"들이 필요하다고 볼 수 있다. 이런 것들 가운데 이곳에서는 "알맞은 몸놀림, 올바른 먹거리, 자연과 더불어 지내기, 담배 금지"에 대해 살펴보자구나.

1. 『알맞은 몸놀림』은 삶의 당연한 요소이며 인류의 발자취와 더불어 지금에 이르기까지 인류의 생존에 필수 불가결한 영역인 우리네 사람의 "몸놀림(몸짓·몸움직임·몸놀리기·체육·운동)"을 모자라지 않으면서 또한 지나치지도 아니하여 알맞게 하자는 것이다.

우리 사람은 동물계의 생물체로서 다른 동물과 마찬가지로 움직이면서 살아가는 존재이다. 따라서 움직이지 않으면 생명을 유지할 수가 없는 존재이기도 하다. 그런데 요즘 우리들은 자동차를 비롯한 교통기관의 발달과 산업의 자동화로 인한 몸 일의 적어짐, 또는 주택지의 협소 과밀화에 따른 운동 공간과 시설의 부족함들로 우리의 몸놀림이 모자라지고 있다. 특히 요즘에 들어 과학문명의 비약적인 발전과 기술혁신으로 사람이 하던 일을 기계가 대신하고, 교통수단의 발달로 일상생활에서 걸어 다닐 필요조차 없게 됐으며, 자동화와 분업화는 몸의 활동영역을 점차 좁아지게 하며, 그런 생활습관의 편리는 또 다른 문제를 일으켰다. 그것이 바로 대부분 몸놀림의 모자람이 주원인이 되어 나타나는 "몸놀림 모자람 증세(운동부족증 : Hypogenetic Disease)"라는 새로운 질병의 발생이다. 이 몸놀림 모자람 증세라는 말이 처음으로 쓰이게 된 것은 1962년 미국에서 크라우스(Craus) 및 라이프(Life)가 생활의 기계화에 의해 초래된 요즘 생활이 몸놀림 모자람 증세를 낳고 거기에 따르는 건강 장애에 대해 말한 것이다.

이런 몸놀림 모자람의 결과로서는 "살이 찐다, 근육이 노쇠해진다, 조정능력이 떨어진다, 몸의 유연성도 둔해진다, 저항력이 떨어진다, 심장에 부담을 준다, 허파의 가스바꿈능력을 낮춘다, 혈관의 노화를 빠르게 한다"들이 있다.

그렇다면 나쁜 몸놀림의 모자람을 어떻게 스스로가 알 수 있겠는가? 아래에서는 우리가 일상생활을 하면서 쉽게 스스로의 몸놀림이 모자라는지를 평가하는 방법에 대해 살펴보자.

① 항상 자가용을 탄다. ② 발이 무거워 터벅터벅 걸을 때가 많다. ③ 쉬는 날에는 주로 낮잠을 잔다. ④ 배꼽 옆에 살을 잡으면 3센티미터 이상이 된다. ⑤ 등골이 뻐근할 때가 있다. ⑥ 계단을 오르면 숨이 차고 가슴이 두근거린다. ⑦ 에스컬레이터를 탈 때 잘 타지 못하고 주춤거린다. ⑧ 혼잡한 곳을 걸을 때에 사람들과 자주 부딪힌다. ⑨ 서서 양말을 신을 수가 없다. ⑩ 갑자기 일어설 때에 나도 모르게 '아이쿠' 소리가 난다. ⑪ 가벼운 몸놀림을 해도 다음 날까지 노곤하다. ⑫ 오래 걸으면 무릎이나 허리가 아프다.

위와 같은 12가지 가운데서 3개 이상이 당신에게 해당되면 바로 몸놀림 모자람이며, 10개 이상이면 건강에 문제가 있으므로 어서 빨리 건강진단을 받은 뒤에 부지런히 몸놀림을 하는 것이 좋을 것이다.

몸놀림은 알맞게 하면 몸에 좋은 결과를 가져오나, 지나치면 오히려 몸에 무리를 가져와 건강을 해치는 결과를 일으킬 수 있다. 따라서 스스로에게 알맞은 몸놀림과 적합한 몸놀림의 양을 알고 해야 한다. 스스로의 체력과 건강상태에 따라 몸놀림의 세기 시간 횟수가 조절됨으로써 최대의 효과를 가져올 수 있는데, 이를 몸놀림 처방이라 한다. 곧 "몸놀림 처방(Exercise Prescription)"은 몸놀림의 효과를 극대화하기 위해 각 개인에 알맞은 몸놀림의 종류를 비롯하여 세기(강도)·시간·횟수(빈도), 아울러 몸놀림을 하는 사람

의 나이와 최대 몸놀림 능력의 정도에 따라 몸놀림의 방법들을 분석 연구하여 각 개인에게
처방을 내려주는 것이다.

 (1). 몸놀림의 세기(강도)는 숨이 차고 땀이 날 정도로 해야 한다.
 (2). 몸놀림의 시간은 30분~60분 사이에서 해야 한다. 80%의 세기로는 30분쯤 몸놀림을
하며, 50%의 세기로는 60분가량 하면 되는데, 그 효과는 마찬가지이다. 하지만 나이가 40대
이상의 사람들은 세기를 약하게 하면서 몸놀림 시간을 길게 하는 것이 좋다.
 (3). 몸놀림의 횟수(빈도)는 1주일에 4~6일이 알맞다. 흔히 몸놀림의 횟수는 일주일
에 3일 이상은 반드시 해야 한다. 나아가 3일보다는 4일이 좋고, 4일보다는 5일이 더 좋
으며, 6일은 5일이나 마찬가지로 괜찮다. 하지만 7일은 오히려 나쁘므로 일주일에 하루는
꼭 쉬어야 한다. 곧 몸놀림의 횟수는 1주일에 4~6일이 알맞으며 몸놀림의 효과를 극대화
시킬 수 있는 것이다.

 우리네 벗님들이 "아침에 잠이 깨자마자, 출퇴근 시에, 일하면서, 저녁에 동네 공원들에서,
잠자리에 들어"의 일상생활 속에서 알맞은 몸놀림을 하는 것을 습관적으로 하여 버릇이 들도
록 하자구나!
 (1) 아침에 잠이 깨자마자 : 침대에 누워서 ⇨ ① 기지개 켜기 : 두 손을 위로 들어 올리
고 두 팔을 옆으로 벌리며 머리 얼굴 목 어깨 가슴을 한껏 쭉 편다. ② 무릎 당기기 : 두
손으로 무릎을 잡고 힘껏 당기면서 무릎을 배에 붙였다가, 손을 놓으면서 무릎을 침대
에 내려놓고 쭉 편다. ③ 허리 굽히기 : 발을 들었다가 내리면서 반동을 주고 허리를 들
어 쭉 굽히면서, 손을 쭉 뻗어 발끝으로 향한 다음에, 온 몸을 뒤로 하여 침대에 바르게
눕는다.
 (2) 출퇴근 시에 : 아침의 출근 및 저녁의 퇴근 시에 지하철을 이용하여 ⇨ ① 지하철을 타
려고 갈 때에 걷거나, ② 열차를 기다릴 때에 되도록 의자에 앉지 않고 통로를 걸으면서 운동
을 하는 한편, ③ 계단을 오르고 내릴 때에도 되도록 엘리베이터를 타지 않고 계단으로 걷거
나 에스컬레이터를 타고 걷는 따위로 몸놀림을 한다.
 (3) 일하면서 : 우리네 벗님들이 일터에서 일하면서 의자에 앉거나 서서 ⇨ ① 기지개 켜
기, ② 머리 얼굴 목 돌리기, ③ 손 올렸다가 내리기, ④ 허리 돌리기, ⑤ 등 허리 굽혔다 펴
기, ⑥ 무릎 돌리기, ⑦ 발 돌리기, ⑧ 허리 엉덩이 무릎 발 운동(우리 태권도 기마 자세, 스쿼
트〈squat〉 운동) : 두 발을 벌리고 두 손을 앞으로 들어 올리면서 무릎을 굽히고 허리 엉덩이
무릎 발에 힘을 한껏 주었다가 힘을 빼고 펴며 똑바로 서는 운동(이를 열심히 하면 허리 엉덩
이 무릎 발의 운동이 되고 하체 근력이 강화되어 바르게 서서 잘 걸어 다닐 수 있으며, 방광이
단련되어 오줌이 자주 마렵거나 오줌이 찔끔찔끔 나오는 요실금을 미리 막을 수 있는 효과적
인 몸놀림)을 꾸준히 하자구나!
 (4) 저녁에 동네 공원에서 : 우리네 벗님들이 저녁에 동네 공원에서 ⇨ ① 산책길을 걷거나
달리기를 하고, ② 허리 돌리기 기구로 온몸을 돌려보고, 철봉을 잡고 온몸을 쭉 펴며, 거꾸
로 매달리는 기구로 머리를 밑으로 발을 위로 가게 해서 온몸을 거꾸로 하고, 윗몸 일으키기
운동기구로 두손 머리 목 가슴 배 등 허리를 일으켰다가 쭉 펴며, 자전거 타기 기구로 발 무릎
운동을 하고, 손 돌리는 운동기구로 손과 온몸 풀기 운동을 한다.
 (5) 잠자리에 들어 : 하루 일과를 마치고 잠자리에 들어 ⇨ ① 기지개 켜기, 무릎 땡기기, 허
리 굽히기들을 하는 한편, ② 단전 숨쉬기 : 온몸의 힘을 빼고 편안하고 바르게 앉아, 배꼽 아
래 부위의 단전으로 고르게(균:均), 고요하게(정:靜), 가늘게(세:細), 길게(장:長), 깊게(심:深),
느긋하게(유:悠), 느리게(완:緩), 부드럽게(면:綿) 숨쉬기를 하자구나!

2. 『올바른 먹거리』는 "즐겁게 먹기, 먹거리를 균형 있고 골고루, 알맞은 양을 제때에 먹어야, 체질에 맞는 먹거리를, 자연 건강 먹거리, 물을 바르게 마시자, 달고 짠 것을 줄이고"이다.

(1). 즐겁게 먹기 : 먹거리와 마음 상태는 밀접한 관계가 있으므로, 먹을 때는 항상 즐겁고 유쾌한 마음으로 하는 것이 좋다.

(2). 먹거리를 균형 있고 골고루 : 갖가지 먹거리를 균형 있고 골고루 먹음으로써 몸 안에서의 구실이 다른 여러 영양소가 조화를 이루어 지나치거나 모자라는 일이 없도록 해야 한다. 우리의 먹거리의 영양소는 당질·지방·단백질·무기질·비타민의 5가지로 나눈다.
① 당질 또는 탄수화물 － 탄소(C) 수소(H) 산소(O)의 3원소로 이루어진 물질로서, 쌀 보리 콩 감자들의 곡류 잡곡류 감자류에 많이 있다.
② 지방 또는 지질 － 참기름 콩기름의 식물성, 소기름 돼지기름의 동물성이 있다.
③ 단백질 － 고기 생선 알 콩류들에 많이 있으며 성장 발육 생채기능을 증진시키는 데에 절대 필요한 것으로 여러 개의 아미노산이 모여 이루어져 있는데, 아미노산은 몸 안에서 합성되지 않는 필수아미노산(리질 바린 따위 8가지) 및 몸 안에서 생산되는 비필수아미노산(프로린 따위 16가지)으로 나눈다.
④ 무기질 또는 미네랄(mineral) － 사람의 몸을 구성하는 원소 가운데 탄소 수소 산소 질소들의 주로 유기물의 주성분이 되는 것을 제외한 나머지 원소를 통틀어 가리키며, 식품을 연소하면 재로 남기 때문에 회분이라고도 한다. 채소류 과일류에 많이 들어 있다.
⑤ 비타민(vitamin) － 몸 안에 없어서는 안 될 영양소이지만, 그 자체가 에너지원으로 되는 것은 아니고 물질대사를 원활하게 하는 요소이며, 특히 몸 안에서 합성되지 않기 때문에 채소류 과일류들의 먹거리에서 섭취해야 한다. 비타민은 흔히 지용성과 수용성으로 나누는데, 지용성에는 비타민 A D E K가 있으며 이를 지나치게 섭취했을 때는 간장에 저장됨으로 장애를 일으키므로 주의해야 하고, 수용성에는 비타민 B군(B1, B2, B6, B12) C P 엽산이 있다.

위와 같은 5대 영양소 가운데 몸의 근육 내장 피 따위를 만드는 '단백질'과 '무기질 중의 칼슘'을 「구성소」라 하고, 몸과 장기를 움직이는 힘을 내는 '당질'과 '지방'을 「열량소」라 하며, 대사기능을 돕는 '무기질'과 '비타민'을 「조절소」 또는 「보전소」라 한다. 이러한 영양소를 포함한 먹거리를 균형 있게 골고루 먹어야 한다.

(3). 알맞은 양을 제때에 먹어야 : 알맞은 양을 먹어야 하는데, 그것도 결식이나 폭식을 하지 않고 하루에 세 끼를 제때에 먹어야 한다.

(4). 체질에 맞는 먹거리를 : 동양 사람은 동양인의 생활양식이 있고 서양 사람은 서양인의 생활양식이 있듯이, 먹거리도 모두 체질과 환경에 맞게 발달되어 왔다. 동양 사람은 채식을 하기에 편리하도록, 서양 사람보다, 위가 크고 장의 길이도 길다. 이는 수만 년·수천 년의 오랜 세월을 두고 길들여진 것이다.
한편 무기질 가운데 우리 체질의 산 알칼리 정도를 결정하는 열쇠는 인과 칼슘이 쥐고 있다. 칼슘은 알칼리성으로, 인은 산성으로 만드는 작용을 하므로 이것이 잘 어우러져야 건강 체질인 약(弱)알칼리성을 유지하게 된다.
그런데 우리나라 사람의 먹거리 습관은 인의 섭취가 많고 칼슘의 섭취는 적은 편이기에 산성체질이 흔하다. 산성체질을 바람직한 약알칼리성체질로 개선하려면 산성인 동물성 먹거리보다는 알칼리성인 야채 과일 해초들의 식물성 먹거리를 많이 먹어야 하겠다.

(5). 자연 건강 먹거리 : 요즘에 현대 어른병의 까닭은 그릇된 먹거리라는 인식이 확산되면서 저공해 자연 및 건강 먹거리로 건강을 증진하자는 움직임이 확산되고 있다. 특히 늘푸른 두레 먹거리회 · 자연식 동우회 · 푸른 건강 실천회 · 건강 가족 동우회 · GF(Green Food) 연구회들의 모임이 활발한 활동을 한다.

이 모임이 내세우는 먹거리 원칙은 분석적인 서양 영양학과 함께, 자연이 주는 그대로 먹는다는 동양학적인 식생활 철학을 대폭 받아들이고 있다. 그리하여 "곡식은 속껍질을 벗기지 않은 채로 먹기, 생선은 뼈와 내장까지 함께 먹는 전체 먹기, 식용유나 조미료 향신료들을 최대한 줄이기, 야채 과일 해초류들을 자연 맛 그대로 먹기"들의 실천사항을 마련했다.

우리나라 사람들이 주로 먹는 대표적인 자연 건강 먹거리들은 아래와 같다.
① 곡식 : 현미 콩 팥 메밀 율무 통보리 통밀 / ② 통상 자연식품 : 콩제품 해조류 어패류 / ③ 조미료 : 된장 간장 소금 마늘 양파 파 고추가루 흑설탕 벌꿀 식물성기름 / ④ 간식류 : 과일 주스 / ⑤ 발효식 : 유산균음료(요구르트) 메주콩 청국장 단무지 장아찌 / ⑥ 야채류(특히 녹황 야채류) : 홍당무 호박 오이 가지 고추 시금치 상추 배추 무 쑥갓 미나리 / ⑦ 건강식품 : 인삼 영지버섯 죽염 고유차(녹차 쌍화차 두향차 두충차 덩굴차 칡차 오미자차)들이다.

한편 먹거리를 빨간색과 노란색 및 초록색의 세 가지 색깔로 나누어 각각을 빠짐없이 먹어야 한다는 '세 빛깔 먹거리(三色食)' 원칙도 있다. ① '빨간(적)색 먹거리'란 먹어서 피와 살이 되는 단백질을 많이 지니고 있는 먹거리를 가리키며, 고기류 생선류 우유 콩 통제품 계란 따위가 대표적이다. ② '노란(황)색 먹거리'는 몸속에서 연소되어 에너지를 내는 것으로, 곡식 감자 기름들이 있다. ③ '초록(녹)색 먹거리'란 다른 먹거리가 몸속에서 연소되어 이용될 수 있게끔 효소 구실을 하는 비타민 무기질을 지니고 있는 것으로, 채소류 과일류들이 있다. 따라서 주부들이 보금자리에서 먹거리를 마련할 때나 바깥에서 식사를 할 때에도 이 세 가지 색깔 계통의 먹거리를 골고루 먹어야 한다. 이를테면 호텔의 뷔페(buffet)식당에서 소고기 생선 돼지고기 치즈, 그것도 구운 것 · 삶은 것 · 볶은 것 · 튀긴 것들의 갖가지 종류로 잘 먹었는데, 뱃속이 거북하고 오히려 집에서 된장국에 밥 먹은 것보다 기운이 떨어지는 경우가 있다. 왜 그럴까? 그것은 세 가지 색깔의 먹거리를 고루 먹지 않고서 빨간색 먹거리만 먹었기 때문이다.

(6). 물을 바르게 마시자 : 물은 생명을 유지시키는 원천이고, 건강과 장수의 바탕이며, 혈색을 좋게 만들고 맑은 피가 되고, 몸의 특유한 자연치유력을 끌어내어 저항력을 길러준다. 그러기에 다른 먹거리는 보름쯤 먹지 않아도 버틸 수 있지만, 물은 단 며칠만 마시지 않아도 생명을 유지할 수 없다.

이런 물을 바르게 마시는 방법은 어떠한가? ① 우리가 마시는 물은 날물(생수)이 좋다. 맑고 깨끗한 날물에는 산소를 비롯하여 각종 무기질이 함유돼 있어 혈액에 산소를 공급하고 피를 신선하게 해주며 뇌의 활동을 높여 약알칼리성으로 만드는 작용을 한다. 또 자연의 맛이 풍기는 물이어야 하기에, 수돗물이라면 하루쯤 통에 담가 두었다가 염소를 증발시키거나 그밖의 혼탁물이 가라앉도록 한 다음에 마시는 것이 바람직하다. ② 동양의 한방 양생법에 따르면 매일 아침 눈을 뜨자마자 물을 한 잔씩 마시면 좋다고 한다. 또 요즘에 '1일 3회 3분간 물 마시는 건강법'이 인기를 끌고 있다. 이것은 하루에 3번, 곧 아침에 일어나자마자 큰 유리컵으로 한잔, 오후 3시경에 한잔, 밤에 자기 전에 한잔을 마시는 것이다. 또 한 잔의 물을 마시는 데는 천천히 3분가량에 걸쳐서 마시는 방법이다.

(7). 달고 짠 것을 줄이고 : 설탕들의 단것을 너무 많이 먹으면 비만이나 동맥경화를 일으키기 쉽다. 이는 설탕을 많이 먹으면 전분이 중성지방이나 콜레스테롤로 변화하기 쉽기 때문이다. 따라서 설탕은 하루에 50그램을 한도로 섭취하도록 해야 한다. 또한 소금을 지나치게 먹으면 고혈압이나 뇌졸중들의 까닭이 되므로, 보통 건강한 사람은 하루에 10그램쯤으로 억제해야 하며, 매일의 먹거리를 싱겁게 먹도록 해야 한다.

　3.『자연과 더불어 지내기』는 우리네 사람들이 자연우주하늘과 더불어 지내야만 튼튼한 몸 및 가뿐한 마음을 갈고 닦으며 가꿀 수 있다는 생각이다.
　① 흔히 서양의학의 아버지 또는 의성(醫聖)이라고 불리며《의사의 선서》를 지은 기원전 5세기 그리스의 의사인 히포크라테스(Hippocrates)는 "자연이 아니면 몸 안의 질병을 결코 이겨낼 수 없다. 모든 과도한 것은 자연에 반하는 것이다."라고 헤아렸다. ② 또한 우리나라의 국보 제319호이며 유네스코 세계기록문화유산인『동의보감』을 지은 훌륭한 의사인 허준도 "병이 났을 때의 치료보다 미리 병을 예방하거나 건강을 추구하는 양생에 힘써야 한다. 사람의 몸과 자연우주하늘을 서로 통하게 해야 한다."라고 여겼다. ③ 아울러 앞에서 살펴보았듯이, 세계 행복 보고서에서 1위 핀란드(8년 연속), 2위 덴마크, 3위 아이슬란드, 4위 스웨덴, 5위 네덜란드를 차지한 북유럽국가들의 행복 비결은 바로 자연이 일상생활과 가까이 있다는 점이다.

　자연과 더불어 지내기는 자연우주하늘은 안락함·포근함·풍요함·여유로움 및 치유력·회복력·항상성·평형성들을 지니고 있다. 그리하여 우리네 사람들은 위의 자연을 몸과 마음으로 한껏 느끼며 보고 들으면서, 비록 도시의 오염된 자연환경 속에서 하루 종일 바쁘게 살아가야만 하는 우리들의 몸과 마음의 응어리를 풀어서 튼튼한 몸 및 가뿐한 마음을 가꾸려는 것이다. 이런 자연과 더불어 지내기는 자연우주하늘을 통한 치유이며, 자연(Ecology)과 치유(Healing)의 합성어로 에코힐링(Eco-healing)이라고도 한다.

　자연과 더불어 지내는 자연치유의 발자취는 아래와 같다.
　(1). 자연과 더불어 지내기의 구체적인 프로그램으로서의 자연치유(Naturapathy, Naturapathic Medicine) 또는 자연요법·자연치료의 개념은 20세기 초에 미국의 러스트(Lust)에 의해서 체계적으로 정립됐다. 이런 노력의 결과로 1927년 미국 의회에서 자연치유라는 용어가 처음으로 승인되고, 1931년에는 자연치유요법이 연방의회에서 통과됐다.
　(2). 자연과 더불어 지내는 자연치유는 대체의학의 한 종류이다. 세계는 지금 자연치유를 포함한 대체의학에 어느 때보다 큰 관심을 쏟고 있다. 미국은 국립보건원(NIH) 내에 국립보완대체의학연구소(NCCAM)를 마련하고, 자연치유의 안정성과 유효성들에 관한 연구를 수행하는 데 많은 노력을 하고 있다. 전문가들은 삶의 질이 중요시되면서 현대 의학의 축이 질병 중심에서 건강 중심으로 옮겨졌기 때문이라고 본다. 단순히 병을 고치는 것이 아니라, 건강하게 사는 것이 중요해졌다. 모든 생명체가 그렇듯이 우리 사람도 자연에서 태어나 자연에서 살다가 자연으로 돌아간다. 삶은 곧 자연과의 조화다. 그런데 언제부턴가 사람은 자연에서 멀어졌다. 자연적 공간이 아닌 인위적 공간이 급격히 늘면서 사람에게 자연은 오히려 낯설어졌다. 자연과 멀어진 만큼 온갖 질병이 우리 몸과 마음을 괴롭힌다.
　(3). 유럽 최대 대학 병원인 독일 샤리테 베를린 대학 병원의 자연요법과 미할젠(Miehalsen) 교수는 자연의학 실용서《자연으로 치료하기》를 통해 과학적으로 입증된 자연요법의 효용성을 상세히 설명해준다. 이 책은 수년간의 과학 연구와 임상 시험들을

통해 얻어낸 우리 몸의 작용원리 · 자기 치유 능력 · 그 원리를 돕는 방법들을 소개한다. 더불어 질병 치유 과정도 알기 쉽게 들려준다. 그는 현대의 정통 의학이 간단히 약물 처방을 내리고 수술을 권하고 있으며, 그로 인한 대규모 부작용으로 의학적 신뢰 자체가 무너지고 있다고 안타까워한다. 근래 들어 동서양의 연구자들이 전통적 치유 방법의 작용 원리에 관심을 가지기 시작해 그나마 다행이라는 것이다. 그는 책에서 자기 치유력을 방해하는 약물이나 수술을 선뜻 선택하기보다 일상 속에서 자기 치유력을 강화하는 다양한 방법을 소개하며 그 실천을 권한다. 이와 함께 대표적 만성질환인 고혈압 · 관절증 · 동맥경화 · 우울 증후군 · 요통 및 목 통증 · 당뇨 · 류머티즘(rheumatism) · 위장질환을 소개하고, 자연요법으로 치료하는 10가지 방법도 일러준다.

(4). 우리나라의 의사 출신 자연의학 전문가인 자연의원 조병식 원장은 《자연 치유》라는 책을 통해 자연치유는 신체가 스스로를 낫게 한다는 뜻이라고 했다. 자연치유에서 가장 중요한 것은 환자 자신의 의지다. 자연치유는 전문가의 도움이 필요하지만, 구체적인 치료법은 모두 환자 스스로 하는 것이다. 따라서 자연치유의 승패는 환자가 얼마나 신념을 갖고 정성을 들여 실천하는가에 달려 있다고 했다.

이런 자연치유에는 자연요법, 정신요법, 식이요법, 해독요법, 면역요법들이 있다.

(1). 자연요법은 숲 · 땅 · 산소 · 물 · 햇빛들의 자연을 최상의 치료제로 여기는데, 요즘에는 숲 · 산림(山林 : forest) · 산(山 : mountain)의 치유 효과가 가장 널리 알려지고 있다.

① 미국이 1872년에 옐로스톤(Yellowstone)을 세계에서 처음으로 국립공원(National Park)으로 지정했고, 모든 세계로 국립공원 제도가 확산됐다. 미국에는 2021년 기준으로 모두 63개의 국립공원이 있다. 미국 10대 국립공원은 그랜드 캐년(Grand Canyon) 국립공원, 그레이트 스모키 마운틴(Great Smoky Mountains) 국립공원, 로키 마운틴(Rocky Mountain) 국립공원, 자이언(Zion) 국립공원, 옐로우스톤 국립공원, 요세미티(Yosemite) 국립공원, 아카디아(Acadia) 국립공원, 그랜드 티톤(Grand Teton) 국립공원, 올림픽(Olympic) 국립공원, 글레이셔(Glacier) 국립공원이다.

미국의 산림치유 시설로서 처방길(Prescription Trail)의 개념은 2008년 로버트 우드 존슨 기관의 재정 지원에 의해 도입되어 확대됐다. 처방길은 뉴멕시코 지역주민의 환경성 질환에 대한 맞춤형 치료법 제공을 위해 만들어졌다. 또한 미국의 자연산림치유협회(Association of Nature and Forest Therapy; ANFT)는 클리포드(Clifford)가 2012년에 만든 산림치유관련 민간기관이며, 미국의 캘리포니아 오하이오 플로리다 및 외국의 코스타리카 영국 슬로베니아 뉴질랜드에서 산림치유 안내와 훈련 및 인증프로그램을 진행하고 있다.

② 우리나라는 1967년에 처음으로 지리산 국립공원이 지정됐다. 우리나라의 산악형 국립공원은 18개이다. 곧 가야산 국립공원, 계룡산 국립공원, 내장산 국립공원, 덕유산 국립공원, 무등산 국립공원. 북한산 국립공원, 설악산 국립공원, 소백산 국립공원, 속리산 국립공원, 오대산 국립공원, 월악산 국립공원, 월출산 국립공원, 주왕산 국립공원, 지리산 국립공원, 치악산 국립공원, 태백산 국립공원, 팔공산 국립공원, 한라산 국립공원이다.

우리나라의 산림청과 서울성모병원이 2009년 9월 산림치유 프로그램을 진행한 결과에 따르면, 숲이 치매를 예방하고 스트레스 관련 질환을 치유하는 효과가 있음이 드러났다. 산림청은 2009년 1월 경기도 양평에 산림치유의 숲을 개장했고, 2016년 4월에 국민들의 복지에 대한 높은 기대와 수요에 부응하고자 숲을 통해 대국민 산림복지서비스를 제공하는 산림청 산하기관으로 한국산림복지진흥원은 개원했다. 한국산림복지진흥원에는 산림치유원이 있고, 횡성 숲체원 · 칠곡 숲체원 · 장성 숲체원 · 청도 숲체원 · 대전 숲체원 · 춘천

숲체원 · 나주 숲체원이 있으며, 양평 치유의 숲 · 대관령 치유의 숲 · 대운산 치유의 숲 · 김천 치유의 숲 · 제천 치유의 숲 · 예산 치유의 숲 · 곡성 치유의 숲들이 있다.

※【 다만 위의 "숲체원"의 이름이 문제가 있다고 감히 나 일벗님은 여긴다. 숲체원은 글자로만 보면 무슨 뜻인지 알 수가 없고, 숲체원 소개의 "숲체험 활동을 통해"라는 글에서 원래 '숲체험원'이라는 뜻을 글자 한 자를 줄이려고 "숲체원"이라고 한 것이라 짐작한다. 그런데 숲체원 맨 앞에 국립이라는 글자를 넣어서 정식 이름은 "국립횡성숲체원"이라는 일곱 자이다. 또한 띄어쓰기도 없이 모두 붙여쓰기를 했다. 이는 그릇된 것이라고 헤아린다. 차라리 국립이라는 두 글자를 빼고 체험이라고 한 글자를 더 넣으며 띄어쓰기도 하여서 『횡성 숲체험원』이라고 바꾸는 것이 마땅한 이름이라고 감히 내세운다. 】※

우리나라는 2009년 처음으로 산림치유의 숲 개장 이후 67개소의 치유의 숲을 조성하여 운영중에 있으며, 2019년 말 누적 방문객은 186만 명이고, 산림치유프로그램 이용객은 32만 명으로 국민의 건강을 위한 필수공간으로 거듭나고 있다.
우리나라에서 세계 처음으로 산림치유 관련 학술행사가 열렸다. 한국형 산림 복지 · 치유의 국제적인 확산과 연대 추진을 목적으로 한《2024 세계산림치유포럼(World Forum on Forest Therapy 2024)》이 2024년 10월 28일~30일 충북과 대전, 세종, 경북 영주 일원에서 열렸다. 포럼 주관은 한국산림치유포럼과 충북대학교 및 한국산림복지진흥원이 맡았다. 주요 행사는 주제 기조연설, 주제별 학술 발표(구두 · 포스터), 토론회, 현장 워크숍들이다.

(2). 정신요법은 '치유는 마음에서 시작돼 마음으로 완성된다'는 원칙에 기반한다. 암과 스트레스의 연관 관계는 여러 보고서를 통해 밝혀져 있다. 정신적 스트레스가 폐암의 중요한 원인이 된다는 보고서가 나왔고, 유방암이 밝고 명랑한 여성보다 우울한 여성에게 많다는 것은 잘 알려진 사실이다. 정신요법은 화병 · 우울증 같은 정신질환은 물론 심혈관질환이나 암 같은 신체질환과 밀접한 관련이 있다. 대표적인 방법은 명상, 감사하는 마음, 긍정적인 마음 갖기이다. 마음이 편안하고 즐거운 상태가 되면 자율신경계가 정상화되고 호르몬과 면역 체계가 좋아져 건강에 도움이 된다고 본다. 그중 명상은 동서양을 막론하고 큰 인기이다. 스트레스 없애기, 불안과 공포 버리기, 기도하기도 있다.

(3). 식이요법은 치유에 도움되는 영양분을 섭취하고 소화에 신경 쓰는 것이다. 미국에서도 자연치유를 위한 식이요법이 인기다. 통합의학 권위자인 와일(While)은 "고단백 식사는 자연치유 에너지를 감소시키므로 고기를 생선이나 콩 · 단백질로 대체하라!"고 여긴다. 단백질 분자는 크고 복잡하기 때문에 소화와 신진대사를 위해 탄수화물이나 지방보다 더 큰 에너지원이 필요하다. 고단백 식사를 계속하면 자연치유 에너지가 감소할 수밖에 없다. 그는 대신 자연치유력을 키우는 브로콜리, 마늘, 생강, 인삼들의 강장제를 먹으라고 권한다.

(4). 해독요법은 몸속에 쌓인 노폐물과 독소를 없애는 것이다. 몸속에 쌓인 노폐물과 독소는 만성질환과 암의 원인이 되고, 방치하면 자연치유력이 살아나지 않기에 먼저 독소를 제거해야 한다는 것이다. 해독요법은 단식요법, 생식요법, 관장법, 숯가루 해독법이다.

(5). 면역요법은 외부의 적으로부터 인체를 보호하는 방어 시스템인 면역을 길러 질병을 예방하거나 치유하기 위한 요법이다.

아울러 자연과 더불어 지내기는 요즘 우리나라를 비롯한 세계의 모든 나라들에서 자연치유센터 또는 자연힐링센터로서 큰 사랑과 관심을 받고 있다.
　우리나라에는 온숨자연스런치유힐링센터(서울 서초구), 자연치유힐링센터(부산 금정구), 약손월드힐링센터(광주 북구), 자연숲힐링센터(대구 동구), 플라즈마힐링센터(대전 중구), 숲속고요마을(경기 양평), 자연치유힐링교육센터(경기 안양), 참사람통합힐링센터(경기 양평), 자연치유힐링센터(경기 고양), 직지자연힐링센터(경기 여주), 하늘마을힐링센터(강원 평창), 백투에덴힐링센터(강원 속초), 나음힐링센터(충남 보령), 산처럼힐링센터(충남 공주), 제천한방자연치유센터(충북 제천), 자연건강힐링센터(전북 전주), 자연치유지리산힐링마을(전북 남원), 라온혜윰힐링센터(경북 경산), 회경동힐링센터(경남 하동), 무지개힐링명상센터(제주 서귀포)들이 있다.

　특히 『숲속 고요 마을(경기 양평)』은 수십만 평 잣나무 숲 국유림에 둘러싸인 자연생태계가 완벽한 일만이천 평의 전원 속에서, 말하고 걸으며 먹고 생각하고 자는 편안하고 안락한 일상생활을 하면서 온갖 응어리에 지친 나를 내려놓는 행복한 삶 자체가 몸과 마음의 치유와 연결되도록, 음식 환경 건축물 난방 유기농 프로그램들을 마련한 자연힐링센터이다.
　프로그램으로는 회복 프로그램, 실내 프로그램, 야외 프로그램, 숲속 힐링프로그램이 있다. ① 회복 프로그램은 참나무 장작불, 자연회복 강의, 항암 요리 교실, 작은 음악회(노래방), 영화 관람이다. ② 실내 프로그램은 발목 펌프 운동, 웃음 치료, 스트레칭(stretching), 복식호흡, 근력운동이다. ③ 야외 프로그램은 힐링마당 명상걷기, 황톳길 맨발걷기, 참나무 장작불 캠프파이어(campfire), 채소밭 테라피(therapy), 황토옥구슬길 걷기, 생활체조이다. ④ 숲속 힐링프로그램은 숲속 트레킹(trekking), 산림욕, 풍욕들이다.

　4. 『담배 금지』에 대해 살펴보자구나! 원래 담배는 식물 가짓과의 한해살이이고 모두 60종 30여 변종이 있는 식물인데, 흔히들 이 식물인 담배의 잎을 말려서 사람들이 피우도록 만든 것을 담배(cigarette, tobacco)라고 부른다.
　이 담배를 불로 태워서 그 연기를 입안에 머금었다가 밖으로 내뿜는 것을 담배를 피운다고 하며, 이를 흡연(吸煙 : smoking)이라고 하고, 이렇게 담배를 피우는 사람을 흡연자(吸煙者 : smoker)라고 한다.

　이런 담배는 이탈리아의 탐험가인 콜럼버스(Columbus)가 1492년에 남아메리카 대륙을 발견하고 상륙하여 당시 인디언들이 피우는 담배를 처음 본 뒤에 이탈리아로 귀국하면서 그 담배를 들여와서 전파했다.
　이렇게 시작된 담배는 서양을 비롯한 세계의 모든 나라에 여러 경로를 밟아 퍼져 나갔다. 아시아에는 1571년 에스파냐 사람이 쿠바로부터 필리핀에 도입한 것이 처음이다. 중국에는 타이완을 거쳐 1600년에 처음 들어갔다. 우리나라에 담배가 들어온 시기와 경로는 1608～1616년에 일본에서 들어왔다고 한다.

　담배는 우리네 사람 가운데 대부분 남성들이 어렸을 때에 벗들과 어울리면서 그저 단순한 호기심으로 처음 피우기 시작한다. 이 처음으로 담배를 피우는 것이 여러 번 되풀이되면 어느덧 습관이 되고 인이 박이며 중독이 되어 평생 동안 담배를 피우게 됨으로써, 개인 및 보금자리 배움터 일터 온누리에 엄청난 문제를 일으키게 된다.

《질병관리청 – 국민건강영양조사》에 따르면, 2023년에 우리나라 인구 5,180만여 명 가운데 담배를 피우는 사람(흡연자)은 1,060만여 명인 20.6%이며, 이 가운데 남성은 870만여 명인 34.0%이고, 여성은 190만여 명인 6.6%인 것으로 여긴다. 또한 2023년에 직접흡연으로 인한 사망자 수가 72,600여 명이며, 직·간접 사회경제적 비용은 13조 6,300여억 원으로 헤아린다.

지난날에는 담배가 의약적 효과가 있다고 생각했고 의식에도 쓰여 왔으나, 차츰 의약적 효능에 대해서는 믿지 않게 됐으며 해로운 점에 관심을 가지게 됐다. 또한 담배가 해로운 줄 알면서도 끊지 못하는 까닭은 담배를 피우게 되면 습관성이 생기는 한편 쾌락·사교·무료할 때의 심심풀이·긴장완화들에 필요하다고 생각하기 때문이다.

그러나 담배에는 우리 몸에 해로운 갖가지 유해성분이 들어 있다. 곧 니코틴·타르·일산화탄소들이 20여 가지나 된다. ① 니코틴(nicotine)은 무색 유성으로 독성이 강하여 한 방울을 흰쥐에 떨어뜨리면 죽게 되며, 우리네 몸에는 심장혈관 신경계통에 작용하여 혈압을 올리고 혈관을 수축시킨다. ② 타르(tar)는 암의 원인으로 호흡기계 세포에 해를 끼친다. ③ 일산화탄소는 헤모글로빈과 결합력이 매우 강해 폐포 안에서 가스교환작용을 방해하고 산소공급을 막으며 뇌 기능에 장애를 준다. 따라서 담배는 폐암·간질환·만성장염·위궤양·심장질환·만성기관지염·폐기종과 함께, 손발 떨림증·혈압 상승·시력 손상들을 일으킨다.

더불어 담배를 피우는 사람은 따로 담배와 라이터(lighter) 또는 성냥을 사는 돈이 들며, 담배와 라이터를 넣는 주머니가 지저분해지고, 담배 냄새가 온몸에 배여 주위에 역겨운 냄새를 피워 공기를 오염시킨다.

이런 담배에 따른 문제를 해결하는 방법으로서 가장 먼저인 것은 보금자리에서의 교육이다. 곧 어버이 특히 남성인 아빠가 스스로 담배를 피우지 말면서 자녀들에게 어려서부터 담배를 절대로 피우지 말도록 때때로 가르치는 것이다.

또한 우리나라에서는 1995년 9월 1일부터 국민건강증진법이 시행됨에 따라 ① 18세 미만의 미성년자에게는 담배를 판매할 수 없고, ② 담뱃갑의 앞뒷면에 흡연이 건강에 해롭다는 문구를 표기해야 하며, ③ 공중이 이용하는 시설의 소유자는 금연 구역과 흡연 구역을 구분하여 지정해야 하는 흡연에 대한 규제를 강화했다.

아울러 담배는 피우는 사람 및 옆의 다른 사람에게도 간접흡연의 피해를 끼친다. 그리하여 세계보건기구에서는 지난 1988년부터 매년 "5월 31일"을 '세계 금연의 날'로 정하는 담배를 끊자는 운동이 활발하여, 공공장소 일터에서도 담배를 피우지 않는 사람의 담배 연기를 마시지 않을 권리(혐연권:嫌煙權)를 보호하기 위해 금연 장소를 마련하고 있다. 따라서 스스로 및 주위의 남을 위해서라도 담배를 끊도록 해야 한다.

한편 담배를 피우는 사람에게 담배를 끊도록 유도하는 운동인 '금연 운동(禁煙 運動 : anti-smoking campaign / crusade against smoking)'을 적극적으로 전개해야 할 것이다. 우리나라에서는 한국금연운동협의회, 대한금연학회들이 금연 운동을 열심히 전개하고 있다.

※【 여러 가지로 모자란 나 행복충만 일벗님은 감히 우리나라와 더불어 일본 중국 미국들의 모든 세계에서 『인류 건강 및 세계 평화를 위한 담배제조 금지운동(NCMP; No Cigarette Manufacturing Project)』을 적극적으로 전개할 것을 강력히 내세운다. 그 까닭은 담배의 피해를 없애는 가장 좋은 방법은 담배를 아예 만들지 않는 것이기 때문이다.

그동안 담배를 만드는 제조 방법은 참으로 문제이다.

우리나라를 비롯한 수많은 나라에서 국가가 수입을 얻을 목적으로 특정한 종류의 물품에 대한 판매를 법률상 독점하는 전매 사업으로 담배에 대한 제조 및 판매를 독점적 권한을 행사하여 막대한 돈을 벌고 있는 것이 아주 큰 문제이다.

나라는 국민의 건강과 생명을 보호하는 것이 가장 중요한 의무 및 도리이며, 일반인이 건강에 해로운 담배를 만드는 것을 철저히 막아야 한다.

그럼에도 불구하고 오히려 나라가 국민의 건강에 해로운 담배를 독점적으로 만들고 담배를 팔아 큰 돈을 벌고 있는 것이 엄연한 실정이다. 이는 참으로 잘못된 것이며, 어서 빨리 고쳐져야 할 문제이다.

우리나라의 담배 제조 및 전매는 아래와 같이 흘러왔다. 담배는 16세기 후반 일본을 거쳐 국내에 도입되어 상품화되었으며, 이후 정부 차원에서 조세 수단으로 활용되기 시작했다. 이어 1919년에 궁내성 삼정과, 1948년에 재무부 전매국, 1952년에 전매청으로 개편, 1987년에 한국전매공사를 설립하여 국가가 담배 제조·판매를 독점했다. 1989년에 한국담배인삼공사법에 따라 전매공사에서 공기업 전환했고, 1997년에 주식회사화 (정부출자기관⇨상법상 회사), 1999년에 인삼 사업부 분리하여 한국인삼공사 설립했고, 2002년에 KT&G로 사명 변경하여 완전 민영화됐다.

하지만 현재에도 우리나라는 담배세들로 2024년 11조 7천억 원 수입금액의 약 70%인 8조 2천억 원을 거두어 들이는 실정이다.

아울러 담배로 인해서 해마다 일본은 2조 JPY(18조 원), 중국은 2000억 USD(250조 원), 미국은 150-230억 USD(20-30조 원)을 벌어들이는 것이 엄연한 실정이다.

현재 우리나라에서 판매되는 일반 궐련 담배 중 하나인 "세븐스타(Seven Stars)"는 시중 가격이 한 갑당 4,500원이며, 여기에 담배소비세, 국민건강증진부담금, 개별소비세, 교육세, 부가가치세들이 포함되어 있어, 총 약 3,042원이 세금으로 부과된다. 이는 판매가의 약 68%에 해당하는 금액이다.

한편 일본에서는 대표 브랜드인 '메비우스(Mevius)' 한 갑 가격이 약 580엔(한화 약

5,200원)이며, 그 중 약 63%가 담배세와 소비세들의 각종 세금으로 구성되어 있다.
　미국의 경우에, 주마다 가격 차이가 크지만, 대표적으로 뉴욕주에서는 한 갑당 평균 1315 달러(약 1만7천2만 원에 달하며, 이 중 약 70~80%가 연방세, 주세, 판매세들의 세금으로 포함되어 있다.

　결론적으로 우리나라, 일본, 미국, 독일, 프랑스, 영국들의 세계 모든 나라들에서 담배 가격의 대부분이 세금으로 구성된 구조이다.

　따라서 인류의 건강 증진보다는 담배 관련 세수 확보에 더 집중된 참으로 너무나 잘못된 커다란 문제점이며 허물로서, 후손들에게 물려주어서는 절대 안되는 선조들이 만들어낸 인류 문화의 못쓸 쓰레기이다.

　현재 세계적으로 담배 판매 금지는 추진 중이지만, 제조 자체를 전면 금지한 국가는 하나도 없다.
　① 뉴질랜드는 2022년 세대별 금연법 추진 ⇨ 2009년생부터 담배 판매 영구 금지(2024년에 새 정부가 폐지),
　② 부탄은 2004년 세계 최초로 담배 판매 금지 ⇨ 2021년 코로나로 금지 해제,
　③ 필리핀 · 인도네시아 · 인도들의 개발도상국은 담배 제조 · 판매 모두 활발하고 금지 논의조차 미미,
　④ 세계보건기구(WHO)는 담배근절 장기목표는 있으나, 담배제조금지는 구체적인 국제 캠페인이 전혀 없는 실정이다.

　다만 1916년에 미국의 여성 사회운동가 및 금연 금주 운동가인 안나 고든(Anna Gordon)은 여성금주절제협회(Woman's Christian Temperance Union, WCTU)의 회장으로서, 단순한 금연 운동을 넘어서 아예 담배 자체를 사회에서 없애자고 강력히 주장하기 시작했다. 1919년에 연방의회에 "5년 내 담배 완전 금지" 법안을 제출했다. 이는 흡연을 단지 개인 차원의 문제로만 보지 않고, 담배 제조 자체를 사회적으로 근절하려는 움직임이었다.

　이 운동은 이후에도 한동안 이어졌지만, 1950년대 무렵부터는 연방 차원의 완전 금지 요구는 더 이상 추진되지 않았고, WCTU 내부에서도 점차 담배 관련 활동은 축소되어 갔다. 참으로 안타깝게 되었구나!

　이런 『담배제조 금지운동』은 아래와 같은 과정을 거쳐야 할 것이구나!
　①. 흡연자들의 반대와 저항이 심하겠지만 합리적인 설득을 하여 극복해야 할 것이기 때문에, 나를 비롯한 개인의 일시적인 노력으로는 결코 이루어질 수 없으며, 사회 문화 정치 경제들을 망라한 온누리의 각계각층의 꾸준한 노력이 꼭 있어야 가능할 수 있는 운동이다.

　②. 『담배제조 금지운동』은 돈과 연결되며 국가재정과 관련된 문제이기 때문에 우리나

라의 최고 지도자인 대통령님께서 개인 국민 및 보금자리 배움터 일터 사회 나라 세계를 위한 숭고하고 위대하며 용기있는 결단을 하여 국가중요정책으로 적극 시행할 것을 간청 드린다.

　③. 나아가 우리나라의 대통령님께서 주도적으로 세계 모든 나라의 최고 지도자님들께『담배제조 금지운동』을 제안하여 모든 인류의 건강과 사람다운 삶 및 세계평화에 크게 이바지할 수 있기를 간절히 바란다.

　④. 담배는 우리 인류가 스스로 만든 문화의 그늘진 모습이며 더이상 후손에게 결코 물려주지 말아야 할 문화의 쓰레기이기 때문에, 『담배제조 금지운동』은 오늘날 이 세상을 살아가는 우리 모두가 몸과 마음을 바쳐 열성적으로 전개하여 실현시켜야 하는 운동이다.

　⑤. 부디 나 일벗님의 이런 생각이 마중물이 되어서, 언젠가는 성공적인『담배제조 금지운동』으로 선조들의 호기심과 어리석음 및 돈에 대한 욕심으로 인류의 건강을 해치는 담배를 만든 허물을 뉘우치는 한편, 우리 후손인 인류의 모든 분들께서 튼튼한 몸의 행복을 꼭 누릴 수 있기를 간절히 바란다.

　다음부터는『담배제조 금지운동』이 어떻게 우리나라 대통령의 노벨 평화상과 이어질 수 있는가에 대해 살펴보자구나!

　①. 우리나라 대통령님께서 국민 건강을 위해 그 조그마한 담배로 인한 세금수입을 과감히 포기하는 크고 깊으며 숭고한 용단을 내려 담배제조 금지선언을 한 다음에, 그 정책을 빠르게 실시하자는 것이다. 그리하여 어느 정도 뚜렷한 성과가 나타나야 한다.

　②. 우리나라 대통령님께서 세계 지도자들에게 담배제조 금지선언 및 운동을 실시하자고 널리 제안한다. 그리하여 어느 정도 뚜렷한 성과가 나타나야 한다.

　③. 나 행복충만 일벗님이 유엔, 스웨덴 노벨상 위원회, 노르웨이 노벨평화상 위원회, 세계 여러분들을 널리 찾아다니면서 우리나라 대통령님께서 담배제조 금지운동으로 인류 건강과 세계 평화를 위한 공로가 있으므로 노벨 평화상을 받아야 한다고 연설 및 설득활동을 적극적으로 전개하고자 한다.

　④. 물론 우리나라 대통령님께서 국내 정치도 사심 없고 대립 없으며 서로 어울리게 잘 이끌 어야 하겠지. 그런데 국내 정치만으로는 노벨 평화상을 운운하기는 어렵거든!

　그것을 바탕으로 세계 담배제조 금지운동을 열성적으로 이끌어서 인류 건강과 세계 평화를 이루는 밑바탕을 세운다면, 충분히 노벨 평화상을 운운해도 자연스러울 것이다.

　왜냐면 우리나라 전임 김대중 대통령님께서 받은 노벨 평화상은 개인적으로 박정희 및 전두환의 두 대통령들로부터 받은 온갖 탄압을 이겨낸 사람 승리 정도이지, 인류 건강과 세계 평화를 위한 뚜렷한 성과는 아니잖는가? 그래서 우리나라 국민 가운데에서도 뭔가 아쉬운 느낌이 있는 것은 사실이지 아니한가?

⑤. 그리하여 우리 대통령께서 노벨 평화상을 받으시면, 그것은 대통령님 개인 및 나와 너 우리 모든 국민에게 큰 영광이고 자랑거리이며 후손들에게도 기리 물려줄 보배일 것이다. 】※

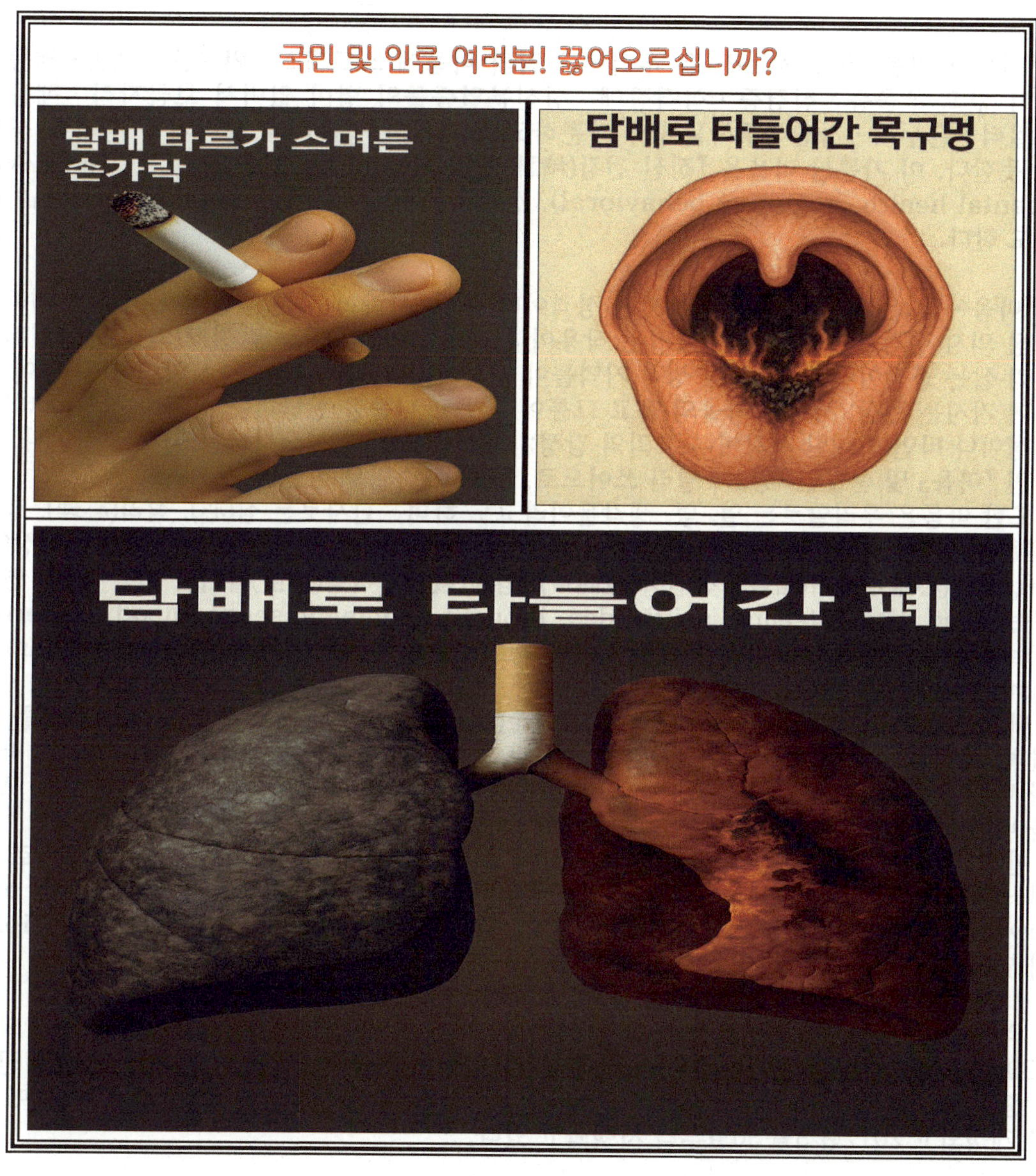

　튼튼한 몸을 가꾸기 위해서는 『공통적 행복충만을 위한 열두 가지 길』인 "행복충만, 올바르게 살고, 열심히 일하며, 3하(하고 싶다ㆍ할 수 있다ㆍ해야 한다) 원칙, 고맙습니다! 뉘우칩니다!, 어려움을 참고 견디며 이겨내자!, 시간을 아껴 쓰며, 기도정성을 간절히 드리고, 자원봉사활동을 하자, 웃으려 애쓰고, 창조력을 발휘하며, 자연우주하늘을 품자구나!"들이 있다.

『가뿐한 마음(Light Mind)』은 우리네 사람의 마음에 스트레스·외로움·화냄·열등감들이 없고 우울증·신경증·성격장애·정신분열증들의 병이 없어서 보금자리·배움터·일터·온누리·자연우주하늘에서 가뿐하고 활기차며 평온하게 살아가는 행복한 상태를 뜻한다. 이 가뿐한 마음을 『정신 건강(精神 健康:mental health), 정신 보건(精神 保健:mental health, cognitive behavioral), 정신 위생(精神 衛生:mental hygiene)』이라고도 한다.

『마음·맘』은 사람이 본래부터 지닌 성격이나 품성; 사람이 다른 사람이나 사물에 대하여 감정 의지 생각을 느끼거나 일으키는 작용이나 태도; 사람의 생각 감정 기억들이 생기거나 자리 잡는 공간이나 위치; 감정 생각 기억들이 깃들이거나 생겨나는 곳; 사람이 어떤 일에 대하여 가지는 관심; 사람이 사물의 옳고 그름이나 좋고 나쁨을 판단하는 심리나 심성의 바탕; 이성이나 타인에 대한 사랑이나 호의의 감정; 사람이 어떤 일을 생각하는 힘들을 뜻한다. 본 말인 『마음』 및 준말인 『맘』이 널리 쓰이므로, 둘 다 표준말로 삼는다.
　또한 마음은 우리말로는 얼, 넋, 생각들이라고도 하며, 한자로는 심(心), 심리(心理), 정신(精神), 혼(魂), 영혼(靈魂), 의(意), 의지(意志), 의식(意識), 이념(理念), 사고(思考), 상상(想像), 심령(心靈), 자아(自我), 진면목(眞面目), 영지(靈知), 허령(虛靈)들이라 하는 한편, 영어로는 mind, heart, feeling, spirit, idea, thought, mentality, sense, mood, sincerity, consideration, sympathy, tenderness, will, design, inclination, intention, fancy, taste 들이라고도 한다.
　마음은 좁은 의미로서 사람의 내면에서 성품(性) 감정(情) 의사(意)를 포함하는 주체를 뜻하며, 사람을 이루고 있는 다른 한 짝인 "몸"과 견주어서 쓰고 있다. 또한 '마음자리'는 마음의 바탕을, '마음결'은 마음의 움직임을, '마음씀'은 마음의 발현을, '마음씨'는 마음의 모양을 나타내는 말이라 할 수 있다.
　한편 유심론(唯心論 : spiritualism, idealism)은 자연우주하늘의 근본을 마음으로 보며 물질적 현상도 마음에서 비롯된다는 생각으로, 불교의 일체유심조(一切唯心造: everything depends on the mind), 과학의 인류원리(人類原理: anthropic principle)가 있다.

우리나라는 국민의 정신건강 증진을 위하여 1995년 12월 30일 정신보건법이 제정되어 1996년 12월 31일부터 시행됐으며, 이후 17차례의 개정을 거친 뒤에, 2016년 5월 "정신건강증진 및 정신질환자 복지서비스 지원에 관한 법률(약칭 정신건강복지법)"로 그 이름이 전부 개정되고 2017년 5월 30일부터 시행되고 있다.

우리네 시람들의 마음을 다루는 학문으로는 종교, 철학, 심리학, 정신의학, 행정학, 경영학들이 있다.

『종교(宗敎 : religion, faith)』란 말은 서양에서 비롯됐다. 19세기 말에 일본인이 'religion'을 옮길 때에, 마땅한 것이 없자 법화현의(法華玄儀)에 나오는 '부처님의 근본이 되는 가르침'을 본받아, "으뜸이 되는 가르침"이라는 뜻의 종교(宗敎)로 옮겼다. 그리하여 이를 이어받아 근현대 한국 및 중국에서도 이 "종교"라는 널리 말을 쓰게 됐다.

　한자로 종교(宗敎)의 종(宗)은 모든 것이 귀의하는 근본적 진리라는 뜻이며, 교(敎)는 이것이 각각의 상대에 따라서 갖가지의 가르침으로 나타난다는 뜻이다. 또 종교라고 옮겨진 서양의 릴리젼(religion)의 어원은 라틴 말의 레리기오(religio)에서 온 것으로, 레리기오란 엄숙한 예배·의례와 불가사의한 사물을 대할 때 생기는 두렵고도 존경하는(외경; 畏敬) 마음을 뜻한다.

　예로부터 동양에서는 도(道)란 말이 널리 쓰였다. 동양의 도(道)란 우주와 삶을 꿰뚫는 근원이며, 모든 것을 생성시킬 수 있는 바탕임과 함께, 사람이 마땅히 걸어가야 하는 길이며 삶이 추구해야 할 목적이라 한다. 또한 도는 마땅히 지켜야 할 도리, 종교상으로 근본이 되는 뜻 또는 깊이 깨달은 지경, 기예 무술 방술의 방법들을 뜻한다. 아울러 도란 동양의 도덕이나 윤리에서 그 중심을 흐르는 것으로 생각되어온 가장 근원적인 원리 원칙으로서, 본래 사람이 걷는 길이라는 뜻을 가진 이 글자가 추상적인 의미로 바뀌어 사람의 행위에 꼭 따라야 할 기준과 원칙의 의미로 됐다. 곧 도는 사람 및 삶을 아우르고 자연우주하늘의 모든 만물을 질서 정연하게 하는 것으로 생각됐다.

　위와 같이 흔히들 종교는 신이나 초자연적인 절대자 또는 힘에 대한 믿음을 통하여 사람 생활의 고뇌를 해결하고 삶의 궁극적인 의미를 추구하는 문화 체계; 우리네 사람이 스스로 나라는 존재에 대해서 묻고, 영원불변한 절대적 존재와의 관계에서 삶의 궁극적 목적을 추구하며, 스스로를 성찰하여 삶을 정화하고 사람의 존재에 대한 값어치를 드높이는 모든 노력이라 할 수 있다. 아울러 종교는 성(聖)의 세계에 다다르려는 것이며, 우리네 사람들로 하여금 현실세계에서의 방황과 어려움을 이겨내고 저 높은 곳을 향해 나아갈 수 있도록 이끌어 주는 구실을 한다. 이런 종교로서 불교, 유교, 기독교들이 있다.

　『불교(佛敎 : Buddhism)』는 부처님(Buddha : 佛陀)의 가르침이며, 부처님의 가르침을 법이라고도 하므로「불법(佛法)」, 또는 부처가 되는 길을 가리키므로「불도(佛道)」라고도 부른다.

　역사적으로 불교는 인도의 『석가모니 싯다르타』(생존 연대로는 기원전 624년~544년 / 기원전 563년~483년 / 기원전 463년~383년의 여러 가지 설이 있으나, 우리나라에서는 기원전 624년~544년《80살》을 통설로 인정하고 있음)가 왕자의 자리를 버리고 출가하여 열렬한 수도정진을 통해 35세에 부처·불타(佛陀)·깨달은 사람(각자: 覺者)이 되어서 창시한 종교이다.

　『부처님』의 본래의 성은 고타마, 이름은 싯다르타이다. 뒤에 깨달음을 얻어 불(佛)·부처님(Buddha:佛陀)·석가모니(釋迦牟尼)라 불리게 됐다. 석가(釋迦)는 민족의 명칭이고 모니(牟尼)는 성자라는 의미로, 석가모니는 석가족 출신의 성자라는 뜻이다. 또한 진리의 체현자라는 의미에서 여래(如來), 존칭으로서의 세존(世尊)·석존(釋尊)이라고도 부른다.

　네팔 남부와 인도의 국경 부근인 히말라야산 기슭의 카필라 성을 중심으로 석가(샤키야)족의 작은 나라가 있었다. 부처님은 그 나라의 왕 정반왕과 마야 부인 사이에서 태어났다. 부처님은 크샤트리아(귀족) 계급 출신이라고 하지만, 석가족 내부에 신분제(카스트)의 구별이 있었던 것 같지는 않다. 마야 부인은 출산이 가까워짐에 따라 당시의 습속대로 친정에 가서 해산하기 위해 고향으로 가던 도중 룸비니 동산에서 부처님을 낳았다. 부처님은 부인의 오른쪽 옆구리로 출생했다고 한다. 부처님이 태어났을 때, 히말라야 산에서 아시타라는 선인이 찾아와 왕자의 상호를 보고, "집에 있어 왕위를 계승하면 전 세계를 통일하는 전륜성왕이 될 것이며, 만약 출가하면 반드시 불타가 될 것"이라고 예언했다고 한다. 부처님은 태어난 지 7일 뒤에 어머니를 여의는 삶의 큰 애달픔을 겪는다. 그 뒤 이모에 의하여 길러져서 왕족의 교양에 필요한 학문·기예를 배우며 성장했으며, 생활은 물질적으로 매우 풍부했을 것이다. 당시의 풍습에 따라 그는 16세에 결혼했으며, 부인은 야쇼다라이고, 아들인 라훌라도 얻었다. 이 같이 안락하고 행복한 생활을 보내던 중 부처님은 인생의 밑바닥에 잠겨 있는 삶과 죽음의 괴로움 문제와 직면하게 됐다. 이러한 점은 새가 벌레를 잡아먹는 모습 및 생로병사와 사문을 목격한 이른바 사문유관 또는 사문출유로서 설명된다.

부처님은 29세 때 고의 본질 추구와 해탈을 구하고자, 아내와 자식 및 왕자의 지위를 버리고 출가했다. 남쪽으로 내려가 갠지스 강을 건너 마가다국의 왕사성으로 갔다. 여기에서 알라라칼라마 및 우다카라마푸타라는 2명의 선인을 차례로 찾아, 무소유처정·비상비비상처정이라는 선정(禪定)을 배웠다. 그것은 일종의 정신통일에 의하여 하늘에 태어나 보려는 것이었는데, 부처님은 그들의 방법으로써는 생사의 괴로움을 해탈할 수 없다고 깨달았다. 그리하여 그들로부터 떠나 부다가야 부근의 산림으로 들어갔다. 여기에서 그는 당시의 출가자의 풍습이었던 고행(苦行)에 전념했다. 고행은 육체적인 면의 극소화를 통하여 정신의 독립을 구하는 2원적 극단론에 근거한 것이다. 극심한 고행을 하여 몸이 해골처럼 됐어도 해탈을 이룰 수는 없었다. 그래서 고행을 중단했다. 그리고는 보리수 아래에 자리 잡고 깊은 사색에 정진하여 마침내 깨달음을 얻었다. 이 깨달음을 정각(正覺)이라고 한다. 그 깨달음의 내용에 대하여 『아함경』에는 여러 가지로 설명하고 있다. 사제(四諦 : 고집멸도의 네 진리)·십이인연(十二因緣)들을 깨달았으며, 기본적으로는 선정에 의하여 법을 깨달았다고 하겠다. 곧 선정은 강렬한 마음의 집중이며, 여기에서 생긴 지혜는 신비적 직관이 아니라 자유로운 있는 그대로 옳게 보는 것이다. 이 지혜가 진리를 깨달아 진리와 일체가 되어 확고부동하게 됐는데, 공포·고통·애욕에도 산란을 일으키지 않는 부동의 깨달음이라 할 것이다. 이것은 마음이 번뇌의 속박에서 해방된 상태이기 때문에 해탈(解脫)이라고 하며, 이 해탈한 마음에 의하여 깨우쳐진 진리를 열반(涅槃)이라고 한다. 현대적 의미에서의 해탈은 참 자유, 열반은 참 평화라고 할 수 있다.

부처님은 성도 뒤에 5주간을 보리수 아래에서 해탈의 기쁨에 잠겨 있었는데, 범천의 간절한 권청이 있어 설법을 결심했다. 악마의 유혹·중생이 이해 못 할 것을 염려한 설법 주저·범천 권청들은 마음 속의 일을 희곡적으로 표현한 것으로도 보이나, 깊은 종교적 의미가 담겨 있다. 부처님은 그곳에서 500리쯤 떨어진 베나레스 교외의 녹야원으로 가서, 일찍이 고행을 같이했던 5명의 수행자에게 고락의 양극단을 떠난 중도(中道)와 사제에 관하여 설했다. 이것을 특히 초전법륜(初轉法輪)이라고 하는데, 그들은 모두 법을 깨달아 제자가 됐다. 여기에 처음의 불교 교단인 승가(僧伽)가 성립됐다. 이렇게 하여 불교는 그의 설법을 통하여 세계에 널리 알려지게 됐다. 그 뒤 부처님은 적극적으로 설법을 계속하여, 그 교화의 여행은 갠지스강 중류의 넓은 지역에까지 미쳤다. 제자의 수도 점차 증가했으며, 각지에 교단이 조직됐다.

뜨거운 중부 인도 각지를 45년의 긴 세월에 걸쳐 돌며 설법·교화를 계속한 부처님은 80세의 고령에 이르렀다. 여러 차례의 중병에도 불구하고 교화 여행을 계속했다. 이때 자신의 죽음을 예견하고 여러 가지 유언을 했다고 한다. "자신을 등불로 삼고 자신을 귀의처로 하라. 법을 등불로 삼고 법을 귀의처로 하여 수행하라" 또한 자기가 죽은 뒤에 "교주의 말은 끝났다. 우리의 교주는 없다고 생각하여서는 아니 된다. 내가 설한 교법과 계율이 내가 죽은 후 너희들의 스승이 될 것이다"들이 그것이다. 마침내 쿠시나가라의 숲에 이르렀을 때, 부처님은 심한 식중독을 일으켜 쇠진했다. "나는 피로하구나. 이 두 사라수 사이에 머리가 북쪽으로 향하게 자리를 깔도록 하라"고 말하자, 제자들은 부처님의 운명이 가까웠음을 알고 눈물을 흘렸다. 부처님은 "슬퍼하지 마라. 내가 언제나 말하지 않았느냐. 사랑하는 모든 것은 꼭 헤어지지 않으면 아니 되느니라. 제자들이여, 그대들에게 말하리라. 제행은 필히 멸하여 없어지는 무상법이니라. 그대들은 중단없이 정진하라. 이것이 나의 마지막 말이니라"고 설한 뒤에, 삶을 마쳤다. 부처님의 유해는 다비(茶毘; 화장)되고, 유골(사리; 舍利)은 중부 인도의 8부족에게 나누어 사리탑에 분장됐다. 이 사리탑은 중요한 예배대상으로 되어 뒤에 불탑신앙으로 발전했다.

부처님의 탄생지인 룸비니 동산, 성도지인 부다가야, 처음의 설법지인 녹야원, 입멸지인 쿠시나가라는 4대 성지로서 중요 순례지가 되고 있다.

그리하여 부처님은 공자님·예수님·소크라테스님과 더불어 세계 4대 성인(聖人; saint, holy man) 가운데 한 명이 된 존경스럽고도 훌륭하신 분이시다.

이러한 부처님은 당시 인도의 전통적 종교·철학사상을 바탕으로 하여, 사람의 무한한 가능성을 체험하고 생명과 우주의 실상을 증득하여 '모든 사람은 누구나 깨달을 수 있다(일체중생 실유불성; 一切衆生 悉有佛性)'고 내세웠으며, 당시 계급차별제도(카스트제)에 구애받지 않는 모든 사람의 본원적 평등을 주장했고, 사람 사이의 어울림 및 사람과 자연의 어울림인 연기설(緣起說)을 강조했다. 이 부처님의 가르침은 제자들이 세 번의 결집 및 연구를 통해 경·론·소의 이른바 대장경을 마련했다.

불교의 사상을 크게 나누어 살펴보면, 온누리의 존재의 모습(업설·십이인연설·연기설·유식설)을 살핀 아함경·구사론·유식론, 존재의 실상(중도설·공사상)을 생각한 반야경·중론, 사법계론과 무진연기설을 내세운 화엄경, 일념삼천설을 제시한 법화경, 정토사상을 가르친 아마타경들과 함께 밀교, 참선을 위주로 삼는 선종들이 있다.

특히 대승불교에서는 불타에 관한 철학적 고찰이 가해져 불타에는 ① 법신(法身 : 진리로서의 불타)·② 보신(報身 : 보살의 원·행에 의하여 성취된 불타)·③ 응신(應身 : 중생구제를 위하여 상대방에 상응하게 나타나는 불타)의 3신이 있다고 말한다. 이에 따르면, 부처님은 2,500여 년 전의 인도라고 하는 특정의 지역·시대에 나타난 응신의 불타로서, 시방삼세제불의 일부가 되고 있다. 그러나 신앙의 입장에서 부처님은 위의 3신을 모두 갖추고 있는 분으로 숭배되고 있다.

불교는 우리네 사람의 마음에 대한 소중함과 위대함 및 값어치를 강조하는 종교이다. 왜냐면 부처님께서는 원래 우리와 똑같은 '고타마 싯타르타(Gautama Siddhartha)'라는 사람으로 태어나서 자라고 수행하여 우리네 사람을 비롯하여 자연우주하늘의 모습과 이치 및 원리를 스스로 깨달아 부처님이 됐으며 우리와 더불어 살면서 스스로 깨달은 자연우주하늘의 모습과 이치 및 원리를 우리네 사람들에게 널리 가르치다가 돌아가신 거룩하며 우리와 같은 사람이기 때문이다. 더불어 불교에서는 우리네 사람들의 마음은 공간 및 시간을 뛰어넘어 자연우주하늘을 넘나들고 품을 수 있다고 여긴다. 곧 마음은 공간적으로 이곳, 저곳, 지구, 태양계, 은하계, 우주 모두를 중력·열·공기들의 그 어떤 것들에 얽매이지 아니한 채로 훨훨 날아다니고 품을 수가 있는 것이다. 아울러 마음은 시간적으로 지난날, 요즘, 앞날을 두루두루 넘나들면서 품을 수가 있는 것이라고 여긴다. 따라서 우리의 마음은 참으로 오묘하고 신비로우며 놀라운 것이라고 헤아린다.

그리하여 불교는 『우리네 사람의 마음의 비롯됨, 이루어짐, 작용과 양면성, 결과 및 책임, 그릇된 마음의 까닭, 다스림, 모습, 전개, 승화, 닦음, 깨달음』의 마음에 대한 깊고 넓으며 뛰어나고 뜻있으며 심오하고 방대한 생각들로 이루어져 있다.

　1. 불교에서는 마음의 비롯됨으로서 『십이처설, 사대오온설, 십팔계설, 팔식, 유식사상』들을 내세운다.
　① 먼저 불교는 신이나 우주의 원리와 같은 초월적인 진리에서부터 설해가는 것이 아니라 우리들이 인식할 수 있는 구체적인 현실세계의 관찰에서부터 시작하며, 그 구체적인 현실세계의 구조와 성질을 갈파한 것이 십이처설이다. 십이처설(十二處說)은 자연우주하늘의 모든 것이 우리의 눈·귀·코·혀·몸·마음(6근) 및 물질·소리·냄새·맛·느낌·자연(6경)의 열두 가지(12)에 들어간다(처)는 생각이다. / ② 12처 가운데 물질과 관련되는 눈귀코혀몸의 5근과 색성향미촉의 5경은 흙 물 불 공기의 4가지 기본요소인 사대로 이루어져 있고 이를 색온이라고 하는 한편, 정신적인 요소는 물질적인 색 및 수 상 행 식의 정신적인 사온을 더한 오온이라는 것이 사대오온설(四大五蘊說)이다. / ③ 십팔계설(十八界說)은 자연우주하늘의 모든 것이 위의 6근과 6경에 눈식 귀식 코식 혀식 몸식 의식(6식)이 어울린 열여덟 가지로 이루어져 있다는 것이다. / ④ 팔식(八識)은 우리네 사람의 마음이 위의 6식과 함께 말라식(제7식) 및 아라야식(제8식)의 모두 여덟 가지의 의식으로 이루어져 있다는 것이다. 특히 "아라야식'은 사람 존재의 근저에 항상 상존해 있으면서도 변함이 없으며 그 흐름은 일생 동안 끊어지는 일이 없을 뿐만 아니라 또한 미래의 생존에까지 계속 영향을 미쳐서 이어져 가는데, 우리의 몸과 마음의 모든 작용은 종자라는 업력이 되어서 마치 안개가 쌓이는 것처럼 훈습되어 아라야식에 보존된다. / ⑤ 유식사상(唯識思想)은 우리의 마음 밖에 존재하고 있는 정신적 또는 물질적인 모든 존재는 마음의 작용에 의해 만들어지는 것이므로 마음을 떠나서 아무것도 존재할 수 없다는 것을 강조하면서, 이런 마음의 구조와 작용을 인식하고 수행하면 불교의 궁극적인 목적인 부처님의 단계에 이를 수 있다는 것이다.

　2. 마음의 이루어짐으로는 『인연설, 연기설, 십이 연기설』들이 있다.
　① 인연설(因緣說)은 우리네 사람의 마음을 비롯하여 모든 것들은 홀로 떨어져서 존재하는 것이 아니라, 결과를 내는 직접적인 까닭인 인(因) 및 간접적인 까닭인 연(緣)이 서로 어울려서 존재한다는 생각이다. / ② 연기설(緣起說)은 모든 것은 홀로 떨어져 있는 것이 아니라, 어떤 것에 말미암아서(緣) 일어나거나 생긴다(起)는 생각이다. 곧 "이것이 있으므로 저것이 있고, 이것이 생기므로 저것이 생긴다. 이것이 없으므로 저것이 없고, 이것이 멸함으로 저것이 멸한다"는 것이다. / ③ 십이 연기설(十二 緣起說)은 우리에게 죽음의 괴로움이 있게 되는 형성과정을 십이 단계인 무명, 행, 식, 명색, 육처, 촉, 수, 애, 취, 유, 생, 노사로 나누어 본다.

　3. 마음의 작용과 양면성으로는 『업설, 십업』들이 있다. ① 업(業:Karma)설(說)은 우리네 사람의 자유스러운 마음의 작용인 업이 몸과 입 및 마음의 세 가지로 이루어진다는 생각이다. / ② 십업(十業)은 몸으로 짓는 살생·도둑질·사음, 입으로 작용하는 거짓말·다른 말·나쁜 말·꾸밈말, 마음으로 짓는 탐욕·화냄·어리석음이 있다.

　4. 마음의 결과 및 책임으로는 『업보설, 윤회설, 십계설』들이 있다.
　① 업보설(業報說)은 우리의 마음 작용인 업에는 필연적으로 그 작용에 따른 결과 갚음 책임이 따르며, 착한 마음의 작용에는 좋은 책임이 따르고 악한 마음의 작용에는 반드시 나쁜 책임이 뒤따른다는 생각이다. / ② 윤회설(輪廻說, 輪回說)은 우리네 사람들이 태어나 자라고 배우며 일하고 살아가면서 몸과 입 및 마음으로 지은 업에 따라 현생의 삶을 마치고 죽은 뒤에, 다음 생은 현생에서 지은 업에 알맞은 곳에 태어난다는 생각이다. /

③ 십계설(十界說)은 우리네 사람을 비롯한 모든 존재가 스스로의 몸과 입 및 마음으로 지은 업에 따라 공간적으로 지옥계·아귀계·축생계·수라계·사람계·천상계의 육범 및 성문계·연각계·보살계·불계의 사성의 열 가지 세계에서 지내게 된다는 생각이다.

5. 그릇된 마음의 까닭으로는 『번뇌론』이 있다. 번뇌(煩惱:Kleśa)론(論)은 우리의 마음을 그릇되게 하는 번뇌에 대한 생각이다. 번뇌란 우리의 본래의 마음을 더럽고 나쁘며 그릇되게 만들어 마음을 어지럽고 괴롭게 하며 몸을 피곤하고 지치게 하는 것이라고 한다. 이 번뇌는 우리의 인식기관인 눈·귀·코·혀·몸·뜻의 6가지 문을 통해 항상 흐르는 번뇌에 의해 마음은 산란되고 다툼을 느낀다고 한다. 따라서 불교에서는 이 번뇌를 '미혹함·잠듦·물듦·흐름·얽매임' 및 '수면(隨眠)·전(纏)·결(結)·객진(客塵)'이라고도 부른다. 한편 번뇌는 "혹(惑)·진노(塵勞)·염(染)"이란 뜻이다.

이러한 번뇌에는 어떤 것이 있을까? 번뇌의 가장 근본적인 것은 「무명(無明)」으로, 세상만물의 진리와 이치를 모르는 것이며 자기중심(아집:我執)으로 인해 공평하고 정확하며 진실한 생각을 못 하는 것이다. 이 무명으로 인하여 「탐냄·화냄·어리석음」의 "삼독(三毒)" 또는 "삼혹(三惑)"이 생긴다고 한다.

① 탐냄(탐:貪 / 탐욕:貪慾)이란 어떤 것을 얻고 싶으며 차지하고자 마음이며, 바람직스럽다고 여기는 대상에 대한 애착이다. ② 화냄(진:瞋 / 진에:瞋恚 / 에:恚)은 바람직스럽지 않은 대상에 대한 성냄·분노 또는 반발·거부·배척할 때 드러나는 마음의 상태이다. ③ 어리석음(치:癡 / 우치:愚癡 / 우:愚)이란 자신과 온누리를 바르게 생각하지 못하고 헛되며 그릇되게 생각하는 것이다.

또한 이 삼독이라는 3 번뇌에서 6 번뇌와 7 번뇌 및 10 번뇌, 그리고 108 번뇌, 나아가 8만 4천 번뇌가 일어나서 우리의 마음을 그릇되게 한다고 한다.

특히 「백팔(百八:108) 번뇌」 또는 「백팔 결(結)」은 중생이 가지고 있는 온갖 번뇌를 108가지로 열거한 것을 말한다. 원래 108이란 많다는 뜻으로 쓰였던 숫자이다. 그러나 불교의 교리심화와 함께 108번뇌의 산출법이 뚜렷하게 생겨나게 됐다. 그 세는 법에는 여러 가지가 있으나, 두 가지 설이 널리 채택되고 있다.

(1) 백팔(百八:108) 번뇌의 일반적인 풀이법은 눈·귀·코·혀·몸·마음들의 감각 기관인 육근 및 이 육근의 대상이 되는 색깔·소리·냄새·맛·감각·법의 육경이 서로 작용하여 일어나는 갖가지 번뇌에 대한 산출법이다. 육근이 육경을 접촉할 때 각각 좋고(好)·나쁘며(惡)·좋지도 싫지도 않은(平等) 세 가지 인식작용을 하게 되는데, 이것이 곧 3×6 = 18(십팔)의 십팔번뇌가 된다. 또한 이 좋고(好)·나쁘며(惡)·좋지도 싫지도 않은(平等)에 의거하여 즐겁고 기쁜 마음이(樂) 생기거나, 괴롭고 언짢은 마음이(苦) 생기거나, 즐겁지도 괴롭지도 않은 상태(捨)가 생기기도 한다. 이 괴로움[고:苦]·즐거움[낙:樂]·괴로움도 즐거움도 아닌 것[사:捨]의 삼수(三受)를 육식에 곱하면 역시 십팔(18)번뇌가 성립된다. 이와 같은 18 + 18 하면 36(삼십육) 가지의 번뇌가 된다. 아울러 이 삼십육(36) 가지의 번뇌가 다시 각각 과거(전생)·현재(현생 또는 금생)·미래(내생)를 갖기 때문에, 36가지 번뇌에 3배(36×3)를 하면 백팔(108) 가지 번뇌가 되는 것이다.

(2) 두 번째의 산출법은 어떻게 수행을 해서 번뇌를 원천적으로 제거할 것인가 하는 수행 문제를 잘 풀이해 주고 있다. 이것은 사고의 영역과 실천의 영역에 속하는 번뇌를 근거로 하는 산출법이다. 곧 견혹(見惑)인 88사(使) 번뇌와 수혹(修惑)인 10혹(惑) 번뇌 및 10전(纏)의 번뇌를 더하여 얻는(88 + 10 + 10 = 108) 백팔 번뇌설이다. ①「견혹(見惑)인 88사(使) 번뇌」란 사고·지식·인식작용에 바탕을 둔 번뇌를 뜻한다. ②「수혹(修惑)인 10혹(惑) 번뇌」는 정서적·의지적·충동적 번뇌로서 그 번뇌의 성질이나 내용을 알았다고 해서 곧 바뀌지 않는 번뇌이다. ③「10전(纏)의 번뇌」란 탐심과 진심 및 치심의 근본번뇌

에서 일어나는 10가지 부수적인 번뇌를 가리킨다. 위와 같이 견혹(見惑) 88사(使) 번뇌 + 수혹(修惑) 10혹(惑) 번뇌 + 10전(纏) 번뇌하여 108번뇌가 되는 것이다.

한편 불교에서는 이러한 백팔(108)번뇌에 특별한 의미를 두어, 백팔(108)개의 목환자를 꿰어 만든 백팔(108) 염주(念珠) 또는 수주(數珠)를 만들어 돌리면서 삼보(三寶)를 생각하면 백팔(108) 가지 번뇌를 없애고 수승한 과보를 얻는다고 하여 널리 신행되고 있다. 또한 부처님께 절을 할 때도 백팔(108)배(拜)를 흔히들 하고 있다. 더불어 절에는 백팔(108) 계단이 있다.

6. 마음의 다스림으로는『삼학, 사성제, 팔정도, 사과설, 육바라밀, 오계』들이 있다.
① 삼학(三學)은 계·정·혜의 세 가지를 뜻한다. / ② 사성제(四聖諦)는 고성제(괴로움: 苦), 집성제(괴로움의 원인: 集), 멸성제(괴로움의 소멸: 滅), 도성제(괴로움의 소멸에 이르는 길: 道)이다. 특히 고성제 가운데 네 가지 고(四苦)는 태어남(生)·늙음(老)·병듦(病)·죽음(死)이고, 여덟 가지 고(八苦)는 앞의 네 가지와 더불어, 사랑하는 사람과 헤어지는 고(애별이고: 愛別離苦), 미워하는 사람과 만나는 고(원증회고: 怨憎會苦), 구하는 것을 얻지 못하는 고(구불득고: 求不得苦), 오온의 집착에서 생기는 고(오취온고: 五取蘊苦)이다. / ③ 팔정도(八正道)는 우리네 사람이 삶을 옳게 영위하기 위해 정견(正見): 바르게 봄, 정사유(正思惟): 바르게 생각, 정어(正語): 바르게 말함, 정업(正業): 바르게 행동, 정명(正命): 바르게 생활, 정정진(正精進): 바르게 노력, 정념(正念): 바르게 기억, 정정(正定): 바르게 집중의 여덟 가지 바른 길이다. / ④ 사과설(四果說)은 수행하는 사람이 얻게 되는 종교적 체험으로서, 예류과·일래과·불환과·아라한과이다. / ⑤ 육바라밀(六波羅蜜)은 위로는 깨달음을 구하고 아래로는 중생을 교화하는 보살이 열반에 이르기 위하여 실천해야 하는 여섯 가지 덕목으로서, 보시·지계·인욕·정진·선정·지혜를 뜻한다. ㉠ 보시(布施): 남에게 베풀어주는 것이다. 재물이 필요한 사람에게는 재물을 주고(재시:財施), 진리를 알지 못하는 사람에게는 법을 베풀고(법시:法施), 두려워하는 사람에게는 위안과 용기를 주는 것(무외시:無畏施)이며, 그렇게 한없이 베풀면서도 조건을 내세우거나 보답을 바라지 않아야 하며, 베풀었다는 생각마저도 갖지 말아야 한다. ㉡ 지계(持戒): 계율을 지키는 것이다. 살생하지 않고, 음란한 짓을 하지 않으며, 거짓말이나 이간질하지 않고, 남을 괴롭히는 나쁜 말을 하지 않으며, 탐욕을 부리지 않고, 화를 내지 않으며, 어리석은 생각을 하지 않는 것이다. ㉢ 인욕(忍辱)은 인내하고 남을 용서하며, 어려운 일을 당하여도 좌절하지 않는 자세이고, 나의 마음이 외부의 객관적인 경계를 만났을 때 움직이지 아니하고 무심하는 것이며, 욕된 일을 당하여도 잘 참는 것이다. ㉣ 정진(精進)은 끊임없이 노력하면서 게으르지 않는 것이고, 끝없는 번뇌를 끊고 무수한 중생을 피안으로 인도하기 위해 보살은 게으르지 않고 힘써 수행하는 것이다. ㉤ 선정(禪定)은 마음을 고요히 가라앉히고 한 곳에 집중하는 것이고, 번뇌와 망상에 의한 산란한 마음을 진정시켜 정신을 통일하는 수행방법이다. ㉥ 지혜(智慧)는 진실한 지혜를 얻는 것이다. / ⑥ 오계(五戒)는 불교에 입문한 출가자(비구·비구니) 및 재가자(거사·보살) 모두가 지켜야 하는 다섯 가지의 가장 기본적인 생활규범이다. 오계는 ㉠ 살생하지 말라(불살생: 不殺生), ㉡ 도둑질 하지 말라(불투도: 不偸盜), ㉢ 음행을 하지 말라(불사음: 不邪淫), ㉣ 거짓말을 하지 말라(불망어: 不妄語), ㉤ 술을 마시지 말라(불음주: 不飮酒)이다.

한편 신라 시대에 원광 법사가 마련한 화랑 오계 또는 세속 오계도 있는데, ㉠ 임금을 섬김에 충성으로써 하고(사군이충; 事君以忠), ㉡ 어버이를 섬김에는 효로써 하며(사친이효; 事親以孝), ㉢ 벗을 사귐에는 신의로써 하고(교우이신; 交友以信), ㉣ 전쟁에 임해서는 물러서지 말며(임전무퇴; 臨戰無退), ㉤ 살생은 가려서 하라(살생유택; 殺生有擇)이다.

위의 1에서부터 6가지의 훌륭한 생각들은 아함경에 담겨 있다.《아함경(阿含經)》은 부파불교의 경전 모음이다. "아함"이란 산스크리트어 낱말 아가마(āgama)의 음역(音譯)으로 법장(法藏) 또는 전교(傳教)라고 번역(飜譯)한다. "아함"이란 문자 그대로 "전승(傳承)" 또는 "전승(傳承)한 가르침"이며, 스승에서 제자로 계승한 것을 뜻한다. 곧《아함경》은 석가모니 부처님의 가르침을 전하는 성전을 가리키고, 실제로는 석가모니 부처님과 그 제자들의 언행록이며, 원시불교 연구의 근본 자료이다.

《4아함(四阿含)》은《장아함(長阿含)》·《중아함(中阿含)》·《잡아함(雜阿含)》·《증일아함(增一阿含)》의 4종의《아함경(阿含經)》을 가리킨다. ①《장아함(長阿含)》: 장경(長經) 30경을 포함하고 있다(법장부). ②《중아함(中阿含)》: 길지도 짧지도 않은 222경을 포함하고 있다(설일체유부). ③《잡아함(雜阿含)》: 소경(小經) 1362경을 포함하고 있다(설일체유부). ④《증일아함(增一阿含)》: 서품(序品)을 제외한 473경이 1에서 11까지의 법의 수에 의하여 분류되어 있다(대중부). 이런《4아함》은 불교 교단이 부파로 분열되기 이전에 이미 주로 형식상으로 분류되어 대개 모든 부파가 그 원형을 가지고 있었을 것으로 여겨진다. 현존하는 이들 한역(漢譯) 4아함의 각각은 서로 다른 부파에 의해 전하여진 것들이다.

뒷날에 대승불교가 일어나자 아함(阿含)은 소승(小乘)이라고 여겨져 중국 한국 일본들의 동북아시아의 전통적인 불교에서 중시하지 않았다. 하지만 근래에 이르러 원전 연구가 활발해짐에 따라 팔리어 대장경의《4부(四部)》및 한역 대장경의《4아함(四阿含)》사이의 비교 연구로 말미암아 원시불교의 참다운 뜻을 구명하려는 경향이 생겨 수많은 연구가 이루어졌고 뛰어난 성과를 얻었다.

7. 마음의 모습으로는 『삼법인, 공사상, 반야심경』들이 있다.
① 삼법인(三法印)은 마음의 모습으로, 현실을 관찰하는 세 가지 근본 교의이다. 삼법인은 일체개고 · 제행무상 · 제법무아의 삼법인 및 여기에 열반적정을 더하여 사법인이 됐고, 뒤에 여기에서 일체개고가 생략되어 제행무상 · 제법무아 · 열반적정의 3가지를 삼법인이라고 하여 불교의 중심사상으로 여긴다. ㉠ 제행무상(諸行無常): 온갖 사물 및 마음의 현상은 모두 생멸 변화하는 것인데도 사람들은 이것을 불변 · 상존하는 것처럼 생각하므로, 이 그릇된 견해를 없애 주기 위하여, 모든 것의 무상을 강조한 것이다. ㉡ 제법무아(諸法無我): 만유의 모든 법은 인연으로 생긴 것이어서 실로 자아인 실체가 없는 것인데도 사람들은 아(我)에 집착하는 그릇된 견해를 가지므로, 이를 없애 주기 위하여 무아(無我)라고 말하는 것이다. ㉢ 열반적정(涅槃寂靜): 생사의 윤회하는 고통에서 벗어난 이상의 경지인 열반의 정적함을 강조한 것이다. 열반은 '불어서 끄다'라는 말에서 나온 것으로, 탐욕 · 분노 · 어리석음들의 번뇌의 불을 끈 상태를 뜻한다.
② 공 사상(空 思想)은 자성 · 실체 · 본성 · 자아들과 같이 사람이 궁극적인 것으로 간주하는 본질적인 것들이 실제로는 없다고 헤아리는 것이다. 공(空)이란 용어는 불교사상의 근본적인 개념을 나타내는 말로서, 특히 『반야경』을 비롯한 대승경전에서 강조되고 있다. 대승불교에서 이 공은 이러한 개념들은 오직 우리의 인식 안에 있는 것으로, 실제로 이러한 것들은 존재하지 않는다는 것이다. 공(空)이란 말의 원어는 수냐(sunya)로서, 본래 '부풀어 오른, 속이 텅 빈, 공허한' 따위를 뜻하여 '부풀어 오른 모양으로 속이 비어있음'을 나타내는 말이다. 또한 수냐(sunya)는 영(零) · 무(無)들을 뜻하며, 순야(舜若) · 순야다(舜若多)들로 음역된다. 이러한 의미를 가진 수냐(sunya)라는 말이 불교에 도입되어 공(空)으로 한역되고, 특히 『반야경』을 중심으로 한 대승불교에 이르러서 불교사상의 근본적인 개념으로 다루어진다.
불교에서 공(空)은 여러 가지 뜻으로 쓰이나, 인공(人空) · 법공(法空)이 그 근본이다. 인공(人空)은 생공(生空) · 아공(我空)이라고도 하며, 자아의 실재를 공이라 한 것이다. 한편

법공(法空)은 제법이 다만 인연에 의하여 생기고 존재하며 연기에서 인정될 뿐, 그 항존 불변하는 자성이란 있을 수 없음을 밝히는 것이다.

위와 같은 공의 의미를 본격적으로 취급하여 사상적인 관점에서 논의한 것을 '공 사상(空思想)' 또는 '공론(空論)'이라 하며, 이러한 공 사상을 강조한 사람들을 공론자(空論者)라 부른다. 이러한 공론자로는 《중론·십이문론》들을 지은 나라르주나(Nagarjuna) 곧 용수(龍樹)가 대표적인 사람이고, 이후 중관파(中觀派)를 형성하여 공 사상을 전개하며, 그들은 스스로를 공성론자(空性論者)라 불렀다.

위의 공 사상을 설한 대승불교 초기의 경전으로는 《반야심경》·《금강경》이 대표적이다.

③ 《반야심경(般若心經)》은 불과 260자밖에 되지 않는 짧은 경문이지만, 대승 및 소승 경전의 내용을 간결하고도 풍부하게 응축하고 있다. 그리하여 예불이나 각종 의식과 함께, 식사 때에도 지송하고 있고, 초종파적으로 공통으로 독송하는 경전이다. 불교에 입문하지 않더라도 불교사상을 이해하기 위해서는, 경전이 뜻하는 바를 이해하기에 앞서, 외워두는 것이 필수적이라고 할 만큼 불교 입문서로서의 대표성도 가지고 있다.

반야심경은 경전 가운데 총 260자의 가장 짧으면서도 가장 중요한 경이다. 반야심경의 정식 명칭은 반야바라밀다심경이고 줄여서 심경이라고도 한다. 우리나라에서는 각종 법회나 의식 때에 으레 이 경을 독송하므로 가장 친근한 경이다. 그러면서도 600권이나 되는 대품반야경의 반야사상을 260자로 압축시켜 놓은 만큼 그 해석이 그렇게 용이한 것은 아니다. 그래서 이 경에 대한 수많은 주석서가 전해지고 있는 것이다.

반야바라밀다심경(般若波羅蜜多心經)은 지혜의 완성 및 그 정수를 말하는 경전이라는 뜻이다. 반야심경에서 가장 중요한 구절은 '조견오온개공(照見五蘊皆空)'이다. '5온이 모두 공임을 꿰뚫어 보고'는 5온이 공이어서 '온갖 분별과 망상을 잇달아 일으키는 5온의 작용이 소멸됐다'는 뜻이다. 즉, 자신의 청정한 성품을 꿰뚫어 보아 견성한다고 하듯이, 5온의 작용이 끊긴 곳을 간파하여 무분별의 지혜에 이르렀다는 뜻이다. 그래서 모든 괴로움에서 벗어나고, 색과 공의 분별이 끊겼다. 공(空)은 분별과 망상, 차별과 번뇌를 일으키는 마음 작용이 소멸된 무분별의 상태이다. 그래서 생멸(生滅)·구정(垢淨)·증감(增減)을 부정하고, 5온·12처·18계·12연기·4제도 부정한다.

반야심경에는 일곱 가지 번역본이 있다. 이 중에서 제일 많이 봉독되는 경은 삼장법사 현장(玄藏)의 역본(譯本)이다. 우리나라에서도 주로 현장 역본을 독송해 왔다.

④ 《금강경(金剛經) 또는 금강반야경(金剛般若經), 금강반야바라밀경(金剛般若波羅蜜經)》은 대승불교 초기의 공 사상을 담고 있는 반야 계통의 경전이다. 대략 2세기 무렵 인도에서 성립된 것으로 알려져 있으며, 이후 동아시아에 널리 유포됐다.

우리나라에는 삼국시대의 불교 유입 초기에 전래됐고, 고려 중기에 지눌 스님이 불교를 배우고자 하는 사람들의 입법을 위해서 반드시 이 경을 읽게 한 뒤부터 널리 유통됐다.

이 경은 공한 지혜로써 그 근본을 삼고, 일체법무아의 이치를 요지로 삼았다. 공의 사상을 설명하면서도 경전 중에서 공이라는 말이 한마디도 쓰이지 않은 것이 특징이며, 대승과 소승이라는 두 관념의 대립이 성립되기 이전에 만들어진 과도기적인 경전이라는 데서 더 큰 의미를 가진다.

8. 마음의 전개로는 법화경을 소의경전으로 삼는 천태사상 가운데 『지관법, 일념삼천설』들이 있다.

① 지관법(止觀法)은 부처님의 선정은 지와 관을 내용으로 하는 것이며, 지는 단순히 마음을 통일하는 것 곧 적정의 경지에 들어가는 것을 말하고, 관은 지에 의거하여 연기의 법을 관조하고 일체중생의 구제에 마음을 쓰는 마음가짐이다. 삼종 지관은 점차 지관·부

정 지관·원돈 지관의 세 가지 지관법을 이른다. / ② 일념삼천설(一念三千說)은 한 생각이 삼천세계에 두루 미친다, 또는 한 번에 삼천세계를 모두 생각한다는 사상이다. 곧 한순간 찰나의 우리네 사람의 한 마음 가운데 삼천세계 곧 온누리가 두루 하거나 갖춰지며 미친다는 사람의 마음관 및 세계관과 우주관이다. 이 일념삼천설은 불교 특히 천태종의 아주 높고 깊은 생각으로서, 우리네 사람에 대하여 온누리를 두루 품을 수 있는 무한한 가능성 및 자유의 지를 지닌 존재라고 여기고 있는 것이다.

《법화경(法華經) 또는 묘법연화경(妙法蓮華經)》은 대승불교에서 가장 널리 읽혀온 경전의 하나이며, 천태종을 비롯한 여러 불교 종파에서 불교의 정수를 담고 있는 경전으로 존중되어 왔다. 법화경에서 석가모니는 아득한 옛날에 완전한 깨달음을 이룬 이른바 '구원불'로 나타난다. 신앙과 헌신의 지고한 대상으로서 그의 특성은 부분적으로는 그의 불가사의한 능력에 대한 묘사를 통하여 표현되고 있다. 대부분 운문으로 되어 있으며, 28장으로 이루어져 있고 많은 공덕을 가져다준다고 하는 주문과 진언을 상당수 포함하고 있다. 3세기에 처음으로 한역됐고, 한국·중국·일본에서 널리 읽혀왔다. 특히 자비를 특색으로 하는 위대한 보살인 관세음보살의 영광과 특별한 능력들을 묘사하고 있는 제25장은 《관음경》이라는 이름으로 별도로 중시되어왔다.

9. 마음의 승화로는 화엄경을 중심으로 하는 화엄사상의 『일심, 법계연기론, 사법계론』들이 있다.
① 일심(一心)은 우리네 사람의 본바탕을 이루고 있는 마음이며, 우주 만유의 근원임은 물론이요, 한 포기 풀과 한 그루의 나무를 포함한 삼라만상에도 모두 갖고 있는 본래면목이라고 여긴다. / ② 법계연기론(法界緣起論)은 온누리가 '하나가 모두이고 모두가 하나이다(일즉일체 일체즉일)'의 무한의 관계를 갖는 원융무애이며, 그 원융무애한 모습은 십현연기이고, 그 이유로서 육상원융의 논리를 전개했다. / ③ 사법계관(四法界觀)은 법계연기를 네 가지로 나누어 설명한 것이며, 사법계·이법계·이사무애법계·사사무애법계이다.

《화엄경(華嚴經) 또는 대방광불화엄경(大方廣佛華嚴經)》은 부처가 되기 위한 수행 및 그로부터 화엄처럼 피어나는 과보로서 보살의 수행 과정인 보현행에 대해서 설한 것이다. 그 주요 내용은 석가모니의 성도 장면으로 시작하며, 부처님 주위에 모인 수많은 보살들이 삼매에 들어 부처님이 깨달은 내용을 감득한 뒤에 부처님의 가피력을 받아 설하는 것으로 되어 있다.
현재 한역본으로는 권수에 따라 불타발타라(佛陀跋陀羅)가 번역한 60화엄 및 실차난타(實叉難陀)가 번역한 80화엄이 있다. 60화엄에는 34품(品), 80화엄에는 39품이 들어 있으며, 그 내용에는 큰 차이가 없다.
화엄경은 한문으로 번역된 후 동아시아 사상사에 심대한 공헌을 해왔으며, 중국에서 6세기에 현수종을 일으켰고 선불교와 신유학의 발달에 많은 영향을 주었다. 우리나라에서는 원효와 의상 이래로 화엄경이 중점적으로 연구됐고, 지눌의 선교합일에서도 결정적인 기여를 함으로써 우리나라 불교를 특징짓는 경전의 하나로 간주되어 왔다.

10. 마음의 닦음으로는 『선 또는 참선』이 있다.
선(禪:Dhya-na, Zen) 또는 참선(參禪:Zen meditation, Zazen)은 존재의 근원을 통찰하고 나와 우주의 참모습을 자각하여 참된 주체를 확립하는 수행이다. 선은 부처님의 깊은 깨달음을 상징하는 한 송이의 꽃과 미소에 그 원초적 기원을 두고 있다. 영축산에서 설법을 하시던 부처님께서는 대중들에게 한 송이 연꽃을 들어 보였다. 대중들은 그 영문을 몰랐으나, 오직 가섭존자만이 홀로 미소를 지었다. 한 송이의 연꽃을 들어 보인 부처님 및 이를 바라보고 홀로 깨달음의 미소를 지은 가섭에서 선불교가 비롯됐다. 마음의 본질을 깨닫는 가장 좋은 지름길이 바로 선 또는 참선이다. 선은 어떤 상황에서든지 가능하다. 곧 다니고 머물며 앉고 눕거나(행주좌와:行住坐臥) 말하고 침묵하며 움직이고 가만히 있거나(어묵동정:語默動靜) 하는 모든 일상생활에서도 참선은 할 수 있다. 이 가운데 앉아서 하는 선 수행이 바람직하다고 해서 좌선을 많이 한다.

이런 선 또는 참선은 부처님 당시에 하셨던 초선에서 상수멸에 이르는 선정과 37조도품, 위빠사나와 아나파나삿티에서부터 중관의 반야공관, 유식의 유식관, 화엄의 해인삼매, 천태의 일심삼관들의 수많은 수행법을 포함하고 있다.

선 또는 참선의 기본은 단전숨쉬기를 하면서 하는 명상이다. 명상(冥想, 瞑想 : Meditation)은 주관적인 관점에서 벗어나 자신의 내면으로 몰입시켜 객관적으로 바라보는 자아성찰 방법이다. 흔히들 마음을 한곳으로 모아 고요하고 집중된 삼매의 마음을 훈련하는 명상을 사마타(Samatha)라고 하며, 세상을 있는 그대로 보는 지혜를 계발하는 명상을 위빳사나(Vipassanā)라고 한다.

이런 명상에는 집중 명상, 초월 명상, 마음챙김 명상들이 있다. ① 집중 명상(Concentrative Meditation)은 우리의 마음을 한 곳에 집중시켜서 일사불란한 상태로 몰입하는 명상이다. / ② 초월 명상(Transcendental Meditation)은 수면이나 꿈과 같이 사람의 생명 유지에 필요한 생리학적 상태로서 스트레스나 긴장 또는 두려움으로부터 벗어나게 하여 몸과 마음을 초월시켜주는 명상이며, 이를 줄여서 TM(티엠)이라고 부른다. 1959년 인도의 마헤쉬(Mahesh)에 의해 미국에 유입되어 연구되고 고안한 명상법이다. / ③ 마음챙김 명상(Mindfulness Meditation)은 20세기 미얀마 및 태국 등지에서 행해지던 위빳사나 방법이 서양에 전파되는 와중에 서양의 정신의학계 및 심리학계에서 그 방법을 가공 또는 변형하여 1979년 카밧진(Kabat-Zinn)이 메사추세츠 의과대학에 '마음챙김에 기초한 스트레스 완화(MBSR : Mindfulness Based Stress Reduction)' 프로그램을 창안함으로써 널리 보급됐다.

11. 마음의 깨달음으로는 『열반, 부처님』들이 있다.
① 열반(涅槃:nirvana)은 불교에서 수행에 의해 진리를 체득하여 미혹과 집착을 끊고 일체의 속박에서 벗어난 최고의 경지를 뜻하며, 현대적인 의미로는 영원한 평안 및 완전한 평화라고 할 수 있다. 곧 열반은 멸도로서 번뇌를 모두 멸하고 생사고해를 건넌다는 것이며, 불생으로서 삼계육도에 태어나지 않는다는 것이고, 안락으로서 번뇌를 다 멸해버렸으니 안락만 얻는다는 것이며, 해탈로서 번뇌의 결박을 전부 풀어버려서 자유자재로우니 일체 신통자재를 수용한다는 뜻이다. 한편 열반사덕(涅槃四德)은 상·락·아·정의 네 가지 덕성이다. / ② 부처님은 깨달은 사람 또는 훤히 아는 사람을 뜻하는 산스크리트어 부다(Buddha)의 소리 옮김으로, 부처님·불·불타·석가모니(석가족의 거룩한 사람)라고도 한다.
흔히 부처님의 이름은 "열 가지(여래 십호:如來 十號)"로서, 여래·응공·정등각자·명행족·선서·세간해·무상사·조어장부·천인사·세존이다. 아울러 부처님은 부처님의 육신인 생신불 및 부처님이 얻은 부처님의 본성인 진리인 법신불로 나누는 한편, 법신·보신(응신)·화신의 삼신으로 갈래짓기도 한다.

부처님께서는 "삼명(三明) 육통(六通)"의 특별한 능력을 지니고 있다고 여긴다.
(1) 삼명(三明)은 ① 천안명(天眼明 : 거리가 멀거나 가깝거나 상관없이 일체 세간의 모든 고락의 모습과 갖가지의 유형과 색에 대해 밝게 아는 지혜), ② 숙명명(宿命明 : 지나간

과거생의 모든 일들을 자유자재롭게 아는 지혜), ③ 누진명(漏盡明 : 이 생에서 모든 종류의 고통을 밝게 알아서 사람의 모든 번뇌를 끊는 지혜)이다.
　(2) 육통(六通) 또는 육신통(六神通)은 ① 천안통(天眼通 : 일체 세간의 멀거나 가까운 곳에 있는 모든 고락의 모양과 갖가지의 유형과 색을 밝히 내다볼 수 있는 자유자재한 신통력), ② 천이통(天耳通 : 세간 일체의 좋고 나쁜 말, 멀고 가까운 말, 또 사람이나 사람 아닌 것들의 소리까지 모든 소리를 듣고 그 뜻을 알 수 있는 자재한 신통력), ③ 타심통(他心通 : 다른 사람의 마음을 자유자재하게 아는 신통력), ④ 숙명통(宿命通 : 모든 생명이 지나온 과거와 미래를 꿰뚫어 보는 신통력), ⑤ 신족통(神足通 : 크고 작은 몸을 나타내서 자기 생각대로 자유자재하게 날아다니는 신통력), ⑥ 누진통(漏盡通 : 모든 종류의 고통을 밝게 알아 사람의 모든 번뇌를 끊을 수 있는 신통력)이다.

　아울러 부처님의 마음의 덕성은 "18 불공법(十八 不共法)"이다. 십팔불공법은 성문이나 독각 및 보살과도 공통되지 않는 오직 부처님만이 가진 열여덟 가지의 마음의 덕성 또는 공덕을 뜻하는 것으로, 이에는 10력, 4무외, 3념주, 대비들이 있다.
　더불어 부처님의 몸의 덕상은 "32상 80종호(三十二相 八十種好)"라고 여긴다. 32상 80종호는 부처님이 구비한 관상상의 특징을 구체적으로 열거한 것인데, 32상은 대상이라 하여 기본적 특상이고, 80종호는 소상이라 부르기도 한다.
　부처님 몸에 보이는 이런 특징은 《중아함경》 권11, 《과거현재인과경》 권1, 《불본행집경》 권9, 《방광대장엄경》 권3, 《대승백복상경》, 《대승백복장엄상경》들에 구체적으로 정리돼 있다.

　삼십이상 팔십종호는 과거생에 공덕을 쌓아 성도한 부처가 갖춘 신체의 특수한 모습을 말하는 것이지만, 원래 인도에서 전통적으로 좋게 여겨졌던 인체의 특성을 모은 것이다. 따라서 힌두교나 자이나교에서도 인정하는 외형상의 특징이므로 부처만이 아니라 전륜성왕도 삼십이상 팔십종호를 갖춘다고 한다. 곧 삼십이상 팔십종호는 인도에서 오랫동안 위대한 사람이 갖춘 이상적인 모습이라고 한다. 진리로 이 세상을 다스리는 정치적 지배자 전륜성왕(轉輪聖王) 및 위대한 스승 또는 부처님이 모두 삼십이상 팔십종호의 외형적 특징을 갖는다.

　※【 한편 불교의 발전화 · 대중화 · 현대화 · 포교화 및 우상화 탈피를 위하여 어서 빨리 "불교의 한자를 한글로 바꾸는 운동"인 '불교 개혁 운동(佛敎 改革 運動 : Buddhism Reform Movement, BRM)'을 적극적이며 열성적으로 전개해야 한다고, 여러 가지로 모자란 나 일벗님은 감히 강력히 내세운다. 】※

　1. 우리나라가 지난날 역사적으로 동양의 중국문화권에 속하여 한자를 썼다고 하지만, 세종임금님께서 우리나라 글인 한글을 새로 만든 지가 벌써 500여 년이 지났는데 왜 아직까지 요즘의 우리나라 불교가 중국의 한자를 쓰고 있는가? 사실 부처님은 인도 사람이기 때문에 인도 글을 사용했으며, 불교도 원래 인도 글로 된 것이다. 그 인도 글로 된 불교를 중국 사람들이 들여와서 자기네 글인 한자로 옮긴 것이다. 우리나라가 중국의 불교를 들여와서 우리글이 없었던 예전에는 중국의 글인 한자로 된 불교를 그대로 쓴 것은 어쩔 수 없었다고 이해할 수 있다. 하지만 우리나라 글인 한글이 500여 년 전에 만들어져 쓰고 있는데, 어찌하여 요즘의 우리나라 불교가 아직까지 중국의 글인 한자로 된 불교를 그대로 쓰고 있는가?

2. 중국의 한자로 된 불교용어는 문제가 있다. 흔히 불교에서 '나무석가모니불'라는 말을 많이 쓰고 읊조리고 있으며, 그 뜻은 "석가모니부처님께 귀의한다"는 것이다. 그런데 이를 중국의 한자로는 "南無釋迦牟尼佛"이라 쓰며, 그 뜻을 풀어보면 "석가모니부처님께서 남(南)쪽에 없다(無)"는 것이다. 이 얼마나 우스꽝스럽고 이상야릇한가? 왜 그럴까? 그것은 인도 말은 우리나라 한글처럼 소리글자이며, 중국의 한자는 뜻글자이기 때문이다. 원래 인도 말로 나마스(Namas)는 "귀의하다, 돌아가 의지하다, 귀명하다"라는 뜻이다. 그런데 중국 사람이 이 나마스를 뜻으로 옮겨서 歸依(귀의)로 하지 아니하고는, 뜻이 아닌 소리로 옮겨서 南無라 했으며, 이것이 중국 및 우리나라까지 쓰이게 된 것이다. 그리하여 인도 말을 모르고 한자만 아는 사람들은 이 南無을 도저히 이해할 수 없는 것이다. 원래 인도 글로 된 불교를 중국 글인 한자로 옮기면서 원리·원칙도 없이 어떤 것은 뜻으로 옮기는 한편, 다른 것은 소리로 옮겼다. 그렇기 때문에 한자만을 알고 불교를 전혀 모르는 이들에게는 그 한자로 된 불교는 어렵고도 이상야릇하게 느껴질 뿐이며, 문제가 있는 것이다.

위와 같이 인도 사람인 부처님께서 쓰지도 아니하고 더구나 문제도 있는 중국말인 한자로 된 불교용어를 어찌하여 우리나라의 불교에서는 아직까지도 버젓이 쓰고 있을까? 이는 참으로 잘못된 것이다. 이는 분명히 우리글인 한글이 만들어진 500여 년 뒤부터 살아온 후손들, 특히 불교의 스님과 신도들의 어리석음과 게으름 및 안일함이 어우러진 커다란 잘못이다. 나아가 중국에 대한 사대주의를 벗어나지 못하고, 석굴암 팔만대장경 직지심경들을 만든 우리 한민족의 불교 문화적 자긍심을 송두리째 짓밟은 한심한 큰 허물인 것이다.

3. 요즘의 사회 나라 세계의 온누리가 국제화 세계화되면서 중국 글인 한자는 거의 쓰지 않기 때문에 배움터에서도 한자를 가르치지도 않는 실정이다. 이런 온누리의 시대의 흐름을 모른 체하고 우리나라 불교가 한자를 계속적으로 고집하면서 쓰면 점점 불교는 시대에 뒤떨어지고 낡은 유물처럼 취급받으며 보통 사람들로부터 멀어지기만 할 것이다.

4. 따라서 하루 빨리 우리나라의 불교는 스님·신도·한글학자·한문학자들이 모두 힘을 모아 중국 글인 한자를 우리글인 한글로 바꾸는 일에 온갖 노력을 기울어야 하겠다.
① 사(寺)·사찰(寺刹)·사원(寺院) ⇨ 절, ② 승려(僧侶) ⇨ 스님, ③ 대웅전(大雄殿) ⇨ 큰 법당, ④ 불교 경전·의식에 있는 한자 ⇨ 한글로 어서 빨리 바꾸어야 할 것이다.

5. 한편 요즘에 '국제화'라 하여 우리 한글에 있는 말을 영어로 쓰는 잘못을 저지르고 있어 참으로 안타까운 일이구나! 그 대표적인 것이 "템플 스테이(Temple Stay)"이다. 이 영어인 템플 스테이(Temple Stay)를 우리의 순수한 한글로 '절 머무름'이라 하는 것이 마땅한 것이리라!
우리 불교계에서 지난 시절에 한글을 한자로 쓰는 것이나 요즘에 한글을 영어로 쓰는 것 모두 똑같이 우리 민족의 주체성과 자긍심을 무너뜨리는 그릇된 것이려니!

『유교(儒敎 : Confucianism)』는 중국의 하 은 주 3대의 문화인 요 순 문 무 주공의 도를 이어받아 공자(孔子 : Confucius)님에 이르러 정립된 중국 고대의 대표적인 종교 및 사상이다. 유교는 「유학(儒學)」·「유가(儒家)」·「유가사상(儒家思想)」들과 비슷한 뜻으로 쓰인다. 아울러 유교는 윤리학 및 정치학이라도 할 수 있다.
『공자(Confucius)님』은 기원전 552년 춘추시대 말기의 난세에 노(魯)나라의 지금 산동성에서 태어났다. 자는 중니(仲尼)이고, 이름은 구(丘)이며, 공자님의 '자(子)'는 후세 사람들이 붙인 존칭이다. 아버지는 제나라와의 싸움에서 공을 세운 부장이었으나, 공자님이 3세 때 별세하여 빈곤 속에서 자랐다. 그러나 그는 "내 나이 열다섯에 학문에 뜻을 세우고 서른 살에 학문을 정립했다(오십유오이지우학 삼십이립: 吾十有五而志于學 三十而立)"고 스스로 말했듯이 공부에 힘썼다. 노나라의 창시자로 주(周)왕조 건국의 공신이기도 했던 주공(周公)을 흠모하여 그 전통적 문화습득에 노력했으며, 수양을 쌓아 점차 유명해졌다. 처음에는 말단 관리였으나, 50세가 지나서 노나라의 정공(定公)에게 중용되어, 정치가로서의 탁월한 수완을 발휘했다. 그의 계획은 노나라의 실력자인 3중신의 세력을 눌러 공실(公室)의 권력을 회복하고, 주공의 정신을 살린 질서 있는 문화국가를 건설하려는 것이었다. 그의 계획이 드러나 기원전 497년 56세 때 실각했다. 그 뒤 14년간 문하생들을 데리고 중국의 여러 나라를 돌아다니면서 유세(遊說)를 계속하며 이상 실현을 꾀했다(천하주유; 天下周遊). 그러나 69세 때 그 불가능함을 깨닫고 고향에 돌아가 제자들의 교육에 전념했다. 그 뒤 아들 이(鯉)와 제자 안회(顏回) 및 자로(子路)가 잇달아 죽는 불행을 겪었다. 공자님은 기원전 479년 74세로 자공(子貢)·증삼(曾參)들의 제자들이 지켜보는 가운데 돌아가셨다.

공자님은 많은 제자들을 교육하여 인의 실현을 가르치는 한편, 자기 자신도 그 수양에 힘썼다. 그리하여 공자님은 스스로를 "15살에 학문에 뜻을 두었고(오십유오이지우학: 吾十有五而志于學), 30살에 뜻을 확고하게 세웠으며(삼십이립: 三十而立), 40살에 무엇에도 흔들리지 않았고(사십이불혹: 四十而不惑), 50살에 하늘의 뜻을 알았으며(오십이지천명: 五十而知天命), 60살에 무슨 말을 들어도 귀에 거슬림이 없었고(육십이이순: 六十而耳順), 70살에 마음의 뜻대로 행해도 도에 어긋나지 않았다(칠십이종심소욕불유구: 七十而從心所欲不踰矩) - 논어 위정편-"라고 술회했다. 이처럼 공자님은 훌륭한 인격에 도달했기 때문에, 생전에도 커다란 영향력을 가지고 있었다.

그리하여 공자님은 부처님·예수님·소크라테스님과 더불어 세계 4대 성인 가운데 한 명이 된 존경스럽고도 훌륭하신 분이시다.

공자님이 돌아가신 뒤에 제자들이 각지에서 그 가르침을 전파했으나, 제자백가(諸子百家)가 일어남으로써 교세가 약해졌다. 이를 다시 일으킨 사람이 맹자(孟子)였으며, 또 전국 말기에 순자(荀子)가 이파(異派)의 사상도 받아들여 집대성했다. 그 뒤 한(漢)나라의 무제(武帝)가 유교를 국교(國敎)로 택함에 이르러 공자님의 지위는 부동의 것이 됐으며, 사실은 각 시대의 유교 내용에는 변화가 있었는데도 불구하고, 공자님 자체는 이 가르침의 비조(鼻祖)로서 청조(淸朝) 말까지 계속 존경을 받았다. 그러나 민국혁명(1912년) 뒤 우위(吳虞)와 루쉰(魯迅)은 공자님을 중국의 봉건적 누습의 근원이라고 공격했다. 이 논법은 인민중국에도 계승되어 '비림비공(批林批孔) 운동'(1973)에서 절정에 이르고 4인조 실각 후 진정됐다.

공자님은 춘추 말기에 주나라의 봉건질서가 쇠퇴하여 사회적 혼란이 심해지자, 주왕조 초의 제도로 복귀해야 한다고 생각했다. 공자님은 위정자는 덕이 있어야 하며 도덕과 예의에 의한 교화가 이상적인 지배방법이라 생각했다. 이러한 사상의 중심에 놓인 것이 인(仁)이다. 공자님은 최고의 덕을 인이라고 보고, 인은 "사람을 사랑하는 것"이라고 하며, 부모형제에 대한 골육의 애정 곧 효제(孝悌)를 중심으로 하여 타인에게도 미쳐야 한다고 여겼다. 모든 사람이 인덕(仁德)을 지향하고, 인덕을 갖춘 사람만이 정치적으로 높은 지위에 앉아 인애(仁愛)의 정치를 한다면, 세계의 질서도 안정을 찾을 수 있다고 생각했던 것이다. 그 수양을 위해 부모와 연장자를 공손하게 모시는 효제의 실천을 가르치고, 이를 인의 출발점으로 삼았다. 또 충(忠) 곧 성심을 중히 여겨 그 옳고 곧은 발로인 신(信)과 서(恕)의 덕을 존중했는데, 이러한 내면성을 중시하고 전승한 것이 증자(曾子) 일파의 문인이다. 그리고 공자님은 또한 인의 실천을 위해서는 예(禮)라는 형식을 밟을 필요가 있다고 했다. 예란 전통적·관습적 형식이며, 사회규범으로서의 성격을 가진다. 유교에서 전통주의를 존중하고 형식을 존중하는 것은 바로 이 점에 입각한 것이며, 예라는 형식에 따름으로써 인의 사회성과 객관성이 확실해진 것이다. 이처럼 공자님의 사상은 사회적·정치적 사람을 위한 도덕이 중심을 이루고 있는데, 그 보편성을 보증하는 것으로서 하늘의 존재도 생각하고 있었다. 공자님으로서는 하늘이 뜨거운 종교적 심정으로 받들어지는 불가지(不可知)의 존재였지만, 이는 사람적인 활동을 지원하는 신(神)일지언정, 사람을 압박하는 신은 아니었다. 이처럼 공자님의 사상은 어디까지나 사람중심주의였다고 할 수 있다.

요컨대 유교의 교리는 중국 고유의 사상을 종합하여 효제충신(孝悌忠信)을 주로 한 일상생활의 실천도덕을 완성하는 데 노력하고, 인(仁)으로써 모든 도덕을 일관하는 최고이념으로 삼아, 나를 닦고 남을 다스리려는(수기치인; 修己治人) 것을 추구하고 있다. 유교의 사상은 논어·맹자·중용·대학의 사서 및 시경·서경·주역·예기·춘추의 오경에 있다.

유교는 『마음의 바탕(인), 마음의 작용(사단칠정), 마음의 본성(성선설, 성악설), 마음의 닦음(삼강오륜, 수기치인)』의 생각으로 이루어져 있다.

1. 유교에서는 우리 사람의 마음의 바탕을 『인(仁)』이라고 여긴다.

인은 어진 마음 또는 사람을 사랑하는 마음씨이다. 인의 구체적 내용으로는 효제, 충서, 극기복례, 덕치이다.

① 효제(孝悌)의 효는 어버이나 나이 든 사람을 공경하고 받들며 사랑하는 것이고, 제는 형이나 아우 또는 벗들을 아끼며 공손히 대하는 것이다. 그러므로 효제는 어진 마음을 행하는 근본적인 실천도덕이며, 어버이나 형제에 대해서 느끼는 사람의 자연적 애정에서 우러나오는 마음씨인 것이다. / ② 충서(忠恕)의 충은 마음의 중심으로 참된 마음 또는 성실한 마음을 뜻하며, 서란 너그러운 마음을 가리킨다. 따라서 충서는 마음이 참된 것이요, 그 참된 마음을 가지고 남의 처지를 헤아리고 너그럽게 이해하는 것이다. 그러기에 공자는 "내가 하고자 하지 않는 것을 남에게 베풀지 말라(기소불욕 물시어인; 己所不欲 勿施於人)"고 했다. / ③ 극기복례(克己復禮)의 극기란 스스로를 이기는 것으로 소아와 사리사욕을 억제하는 것이며, 복례란 규범이나 질서인 예를 좇고 행하는 것이다. 그리하여 극기복례는 나를 이기고 옳은 길을 가는 것을 뜻한다. / ④ 덕치(德治)는 어진 마음을 정치적 측면에서 구현한 것이며, 나라와 온누리를 바르게 다스리기 위해서는 지도자의 어진 마음을 바탕으로 한 덕(德)을 베풀어야 한다는 생각이다.

2. 마음의 작용은 『사단칠정(四端七情)』이다.

유교에서는 우리의 마음이 네 가지의 마음의 실마리(사단:四端) 및 일곱 가지 감정(칠정:七情)으로 작용하여 나타난다고 본다. 곧 사단은 사람의 본성에서 우러나오는 마음씨(선천적이며 도덕적 능력)를 뜻하는 한편, 칠정은 사람의 본성이 사물을 접하면서 표현되는 사람의 자연적인 감정을 말한다. 한편 이를 둘러싼 논쟁을 사단칠정론 또는 사칠론이라고 부른다.

① 사단은 네 가지 마음의 실마리이며, 맹자가 말한 것이고, 인의예지(仁義禮智)의 사덕 또는 사성의 실마리(단서:端緒), 곧 인의예지라는 마음의 바탕이 작용하여 나타나는 처음의 마음을 가리키는 것이다. 이 사단은 측은지심, 수오지심, 사양지심, 시비지심이다. ㉠ 측은지

심(惻隱之心)은 불쌍히 여기고 안타까워하는 마음이며, 인(仁)의 근본이다. ⓒ 수오지심(羞惡之心)은 불의를 부끄러워하고 남의 착하지 못함을 미워하는 마음으로서, 의(義)의 근본이다. ⓒ 사양지심(辭讓之心)은 얼른 받지 아니하며 사양하며 겸허하게 양보하는 마음이고, 예(禮)의 근본이다. ② 시비지심(是非之心)은 바르고 그릇됨을 가릴 줄 아는 마음으로, 지(智)의 근본이다.

　② 칠정(七情)은 일곱 가지 감정으로서 우리네 사람의 마음 가운데 감정을 일곱 가지로 나누어 본 것으로서, 일반적으로 기쁨(희:喜) 화남(노:怒) 슬픔(애:哀) 즐거움(락:樂) 사랑(애:愛) 미움(오《악 아님》:惡《미울 오》) 탐냄(욕:欲)을 뜻한다. 결국 칠정은 우리네 사람의 마음의 숨김없는 현 실상을 아울러서 가리키는 것이다.

　우리나라 유학의 사단칠정론(四端七情論) 또는 이기사칠론(理氣四七論)은 조선시대에 처음에는 이황과 기대승 사이에서 벌어졌다. 퇴계(退溪) 이황(李滉)께서 정지운(鄭之雲)이 『천명도설』을 지어 보임에 원문의 이른바 "사단은 이에서 생기고, 칠정은 기에서 생긴다"라는 문구를 "사단은 이의 생김이고, 칠정은 기의 생김이다"라고 고친 것에서 비롯됐다. 이 고친 문구는 선비들 사이에서 논란거리가 됐다가, 7년 뒤인 1552년 고봉(高峯) 기대승(奇大升)이 퇴계에게 편지로 이의를 제기함에 따라 본격적으로 논란이 되어 7년 동안이나 이어진 학술 토론이었다.
　그 뒤에 율곡(栗谷) 이이(李珥)가 기대승의 설을 지지하고 이황의 설을 반대했다. 그리하여 그 논의는 확대되어 성리학 논쟁의 핵심 문제로 등장했고, 사단칠정과 더불어 이기론(理氣論) 및 정치사회관(觀)에 이르기까지 두 유형, 곧 이황의 영남학파(嶺南學派) 및 이이의 기호학파(畿湖學派)의 사고방식의 대립을 보이게까지 됐다. 이러한 200여 년의 오랜 세월 동안 이루어진 사단칠정론은 당시 우리 겨레의 유학이 얼마나 높은 수준이었는가를 여실하게 보여주는 산 증거이다.

　3. 마음의 본성은 『성선설, 성악설』이다.
　① 성선설(性善說)은 맹자(孟子)가 주장한 도덕설의 중심이념을 이루는 것이다. 성은 선한 것이며, 그러기 때문에 측은 수오 사양 시비의 마음을 지니고 있다. 이것은 각각 인 의 예 지의 4단인 것이며, 사람은 4단을 지니고 있는 것이다. 단이라 함은 선이 발생할 가능성을 가진 처음을 말하는 것이다. / ② 성악설(性惡說)은 순자(荀子)들이 사람의 본성은 악하다고 주장한 학설이다. 사람의 자연의 성은 악이기 때문에, 작위(作爲, 위:僞))를 쌓아서, 곧 배우고 배워서 선으로 가야 한다고 했다. 순자는 성이 악이라는 근거를 이기적 욕망에 두었는데, 선의 기원을 설명할 수 없었으므로 인성의 선한 면을 인정하지 않을 수 없었다. 또한 행위의 도덕적 가치판단에서는 결과론의 입장에 섰다. / ③ 성선악혼설(性善惡混說)은 양웅(揚雄)이 내세운 생각이다. 맹자의 성선설과 순자의 성악설이 모두 일리가 있다고 보며, 사람의 마음에는 착함과 나쁨이 혼합하여 있어서 그 선을 닦으면 착한 사람이 되는 한편, 그 악을 익히면 나쁜 사람이 된다는 것이다. / ④ 성삼품설(性三品說)은 순열(筍悅)과 한유(韓愈)의 생각이다. 사람의 마음에는 상중하의 상품(上品)이 있다고 본다. 그리하여 성선설은 상품(上品)의 사람을 말하고, 성선악혼설은 중품의 사람이며, 성악설은 하품의 사람을 가리킨다는 것이다. / ⑤ 성유선악설(性有善惡說)은 세석(世碩) 공손니자(公孫尼子)의 생각이다. 사람의 마음에는 선도 있고 악도 있다고 보았다. 따라서 우리네 사람이 착한 마음을 배양하면 선이 커지는 한편, 나쁜 마음을 배양하면 악이 커진다. 이처럼 선과 악은 모두 이것을 배양하기에 달렸다고 하는 것이다. / ⑥ 성무선악설(性無善惡說)은 고자(告子)의 생각으로, 사람의 마음에는 원래 착하고 나쁨이 없으며 교양에 의해서 착하게도 되고 나쁘게도 된다는 생각이다.

4. 마음의 닦음은 『삼강오륜, 수기치인』이다.
　① 삼강오륜(三綱五倫)은 삼강 및 오륜이다. ㉠ 삼강(三綱)은 세 가지의 우리네 사람들이 마땅히 지켜야 하는 강령(綱領) 또는 도리(道理)를 뜻한다. 군위신강(君爲臣綱)은 임금과 신하 사이에 마땅히 지켜야 하는 도리이며, 부위자강(父爲子綱)이란 어버이와 자식 사이에 마땅히 지켜야 하는 도리이고, 부위부강(夫爲婦綱)은 남편과 아내 사이에 마땅히 지켜야 하는 도리를 뜻한다. ㉡ 오륜(五倫)은 우리네 사람들이 서로 간의 올바른 관계를 위하여 지켜야 하는 다섯 가지의 윤리(倫理) 또는 인륜(人倫)을 뜻한다. 곧 부자유친(父子有親)은 아버지와 아들 사이에 친애가 있어야 하고, 군신유의(君臣有義)는 임금과 신하 사이에 의리가 있어야 하며, 부부유별(夫婦有別)은 남편과 아내 사이에 서로 넘지 말아야 할 차별이 있어야 하고, 장유유서(長幼有序)는 어른과 어린이 사이에 순서가 있어야 하며, 붕우유신(朋友有信)은 벗과 벗 사이에 믿음에 있어야 한다는 생각이다. 이런 오륜을 오상(五常) 오품(五品) 오전(五典)이라고도 한다.
　② 수기치인(修己治人)은 스스로를 갈고 닦으며 수양을 쌓으며, 남을 가르치고 이끌며 다스려서 편안하게 만드는 것이다. 『대학』의 첫 장에 팔조목(八條目)이 있는데, 격물(格物) 치지(致知) 성의(誠意) 정심(正心) 수신(修身) 제가(齊家) 치국(治國) 평천하(平天下)의 여덟 가지이다. 이 가운데 격물 치지 성의 정심 수신의 다섯 가지는 수기(修己)에 속하는 것이고, 제가 치국 평천하는 치인(治人) 또는 안인(安人)에 속하는 것이다. 팔조목은 자신을 수양해서 인격적으로 완성된 뒤에 남을 가르치는 과정을 순서대로 설명하고 있다.

　『기독교(基督敎) 또는 그리스도교(Christianity)』는 '예수 그리스도'(Jesus Christ : 기원전 4년~서기 30년)의 가르침으로서, 이스라엘의 고유 신앙인 유대교를 바탕으로 예수 그리스도가 재구성한 종교이며, 예수 그리스도를 하나님 여호와 또는 야훼의 아들 및 구세주(메시아)로 믿고 따르면 이 세상에서 구원을 받으며 영생을 얻는다고 믿는 종교이다. 예수(Jesus)라는 이름은 헤브라이어로 '하나님 곧 여호와 또는 야훼는 구원해 주신다'라는 뜻이며, 그리스도(Christ)는 '기름 부음을 받은 자·구세주·메시아'를 뜻한다. 또한 「기독(基督)」은 중국에서 그리스도(Christ)에 적합한 말이 없어서 발음이 비슷한 기독이라는 글자를 쓴 것이다. 곧 어떠한 뜻도 없이 그냥 그리스도를 중국 발음으로 비슷하게 「기독(基督)」이라고 옮겨 놓은 것이다. 기독교를 영어로는 크리스차니티(Christianity)라 하며, 크리스차니티의 원어는 그리스어의 크리스티아노스(Christianos)에서 비롯됐는데, 그 뜻은 그리스도를 따르는 사람이다. 그러므로 기독교의 기점과 근거는 바로 예수 그리스도로서, 예수님을 하나님의 아들이며 인류의 구원자로 믿는 것을 신앙의 근본 교의로 삼는다.

　『예수(Jesus)님』은 어머니가 되는 동정녀 마리아와 약혼자인 목수 요셉이 호구조사의 등록을 하러 간 다윗의 고향인 베들레헴의 마구간에서 태어났다. 예수님이 태어나던 날 밤 천사가 목자들 앞에 나타나 예수님의 탄생을 고하며, "하늘 높은 곳에는 하나님께 영광, 땅에서는 그가 사랑하시는 사람들에게 평화"라고 하나님을 찬양했다(루가 2:14). 예수님이 태어난 뒤에 그 일가는 헤롯왕의 유아 살해를 피하여 이집트로 여행하고, 헤롯이 죽은 후 나사렛으로 돌아갔다. 나사렛에서 예수님은 부모에게 순종하며 살았다(루가 2:51). 예수님이 열두 살이 되던 해에 유월절 명절을 맞아 해마다 그랬듯이 부모를 따라 명절을 지키러 예루살렘으로 올라간 예수님은 성전에서 학자들과 성서(구약)에 관한 토론을 벌였다. 학자들은 예수님의 지혜 및 그 대답에 경탄했다.

　예수님은 30살에 공적인 생애 곧 공생애(公 生涯)를 시작했다. 세례자 요한에게서 세례를 받은 예수님은 성령의 인도로 광야에 나가(마태 4:1) 40일 동안 낮밤의 단식기도를 하면서 악마로부터 세 가지의 시험을 받았다. 성서에 기록된 말들을 인용하여 악마의 유혹을 물리치고(마태 4:11, 루가 4:8) 광야에서 머무른 뒤 예수님은 사람들에게 하나님의 용서와 사랑을 전파하기 시작했다. 마태·마가·루가의 세 복음서는 예수님의 선교활동에 관한 똑같은 기록들을 전해주고 있는데, 예수님의 발자취를 정확히 더듬는다든지, 그가 방문한 고장을 차례대로 추적하기란 곤란한 일이다.

그러나 요한복음에 의하면, 광야에서 나와 베다니로 돌아갔는데, 여기서 첫 번째 제자를 얻어 그들과 함께 갈릴레아로 가서, 가나의 혼인잔치에서 물을 포도주로 변화시키는 첫 기적을 행했다. 공생애에서의 처음의 유월절을 맞아 예루살렘을 순례하고, 거기서 성전 안의 장사꾼들을 몰아내었다. 예수님은 유월절 동안 예루살렘에 머무르면서, 어느 날 밤 조용히 찾아온 바리새파 지도자의 한 사람인 니고데모에게 자신을 계시하고 하늘나라에 들어가는 조건을 일러 주었다. 이것이 그리스도교의 중생(重生:거듭 남) 또는 신생(新生:새로 남)의 교리이다. 세례자 요한이 감옥에 갇힌 뒤 유다 지방을 떠나 사마리아를 지나서 갈릴레아로 향했다. 도중에 사마리아 지방 시카르(수가)라는 동네에 있는 야곱의 우물가에서 한 사마리아 여자에게 자기가 메시아임을 밝혔는데, 그녀로 말미암아 사마리아에서도 많은 사람들이 예수님이 구세주라는 것을 믿게 됐다(요한 4:42)고 한다. 그 뒤 갈릴레아의 가버나움으로 내려간 예수님은 그곳 회당(시나고그)에서 사람들을 가르쳤고, 신약의 복음을 전하며, 사람의 아들(人子)이 바로 안식일의 주인이다(루가 6:5)라고 가르쳤다. 이렇게 하여 예수님은 온 갈릴레아를 두루 다니며 회당에서 가르치고 하늘나라의 복음을 전하며 병자와 허약한 사람들을 모두 고쳐 주었다. 이 소문이 온 시리아에 퍼지자, 사람들은 갖가지 병에 걸려 신음하는 환자와 신들린 사람·간질병자·중풍병자를 모두 그의 앞에 데려왔다. 예수님은 그들도 모두 고쳐 주었다. 그러자 갈릴레아 데카폴리스·예루살렘 유다·요르단강 건너편에서 많은 사람들이 찾아와서 예수님을 따랐다(마태 4:23~25). 예수님은 이 무렵 유명한 산상(山上) 설교를 했으며, 12제자를 선발했다.

예수님은 고향인 나사렛으로 돌아갔는데, 나사렛에서는 환영을 받지 못했다.

사람들은 목수 요셉의 아들 예수님이 이스라엘 민족의 구세주라는 것을 믿지 않았는데, 예수님은 예언자 엘리야가 동포인 이스라엘 민족보다도 이방의 어떤 과부에게로 보내졌다는 사실, 예언자 엘리사도 이스라엘의 나병환자는 고쳐주지 않고 시리아 사람인 나아만만을 고쳐주었다는 사실을 알려, 그가 말하는 구원이 이스라엘 민족만의 구원에 그치지 않고 모든 인류의 구원이라는 뜻을 비쳤다. 이 말을 듣고 사람들은 화가 나서 들고 일어나, 예수님을 동네 밖으로 끌어냈다. 그 동네는 산 위에 있었는데 사람들은 예수님을 산 벼랑까지 끌고 가서 밀어 떨어뜨리려 했으나, 예수님은 그들의 한 가운데를 지나서 자기의 갈 길을 갔다(루가 4:25~30). 세례자 요한이 헤로데스 왕(헤롯 왕)에게 살해된 사실을 안 뒤에, 예수님은 갈릴레아를 떠나 필립비의 가이사리아 지방으로 떠났는데, 그 길에 제자들에게 구세주로서의 자신의 사명을 말해주었다. 예수님이 제자 중 베드로와 야고보 및 요한을 데리고 높은 산으로 올라갔을 때에, 예수님이 그들 앞에서 변모하여 얼굴은 해같이 빛나고 옷은 빛같이 눈부셨다. 그런데 그 자리에는 모세와 엘리야가 예수님과 함께 있었다. 곧 예수님이 고난과 죽음의 길을 택하는 과정에서, 새로운 계시 방법으로 모세와 엘리야, 율법과 예언자의 신을 보여주려 하고 있다는 사실을 제자들은 깨달았던 것이다(마태 17:1~8, 마르 9:2~8, 루가 9:28~36).

그 뒤 예수님은 은밀히 예루살렘으로 가서 설교도 하고, 병자들의 병을 고쳐 주곤 했는데, 그의 설교가 지닌 권위에 놀란 유대인들은 예수님이 누구인가의 문제를 놓고 논란이 일었다. 예수님은 요르단 강을 건너 베레아 지방으로 가서, 베다니에서 마리아의 동생 라자로를 죽음으로부터 살려내었다. 죽은 라자로를 예수님이 살려냈다는 이야기가 전파되자,

많은 유대인들이 예수님을 믿게 됐다.

그러자 대사제들과 바리새파 사람들은 예수님을 위험시하여 의회를 소집하고 의논했다(요한 11:47~48). 그날부터 그들은 예수님을 죽일 음모를 꾸미기 시작했다(요한 11:53). 과월절 전날 목요일 밤에 예수님은 제자들과 최후의 만찬을 들고, 그날 밤은 겟세마네 동산에서 기도했다. 예수님의 열두 제자 가운데 하나인 가롯 유다가 은 삼십이라는 돈을 받고 스승인 예수님을 저버리고 팔아서, 겟세마네에서 예수님은 붙잡혔다. 제자인 베드로가 스승인 예수님을 모른다고 세 번이나 부인하는 가운데 예수님은 로마의 총독 빌라도 앞에서 십자가에 못 박힐 것을 선고 받았다. 이튿날 아침 십자가를 지고 온갖 조롱과 멸시 천대를 받으며 골고다 언덕길을 올라가 거기서 강도들과 함께 신을 모독했다는 중죄인으로서 십자가 나무틀에 못 박혔다. 대제사장·서기관·장로들로부터 희롱을 당했다. 낮인데도 온 땅에 어두움이 내리고 한참 동안 계속되더니, 예수님께서「엘리 엘리 라마 사박다니(나의 하나님! 나의 하나님! 어찌하여 나를 버리셨나이까?)」《마태 27:46 마가 16:34》라고 두 번에 걸쳐 크게 소리지르고 나서 드디어 영혼이 떠나 숨을 거두었다.

이에 성소 휘장이 위로부터 아래까지 찢어져 둘이 되고 땅이 진동하며 바위가 터지고 무덤들이 열리며 자던 성도의 몸이 많이 일어났는데, 예수님을 지키던 군병들이 심히 두려워하여 '이는 진실로 하나님의 아들이었다'《마태 27:51-54》라고 했다. 예수님은 생전에 자신이 예언한 바와 같이 죽은 지 사흘 만에 부활했고, 어머니인 막달라 마리아와 다른 여인들 및 두 제자에게 여러 모습으로 나타났다. 그러나 다른 제자들은 믿지 아니했다. 그리하여 열한 제자가 음식을 먹을 때에 예수님께서 다시 나타나, 저희의 믿음 없는 것과 마음이 완악한 것을 꾸짖고는, 온 천하에 다니며 만민에게 복음을 전파하라고 가르침을 베푼 다음에, 올리브산(감람산)에서 하늘로 올라갔다고 전하고 있다.

그리하여 예수님은 부처님·공자님·소크라테스님과 더불어 세계 4대 성인 가운데 한 명이 된 존경스럽고도 훌륭하신 분이시다.

기독교는 예수님의 생전에 그의 가르침을 통하여 그 정신적인 기반이 이루어졌다. 그러나 그것이 종교적 단체로 형성된 것은 그리스도의 부활 이후 정확히는 오순절(성령강림절)의 성령 체험 이후 신앙심이 굳어진 사도들이 각지에서 전도를 시작하면서부터였다. 하나님으로서 인성(人性)을 취한 예수님은 신적(神的) 사랑의 극치를 보이는 죽음을 당하지만, 하나님 나라의 승리를 증거하고 구원 사업을 완수하기 위해 다시 살아나 제자들 앞에 그 모습을 나타내었다. 이 부활신앙은 예수님의 탄생·죽음과 함께 기독교의 중요한 교의가 되어 있다. 예수님의 부활을 경험한 제자들은 예수님이 그리스도로서 이 세상의 구원자임을 확실히 믿게 됐다. 그들은 지금까지의 근거지였던 예루살렘에서 추방되어, 사마리아에서 시리아·남아프리카에 이르기까지 여러 지역으로 흩어져, 예수님의 사도로서 기독교 신앙을 전파했다. 12사도 중 요한은 에페소에 정착하여 초대 교회를 이끌었고, 마르코는 알렉산드리아에 교회를 세웠다. 마침내 사도 바울이 그들에게 합세하면서부터는 지중해 연안 여러 지방에 기독교가 뿌리를 내리게 됐다. 기독교를 유대교에서 결정적으로 분리시켜, 인종과 지역을 초월한 세계종교로 발전시킨 것은 사도 바울의 선교활동이었다. 바울은 로마 시민권을 가진 엄격한 유대교도로서, 처음에는 기독교 박해의 선두에서 활약했으나, 마침내 결정적 계기에 의해 기독교 신앙으로 회심한 이후 열렬한 선교활동을 했다. 그의 전도 대상은 유대인들뿐만 아니라 여러 이방인도 포함했다. 그리하여 기독교는 유대민족의 범주를 벗어나 지중해 연안의 종교로, 세계종교로 확장되기에 이르렀다. 사도시대로부터 바울의 이방인 선교시대를 '원시 기독교 시대'라 하는데, 이 시기에 초대교회가 형성됐다. 초대교회는 유대교와 로마정부 쌍방으로부터 많은 박해를 받는 가운데 형성됐지만, 개인의 집이나 카타콤 같은 데서 비밀집회를 가지면서 그 조직을 이끌어 나갔다. 바울이 초대교회에 보낸 서신들에 의하면, 그 무렵에 이미 사제(司祭)로서의 감독(監督)·장로(長老), 부제(副祭)로서의 집사(執事)들의 교직이 정해져 있었다. 이 시대는 또한 신약성서가 쓰인 시대로서, 기독교 신학의 기초가 확립된 때이기도 하다.

　기독교는 『마음의 본질(사람 만듦 설화, 사람론), 마음의 타락(마음 타락 설화), 마음의 회복(구원론, 삼위일체론, 은사), 마음의 끝 모습(심판론, 재림설, 천년왕국설)』의 생각으로 이루어져 있다.

　1. 마음의 본질은 『사람 만듦 설화, 사람론』이다.
　① 사람 만듦 설화는 창세기 제2장 4절～25절에 있으며, 우리네 사람은 창조주인 여호와(Jehovah) 하나님에 의하여 만들어졌으며 사람의 생명은 여호와에게서 온 것이라 한다. 곧 사람은 동물의 후손이 아니라 여호와가 만든 존재이며, 사람의 생명은 동물에서 진화된 것이 아니라 여호와가 입김을 불어넣어 줌으로써 부여된 것이고, 여호와의 입김이 떠날 때에, 사람은 죽게 된다고 한다. 하나님께서 6일간 창조사역 중 마지막 날에 사람을 창조했다고 증언함으로써, 창조주 및 다른 피조물과 엄연히 구별되는 사람의 고유한 지위를 규정한다. 모든 인류는 아담(Adam)과 이브(Eve) 또는 하와(Hawwāh)의 후손이며, 유기적 단일성을 지녀서 한 혈통 및 같은 형제이다. / ② 사람론은 사람이 몸·혼·영으로 구성되어 있는데, 몸은 물질적 부분이고, 혼은 동물적 요소이며, 영은 이성적이고 영적인 요소라는 이론이다. 사람이 죽을 때 몸은 흙으로 돌아가고, 혼은 없어지고, 영은 부활해 몸과 재결합하기 위해 남는다. 만물의 영장인 사람이 다른 생물들이 누리지 못하는 특권을 누리는 것은 하나님의 형상, 곧 영적 생명을 가졌기 때문이다. 그 특권은 영생 곧 복덕한 상태로 지속되는 행복한 삶을 살 수 있는 가능성을 가졌고, 영적 세계의 분별 능력과 더불어 하나님과 교통할 수 있는 특권을 가졌으며, 만물을 주관할 수 있는 권리이다.

　2. 마음의 타락은 마음 타락 설화로서 구약성서 창세기 제3장에 있는 『아담과 이브의 원죄설 또는 타락설』이다. 이 타락설은 여호와와 사람의 관계, 사람과 사람의 관계, 사람과 자연의 관계의 깨어짐이다. 아담은 여호와를 피하여 동산의 나무 사이에 숨음으로써 하나님이 없는 상태 속에서 살려고 했었다. 또한 한 몸으로 결합된 남편과 아내는 서로 스스로만을 위해서 죄의 책임을 미룬다. 아울러 땅 곧 자연은 사람을 위한 단순한 축복이 아니라 사람의 수고를 더하게 하며, 이 땅 위에서 사람은 땀을 흘려야 먹을 것을 얻게 됨으로써, 노동이 하나의 짐이 됐다. 이런 원죄 설화는 옛 선조의 실수 이야기가 아니고, 모든 사람이 어떻게 순수 본연적인 본질상태에서 죄적인 상태로 변질하여 옮겨가는가 하는 실존 해명이다. 곧 타락 설화는 우리 마음의 타락의 까닭을 초자연적 힘이거나 숙명론에서 찾지 않고, 사람의 책임과 자유의 배신으로서 자각하고 있음을 보여주는 것이다.

　3. 마음의 회복은 『구원론, 삼위일체론, 은사』들이 있다.
　① 구원론은 역사상 실존한 예수님을 통하여 구원을 얻고 본래의 착한 마음을 회복할 수 있다고 보는 생각이다. 곧 죄인으로서 마음이 타락한 사람은 예수님을 믿음으로써 그 죄에서 풀려나 구원을 얻어 본래의 고운 마음을 회복하며, 여호와와 사람 및 자연과의 올바른 관계가 맺어져서 새로운 존재가 된다고 여긴다. 구원의 주체인 예수님은 그리스도, 인자, 하나님의 아들, 주, 임마누엘, 알파와 오메가, 말씀, 본체의 형상으로도 부른다. 한편 예수님은 신성 및 인성을 함께 지녔다고 생각한다. 곧 예수님은 하나님이며 동시에 하

나님의 아들인 예수님은 만왕의 왕이고 만주의 주로서, 전능하며 전지한 신적 속성을 지녔다. 아울러 예수님께서는 여성의 후손으로 오며, 아브라함의 씨로 오고, 다윗의 혈통을 이어받으며, 아기로 태어났고, 보통 사람과 동일한 성장 과정을 거쳤으며, 사람이 가지는 배고픔과 피곤함 및 희로애락의 감정을 가지는 인성을 지니고 있다. / ② 삼위일체론은 예수님이 계시한 하나님은 성부·성자·성령의 세 위격을 가지며, 이 세 위격은 동일한 본질을 공유하고, 유일한 실체로서 존재한다는 교리이다. 하나님 아버지 곧 성부인 여호와는 그의 독생자이며 성자인 예수님을 이 세상에 보내어 성령으로써 인류를 구원한다는 것이다. / ③ 은사는 하나님의 사랑 및 은혜를 통해 믿음의 성도에게 나타나는 여러 가지 특별한 선물 재능 은총 은혜를 뜻한다. 이는 지혜의 말씀의 은사, 지식의 말씀의 은사, 믿음의 은사, 병 고치는 은사, 능력 행함의 은사, 예언함의 은사, 영들 분별함의 은사, 각종 방언 말함의 은사, 방언들 통역함의 은사들이다.

4. 마음의 끝 모습은 『심판론, 재림설, 천년왕국설』들이 있다.
① 심판론은 사람들이 죽은 뒤에, 또는 역사의 종말에 지상의 삶에 대하여 내려지는 하나님의 판정을 뜻한다. 이런 심판은 사심판 및 공심판으로 나뉜다. 사심판은 모든 사람마다 죽은 뒤에 받게 되는 것으로서, 이에 의하여 그 사람의 영혼의 갈 곳인 천당·연옥·지옥이 정해진다고 여긴다. 공심판 또는 최후 심판은 세상의 마지막 날에서의 하나님의 심판으로, 세상의 종말에 예수님이 지상에 재림하여 세상의 시작부터의 모든 인류를 심판하여 그를 믿고 그의 가르침을 실행한 자를 구원하고 그를 믿지 않고 그의 가르침을 실행하지 않은 자를 멸한다는 생각이다. / ② 재림설은 예수님이 다시 온다는 생각이다. 예수님은 자신이 메시아이며 자신에 의해 구원의 새 시대가 열렸다고 선언했다. 예수님이 행한 이적들과 귀신 쫓은 일들은 하나님의 왕권이 땅 위에 임한 구체적 증거라고 가르쳤으나, 그 나라가 완성되지는 아니했다. 이는 악과 죽음과 생의 불안들이 남아 있기 때문이다. 신약성서는 예수님의 오심으로 하나님 왕국이 출범했으나, 그 완전한 실현은 그의 다시 오심 곧 재림에 즈음한다고 여긴다. / ③ 천년왕국설은 하나님의 최후심판에 앞서, 예수님이 지상에 재림하여 1000년간 이 세상을 통치하고, 그 뒤에 세상의 종말이 온다는 생각이다. 곧 천국의 복락을 받기 전에 지상에서의 안식의 시대로서, 예수님이 많은 성인과 함께 천 년 동안 평화의 나라를 건설한다는 것이다.

이런 기독교는 새롭고 숭고한 이상 및 윤리로 세계사에 지대한 공헌을 했다. 특히 우리나라에 들어와 근대화에 선도적 구실을 하고 독립운동을 직·간접적으로 도와주었다.
그러나 우리나라에서 기독교는 토착화되지 못하고 정신적·재정적·교리적으로 외국교회에 의지하고 있으며, 종파 간에 지나치게 대립·다툼을 일으키고 있고, 우리의 전통문화와 상충되는 요소가 있어 거부감을 자아내는 면도 있다. 따라서 토착화에 의한 민족적 기독교를 확립하고, 외국 선교회로부터 정신적·교리적·재정적으로 독립하며, 종파 근성을 극복하기 위한 협동 체제를 구축하고 다른 종교에 대한 비관용성을 극복해야 하겠다.

『철학(哲學 : Philosophy)』은 사람과 세계에 대한 근본 원리와 삶의 본질들을 연구하는 학문이다. 영어의 philosophy란 말은 원래 그리스어의 필로소피아(philosophia)에서 비롯됐으며, philo는 '사랑하다, 좋아하다'라는 뜻의 접두사이고 sophia는 '지혜'라는 뜻으로, 필로소피아는 '지혜를 사랑하는 애지(愛知)'의 학문을 뜻한다. 철학(哲學)의 '철(哲; 밝을 철)'이라는 글자도 '현(賢; 현명), '지(知; 지혜)'와 같은 뜻이다.

철학이라는 용어는 소크라테스(Sokrates)에서 비롯됐다. 소크라테스가 문제를 삼았던 것은 자연이 아니라 사람이다. 이 사람은 영혼으로서 사람이며 소피스트(sophist)에서 볼 수 있는 개인적 사람이 아니라 보편적 사람이었다. 영혼은 지혜(sophia)를 기능으로 하는 이법(理法)이며, 이 이법은 소피스트들의 인위적인 것(nomos)에서 부정된 것이며 사람의 본질이다. 사람이 영혼을 잘 가꾸는 것은 지혜(sophia)를 사랑(philos)하는 것이며, 그것이 곧 철학하는 것(philosophia)이다. 여기에서 철학이라는 용어가 나온 것이다.

1. 서양철학은 고대 그리스의 사람중심철학에서 비롯됐다. 소크라테스·플라톤(Platon)·아리스토텔레스(Aristoteles)들이 대표적이다.
(1) 『소크라테스(Socrates)님』 : 우리네 사람(마음)을 본격적으로 탐구한 사람이 바로 소크라테스님이다. 소크라테스((Socrates)님은 고대 그리스 철학자로서, 기원전 470년에 그리스의 아테네에서 석조가인 아버지 소프로니스코스 및 산파술에 능한 어머니 파이나레테 슬하에 태어났다. 소크라테스는 어린 시절부터 다이몬(禁止)의 소리를 듣고, 자주 깊은 몰아 상태를 경험하는 신들린 사람이었다고 한다. 소크라테스는 아버지를 이어 석공의 일을 했다. 펠로폰네소스전쟁 때에 보병으로 북그리스로 2회 및 보이오티아로 1회 종군했으며, 이때 훌륭한 인내심과 침착한 용기를 보여주었다. 그는 종군 때 이외에는 아테네를 떠난 적이 없었는데, 젊은 시절에는 자연에 대한 연구도 했으나 그 뒤에는 사람문제에 관해서만 관심을 기울여, 아테네의 거리와 시장·체육관들에서 대화와 문답을 하면서 지냈다. 소크라테스는 두 눈이 튀어나왔으며, 코는 짜부라진 사자코로 그 용모는 추했다. 그러나 그와 이야기를 나눈 사람은 그의 말에 매료되고 그의 내면에 사로잡혔다. 이렇듯 외면과 내면의 이율배반에 그의 존재의 본질이 있다. 그의 인격과 유머가 있는 날카로운 논법에 공감하는 젊은이들이 소크라테스의 동아리를 형성했고, 플라톤도 그 모임에 들어 큰 영향을 받았다.
소크라테스는 나이가 들어 크산티페(Xanthippe)와 결혼했다. 크산티페는 아내로서 남편의 언동을 전혀 이해하지 않고 항상 상스러운 말로 욕하면서 남편을 하잖게 여겨, 나쁜 아내(악처; 惡妻)의 대명사가 됐다. 어느 날 그녀가 소크라테스에게 호통을 친 뒤에 설거지 물을 끼얹자, 소크라테스는 "그렇지, 천둥 뒤에는 항상 소나기가 쏟아지는 법이야!"하면서 태연했다.

소크라테스는 자기에게는 모든 진술을 검증할 신성한 임무가 있다고 믿었다. 그래서 그는 대중이나 개개의 시민들과 오랫동안 묻고 답하면서 토론하기를 즐겼다. 그들의 논리가 얼마나 타당한지를 시험해보기 위해서였다. 이것이 그 유명한 대화법(對話法)·문답법(問答法)·산파술(産婆術)이다. 소크라테스는 진리 탐구에서만은 무모하리만치 타인들의 사상을 끝없이 공격했다. 그래서 아테네인들은 그를 비난하기 시작했다. 마침내 그는 70살인 기원전 399년에 세 명의 시민 멜레토스·아니토스·리콘에 의해 불경죄와 청년들을 타락시킨 죄로 고소됐다. 소크라테스을 심판할 판관들은 501명의 사람들로 구성됐다. 그들은 6,000명의 시민들로 구성된 법정에서 제비뽑기에 의해 차출된 사람들이었다. 재판관이나 배심원도 없었다. 소크라테스는 501명의 대다수 의견에 맞서 변론했지만, 결국 그는 유죄를 선고받았다. 소크라테스의 진술을 들은 법정은 결국 그를 사형시키기로 판결했다. 그러나 소크라테스는 조금도 당황하지 않았으며 반대표를 던진 사람들을 원망하지도 않았다. 그는 어려운 것은 죽음으로부터 벗어나는 것이 아니라, 악에서 벗어나는 것이라고 말했다. 그의 친구들이 억울하다고 여겨 감옥의 간수를 매수하여 탈출할 것을 권유했으나, "악법도 법이다. 따라서 지켜야 한다"고 하면서 사양했다.

소크라테스가 사형을 당하는 날에 파이돈·크리톤들의 친구들이 감옥을 방문했다. 소크라테스는 영혼과 진리의 본질과 철학에 대해 동이 틀 때까지 이야기했다. 그런 뒤에 친구들에게 두 아들과 아내를 부탁했다. 소크라테스는 눈물을 흘리려 하는 가족들을 돌려보내고, 다시 친구들에게로 돌아왔다. 이때 간수가 나타나 시간이 다했음을 알리고 그의 용기에 대해 찬사를 보냈다. 간수가 눈물을 흘리며 떠나자 소크라테스는 친구들에게 말했다. "보게나, 정말 멋진 사람이 아닌가! 나를 위해 저렇게까지 눈물을 흘려주다니! 자, 이제 그의 말을 들어야 할 때가 왔군." 그리고서 소크라테스는 심부름꾼을 시켜 독배를 가져오게 했다. 소크라테스의 친구들은 아직 해가 뜨지 않았으니 서두를 필요가 없다고 만류했다. 그러나 소크라테스는 지체하지 않았다. 그는 독배를 늦게 든다고 해서 얻는 것은 아무것도 없으며, 다만 생명에 집착하는 것이 어리석은 생각이라고 했다. 곧 독배가 전달됐다. 소크라테스는 떨지도 않고 표정이나 얼굴빛 하나 바꾸지 않은 채 태연하게 독을 마셨다. 그리고는 "이승에서 저승으로 가는 데 행운이 있기를!" 하고 기도했다. 소크라테스의 친구들은 더 이상 참지 못하고 눈물을 흘리기 시작했다. 그러자 소크라테스는 "이게 무슨 꼴인가! 자네들이 날 놀라게 하는군. 내 아내와 아들들을 보내버린 것도 이런 꼴을 보기 싫어서였는데 말이야! 조용한 가운데 죽음을 맞아야 하지 않겠나? 진정하고 참게나!" 그렇게 말하면서 소크라테스는 지시대로 걷기 시작했다. 더 이상 걷는 것이 불가능하게 되자, 그는 바닥에 누웠다. 서서히 독이 효과를 발휘하기 시작했다. 우선 발과 다리, 또한 차츰 몸 아랫부분이 뻣뻣해지기 시작했다. 복부까지 뻣뻣해져 오자, 소크라테스는 얼굴을 덮은 가리개를 치워버리고 크리톤에게 속삭였다. "우리는 애스클리피어스에게 수탉을 빚졌다네. 잊지 말고 갚아야 해." 크리톤이 그러겠다고 하면서, 더 할 말이 있는지 물었다. 그러나 소크라테스의 대답은 없었으며, 세상을 떠난 것이다. 기원전 399년이고 향년 71살이었다.

그리하여 소크라테스님은 부처님·공자님·예수님과 더불어 세계 4대 성인 가운데 한 명이 된 존경스럽고도 훌륭하신 분이시다.

(2) 플라톤(Platon)은 서양철학사상 이상(理想)주의 철학의 기반을 수립한 철학자다. 플라톤은 아테네 출생으로, 명문 가문 출신으로 젊었을 때는 정치를 지망했으나, 소크라테스가 사형되는 것을 보고 정계에 대한 미련을 버리고 사람 존재의 참뜻이 될 수 있는 것을 추구하여 철학을 탐구하기 시작했다. 기원전 385년경 아테네의 근교에 영웅 아카데모스를 모신 신역에 학원 아카데메이아(Akademeia)를 개설하고, 각지에서 청년들을 모아 연구와 교육생활에 전념했다. 그동안 두 번이나 시칠리아 섬을 방문하여 시라쿠사의 참주인 디오니시오스 2세를 교육하여 이상정치를 실현시키고자 했으나 좌절됐다. 그러나 그러한 시도는 그의 철학의 방향을 잘 말해준다.

(3) 아리스토텔레스(Aristoteles)는 형이상학·논리학·미학들의 수많은 학문의 창시자이고, 학문의 경향은 경험적이며 현실적이고, 분석적 귀납법적이다. 아리스토텔레스는 스타게이로스 출생이며, 17세 때 아테네에 진출하여 플라톤의 학원(아카데미아)에 들어가서 스승이 죽을 때까지 거기에 머물렀다. 그 뒤 여러 곳에서 연구와 교수를 거쳐(이 동안에 알렉산드로스 대왕도 교육), 다시 아테네로 돌아와, 리케이온에서 직접 학원을 열었다. 지금 남아 있는 저작의 대부분은 이 시대의 강의 노트이다.

2. 르네상스 시대의 사람으뜸생각으로서, 페트라르카(Petrarca) 보카치오(Boccaccio)들이 대표적이다.

　3. 17~18세기의 근세의 철학으로서는 프랑스 네덜란드 유럽대륙의 합리론(이성론) 및 영국의 경험론이 발달했으며, 뒤이어 독일의 관념론이 전개됐다.

　(1).『대륙의 합리론(合理論; rationalism) 또는 이성론(理性論)』은 우리네 사람의 인식에 있어서의 진리파악의 원천을 이성(理性)에서 찾으려는 철학사상으로, 데카르트・스피노자・라이프니츠들이 대표적이다. 이를 유리론(唯理論) 또는 주리론(主理論)이라고도 한다.
　그들은 사람의 본질은 이성에 있으며 사람의 이성은 또한 신의 이성의 일부라는 것을 공통적인 신조로 삼았다. 그들은 사람의 모든 확실한 지식은 생득적이며, 명증적(明證的)인 원리로부터 유래하거나 그것의 필연적 귀결이라고 주장한다. 따라서 후천적 감각경험으로 말미암은 지식은 모두 혼란하고 불확실하다고 본다.
　①. 데카르트(Descartes)는《방법서설》에서 우리네 사람의 형이상학적 사색은 이른바 방법적 회의에서 출발한다고 했다. 곧 학문에서 확실한 기초를 세우려 하면, 적어도 조금이라도 불확실한 것은 모두 의심해 보아야 하는데, 세계의 모든 것의 존재를 의심스러운 것으로 치더라도, 이런 생각 곧 의심을 하는 자신의 존재만은 의심할 수가 없다. 그리하여 “나는 생각한다. 그러므로 나는 존재한다(Cogito ergo sum : I think, therefore I am)”라는 근본원리 절대적 진리 제일원리가 확립되며, 이 확실성에서 세계에 관한 모든 인식이 유도된다고 헤아렸다.
　②. 스피노자(Spinoza)는《윤리학》을 기하학적 질서에 입각하여 서술함으로써 일원론적 범신론을 수립했다.
　③. 라이프니츠(Leibniz)도 역시 모든 진리를 몇 개의 근본명제로부터 연역함으로써 보편수학을 확립하려고 했다.

　(2).『영국의 경험론(經驗論; empiricism)』은 베이컨이 창시하여 홉스・로크에 이어져 철학체계가 이루어졌으며, 다시 버어클레이・흄에게 계승되어 집대성됐다. 경험론은 인식・지식의 근원을 오직 경험에서만 찾는 철학적 입장 및 경향이다. 초경험적 존재나 선천적인 능력보다 감각과 내성을 통하여 얻는 구체적인 사실을 중시하여, 전자도 후자에 의해 설명된다는 사고방식이며, 지식의 근원을 이성에서 찾는 이성론・합리론과 대립된다.
　①. 베이컨(Bacon)은 스콜라 철학의 불비・결함을 비판하고, 새로운 경험론적 방법을 발견・제창하려고 했다. 베이컨에 따르면 사람은 자연을 관찰하고 자연에 접근함으로써 자연에 관한 지식을 획득할 수 있는 것이며 그 지식에 의해서 자연을 정복할 수 있다는 것이다. 또한 자연의 정복에 의해서 자연의 힘을 이용하여 사람의 생활을 개선하고 행복을 증진시킬 수 있다고 한다. 따라서 그는 “앎(지식)이 힘이다(Knowledge is power)”라고 말했다.
　또한 그는《신기관(新幾關)》에서 우리의 마음의 편견 곧 우상(偶像 : idola)을 네 가지로 나누고 이를 없애야 한다고 내세웠다. ㉠ 종족의 우상은 모든 사람이라고 하는 종족에 공통적인 편견으로서, 사람이 자기의 성향이나 습관과 맹목적 신앙을 모든 일에 반영시키려는 것이고, ㉡ 동굴의 우상은 각 개인 특유의 성벽・좋고 나쁨・교육・환경・교제와 같은 우연한 경우에서 나타나는 개인적 편견이며, ㉢ 시장의 우상이란 시장처럼 여러 사람이 만나는 장소에서 말의 부적당한 사용에서 일어나는 편견이고, ㉣ 극장의 우상은 역사적 전통이나 권위를 무비판적으로 맹신하는 데에서 나타나는 편견이다.
　②. 로크(Locke)는 데카르트 철학과 뉴턴에 의해 완성된 당시의 자연과학에 관심을 가졌다. 그는《사람오성론(人間悟性論)》에서 오성이란 마음의 사유능력이며, 그 오성의 대상이나 내용이 관념인데, 이러한 관념은 모두 경험으로부터 유래한다고 내세웠다. 그에 따르면 모든 관념은 경험에서 유래하는 것이라 한다. 사람의 마음은 원래 이 세상에 태어났을 때에는 백지와 같은 것이어서 거기에는 아직 어떤 글자도 쓰여 있지 않고 어떤 관념도

존재하지 아니한다고 한다. 곧 영국 경험론자들은 사람의 마음이 태어날 때에 백지와 같은 상태이다가 마치 백지에 글이 씌어지듯이 후천적인 경험에 의해서 인식이 성립된다고 보는 '백지설(白紙說 : tabla rasa)을 내세웠으며, 이 백지와 같은 마음에 글씨를 써넣는 것은 바로 경험이라고 본다.

로크는 《통치론》에서 사회계약설을 내세웠다. 그는 홉스의 전제주의를 자연 상태보다도 더 나쁘다고 생각하여, 주권재민(主權在民)과 국민의 반항권을 인정하여 대표제에 의한 민주주의·3권 분립·이성적인 법에 따른 통치 및 개인의 자유·인권과의 양립들을 강조했다. 그의 정치사상은 명예혁명을 대변하고 프랑스 혁명 또는 아메리카 독립들에 커다란 영향을 주어 서유럽 민주주의의 근본 사상이 됐다.

(3). 『독일의 관념론(觀念論 : idealismus)』은 이성론의 보편적 법칙을 존중하되 비판주의적 입장에서 경험론과 종합하려 했으며, 주체성을 가진 사람의 마음(이성)에 대한 비판적 신뢰를 하려는 철학사상이다. 칸트(Kant)가 창시하여 발전시켰으며, 피히테(Fichte)·헤겔(Hegel)로 이어진다.

①. 칸트(Kant)는 대륙의 이성론 및 영국의 경험론을 어울리려는 것을 철학적 과제로 삼고, 새로이 사람의 마음(이성능력)에 대한 비판에 착수하여 보편타당한 학적 인식의 가능 근거를 밝히고자 노력했다. 또한 칸트철학은 비판철학이라 부르는데, 《순수이성비판》은 선험주의를 바탕으로 하는 인식론이고, 《실천이성비판》은 형식주의를 중심으로 한 윤리학이며, 《판단력비판》은 앞의 인식론과 윤리학과의 종합론이다.

칸트는 그 이전의 서유럽 근세철학의 전통을 집대성하고, 그 이후의 발전에 새로운 기초를 확립했다. 그 영향은 여러 가지 형태로 오늘날까지 미치고 있으며, 근세 철학사상 가장 중요한 인물의 한 사람으로 꼽힌다. 곧 대륙의 이성론 및 영국의 경험론을 어울리려는 것을 철학적 과제로 삼고, 새로이 사람의 마음(이성능력)에 대한 비판에 착수하여 보편타당한 학문적 인식의 가능근거를 밝히고자 노력했다. 따라서 칸트철학은 비판(批判)철학이라 부른다. 《순수이성비판》은 선험(先驗)주의를 바탕으로 하는 인식론이요, 《실천이성비판》은 형식주의를 중심으로 한 윤리학이며, 《판단력비판》은 앞의 인식론과 윤리학과의 종합론이다.

㉠ 사람 이성인식의 근거와 한계를 뚜렷이 해야 할 보다 완벽한 저서로서 10여 년의 고생 끝에 나온 것이 대표적 저술이며 제1의 비판서인 《순수이성 비판(純粹理性 批判)》이다. 여기에서 칸트는 앞의 교수 취임논문의 전망을 보완해 사람의 이성에 의하여 이론적으로 확실하게 인식가능한 것은 감각적 여건을 기초로 한 사람의 인식 주관인 선천적 인식형식으로서의 공간·시간 및 카테고리들에 의해 정리되고 구성된 현상으로서의 자연, 곧 감성적 세계에 한정된다는 사실을 입증했다. 또한 이 현상의 세계를 초월한 물자체(物自體)의 세계와 예지계에 관련되는 이념에 대한 형이상학적 인식은 이론적 학문으로서 성립되지 못하고, 여러 가지 이념은 현상세계의 인식에 궁극적 통일을 부여할 방향을 제시하는 통제적 원리로만 인정된다고 결론지었다. ㉡ 근세 수학적 자연과학의 인식 성립장면의 구조를 분석하고, 사람을 현상으로서의 자연적 세계의 입법자로서 일찍이 없었던 적극성과 자율성으로 파악하는 한편, 영혼불멸·자연적 인과계열로부터의 자유·신의 존재들의 이념을 둘러싼 인식에 대하여 이성의 한계를 넘어서는 것으로서 그 유한성을 논했다. 이론적 인식에 대해서는, 통제적 원리로서 그 이상의 의미를 인정하지 않았던 물자체의 세계 또는 예지계의 전망은 제2의 비판서인 《실천이성 비판(實踐理性 批判)》에서 사람의 자율적 도덕이 존재해야 할 불가결의 순수실천이성의 요청으로서 적극적 의미를 가지고 재흥된다. 조건 없는 도덕적 명령으로서 정언명법(定言命法)이 의미를 가지기 위해서는 영생과 자유 또는 덕과 행복의 일치를 보장할 신의 존재가 불가결한 조건으로 요청되어야만

한다고 했다. ⓒ 제3의 비판서《판단력 비판(判斷力 批判)》은 앞의 제1·2비판서에서 다룬 이론과 실천의 영역을 매개·통일시키는 것으로서 구상됐다. 칸트는 여기에서 미적 인식을 상상력과 오성의 장난에 의한 목적 없는 합목적성의 이해 상관이 없는 개념을 뺀 인식으로서, 또한 유기적 자연의 인식에서 사용되는 목적론적 원리를 단순히 통제적 원리에 머무르는 것으로서 각각 규정하고, 미적 또는 목적론적 판단력이 이론이성과 실천이성 사이를 매개하는 것에 불과한 까닭을 밝혔다. 칸트는 이상의 3개 비판서에 의하여 인식하고 행위하고 믿고 느끼는 근세적 사람 주체의 존재 방식을 그 유한성에 충분히 유의하면서도 자율성과 적극성을 살려 파악했다.

칸트는 우리들 마음속의 도덕률 또는 도덕법칙을 세 가지라 했다. ㉠ 너의 의지의 격률(格率) 또는 준칙(準則)이 항상 동시에 보편적 법칙에 알맞도록 행위하라. ㉡ 너 자신의 인격에서와 같이 다른 모든 사람의 인격에 있는 사람성을 언제나 동시에 목적으로서 사용하고, 결코 단지 수단으로서 사용하지 않도록 행위하라. ㉢ 의지가 자기의 준칙에 의해서 스스로를 동시에 보편적으로 입법하는 자로 간주될 수 있도록 행위하라. 이 세 가지 도덕률은 우리 사람들이 무조건으로 지켜야 할 정언(定言) 명령이며 지상(至上) 명령이라고 내세웠다.

②. 헤겔(Hegel)은 인식이나 사물은 정(正 : theses)·반(反 : antithese)·합(合 : synthese), 또는 정립·반정립·종합, 아울러 즉자(卽自)·대자(對自)·즉자 겸 대자의 3단계를 거쳐서 전개된다고 생각했으며, 이 3단계적 전개를 "변증법(辨證法 : dialectic)"이라고 여겼다. 정(正)의 단계란 그 자신 속에 실은 암암리에 모순을 포함하고 있음에도 불구하고 그 모순을 알아채지 못하고 있는 단계이며, 반(反)의 단계란 그 모순이 자각되어 밖으로 드러나는 단계이다. 그리고 이와 같이 모순에 부딪침으로써 제3의 합(合)의 단계로 전개해 나간다. 이 합의 단계는 정 및 반이 종합 통일된 단계이며, 여기서는 정과 반에서 볼 수 있었던 두 개의 규정이 함께 부정되면서 또한 함께 살아나서 통일된다. 이와 같이 존재에 관해서도 변증법적 전개가 가능하다고 생각한다면 존재 그 자체에 모순이 실재한다는 결과가 되기 때문에, 변증법은 모순율을 부정하는 특별한 논리라고 헤아렸다.
헤겔은《대논리학》에서 "형식이 내용을 지배한다"는 유명한 말을 했다.

4. 19세기부터 요즘까지 현대의 철학은 생의 철학, 현상학, 실존주의, 실용주의, 분석철학, 과학철학들로 발전됐다.

(1).『생(生)의 철학·해석학(解析學)』은 현대사회 속의 계산하는 오성의 우월한 역할에 반발하여, 생동적인 삶의 의미를 보존하려는 철학이다.
①. 딜타이(Dilthey) : 추상적인 개념에 의해서 파악될 수 없는 사람의 내적인 체험의 지속적인 흐름을 삶이라고 했다. 특히 딜타이의 생의 철학은 인식이론에 공헌한 바가 크다. 그는 생의 철학적 사람학에서 출발하여 사람의 삶을 파악하는 방법은, 대상을 보편적인 법칙에 귀속시키는 자연과학적인 방법과는 달리, 이해의 방법을 적용해야 한다고 보았다. 이것을 그는 해석학의 이론에서 다룬다.
②. 베르그송(Bergson) : 생동적인 것은 동적인 흐름에 속하기 때문에 추상적·정적인 공식들에 의해서 사멸될 수 없는 것을 삶이라고 했다. 그러므로 생의 파악은 오직 직관에 의해서만 가능하다는 입장을 취했다.

(2).『현상학(現象學)』은, 위의 생의 철학이나 해석학과는 달리, 철학의 과학적인 토대를 구축하는 데 관심을 두었다. 후설(Husserl)에 의해 시작된 현상학은 그 당시 유행하는

실증주의와 유물론에 의해서 상실될지도 모를 철학의 중요관심인 이성과 정신을 본질인식 및 본질파악으로 구제하려 했다. 후설은 철학이 곧 현상학이라고 하여 '본질적인 것으로의 전환을 사실 자체로'라는 구호에서 밝혀준다.

　(3). 『실존주의(實存主義 : existentialism)』는 20세기 전반에 합리주의와 실증주의 사상에 대한 반동으로서, 독일과 프랑스를 중심으로 일어난 철학 사상이다. 실존주의의 선구자는 키에르케고르·니체들이며, 대표자는 하이데거·야스퍼스·사르트르들이다. 제1차 세계대전 뒤의 생의 철학이나 현상학의 계보를 잇는 이 실존주의 철학사상은 제2차 세계대전 뒤에는 문학이나 예술의 분야에까지 확대하여 오늘날에는 세계적인 한 유행사조가 됐다.
　실존(實存)은 독일어로 엑시스텐츠(Existenz)이며 이 말은 원래 존재를 의미하나, 20세기에 들어와 실존철학이 특히 사람의 개별적인 현실 존재를 가리키는 말로 사용된 이후로 현실 존재를 줄여서 실존이라는 말로 사용하게 됐다. 곧 실존은 구체적·실질적으로 존재하고 있음을 나타내는 말로서, 가능적 존재로서의 본질에 대응하는 것이며, 특히 사람의 주체적 존재를 뜻한다. 그것은 사람의 일반적 본질보다도 개개의 사람의 실존, 특히 다른 사람인 타자과 대치할 수 없는 자기 독자의 실존을 강조하기 때문이다.

　실존주의는 19세기 후반의 키에르케고르 및 니체들에서 비롯됐으며, 실존주의를 크게 발전시킨 대표적인 철학자는 하이데거·야스퍼스·사르트르들이다. 그 밖의 실존주의자로는 셰스토프·베르자에프·부버들을 들 수 있고, 문학자로는 카뮈·카프카들을 들 수 있으며, 바르트·불트만들의 변증법적 신학자가 실존주의 신학자로 불리는 경우도 있다.
　한편 실존주의자는 크게 유신론적(有神論的) 실존주의자 및 무신론적 실존주의자로 나눈다. 곧 초월자 또는 신의 존재를 인정하는 야스퍼스·마르셀들은 '유신론적(有神論的) 실존주의자'라고 하는 한편, 하이데거·사르트르들은 '무신론적 실존주의자'라고 부른다.

　(4). 『실용주의(實用主義) 또는 프래그머티즘(pragmatism)』은 미국의 철학정신을 반영하는 사조로서 실제(實際; practice)에 관심을 둔다. 여기서 말하는 실제란 두 가지 의미를 지니는데, 하나는 행위의 실제로서 실험적인 과학에 입각하여 사회적·경제적인 활동까지를 포함하는 것이며, 다른 하나는 사회의 발전과 문화의 진보에 공헌하는 유용성이나 적용 가능성으로서의 실제를 뜻한다. 그러므로 사고는 행위로 옮겨갈 수 있는 활동이고, 사고는 자기 목적을 가진 것이 아니라 목적을 위한 수단일 뿐이다.
　이 실용주의·프래그머티즘은 1870년대에 퍼스에 의해 주장됐고, 19세기 말에 제임스에 의해 세계에 퍼졌으며, 20세기 전반에 와서 듀이에 의해 더욱 구체화됐다.
　①. 퍼스(Peirce)는 실용주의의 창시자이다. 그는 '무엇을 아는가(know-what)'보다 '어떻게 아는 것(know-how)' 곧 실제적인 결과에 우월성을 두었다. 곧 퍼스에 따르면, 관념의 의미는 그 관념의 대상이 행위와 관련이 있는 어떤 결과를 초래하느냐에 있다. 퍼스의 논문 《어떻게 우리의 관념을 명료하게 하느냐》가 제임스에 이르러 실용주의를 체계화시키는 계기가 됐다.
　②. 제임스(James)가 쓴 《심리학 원리》는 종래의 사변적·내성적인 심리학을 지양하고 실증적·관찰적인 사실을 중시하는 과학적 심리학을 지향하는 획기적 명저로 일컬어진다. 이 책은 또한 현대 심리학에 커다란 영향을 줌과 동시에 심오한 철학적 함축을 통해 현대철학자들(베르그송·듀이·비트겐슈타인)에게 폭넓은 자극을 주었다. 실용주의에 관한 그의 기본적인 입장은 저서 《프래그머티즘》 및 논문집 《진리의 의미》에 자세히 기록되어 있다. 한편 《다원적 우주》에서는, 우주는 단 한 가지의 원리에 의해 지배되고 있는 것이 아니라, 우주를 통일적으로 기술하려고 하는 어떠한 문장도 '그리고'라는 말로 이어지며,

우주는 제국이 아니라 연방공화국과 같이 다원적인 것이라고 설파하고 있다.

③. 듀이(Dewey)는 처음에 헤겔 철학의 영향을 받았으나, 차차 제임스의 프래그머티즘에 끌려, 이것을 발전시킴으로써 실용주의(實用主義 : pragmatism) 또는 도구주의(道具主義 : instrumentalism)의 입장을 확립했다. 그의 《논리학적 이론의 연구》·《사고의 방법》들에 의하면, 모든 사고(思考)는 혼탁하고 불확실한 상황을 명확한 상황으로 개조하는 노력, 곧 '탐구'인 것이다. 관념이란 이를 위한 실험적인 가설이며 도구이다.

또한 듀이의 실용주의는 특별히 인스트루멘털리즘(instrument- alism) 곧 도구주의(道具主義) 또는 기구주의(器具主義)라고 부른다. 듀이는 자신의 이론을 실험적 과학에 적용되는 방법으로 이해했고, 어떤 진술이 참이라는 판정을 받으려면 진술의 기능이 성취되고 욕구가 충족되며 경험적으로나 실험적으로 확증됐을 때라고 했다.

한편 듀이가 남긴 저술은 목록만도 170쪽이 넘을 정도로 엄청난데, 그중 대다수는 60세 이후에 쓰인 것이었다. 또한 그의 철학은 콜롬비아 사범대학으로 유학 온 외국 학생들에 의해 전 세계로 퍼져나갔다. 듀이의 명성은 먼 동양에까지 널리 알려져 그는 일본의 도쿄대학 및 중국의 베이징·난징 대학에까지 가서 강의를 하게 됐다. 특히 중국에서 그는 불과 몇 년 만에 그 나라의 사회문제에 관한 30여 편의 논문을 발표하여 "서양의 공자(孔子)"라는 칭호를 얻을 정도로 높은 평가를 받았다. 그리하여 베이징 대학에서 주는 명예박사 학위 및 1939년 중국 정부에서 주는 제이드 훈장은 기꺼이 받았다. 그러나 당시 제국주의적 침략을 거듭하던 일본 정부가 학술훈장을 수여하려고 하자 그는 민주적이지 않다는 이유로 단호하게 거절했다. 명성이 절정에 달한 상황에서도 그는 건전한 비판정신을 잃지 않았으며 철저한 민주주의 신봉자였다.

듀이는 철학자의 진정한 역할은 공허한 관념에 대한 논쟁에 있는 것이 아니라 사회를 개혁시키는 데 있다고 생각했기 때문에, 자신을 필요로 하는 사회문제에는 언제든지 뛰어들었다.

한편 그가 82세가 된 해에도 직접 닭을 길러 아침마다 달걀을 배달했다는 이야기는 유명하다. 곧 듀이는 잠시 머물던 고급 별장가에서 아침마다 받아낸 달걀을 이웃에 배달했는데, 별장의 귀부인들은 허름한 복장으로 자전거를 타고 달걀을 배달해주는 이 노인을 하찮게 여겼다. 뒤에 그들은 달걀 계산서에 적혀있는 듀이라는 서명을 보고 매우 놀랄 수밖에 없었다. 세계적 철학자 듀이가 바로 그 달걀 장수 배달꾼이었으니 말이다.

이렇듯 그는 실용주의를 내세움과 더불어 몸소 실천하여 실용성 및 유용성의 강조로 특징 지을 수 있는 가장 미국적인 철학을 만들었던 미국의 국부와 같은 철학자였다.

(5). 『분석 철학(分析 哲學 : Analytic Philosophy) 및 논리실증주의(論理實證主義 : Logical Positivism)』는 20세기 초 영국에서 시작되어 오늘날 미국과 오스트레일리아 및 북유럽의 스칸디나비아 여러 나라에서 지배적이며, 그 영향권을 확대해가고 있다. 곧 분석철학이란 20세기 초반기부터 유럽 각지에서 일어난 것으로, 실증주의적 경험을 이어받은 일단의 철학자들이 관념주의적 합리론에 대해 반발함으로써 대두됐다.

이런 분석철학은 무어 및 러셀에 그 시원을 두고 있는데, 무어(Moore)는 옥스퍼드를 중심으로 한 일상 언어학파(日常 言語學派 : ordinary language school)의 바탕을 마련했고, 러셀(Russell)은 비엔나 학파(vienna circle)를 중심으로 하는 논리실증주의의 토대가 됐다. 또한 비트겐슈타인(Wittgenstein)은 분석철학의 기념비적 책인 《논리철학 논고》·《철학적 탐구》를 썼다.

(6). 『과학 철학(科學 哲學 : philosophy of science)』은 과학적 탐구의 과정에 포함된 요소(관찰과정·논증형식·형이상학적 전제)를 설명하고, 형식논리학과 실제로 통용되는 방법론·형이상학의 관점에서 그 요소들의 타당성을 검토하는 철학이다.

19세기 말 및 20세기 초에 에른스트 마흐(Mach), 하인리히 헤르츠(Hertz), 플랑크
(Planck), 피에르 뒤엠(Duhem)들은 20세기 과학 철학의 새 장을 열었다.

※ 다만 현대 철학이라는 위의 분석철학 및 과학 철학은 한 시대를 이끌어 갈 이념·생각을
제시하는 "여명(黎明; dawn)의 철학)"이 아니라, 시대를 마무리하는 '황혼(黃昏; twilight)의
철학'이 되고 있어 대단히 아쉽구나. 곧 현대 사회에서 사람의 마음의 바람직한 모습이라든
가 이상적 사회질서 또는 종합적인 온누리관들에 대해서 아무런 제시를 못하고 있는 실정이
다. 따라서 요즘의 사람됨 망가짐 및 사회 혼란으로 인해 이 시대를 이끌어 갈 이념·생각을
철학계에서 제시해 주기를 간절히 바라는 뭇 사람들의 답답한 마음을 채워주지 못해 참으로
안타까울 뿐이로구나! ※

『심리학(心理學 : Psychology)』은 마음 또는 정신에 관한 학문이다. 심리학의 영어인 사
이콜로지(Psychology)는 그리스말인 사이키(psyche; 마음, 정신) 및 로고스(logos; 학문)가
어울린 글자이다. 따라서 마음의 학문이라는 뜻이다. 이 사이콜로지라는 용어는 16세기 초
마룰리치(Marulic)의 책에서 처음 쓰였다고 한다.
　심리학은 사람이나 동물들의 생물체의 의식 현상 및 행동 모습을 연구하는 학문이다. 예전
에는 심리학을 형이상학 안에 포함하여 생각했으나, 오늘날에는 실험 과학의 경향을 띠고 있
으며 산업·교육·의학 따위의 실생활에 널리 응용되고 있다. 곧 심리학의 과학적 지식체계
를 구축하려는 기초연구는 연혁의 과정을 거쳐 현대에 이르렀고, 전에는 한정된 연구영역에
만 적용되던 실험법이 거의 모든 분야에 넓혀졌으며 연구법의 발전에 따라 기초부문은 급속
적으로 발전했다.

　또한 심리학은 지각·기억·욕구·정동·사고·학습들의 분야로 대별되고, 전체로서 심
리학의 자율적인 체계를 수립하려 하고 있는데 인접 과학과의 제휴도 밀접해지고 있다. 곧
자극의 특성에 관해서는 물리학, 아울러 생리적 기초에 관해서는 신경생리학·중추생리학과
의 제휴가 밀접하게 이루어졌다. 다른 한편 실험계획이나 결과의 처리법에 관해서 수학의 적
용도 크게 발전하여 각종 심리과정을 수식 모델로 표현하려는 시도도 진전됐다. 이론적으로
전과 같이 각 학파의 입장에 구애되지 않고 탐구하려는 경향이 제시됐다.

　이런 심리학의 갈래는 개인심리학·동물심리학·민족심리학·경제심리학·경험적 심리
학·계량심리학·교육심리학·교정심리학·기능심리학·내용심리학·뉴룩심리학·능력
심리학·발달심리학·비교심리학·사고심리학·사회심리학·산업심리학·색채심리학·
생리학적 심리학·생태학적 심리학·수리심리학·실험심리학·아동심리학·청년심리학·
여성심리학·주부심리학·노인심리학·응용심리학·의식심리학·임상심리학·재판심리
학·종교심리학·차이심리학·행동심리학·형태심리학들로 매우 많다.

　심리학의 과학적 발자취는 내관 심리학, 행동 심리학, 형태 심리학, 정신 분석학들로 발전
되어 왔다.

　1. 『내관(內觀 : introspective) 심리학』은 마음 또는 정신을 지배하는 법칙을 알아내기
위하여, 자기가 스스로의 마음을 또는 정신의 작용을 관찰하는 과정을 연구하는 심리학이
며, 이를 내성 심리학·구성 심리학이라고도 한다. 이 내관 심리학은 분트(Wundt)가 《실
험 심리학》을 쓰고, 나이프니쯔대학에 "심리학 실험실"을 만든 것에서부터 비롯되어 발전

시켰으며, 티치너(Titchener)들로 이어졌다.

2. 『행동(行動 : behavioristic) 심리학』은 행동의 연구를 주제로 하고 객관적인 관찰법을 채용하는 것을 특징으로 하는 심리학 전체를 가리킨다. 행동 심리학은 왓슨(Watson)·손다이크(Thorndike)·파브로프(Pavlov)·톨먼(Tolman)·헐(Hull)들에 의해 발전했다. 특히 파브로프는 조건반사설을 내세웠다.

3. 『형태(形態 : gestalt) 심리학』은 심리학의 전통에서 주류파였던 연합주의의 요소관에 대립하여, 심리학의 전체관 형태성을 중시하는 입장의 심리학설이며, 베르트하이머(Wert-heimer)·쾰러(Kohler)·레빈(Lewin)에 의해 발전된 심리학이다.

4. 『정신 분석학(精神 分析學 : psycho-analysis)』은 제임스·맥도우갈의 생각을 바탕으로 삼아서 프로이드(Freud)가 창시하여 크게 발전시켰으며, 융(Jung)들이 그 뒤를 이어 연구한 심리학이다. 정신분석학에서는 사람을 본능적 존재인 동시에 항상 다툼하는 존재로 보며, 사람의 마음은 겉으로 들어난 좁은 의식의 세계보다 의식의 밑바탕을 이루며 광대한 무의식의 세계가 더욱 중요하며 행동의 원천 동인을 이루고 있다고 여긴다.
특히 프로이드는 우리네 사람의 마음의 구성단위는 세 가지 부분으로 되어 있다고 여겼다. 겉으로 드러나 보고 들으며 느낄 수 있는 의식(意識 : conscious)의 세계와, 필요에 따라 쉽게 의식의 세계로 이끌어 올 수 있는 심리적 내용을 가진 부분인 전의식(前意識 : pre- con-scious)의 세계에 더해, 무의식(無意識 : un conscious)의 세계는 좀처럼 의식의 세계로 끌어 올릴 수 없으며 깊이 파묻혀 있는 것인데, 이 무의식의 세계를 채우고 있는 심리적 내용은 억압된 감정으로 이루어진다고 본다.

『정신 의학(精神 醫學 : psychiatry, mental medicine)』은 정신장애의 본체를 연구하고 이를 치료 또는 예방하기 위한 학문과 함께 정신건강을 유지하고 촉진시키는 방도를 연구하는 학문; 정신질환과 나아가 건강상태와 병적 상태에서의 개인의 행동을 연구하고 치료하는 의학의 한 분야이다. 정신 의학의 영어인 'psychiatry'는 '정신(mind)·치유(healing)'를 뜻하는 그리스어에서 유래됐다. 18세기까지만 해도 정신질환이나 이상증세를 주로 마귀에게 사로잡힌 것으로 보았으나 그 뒤에 점차 치료를 필요로 하는 질환으로 이해하게 됐다.

정신의학의 창시자는 프랑스의 피넬(Pinel)이다. 그는 1794년에 살피트리에르 병원의 원장이 됐다. 이 병원은 정신질환을 가진 환자들을 수용하던 곳이었는데, 당시의 상황은 병원이라기보다는 수용소에 가까웠다. 피넬은 원장이 되자 정신질환자에게 채워져 있던 쇠사슬을 풀어주는 혁신적인 개혁을 단행한 인격적이고 훌륭한 의사분이었다. 그는 1797년에 《질병의 의학적 분류》, 1801년에 《정신질환에 관한 의학적 논문》, 1802년에 《임상의학》을 썼다. 아울러 피넬은 "치매"라는 용어를 처음 사용한 의사이다.
19세기에는 오스트리아 빈의 모렐(Morel)에 의해서 제창된 정신병의 퇴화병인설이 우세하여 정신병은 유전, 중독, 선천적·후천적 장해들로 인하여 도덕적으로 퇴화하여 파멸에 이르는 병이라고 간주됐다.
20세기에 이르러 독일 정신의학은 크레펠린(Kraepelin)의 방대하고도 면밀한 임상관찰, 동물실험, 병리해부, 정신병 예후에 관한 연구, 심지어 문화적 차이의 영향에 관한 연구로 정신의학사의 큰 획을 긋게 됐다. 그의 처음 정신과 책인 《정신의학 개요》는 1883년에 초판됐고, 그 뒤에 학생과 연구자를 위한 정신과 교과서가 판을 거듭하여 출간되어 당대 독일 정신의학의 모범이 됐다. 그리하여 독일의 기술정신의학이 발전됐다.

또한 프로이드(Freud)의 정신분석학설은 오늘의 정신의학의 좌표를 이루게 하는 데 큰 영향을 주었다. 그는 의식 너머의 힘에 관하여 이론적인 형태를 부여했고, 자신의 환자치료경험을 토대로 무의식의 구조와 기능을 탐구하여 이를 공표했다. 그것은 객관성, 신체성, 계측성을 존중하는 고전적 의학의 전통적 입장을 뒤흔들어 놓았다. 사람의 질병은 객관적 이론으로만 치료되는 것이 아니고 경험을 통한 주관적 직관으로 더욱 잘 이해되고 치료될 수 있다는 사실, 의식의 합리성 너머에 존재하는 무의식이 정신장애를 일으킬 수 있다는 사실은 당대의 고식적인 합리주의적 사고로는 받아들이기 어려운 충격적인 사건이었다. 그러나 프로이트의 학설과 치료기법은 한편으로는 그의 제자들에 의해 충실히 원형대로 계승·보존됐고, 다른 한편으로는 신프로이트 학파라 불리우며, 1941년에《자유로부터의 도피》및 1956년에 세계적인 베스트셀러가 된《사랑의 기술》을 지은 프롬(Fromm)들에 의해 수정·발전됐으며, 이와는 별도로 융(Jung)의 분석심리학, 아들러(Adler)의 개인심리학들이 창립되는 계기를 만들었다.

한편 사람의 성장과정에서 일어나는 각종 심리적, 사회적, 문화적 상호연관성과 인격의 형성과정에 미치는 여러 요인의 영향과 정신장애와의 관계를 살펴보고자 심리역동 측면을 주로 탐구하는 역동정신의학이 발전됐다. 역동정신의학은 스위스의 정신의학자 마이어(Meyer)가 미국으로 건너가 정신생물학을 제창하면서 정신장애를 개체의 반응의 하나로 이해하려 한 것과 관계가 있다. 더불어 제2차 세계대전 때 나치의 박해를 피하여 미국으로 대거 피난 온 프로이트 정신분석학파 사람들에 의하여 전파되고 보급된 정신분석운동의 영향을 받아 1950년대 미국 정신의학의 특징을 이루었다.

위와 같이 1950년대 후반에서 1960년대에 이르기까지 정신의학은 크레펠린을 중심으로 한 '독일의 기술정신의학' 및 마이어를 중심으로 한 "미국의 역동정신의학"이 매우 대조적인 특성을 보였다. 이런 기술정신의학과 역동정신의학은 미대륙과 유럽 정신의학 사이의 활발한 교류를 통하여 점차 그 경계가 없어질 만큼 동화됐다.

우리네 사람들의 마음을 다루는 학문으로는 사회 분야의 행정학 및 경영학이 있다.
『행정학(行政學 : public administration)』의 조직론 또는 조직관리론에 따르면, 우리네 사람은 홀로서는 살 수 없고 더불어 살아야 하며, 더불어 사노라면 무리·떼·집단을 이루게 되어 조직을 만들게 되는 데, 조직을 능률적이며 민주적으로 관리하기 위해서 조직을 이루고 있는 중요 요소인 사람에 대해 훌륭한 수많은 생각들을 했다.

1. 매그리거의 X 이론 및 Y 이론
매그리거(McGregor)는《기업의 사람적 측면》에서 관리자는 조직 안의 사람에 대해 X 및 Y라는 두 가지 이론적 가정 가운데 하나를 선호할 수 있다고 본다.
(1). X 이론(통제중심의 전통적 이론)
흔히 사람은 본래 일하기를 싫어하고 가능하면 일을 회피하려 하며, 대부분의 사람은 별로 야심이 없고 책임 회피를 좋아하며 명령에 따라 움직이며 안전을 추구하고, 조직문제를 해결할만한 창의성이 없다고 여기는 생각이다.
이 X 이론은 매슬로의 욕구단계 중 생리적 욕구와 안정욕구단계에 머물러 있는 사람과 같으며, 사람은 원래 악하다고 보는 순자나 홉즈의 생각과 비슷한 한편, 아지리스의 미성숙이론·헤르쯔버그의 위생요인·리케르트의 권위형관리체제들의 생각과 비슷하다.

(2). Y 이론(조직목표와 개인목표의 어울림)

일이란 조건만 갖추어지면 놀이나 쉼과 같이 자연스러운 것이며, 사람은 스스로 책임을 짐은 물론 그것을 추구한다. 또 외부통제와 처벌만이 효율적은 아니며 사람은 조직의 목표 달성을 위하여 자기통제를 자율적으로 할 수 있다. 사람이 조직목표에 헌신적으로 관여하여 얻고자 하는 보상은 사회적 존경과 자아실현이다. 아울러 사람은 대체로 조직문제를 해결하기 위한 창조적 능력을 지니고 있으며, 적절하게 동기가 부여되면 자율적으로 일을 한다.

따라서 이 Y이론은 매슬로의 사회적 욕구·존경욕구·자아실현욕구단계에 있는 사람과 비슷하며, 사람을 착하다고 보는 맹자나 로크와 유사하고, 아지리스의 성숙이론·헤르쯔버그의 동기부여요인·리케르트의 민주형 관리체제들의 생각과 같다.

한편 룬드스테드(Lundstedt)는 Z 이론을 내세워, 사람은 어떤 것에도 얽매이려 하지 않는 자유방임을 좋아한다면서 자생집단을 중시하며 놀이를 통한 욕구충족을 강조한다.

2. 매슬로의 욕구단계이론

매슬로(Maslow)는 사람의 욕구가 아래와 같은 다섯 계층으로 이루어져 있으며, 하위의 욕구로부터 상위의 욕구로 발달한다고 보았다. 그는 1943년에 《사람 동기에 대한 이론》에서 처음으로 욕구의 위계를 주장했고, 그 뒤에 많은 심리학자들이 이에 동조하여 이론을 발전시켰다.

(1). 생리적 욕구 : 욕구 가운데 최하위에 있는 가장 기초적인 욕구로서 우선순위가 가장 높은 욕구이다. 먹거리·쉼에 대한 욕구, 성적 욕구들이 해당된다.

(2). 안전 욕구 : 위험·위협에 대한 보호, 경제적 안정, 질서에 대한 욕구들의 일종의 스스로의 보전욕구이다.

(3). 사회적 욕구 : 다른 사람들과의 친밀한 관계, 집단에의 소속감, 사랑·우정을 주고받는 것들에 대한 욕구이다. 이를 소속·사랑·욕구라고도 한다.

(4). 존경 욕구 : 긍지·자존심에 대한 욕구와 지위·인정·명예·위신들에 대한 욕구이며, 다른 사람의 존경을 받으려는 욕구를 뜻한다.

(5). 자아실현 욕구 : 사람욕구체계의 최상의 단계에 속하는 것으로, 스스로의 잠재력을 최대한으로 발휘하고 스스로가 할 수 있는 일을 많이 하여 보려는 욕구이다. 이는 자기발전·창의성과 관련된 욕구라 할 수 있다.

3. 셰인의 사람관

셰인(Schein)은 조직에 있어서의 사람관을 네 가지로 갈래짓고 있다.

(1). 합리적·경제적 사람관 : 과학적 관리론들의 고전적 조직이론의 사람관이며, 사람을 합리적·타산적·경제적인 존재로 본다. 곧 사람은 최대의 경제적 이익이 있는 경우에만 행동한다고 보는 것이다.

(2). 사회적 사람관 : 사람관계론의 입장이며, 사람을 사회적 존재로서 파악하고 사회적 욕구의 충족에 의해 동기가 부여된다고 여긴다. 업무 자체보다 업무수행과정에서 이루어지는 사람관계·사회관계 또는 동료관계를 중요시한다.

(3). 자아실현적 사람관 : 사람은 스스로의 자질과 능력을 생산적으로 활용하여 자아를 실현하려는 존재라고 보는 생각이다. 따라서 사람은 자율적으로 자기통제를 할 수 있으며, 스스로 조직목표를 인식하고 직무에 대한 만족을 통해 동기부여가 된다고 본다.

(4). 복잡한 사람관 : 현실적인 사람은 위의 어떤 유형으로 명확하게 구분되는 단순한 존재가 아니라, 복잡하고 다양한 욕구체계 및 변이성을 지닌 복합적인 존재라고 여기는

생각이다.

4. 아지리스의 미성숙·성숙이론
아지리스(Argyris)는 미성숙·성숙이론을 제시하면서 사람의 인격과 성격이 아래와 같이 미성숙상태로부터 성숙상태로 발전한다고 여긴다.
① 수동적 상태에서 능동적 상태로 나아간다. ② 다른 사람에 대한 의존에서 점차 독립성을 갖게 된다. ③ 단순한 행동양식에서 다양한 행동양식으로 바뀐다. ④ 변덕스럽고 얕은 관심에서 깊고 강한 관심으로, ⑤ 단기적인 안목에서 장기적인 안목으로 발전한다. ⑥ 종속적 지위에서 다른 이에 대해 평등 또는 우월한 지위로 나아간다. ⑦ 자아의식의 결여로부터 자아에의 의식과 통제를 할 수 있게 된다.

5. 헤르쯔버그의 욕구충족요인론
헤르쯔버그(Herzberg)는 사람의 욕구 충족 요인을 불만요인 및 만족요인으로 나누고 있다.
(1). 불만요인 또는 위생요인 : 불만요인은 조직의 정책·임금·근무조건·감독자와의 관계·동료와의 관계들인데, 이런 요인의 일부 또는 전부가 좋지 않을 경우 조직성원은 불만을 갖는다. 하지만 이런 요인이 적절하고 좋은 경우라 하더라도 그것이 곧 조직성원을 만족스럽게 하는 충분조건으로 작용하지는 못하며, 다만 불만을 제거하는 필요조건이 될 뿐이다.
(2). 만족요인 또는 동기부여요인 : 만족요인은 직무상의 성취·직무성취에 대한 인정·업무 자체·책임·성장과 발전들이다.

6. 리케르트의 관리체제이론
리케르트(Likert)는 관리 체제를 권위형 및 민주형을 기준으로, 아래의 네 가지로 나누어 보고 있다.
(1). 수탈적 권위형(체제 1) : 관리자는 부하를 믿지 않으며, 의사결정에 부하를 참여시키지 않고 조직안의 의사전달이 이루어지지 않는다.
(2). 온정적 권위형(체제 2) : 관리자는 부하에 대해 온정적인 관계를 가지며, 의사결정은 대부분 조직의 상부층에 집중되고, 의사전달이 되기는 하나 매우 약하다.
(3). 협의적 민주형(체제 3) : 관리자는 부하에게 상당한 신뢰감을 가지며 의사전달이 활발하고 의사결정에의 참여도 인정한다.
(4). 참여적 민주형(체제 4) : 관리자는 부하를 전적으로 믿으며, 의사결정에의 참여는 통합성이 유지되면서 광범위하게 이루어지고 있으며, 상향적·하향적·횡적 의사전달이 활발하다.

7. 브롬의 동기기대이론
브롬(Vroom)은 과정적 차원을 중요시한 동기기대 이론을 내세웠으며, 동기부여의 개인차를 중시했다. 그는 사람마다 스스로가 높게 평가하는 가치와 기대에 따라 동기를 결정한다고 여겼다. 곧 어떤 사람이 행동을 하는 데는 기대가 중요한 구실을 하며 스스로의 노력이 좋은 성과를 거둠으로써 적절한 보상을 받는다고 믿으면 열심히 일한다는 것이다. 따라서 개인이 특정결과에 대해 주관적으로 부여하는 값어치가 중요하며, 어떤 행동이 바라는 결과를 가져올 수 있다는 기대감이 높다고 믿을 때 행동하려는 동기는 강해진다고 여긴다.

한편 우리네 사람들의 마음에 대한 생각으로서 사회 분야의 학문으로 『경영학(經營學 : business administration)』의 사람관계론이 있다.

『사람관계론(人間關係論 : human relation theory)은 경영학에서 1930년대 대공황 이후 과학적 관리론(科學的 管理論 : scientific management theory)의 한계에 의해 개발된 조직이론이다. 사람관계론은 사람을 기계적으로만 취급할 것이 아니라 조직구성원들의 사회적·심리적 욕구와 조직 내 비공식집단들을 중시하며, 조직의 목표와 조직구성원들의 목표 간의 균형 유지를 지향하는 민주적·참여적 관리 방식을 처방하는 조직이론이다.
처음으로 사람관계론에 공헌한 사람은 행동과학이론의 폴레트(Follett)이지만, 메이요(Mayo)들의 하버드 대학의 경영학 교수들이 진행한 호손 실험에 의해 이론적 틀이 마련됐다.

호손 실험(Hawthorne studies)은 하버드 대학교의 메이요(George Elton Mayo) 및 뢰슬리스버거(Roethlisberger)를 중심으로 진행된 연구이다. 과거 미국 일리노이주에 위치한 웨스턴 전기회사라는 전화기 제조회사의 호손공장에서 무려 8년에 가까운 시간 동안 실행됐다. 그 당시 경영의 고전적 접근법의 범주에 들어가는 테일러의 과학적 관리법에 입각하여 성과급 제도를 시행하고 있었다. 하지만 생산성 측면에 대해 확실히 검증하기 위해 조명 실험, 계전기 조립 작업장 실험, 면접 연구, 배전기 전석 작업장 실험들의 4차례에 걸쳐 실험을 한 것이다. 한편 실험 자체의 결과보다는 실험에 참여한 노동자들이 실험 사실을 알게 되면서 발생한 심리학적인 효과인 호손 효과가 일어났다. 호손 효과(Hawthorne Effect)는 사람들이 자신이 관찰되고 있다는 것을 인식할 때 행동이 변화하는 현상을 뜻한다. 연구자들은 작업 환경의 변화(조명 밝기, 휴식 시간, 작업 일정)가 생산성에 미치는 영향을 조사하려 했다. 하지만 실험 결과에 따르면, 환경 변화보다 실험 대상인 노동자들이 연구자들의 관심을 받고 있다는 사실 자체가 생산성 향상의 주요 원인이라는 점이 밝혀졌다.

과거의 과학적 관리론과 같은 고전적 조직이론에서는 행정조직이나 민간조직을 단순한 기계적인 구조로만 보고 오직 이 시스템의 개선만으로 능률성을 추구하려 했다. 하지만 이 이론으로 인한 과학적 관리에 의한 능률개선이 한계에 이르고 1930년을 전후하여 미국이 경제 대공황을 맞이하게 되어 위기에 빠지자 생산성의 한계와 더불어 기업들이 노동자 측의 강력한 저항에 부딪혔고, 때문에 기업들은 이러한 극한 상황을 극복하기 위해, 노동자들의 환심을 사면서 생산 능률을 계속 올려야만 했다. 이러한 필요성에서 개발된 것이 바로 사람관계론이다.

사람관계론의 요지는 ① 조직구성원의 생산성은 물질적인 요인으로만 자극받는 것이 아니라 감정 및 기분과 같은 사회·심리적 요인에 의해서도 크게 영향을 받는다는 점, ② 이러한 비경제적 보상을 위해서는 대인관계나 비공식적 자생집단들을 통한 소속감과 같은 사회·심리적 욕구의 충족이 중요하며, 이를 위해서는 조직 내에서의 의사전달·참여가 존중되어야 한다는 것이다.

사람 중심적 관리를 중시한 이와 같은 사람관계론은 현대 조직이론인 조직인도주의(organizational humanism), 행태과학(behaviorism), 사회·기술학파의 이론 발전에 큰 영향을 주었다.

우리네 사람들의 마음의 성격에 대한 생각은 『체액설, 사상설, 혈액형설, 엠비티아이
(MBTI)』들이 있다. 성격(性格 : character, personality)은 개인이 가지고 있는 고유의 성질
이나 품성; 어떤 사물이나 현상의 본질이나 본성; 심리 환경에 대하여 특정한 행동 형태를 나
타내고, 그것을 유지하고 발전시킨 개인의 독특한 심리적 체계이다. 이 성격을 성질(性質)·
기질(氣質)이라고도 한다. 성격은 각 개인이 가진 남과 다른 자기만의 행동 양식으로, 선천적
인 요인과 후천적인 영향에 의하여 형성된다.

　1.『체액설』은 히포크라테스의 혈액·담즙·점액·흑담즙의 네 가지 체액에 따른 ① 다혈
질, ② 담즙질, ③ 점액질, ④ 흑담즙질 또는 우울질의 성격에 관한 생각이다. 이는 우리 행복
충만 책의 앞의 히포크라테스에서 이미 살펴보았다.

　2.『사상설』은 이제마의 ① 태양인, ② 소양인, ③ 태음인, ④ 소음인의 네 가지의 성격에
대한 생각이다. 이는 행복충만 책의 앞의 이제마에서 이미 살펴보았다.

　3.『혈액형설(血液型說)』은 흔히 네 가지로 나누는 우리네 사람들의 피인 ① A형, ② B형,
③ O형, ④ AB형에 따른 성격에 대한 생각이다.
　독일의 힐슈펠트(Hirschfeld)가 1918년에 세계 16개국의 군인이나 난민 8,500여 명의 혈
액형을 조사하여 1919년에 학술지에 발표했다. 이어 혈액형으로 성격을 구분 짓는 기준은
1927년 일본의 우생학자인 다케지(たけし)가 조사한 논문인 「혈액형에 의한 기질 연구」에서
시작됐고, 그 뒤에 그는 『혈액형과 기질』이라는 책을 펴내기도 했다.
　1970년대에 들어 방송작가인 마사히코(まさひこ)가 혈액형에 관한 자신의 생각을 정
리해서 『혈액형으로 알 수 있는 상성(相性)』이란 책을 펴냈으며, 이것이 오늘날의 혈액형
성격설의 기반이 됐다. 그 뒤 1980년대에 그 아들인 토시타카(としたか)가 『X형 사람의
미학』이란 책을 펴냈다.

　이런 혈액형의 성격은 아래와 같다.
　(1) A형은 "다정다감하고 배려를 할 줄 알음, 상처를 잘 받고 소심한 면이 있음, 호불호가
확실함, 혼자 있고 소외감 느끼는 걸 싫어함, 인내심이 많고 상대의 이야기를 잘 들어줌, 평
소 걱정이 많고 생각이 깊음, 거절을 잘 못 함, 외로움을 잘 타고 혼자 있는 거 싫어함, 웃음도
많고 눈물도 많음, 참는 성격이지만 폭발하면 무서움"들의 성격이다.
　(2) B형은 "감정을 숨기지를 못함, 개성이 강하고 자기중심적임, 성격이 긍정적이고 낙천적
임, 좋으면 좋고 싫으면 싫음, 자존심이 무지하게 높음, 유머와 장난끼가 많아 인기가 있음,
두뇌가 명석함, 호기심이 많은 편임, 뭐든지 말보다 행동으로 옮김, 자기가 관심 있는 분야를
열심히 알려고 함"들의 성격이다.
　(3) O형은 "칭찬에 약함, 대인관계가 원만함, 모든 일에 적극적이고 리더십이 있음, 자기자
랑을 잘함, 부탁하는 것에 약함, 사랑에 잘 빠짐, 남의 흉을 잘 봄, 소유욕이 강한 편임, 굉장
히 솔직함, 누구에게 지는 걸을 싫어함"들의 성격이다.
　(4) AB형은 "두뇌 회전이 빠름, 낯을 많이 가림, 바보 아니면 천재임, 자신의 속마음을
들키기 싫어함, 논리적이며 계산적임, 어디에 얽매이는 것을 싫어함, 표현을 잘 못 함, 끈
기는 조금 약한 편임, 엉뚱한 생각을 많이 함, 자기관리를 잘하고 실수를 잘 안 함"들의
성격이다.

　이런 혈액형설은 완전히 믿을 수도 없는 한편, 모두 못 믿을 것이라고 단정할 수도 없다고
헤아린다.

    4. 『엠비티아이(MBTI)』는 마이어-브릭스 유형 지표(The Myers-Briggs Type Indi-cator)의 약어이고, 융(Jung)의 심리 유형론을 근거로 하는 심리 검사이다. 마이어-브릭스 성격 진단 또는 성격 유형 지표라고도 한다. 1921년~1975년에 브릭스(Briggs)와 마이어(Myers) 모녀에 의해 개발됐다. MBTI는 개인이 쉽게 응답할 수 있도록 자기 보고 문항을 각자 인식하고 판단하며, 선호하는 경향들이 행동에 어떤 영향을 끼치는가를 파악하여 실생활에 응용한다. 1921년부터 본격적인 연구를 시작하여 A형~E형이 개발됐고, F형은 1962년 미국 ETS에서 출판했다. 1975년에는 G형이 개발됐으며 이후 K형과 M형이 개발됐다.
    우리나라에는 1990년에 도입되어 초급, 보수, 중급, 어린이 및 청소년, 적용 프로그램, 일반 강사 교육 과정이 개발됐다.

    (1). MBTI에서는 사람의 내적 과정을 다음과 같이 4가지 및 8가지의 선호 경향으로 나눈다.
    ① 주의초점 - 에너지의 방향
    ㉠ 외향(Extroversion) - 자기 외부에 주의 집중한다. 다른 누군가에게 지식이나 감정을 표현함으로써 에너지를 얻는다. 사교적, 활동적이며 외부 활동에 적극성을 발휘한다. 폭넓은 대인관계를 가지며 글보다는 말로 표현하기를 좋아한다. 경험을 통해 이해한다.
    ㉡ 내향(Introversion) - 자기 내부에 주의 집중한다. 지식이나 감정에 대한 자각의 깊이를 늘려감으로써 에너지를 얻는다. 조용하고 신중하며 내면 활동에 집중력을 발휘한다. 깊이 있는 대인관계를 가지며 말보다는 글로 표현하기를 좋아한다.

    ② 인식기능 - 사람이나 사물을 인식하는 방식
    ㉢ 감각(Sensing) - 오감 및 경험에 의존한다. 현실주의적인 형이다. 실제의 경험을 중시하고 지금에 초점을 맞추어 일처리를 한다. 숲보다 나무를 보려는 경향이 강하다.
    ㉣ 직관(Intuition) - 직관 및 영감에 의존한다. 이상주의적인 형이다. 아이디어를 중시하며 미래지향적이고 개연성과 의미에 초점을 맞추어 일처리를 한다. 나무보다 숲을 보려는 경향이 강하며, 자신만의 세계가 뚜렷한 편이다.

    ③ 판단기능 - 판단의 근거
    ㉤ 사고(Thinking) - 업무 중심형이다. 진실과 사실에 주로 관심을 가지며, '맞다, 틀리다'의 판단을 좋아한다. 이성적, 논리적, 분석적이며 객관적으로 사실을 판단한다. 원리와 원칙을 중시한다. 논평하기를 좋아한다.
    ㉥ 감정(Feeling) - 사람관계 중심형이다. 사람과의 관계에 주로 관심을 가지며, 좋다, 나쁘다의 판단을 좋아한다. 상황적 포괄적 주변 상황을 고려하여 판단한다. 이성보단 감정에 치우친다. 의미, 영향, 도덕성을 중시한다. 우호적인 협조, 공감하기를 좋아한다.

    ④ 생활양식 - 선호하는 삶의 패턴
    ㉦ 판단(Judging) - 분명한 목적과 방향을 좋아한다. 계획적이고 체계적이며 기한을 엄수한다. 깔끔하게 정리정돈을 잘한다. 뚜렷한 자기의사 및 기준으로 신속하게 판단해 결론을 내린다.
    ㉧ 인식(Perceiving) - 유동적인 목적과 방향을 좋아한다. 자율적이고 체계는 없지만, 재량에 따라 일정을 변경할 수 있다. 상황에 따라 적응하며, 최대한 많은 정보를 인식할 때까지 결정을 보류한다.

    (2). MBTI의 16가지 성격 유형은 『① ISTJ : 청렴결백 논리주의자 - 책임감이 강하며,

현실적이다. 매사에 철저하고 보수적이다. ② ISFJ : 용감한 수호자 - 차분하고 헌신적이며, 인내심이 강하다. 타인의 감정 변화에 주의를 기울인다. ③ INFJ : 선의의 옹호자 - 높은 통찰력으로 사람들에게 영감을 준다. 공동체의 이익을 중요시한다. ④ INTJ : 용의주도한 전략가 - 의지가 강하고, 독립적이다. 분석력이 뛰어나다. ⑤ ISTP : 만능 재주꾼 - 과묵하고 분석적이며, 적응력이 강하다. ⑥ ISFP : 호기심 많은 예술가 - 온화하고 겸손하다. 삶의 여유를 만끽한다. ⑦ INFP : 열정적인 중재자 - 성실하고 이해심 많으며, 개방적이다. 잘 표현하지 않으나, 내적 신념이 강하다. ⑧ INTP : 논리적인 사색가 - 지적 호기심이 높으며, 잠재력과 가능성을 중요시한다. ⑨ ESTP : 모험을 즐기는 사업가 - 느긋하고, 관용적이며, 타협을 잘 한다. 현실적 문제 해결에 능숙하다. ⑩ ESFP : 자유로운 연예인 - 호기심이 많으며, 개방적이다. 구체적인 사실을 중시한다. ⑪ ENFP :재기발랄한 활동가 - 상상력이 풍부하고, 순발력이 뛰어나다. 일상적인 활동에 지루함을 느낀다. ⑫ ENTP : 논쟁을 즐기는 변론가 - 박학다식하고, 독창적이다. 끊임없이 새로운 시도를 한다. ⑬ ESTJ : 엄격한 관리자 - 체계적으로 일하고, 규칙을 준수한다. 사실적 목표 설정에 능하다. ⑭ ESFJ : 사교적인 외교관 - 사람에 대한 관심이 많으며, 친절하다. 동정심이 많다. ⑮ ENFJ : 정의로운 사회운동가 - 사교적이고, 타인의 의견을 존중한다. 비판을 받으면 예민하게 반응한다. ⑯ ENTJ : 대담한 통솔자 - 철저한 준비를 하며, 활동적이다. 통솔력이 있으며, 단호하다.」이다.

　MBTI의 비판으로서 전문가들 사이에는 MBTI 검사가 ① 문항의 경계가 모호하여 시간차에 따른 피검사자의 독해 방식에 따라 다른 결과가 나오거나, ② 같은 사람이 처한 상황에 따라 다른 유형으로 분류되거나, ③ 사람의 성격을 단순히 2분법으로 나누는 것의 변별적 적합성을 인정하기 어려우며, ④ 성격유형이나 심리분석에 이용되는 다른 지표에 비해 신뢰도와 타당도가 떨어진다는 것이 있다. 하지만 MBTI 검사가 쉽고 일반인도 이해하기 편한 까닭에 대중적으로는 다양하게 정의되거나 해석되고 있다.

　우리네 사람들의 마음의 병으로서 정신병이 있다. 우리의 마음은 살아가노라면 때때로 스스로와 다른 사람을 비롯하여 보금자리 배움터 일터 온누리의 갖가지 까닭으로 힘들고 어려우며 억눌리고 다치며 상처를 받기도 한다. 이런 것을 우리의 행복충만에서는 마음의 응어리라 일컫고자 한다. 아마도 이 세상 모든 사람은 누구나 할 것 없이, 정도의 차이나 갈래의 차이는 있겠지만, 마음의 응어리를 지니면서 살아가고 있다고 볼 수 있을 것이다.

　《보건복지부 - 2023년 정신건강실태조사》에 따르면, 정신장애 평생 유병률은 남성 32.7%, 여성 22.9%, 전체 27.8%로, 성인 4명 중 1명이 평생 한 번 이상 정신건강 문제를 경험하고 있는 것으로 나타났다. 또한 정신건강 문제별 평생 유병률을 살펴보면, 알코올 사용장애 11.6%, 니코틴 사용장애 9.5%, 우울장애 7.7%, 불안장애 9.3% 순으로 나타났으며, 성별로는 남성은 니코틴 사용장애, 여성은 불안장애가 가장 높게 나타났다.
　한편 이처럼 성인 4명 중 1명은 정신 건강 문제를 경험하나, 정신장애로 진단받은 사람 가운데 12.1%만이 전문가의 도움을 받는 것으로 추정된다.

　마음의 응어리는 크게 두 갈래로 나눌 수 있다. 먼저 우리네 사람들이 일상생활을 해가면서 흔히 겪고 있으며 병적인 상태에까지 이르지 않은 마음의 응어리로서, '스트레스 · 외로움 · 화냄 · 열등감'들이 있다. 다음은 이른바 마음병 또는 정신병이라고 일컬을 정도로까지 심한 마음의 응어리로, "우울증 · 신경증 · 성격장애 · 정신분열증"들이 있다. 이 가운데 '마음의 응어리로서 외로움ㆍ화냄, 마음병 또는 정신병으로서 우울증ㆍ신경증ㆍ성격장애ㆍ정신분열증'에 대해 살펴보자구나!

　1. 『외로움ㆍ쓸쓸함ㆍ허전함ㆍ홀로 있음ㆍ고독(孤獨 : Loneliness, Lonesomeness, Solitude)』은 홀로 되어 쓸쓸한 마음이나 느낌; 세상에 홀로 떨어져 있는 듯이 매우 외롭고 쓸쓸함을 뜻한다. 아울러 외로움은 스스로의 곁에 아무도 없고 나 홀로 있다는 생각이며, 갈 곳도 없고 오라는 데도 없이 사회적 관계가 끊어진 것에서 일어나는 것인 한편, 곁에 많은 사람이 있으며 갈 곳도 많고 오라는 데도 있지만 나를 참으로 알아주는 사람이 없어 벗하며 터놓고 얘기할 수 없는 상태이다. 외로움의 구체적인 모습은 '나 홀로 있거든, 갈 곳도 없고 오라는 데도 없지, 알아주는 사람이 없는걸'들이다.

　(1). 나 홀로 있거든 : 보금자리ㆍ배움터ㆍ일터ㆍ온누리에서 시간과 공간적으로 나 홀로만 있으면 우리네 사람은 흔히 외로움을 느낀다. 또한 보금자리ㆍ배움터ㆍ일터ㆍ온누리에서 시간과 공간적으로 다른 사람과 같이 있으면서도 외로움을 느낄 수 있는 것이다.
　(2). 갈 곳도 없고 오라는 데도 없지 : 우리네 사람은 홀로 살 수 있는 존재가 아니고, 보금자리ㆍ배움터ㆍ일터ㆍ온누리의 수많은 사람들과 더불어 사는 존재이다. 그런데 어떤 사람에게 갈 곳도 없으며 오라는 데도 없다면 외로울 수밖에 없다.
　(3). 알아주는 사람이 없는걸 : 이는 주위에 수많은 사람들이 있고, 그들과의 관계도 많이 맺고 있어서 갈 곳도 많고 오라는 데도 있지만, 나를 참으로 알아주는 사람이 없어서 마음을 터놓고 얘기하며 벗하고 지낼 수 없을 상태에서 느끼는 외로움이다. 우리네 사람들이 보금자리ㆍ배움터ㆍ일터ㆍ온누리에서 시간과 공간적으로 다른 사람들과 같이 있으면서도, 여러 가지로 모자라지만 나를 알아주는 사람이 없어 벗하며 터놓고 얘기할 수 없는 실정이라고 여겨지면, 어쩔 수 없이 외로움ㆍ쓸쓸함ㆍ허전함ㆍ고독이 느껴지는 것이다.

　"대중 속의 외로움 또는 군중 속의 고독"은 미국의 사회학자인 리스먼(Riesman)이 1950년에 《외로운 군중(The Lonely Crowd)》이라는 책에서 처음 사용한 말로서, 대중 속에서 다른 사람들에 둘러싸여 살아가면서도 홀로 있다는 외로움으로 고독하게 살아가는 우리네 사람들의 모습을 이르는 것이며, 겉으로 드러나는 사교성과는 달리 내면적으로는 고립감과 불안감을 떨쳐내지 못하고 살아가는 현대인의 자화상이다.

　불교의 《구사론》에 따르면, "외로움(고독) 지옥"이 있는데, 이는 보금자리ㆍ배움터ㆍ일터ㆍ온누리ㆍ자연우주하늘에 있다고 하며, 다른 사람들과 함께 겪는 고통이 아니라 혼자만이 당해야 하는 각종 압박이나 스트레스 및 응어리를 상징적으로 묘사한 것이다.

　2. 『화냄ㆍ성냄ㆍ노여움ㆍ노(怒)ㆍ분노((憤怒, 忿怒)ㆍ격로(激怒)ㆍ진(瞋)ㆍ진에(瞋恚) / 영어 : anger, rage, fury, resentment, indignation, wrath』는 작은 일에도 쉽게 화를 내고 폭력적으로 대응하는 행동; 타인에게 해를 입히려는 의도로 분노를 표출하는 태도; 스스로의 욕구 실현이 저지당하거나 어떤 일을 강요당했을 때에 이에 저항하기 위해 생기는 부정적인 정서 상태를 뜻한다. 일반적으로는 자신의 이익을 침해당하거나, 손해를 강요당하거나, 위협을 당하거나 또는 상대방의 언행이 못마땅하게 여겨지는 따위로 여러 불합리하고 부당한 상황에서 생길 수 있다. 흔한 감정이지만, 원초적이고 강렬한 감정이다 보니 어떤 사람이라도 때로 심한 경우에는 화냄을 통제하기 힘들다.

불교에서는 화냄을 탐진치(貪瞋痴) 가운데 하나의 진(瞋) 또는 진에(瞋恚)로서 어서 빨리 없애야 한다고 헤아린다. 그러기에 불교 유교경에서 "화내는 마음은 사나운 불보다 무서우니, 항상 잘 지켜서 일어나지 못하게 해야 한다. 행복과 공덕을 훔쳐가는 도둑으로 말하자면, 화냄보다 더한 것은 없느니라!"라고 가르침을 베풀어 주고 있다.

기독교에서도 화냄을 7대 죄악 가운데의 하나로 여기고 있다. 7대 죄악·7죄악·7죄종은 교만·탐욕·시기·분노·나태·탐식·색욕으로서, 사막의 수도사들이 처음 만들어낸 뒤에 6세기에 교황 그레고리우스가 수도원에서 일반 교회로 가지고 왔으며, 로마 가톨릭 교회에서 1천 년 이상 죽음에 이르는 7가지 죄(seven deadly sins)로 부르며 가르쳐 왔다. 화냄은 7대 죄악 가운데 4번째로서, 죄의 원인이 되며, 파멸로 이끌기도 한다. 따라서 성경에서 분노를 삼가고 마음을 지키도록 경고한다(잠 14:17, 29; 16:32; 27:4; 29:22).

　　3. 『우울증(憂鬱症 : Depression)』은 기분이 나쁘고 침울한 마음의 상태이며 상실이나 실망 따위 환경에서의 영향에 대한 반응으로 생기는 현상이고, 의욕 저하와 우울감을 주요 증상으로 하여 다양한 인지 및 정신 신체적 증상을 일으켜 일상 기능의 저하를 가져오는 정신 질환을 뜻한다. 흔히 우울감정을 멜랑콜리아(Melancholia)라고 하는 데, 이 말은 그리스말의 melas(검다)와 chole(쓸개)의 어울린 말로서 황갈색인 쓸개물이 검은색으로 변하는 것을 뜻한다. 결국 모든 것을 까맣게만 보기 쉬운 우울증을 상징한 것이다.
　　우리네 사람이 살다 보면 때때로 기분이 극도로 침울하고 무기력해지며 삶의 의미를 잃은 듯한 느낌을 겪게 된다. 그래서 흔히 마음병에서의 감기로 비유되는 우울증은 평생 유병률이 15%, 특히 여자에서는 25% 정도에 이른다. 어버이 또는 가족 및 주위 사람들의 아픔·죽음·시험의 떨어짐·사업의 실패들로 인해 마음의 상처를 받을 때에 우리는 슬픔을 느낀다. 이런 슬픔은 시간이 지남에 따라 덜해지거나 잊혀지는 것이 보통이다. 그런데 우울증 환자들은 어떤 일을 계기로 하여 슬픔의 정도와 우울한 감정이 더욱 심해져서 급기야는 절망감 염세감 자기파괴 상태로 악화된다. 곧 우울 감정이 상식적인 범위를 넘어 너무 오래 지속되거나 그 증세의 정도가 심할 때 이를 우울증이라 한다.
　　우울증의 증상은 잠을 제대로 자지 못하는 것으로, 아침까지 충분히 잠을 못 이루고 일찍 깨거나 밤사이 자주 깨는 증상을 보인다. 또한 우울증의 심각한 증상은 삶에 대한 흥미 및 관심 상실로 자살 사고를 일으키는 것이다. 우울증 환자의 2/3에서 자살을 생각하고 10~15%에서 실제로 자살을 시행한다. 아울러 우울 증상은 다른 정신과 질환의 증상 중 하나로 나타날 수 있으므로 불안 장애 또는 양극성 장애들과의 감별이 필요하나, 두 질환 이상이 공존하는 경우도 흔하다.

　　우울증의 까닭은 아래와 같다. ① 생화학적 요인으로서 최신의 뇌 영상 기기를 이용한 연구에서 우울증 환자의 뇌에 변화가 있음을 보고하고 있다. 이 변화의 중요성에 대해서는 아직 불분명한 면이 있으나 궁극적으로 원인을 가려내는데 도움을 줄 것이다. 신경전달 물질이라 불리는 뇌 안의 물질이 감정 등의 뇌 기능과 연결이 되어 있고 우울증 발생에 역할을 하는 것으로 보인다. 호르몬 불균형도 하나의 원인이 될 수 있다. ② 유전적 요인으로서 우울증을 가진 가족 내에서 우울증이 더 잘 발생하는 것으로 보고하고 있다. 연구자들은 우울증을 발생시키는 유전자를 찾기 위해 애쓰고 있는 중이다. ③ 환경적 요인으로서 자신을 둘러싸고 있는 환경도 우울증 발생에 영향을 줄 수 있다. 이런 환경적 요인은 삶에 있어서 대처하기 어려운 상황들이다. 그 보기로는 사랑하는 사람을 잃는 것, 경제적 문제, 강한 스트레스이다.

우울증의 치료는 약물 치료와 더불어 정신치료적 접근을 함께 하는 것이 가장 효과적인 치료 방법이다. 이 외에도 전기경련 요법과 광선 치료 등이 활용되고 있고, 최근에는 rTMS(repeated Transcranial Magnetic Stimulation) 치료가 효과가 있음이 연구에서 보고되고 있다. 약물 치료에 있어서는 항우울제 개발에 뚜렷한 진전이 있어 과거에 주로 사용하던 약물에 비해 부작용은 적으며 충분한 효과를 보이는 약물들이 개발됐으며 지속적인 개선과 진보가 이루어지고 있다.

우울증의 예방방법은 특별히 입증된 예방법은 없으나 스트레스 조절, 위기의 시간에 교우 관계, 사회적 지지 등이 도움이 될 수 있다. 가장 중요한 것은 악화되기 전 초기 증상 때 치료를 받는 것이다. 재발 예방에 있어서도 전문가에게 적절한 치료를 유지하는 것이 중요하다.

우울증의 생활가이드로서 ① 술이나 담배, 불법적 약물들은 우울 증상을 악화시키므로 피해야 하고, ② 신체적 활동과 운동이 우울 증상을 감소시키는 것으로 보고하고 있으므로 걷기, 조깅, 수영 등 자신이 즐길 수 있는 운동을 해야 하며, ③ 햇볕 쐬기들을 비롯한 자연과 더불어 지내기를 적극적으로 권장한다.

4. 『신경증(身硬症) 또는 노이로제(Neurose)』는 학습된 행동이 동시에 불안을 억압하려는 노력의 실패에서 나타나는 행동 장애이고, 내적인 심리적 다툼이 있거나 외부에서 오는 스트레스를 다루는 과정에서 무리가 생겨 심리적 긴장이나 증상이 일어나는 인격 변화이며, 구조상의 병소없이 오는 몸이나 마음의 장애로서 부적응 행동의 특징을 나타내는 장애들을 통틀은 것이고, 정상적이고 건전한 적응에 지장을 주는 정신적인 불건전함이다. 곧 머리가 항상 깨끗하지 않고 무거우며, 기억력이 감퇴된 것 같기도 하고, 모든 일에 정신 능력의 집중이 잘 안 되는 한편 책을 읽어도 무엇을 보았는지 또는 내용이 무엇인지 아리송하며, 잠이 잘 안 온다. 또 피로감과 권태감이 심해져 도대체 의욕이 생기지 않으며, 게다가 뚜렷한 까닭도 없이 사람 만나기가 싫고, 식욕도 줄고 소화 기능도 이상이 생긴 듯하며, 왠지 불안하고 무엇엔가 쫓기는 것 같은 증세를 나타낸다. 이 신경증은 요즘에 큰 도시에 사는 사람의 열 명 가운데 두세 사람은 걸려 있고 스무 명 중 한 명은 전문적인 치료를 받아야 할 정도로 흔하다. 그러기에 신경증 또는 노이로제를 현대병이나 문화병이라 일컫는다. 원래 신경증 분류 안에는 우울증, 불안증, 공포증, 해리증, 전환증, 히스테리, 건강염려증, 신체화장애, 심인성 동통, 정신성 장애 등이 있었다. 지금은 정신 병리에 대한 연구의 발달로 우울증, 불안증, 정신성 장애들이 분리되어 신경증의 개념에 포함하지 않는다.

신경증의 증상은 아래와 같다. ① 불안 : 불안은 두려움과 더불어 사람이 어떤 위협을 당했을 때 생물학적 반응으로 일어나는 정상적인 감정이다. 불안을 경험하는 사람들이 안절부절못하고 가만히 앉아 있지 못하고 초조해 하는 것은 불안감, 공포감 등의 심리적인 감정뿐만이 아니라 자율신경계통의 활성화로 생기는 신체적 변화가 합쳐져서 나타나기 때문이다. 불안할 때 나타나는 신체적 반응으로는 앞서 언급한 가슴 두근거림, 발한 이외에도 혈압의 상승, 어지러움, 반사 항진, 설사, 빈맥, 떨림, 사지의 저림, 빈뇨, 실신 등이 있다. 이와 같은 신체 반응은 사람이 위험에 처했을 때 불안이나 두려움을 느끼는 동시에, 즉시 이에 대응해야 하는 조치, 예컨대 도전해서 싸우거나 도망가서 그 위기를 모면하고 살아남기 위한 준비와 적응이 그 목적이다. 따라서 불안 반응은 사람이 어떤 위기에 처했을 때 스스로 적응하기 위해 생기는 경고 반응이라 할 수 있다. 원초적인 경고 반응이 원시인의 경우에는 직접 생명에 위협을 주는 위기에서 작동되지만, 현대인의 경우에는 갑작스럽게 생명을 위협하는 상황보다는 일상생활에서 과중한 스트레스나 심리적 다툼에서 생긴다고 볼 수 있다. 현대인이면 누구나 어느 정도의 정상적인 불안을 겪으며 살고 있고, 그래서 이런 불안들을 처리하기 위해 각 개인마다 심리적, 인지적 행동 대책을 가지고 있다. ② 불면 : 잠자는 데 어려움을 가지는 것이다. 그 까닭은 잠이 드는 것이 어렵고, 밤 동안 자주 깨고, 깨고 나면 다시 잠드는데 어려움을 겪으며, 아침에 너무 일찍 일어나고, 자고 일어나도 개운하지 못하는 것이다. 한편 불면은 야간 수면의 어려움 뿐 아니라 낮 동안에 피곤함, 의욕 상실, 집중 곤란, 민감함과 같은 문제들을 일으킬 수 있다는 것이 더 중요하다. ③ 두통 : 뇌혈관 질환, 뇌수막염 등 갑자기 발생하고 긴급히 치료를 요하는 경우부터 편두통과 긴장성 두통처럼 만성적으로 지속되는 경우도 있다. 특히 가장 흔한 긴장성 두통은 정신적인 스트레스로 인한 머리와 어깨 근육의 긴장이 원인이 되는 두통이다. 머리의 지속적인 압박감과 띠를 두른 것 같은 감각을 동반한 둔한 통증이 양측성으로 나타난다. 편두통과 달리 두통이 발생하기 전에 전조 증상이 없고 오심, 구토를 동반하는 일도 거의 없다. ④ 심인성 위장 장애 : 위장에 관한 증상을 호소하는 환자에게 갖가지 정밀 검사를 해 보아도 그 원인을 밝힐 수 없는 경우를 일반적으로 심인성 위장 장애라고 한다. 이에는 기능성 위장 장애, 비궤양성 소화불량, 가성궤양증후군 등이 있다. ⑤ 화병 : 우리나라에 존재하는 특징적인 신경증으로 중년 이후의 여성들에게서 많이 생긴다.

　신경증의 예방 및 치료로는 스트레스 관리 기법이 있다. 스트레스가 항상 나쁜 것은 아니지만 스트레스를 적절하게 관리하는 것은 반드시 필요하고, 스트레스를 준비하고 스트레스에 대한 반응을 줄이기 위한 노력이 필요하다.
　스트레스 관리 기법은 아래와 같다.
　① 점진적 근육 이완법 : 근육을 점진적으로 이완시키는 것을 익숙하게 하여 긴장을 풀어주는 방법이다. 우선 특정 근육을 수축시키고 긴장을 유지한 상태에서 그 감각을 기억해 둡니다. 그 후 근육을 자연스럽게 이완시키면서, 긴장이 '썰물처럼 빠져나가는 느낌'에 집중하도록 하다. 이런 과정을 다른 근육들에 대해서도 반복하다.
　② 바이오 피드백 : 컴퓨터 화면을 이용하여 근육 긴장도, 체온, 위장의 수축, 혈압, 심장 박동수, 뇌파 등 스트레스에 대한 신체적 반응을 직접 보여 주고, 환자에게 인해 자신의 신체 변화를 느끼고 조절하게 하다. ③ 명상법 : 명상은 깊은 이완을 통해 뇌파를 전환시킴으로 스트레스를 극복하는 방법이다. 명상은 조용한 공간에서 편안한 자세로 눈을 감고 주문을 반복하면서 수동적인 태도를 유지하는 것인데, 하루에 반드시 2회 이상 실시하다. ④ 인지-행동 기법 : 교육, 예행 연습, 적용의 3단계를 통해 이루어니진다. 과거에 경험한 스트레스에 대해 어떻게 반응했는가를 되돌아 본 뒤에, 그것에 대한 적절한 반응 기술을 배우며, 문제 해결, 이완, 인지 대응과 같은 대응 기법을 예행 연습한 다음에, 치료자에 의해 인위적으로 만들어진 상황 아래에서 학습한 기술을 적용하는 것이다.

　5. 『성격 장애(性格 障礙 : Personality Disorder) 또는 인격 장애(人格 障礙)』은 부적응적인 성격으로 인한 사고나 행동방식 및 기괴하고 괴팍한 언동들로 개인과 사회에 장애를 일으키는 증상; 사고 방식 및 행동 양식이 지나치게 왜곡되거나 편향되어 대인관계나 직업생활에 문제를 일으키는 정신질환이다. 미국정신의학회에서는 유년 시절부터 서서히 발전하기 시작해 청소년기 또는 성인 초기에 공고화되어 계속적으로 유지되며 시간이 경과해도 좀처럼 바뀌지 않는 경우를 성격장애로 정의한다. 곧 성격이 과하게 이상해서 당사자 및 주변인의 생활에 큰 지장을 초래할 정도면 성격장애라고 한다. 모리스(Morris)는 성격 장애증을 너무 과장되거나 엄격하여 심한 고통과 사회적인 문제를 일으킬 정도로 융통성이 없고 부적응적인 사고방식과 행동양식을 나타내는 증상이라 했고, 힐가드(Hilgard)는

부적응행동이 지속화된 유형을 보이는 증세라 보았다. 따라서 이 성격장애증 환자는 불안정하고 불건강한 보금자리에서 태어나 각 통과집단 곧 보금자리 배움터 일터 온누리에서 주위 사람의 속을 썩이고 그 환경에 적응하지 못해 낙오자가 되기 마련이다. 성격장애는 성격 특징들이 극단적으로 범위를 넘어서거나, 변형된 모습이고, 흔히 청소년기 또는 초기 성인기에 시작해서 시간이 지나도 변화되지 않으며, 여러 상황에 일관되게 나타나며, 그로 인해 개인의 능력에 상당한 장애를 유발하고, 특히 사회 적응 및 대인관계 상황에서 심각한 문제가 초래될 때 성격장애로 진단 내리게 된다.

성격장애의 유병률은 일반 인구의 10~20% 정도로 추정되고, 정신질환을 앓는 사람의 약 50%에서 성격장애가 뒤따른다. 성격장애 환자들은 정신의학적 도움을 잘 요청하지 않는 특징을 가진다. 대부분의 성격장애 환자들에서는 자아동조적인 특징(문제 행동이 당사자에게 직접적인 불안감과 고통을 주지 않는다는 뜻)으로 인해 자신의 성격적 문제로 인한 어려움을 부인하고 치료에 대해서도 무관심한 태도를 보이는 경우가 흔하다.

6.『정신분열증(精神分裂症 : Schizophrenia, Split Persona- lity) 또는 조현병(調絃病)』은 정신의 장애 정도가 심하고 매우 파괴적이어서 대부분 입원을 필요로 하며, 남녀 구별 없이 발생하여 재발되기 쉽고 만성무능력자가 되는 사례가 많은 한편, 까닭이 불분명하여 효과적인 치료방법을 찾기가 어려운 마음병이다.

1911년 처음으로 정신분열증이란 말을 소개한 브러우러(Bleuler)에 따르면, 정신분열증의 증상을 1차적 근본적인 증상 및 2차적 보조적인 증상으로 크게 나누었다. 근본적 증상은 생각 감정 행동의 모든 분야에서 나타나는 데, 생각의 진행에 심각한 장애와 퇴행적 경향이 생긴다. 그래서 생각의 과정이 산만하며, 악화될 경우에는 질문에 대해 아무런 관계가 없는 말을 대답한다. 또 행동은 늘 우유부단하여 두 가지 상반된 가능성 가운데 어느 것을 택할지 몰라 하는 양가감정(兩價感情 : ambivalence) 현상과 자폐증의 반응을 나타낸다.

아울러 자아와 현실을 정상적으로 관련 지우지 못하고 자기만의 세계 속에서 남들이 이해하지 못하는 망상과 괴이한 생각에 사로잡혀 살게 된다. 이와 같은 현상을 그는 성격의 근본적 1차적 분열이라 해석하고, 나눈다는 뜻의 그리스말 schizin 및 마음을 뜻하는 phren을 합쳐 schizophrenia(정신분열증)이라고 이름 지었다.

가뿐한 마음을 갈고 닦으며 기르기 위하여 "동양의 단전숨쉬기, 서양의 마음치료법, 일상생활을 밝고 바르게, 웃으려고 애쓰면서 살아가자"에 대해 살펴보기로 하자구나.

1.『동양의 단전 숨쉬기』이다. 동양의 옛 성현들은 숨쉬기가 우리의 마음에 중요한 영향을 미친다는 것을 깨달아 참선·기공·요가의 단전숨쉬기를 후손들에게 물려주고 있다. 이 단전숨쉬기는 우리의 마음속에 있는 응어리를 풀어주고 마음을 조절해주며 자아 실현감을 높여주고 마음의 집중력을 길러줌으로써, 가뿐한 마음을 닦을 수 있는 효과적인 길이다.
단전 숨쉬기는 온몸의 힘을 빼고 편안하고 바르게 앉아, 배꼽 아래 부위의 단전(丹田)으로 '고르게(균:均), 고요하게(정:靜), 가늘게(세:細), 길게(장:長), 깊게(심:深), 느긋하게(유:悠),

느리게(완:緩), 부드럽게(면:綿) 숨쉬기하는 것이다.

　단전 숨쉬기에서 숨 쉬는 곳으로 단전을 말하는 데, 이 단전이란 무엇이며 어디일까? 단전이란 말의 「단(丹)」은 '기(氣)·에너지'를 뜻하며, 전(田)은 '밭·터·곳'이라는 뜻이다. 따라서 단전은 "기를 모으며(취기;聚氣), 기를 기르고(양기;養氣), 기를 단련하며(연기;煉氣), 기를 쌓는(축기;築氣) 밭·터·곳"이라고 이르고 있다.

　그렇다면 이런 뜻을 지닌 단전이란 우리네 사람의 몸 가운데 도대체 어디인가? 우리 몸속에는 위(상) 단전·가운데(중) 단전·아래(하) 단전의 세 군데가 있다. ① 위(상) 단전은 얼굴의 양쪽 눈썹 가운데에 있는 인당혈을 중심으로 하는 비교적 작은 둥근 모양의 안쪽 부위이며, ② 가운데(중) 단전은 명치뼈 끝을 중심으로 해서 위로는 단중혈(두 젖꼭지를 잇는 선의 가운데 부위) 및 아래로 심와부에 걸치는 둥근 모양의 안쪽 부위이다. ③ 그냥 단전이라고 할 때에는 아래(하) 단전을 가리킨다. 아래 단전은 배꼽에서 밑으로 4~5 센티미터 또는 한 치 반(약 4.5cm)가량 되는 부위, 더 정확히는 스스로의 손바닥을 편 상태에서 배꼽 아래로 세 개의 손가락 넓이의 끝이 되는 곳이다.

　이렇듯 단전 숨쉬기는 우리 모두 스스로도 모르게 어릴 적에 했으며, 어른이 되어서도 가끔씩 생활 속에서 한다. 곧 단전 숨쉬기는 특별한 사람만이 하는 것이 아니고 우리 모두가 할 수 있는 것이므로, 우리 모두 단전 숨쉬기를 생활화하도록 애써야 할 것이다.

　2.『서양의 마음 치료법』은 주로 서양 사람에 의해 연구되어진 것으로, 심리적 환경적 요인에 따라 일어나는 마음의 응어리를 심리학적인 갖가지 방법을 이용해 치료하려는 요법을 일컫는다. 곧 마음의 응어리로 몸과 마음의 어려움을 받는 개인을 대상으로 그 개인의 고민 문제를 심리과학적으로 연구 진단 확인 예방 치료함으로써 개인의 문제해결과 가뿐한 마음을 지니도록 돕는 방법이다.

　서양의 마음 치료법을 심리요법(心理療法 : psychotherapy) 또는 정신요법이라고도 하는 데, 심리적인 장애나 부조화 부적응을 치료하는 방법이다. 넓은 뜻으로는 생리적·물리적 또는 화학적 방법이라도 이 목적을 위하여 쓰일 때는 심리요법이라고 하지만, 좁은 뜻으로는 심리적인 기법에 의하는 것을 가리킨다. 일반적으로 심리적 원인에서 생긴다고 하는 신경증이 그 주요한 대상이 되지만, 정신분열증과 같은 내인성의 정신병에 대해서도 그 적용이 시도됐다.

　3.『일상생활을 밝고 바르게 하자구나!』이다. 마음의 응어리를 풀고 가뿐한 마음을 닦기 위해서는 우리가 맞이하는 하루하루의 일상생활을 밝고 바르게 해야 한다.

　4.『웃으려고 애쓰면서 살아가자!』이다. 웃음은 우리의 눈 입 목소리 배 배꼽들의 몸짓이 어우러진 움직임으로, 튼튼한 몸을 가꾸고 가뿐한 마음을 닦을 수 있는 것이고, 보금자리·배움터·일터·온누리를 밝게 만들어 주며, 모든 사람들을 자연스럽게 어울리게 해줌은 물론이요, 우리네 사람의 존재를 다른 것들과 구별시켜 주는 오직 사람만이 지울 수 있는 표정인 것이다. 따라서 우리의 현실이 아무리 어렵고 힘들더라도 꺾이지 말고, 웃으려고 애쓰면서 살아감으로써 뭇 응어리를 풀고 몸과 마음을 다지자구나!
　우리나라를 비롯한 동양에는 예로부터 "웃음이 있는 곳에 온갖 복이 찾아든다(소문만복래; 笑門萬福來)" 또는 "한번 화내면 한번 늙고, 한번 웃으면 한번 젊어진다(일노일노 일소일소; 一怒一老 一笑一少)"라고 하여 웃는 삶을 강조했다.
　웃음의 생리적 작용에 대해서는 발트(Valt)의 생각, 뉴잉글랜드대학의 연구, 뮤디(Mudy)의 질병치료법들이 있다.

　더불어 가뿐한 마음을 가꾸기 위해서는『공통적 행복충만을 위한 열두 가지 길』인 "행복충만, 올바르게 살고, 열심히 일하며, 3하(하고 싶다·할 수 있다·해야 한다) 원칙, 고맙습니다! 뉘우칩니다!, 어려움을 참고 견디며 이겨내자!, 시간을 아껴 쓰며, 기도정성을 간절히 드리고, 자원봉사활동을 하자, 웃으려 애쓰고, 창조력을 발휘하며, 자연우주하늘을 품자구나!" 가 있다.

4. 포근한 보금자리(보)

　『포근한 보금자리(Sweet Home)』는 삶의 기본 터전인 보금자리에 남편·아내 사이 응어리와 어버이·아들딸 사이 응어리 및 형제·자매 사이 응어리들이 없어서 서로 사랑하고 정이 넘쳐서 포근하고 따뜻하며 안락하게 살아가는 행복한 상태를 뜻한다.
　이런 포근한 보금자리가 되어야 보금자리가 안식과 활력을 마련하고, 배움의 터전이 되며, 사회화 및 사회적 지위 구실을 맡고, 쉼과 놀이의 안식처가 될 수 있는 것이다.

　『보금자리·집·가정·가족(家, 家庭, 家族 : house, home, family)』은 어버이와 아들딸의 가족이 어울려 포근하게 살아가고 있는 곳·터·자리·장소이며, 한 생명이 태어나서 사람으로서의 경험을 쌓고 사회화의 과정을 거치는 사람의 기본적인 근거가 되는 곳이다. 보금자리는 본디 새가 깃든 둥우리로서 지내기에 포근하고 아늑한 곳을 뜻하는 우리말이다.
　보금자리는 한 가족이 살림하고 있는 집안 또는 부부를 기초로 하여 한 가정으로 이루는 사람들 또는 한 집에서 같이 먹고 자며 살아가는 혈연공동체; 가족 구성원이 생계 또는 주거를 함께 하는 생활공동체로서 구성원의 일상적인 부양·양육·보호·교육들이 이루어지는 생활단위이다. 버제스(Burgess)와 로크(Locke)는 보금자리란 혼인 핏줄(혈연) 관계를 통한 유대로 맺어진 사람들의 무리이며, 단일 가구를 구성하고, 그 안에서 주어진 위치 곧 남편과 아내·어버이와 아들딸·형과 동생들에 따라 사회적 구실을 수행해 나감으로써 서로 작용하고 공통의 문화를 만들고 유지해 가는 무리·떼·집단이라고 여기고 있다. 또한 보금자리는 남편과 아내를 중심으로 하는 가족의 공동생활체이며, 부부·자식·부모의 가족이 공동 생활하는 조직체를 말한다.
　가정(家庭 : home)의 정의는 사람에 따라 다를 수 있으나, 가족이 공동생활을 하고 있는 장소라고 보는 것이 보통이며, 영어의 홈(home)이나 독일어의 하임(heim)이 이에 해당한다. 가정(home)은 사람이 만들어 낸 하나의 조직체 곧 사람관계를 가리키며, 집(house)은 구체적인 건조물을 일컫고 있어서 의미하는 바가 같지 않다. 또한 집이라는 말은 가장을 중심으로 하는 가족제도를 의미하기도 하는데, 이런 뜻을 내포하고 있는 영어는 패밀리(family)이다. 그것도 낡은 의미의 패밀리이며, 현재와 같은 의미의 가정이라는 조직체와는 그 구성이 전혀 다르다. 그래서 가정이라는 말의 개념을 밝힐 때는 부부라는 말을 먼저 쓰고, 가족이라는 말을 종속적으로 쓴다. 패밀리는 가족이라고 번역할 수도 있고 가정이라고 번역할 수도 있는데, 가족은 구성원인 사람이 중심이 되는 반면, 가정은 구성원인 사람들이 만들어내는 시스템을 의미하며, 보통은 공동체의 사람들이 사는 장소를 뜻한다.

또한 가족(家族 : family)은 부부를 중심으로 그 근친인 혈연자가 주거를 같이하는 생활공동체이다. 시집간 딸이나 분가한 아들처럼 다른 곳에 사는 사람도 가족원으로서의 의식적인 연대가 있는 한 포함되며, 이 점에 있어서 현실적인 주거 및 가계의 공동을 조건으로 하는 가구의 개념과 구별된다. 가족의 유사어로서의 집(집안)이 계보를 중심으로 한 전통적 집합체인 것에 대하여, 가족은 현실적인 집단개념이다. 가족을 부부 중심으로 그 자녀에만 한정하는 핵가족적 개념 규정은 한국이나 중국 인도의 대가족을 설명하는 경우에는 합당하지 않지만, 가족이란 인류의 가장 기초적인 집단이며, 사람 형성의 처음 규정자이기 때문에 여러 학자들은 가족을 제1의적 집단·제1차적 집단의 첫 머리에 꼽는다.

포근한 보금자리의 가장 기본은 사랑이다. 『사랑』은 어떤 사람이나 존재를 몹시 아끼고 귀중히 여기는 마음; 어떤 사물이나 대상을 아끼고 소중히 여기거나 즐기는 마음; 남을 이해하고 돕는 마음; 남녀 간에 그리워하거나 좋아하는 마음; 성적인 매력에 이끌리는 마음; 어떤 상대를 애틋하게 그리워하고 열렬히 좋아하는 마음들을 뜻한다. 사랑을 한자로는 애(愛); 애정(愛情); 정(情); 연(戀); 연애(戀愛); 연정(戀情); 연심(戀心)들이라 하며, 영어로는 love; lovely; beloved; adorable; dear; affection; attachment; tender passion들이라 한다.

순수한 우리말인 사랑은 고대 우리말의 '사랑'이 그 어원이라는 것이 일반적 생각이다. 이 사랑(思量)은 '계속해서 생각하다; 생각하고 헤아려주는 것이다'라는 뜻이다. 곧 그이 그녀 아빠 엄마 아들 딸 형 동생이 지금 어떻게 지내고 있는지 계속해서 생각하는 한편, 혹시라도 불편한 것은 없는가 하면서 헤아려주는 것이 바로 사랑인 것이다. 또한 사랑이란 옛날 우리말로는 '괴다(정신적 사랑); 어루다(육체적 사랑)'가 있다.

아울러 사랑은 인류의 감정 가운데 가장 흔하지만 복잡 미묘한 감정이라고 할 수 있다. 누군가에게 이 사랑의 감정을 가진다는 것 자체만으로, 또는 그 대상을 좋게 생각하는 것만으로도 너무 기쁜 것이다. 반면에 사랑하는 그 대상이 떠나갈 때에는 기분이 매우 슬프게 되며, 이 감정이 지나쳐서 전혀 엉뚱한 방향으로 흐르면 사람을 망치기도 한다. 이처럼 사랑이라는 것은 한 사람을 웃고 울리는 묘한 힘을 갖고 있다.

사랑은 희로애락과의 융합이 가능하다. 곧 사랑에서 희로애락이 일어나고, 희로애락에서 사랑이 생길 수 있기 때문에, 사랑은 우리네 사람의 감정 중 가장 복잡 미묘한 것이다. 특히 사랑은 미움·증오와는 정반대인듯 하면서도 동전의 양면과 같은 모습이 있다. 곧 사랑에서 미움이 생기는 경우도 많고, 미움에서 사랑이 생기는 경우도 있다. 거꾸로인 경우를 미운 정이라고도 하며, 역설적이게도 정 가운데 가장 오래가는 정이 미운 정이라고 한다.

한편 사랑은 메아리라고도 한다. 상대가 나를 향해 '사랑하오!'하는 소리를 지르면, 나도 그 소리에 맞추어 '사랑해요!'라고 메아리를 보내는 것이 사랑이라고 한다. 이 메아리는 나무와 풀이 울창한 숲에서 울리는 것인 반면에, 메마르고 발가벗은 곳에서는 울리지 못하는 것이다. 따라서 우리네 모든 사람들은 사랑이라는 메아리를 가꾸려면 당연히 몸과 마음의 숲을 울창하게 만들어야 한다.

모든 종교에서도 사랑을 삶의 가장 근본으로 내세우고 있는데, 불교의 자비·유교의 인·기독교의 사랑들이 바로 그것이다. ① 불교에서는 자비(慈悲)를 바탕으로 하고 있는데, 자비란 남을 내 몸과 같이 여겨 사랑하고 가엽게 여기는 것이며, 부처님이나 보살이 중생에게 즐거움을 주어 괴로움을 없게 하는 것을 뜻한다. 또한《무량수경》에서는 "부자 사이에, 형제 사이에, 부부 사이에, 친족 사이에 항상 서로 사랑하여 시기하거나 증오하지 말라. 안색은 항상 화평하게 하고, 서로 멀리 있어도 걱정하는 마음을 가져라. 아버지의 사랑은 무덤까지 이어지고, 어머니의 사랑은 영원까지 이어진다"고 가족에 대한 사랑을 강조했다. ② 유교에서는 인(仁)을 바탕으로 삼고 있는데, 아들딸의 어버이에 대한 사랑을 효(孝)라 했으며, 어버이의 아들딸에 대한 사랑을 자애(慈愛)라 했고, 형 누나 언니와 아우 사이의 사랑을 제(悌)라 이른다. ③ 기독교에서는 사랑 그 자체를 핵심 생각으로 삼고 있다. 그러기에《고린도 전서 13장》에서 아래와 같이 "사랑은 언제나 오래 참고 사랑은 언제나 온유하며 사랑은 시기하지 않으며 자랑도 교만도 아니하네! 사랑은 무례히 행치 않고 자기의 유익을 구하지 않고 사랑은 성내지 아니하며 진리와 함께 기뻐하네! 사랑은 모든 것 감싸주고 바라고 믿고 참아내며 사랑은 영원토록 변함없네!"라고 한다. 이를 정두영이 〈사랑〉이라는 노래로 만들어 사람들이 즐겨 부르고 있다.

고대 그리스의 서양에서는 사랑을 아가페·에로스·에로티시즘의 세 가지로 갈래지었다. ①. 아가페(agape)는 절대적인 사랑을 뜻하며, 아무런 조건도 없고 자기희생적인 사랑으로서 절대자의 사람에 대한 사랑이다. 고대의 아가페의 의미는 사랑을 뜻하는 여러 개의 그리스어 낱말 가운데 하나이다. 고대 그리스에서 지금까지 여러 가지 뜻으로 쓰여 왔으나 보통 거룩하고 무조건적인 사랑을 뜻한다. 플라톤은 아가페를 본질적 실재인 이데아에 대한 동경, 곧 이상으로서의 사랑으로 언급했다. ②. 에로스(eros)는 순수한 정신적인 사랑을 뜻하며, 고대 그리스 철학자인 플라톤에 의해 청순한 사랑 및 진선미에의 노력의 상징으로 쓰인 말로서, 이를 플라토닉 사랑(Platoric love)이라고도 부른다. 자신이 불완전자임을 자각하고 완전을 향하여 끊임없이 노력하여 나아가려는 사람의 정신 또는 철학자의 정신이다. 철학자로서 에로스의 문제를 가장 빨리 거론한 것은 플라톤인데, 그 대화편《향연》에서는 소크라테스를 포함한 논자들에 의한 에로스의 신화학의 경언이 보인다. 옛날에 사람은 손발 각각 4개 및 얼굴 두 개로 몸을 이루었는데, 그것이 절단됐기 때문에 오늘날 그 반신은 다른 반신을 구한다는 기상천외한 아리스토파네스(Aristophanes)의 우화에 의한 에로스 찬미론도 그 하나이다. 한편 이 에로스 문제에 과학적으로 칼을 가해서 현대사상에 큰 충격을 준 것은 프로이드(Freud)의 에로스의 심리학인 정신분석이었다. 프로이드는 의식적 사고와 무의식 세계의 모순적 역동관계를 구명하고, 무의식 세계에 지배적인 것은 쾌락원칙에만 충실한 성적 충동이라고 하여서, 어린이 성욕의 전개과정도 명백하게 밝혔다. 사람의 문화는 성적충동의 충만한 만족을 단념해서 승화함으로써 성립하기 때문에, 거기에 문화 염세주의(페시미즘:pessimism)가 영향을 미치게 된다고 본다. 그런데 만년의 프로이드는 자기를 파괴하고 생명이 없는 무기물로 환원시키려는 죽음의 본능(타나토스:thanatos)과의 대비에서, 에로스를 고려하여 에로스를 각 생명체를 큰 통일체로 정리해가는 충동이라고 하고, 문화도 결국은 에로스에 봉사하는 한 과정으로 보게 된다. ③. 에로티시즘(ero- ticism)은 육체적 관능적 사랑을 가리키며, 이를 줄여서 에로(ero)라고도 한다. 에로티시즘은 그리스 신화의 사랑의 신 에로스에서 유래된 말이다. 역사적으로 신화 종교 관습에 근원을 두고 있으며 주로 문학 미술로 표현된다. 그리스 신화는 고대인의 성생활을 반영하고 있으며 폼페이 벽화에는 고대인의 성생활이 조형적이며 자유롭게 표현되어 있다. 중세 유럽 그리스도교 시대에는 정신적 가치가 더욱 중요시되면서 에로티시즘은 잠시 쇠퇴한 듯했으나, 르네상스 시대에는 사람의 본성을 한층 더 강조한 예술이 발전했다. 미켈란젤로(Michelangelo)·라파엘로(Raffaello)의 화가는 건강한 육체에 대해 조형적 에로티시즘을 표현했으며, 보카치오(Boccaccio)·아레티노(Aretino)들은 문학으로 에로티시즘을 표현했고, 18세기 프랑스의 사드(Sade)·카사노바(Casanova)들은 성을 종교적 속박에서 해방시켜 자유롭게 표현하려 했다. 이것들은 사회적으로 자본가 계급에 속하는 사람 곧 부르주아(bourgeois) 혁명으로 이어지고, 문학적으로 19세기 낭만주의 대두로 이어졌다. 20세기에 들어서기까지 에로티시즘은 종교와 금기로부터 성을 자유롭게 표현하고자 하는 노력이었다. 엘리스(Ellis)·프로이드는 성 심리를 연구함으로써 에로티시즘을 과학 학문으로서 체계화했다. 특히 프로이드는 사람에게 리비도(Libido) 곧 성 본능이 존재함을 과학적으로 설명하여 에로티시즘은 과학적인 기초를 얻었다. 오늘날 에로티시즘은 고전적 표현예술인 문학·미술과 더불어, 미디어의 발달에 따라 사진·광고·패션·영화·드라마·컴퓨터그래픽 따위 다양한 분야에서 대중화됐다. 특히 광고는 에로티시즘을 상품의 이미지 전달을 위한 매개체로 자주 사용한다. 패션에서는 속옷 및 겉옷에서도 성적 매력을 강조하는 데 중점을 둔 디자인이 개발됐고, 사진은 피사체에 성적 이미지를 강조하는 장치들을 고안해냈다. 특히 영화는 에로티시즘 영화라고 불릴만한 많은 작품들이 쏟아지고 있다.

　한편 사랑의 삼각형 이론(triangular theory of love)은 사랑이 하나의 삼각형을 구성하는 세 가지 구성 요소 곧 친밀감, 열정, 결심 또는 헌신이라는 세 요소로 이루어져 있다고 보는 생각이다. 이 세 가지가 모두 갖추어져 있을 때가 완전한 사랑이며, 이 요소들 가운데 하나 또는 두 가지가 있고 없느냐에 따라 모두 8가지의 사랑이 가능해진다고 한다. 이 사랑의 삼각형 이론은 스턴버그(Sternberg)가 1986년에 발표한 《사랑의 삼각형 이론》에서 내세운 것이다.

　우리네 사람들이 포근한 보금자리를 만들고 가꾸기 위하여 남성과 여성이 만나 서로 사랑하여 육체적 관계를 맺는 과정과 더불어, 사랑의 결실로 아들딸 아이의 새 생명이 비롯되고 자라며 태어나는 신비로운 과정들은 어떠할까? 이에는 크게 "성욕, 성감대, 남녀별 성욕 비교 그래프, 성적 충동, 성교, 성교의 전희, 성교 체위, 사정, 오르가슴, 생리, 임신"들이 있다. 하지만 이들은 자칫 "외설·음란·품위" 문제에 휘말릴 수가 있기 때문에 우리 행복충만에서는 과감히 생략하기로 하자구나!

　『태아의 발육 과정 또는 새 생명의 발달 단계』는 인터넷의 《badmoms.tistory.com/ entry/태아 발달 단계의 이해》에 따르면, 임신 초기와 임신 중기 및 임신 후기로 나눈다.

　(1). 임신 초기 - 첫 번째 삼분기(0~12주)
　①. 수정과 착상(0~2주) : 임신의 첫 단계는 난자와 정자의 결합인 수정으로 시작된다. 이 과정에서 수정란이 형성되며, 이후 이 수정란은 자궁 내벽에 착상하여 배아로 발전한다. 착상은 임신이 시작되는 중요한 순간으로, 이 시기에 여성의 몸은 여전히 생리 주기와 비슷한 증상을 보일 수 있어 임신 여부를 정확히 알기 어렵다. 그러나 이 순간부터 배아(胚芽 : embryo)는 본격적인 성장을 시작하며, 세포 분열을 통해 자신의 유전적 특성을 확립한다. 이 초기 단계에서 이미 아기의 성별과 많은 신체적 특성이 결정되며, 이는 부모가 미리 알아볼 수 없는 신비로운 과정이다.
　②. 주요 기관의 형성(3~8주) : 이 단계는 배아 발달의 중요한 시기로서, 신경관·심장·폐·간들의 주요 기관이 형성되기 시작한다. 특히 심장은 임신 5주 차에 첫 박동을 시작하며, 이는 초음파 검사를 통해 확인할 수 있다. 이 시기에는 배아의 신경관이 폐쇄되며, 이는 두뇌와 척수의 기초를 이루는 중요한 과정이다. 또한 손과 발의 기본적인 구조가 형성되기 시작하고, 얼굴의 형태도 점차 드러나기 시작한다. 임산부는 이 시기에 영양

섭취와 생활 습관에 특별히 주의를 기울여야 하며, 외부적인 영향이 배아 발달에 큰 영향을 미칠 수 있으므로 흡연, 음주, 약물 복용들을 삼가는 것이 중요하다.

③. 태아로의 전환(9~12주) : 임신 9주 차부터 배아는 태아((胎兒 : foetus)로 전환되며, 이 시기에 태아는 손가락·발가락·눈꺼풀들의 외형적 특징을 발달시킨다. 이제 태아는 자궁 내에서 움직일 수 있게 되며, 이러한 움직임은 임산부가 초음파 검사를 통해 관찰할 수 있다. 태아는 이 단계에서 기초적인 신경 활동을 시작하며, 근육과 신경이 더욱 정교하게 발달한다. 또한 임산부는 이 시기에 호르몬 변화로 인해 입덧·피로·감정 기복들의 초기 임신 증상을 경험할 수 있다. 이는 임신 초기에 흔히 나타나는 현상으로 대부분의 경우 자연스럽게 사라지지만, 증상이 심할 경우 의사와 상담하는 것이 좋다.

(2). 임신 중기 - 두 번째 삼분기(13~26주)
①. 성별 결정과 움직임(13~16주) : 임신 13주 차부터 태아의 성별이 초음파 검사를 통해 확인될 수 있다. 이 시기에는 태아의 외부 생식기가 분명히 구분되며, 의료진이 이를 통해 아기의 성별을 알 수 있다.

정자와 난자가 합해진 수정란은 난자의 23개의 염색체 및 정자의 23개의 염색체가 합쳐진 46개의 염색체(染色體 : chromosome)를 가진 생명체로서 분열을 시작한다. 남성과 여성의 성별 결정은 남녀 염색체이다. 우리네 사람은 46개(23쌍)의 염색체를 가지고 태어나는데, 이 가운데 X 염색체 및 Y 염색체가 성을 결정한다. 여자는 46XX로서 X 염색체를 가지고 있는 한편, 남자는 46XY로서 Y 염색체를 가지고 있다. 곧 우리네 사람 가운데 여성은 XX 성염색체을 가지고 있는 한편, 남성은 XY 성염색체를 가지고 있다.

성(性)염색체는 세포핵에 있는 염색체들 가운데 상(常)염색체를 제외한 나머지 염색체이고, 생물의 성별을 결정하는 데에 관여하는 염색체이다. 사람의 경우에는 모두 23쌍의 염색체 가운데 1쌍만이 성염색체이다. 여성의 경우는 생식세포 분열 때에 모든 염색체는 자신과 같은 염색체 쌍끼리 2가 염색체를 이루지만, 남자의 경우는 X와 Y가 서로 접합한다. 그래서 보통 두 성염색체인 X와 Y는 크기와 모양들이 다르지만 상동(相同)염색체라고 본다.

Y 염색체를 발견하고 이것이 태어나는 아이의 성별에 관여한다는 것을 밝혀낸 사람은 세포생물학자인 스티븐스(Stevens)이다. 스티븐스는 1905년에 《부염색체를 중심으로 한 정모 발생 연구》라는 논문으로 이를 발표했다. 아울러 윌슨(Wilson)도 1905년 독립적으로 성염색체를 발견했다.

X 염색체와 Y 염색체의 조합으로 성이 결정되는 것을 XY 성 결정 체계라고 한다. 남성은 X 염색체와 Y 염색체를 가지고 있다. 일반적으로 어머니로부터 X 염색체, 아버지로부터 X 염색체와 Y 염색체 둘 가운데 하나를 물려받는다. 남성의 경우 성염색체의 구성이 XY, 여성의 경우 성염색체의 구성이 XX이다. 따라서 자녀의 성별을 결정하는 것은 아버지로부터 오는 정자이다.

위와 같이 남성의 성염색체는 Y이지만, 여성의 성염색체는 X이다. 따라서 우리네 사람들 가운데 남성과 여성은 서로 같은 점도 있는 반면에, 남성과 여성은 서로 다른 점도 있는 것이다.

㉠. 남성과 여성은 이 지구상의 150만 종에 달하는 생물 가운데 사람이라는 점에서 서

로 같다. 그리하여 남성과 여성은 똑같은 사람으로서 대부분 서로 같은 점이 많다.

　ⓒ. 남성과 여성의 차이를 과학적으로 설명하려는 시도는 오래전부터 이루어져 왔으며, 요즘에 신경과학이 남녀의 성 차이에 대한 기존의 견해를 확인해주는 역할을 하고 있으며, 앞으로 남성과 여성의 차이를 과학적으로 설명하려는 시도는 계속될 것으로 보인다.

　㉮ 먼저 남녀 사이에는 몸의 길이 또는 크기에 있어서 남성이 크고 여성이 작은 차이가 있다. 아울러 남녀 사이에는 몸의 각 부위의 힘 또는 근력에 있어서 남성이 세고 여성이 약한 차이가 있다.

　㉯ 남성과 여성은 생물학적으로 뇌 구조와 호르몬의 차이를 보인다. 남성은 일반적으로 문제를 해결하는 방식에 초점을 두는 경향이 있고, 여성은 감정적인 소통을 선호하는 경우가 많다. 이는 남성의 뇌가 더 논리적 사고와 관련된 부분이 발달해 있는 반면에, 여성의 뇌는 감정적 반응과 공감에 더 강하게 반응하는 경향이 있다는 연구에 근거한 차이이다.

　㉰ 브리젠딘(Brizendine)은 《여성의 뇌(The Female Brain)》에서 "여성은 하루 평균 2만 단어를 말하는 반면에, 남자는 7천 단어를 말하고 있으므로, 3 : 1의 차이가 난다"고 헤아렸다. 이는 남과 여의 뇌가 구조 및 화학적 구성이 다른 데에서 비롯된다고 여긴다.

　㉱ 남성과 여성의 차이는 생활에서도 많이 발견할 수 있다. 일반적으로 남성은 한 가지 일에만 능숙하고, 여러 가지 일을 동시에 하는 것이 서투르다. 하지만 여성은 여러 가지 일을 동시에 하는 일에도 능숙하다고 알려져 있다. 이를테면 남성은 텔레비전을 보든지, 아니면 핸드폰을 보든지, 하나만 해야 한다. 하지만 여성을 텔레비전을 보면서 핸드폰도 함께 볼 수가 있으며, 텔레비전을 보면서 설거지도 함께 잘할 수 있다. 실제로 한 프로그램에서도 이와 관련된 실험을 진행하여 그것이 사실임을 나타낸 적이 있다. 미국 국립 과학협회보를 통해 최근 발표된 미국 펜실베니아대학 버마(Verma) 심리학과 교수의 8~22세에 속한 남성 428명 및 여성 521명을 대상으로 진행된 연구를 보면 알 수 있다. 연구팀은 실험에 참가한 사람 대상으로 확산 텐서 이미지 영상이라고 불리우는 특수한 뇌 촬영을 통해서 "뇌신경 연결지도 또는 커넥톰(connectome)"을 만들었다. 이 뇌신경 연결지도 또는 커넥톰(connectome)에 따르면, 여성의 뇌는 좌뇌와 우뇌의 연결성이 뛰어난 반면에, 남자의 뇌는 각각의 뇌에서 보다 집중된 반응이 나타났다. 곧 여자의 뇌는 남자의 뇌보다 한 번에 2가지 이상의 일을 동시에 처리하는 또는 동시에 여러 가지 일을 수행하는 "다중작업(多重作業) · 멀티태스킹(multitasking)"에 더 적합하다. 반면 남자의 뇌는 한 번에 한 가지의 일에 집중하는데 더 적합하도록 설계돼 있다. 버마는 "만약 논리적인 생각과 직관적인 생각이 동시에 필요한 일을 할 경우에는 좌뇌와 우뇌의 연결성이 좋은 여성이 더 잘할 것인 반면에, 즉각적인 행동과 수행이 필요한 일을 할 경우에는 뇌의 앞뒤가 더 잘 연결된 남성이 더 뛰어날 것이다"라고 여겼다. 여성의 경우에는 뇌신경망이 논리적 사고와 관련 있는 왼쪽 뇌에서 직관과 관련된 오른쪽 뇌로 주로 연결되어 있었다. 그렇기에 여성은 직관적 분야의 일을 더 잘하고, 여러 가지 일을 동시에 할 수 있는 구조임을 알 수 있다. 반면에 남성의 경우에는 여성보다 뇌의 앞 부분과 뒷 부분의 연결이 원활한 것으로 드러났다. 여성에 비해 좌우 방향 신경 연결이 더 많은 부분이 바로 소뇌였는 데, 이 부분은 운동조절과 관련이 있다. 그래서 남성이 여성에 비해 운동을 더 잘 배우거나 주차를 잘하는 것이다. 이런 뇌신경 연결지도 또는 커넥톰을 통해 남녀 사이의 사고방식의 차이를 이해하는 데에 도움을 얻었으며, 더불어 성별 차이로 인한 신경 장애의 근원에 대해서도 더 많이 알 수 있을 것이다.

　㉲. 남성과 여성은 서로 매력을 느끼는 대상에서도 차이가 있다. 남성은 낯선 여성에게서 매력을 느끼는 반면에, 여성은 익숙한 남자에게서 매력을 느낀다는 연구 결과가 발표됐다. 곧 《성적 행동의 연구 기록(The Journal Archives of Sexual Behaviour)》을

통해 발표된 연구이다. 영국 스털링 대학 심리학과 연구팀은 남녀를 대상으로 상대 성(性)에게 매력을 느끼는 남녀 차이에 대해 연구를 했다. 연구팀은 먼저 실험 참가자들에게 남녀의 사진을 반복적으로 보여주면서 선호하는 얼굴을 선택하게 했다. 그 뒤에 그 비율을 조사하는 방법으로 연구를 진행했다. 그 결과, 남성은 새로운 여성의 얼굴이 등장할 때 선호도의 비율이 올라갔다. 반면 여성의 경우에는 익숙한 남성의 얼굴이 등장할 때 선호도의 비율이 올라갔다. 이는 남성이 유전적으로 야생동물처럼 최대한 많은 여성과 관계를 맺기 원하는 반면에, 여성은 자식을 부양해 줄 믿음직한 남성에게 호감을 느끼기 때문에 나타난 것으로 보고 있다. 더 나아가 남성은 본능적으로 새로운 여성에게 관심을 갖는 반면에, 여성은 믿음직한 남성만 바라보는 경우가 많다고 했다. 그래서 실험참가자 중 남성들은 이미 본 여성 사진을 다시 보여주면 선호도가 떨어졌는데, 연구팀은 이를 쿨리지 효과로 보았다. "쿨리지(Coolidge) 효과"는 새로운 자극을 욕망하는 사람의 본능을 이르는 것으로, 수컷이 동일한 암컷과 계속 교미하면 쉽게 지치지만 새로운 암컷을 대하면 곧바로 성적 흥분이 일어나 교미할 수 있게 되는 효과이다.

　한편 위의 성별 결정의 단계에서 태아의 움직임이 더욱 활발해지며, 임산부는 태동(胎動 : fetal movement)이라 불리는 이러한 움직임을 느낄 수 있다. 태아의 근육과 뼈가 강화되며, 눈과 귀들의 감각 기관도 더욱 발달한다. 이 시기에는 태아가 자주 손가락을 빨거나 자궁 안에서 활발하게 움직이는 모습이 초음파를 통해 관찰될 수 있다. 임산부는 이 시기에 태아의 건강 상태를 지속적으로 확인하고, 필요한 경우 영양 보충제나 비타민을 섭취하여 태아의 건강한 성장을 지원해야 한다.

　②. 감각 발달(17~20주) : 임신 17주 차부터 태아의 감각이 더욱 발달한다. 이 시기에 청각이 발달하여 태아는 외부 소리를 인지할 수 있게 된다. 연구에 따르면, 태아는 어머니의 목소리나 자주 듣는 음악들을 기억할 수 있으며, 이는 출산 뒤에 아기가 익숙한 소리에 반응하는데에 도움이 될 수 있다. 태아는 자주 움직이며, 이러한 움직임은 임산부에게 더욱 강하게 느껴진다. 임산부는 이 시기에 초음파 검사를 통해 태아의 성별을 정확하게 알 수 있으며, 이는 부모에게 특별한 순간이 될 수 있다. 이 단계에서 태아의 성장과 발달을 돕기 위해 임산부는 스트레스를 줄이고 충분한 휴식을 취하는 것이 중요하다.

　③. 성장 가속화(21~26주) : 임신 중기 후반부는 태아의 급격한 성장이 이루어지는 시기이다. 이 시기에는 태아의 폐와 소화 시스템이 완전히 발달하며, 태아는 양수를 마시고 배설하는 활동을 통해 기능을 연습한다. 피부는 더욱 두꺼워지고, 체지방이 형성되어 체온을 조절하는 능력이 생긴다. 이 시기에는 태아의 뇌도 급속도로 발달하여, 미래의 지적 능력 및 정서 발달에 중요한 영향을 미칠 수 있다. 임산부는 이 시기에 철분과 단백질을 충분히 섭취하여 태아의 혈액과 조직 형성을 지원해야 하며, 정기적인 운동을 통해 혈액 순환을 개선하고 스트레스를 관리해야 한다. 태아는 이제 더욱 활발하게 움직이며, 이는 임산부에게 명확하게 느껴져 출산에 대한 기대감을 높여준다.

(3). 임신 후기 - 세 번째 삼분기(27~40주)
　①. 준비 단계(27~32주) : 임신 27주 차부터 태아는 출산을 준비하는 단계에 들어간다. 이 시기에는 태아의 폐가 성숙해지며, 폐 표면 활성제가 생성되어 출산 뒤의 첫 호흡을 할 준비를 한다. 태아의 신경계가 발달하여 체온 조절과 같은 기능이 향상된다. 이 단

계에서는 태아의 눈이 열리기 시작하고, 빛에 반응하는 능력이 생긴다. 태아는 이 시기부터 더욱 자주 수면과 각성을 반복하며, 이는 출산 뒤의 생활 패턴을 준비하는 과정이다. 임산부는 이 시기에 태아의 움직임을 주의 깊게 관찰하고, 태동이 줄어들거나 비정상적인 움직임이 느껴질 경우에 즉시 의료진과 상담해야 한다.

②. 체중 증가와 위치 조정(33~36주) : 임신 말기에 이르면 태아는 빠르게 체중을 증가시키며, 출산 준비를 위해 자궁 내에서 위치를 조정한다. 대부분의 태아는 머리 쪽이 아래로 향하는 두위(頭位) 자세를 취하게 되며, 이는 자연분만을 위한 준비 과정이다. 이 시기에 태아는 매일 약 200~250g의 체중을 늘리며, 이는 태아가 출산 뒤 생존에 필요한 지방과 에너지를 축적하는 중요한 시기이다. 임산부는 이 시기에 복부의 크기 증가와 함께 불편함을 느낄 수 있으며, 이는 자궁이 확장되어 주변 장기를 압박하기 때문이다. 임산부는 이 시기에 출산 준비물을 정리하고, 병원방문 때에 필요한 사항을 점검해야 한다.

③. 출산 준비 완료(37~40주) : 임신 37주 차 이후부터는 태아가 충분히 성숙하여 출산할 준비가 된 상태이다. 이 시기에는 태아의 폐가 완전히 발달하여 출산 뒤에 정상적으로 호흡할 수 있으며, 면역 체계도 어느 정도 기능을 갖추게 된다. 또한 태아의 머리와 신체가 성숙하여 출산 때에 자연스럽게 태어날 수 있는 상태가 된다. 임산부는 이 시기에 자주 병원을 방문하여 태아의 상태를 점검하며, 출산에 대비해야 한다. 태아의 위치와 크기·양수의 양들을 확인하고, 출산 계획을 세우는 것이 중요한다. 임산부는 이 시기에 규칙적인 운동과 휴식을 통해 체력을 유지해야 한다.

한편 불교의 《부모 은중경(父母 恩重經)》에 따르면, "어머니가 아기를 잉태하면 열 달 동안 아래와 같은 큰 고통을 받느니라!"라고 헤아렸다.
① 어머니가 아기를 잉태한 첫 달에는 아기가 마치 풀 끝에 맺힌 이슬방울이 아침에는 있다가 저녁에는 없어지는 것과 같이, 이른 새벽에는 모여 있다가 낮에는 흩어져 버리느니라. ② 어머니가 아기를 잉태한 지 두 달이 되면 마치 엉긴 우유 방울을 떨어뜨린 것과 같으니라. ③ 어머니가 아기를 잉태한 지 세 달이 되면 마치 엉긴 피와 같으니라. ④ 어머니가 아기를 잉태한 지 네 달이 되면 점점 사람의 형상을 갖추느니라. 어머니가 ⑤ 다섯 달이 되면 아기는 다섯 부분의 모양을 갖추게 되나니, 무엇을 다섯 부분의 모양이라고 하는가? 머리가 한 부분이며, 두 팔꿈치까지 합해 세 부분이며 두 무릎을 합해서 다섯 부분이라고 하느니라. ⑥ 어머니가 아기를 잉태한 지 여섯 달이 되면 어머니의 뱃속에서 아기의 여섯 가지 정기가 열리나니, 여섯 가지 정기란 눈·귀·코·입·혀·뜻이니라. ⑦ 어머니가 아기를 잉태한 지 일곱 달이 지나면 아기는 어머니 뱃속에서 삼백육십 뼈마디와 팔만사천 털구멍을 이루게 되느니라. ⑧ 어머니가 아기를 잉태한 지 여덟 달이 되면 아기의 뜻과 마음이 생기고 그 아홉 가지 기관이 크게 자라게 되느니라. ⑧ 어머니가 아기를 잉태한 지 여덟 달이 되면 의식과 지혜가 생기고 아홉 개의 구멍(눈2, 귀2, 코2, 입1, 항문1, 요도1)이 자라느니라. ⑨ 어머니가 아기를 잉태한 지 아홉 달이 되면 아기는 어머니 뱃속에서 무엇인가를 먹기 시작하는 데, 이 때에는 복숭아·배·마늘 같은 것은 먹지 말고, 오곡만 먹어야 하느니라. 어머니의 생장(은 아래로 향하고 숙장은 위로 향하는 곳에 하나의 산이 자리하고 있는데, 이 산은 수미산·업산·혈산이니라. 이 산이 한번 무너져서 변하면 한 줄기 엉긴 피가 되어서 아기의 입속으로 흘러들어 가느니라. ⑩ 어머니가 아기를 잉태한 지 열 달이 되면 바야흐로 아기가 태어나게 되나니, 만약 효순한 자식이라면 주먹을 쥐어 합장하고 나와서 어머니의 몸을 상하지 않게 한다. 그런데 오역죄를 범할

나쁜 자식이라면 어머니의 포태를 찢고, 손으로는 어머니의 심장과 간을 움켜잡으며, 다리로
는 어머니의 골반뼈를 밟고 버티어, 어머니로 하여금 마치 일천 개의 칼로 배를 휘젓고 일만
개의 칼로 심장을 쑤시는 듯한 고통을 느끼게 하느니라.

　　15.『분만(分娩 : delivery, parturition)』은 임산부와 태아의 안전을 위해 의사가 모체의
몸에서 아이를 꺼내 가족에게 전달하는 행위이다.

　　사람에 있어서 분만은 2단계로 나누어진다. 제1단계는 확장기로, 아기의 머리가 나올 수
있을 만큼 자궁목이 지름 약 10㎝까지 벌어진다. 자궁의 규칙적인 근육수축은 임신기간 동안
태아를 싸고 있던 양막에 힘을 가해 자궁목 쪽으로 밀어내면서 양막이 터질 때까지 압박을
준다. 분만이 시작될 때 자궁수축은 20~30분 간격으로 40초가량 지속된다. 자궁목이 완전
히 열렸을 때는 수축이 3분마다 나타난다. 확장기의 소요시간은 매우 다양해서 초산부는 14
시간 걸리기도 하는 반면, 경산부는 1시간이 채 안 걸리기도 한다.
　　분만의 제2단계는 만출기로서, 아기가 산도를 통해 나오는 시기이다. 정상분만에서는 아기
의 머리가 먼저 나오고 다음으로 어깨가 나오며, 하체가 나올 때는 빠르게 진행된다. 초산의
경우 만출기는 1시간쯤 걸린다.

　　16.『진통(陣痛 : labor pain)』은 자궁의 수축으로 인해 느끼는 통증을 말한다. 허리가 먼
저 아플 수도 있지만 나중에 복통이 대다수이기 때문에 진통이라 하면 임산부의 복통을 말하
는 경우가 많다. 자궁의 수축이 원인이라서 통증의 강도는 태아의 크기에 비례하지 않는다.
복통의 원인은 자궁의 수축과 자궁경부의 확장으로 인해 발생하게 되는데, 이때에는 척추의
T10~T12 부분이 담당하게 된다. 자궁의 수축 관련 통증은 프로스타글란딘이 작용하여 복
부 혈관이 수축하면서 신경을 자극해서 그렇기 때문에 원인이 생리통과 비슷하다. 하지만 고
통의 강도는 생리통과는 비교도 할 수 없을 정도로 크다.

　　사람은 동물과 달리 진통의 극심한 고통이 생겼다. 일반적인 동물보다 사람의 진통은 훨씬
심하게 나타난다. 이유는 바로 직립보행이다. 사족보행을 하는 다른 포유류와 달리 사람은
이족보행을 하기 때문에 태아의 무게가 자궁경부에 가해지게 되고 이를 버티기 위해 자궁구
의 근육이 강해 열리기가 힘들기 때문이다. 자궁경부는 출산 때에 아이가 통과할 수 있을 정
도로 벌어지는 기관이긴 하지만 이건 분만 때의 각종 호르몬 작용에 의한 것이고, 평상시에
는 어지간한 힘으로는 열리지 않는다.

　　진통이 있을 때에는 육체적뿐만 아니라 정서적인 긴장감도 합쳐져 자율신경계 내에서 교
감신경계가 과도하게 흥분하면서 신체적인 조절이나 감당이 어려워진다. 분만하기 전 진
통을 겪을 때에 두뇌 회전이 느려지고, 판단력이 떨어지며, 심장이 평소보다 더 두근거리
고(빈맥), 숨을 가쁘고 거칠게 몰아쉬게 되며, 다리에 힘이 풀리고, 구역질이 나며, 앓는 소
리를 하게 되고, 땀이 나며, 열이 나고 추위를 느껴 온몸이 사시나무 떨듯 바들바들 떨리고
(오한), 동공이 흔들리며, 손과 발이 차가워지고 과도한 고통에 반응해 눈을 보호하기 위해
눈물이 나온다.

　　17.『제왕 절개(帝王 切開 : Cesarean section, C-section)』는 자연 분만(自然分娩 :

natural birth)으로 출산이 불가능할 때에 엄마의 배에 있는 자궁을 갈라서 직접 태아를 꺼내는 수술법이다.

　제왕절개는 ① 아기가 엄마의 골반에 비해 너무 크거나, ② 아기가 거꾸로 있거나(역아 또는 둔위), ③ 옆으로 있거나(횡위 또는 견갑위), ④ 전치태반 따위의 무언가가 산도를 막고 있거나, ⑤ 난산이거나, ⑥ 탯줄이 아기의 목에 감겨 있거나, ⑦ 몸이 붙은 채 태어난 쌍둥이 가운데 한 명 곧 샴쌍둥이(Siamese twin)이거나, ⑧ 이전에도 제왕절개로 출산을 했거나, ⑨ 산모의 건강이 좋지 않아 자연분만을 할 만한 체력이 안 되거나 하면 실시한다.

　제왕절개의 영어 명칭인 Caesarean section에는 이름의 비롯됨에 2가지 샐각이 있다. ① 고대 로마제국의 카이사르(Caesar) 제왕이 제왕절개를 통해 태어났다고 하여 붙여졌다는 설이 있다. ② 카이사르가 "전쟁에서 임산부가 죽었을 경우에 임산부의 배를 갈라 아기를 장사지내 주라"고 지시한 데서 유래했다는 설이 있다. 그러나 그 어느 쪽이건 출처는 불분명하다.
　영어 이름 Caesar가 제왕을 뜻하기도 하므로, 제왕절개라고 옮긴다.

　제왕절개 이후에도 산모가 생존한 처음의 기록은 16세기에 이르러서야 처음 확인된다. 라틴아메리카에서는 1844년에 첫 제왕절개 출산이 시행됐다.
　1990년대까지만 하더라도 고전적인 제왕절개술, 곧 위 아래(상하)의 세로로 가르는 세로 (수직) 절개(infraumbilical midline vertical incision)의 경우가 많았다. 그러나 세로로 절개하면 뒤에 자궁파열의 위험이 높아진다.
　따라서 현대에는 왼쪽 오른쪽(좌우)의 가로로 가르는 가로(횡) 절개(pfannenstiel incision) 또는 비키니 절개(bikini incision)를 한다. 이는 수술의 상흔을 가리기 좋다.
　제왕절개로 출산하는 비율이 갈수록 높아지고 있다. 서양은 아예 처음부터 분만통을 겪기 전에 제왕절개를 하는 경우도 있다. 산부인과 의사가 먼저 권하는 경우도 많아, 2012년 기준 미국에서 30% 이상의 아기가 제왕절개로 태어난다고 한다. 그나마 의료보험이 되지 않아 웬만하면 수술을 피하는 미국이 이 정도이다.
　따라서 제왕절개가 의료보험이 되어 할인이 되는 우리나라를 비롯한 다른 나라는 전체의 절반에 가까운 수준이다. 우리나라는 날이 갈수록 더욱 증가하여 2019년에 51.1%에서, 2020년에 54.2%, 2021년에 57.1%, 2022년에 61.6%, 2023년에 64.2%로 꾸준히 증가하고 있다.

　18. 『출산(出産, birth)·해산(解産)·낳음』은 생물의 번식 과정 가운데 모체가 체내에서 생성된 어린 개체를 몸 밖으로 배출하는 행위로서, 종을 막론하고 부모가 오랫동안 맺어온 사랑의 결실이자, 새 생명이 세상으로 처음 나와 삶을 시작하는 순간이며, 이렇게 새 삶이 시작된 날이 바로 생일이다.

　위에서 살펴본 것처럼, 여성인 엄마는 아기를 낳으려고 그동안 열 달 동안의 임신·태아의 발육 과정·분만·진통·출산들의 응어리를 직접 몸과 마음으로 겪으면서도 애써 참고 견디며 이겨낸다. 또한 엄마는 아기를 이 세상에 낳고 나서 온몸이 갈기갈기 찢어져서 힘들면서도 아기를 안고서는 이 세상의 모든 것을 다 얻은 듯이 기뻐하고 즐거워하며 행복해하면서 사랑이 넘쳐난다.

남성인 아빠는 여성인 아내가 아기를 낳으려고 그동안 열 달 동안의 임신·태아의 발육 과정·분만·진통·출산들의 응어리를 겪는 것들을 보고 들으며 느끼면서, 말로만 위로해줄 뿐이고 그 어떤 도움을 주지도 못하여 안타까우며 애처롭고 안절부절 서성거리면서 어쩔 줄 몰라 애를 태운다. 아울러 아빠는 아기의 손 발 얼굴들의 온몸을 만지면서 이 세상의 모든 것을 다 얻은 듯이 즐거워하고 기뻐하며 행복해하면서 사랑이 넘쳐난다.

아기는 엄마와 아빠에게 해맑은 눈망울로 바라보며 방긋 웃어주고 보들보들한 살갗을 만지게 해주면서 엄마와 아빠에게 위로를 준다. 더불어 아기는 이 험한 세상을 힘들게 살아가는 엄마와 아빠에게 삶의 응어리를 참고 견디며 이겨낼 수 있도록 힘과 용기 및 지혜를 베풀어주고 있다.

이처럼 아기와 엄마 및 아빠는 널따랗고 드높은 자연우주하늘 가운데 이 세상 지구에서 바로 21세기 요즘에 서로 애틋하게 만나, 보금자리를 이루면서 포근한 보금자리를 만들고 가꾸려고 오늘 하루도 몸과 마음을 모두 바쳐 애쓰며 열심히 살아가고 있구나!

지난날의 보금자리는 대체로 큰 보금자리(大家族) 또는 확대 보금자리, 가부장제, 일부다처제, 부계제, 부거제라고 볼 수 있다.

요즘의 보금자리는 핵 보금자리 및 맞벌이 보금자리이다.
1. 핵(核) 보금자리 또는 핵가족(核家族 : nuclear family)은 남편과 아내 및 그들의 미혼자녀만으로 이루어진 가족을 뜻하며, 머독(Murdock)이 처음 사용한 말이다. 지난날의 큰 보금자리는 현대사회가 되면서 특히 산업화 및 도시화 현상이 나타나면서 핵 또는 작은 보금자리로 바뀌게 됐다. 부부와 자녀의 한 세대 중심의 핵 보금자리는 산업사회와 밀접한 기능적인 연관성이 있다고 본다.

먼저 핵 보금자리는 개인을 지역적 제한으로부터 벗어나게 해준다. 사람들이 비교적 자유롭게 이사를 할 수 있고 생활양식을 바꿀 수 있게 만든다. 또한 핏줄 또는 가문에 얽매이지 않아 자기 능력과 처지에 맞는 일을 찾아서 할 수 있다. 아울러 가족과 일터가 사회적으로 분리되므로 개인의 업적에 대한 평가가 귀속적 편파적 혼합적 기준으로부터 자유로워지게 된다. 한편 도시화는 새로운 도시의 성격과 가치관을 낳는다. 도시에는 분절적이고, 피상적이며, 목적에 의해 맺어지는 비사람적인 사람관계 및 극도로 개인주의적인 사람관계가 만연되는 경향이 짙다.

2. 맞벌이 보금자리 또는 맞벌이 가족(double income family, two income family, two paycheck family, two career family)은 남편과 아내가 함께 경제활동에 참여하여 돈을 버는 가족을 뜻한다. 이런 맞벌이는 여성인 아내 또는 주부에게는 개인의 능력발휘가 되고, 보금자리에는 경제적 도움을 주며, 나아가 사회 나라 세계의 온누리의 발전에 이바지하고 있다. 이 맞벌이 보금자리는 아이가 있는 맞벌이 가족인 듀크족(dewks; dual ewployed with kids) 및 자녀를 갖지 않는 맞벌이 가족인 딩크족(dinks; double income no kids)이 있다.
맞벌이 보금자리가 늘어나며 가능하게 된 요인으로는 여성이 사회의 일을 할 수 있도록 교육을 받아 학식 능력 기술을 지니게 됐으며, 요즘에 보금자리를 꾸려가려면 돈이 많이 들기에 부부가 함께 돈을 벌어 남들보다 앞서 경제적 기반을 마련하고자 하는 것이다. 요즘의 핵 보금자리제도가 지난날의 큰 보금자리보다 여성을 보금자리에 덜 얽매이게 하고 여성의 사회참여를 긍정적으로 보며, 과학 문명이 발달되어 집안일을 자동적으로 해주는 보금자리의 기계 곧 전기밥솥 세탁기 청소기들이 보금자리마다 보급됐기 때문이다. 사무직 제조업 기능직 판매직 상담직의 여러 일터에서 여성을 필요로 하며, 사회나 나라에서도 여성 인력을 활용하여 발전을 도모하려는 경향이 늘어나고 있는 까닭이다.

맞벌이 보금자리의 가장 큰 걸림돌로는 자녀 기르기이다. 주부 근로자들이 일터 생활을 하면서 겪는 가장 큰 애로사항은 무엇일까? 그것은 몸의 힘듦도 아니며 불평등한 처우도 아니고, 바로 일 나간 사이 자녀를 안심하고 맡길 만한 곳이 없는 것이다. 실제 많은 기혼여성들이 일하고 싶어 하며 또 일할 능력이 있음에도 불구하고 자녀 기르기라는 벽에 부닥쳐 일손을 놓고 있으며, 일을 계속해야 할 경우에는 방치된 자녀에 대한 걱정으로 1백 프로의 능력발휘를 못하고 있다.

《e-나라지표》에 따르면, 2024년말 보육시설은 27,387개소이며, 보육아동 수는 941,303명이다. 이를 세분하면 ① 국공립 6,521개소 / 293,049명이고, ② 사회복지법인 1,171개소 / 50,377명이며, ③ 법인 단체 등 507개소 / 20,778명이고, ④ 민간 8,181개소 / 73,524명이며, ⑤ 가정 9,586개소 / 139,172명이고, ⑥ 협동 116개소 / 2,662명이며, ⑦ 직장 1,305개소 / 61,741명이다. 이런 보육시설이 넉넉하지 않기 때문에 맞벌이 가족에게 삶의 응어리가 되어 안타까운 실정이다.

2017년 10월 27일 서울신문 특별기획 2017년 대한민국 과로 리포트 〈4〉 - 『슈퍼우먼 콤플렉스에 짓눌린 워킹맘』의 기사에 따르면, 236만 명에 달하는 우리나라의 일과 아이 기르기를 같이 하는 엄마인 워킹맘(working mom)들은 하루 두 번 출근한다. 낮에는 회사가, 밤에는 가정이 일터다. 가사노동 강도가 직장업무와 비교해 덜하지 않은 경우가 많다. 사실상 한 사람이 동시에 두 가지 일이 하는 투잡(two job)을 뛰는 셈이다. 1990년대 말 900만명 남짓이던 여성 경제활동인구는 국제통화기금(IMF) 외환위기 이후 고용 불안정 탓에 빠르게 늘어 1152만 명(2016년)이 됐다. 하지만 육아는 여성 몫이라는 인식은 여전하다. 일과 가정을 모두 잘 챙기길 기대 받는 여성들은 일상적 과로에 시달릴 수밖에 없다. 심각하면 우울증 따위 건강 악화로 이어지기도 한다.

아내와 남편 모두 일하는 사회에서 중요한 것은 팀플레이(team play) 곧 팀의 구성원들이 공동의 목표를 이루기 위하여 조직적으로 협력하는 일이다. 하지만 남성의 가사 참여는 여전히 부족하다. 한국여성정책연구원의 보고서 맞벌이 여성의 일·가정 양립 다툼과 건강영향 연구를 보면 맞벌이 남성의 하루 가사노동시간은 41분으로 여성 200분과 격차가 컸다.

과로와 시간 부족 속에서 워킹맘의 몸과 마음엔 피로가 쌓여간다. 기혼여성 222명에게 워킹맘 하면 떠오르는 감정을 물었더니 '정신없다(67% 복수응답), 부담된다(59%), 두렵다(23%), 불안하다(16%)'의 부정적 말을 주로 선택했다.

아울러 육아의 집안일을 도맡아 전념하는 엄마인 '전업맘(專業mom)'은 워킹맘보다 노동량이 덜하지만 일로 인정 못 받는 그림자 노동을 하여 고립감이 크다. 기혼여성들은 전업맘 하면 '힘들다(50% 복수응답), 우울하다(49%), 외롭다(45%), 불안하다(38%)'들의 어두운 감정을 먼저 떠올렸다.

보금자리의 응어리는 남편·아내 사이 응어리, 어버이·아들딸 사이 응어리, 형제·자매 사이 응어리들이 있다. 아울러 이런 응어리들이 깊고 쌓여서 가족해체(이혼 별거 유기), 결손 가족, 가정내 폭력, 가출들이 일어난다.

포근한 보금자리를 위해서는 "가족끼리 서로 아끼고 위하며 사랑해야 한다, 온 가족이 어울려 응어리를 풀자, 보금자리 복지를 이루자구나"들이 있다.

1. 가족끼리 서로 아끼고 위하며 사랑해야 한다. 보금자리를 이루는 아빠와 엄마 및 아들딸은 그저 어쩌다 우연히 만난 것이 결코 아니라, 서로의 전생들로부터 깊은 인연으로 만난 것이기 때문에, 서로 아끼고 위하며 사랑해야 한다.
아빠와 엄마 및 아들딸은 널따랗고 드높은 자연우주하늘 가운데 이 세상 지구에서 바로 21세기 요즘에 그동안 서로가 전생들로부터 몸과 입 및 마음으로 지은 온갖 행동과 말 및 뜻이 어우러진 업력으로 인하여 서로 애틋하게 만난 것이다.
따라서 아빠와 엄마 및 아들딸은 서로 아끼며 위하고 사랑하면서 이 험한 세상을 열심히 살아가고 포근한 보금자리를 만들고 가꾸어야 한다.

2. 온 가족이 어울려 응어리를 풀자! 요즘 생활은 온 가족에게 응어리가 쌓이는 때가 많다. 남성는 꽉 짜여진 조직체에서 일을 하거나 스스로의 일터에서 일을 하거나 다른 많은 사람들과 생존경쟁을 헤쳐 나가기 위해서는 몸과 마음이 지칠 때도 많다. 또한 여성도 보금자리의 살림을 꾸려나가고 남편과 아이들의 뒷바라지를 하다 보면 힘에 부칠 경우도 있으며 때로는 스스로의 삶이 허전하게 느껴질 때도 있다. 그리고 아들딸도 치열한 입시경쟁·취업경쟁을 뚫고 나가노라면 배움에 지치고 싫증나기도 한다. 이렇듯 보금자리의 구성원 모두는 저마다 삶의 응어리를 안고 살아가고 있다. 따라서 그 응어리를 풀어야 하는 데 되도록 온 가족이 어울려서 푸는 것이 바람직하다.
만일에 가족이 서로 떨어져 응어리를 푼다면, 전체적으로 돈도 더 들고 자칫 그릇된 방법으로 응어리를 풀어 퇴폐·탈선을 조장하고 보금자리를 망가뜨리는 까닭이 되기도 한다. 이를테면 남성들이 응어리를 푼답시고 잦은 술자리를 하게 되면, 스스로의 건강을 해치고 가족들과 같이 있는 시간을 뺏김은 물론이요, 바람을 피우는 계기가 마련되어 부부 관계를 소원하게 만들고 자칫 이혼들로 번져 보금자리를 송두리째 무너뜨릴 수가 있다. 또한 여성들도 응어리를 풀려고 지나치게 벗을 찾아다니면 살림살이와 식구 돌보기를 게을리하게 됨은 물론이요, 다른 집과 견주어 허영심 또는 열등감이 조장되어 여태까지의 스스로의 삶의 방법에 회의를 느껴 다른 응어리가 쌓일 수도 있다.
한편 아들딸들이 배움에 지친 몸과 마음을 건전하게 풀 수 있는 방법은 드물다. 벗들과 어울리다 보면 술·담배 심지어는 환각제의 유혹에 빠지기 쉽고, 욱하는 마음을 달래지 못하고 패싸움을 벌일 수 있으며, 남들은 다 홀가분하게 사는 것 같은데 자신들만 공부에 얽매여 사는 기분이 들어 오히려 공부하기가 더욱 싫어지는 마음이 생겨날 수 있다.
따라서 아빠엄마 및 아들딸이 모두가 함께 어울려서 응어리를 풀고 삶의 활력을 찾을 수 있는 방법을 각 보금자리마다 마련해야 한다. 그런데 그 알맞은 방법이 문제다. 아무리 술 좋아하는 아버지라도 딸을 데리고 술집에 갈 수는 없는 일이요, 수다 떨기 좋아하는 어머니라도 아들을 데리고 벗들과 몇 시간씩 이야기할 수는 없다. 더불어 전자오락 또는 팝송을 좋아하는 아들딸이라도 어버이를 모시고 전자오락실이나 공연장에 갈 수는 없다. 그러므로 아빠 엄마 아들딸 모두가 좋아하고, 같이 어울릴 수 있으며, 건전하고 올바른 한편, 시간·돈이 많이 들지 않고, 수동적이 아니며 주체적으로 참여할 수 있는 가족

놀이를 마련해야 하는 것이다.
　이런 가족놀이의 한 방법으로서 마련한 것이 바로 우리의 행복충만이다.

　3. 보금자리 복지를 이루자구나! 『보금자리 복지(福祉 : welfare, well-being) 또는 가족복지』는 모든 보금자리의 건강하고 행복한 생활을 위한 사회적 서비스를 통틀어 이르는 것이며, 보금자리 문제를 전체 사회의 제도적 구조와의 관련에서 파악하고 온누리의 정책에 의하여 요즘의 보금자리가 포근하게 가꾸어질 수 있도록 제도적 장치를 마련하는 것이다. 보금자리 복지에는 탁아 · 아동복지 · 가족상담 · 가족계획 · 노인복지 · 소득보장 · 감세 · 주택정책들을 비롯하여, 교육과 상담 · 개인과 집단 행동의 교정 · 법적 부조 · 소비자 보호 · 실업상담 · 인력개발 · 건강교육과 함께, 산업배치 · 도로들의 사회간접시설 · 상업 및 교통규제 · 이민정책들의 갖가지가 있다.
　세계의 모든 나라는 보금자리 복지를 널리 펴고 있다. 보금자리 복지에 대한 사회복지적 접근은 산업혁명 뒤의 영국 프랑스 독일 및 스웨덴 핀란드 노르웨이에서 시작됐고, 실천으로서의 다양한 형태의 서비스 또는 프로그램을 중심으로 미국에서 발달됐다.

　보금자리의 중요성을 강조하고 건강한 가정을 위해 사회 구성원들의 적극적인 참여 분위기를 조성하기 위해 "5월 15일"을 『가정의 날』로 마련했다. 1989년 국제연합(UN) 총회에서 결의한 내용을 바탕으로, 1993년 5월 15일을 『세계 가정의 날(International Day of Families)』로 지정했고, 우리나라도 2005년에 지정했다.

　우리나라의 보금자리 복지로서, ① 1950년대 전후에는 전쟁으로 인한 고아와 과부를 대상으로 부녀복지 차원의 구호사업, 1961년 생활보호법 제정으로 빈곤 가족 지원, 1970년대 출산율 억제를 위한 가족계획사업이 전국적으로 확산됐다. ② 1980년대에는 가족을 구성하는 개인으로서의 노인 아동 장애인들에 대한 복지법이 만들어졌다. 1989년 모자복지법(현재 한부모 가족 지원법)이 만들어졌고, 가족복지정책이 등장했다. 1987년 남녀 고용평등법이 만들어졌다. ③ 1990년대에는 1991년 영유아 보육법이 만들어졌고, 가족문제가 사회문제로 인식되어 국가 개입이 강화됐다. 1999년 생활보호법이 폐기되고 국민기초생활 보장법이 만들어졌고, 노동력 있는 빈곤 가족의 최저생계를 보장하는 보편주의적 빈곤정책으로 바뀌었다. ④ 2000년대 이후에는 취업 여성을 위한 모성보호지원이 강화되어 일과 가정의 양립 지원정책 수립됐다. 2004년에 건강가정 기본법이 만들어졌고, 2005년에 여성가족부를 설치했으며, 저출산 고령사회 기본법이 만들어졌다. 2007년에 노인장기요양보험법이 만들어졌고, 2008년에 다문화가족지원법이 만들어졌으며, 2013년에 자녀가정에 양육수당과 보육료가 지원됐다.

　우리나라의 보금자리 복지를 담당하는 중앙행정부처는 여성가족부 및 보건복지부 · 고용노동부들이다.

　특히 2004년에 만들어진 『건강가정 기본법』에서 건강가정은 가족구성원의 욕구가 충족되고 사람다운 삶이 보장되는 가정이라고 규정했다. 더불어 건강가정기본법에 따라 여성가족부장관이 관계 중앙행정기관의 장과 협의하여 2006년부터 5년마다 『건강가정 기본계획』을 만들고 시행하고 있다. 특히 제4차 건강가정 기본계획(2021년~2025년)은 여성가족부가 2021년 4월 27일 발표한 방안으로, 1인 가구 증가들의 가족 형태와 가족 생애주기의 다변화, 가족구성원 개인 권리에 대한 관심 증대들의 최근의 급격한 가족 변화를 반영한 것이다.
　『제4차 건강가정 기본계획』의 추진 방향은 ① 다양성 : 모든 가족이 차별 없이 존중받으며 정책에서 배제되지 않는 여건 조성에 초점을 두었으며, ② 보편성 : 한부모 · 다문화가족들에 대한 맞춤형 지원은 지속 강화하되 보편적 가족 지원으로 정책 패러다임을 확장했고, ③ 성평등 : 남녀 모두의 일하고 돌볼 권리의 균형을 중시하는 성평등 관점의 정책 기조를 강화했다.

이러한 기본방향 아래 계획의 명칭을 "2025 세상 모든 가족 함께"로 하는 한편, '모든 가족, 모든 구성원을 존중하는 사회' 구현을 비전으로, '가족 다양성 인정, 평등하게 돌보는 사회'를 목표로 하여, ① 세상 모든 가족을 포용하는 사회기반 구축, ② 모든 가족의 안정적 생활여건 보장, ③ 가족 다양성에 대응하는 사회적 돌봄 체계 강화, ④ 함께 일하고 돌보는 사회 환경 조성의 4개 영역별 정책과제를 마련했다. 이의 추진과제는 4개 영역, 11개 대과제, 28개 중과제 및 67개 소과제로 구성되어 있다.

아울러 포근한 보금자리를 가꾸기 위해서는 『공통적 행복충만을 위한 열두 가지 길』인 "행복충만, 올바르게 살고, 열심히 일하며, 3하(하고 싶다 · 할 수 있다 · 해야 한다) 원칙, 고맙습니다! 뉘우칩니다!, 어려움을 참고 견디며 이겨내자!, 시간을 아껴 쓰며, 기도정성을 간절히 드리고, 자원봉사활동을 하자, 웃으려 애쓰고, 창조력을 발휘하며, 자연우주하늘을 품자구나!"들이 있다.

5. 뜨거운 배움터(배)

『뜨거운 배움터(Eager School)』는 배움터에 스승 · 제자 사이 응어리 및 벗들 사이 응어리들이 없어서 모르는 것을 새로 배워 알아가는 학습의 즐거움을 느끼면서 뜨거우며 열심히 배우는 행복한 상태를 뜻한다.

이런 뜨거운 배움터가 되어야 배움터가 스스로의 발전을 이루고, 사회 나라 세계의 온누리를 존속시키고 발전시키며, 문화를 잇고 일으키는 한편, 정치를 발전시키고, 경제도 성장시킬 수 있는 바탕이 되는 것이다.

『배움터 · 학교(學校 : school)』는 배움이 이루어지는 곳 터 장소; 어떤 목적을 가지고 계획된 내용에 따라 일정한 기간 학생들을 가르치는 곳; 일정한 목적 · 교과 과정 · 설비 · 제도 · 법규에 의하여 계속적으로 학생에게 교육을 실시하는 기관들을 뜻한다. 배움터로서 지난날에는 주로 학교만을 가리켰으나, 현대에는 학교와 더불어 보금자리 · 일터 · 사회 · 나라들을 포함하는 넓은 뜻으로 쓰이고 있다. 학교의 영어인 스쿨(school)은 라틴어의 스콜라(schola)에서 비롯된 말로 '한가(閑暇 : leisure)'를 뜻한다.

문화가 발달하고 사회가 복잡해지면서 가정과 사회에서만 자녀 교육을 감당할 수 없어 교육을 위한 특별한 기관으로 학교가 생겨났다. 학교는 교육의 정도에 따라 초등교육 · 중등교육 · 고등교육으로 나누며, 교육 목적에 따라 유치원(어린이집) · 초등학교 · 중학교 · 고등학교 · 대학교 · 대학원 · 기타 학교로 나누는 한편, 설립을 누가 하느냐에 따라 국립 · 공립 · 사립으로 나누고 있다.

《행정안전부 - 2020 한국도시통계》에 따르면, 우리나라 모두의 배움터는 97,257개이고 학생은 9,552,490명이며 선생은 586,439명이다. 이를 세분하면 유치원은 8,969개 / 학생 661,350명 / 선생 54,443명이고, 초등학교는 6,124개 / 학생 2,716,920명 / 선생 187,358명이며, 중학교는 3,212개 / 학생 1,318,533명 / 선생 109,887명이고, 고등학교는 2,357개 / 학생 1,495,492명 / 선생 134,049명이며, 대학교는 389개 / 학생 2,793,599명 / 선생 88,778명이고, 대학원은 1,098개 / 학생 332,619명 / 선생 10,045명이며, 기타학교는 314개 / 학생 330,358명 / 선생 12,559명이다.

오늘날과 같이 모든 국민이 자유로이 교육을 받을 수 있는 민주적인 학교가 세워지기 시작한 것은 19세기 이후의 일이다. 19세기 초 미국과 프랑스에서 전국 각지에 공립학교를 세우고 국민 교육을 시작했다. 그러자 여러 국가들이 뒤따라 많은 초등학교를 세우고, 국민에게 사회생활을 하는 데 필요한 기초적인 교육을 실시했다. 오늘날 대부분의 나라에서는 6~9년의 의무 교육 제도를 시행하여 모든 국민이 고루 교육을 받고 있다.

또한 배움터에서 이루어지는 『배움·교육·학습(教育, 學習 : learning, study, education, teaching, training)』은 사회생활에 필요한 지식이나 기술 및 바람직한 인성과 체력을 갖도록 가르치는 조직적이고 체계적인 활동; 특정한 목적을 가지고 기술이나 기능을 가르침; 사람의 가치를 높이고자 하는 행위 또는 그 과정; 배우는 사람을 현존하는 자연적 상태 곧 안으로부터의 힘인 잠재 가능성으로부터 어떤 이상적인 상태 곧 밖으로부터의 힘에 의한 바람직한 상태로 이끌어가는 작용들을 뜻한다.
어원적으로 보면 한자의 『교육(敎育)』은 《맹자》에 나오는 「천하의 영재를 얻어 교육함이 세 번째 즐거움이다(得天下英才而敎育之 三樂也)」로, 교(敎)는 '방향을 제시하고 그곳으로 이끌다'는 뜻이며, 육(育)은 '올바르게 자라도록 기르다'는 뜻이다. 따라서 교육은 배우려는 사람의 타고난 잠재 가능성을 바르고 순조롭게 자라도록 길러주는 것을 의미한다. 또 영어의 education은 '밖으로'라는 e와 '끌어내다'는 뜻의 ducare의 합성어인 edeucare에서 비롯되어, '속에 지니고 있는 것을 밖으로 꺼내다'는 뜻으로, 우리네 사람을 바람직한 방향으로 이끌며 소질을 계발시켜 주는 것을 뜻한다.

『학습(學習 : learning)』은 연습이나 경험의 결과로 생기는 비교적 지속적인 유기체의 행동변화를 뜻하며, 학습은 환경상태에 대한 행동의 방식에 따라 여러 가지로 나눈다.
① 단순 학습은 개에게 '앉아!'를 가르치는 것이나, 아기가 '냠냠(맛봄)'을 익히는 것과 같이 하나의 상태에 행동이 적응될 경우이다. ② 변별 학습 또는 지각 학습은 도로의 횡단신호를 배우는 경우처럼 2개 이상의 상대에 대한 차별반응을 습득하는 것이다. ③ 운동 학습은 자동차 운전의 기술습득처럼 운동 동작이 미숙한 상태로부터 숙달된 상대로 형성되는 것이다. 여기서는 운동과 감성의 제 기능의 협동이 중요하다. ④ 암기 학습은 지식을 얻기 위해 필요한 언어 기호의 학습이다. ⑤ 개념 학습 또는 합리적 학습은 복잡한 개념 사고 추리의 형성에 관한 학습이다.

한편 학습의 이론으로는 반응설 또는 S-R설과 더불어, 인지설 또는 S-S설이 있다.
①. 반응설(反應說) 또는 S-R설(Stimulus Response Theory)은 학습을 자극과 반응의 새로운 결합이라고 보아 기본적으로는 조건반사의 원리에 지배된다고 하는 이론이다. 손다이크(Thorndike)는 시행착오학습에서 시행과 착오의 맹목적인 되풀이에 의해 우연히 목표도달이 이루어져 그것이 만족 또는 효과를 줌으로써 학습이 형성되는 것이라고 생각하여 효과의 법칙을 주장했고, 효과에 이어지는 반응의 접근과 빈도를 내용으로 하는 연습의 법칙을 주장했다. 근래의 반응설을 체계화한 홀(Hull)·밀러(Miller)는 요구 떨어짐을

초래하는 강화에 의해 자극과 반응의 결합이 일어난다고 했다. 거슬리(Guthrie)는 자극과 반응의 접근을 강조하여 접근설을 주장했다. 학습유형이 달라짐에 따라 강화와 접근 중 어느 한쪽이 작용한다고 하는 2요소설도 있다. 스키너(Skinner)는 고전적 조건에서는 접근이 작용하고, 도구적 조건에서는 강화가 작용한다고 했다. 마우러(Mawrer)는 회피조건 아래에서 1차적 동인을 회피하는 학습은 강화에 의하고, 2차적 동인을 회피하는 학습은 접근에 의한 것이라고 했다.

②. 인지설(認知說) 또는 S-S설(Sign Significate Theory)은 자극분포의 인지와 인지 구조의 전환에 의한 것으로 보는 이론이다. 인지설에서는 강화도 반복도 중시하지 않고 인지구조의 전환을 주장한다. 퀄러(Káhler)들은 이를 통찰학습으로서 주장했다. 톨만(Tolman)들은 무강화의 상태에서도 동물의 학습이 진행되는 사실을 확인하여 이것을 잠재학습이라 불렀다. 이 밖에 정보이론이나 확률론을 적용하여 학습의 수학적 모형을 연구하는 경향도 있다.

배우며 가르치는 방법에 대해서는 예로부터 수많은 것들이 있다. 부처님은 배우는 사람의 근기 능력 소질에 맞추어 가르쳐야 한다는 「대기법」을 내세웠고, 공자님은 배우려는 사람이 알려고 애쓰는 것을 이끌어 발전시킨다는 「계발법」을 주장했으며, 소크라테스님은 서로가 얘기를 주고받으면서 배우려는 사람에게 의문을 일으키게 하고 스스로의 사고활동으로 습득케 하는 「대화법」 또는 「산파술」을 제시했다.

이어 코메니우스(Comenius)의 「감각적 직관설」, 로크(Locke)의 「형식도야설」, 루소(Rousseau)의 「자발성 원리」, 페스탈로찌(Pestalozzi)의 「노작교육」, 헤르바트(Herbart)의 「형식단계설」, 듀이(Dewey)의 「문제해결법」, 브루너(Bruner)의 「발견학습」이 있다.

요즘에 배우는 방법 또는 공부하는 방법에 대한 책들이 많이 나와 있다. 《공부는 이렇게 해라》, 《일등과 꼴찌는 공부방법의 차이》, 《공부가 좋아지게 되는 책》, 《머리가 좋아지는 책》, 《그래도 공부가 안되는 사람을 위하여》들이 대표적이다.

우리네 사람은 다른 동물에 비하면 상당히 오랜 기간 보호와 육성 및 배움을 필요로 한다. 만일에 갓난이 때에 보육이나 배움을 받지 못하고 버려진다면 어떻게 될까? 이에 대한 보기로서 야생아(野生兒 : feral child) 곧 우리네 사람의 양육을 받지 못하고 자란 아동들에 대한 기록이 있다. 그 야생아 가운데 유명한 것은 1799년 "프랑스 아베롱의 야생아 - 빅토르(Victor) 1920년 인도 늑대 소녀들 - 카마라(Kamara) 및 아마라(Amara)"가 있다.

1. 프랑스 아베롱의 야생아 - 빅토르 : 1799년 프랑스 파리 교외 아베롱의 야산에서 사냥꾼에 의해 아베롱(Aveyron)의 야생아가 발견됐다. 이따르(Itard)는 아베롱의 야생아가 발견됐다는 소식을 듣고서, 그 야생아가 환경 때문에 사람성을 상실했다고 보고 생활환경을 보통 상태로 돌려 적당한 훈련과 교육을 하면 사람성을 되돌릴 수 있다고 생각했다. 그리하여 소년을 자신이 키우기로 하고 이름을 "빅토르(Victor)"라고 지어주었다. 1801년부터 1807년까지의 6년간에 걸친 이따르의 헌신적인 교육을 했지만, 선천적인 지적 결함자여서 같은 나이 또래의 보통 아이 수준까지는 이르지 못했다. 또 발성법이나 언어를 배우는 데는 실패하는 등 당초의 목표를 달성하지는 못했다. 더욱이 사춘기에 이르러서 다루기가 곤란해져, 결국 이따르는 아베롱의 야생아 빅토르에 대한 교육은 멈췄다.

　이따르의 교육방법은 후세의 치료교육 및 장애아 교육에 큰 영향을 주었고, 원시 상태에 있는 사람의 발달과 교육의 가능성에 도전한 점에서 중요한 업적을 후세에게 남겨주었는데, 세강(Seguin)의 정신박약아 교육이나 몬테소리(Montessori)의 유아교육에 많은 영향을 주었다.

　2. 인도 늑대 소녀들 - 카마라 및 아마라 : 1920년 인도의 칼캇타 서남쪽 마을 근처 밀림에서 미국인 싱(Singh) 목사는 두 명의 여성 아이가 늑대와 함께 살고 있음을 발견했다. 싱 목사 부부는 그 두 여성아이를 구출하고서, 8살 가량의 큰 아이를 "카마라(Ka-mala)"라고 하고, 2살 쯤된 작은 아이를 "아마라(Amala)"라고 하는 이름을 지어 주었다. 카마라와 아마라를 고아원 아이들과 놀게 하여 3년이 지나 카마라는 비로소 서서 걸을 수 있게 됐고 이때 처음 손으로 밥을 집어 입으로 가져갔다. 이것이 늑대다운 면이 없어진 최초의 특징이다. 사람 사회로 나온 지 2년째에 싱 목사를 향해서만 뭔가 알아들을 수 있는 말을 했고, 4년째에는 겨우 6마디의 말을 할 수 있었으며 7년째에 간신히 45마디의 말을 할 수 있었다. 작은 아이인 아마라는 사람 세계로 나온 지 1년 만에 죽었다. 큰 아이인 카마라의 슬픔은 매우 컸고 이 때 처음으로 눈물을 흘렸다. 5년째에는 식사습관도 상당히 바뀌어 컵으로 물을 마실 수 있게 됐다. 대변과 소변도 깨끗하게 처리할 수 있게 됐고 목욕하는 습관도 생겼다. 6년이 지나 카마라가 14세가 되면서부터는 어느 정도 정상적인 보행을 할 수 있게 됐고, 표정도 한결 사람다워 보였다. 7년째에는 45마디의 말을 할 수 있게 됐다. 그런데 카마라가 사람 세상으로 나온 지 7년째 되던 해 가을에 염증을 일으켜 앓아 눕게 됐고 9년째인 1929년에 다시 요독증에 걸려 17세로 추정되는 나이에 생애를 마쳤다.

　위와 같은 야생아들의 보기는 배움의 필요성 또는 중요성을 단적으로 증명해주는 것이다. 실로 배움은 사람의 생명보존의 수단이며 사람으로서의 값어치를 실현시키고 온누리 발전의 원동력이며 인류문화의 유지 · 보존 · 발전을 도모하는 것이다. 가장 무능한 상태로 태어난 사람이 배움에 의해 가장 유능한 존재로 성장하여 만물을 지배하게 되는 것이다.

　배움터에는 갖가지 시험 또는 고사 및 평가가 있기 마련이다. 학교에 들어가 조금 배우면 달마다 보는 월례 고사, 학기 중간에 치르는 중간 시험, 학기가 끝날 즈음에 보는 학기말 시험, 한 학년을 마칠 무렵에 치르는 학년말 시험들과 더불어, 고등학교 대학교의 상급학교에 입학하기 위한 입학 시험을 보아야 하고, 일터를 얻기 위한 취업 시험을 치루어야 하며, 일터에서는 윗자리에 오르기 위한 승진(진급) 시험 또는 때때로 실시되는 일터 교육의 시험을 보아야 한다. 이렇듯 우리의 삶은 시험이 거듭되는 길이기도 하다.

　더구나 숱한 시험 가운데 입학 시험과 취업 시험 및 승진 시험은 그 시험에 합격하지 못하면 상급학교에 들어갈 수 없으며 일터를 얻지 못하고 윗자리로 올라가지 못하기 때문에, 우리들의 마음을 괴롭히고 몸도 짓누르며 가족에게까지도 응어리를 준다. 반면에 시험에 합격하면 상급학교에 다니고 일터를 얻으며 윗자리에 올라갈 수 있기에 보람을 느낀다. 이렇듯 시험은 우리들에게 응어리와 함께 보람을 안겨주는 야릇한 것이다.

　시험은 지식 수준이나 기술의 숙달 정도를 알아보는 절차이고, 고사 · 평가라고도 하며, 모의고사 · 대입수학능력시험 또는 수능시험 · 학습평가들이 흔히 쓰이는 말이다. 시험은 흔히 한 단위의 교수활동이 끝날 무렵에 실시한다. 진단 평가라고 하여 교수활동 중간단계에 실시하는 시험도 있지만, 교수활동 종결단계에 실시하는 종합평가가 일반적이다. 곧 시험은 이루어진 교육의 결과를 확인하는 기능도 있지만, 교육의 방향과 내용을 결정하는 기능을 더 크게 가지고 있다. 시험은 교육 외적인 사회적 기능도 가지고 있다. 이는 시험이 그 사회가 가지고 있는 지식과 가치관의 가장 명시적인 공식화 절차이기 때문이다.

특히 고등학교 3학년·대학교 4학년 때는 시험이라는 무거운 짐을 자나 깨나 지고 다니기에 힘겨운 삶의 길이다. 시험을 맞아 과목별로 공부해야 할 책과 분량을 정하고 모든 과목을 공부할 계획(365일, 200일, 100일, 50일, 7일, 3일, 1일)을 세운다. 공부를 하면서 진도에 따라 몇 번이나 계획을 바꾸기도 한다. 계획대로 진도가 나가면 잠자리에 누울 때 흐뭇하지만, 스스로의 몸과 마음의 응어리 및 다른 까닭으로 계획대로 공부하지 못하면 밀린 공부가 더욱 짐이 되어 누르고 애가 타며 마음을 괴롭힌다.

시험 날의 모습은 아래와 같으려니!
※☯【 시험 날이 다가올수록 그동안 열심히 공부했건만 자꾸 모자라는 것 같아 불안하고 안타깝고 그럴수록 졸음을 참으며 책과 씨름한다. 시험 날에는 어머니께서 정성스레 차려주시는 아침이건만 별로 먹고 싶지 않다. 억지로 조금 먹고는 시험 시간에 허둥대지 않기 위해 일찍 집을 나서 시험장에 다다른다. 시험을 보게 된 자리를 찾아 앉아서 그동안 정리해 놓은 것들을 부지런히 훑어본다. 시험을 감독한 분들이 들어오고 보던 것을 가방에 다 넣으라고 한다. 지그시 두 눈을 감고 깊은 숨쉬기를 몇 번 한다. "그동안 나름대로 최선을 다했습니다. 제가 쌓은 실력을 제대로 쏟을 수 있도록 도와주십시오. …"
시험 시작을 알리는 종소리가 난다. 차분히 시험을 치른다. 아는 것은 재빨리 풀고, 모르는 것이나 애매한 것은 조금 생각하다가 어림짐작으로 답을 구해놓고 문제 앞에 표시를 해놓은 뒤에 다음 문제를 풀어나간다. 모든 문제를 다 푼 다음, 표시가 되어 있는 문제에 대해 집중적으로 생각해본다. 틀리게 푼 문제는 다시 고치고, 전혀 모르는 문제는 그저 어림짐작으로 할 수밖에 …
시험이 끝나고 벗들과 잠시 서로 얘기를 나누다가 지친 몸을 이끌고 집으로 돌아온다. 어버이와 가족들이 잘 보았느냐고 묻는 말에 그저 그렇다고만 말하고, 방으로 들어와 자리에 눕는다. 마음속에 문제가 어른거려 그대로 누워있을 수가 없어 책상에 앉아 책을 꺼내 생각나는 것들을 찾아본다. 그래 잘했어! 아니 틀렸잖아! 안도감과 안타까움이 되풀이된다. 별 수 없지. 기다려 볼 수밖에 …
이런 저런 생각을 애써 접어두고 잠으로 빠져든다. 그런데 다시 시험장에서 시험을 보고 있잖아? 그렇지! 아니야, 그게 아니야! 소리를 지른다. 깜짝 놀라 눈을 뜬다. 꿈이다. 잘못 푼 문제가 머리에서 떠나지 않아 안타까움만 더해진다. 그런데 행여나 수험번호나 이름은 잘 썼는지 …, 또 답안지에 옳게 옮겼는지 … …, 이런 저런 생각들이 자꾸만 마음을 어수선하게 한다. 】☢※

이러한 시험은 수험생은 물론이요, 그들의 어버이 특히 어머님 및 가족까지도 응어리지게 한다. 온 가족은 수험생이 공부할 수 있는 분위기를 마련해 주기 위해 보살펴야 한다. 그래서 텔레비전도 소리를 낮추거나 꺼야 하며, 얘기도 조용히 해야 하고, 나들이도 삼가며, 친척이나 벗들과의 모임도 자제한다. 또한 공부에 들어가는 책 독서실 학원 과외의 돈도 마련해야 하고, 영양관리를 위해 먹거리에도 신경을 써야 하며, 공부방도 따로 마련해 주도록 보살펴야 한다. 이런 뒷바라지를 하노라면 가족들도 응어리가 생기며 쌓이게 마련이다.

이런 시험과 이어진 몸과 마음의 응어리를 견디어 내고 자랑스럽게 시험에 합격하면,

그동안 쌓였던 응어리는 풀어지고 보람을 느끼게도 된다. 곧 상급학교에 올라가 더 넓고 깊은 공부를 할 수 있으며, 일터를 얻어 돈을 벌고 자아를 실현하며 온누리에 이바지할 수 있고, 좀더 높은 자리에 올라가 아랫사람을 거느리고 그동안 갈고 닦았던 실력을 일터에서 발휘할 수 있다. 물론 이런 보람을 한 번의 시험으로 느끼는 사람도 있고, 안타깝게도 시험에 떨어져 괴로움과 응어리가 쌓이다가 드디어 시험에 되어 보람을 느끼는 사람도 있다.

　　우리네 사람들이 뜨거운 배움터를 만들고 가꾸기 위해서 스승이 가르치고 학생이 배우는 도구 또는 수단은 『글』이다. 우리나라의 글은 『한글』이다. 『한글』은 "훈민정음"을 바로 계승한 우리 글자의 고유 이름이다. 『한글』의 '한'은 우리 한민족의 '한(韓)'이며, '크다, 많다'의 뜻으로 쓰였던 '하다'의 활용형으로서, '큰'의 뜻을 담고 있다. 따라서 『한글』은 '한민족의 글', '큰 글' 또는 '제일 좋은 글','세상에서 첫째가는 글'이란 뜻을 지니고 있다.

　　『훈민정음(訓民正音)』은 "백성을 가르치는 바른 소리"라는 뜻으로, 우리나라 조선시대에 세종임금께서 정인지 · 성삼문 · 신숙주들의 도움으로 1443년(세종 25년)에 새로 만들어서 1446년(세종 28년)에 반포한 28자의 우리나라 글자의 이름 또는 이것을 반포하려고 만든 책이다.
　　세종임금께서 지은 유명한 《훈민정음 서문》은 아래와 같다.

*** 　《훈민정음 서문》　 ***
　◈ 나랏 말싸미 듕귁에 달아(나라의 말씀이 중국과 달라) 문자와르 서로 사맛디 아니할쌔(문자가 서로 통하지 아니하니) 이런 젼차로 어린 백성이 (이런 이유로 어리석은 백성이) 니르고져 할빼 이셔도(일러 말하고 싶어도) 마참내 제 뜻을 능히(마침내 제 뜻을 능히) 펴지 못할 놈이 하니라(펴지 못할 사람이 많다). 내 이를 어여삐 녀겨(내가 이것을 불쌍히 여겨) 새로 스물 여덟 자를 맹가노니(새로 스물 여덟 글자를 만드니) 사람마다 수비 니겨(사람마다 쉽게 익혀) 날로 쓰매 편안케 하고저 할 따라미니라(나날이 씀에 있어 편안하게 하고자 할 따름이니라). ♣

　　훈민정음은 언문(諺文) · 언서(諺書) · 반절(反切) · 암글 · 아햇글 · 가갸글 · 국서(國書) · 국문(國文) · 조선글들의 이름으로 불렸다. 특히 '언문'이라는 이름은 세종임금님 때부터 쓰였는데, '상말을 적는 상스러운 글자'라는 뜻으로 한자 · 한문에 대하여 한글을 낮추어 부르는 속칭이며, 한글이라는 이름이 일반화하기 전까지는 그 이름이 널리 쓰였다. 그러다가 근대화 과정에서 민족의식의 각성과 더불어 '국문'이라고 주로 불렀다.

　　우리 글자에 『한글』이란 이름을 붙여준 분은 두때글(주시경;周時經) 선생님이시다. 주시경은 일찍부터 '한나라글 . 한나라말 . 한말'들의 용어를 만들어 사용했으며, '조선어 강습원'을 '한글배움곧'으로 개명하기도 했다. 아울러 '한글' 이름의 대중화에는 조선어학회(지금의 한글학회)가 큰 역할을 했다. 1921년 민간학술단체로 시작한 조선어학회가 주동이 되어 훈민정음 반포 8회갑(八回甲:480년)이 되는 해인 1926년 양력 10월 9일을 반포기념일로 정하여 '가갸날'로 이름 지었고, 1927년 조선어연구회 기관지 〈한글〉이 창간됐으며, 1928년 가갸날을 '한글날'로 고쳐 부르게 됐다. 이렇게 여러 곳에서 『한글』이란 이름을 사용함으로써 그 이름이 점점 세상에 퍼지게 되어 『한글』이라는 이름이 일반화 및 대중화됐다.

1933년 조선어학회에서 제정한 「한글맞춤법통일안」에 따르면, 기본자모는 자음 14자·모음 10자의 모두 24자로 이루어져 있다. 훈민정음 창제 당시에는 자음 17자·모음 11자로 모두 28자였으며, 이 밖에도 병서(竝書)와 연서(連書)가 있어 글자의 수효는 실제 이보다 더 많았다. 그 뒤 창제 당시의 28자 중에서 자음 「ㅿ·ㆁ·ㆆ」과 모음 「ㆍ」의 4글자가 폐기되어 오늘날의 기본 자모는 24자 「ㄱㄴㄷㄹㅁㅂㅅㅇㅈㅊㅋㅌㅍㅎ;ㅏㅑㅓㅕㅗㅛㅜㅠㅡㅣ」가 됐다. 현행 한글자모의 명칭과 배열순서는 「한글맞춤법통일안」에 확정됐다.

우리의 한글은 독창성과 기호 배합의 효율성면에서 볼 때에 세계에서 가장 합리적인 문자라는 평가를 받는다. 그 근거로는 모음과 자음의 구별이 쉽고, 28개 자모가 수직 및 수평의 조합으로 반듯한 사각형을 이루면서 질서정연하게 배열된 점을 들고 있다. 특히 자음이 입술과 입 및 혀의 위치를 확실하게 해준다는 점에서 한글의 과학성이 더욱 돋보인다고 할 수 있다.

그리하여 지난 1997년 10월1일 유엔의 유네스코에서 우리나라 훈민정음을 세계기록유산으로 지정하기에 이르렀다.

아울러 유엔의 유네스코는 우리의 글인 훈민정음을 만든 세종 임금님의 업적을 높이 사고 기리기 위하여, 1989년 신설한 세계 각국에서 문맹퇴치사업에 가장 공이 많은 개인이나 단체를 뽑아 매년 시상하는 문맹퇴치 공로상의 이름을 세종임금 상(King Sejong Prize)이라 하고 있다. 국제기구가 왕의 이름으로 주는 상은 세종임금 상밖에 없다고 한다. 이러한 영광은 모든 과거의 나라가 글자를 귀족과 같은 지배 계급이 누리는 문화적 정보적 특권으로 활용한 반면에, 세종임금은 오히려 모든 백성에게 문화와 정보를 공유할 수 있게끔 문자를 사용하게 하려고 했다는 것에서 훌륭한 분이라고 평가했기 때문이다.

한글이 우수한 까닭은 아래와 같은 11가지이다.
1. 한글은 세종임금께서 만든 글자다. 세종임금이 백성들을 사랑하고 배려하는 마음으로 만든 우리 글자가 바로 한글이다. 전 세계의 많은 글자 가운데 임금이 백성을 위해 직접 만든 글자는 한글밖에 없다.
2. 한글은 누가 언제 만들었는지 정확하게 아는 글자다. 알파벳이나 한자 또는 다른 나라의 글자는 처음에 어떻게 만들어졌는지 정확한 기록이 없다. 그러나 한글은 세종임금이 1443년에 창제하고, 2년 9개월의 검증 기간을 거쳐 1446년에 모든 백성에게 반포한 것이 명확한 기록으로 남아 있다. 한글은 전 세계에서 유일하게 창제자, 창제 동기, 창제 원리가 기록으로 남아 있는 글자이다.
3. 한글은 쉽게 배우고 사용할 수 있다. 한자를 사용하려면 적어도 1,000자를 외워야 하고, 능숙하게 구사하려면 지금까지 만들어진 5만여 자 가운데 실생활에서 사용되는 5,000여 자를 외워야 한다. 한글은 소리글자이며, 자음 14자와 모음 10자의 24자만 배우면 비교적 쉽게 조합해서 쓸 수 있고, 알파벳과 달리 대문자와 소문자도 없어 훨씬 외우기 쉽다.
4. 한글은 세상의 많은 소리를 글자로 적을 수 있다. 영어의 경우 표현할 수 있는 모음이 'A, E, I, O, U'의 다섯 개이지만 한글은 기본 모음 10개에 10여 개의 복모음까지 만들 수 있다. 그래서 알파벳 26자로 표현할 수 있는 소리는 수백 개지만, 한글 24자로는 1만 1,000여 개의 소리를 표현할 수 있다. 일본어는 약 300개, 한자는 400여 개 정도이다.
5. 한글은 감정과 느낌을 다양하게 표현할 수 있다. 음감이나 어감도 뛰어난 데다, 표현할 수 있는 범위가 워낙 넓어 외국어로 번역이 어려울 때도 있다. 노란색을 표현할 때도 '노릇노릇하다', '노르스름하다', '노리끼리하다'들로 수많은 변용이 가능하다.

6. 한글은 과학적인 글자다. 자음과 모음으로 되어 있고, 자음은 사람의 발음 기관을 본떠서 만들었다. 24개의 자음과 모음을 조합해 무한에 가까운 글자를 만들어낼 수 있으며, 글자를 세로 및 가로로 적을 수도 있다. 한 부호가 하나의 소리만을 대표하는 '1자 1음'의 문자 체계로 되어 있어 체계성이 뚜렷하다.

7. 한글은 철학이 담긴 글자다. 한글은 우리 문화의 깊은 뿌리 중 하나인 '음양오행'에 바탕을 두고 있으며, 한글의 기본 형태는 천(天), 지(地), 인(人), 원(圓), 방(方), 각(角)의 형태로 나누어지는 데 '천, 지, 인'은 '하늘과 땅과 사람'이 세상의 중요한 요소라는 철학을 담았다.

8. 한글은 창의적이고 재미있는 글자다. 다른 외국어를 모방하지 않고 독자적으로 만들어 재밌있는 표현이 많으며, 누구나 자신만의 생각을 독창적으로 표현할 수 있다는 점에서 무궁무진한 창의성을 지녔다.

9. 한글은 미래 사회에 딱 맞는 글자다. 중국어나 일본어는 컴퓨터 자판에 입력할 때에 음과 뜻을 일일이 따로 바꿔서 입력해야 하지만 한글은 하나의 모음이 하나의 소리를 내는 덕분에 입력하는 즉시 바로 기록할 수 있다. 언어학자들의 연구에 따르면 한글은 문자 구성과 전달 속도가 영어의 3배, 중국어의 8배, 일본어의 5배라고 한다.

10. 한글은 우리나라의 위대한 유산이자 자랑스러운 보물인 《훈민정음 해례본》을 해설서로 가지고 있다. 이 책이 1940년 경북 안동에서 발견될 때까지 한글의 창제 원리는 밝혀지지 않았다. 세계에 이렇게 창제 원리를 밝힌 책이 남아있는 문자는 한글밖에 없기에, 《훈민정음 해례본》은 1997년 10월 세계기록유산으로 등재됐다.

11. 한글은 나라를 사랑하는 마음들이 지켜 낸 글자다. 한글은 오랜 세월을 거치는 동안 숱한 어려움을 겪었다. 한문을 공부하고 익힌 양반들이 한글을 여성이나 천민이 쓰는 문자라며 '암글' 또는 '언문'으로 낮춰 부르기도 했다. 1930년대 일제강점기에도 한글은 조선어 교육 폐지와 조선어 말살 정책으로 몸살을 앓았다. 그러나 이런 고난의 세월을 이겨내고, 오늘날에도 한글은 우리 문화를 가장 잘 표현할 수 있는 글자로 우리 곁에 있다.

12. 1997년부터 미국의 대학 입학 자격시험인 SAT Ⅱ에는 한국어가 포함되어 있으며, 2007년에는 전 세계 62개국의 750개 대학에서 한국어 강좌를 개설하고 있고, 고등학교에서 제2외국어로 '한국어'를 채택한 나라로는 대표적으로 미국, 일본, 중국, 호주 등이 있다고 한다. 뿐만 아니라 최근 국내 기업의 국외 진출이 늘어남에 따라 현지 회사에 고용된 외국인 한국어 학습 수요자와 국내 취업 외국인 노동자들의 숫자까지 합치면 한국어는 이젠 국제적 언어의 지위를 획득했다고 할 수 있다. 언어 관련 정보를 제공하는 국제적 웹 사이트인 '에스놀로그'의 자료를 인용한 국립국어원의 발표에 따르면, 전 세계적으로 많이 쓰이는 언어적 순위를 따져봤을 때, 한국어가 13위로 나타났다고 한다.

요즘 온누리에는 60여 종류의 말·글이 쓰이고 있다. 또한 나라의 수는 230여 개이다. 따라서 170여 개 나라가 제 나라의 말·글이 없는 셈이다.

이처럼 60여 갈래의 말·글 가운데서 쓰기에 가장 쉽고 좋은 것은 제 나라의 말씀이다. 우리나라 사람에게는 한글이, 중국 사람에게는 한문이, 일본 사람에게는 가나가, 영국·미국 사람에게는 영어가, 독일 사람에게는 독어가, 프랑스 사람에게는 프랑스어가 가장 쉽고 좋다.

왜냐면 자기 나라 말씀에는 자기 겨레의 얼·슬기·역사·문화가 스며있고, 태어나서부터 어버이·가족·벗과 더불어 듣고 말하며 읽고 쓰기를 가장 많이 했기 때문이다.

※【 요즘에 우리 국민 여러분들을 끓어오르게 하는 것 가운데 우리 한글에 좋은 글이 버젓이 있는데도 불구하고, 구태여 한자 또는 영어를 쓰는 문제가 있구나!

우리는 지난날에는 글이나 말에 있어서 한문·한자를 써야 만이 많이 아는 것처럼 여겨졌고, 요즘에는 영어를 비롯한 서양의 글이나 말을 써야 만이 마치 국제적인 양 느껴지고 있는 안타까운 실정이다. 물론 한글에 전혀 없는 말이나 글자는 어쩔 수 없이 쓴다지만, 버젓이 듣기 좋고 부르기 좋은 우리의 한글이 있는데도 일부러 다른 나라 말을 쓰고 있어 문제이다.

먼저 우리글의 이름으로 「한글」이라는 좋은 것이 있는데도 굳이 한자로 자기나라 글이라는 뜻의 "국어(國語)"라고 쓰고 있다. 대학의 학과 이름(국어국문학과)·책 이름(교양 국어)은 물론이요, 초등학교 담장에도 "나라 사랑 국어 사랑"이라고 큰 글씨로 쓰여 있다. 또한 책을 쓴 것을 나타내는 것으로 「지음·씀」이라는 좋은 한글이 있는데도 한자의 "저(著)"를, 「옮김」이라는 한글보다 "역(譯)"을 더 많이 쓰고 있다. 한편 갖가지 분야에서 사람들이 어울리고 모이는 단체 이름도 「…모임」이라는 한글보다는 한자의 "…회" 또는 영어의 "…써클(circle)·클럽(club)"으로 더 많이 불리고 있다.

또한 순수한 우리 한글로는 몸(신체·육체), 마음(심리), 사람(인간), 사랑(애정), 벗(친구)들이 있구나!

특히 한자 '등(等)' 및 한글 "들"의 사용이 까다로운 문제이구나!
아래와 같은 보기를 들어 설명하자. ① 어른병은 고혈압 당뇨병 심장병 등이 있다. - 등(等): 한자 / ② 어른병은 고혈압 당뇨병 심장병들이 있다. - 들(한글) / ③ 어른병은 고혈압 당뇨병 심장병 따위가 있다. - 따위(한글)- 얕잡고 깔보는 듯한 비하 느낌이다.
위 세 가지 가운데 좋은 한글로서 "들"이 있는데도 불구하고 아직까지 한자인 '등'을 더 많이 쓰고 있는 실정, 특히 문학계 및 글쓰는 사람들에게도 있는 엄연한 실정을 어서 빨리 고쳐야 한다고 강력히 내세운다.

우리가 보금자리·배움터·일터·온누리의 생활에서 쓰는 얘기나 많은 사람들을 상대로 한 말씀에 있어서 한글을 쓰면, 듣는 사람이 알아듣기 쉽고 이해하기 좋으며 쓸데없는 거리감을 느끼지 않기에 함께 어울릴 수 있다. 특히 대중 말씀은 되도록 쉬운 말로 해야 듣는 사람들이 받아들이기 좋은데, 어려운 한자나 다른 나라 말을 써서 듣는 이들이 무슨 뜻인지 모를 경우에는 그 말씀은 바라는 효과를 거둘 수 없다. 따라서 되도록 한글을 쓰려고 애써야 한다. 한글은 우리의 얼이 깃든 자랑스러운 말이므로, 바로 우리나라 사람이 많이 써서 갈고 닦아야 하지 않겠는가? 】※

먼저 우리가 한글을 쓰는데 길잡이를 해주는 것은 한글 사전 및 책이다. 한글학회는 '말이 살아야 겨레가 산다'는 생각으로 잊혀져 가는 시골말·문학작품 속의 말·북한말·옛말·이두까지 우리말을 옳게 가려 담고 제대로 살려 담아 45만 자가량을 실은 「우리말 큰 사전(3권)」을 펴냈다. 또한 한글학회는 우리가 흔히 쓰고 있는 말 가운데서 어렵고 낡은 한자말·일본말 찌꺼기·서양 외국말들을 한글로 옮긴 〈쉬운 말 사전〉을 펴냈다. 아울러 이은정의 〈표준어·맞춤법 사전〉, 하희주의 〈바른 말 바른 글〉들의 한글 쓰기의 길잡이 책들이 많이 나왔다. 그런데 한 가지 아쉬운 것은 두때글(주시경) 스승이 "사전"이란 한자 말을 「말모이」라는 한글로 바꾸어 쓰자고 내세웠는 데도 아직까지 말모이라는 말보다 사전이라는 한자가 버젓이 쓰이고 있어 안타깝구나!

　한편 한글 쓰기를 위해 애쓰는 사람 및 모임도 우리 주위에 많이 있어 참으로 반가운 일이다.「우리말 바로 쓰기 모임」은 우리 말글살이를 되살리기 위해 한달에 한번씩 지하철역에서 "바른말 알림 쪽지"를 만들어 오가는 사람들에게 나누어 주고 있다. 또한「밝한샘」이라는 분은「한글이름 펴기 모임」을 만들어 활동하면서 한글이름 쓰기에 앞장서고 있다. 그러므로 우리들도 이런 분들을 본받아 날마다 일상생활에서 쓰는 말이나 많은 사람들에게 말씀할 경우에 말하기 좋고 듣기 쉬운 한글을 쓰려고 애써야 하겠다.

　※【 우리네 사람들의 삶은 옛날·요즘·앞날 및 동양·서양·도시·농촌·어촌에도 그저 쉽고 즐거운 것이 아니라 어렵고도 힘든 것이리라! 그리하여 나 행복충만 일벗님은 이 세상에 "밝은 온누리를 위한『얼싸!』구호 운동"을 감히 정책 건의한다. 】※

　얼른 떠오른 말이 "화이팅(Fighting)!"이다. 그런데 그것은 영어이고 '싸우는 중이다', '싸워라'라는 뜻이다.

　띠라서 한글로 좋고 마땅한 말을 헤아리는구나!
　그렇게 해서 한글로 "얼쑤!" 및 "얼싸!"를 생각해낸다.
　그러면 "얼쑤!" 및 "얼싸!" 가운데 그 무엇이 좋을까나?

　"얼쑤!"는 우리나라 전통 국악, 판소리, 농악에서 자주 사용되고 신명나고 흥이 나는 흥겨운 느낌이 강하며, 이미 많은 사람들이 '얼쑤 좋다!'라는 긍정적인 어감을 알고 있다. 그런데 "얼쑤!"는 옛날 느낌이 강해서 세련됨이 조금 부족할 수 있고, 국악·전통·민속적 이미지에 묶일 수 있으며, 국민 대중이 "새로운 국민 구호"로 받아들이기에는 약간 약해 보일 수 있다.

　한편 "얼싸!"는 어깨동무, 포옹, 친근함의 뜻이 담겨 있고, '얼싸 안다'에서 온 말이라 '서로 어울림, 함께 함'이라는 좋은 이미지가 강하며, 새로운 국민 구호로 만들기에 적합한다. 한편 "얼싸!"는 말하기와 듣기 및 부르기에도 좋다. 아울러 "얼싸!"는 다른 나라 사람들에도 발음하기도 쉽구나!

　따라서 "얼싸!"를 고른다.

　우리 벗님 여러분 "얼싸!" 우리나라에서 "얼싸!" / 일본에서 "얼싸!" / 중국에서 "얼싸!" / 미국에서 "얼싸!" / 브라질에서 "얼싸!" / 이집트에서 "얼싸!" / 호주에서 "얼싸!" / 남극에서 "얼싸!" / 북극에서 "얼싸!" / 달에서 "얼싸!" / 해에서 "얼싸!" / 우리 은하에서 "얼싸!" / 은하계에서 "얼싸!" / 우주 모두에서 "얼싸!" / 지옥에서 "얼싸!" / 천당에서 "얼싸!" / 극락에서 "얼싸!" 우리 모두 "얼싸!"… "얼싸!"… "얼싸!"… 】※

　한편 우리네 사람들이 배워서 글을 읽고 쓸 줄 아는 것을『문해(文解, literacy)』라고 하는 한편, 배우지 못하여 글을 읽거나 쓸 줄을 모르는 것을「문맹(文盲, illiteracy) 또는 까막눈」이라고 한다. 매년 9월 8일은 세계적으로 기념하고 있는 문해의 날이다.

배움터의 응어리는 시험 응어리, 스승·제자 사이 응어리, 벗들 사이 응어리들이 있다.

　뜨거운 배움터를 가꾸기 위해서는 학생 스스로, 벗과 가족, 배움터 및 나라에서 서로 도와야 한다.
　1. 학생 스스로가 배움터에서 필수인 시험으로 일어나는 몸과 마음의 응어리를 때때로 풀어야 한다. 응어리를 풀기 위한 적절한 쉼은 학습능률을 최대화하는 것이 필수적이다. 그런 뜻에서 배움터에서 쌓인 응어리를 푸는 바람직한 방법은 단전숨쉬기·명상·맨손체조·산책·목욕·노래·낮잠·가벼운 몸놀림·바깥나들이·텔레비전 시청·영화감상들이다. 특히 단전숨쉬기 및 명상은 깊은 숨쉬기를 통해 마음을 안정시키고 몸의 긴장을 풀어주며, 눈을 지그시 감고 자신의 숨소리를 듣는다는 느낌으로 마음을 가다듬으면 뇌파가 안정 상태에 들어가 피로가 가시고 뇌가 새로운 정보를 받아들일 준비를 할 수 있게 만들어 이해력 암기력 문제해결력을 높여준다.
　또한 오랜 시간 동안의 텔레비전 시청이나 영화감상은 가뜩이나 혹사당하는 눈을 피로하게 만들며, 격한 몸놀림은 몸에 피로를 쌓이게 한다. 낮잠은 10~20분가량 자야 하는 데, 1시간 이상 낮잠을 자면 몸의 리듬을 깨뜨려 도움이 안 된다.

　2. 뜨거운 배움터를 만들기 위해서는 벗들이나 가족들과 어울려 응어리를 이겨내어야 한다. 벗은 배움터에 있어서 경쟁자이며 격려자임과 함께 괴로움과 보람을 같이 나누는 동반자이고 서로 모르는 것을 묻고 아는 것을 가르쳐 주는 소중한 존재이다.
　한편 어버이와 자녀 사이에 서로의 관심사인 배움터와 성적·진로 및 진학·이성과 친구 관계들에 대하여 터놓고 이야기해야 하며, 특히 아버지와의 이야기가 더욱더 필요하다. 어버이는 자녀들에게 공부하라고 조르지만 말고 자녀들에게 공부하는 모습을 스스로 보여주어야 하며, 스스로의 경험을 되새겨 자녀들에게 불편함이 없도록 보살펴 주어야 하고, 치마 바람을 일으키는 지나친 보호도 안 되며, 공부를 하건 말건 무관심해서도 안 된다.
　아울러 형제자매들도 큰 시험을 앞두고 있는 형제자매를 도와주고 공부할 수 있도록 조용한 분위기를 마련해 주어야 한다.

　3. 배움터 및 나라에서 배움 정책을 바르게 잘 펴야 한다.
　(1). 올바른 사람교육의 강화 : 교육은 자연 상태의 사람을 이상적인 상태로 승화시킴을 본질적 목표로 하며, 이상적인 사람이란 지·덕·체가 어울린 사람이다.

　(2). 공동체 의식의 함양 : 배움은 개인의 행복만을 위한 것이 아니라, 사회·나라·세계 온누리의 구성원으로서 책임과 의무를 다할 줄 아는 건전한 민주시민을 길러야 한다.

　(3). 배움터의 질적 개선 : 광복 이후의 우리의 배움터는 괄목할 만한 양적 성장을 가져왔으나 질적 향상은 상대적으로 저하됐다는 평가를 받고 있다. 따라서 과다한 학급당 학생수·미흡한 1인당 교육비·낡은 배움터 시설들을 개선하기 위해 과감한 배움터 투자가 있어야 한다. 또 서양의 교수·학습방법을 무비판적으로 수용하지만 말고, 우리 민족의 얼 및 전통문화와 어울릴 수 있는 새로운 방법을 개발해야 한다.

　(4). 배움 체제의 보강 : 평생교육의 이념을 구현하기 위해 어린이 교육·어른 교육·여성 교육·근로청소년 교육·노인 교육들의 사회배움 체제를 하루속히 확립하는 한편, 정보사회에 대비하기 위한 영재 교육·실업 교육·과학기술 교육들의 특수 배움 체제가 마련되고 보강되어야 한다.

(5). 배움 자원의 질 향상 : 배움에 투입되는 요소의 질을 높여야 한다. 곧 우수한 스승의 유치 및 교육·훈련, 교직의 전문성 제고, 학생의 환경개선, 교육과정의 엄정한 선정 및 교재의 고급화들이 시급하다.

(6). 신중하고 장기적인 배움정책 수립 및 집행 : 배움정책은 나라의 앞날을 좌우하는 중요한 것으로 백 년의 계획을 세우라는 말이 있다. 배움정책이 특수한 사람이나 계층을 위하거나 어느 한 사람이 바뀐다고 하여 덩달아 바뀌져서는 안된다. 배움정책을 세울 때는 각 계층의 생각을 폭넓게 받아들이며, 이렇게 하여 수립된 정책은 오래도록 집행되어야 한다.

(7). 배움터의 부정부패를 없애자 : 특히 대학입시를 둘러싼 배움터의 부정부패는 교육의 기회균등을 져버리고 국민간의 위화감을 북돋우며 사회정의를 흐리게 하고 돈만능주의·편법주의·한탕주의들을 만연되게 함으로써, 뜨거운 마음으로 공부하고 있는 학생들에게 좌절감을 주고 비록 돈이 넉넉하지는 아니 하지만 성실히 살아가는 어버이를 무능력자로 취급하는 세태를 만들게 된다. 따라서 모든 사람이 갈고 닦은 실력을 아무런 방해 없이 겨룰 수 있도록 배움터의 부정부패를 없애야 하겠다.

국민 여러분!

끓어오르십니까?

※【 감히 외람되게도 나 일벗님은 우리나라의 최고대학이며 국립대학으로서 서울대학교의 표·마크 안에 있는 "VERITAS LUX MEA"라는 글자는 문제가 있다고, 강력히 내세운다. 】※

특히 이 서울대학교의 표·마크 문제는 지난 1975년 3월 2일에 실제로 일어난 일이다. 나는 동국대학교를 들어갔고 친구는 서울대학교를 들어가서 오후에 서로 만났다.
그 당시에는 대학생들도 교복을 입는 시대이었거든. 그 서울대생 교복에 왠 꼬부랑 글씨가 보이길래, "야, 왠 꼬부랑 글씨가 있느냐?" "진리 뭐 그런 것이래! …" "서울대가 국립대인데, 왜 꼬부랑 글씨가 있느냐?" "그냥! …" "잘못 됐지! 서울대가 사립대이면 괜찮아, 그런데 서울대는 국립대이잖아? 국민들이 내는 세금으로 운영되는 국립대?" "어? …" "이건 바꿔야 되는 것이야?"

우리나라 고등교육법 제3조(국립·공립·사립 학교의 구분)에 따르면, ① 국가가 설립 경영하거나 국가가 국립대학 법인으로 설립하는 국립 학교, ② 지방자치단체가 설립 경영하는 공립 학교, ③ 학교법인이 설립 경영하는 사립 학교로 구분한다. 따라서 서울대학교는 결코 사립 학교 또는 공립 학교가 아니라, 나와 너의 모든 국민이 내는 세금으로 운영하는 국립 학교인 것이 분명하다.

그런데 그 국립 학교인 서울대학교의 표·마크 안에 우리 민족이 예로부터 요즘까지 전혀 쓰지도 아니했고 또한 우리나라와의 역사적 연관성도 전혀 없는 라틴어로 된 "VERITAS LUX MEA"라는 글자가 버젓이 있는 데, 이 무슨 엉뚱하고 우스꽝스러우며 얼빠진 짓인가? 이는 우리 민족의 주체성과 역사성 및 자존심과 자긍심과 연결되는 심각한 문제이다!

따라서 서울대학교의 표·마크 안에 있는 라틴어로 된 "VERITAS LUX MEA"라는 글자를 『진리는 나의 빛』이라는 한글로 어서 빨리 바꾸어야 할 것이라고, 강력히 내세운다.

나아가 서울대학교의 표는 아래와 같은 문제점이 있다.
①. 서울대학교의 표는 책 모양 및 월계수 가지 두 개를 사용하는데, 월계수는 서양 고대 로마 및 그리스에서 전쟁 승리의 상징으로, 동양 고유의 정서나 교육 철학과는 거리가 멀고, 전통적 한국 교육정신이나 선비정신과는 어울리지 않는 외래 상징이다. 따라서 승리를 위한 경쟁심을 상징하는 월계수보다는 꽃, 대나무, 책, 벗, 나무, 해, 달들의 평화롭고 배움 중심의 상징이 더 어울린다.

②. 세계적인 대학들과 비교한 정체성 부재이다. 미국의 하버드대학, 영국의 옥스퍼드대학들은 각각 고유의 전통성과 지성 및 사람 중심 가치가 녹아 있다.
하지만 서울대는 해방 뒤 미국식 교육체계를 도입하며 고유한 철학 없이 모방의 흔적이 짙다는 지적이 많다.

③. 따라서 서울대 표는 우리나라 대표 국립대학으로서 민족정신과 교육 철학을 담아야 하고, 꽃·책·하늘·해·달·벗·손잡음들을 상징으로 바꾸기를 강력히 내세운다.

한편 참고로 살펴보면, 일본의 최고대학이며 국립대학으로서 도쿄대학교의 표·마크는 위의 노란 은행잎 및 밑의 파란 은행잎이 어울린 모습으로, 아무런 글자가 없다.

또한 중국의 최고대학이며 국립대학으로서 베이징대학교의 표·마크는 가운데에 北大의 한자가 있고, 겉 테두리에 둥그렇게 영어 및 숫자로 PEKING UNIVER- SITY 1898라는 글자가 있다.

위와 같은 것들을 아래의 3개 사진으로 서로 비교해 보면서, 우리나라의 최고대학이며 국립대학으로서 서울대학교의 표·마크 안에 있는 "VERITAS LUX MEA"라는 글자가 그 얼마나 엉뚱하고 우스꽝스러우며 얼빠진 짓인 한편, 우리 겨레의 민족적 주체성과 유구한 역사성 및 자존심과 자긍심을 짓밟는 커다란 허물임을 뼈저리게 깨우쳐야 할 것이니라!

따라서 이런 얼빠진 잘못을 나와 너의 모든 국민, 특히 서울대학교와 교육부 및 정부에서 앞장서서 하루속히 빨리 바로 잡아야 할 것이라고 행복충만의 나 일벗님은 강력히 내세운다!

  우리나라가 1945년에 해방되어 1946년에 일제 강점기의 경성제국대학교가 서울대학교로 이름이 바뀌어 서울대학교의 새로운 표 · 마크가 필요하게 되었고, 이에 따라 서울대학교 총장인 미국인의 지시를 받은 서울대 미대 학장인 "장○(본인과 후손들의 명예 보호차원에서 실명은 미공개)" 교수가 서울대 미대 학생인 "이○○(본인의 명예 보호차원에서 실명은 미공개)"에게 서울대학교의 새로운 표 · 마크를 부탁하였다는군!

  그 학생은 당시 서구문물이 마구 들여오는 시대 상황을 반영하여 지금까지 전해오는 서울대학교의 표 · 마크를 만들었거든! 젊은이인 그 서울대 미대 학생은 서구 문명에 대한 놀라움과 동경을 나타낸 점에서 이해를 할 수 있다.

  하지만 서울대 미대 학장 교수는 나이도 50대 이상일 터인데 어찌하여 한민족의 주체성과 자긍심을 전혀 헤아리지 못했는지 무척 아쉽구나?

  여러 가지로 모자란 나 행복충만 일벗님에게 "한민족 주체성과 자긍심 고취를 위한 서울대 표 · 마크 바꿈" 문제는 지난 1975년 3월 2일에 실제로 일어난 일이다.

  위의 일은 지금이 2025년 9월이니까, 50년 전의 일이다. 왜 아찍까지도 서울대학교의 표 · 마크는 바뀌지 아니하고 그대로인가?

  우리나라는 지난 1975년의 개발도상국에서 너와 나 우리 모두가 피와 땀 및 눈물을 흘리면서 참고 견디며 이겨내어 이른바 "한강의 기적"을 이루고 이제는 '세계 경제 대국'에 오르는 한편, 문화 분야에서 "케이(K; Korea, 한국)-컬처(C; Culture, 문화, 文化)"를 당당히 내세우고 있지 아니한가?

먼저 경제 분야에서는 2024년에 국내총생산(GDP; Gross Dom- estic Product) 1조 8천억 달러 및 1인당 국민소득 3만 6천 달러를 달성하여 우리나라를 실질적으로 세계 경제 대국 10위권에 들어가도록 가장 큰 구실을 했는걸!

이런 놀라운 성과는 삼성(이재용), 현대(정의선), SK(최태원), LG(구광모), 포스코(최정우), 롯데(신동빈), 한화(김승연), GS(허창수), 신세계(이명희), KT(구현모), CJ(이재현), 한진(조원태), 두산(박정원), 네이버(최수연), 카카오(홍은택), 농협(이성희), KB금융(윤종규), 하나금융(함영주), 신한금융(조용병), 우리금융지주(임종룡), 코오롱(이웅렬), SM엔터테인먼트(이성수), YG엔터테인먼트(양민석), JYP엔터테인먼트(박진영), 하이브(방시혁), 효성(조현준), 이랜드(박성수), 삼양(김윤), 오뚜기(함영준), 동서식품(김석수), 매일유업(김정완), 풀무원(이효율), 대상(임정배), 대웅제약(전승호), 종근당(김영주), 녹십자(허은철), 유한양행(조욱제), 넥슨(김정주), 이마트(정용진), 동국제강(장세주), 쿠팡(김범석), 엔씨소프트(김택진), 일진(허진규), 삼표(양귀승), 애경(장영신), 부영주택(이중근), 세스코(전찬혁), HMM(최원혁), OCI(이우현), 파라다이스(임일순)들의 우리나라의 각종 업종을 대표하는 50대 기업들이 열심히 애써서 큰 발전을 이룬 결과인 것이다.

다음에 문화 분야에서는 노래, 운동, 영화 및 드라마가 있다.

①. 노래에서는 먼저 우리 행복충만의 노래 부르기에서 벗님들이 다 함께 즐겁고 흥겹게 부르게 될 42곡을 불러온 가수들이 있다. 이선희, 류, 노사연, 김세레나, 김일륜, 조용필, 싸이, 안치환, 서태지와 아이들, 임재범+박정현, 더원+태연, 한울타리, 투앤이원, 빅뱅, 방탄소년단, 남진, 윤수일, 황의종, 윤도현, 더원, 양희은, 유심초, 안치환+장필순, 백미현+신현대, 김건모, 아이유, 크레용팝들이다.

또한 이미자, 나훈아, 신중현, 김추자, 이문세, 윤종신, 이승철, 김범수, 임창정, 박효신, 김연우, 이적, 하현우, 비, 소녀시대, 핑클, 마마무, 블랙핑크, 트와이스, 레드벨벳, 장윤정, 송소희, 송가인, 임영웅, 이찬원, 전유진, 정서주, 박서진, 김준수, 황민호들이 활발히 활동했구나!

요즘에 한국 문화를 기반으로 제작한 넷플릭스 애니메이션 영화 "케데헌(케이팝 데몬 헌터스)"의 성공 사례는 이제 K콘텐츠는 동남아를 넘어 미국들의 글로벌 문화산업 주류로 편입되는 따위로 '한류 4.0 시대'에 진입했음을 보여준다. 이는 과거 드라마, 케이팝들의 특정 장르와 스타에 의존하던 단계를 넘어 한국의 문화적 요소 자체가 세계 시장에서 경쟁력을 갖게 됐음을 뜻한다.

②. 운동에서는 축구에 차범근, 박지성, 손흥민, 이강인, 김민재, 황선홍, 안정환, 이동국, 차두리, 기성용, 이청용, 김진수, 이재성, 구자철, 조현우, 황희찬, 김승규, 백승호들이 있고, / 농구에는 허재, 서장훈, 김주성, 전태풍, 이승현, 양동근들이 있지. / 야구에서는 선동렬, 최동원, 박찬호, 류현진, 김광현, 추신수, 최지만, 이정후, 박지훈, 오승환들이 있으며, / 배구에는 김연경, / 수영에는 박태환, / 탁구에는 유승민, 현정화, 신유빈, / 배드민턴에는 이용대, 안세영들이 있구나. 피겨스케이팅에는 김연아, / 스피드스케이팅에는 이승훈, 최민정, 이상화 / 골프에는 박세리, 박인비, 고진영들이 있다. / 태권도에는 문대성, 이대훈 / 권투에는 홍수환, 염동균, 박종철, 최요삼 / 레슬링에는 김기수, 양정모 / 유도에는 이원희, 김재범 / 격투기에는 김동현, 최두호, 정찬성들이 있지. / 역도에는 장미란, / 리듬체조에는 손연재들이 있다. 양궁에는 김재덕, 이수녕, 안산, 장혜진, 김우진들의 수많은 분들이 열심히 운동을 하였구나!

③. 영화 및 드라마에서는 감독으로 임권택, 김한민, 봉준호, 박찬욱, 윤석호들이 있고, / 배우로는 이덕화, 송강호, 박해일, 김윤석, 최민식, 최불암, 김혜자, 안성기, 전도연, 강수연, 최민수, 고두심, 배용준, 최지우, 한석규, 박은빈, 장동건, 현빈, 하지원, 김래원,

박신혜, 이영애, 이보영, 이정재, 송중기, 김남주, 손예진, 이준기, 이승기, 전지현, 신세경, 이병헌, 김태리, 정우성, 조정석, 박보검, 김소연, 엄정화, 김혜수, 조승우, 유아인, 배두나, 마동석, 하정우, 박해진, 박보영, 문채원, 이광수, 김우빈, 박형식, 김소현, 김재욱, 김희선, 강동원, 신민아, 설경구, 한효주, 김고은, 김수현, 이준호, 장나라, 최강희, 김유정들의 수많은 분들이 무척이나 애를 썼구나!

　※【 이제는 너와 나 우리 모든 국민 여러분들께서 더 이상 끓어오르지 마시고, 한민족 주체성과 자긍심을 떳떳하고 당당하며 활기차게 내세울 때가 되지 아니하였는가?!

　따라서 "한민족 주체성과 자긍심 고취를 위한 서울대 표·마크 바꿈"은 하루 빨리 이루어져야 한다고 여러 가지로 모자란 나 행복충만 일벗님은 국민 여러분들께 몸과 마음을 다바쳐 호소드리며 강력하고 애절하며 우렁차게 거듭 내세운다! 】※

6. 보람찬 일터(일)

　『보람찬 일터(Fruitful Workplace)』는 일터에 몸의 응어리 및 마음의 응어리, 노사 관계의 응어리들이 없어서 열심히 일하여 스스로와 가족의 생계를 꾸려갈 수 있는 돈을 받으며 자아를 실현하고 온누리의 발전에 이바지하는 보람차고 뿌듯함을 느끼는 행복한 상태를 뜻한다.
　우리들이 이 세상을 살아가노라면 옷밥집(의식주:衣食住)의 기본적 삶의 요소를 마련하는 한편, 배우고 쉬며 즐기는 문화적 정신적 생활을 누리는 것에 있어서도 꼭 돈이 들게 마련인 데, 우리는 이처럼 삶에 드는 돈을 보람찬 일터에서 열심히 일을 함으로서 벌고 있다.

　『일터·일자리·직장·회사·작업장(職場, 會社, 作業場 : workplace, workshop, place of work, office)』는 일을 하는 곳; 일을 하는 자리; 사람들이 일정한 직업을 가지고 일하는 곳; 직업으로 일정한 직위를 가지고 돈을 받으면서 일을 하는 자리; 돈을 벌기 위해서 일하는 곳; 사람들이 자신들의 생계를 꾸리기 위해 생계의 원천인 돈을 벌기 위해 일정한 직업을 가지고 일을 하는 곳들을 뜻한다.
　일터는 우리네 사람들이 살아가는 데 필요한 돈을 벌어 자신과 가족의 생계유지를 하고, 많은 사람들이 여러 구실을 분담하면서 갖가지 사회의 수요에 대응하여 온누리에 이바지하며, 스스로의 재질 뜻 포부 가능성을 실현해가는 자아실현의 장이고, 아랫사람과 윗사람이 되고 벗들과의 어울림과 다툼을 통해 삶과 세상을 배우고 가르치는 터전이다.

　흔히들 일터에서 버는 돈을 한글로는 품삯·삯이라 하고, 한자로는 임금(賃金) 급여(給與) 보수(報酬) 월급(月給) 봉급(俸給) 급료(給料) 노임(勞賃) 노비(勞費)들로 부르며, 영어로는 pay, wage(s), salary, remuneration, paycheck들이라 한다. 우리의 행복충만에서는 한글인 『품삯』으로 쓰기로 하자구나!

　품삯은 일에 대한 대가로서 받는 돈 또는 금전적 보상을 뜻하며, 일터에서의 근무와 직무수행에 대한 반대급부임과 함께 생활보장적인 급부라는 양면적 성질을 가진다. 이 품삯은 가장 기본적인 근무조건이며, 일터에서의 사기와 능률에 직결되고 있다. 그리하여 품삯을 둘러싸고 노사분규가 자주 일어나고 있으며, 품삯 상승에 따른 물가 상승·일터 경쟁력의 약화 및 낮은 품삯에 따른 분배의 불평등·유효수요 부족의 문제가 혼합되어 있기 때문에 알맞은 품삯의 책정은 중요한 일터의 과제가 되고 있다.

　우리는 어느 특정한 일터에서 열심히 일함으로써, 온누리라는 공동생활에 참여하고 온누리가 존재하기 위한 갖가지 기능을 나누어 맡으면서 온누리의 발전에 이바지하는 보람을 느낄 수 있다. 또한 일터는 우리 스스로를 온누리와 관계 짓는 가장 중요한 통로가 되며, 일터를 통해서 우리는 사회인이 된다. 따라서 우리네 사람들은 일터를 통해서 사회 나라 세계의 온누리에 대한 좁고 넓은 갖가지 층의 공동체 의식과 소속감을 지니게 되며, 온누리의 번영 및 발전에 이바지하고, 온누리의 발전에 따른 온갖 혜택을 누리게 된다.

　우리네 사람은 "몸이 있는 존재, 마음을 지닌 존재, 더불어 사는 존재, 일해야만 사는 존재, 말·글·도구·불을 쓰는 존재, 웃음짓는 존재, 만들어 남기는 존재"라고 감히 헤아린다. 특히 우리네 사람을 『일해야만 사는 존재』라고 하는 데, 왜 그럴까?
　그 까닭은 우리네 사람·사람·인류가 『자연우주하늘 한 존재 ⇨ 생물 ⇨ 동물계 ⇨ 척삭동물문 ⇨ 포유강 ⇨ 영장목 ⇨ 사람과 ⇨ 사람속 ⇨ 사람종 또는 호모 사피엔스(Homo sapiens)』에 속하기 때문이다. 곧 우리네 사람이 자연우주하늘의 수많은 존재 중의 살아있는 존재인 생물(生物) 가운데 움직이는 존재인 동물(動物)이기 때문이다.
　자연우주하늘 가운데 움직이는 존재인 동물은 움직이지 않고 제자리에 머물러 있는 식물과는 다르다. 식물은 살기 위하여 제자리에 머물러 있으면서 자연우주하늘이 베풀어주는 햇볕·물·공기·바람·각종 영양분들을 받아드려 식물의 뿌리 잎 줄기들이 유기적으로 도와 살아가는 생기 에너지 원천을 스스로 마련할 수 능력을 지니고 있다. 곧 식물은 빛 에너지를 화학 에너지로 바꾸는 과정인 광합성(光合成)들을 할 수 있기 때문에, 살기 위하여 구태여 스스로 움직여 이 곳 저 곳을 다니면서 따로 먹거리를 구할 필요가 없으며, 제자리에 머물러 있으면서도 먹거리를 스스로 만들어 먹고 사는 존재이다.
　하지만 동물은 그냥 제자리에 머물러 있어서는 자연우주하늘이 베풀어주는 햇볕·물·공기·바람·각종 영양분들을 전혀 받아드리지 못하기 때문에 굶어 죽게 마련이다. 따라서 동물은 살기 위해서는 반드시 스스로가 움직여 이 곳 저 곳을 다니면서 식물 또는 다른 동물을 먹거리로 구해야만 하는 것이다. 이런 이치가 자연우주하늘의 모든 동물에게 주어진 삶의 짐 또는 운명 숙명 필연이다.
　이를 헤켈(Haeckel)은 동물(사람)은 활동성(活動性 : activity)과 종속영양(從屬營養 : hete-rotroph), 식물은 비활동성(非活動性 : inactivity)과 독립영양(獨立營養 : auto trophism)의 특성을 지니고 있다고 헤아리는구나!
　따라서 우리네 사람은 자연우주하늘의 모든 동물과 마찬가지로 살아있는 생명을 유지하는 가장 기본적인 조건인 먹거리를 스스로가 몸을 움직이고 마음을 써가면서 찾고 구하며 얻어야만 하는 존재인 것이다. 우리네 사람이 굶어 죽지 않고서 살아있는 생명을 유지하는 가장 기본적인 조건인 먹거리들을 찾고 구하며 얻는 구체적인 방법이 일터에서 일하는 것이다. 곧 우리네 사람은 그 누구라도 살기 위하여 일터에서 스스로의 몸을 움직이고 마음을 써가며 열심히 일을 해서 돈을 벌어야만 하는 것이 자연우주하늘을 살아가는 가장 기본적인 도리 이치 의무 책무이다. 그러기에 우리네 사람은 놀기만 하면 굶어 죽기 때문에, 반드시 스스로의 몸을 움직이고 마음을 써가며 열심히 『일해야만 사는 존재』이다.

《고용노동부 - 2023년 한국직업사전》에 따르면, 우리나라의 직업 수는 모두 16,891개이다. 세부적으로는 ① 경영 사무 금융 보험직 : 2,373개 ② 연구직 및 공학 기술직 : 3,212개 ③ 교육 법률 사회복지 경찰 소방직 및 군인 : 1,103개 ④ 보건 의료직 : 306개 ⑤ 예술 디자인 방송 스포츠직 : 1,184개 ⑥ 미용 여행 숙박 음식 경비 청소직 : 464개 ⑦ 영업 판매 운전 운송직 : 1,018개 ⑧ 건설 채굴직 : 954개 ⑨ 설치 정비 생산직 : 5,946개 ⑩ 농림어업직 : 331개들이다.

　　우리의 행복충만에서는 위와 같은 수많은 일터의 갈래를 "일하는 분야에 따른 일터, 경제와 이어진 일터, 삶의 필수요소와 이어진 일터, 마음과 이어진 일터, 몸과 이어진 일터, 삶을 부드럽게 하는 일터, 일반생활과 이어진 일터, 나라 일과 이어진 일터, 자연과 더불은 일터, 새로운 분야의 일터"의 10개로 나누어 보고자 한다.
　　① 일하는 분야에 따른 일터로는 몸으로 일하는 사람(육체 근로자 : Blue-Collar) 및 마음으로 일하는 사람(정신 근로자 : White-Collar)으로 나눈다. 몸일 하는 사람을 흔히들 노무직·기술직·기능직이라 하며, 마음일 하는 사람을 사무직·관리직·행정직이라 부른다. 한편 요즘에는 몸 일과 마음 일을 함께 해야 하는 일터가 늘어나고 있으며, 컴퓨터를 주로 다루는 일을 하는 사람(컴퓨터 근로자 : Non-Collar)이 증가하고 있다. ② 경제와 이어진 일터로는 크게 물건을 만드는 일터, 물건을 파는 일터, 돈을 다루는 일터로 나눌 수 있다. ③ 삶의 필수요소와 이어진 일터는 옷밥집(의식주)의 3대 삶의 필수요소와 관련된 일터를 가리킨다. ④ 마음과 이어진 일터에는 가르침과 관련된 일터, 글과 이어진 일터, 책과 관련된 일터, 종교·철학들과 이어진 일터가 있다. ⑤ 몸과 이어진 일터는 크게 의료 및 몸놀림과 관련된 일터로 나눌 수 있다. ⑥ 삶을 부드럽게 하는 일터란 예술 및 여가와 관련된 일터를 뜻한다. ⑦ 일반생활과 이어진 일터로는 소식을 알리는 일터 및 교통을 위한 일터이다. ⑧ 나라 일과 이어진 일터는 국회·정부·법원으로 나눌 수 있으며, 이들을 정치가·공무원·법조인이라 부른다. ⑨ 자연과 더불은 일터에는 농업·어업·산림업·광업·자연보호관련일터·기상관련일터가 있으며, 이런 일터에 일하는 사람은 농부·어부·산림업자·광부·자연보호운동가·기상요원이 있다.
　　⑩ 새로운 분야의 일터는 아래와 같다. ㉠ 정보산업에 관련된 일터로서, 갖가지 자료의 출처와 내용을 컴퓨터로 찾아내는 일터 및 그런 기계의 설계 자료를 찾아내는 방법의 설계, 이들과 이어진 교육이나 훈련 및 상담에 종사하는 일터이다. 또한 인터넷과 관련하여 홈페이지를 디자인하고 웹 사이트를 구축하는 작업을 하는 웹 디자인(web design)의 일터이다. ㉡ 로보트 공학에 이어진 일터로서, 로봇에 맡길 수 있는 일을 골라내는 로봇 설계·로보트를 설치하거나 로봇의 작동을 감시 또는 통제하는 일터이다. ㉢ 해양산업에 관련된 일터로서, 바다 밑의 광물을 캐거나 바다에 잠긴 유물 물건을 건져내거나 해양생물을 대량으로 양식하는 축양업들이다. ㉣ 우주개발과 이어진 일터로서, 우주항공산업·우주 안에서의 약이나 전자 장비를 만드는 일들이 있다. ㉤ 건강에 관련된 일터로서, 유전공학·저온학·레이저 광선을 이용한 수술방법의 개발과 더불어, 생물학과 전자학이 어우러진 생물전자학을 이용한 인공장기를 개발하려는 생명의학 기술자를 비롯하여, 인구의 노령화에 따른 노인복지 전문가·가족문제 상담원·여가활동 전문가·개성창출 상담원·심리 치료원의 일터가 유망하다. ㉥ 에너지와 이어진 일터로서, 평화 목적으로 원자력을 이용하는 원자력 에너지의 개발이나 석유·석탄과 같은 화석연료에 이용률을 높이는 일과 힘께, 햇볕·바람·유기 폐기물·지열·물들을 이용한 대체 에너지의 개발과 관련된 일터가 있다.

한편 2024년 1월 11일 브랜드 파이낸스(Brand Finance)에서 발표한 『2023년 세계 100 대 기업 브랜드 순위』에 따르면, 나라별로는 미국 51개(아마존·애플·구글·마이크로소 프트·월마트·버라이즌·테슬라 따위), 중국 20개(중국공상은행·틱톡 따위), 독일 8개 (도이치텔레콤·벤츠·알리안츠 따위), 일본 6개(도요타·NTT·미쓰비시 따위), 한국 4 개(삼성·현대·SK·LG), 영국 3개(쉘·언스트&영·HSBC), 프랑스 3개(루이비통·토탈 에너지·새넬), 사우디아라비아 1개(아람코), 인도 1개(타타), 스위스 1개(네슬레), 대만 1 개(TSMC), 캐나다 1개(TD)이다. 또한 세계 10대 기업의 순위는 ① 아마존, ② 애플, ③ 구 글, ④ 마이크로소프트, ⑤ 월마트, ⑥ 삼성, ⑦ 중국공상은행, ⑧ 버라이즌, ⑨ 테슬라, ⑩ 틱톡이다.

우리나라 삼성그룹은 세계 6위로서, 아시아에서 1위 브랜드 및 미국을 제외하면 세계1위 브랜드이다. 이어 현대자동차그룹이 67위, SK그룹이 84위, LG그룹이 90위이다.

우리나라는 2024년에 국내총생산(GDP; Gross Domestic Product) 1조 8천억 달러 및 1 인당 국민소득 3만 6천 달러를 달성하여 우리나라를 실질적으로 세계 경제 대국 10위권에 들어가도록 열심히 애를 썼구나!

이런 놀라운 성과는 대한상공회의소 및 한국증권거래소의 자료에 따르면, 우리나라의 각종 업종을 대표하는 50대 기업 및 회장님 성명은 아래와 같구나!

삼성(이재용), 현대(정의선), SK(최태원), LG(구광모), 포스코(최정우), 롯데(신동빈), 한화 (김승연), GS(허창수), 신세계(이명희), KT(구현모), CJ(이재현), 한진(조원태), 두산(박정원), 네이버(최수연), 카카오(홍은택), 농협(이성희), KB금융(윤종규), 하나금융(함영주), 신한금융 (조용병), 우리금융지주(임종룡), 코오롱(이웅렬), SM엔터테인먼트(이성수), YG엔터테인먼 트(양민석), JYP엔터테인먼트(박진영), 하이브(방시혁), 효성(조현준), 이랜드(박성수), 삼양 (김윤), 오뚜기(함영준), 동서식품(김석수), 매일유업(김정완), 풀무원(이효율), 대상(임정배), 대웅제약(전승호), 종근당(김영주), 녹십자(허은철), 유한양행(조욱제), 넥슨(김정주), 이마트 (정용진), 동국제강(장세주), 쿠팡(김범석), 엔씨소프트(김택진), 일진(허진규), 삼표(양귀승), 애경(장영신), 부영주택(이중근), 세스코(전찬혁), HMM(최원혁), OCI(이우현), 파라다이스(임일순)들의 50대 기업들이 애써서 큰 발전을 이룬 결과이다.

일터의 응어리는 몸 및 마음 응어리, 노사관계, 실업들이 있다.

1. 일터에서 겪을 수 있는 몸의 응어리로는 일터의 피로, 일터의 재해, 일터병(직업병)이 있다.
①. 일터의 피로는 시대의 변천에 따라 일터의 상황이 변해가고 있다. 새로운 기계·기 술의 도입으로 자동화·공정의 표준화·세분화·단조화에도 불구하고, 새로운 기술·책 임의 변화·작업내용의 다양화들의 근로 부담 및 생활양식의 변화는 몸을 쉽게 피로하게 하거나 또는 나중까지도 남는 만성피로의 현상으로 건강한 생활을 영위하는 데에 영향을 주게 된다.
②. 일터의 재해 또는 산업 재해는 작동 중의 생산수단에 일하는 사람이 잘못 접촉되든 가 또는 생산수단의 고장들에 의해서 몸을 다치거나 죽게 되는 것이다. 생산력의 발전은 생 산과정에서의 물리적·화학적 에너지를 점차 거대화시키고 있는데, 일하는 사람에 대한

방어가 뒤따르지 못하기에 일터재해의 위험성은 점점 늘어간다.
　③. 일터병 또는 직업병은 일정한 일터에 종사함으로써 특정의 병이 생기는 것이며, 그 일터에서 일하는 사람은 누구나 걸릴 가능성이 있는 일터기인성질환이다. 일터병을 일으키는 요인으로는 부적당한 일터 환경, 곧 일터의 이상 기후·유해광선 발생·소음과 진동 발생·이상 기온과 기압 아래의 일·산소 결핍이 있다. 또한 일의 양이 지나치게 많거나 부적당한 일의 조건, 곧 일의 강도·일의 밀도·일하는 자세·일의 속도·일의 시간·휴식 배분이 부적당할 때에 건강장애나 일터병을 일으킨다. 한편 일터에서 나오거나 다루는 유해물질로 병원체에 감염된다. 일산화탄소 및 질식성 가스에 의한 중독증, 유기용제 중독증, 중금속(연·카드뮴·수은·비소·크롬·망간·아연·주석·니켈) 중독증, 먼지·분진에 의한 호흡기계 질환이 있다.

　2. 일터는 우리들의 마음에 개인적·집단적·조직적인 수준에서 응어리를 일으킨다. 흔히들 일터의 마음의 응어리를 『아더매치』라고 줄여서 부르기도 한다. 곧 "아니꼽고(아) 더러우며(더) 매스껍고(매) 치사하다(치)"는 뜻이다.

　3. 일터의 응어리로서 노동운동(勞動運動 : labor movement)은 근대적인 임금노동자 계급이 생활조건을 유지 개선시키기 위하여 전개하는 조직적인 운동을 뜻한다. 노동운동의 목적에 따른 활동은 성격상 노동운동을 3가지 유형으로 구분하게 한다. 생산자로서의 임금노동자들의 임금 따위 노동조건의 유지 개선을 위한 노동조합운동, 정치적 시민으로서의 노동자의 조직활동인 노동자 정당운동(보기 - 영국의 노동당), 노동의 재생산면에서 본 소비자로서의 노동조합운동(보기 - 로치데일의 소비조합)이다.

　우리나라에서는 현재 한국노총과 민주노총의 양대 축을 중심으로 노동운동이 이루어지고 있다. 『한국노총(한국노동조합총연맹; Federation of Korean Trade Unions)』은 1961년 8월에 만들어졌다. 『민주노총(전국민주노동조합총연맹; Korean Confederation of Trade Unions)』은 1995년 11월에 만들어졌다.

　4. 실업(失業 : unemployment)은 노동할 의욕과 능력을 가진 사람이 자기의 능력에 상응한 노동의 기회를 얻지 못하고 있는 상태이다. 실업의 원리를 설명하는 이론에는 케인즈(Keynes)의 유효수요 이론 및 마르크스(Marx)의 산업예비군 이론이 있다.

　보람찬 일터를 위하여는 "일터를 아끼고 일터 윤리를 세워야지, 사람과의 관계를 잘하며, 할 일을 다 하고 얻을 것은 다 받자, 공과 사를 구분하고, 일터와 보금자리를 이으며, 터놓고 이야기하자, 노사가 화합하고, 응어리를 어울려서 풀자구나, 바른 자세와 방법으로 일해야지!"들이 있다. 이 가운데 『응어리를 어울려서 풀자구나 / 바른 자세와 방법으로 일해야지』에 대해 살펴보자구나!

　1. 『응어리를 어울려서 풀자구나!』이다. 일터에서 일하다 보면 일터의 피로·재해·일터병들의 몸의 응어리 및 개인적 수준·집단적 수준·조직적 수준들의 마음의 응어리가 일어난다. 이런 일터에서 생긴 응어리가 쌓이게 되면, 업무의 기피·염증·무관심이 생기고 일터에서의 자리 비움·지각·조퇴·결근이 일어나며 나아가 일터를 그만두게도 된다.
　따라서 쌓인 응어리를 때때로 풀어야 하는데, 그것도 일터에 있는 사람들이 따로따로 제각기 풀 것이 아니라, 같은 일터에서 일하는 윗 사람과 아랫 사람 및 벗들이 다함께 어울려서 응어리를 푸는 것이 더욱 효과적이다.

　이처럼 같은 일터에서 일하는 사람들이 어울려서 다함께 응어리를 푸는 방법으로는 산·들·바다의 바깥 나들이, 테니스·배드민턴·배구·축구·춤들의 몸놀리기, 노래·영화·모습보기들의 예술 활동, 글짓기·시 낭송회·작품 발표회의 문학 활동들이 있다.

　한편 응어리를 다함께 푸는 데에 있어서 특히 주의해야 할 점이 있다. 윗 사람이나 아랫 사람이 같은 교통수단·똑같은 자리·같은 먹거리들로 차별을 두지 않고 똑같이 해야 한다는 것이다. ① 산이나 바다로 바깥나들이를 가는데 윗 사람은 고급승용차를 타고 오가는 반면에 아랫사람은 붐비는 기차·버스에 시달리며 오가서는 절대로 안된다. 되도록이면 대절버스들을 같이 타고 가는 것이 좋고, 그것이 어려우면 똑같이 일반 교통수단을 이용해야 한다. ② 강당이나 바깥에서 다른 사람의 말을 듣거나 영화·모습보기들을 볼 때에, 윗 사람만 단상에 앉거나 윗 사람들 끼리 따로 나누어 자리를 앉을 것이 아니라, 윗 사람과 아랫 사람 모든 이가 똑같은 자리에 서로 어울려서 앉아야 할 것이다. ③ 행사 중에 먹거나 마시는 먹거리도 차이를 두지 말고 똑같은 것들을 다함께 먹어야 한다.

　우리의 행복충만은【 우리네 벗님들이 서로 어울려서 "튼튼한 몸(몸), 가뿐한 마음(맘), 포근한 보금자리(보), 뜨거운 배움터(배), 보람찬 일터(일), 밝은 온누리(온), 깨끗한 자연우주하늘(자), 넉넉한 돈(돈)"의 온갖 행복을 짓고 닦으며 쌓아서 충만하기 위하여 〈인사 나누기, 노래 부르기, 행복충만 몸돈 읊조림, 말씀하고 듣기, 몸마음 풀어주기, 자연 풍경 보기, 행복충만 읊조림, 알리는 말씀, 끝 인사하기〉의 모두 아홉 마당 100분을 함께 하는 모임 】이다.

　따라서 회장님들께서 운영하시는 기업의 강당·체육관·운동장들에 우리 행복충만 벗님들이 찾아가서, 회장님을 비롯한 모든 임직원분들을 모시고 〈인사 나누기, 노래 부르기, 행복충만 몸돈 읊조림, 말씀하고 듣기, 몸마음 풀어주기, 자연 풍경 보기, 행복충만 읊조림, 알리는 말씀, 끝 인사하기〉의 모두 아홉 마당 100분의 짜임새를 실시하여, 그동안 일하면서 쌓여 있던 응어리·스트레스를 풀어주어 회사 모든 분들께서 한 마음·한 뜻·동일체 의식을 드높이도록 도움을 주려는 것이려니?!

　다만 우리의 행복충만을 할 때에 아래의 두 가지는 회장님께서 꼭 지켜주어야 한다. ① 회장님 및 윗 사람들이 단상 위에 앉거나 또는 따로 자리를 마련하여 윗 사람들끼리만 자리를 앉을 것이 결코 아니라, 회장님과 윗 사람들 및 아랫 사람들의 모든 회사원들이 똑같은 자리에 서로 어울려서 몸을 맞대고 끼어 앉아야 할 것이다. ② 행복충만 행사는 100여 분이고 오후 2시부터 3시 40분까지 진행되며 많은 분들이 모여 있어서 열도 날 것이기 때문에, 행복충만이 끝난 뒤에 마시는 먹거리를 미리 준비해야 한다. 다만 똑같은 먹거리를 꼭 마련해야 하며, 행여나 회장님과 윗 사람 및 아랫 사람의 먹거리를 다르게 차이를 두어서는 아니 된다.

　2.『바른 자세와 방법으로 일해야지』이다.
　사람공학(人間工學 : human factors engineering, engono- mics_)은 사람의 신체적 인지적 특성을 고려하여 사람을 위해 사용되는 물체, 시스템, 환경의 디자인을 과학적인 방법으로 기존보다 사용하기 편하게 만드는 응용학문이다. 사람공학은 산업공학에 그 뿌리를 두며 신체운동학, 인지심리학 등과 깊은 연관을 맺고 있다. 또한 사람행동연구, 사람과 컴퓨터 상호작용, 인체역학, 제품 디자인 공학 등과 함께 발전하고 확장되어 왔으며,

요즘에는 산업디자인 분야에도 그 영향을 미치고 있다.

국제사람공학협회(The International Ergonomics Association)에서는 "사람공학은 사람과 다른 시스템의 요소들간에 일어나는 상호작용을 이해하고 연구하는 과학 분야이며 이로부터 얻어진 이론, 원리, 데이터와 방법론을 통해 사람의 복지를 향상시키고 전체적 시스템 효율을 최적화 시키는 디자인이다."라고 정의하고 있다.

사람 공학의 발자취는 아래와 같다. ① 과거에는 기계에 적합한 사람을 뽑아 교육했다. 사람을 기계의 톱니바퀴처럼 끼워 넣고, 사람을 기계에 맞춰서 기계 중심으로 운용하는 것이 일반적이었다. ② 1940년대 시스템 또는 기기 개발 과정에서 사람에 대한 시스템 친화성을 연구자들이 인식했다. 비로소 사람을 기계에 맞추지 않고, 기계를 사람에 맞추기 시작했다. ③ 1950년대에는 군사 분야를 중심으로 무기의 인체 편의성이 연구됐다. ④ 1960년대에는 중공업의 직업병과 산업재해를 개선하기 위해 연구가 진행됐다. 이때를 기점으로 공장 경영진들이 작업환경을 작업자의 가치기준(human values)에 맞추게 됐다. ⑤ 1970년대에는 제품의 소비자 친화성이 연구됐다. 현재 인체공학적 설계 운운하는 것은 이때부터 시작됐다. ⑥ 1980년대부터 인지과학과 신경과학의 영향을 받아 인지신경 사람공학이 탄생했다. ⑦ 2000년대 이후 사회과학적 문제에 대한 공학적 접근법들이 연구되고 있다.

사람공학 전문가는 이러한 응용분야에서 사람들이 제품 도구 절차들과 어떻게 상호작용하는지에 대해 연구하여 이를 기업에서 제품과 서비스를 개선하도록 하여 생산성과 제품경쟁력 및 사용자 만족을 향상시키는 역할을 수행한다. 사람공학전문가의 학문 배경은 인지심리학, 산업심리학, 문화인류학, 산업공학, 컴퓨터공학, 산업디자인, 인터렉션디자인들이다. 이들 분야의 학문에서는 사람공학을 교과목 중 하나로 교육하고 있으며 각자 학문의 시각과 방법을 통해 사람공학 전문분야를 발전시키고 있다. 국가자격으로는 한국산업인력공단에서 주관하고 있는 사람공학 기사, 기술사가 있다.

흔히 우리들이 일하는 자세로는 크게 두 가지로 나눌 수 있다.

① 먼저 앉아서 하는 일(desk work)로서, 일정 자세의 유지로 근육의 지속적인 수축이 이루어져 근육 안의 피 유입의 저해로 산소 공급이 모자라게 되는데, 이것이 바로 정적인 근육피로이다. 이 앉아서 하는 일의 바른 자세는 의자의 앉은 면과 책상 면과의 관계에서 결정된다. 가장 바른 자세는 양자의 차이가 26~30㎝를 유지할 때에 팔꿈치가 편한 위치로 일을 할 수 있으며, 또 약 40도 각도의 발받침을 사용하는 것이 대퇴부의 압박이나 발의 부음을 줄일 수 있다.

② 다음에 서서 하는 일(stand work)이 있는데, 이에는 허리 부분의 척추나 하퇴 및 다리 부분의 근육에 크게 부담이 와서 뻐근함·통증·부음(부종)이 뒤따르게 된다. 이처럼 부담이 올 때에는 자주 의자에 앉아 쉴 필요가 있다.

아울러 보람찬 일터를 가꾸기 위해서는 『공통적 행복충만을 위한 열두 가지 길』인 "행복충만, 올바르게 살고, 열심히 일하며, 3하(하고 싶다·할 수 있다·해야 한다) 원칙, 고맙습니다! 뉘우칩니다!, 어려움을 참고 견디며 이겨내자!, 시간을 아껴 쓰며, 기도정성을 간절히 드리고, 자원봉사활동을 하자, 웃으려 애쓰고, 창조력을 발휘하며, 자연우주하늘을 품자구나!"가 있다.

7. 밝은 온누리(온)

『밝은 온누리(Bright Whole World)』는 우리네 사람들이 살고 있는 사회와 나라 및 세계를 아우르는 온누리에 다툼 테러 전쟁들의 응어리가 없어 모든 사람들이 보금자리·배움터·일터에서 열심히 또한 올바르게 생활하여 밝고 즐거우며 멋지게 살아가는 행복한 상태를 뜻한다.

『온누리』는 우리네 사람들이 생활하고 있는 세상을 뜻하며, 순수한 우리말로서, "누리"라고도 하고, 영어로는 Whole World 라고 할 수 있다. 우리의 행복충만에서는 온누리를 우리네 사람들이 살고 있는 "사회"와 "나라" 및 "세계"를 아우르는 말로서 쓰기로 하자!

『사회(社會 : society, community)』는 일정한 경계가 설정된 영토에서 종교 가치관 규범 언어 문화들을 상호 공유하고 특정한 제도와 조직을 형성하여 질서를 유지하고 성적 관계를 통하여 성원을 재생산하면서 존속하는 사람집단이다. 사회의 갈래는 가족으로 이루어진 자연적 공동체, 같은 언어와 같은 인종으로 구성된 집단, 여러 언어와 여러 인종으로 구성된 집단, 사회 문화 정치 경제에 걸친 각 분야의 집단들로 다양하다.

사회에 대한 생각으로는 사회유기체설, 구조기능주의, 다툼이론, 교환행위론, 상징적 상호작용론들이 있다.

사회의 값어치로는 생계를 유지하는 과정, 사람 행동의 조정, 생각의 주고받음, 사회생활에의 참여, 건강 및 안전 유지, 아름다움을 느낌, 놀이 활동의 기능들이 있다.

『나라 또는 국가(國家 : nation, state, country)』는 통치조직을 가지고 일정한 영토에 거주하는 수많은 사람들로 이루어진 단체이다. 곧 일정한 지역 영토 내에 거주하는 사람들로 구성되고, 그 구성원들에 대해 최고의 통치권을 행사하는 정치단체이자 개인의 욕구와 목표를 효율적으로 실현시켜 줄 수 있는 가장 큰 제도적 사회조직으로서의 포괄적인 강제단체이다. 또한 나라는 자연적 또는 역사적 발생과 더불어, 기존 나라의 일부가 독립하여 새 나라가 되고, 몇 나라가 결합하여 한 나라가 생기기도 하며, 또 한 나라가 분열하여 새로운 몇 나라를 이루는 형태도 있다. 특히 제2차 세계대전 뒤에 영국 프랑스 네덜란드 벨기에의 식민지가 독립하여 새로운 나라들을 이루었다.

또한 나라의 개수는 독립국가 인정 여부에 따라 다양하다. UN 회원국은 193개이고, 세계지도 정보로는 237개이며, 인터넷(worldometers.info)에 따르면 235개이고, 국제법상으로는 비독립국 포함하여 242개이다. 아울러 우리나라 수출국은 통계청 자료로 224개이며, 세계은행 통계로는 229개이고, 우리나라 국가정보원 자료로는 231개들이다.

아울러 나라의 기원에 관한 학설은 크게 실력설, 계약설, 신의설, 재산설, 계급설, 족부권설의 6가지로 나눌 수 있다.

나라의 구성 요소는 나라 권력, 국민, 영역이라고 일반적으로 본다. ① 나라 권력(國家 權力)은 주권과 통치권을 말한다. ② 국민은 통일체로서의 나라에 소속하는 개개의 자연인을 말하며 이들은 전체로서 국민을 구성하는 것이다. 국민주권의 원리에 입각한 민주 나라에 있어서 국민은 기본적으로 주권자, 최고국가기관, 기본권의 주체, 피치자로서의 지위를 지니고 있다. ③ 나라는 일정한 범위의 공간을 존립의 기초로 하는 데 이를 영역(領域)이라 한다. 영역은 일정한 범위의 땅인 영토(領土), 또 영토와 접속한 일정한 범위의 바다인 영해(領海), 아울러 영토와 영해의 수직 상공인 영공(領空)으로 이루어진다.

『세계(世界 : world)』는 지구상의 모든 나라 또는 인류 사회 전체; 사람의 생활과 활동무대로서의 지구 표면을 뜻한다. "누리"라는 표현은 세계를 예스럽게 이르는 말이며, 영어 낱말 "월드(world)"는 '사람'이라는 뜻의 'wer' 및 '나이'란 뜻의 'eld'가 어우러져 '사람의 나이'라는 뜻에서 비롯한 것이다.

지구의 표면 면적 표면적은 5억 1,010만 제곱킬로미터(㎢)이며, 그 가운데 사람이 직접 생활하는 땅 · 육지 · 대륙은 21%(1/5)인 1억 712만 제곱킬로미터이다. 또한 이 땅은 크게 6대륙(大陸) 또는 6대주(大洲)로 나누는 데, 아시아 유럽 북아메리카 남아메리카 아프리카 오세아니아이다. 아울러 여기에 남극대륙을 넣어서 7대륙 또는 7대주이라고도 한다.

세계 인구 날(World Population Day)는 7월 11일이며, 인구 문제에 대한 관심을 높이기 위해 국제연합 개발계획(UNDP)이 지정한 세계 기념일이고, 세계 인구가 50억 명을 넘은 1987년 7월 11일을 기념하여 만들어졌다. 한편 우리나라 한국의 인구의 날도 7월 11일이며, 2011년에 만들어졌다.

인터넷 《worldometers.info/world-population》에 따르면, 세계의 총인구는 2025년 6월 19일 현재 82억 2975만 명가량이며, 실시간으로 검색되고 있다. 또한 하루에 태어난 아이는 26만 명이 넘으며, 하루에 죽는 사람도 12만 명이나 된다. 한편 나라별 순위로는 ① 인도 : 14억 6344만 명, ② 중국 : 14억 16,20만 명, ③ 미국 : 3억 4721만 명, ④ 인도네시아 : 2억 8564만 명, ⑤ 파키스탄 : 2억 5509만 명, … … ⑫ 일본 : 1억 2312만 명, … … (230) 포클랜드 제도 : 3469명, (231) 토켈라우 : 2608명, (232) 니우에 : 1821명, (233) 교황청 : 501명들이다. 더불어 한국은 29위로 5166만 명이며, 북한은 56위로 2657만 명이다.
세계의 많은 나라들은 국제기구(國際機構 : international organization)를 만들어 세계 평화와 문화 발전 및 인류 번영을 꾀하면서 밝은 온누리를 가꾸려고 열심히 노력하고 있다.

지난 1920년에 제1차 세계대전에서 승리한 미국 영국의 연합국들이 주도하여 국제협력을 위해 세운 기구로서 "국제연맹(國際聯盟 : League of Nations)"을 만들었다.
이어 1945년에 제2차 세계대전 뒤에 미국 영국 프랑스 소련의 연합국들이 주도하여 항구적인 국제평화와 안전보장을 목적으로 『국제연합(國際聯合)』 또는 『유엔(UN; United Nations)』을 만들었다. 국제연합은 총회, 안전보장이사회, 경제사회이사회, 신탁통치이사회, 국제사법재판소, 사무국의 6개의 주요 기관과 함께 그 산하에 많은 보조기관 및 전문기구를 두고 있다.

위와 같이 사회와 나라 및 세계를 아우르는 온누리는 농경 사회 ⇨ 산업 사회 ⇨ 정보 사회로 발전되고 있다. 이 가운데 현대의 정보사회에 대해 간략히 살펴보자.

요즘의 정보사회(情報社會 : information society)는 정보가 중요시되고 널리 활용되는 사회를 뜻한다. 『정보』라는 말은 영어의 '인포메이션(information)'에서 나왔고 이는 'inform(알리다)'을 명사화한 것이기에, 인포메이션은 우리말로 「알림」 또는 「알려주는 것」을 뜻하며, 한자어 「情報」는 인포메이션을 모방하여 '정황(情況)'에 대한 보고(報告)'를 줄여서 만든 단어이다.

정보사회란 이런 정보를 바탕으로 하는 사회로서, 컴퓨터 · 반도체 · 전자 · 통신공학이 발달되어 서로 어울려져 정보의 생산 · 처리 · 저장 · 전달능력이 증대되면서 정보의 값어치가 높여지고 정보가 중요한 재화로 인식됨으로써, 정보가 보금자리 일터 배움터 온누리의 갖가지 활동에 도입되어 사람의 갖가지 사회 경제 생활양식에 혁신적인 변화가 일어나는 온누리인 것이다. 따라서 정보사회는 1970년대부터 미국과 유럽의 사회학자 · 미래학자 · 경제학자들에 의해 논의되어 저마다 다른 이름으로 부르고 있다. 곧 갈퉁(Galtung)의 신근대사회 · 토플러(Toffler)의 제3의 물결 · 나이스비트(Naisbitt)의 메가트렌트(Megatrends) · 벨(Bell)의 기술시대를 비롯하여, 전자공학시대 · 초기산업사회 · 탈산업사회 · 고도공업사회 · 정보집약사회 · 정보자본주의시대 · 컴퓨터피아(Computer Pia)시대 · 지구촌시대들이다.

정보사회는 유럽의 선진국에서는 1980년대부터 시작되어 요즘에 본격적으로 발전되고 있으며, 우리나라에서는 1990년대에 서서히 이루어지고 있고, 아시아 아프리카의 후진국은 아직까지 진입하지 못했다고 볼 수 있다.

《e-나라지표(index.go.kr)》에 따르면, 우리나라의 2024년말 컴퓨터 가구 보유율은 77.2%이다. 또한 인터넷 가구 보급률은 82.5%이고, 인터넷 가구 접속률은 99.9%(우리나라 2,057만 가구 중 2,056만 가구 인터넷 접속 가능)이며, 인터넷 이용률은 94.5%(최근 1개월 이내 만3세 이상 국민 5,090만여 명 가운데 우리나라 인터넷 이용자 수는 4,731만여 명이다.

이런 정보사회의 대표적인 것은 『컴퓨터, 인터넷, 인공지능, 스마트폰, SNS』이다.

1. 『컴퓨터(Computer)』는 영어로 computer라 하는 데, 'compute' 곧 '계산한다'는 동사에 어미 'r'을 덧붙여서 '계산하는 물건'이라는 뜻을 지니고 있다. 이를 우리말로 전자계산기로 옮기기도 하지만, 원래의 전자계산기(calculator)란 말과 혼동되기 때문에, 흔히 『컴퓨터』라고 소리를 옮겨서 쓰고 있다. 일반적으로 컴퓨터란 『전자의 원리 곧 자동화에 의하여 숫자 · 문자 · 소리 · 그림들과 같은 자료 및 사람의 지식을 처리하는 하드웨어 · 소프트웨어 · 데이터베이스와 사람으로 이루어진 체제 또는 시스템』을 뜻한다. 더불어 '컴퓨터의, 컴퓨터와 관련된, 컴퓨터로 자동 제어되는' 것을 뜻하는 접두어로서 『사이버(cyber)』라는 말을 쓴다. 사이버는 원래 전자 두뇌의 뜻으로, 흔히 '컴퓨터, 컴퓨터 네트워크, 컴퓨터 통신망'들을 이르는 말이다.
1936년에 영국의 튜링(Turing)이 세계 처음으로 컴퓨터를 개념화했고, 1945년에 미국의 노이만(Neumann)이 컴퓨터의 기본이 되는 원리를 제안했으며, 1946년에 미국의 에커트(Eckert) 및 모클리(Mauchly)가 진공관을 사용한 세계 처음의 컴퓨터인 에니악(ENIAC; Electronic Numerical Integrator and Calculator)을 발명했다.

요즘 컴퓨터는 보금자리 배움터 일터 온누리의 모든 분야에서 흔히 사용되고 있다.

컴퓨터는 우리네 사람과 비슷하게 구성되어 있다. 곧 우리네 사람이 몸과 마음으로 이루어져 있듯이, 컴퓨터도 우리의 몸에 해당하는 하드웨어(hardware)와 함께, 우리의 마음에 해당하는 소프트웨어(software)로 구성되어 있다.

(1). 하드웨어(Hardware; HW)는 사람의 몸에 해당하는 것으로, 컴퓨터를 구성하고 있는 기계 그 자체이며, 구체적인 형체를 지니고 손으로 만질 수도 있으며 눈으로 볼 수 있는 대상이다. 하드웨어를 구성하는 장치는 입력 · 연산 · 기억 · 제어 · 출력 장치의 5대 장치이다.

① 입력장치(入力裝置 : Input Unit) - 사람이 눈으로 읽을 수 있고 들을 수 있는 형태로 되어 있는 자료를 컴퓨터가 읽을 수 있는 형태로 바꾸어 주는 장치이며, 키보드 · 화면단말기(VDT) · OMR · OCR · MICR들이다. ② 연산장치(演算裝置 : Arithmetic Unit) - 사람의 의식 · 머리(뇌)에 해당되는 장치로서, 사람들이 작성한 명령을 분해하고 필요한 자료를 기억장치에서 찾아오며 필요한 연산(더하기 · 빼기 · 곱하기 · 나누기의 4측)과 비교를 수행하는 기능을 맡고 있다. 흔히 비트(Bit)라는 단위로 표현되는 데 이 장치의 기본 길이는 기억장치의 용량과 계산의 정밀도를 결정하는 데, 1비트는 1이나 0이라는 자료를 기억하는 기본기억장소이며, 8개의 비트를 합쳐 1바이트(Byte)라 부르며, 이를테면 8비트 · 16비트 기계라 하는 것은 바로 이 연산장치의 길이를 말하는 것이다. ③ 기억장치(記憶裝置 : Memory 또는 Storage Unit) - 입력장치를 통하여 읽어 들인 자료나 명령 및 컴퓨터의 내부에서 계산 처리된 결과를 기억하는 장치이다. 또한 기억장치는 다시 중앙처리장치 안에 있으며 컴퓨터가 처리하려는 자료와 처리결과를 임시로 보관하는「주(내부) 기억장치」, 중앙처리장치 밖에 있으며 주기억장치의 기억한계를 확장시켜 컴퓨터의 기억능력을 보조하고 자료를 오랫동안 보관하는 '보조(외부) 기억장치'로 나눈다. 보조기억장치의 대표적인 것으로는 테이프의 가운데 있는 자료를 찾고자 할 때 처음부터 그 지점까지를 차례대로 읽어가야 하는 자기테이프, 원하는 자료에 직접(임의) 접근이 가능한 자기디스크들이 있다. ④ 제어장치(制御裝置 : Control Unit) - 컴퓨터의 다른 4개 장치에게 동작을 명령하고 감독 통제하는 컴퓨터를 구성하는 모든 장치를 유기적으로 연결시키는 기능을 하는 장치이다. ⑤ 출력장치(出力裝置 : Output Unit) - 컴퓨터가 처리할 수 있는 형태의 자료를 사람들이 읽어서 처리할 수 있는 형태로 바꾸어 주는 장치이다. 이에는 모니터장치(CRT) · 인쇄장치 · 하드카피 터미널 · 그래프플로터 · COM들이 있다.

한편 주기억장치 · 연산장치 · 제어장치는 하드웨어의 주된 것으로「중앙처리장치(中央處理裝置 : Central Processing Unit : CPU)」라 부르며, 입력장치 · 출력장치 · 보조기억장치를 '주변장치'라 일컫는다.

(2). 소프트 웨어(Software : SW)는 기계 곧 하드웨어의 운영을 지시하는 명령의 집합이다. 그 특징으로는 손으로 만질 수도 없고 눈으로 볼 수도 없는 따위로 사람에 의해 감지되지 않으며, 소프트웨어를 담는 그릇이 있어야 하고, 명령은 본질적으로 고유한 문법과 단어를 갖는 언어의 속성을 가지고 있는데, 컴퓨터와 사람 사이의 대화를 위해 고안한 이 언어를 "컴퓨터 언어"라 부른다. 따라서 이용자의 입장에서 컴퓨터를 이용하기 위해서는 소프트웨어를 작성해야 하고, 소프트웨어의 작성을 위해서는 컴퓨터 언어에 관한 지식과 처리하려는 업무의 처리절차나 방법에 관한 실무적 지식이 필요하다.

또한 소프트웨어는 기계 그 자체의 움직임에 필요한 명령의 집합인 「시스템 소프트웨어(CP/M · MS-DOS · UNIX 따위 각종 운영체제)」 및 실제의 문제풀이에 이용하기 위해 작성된 명령의 집합인 '응용 소프트웨어(급여처리 · 보험업무 소프트웨어 따위)'로 나눈다. 아울러 소프트웨어의 질은 사용자 입장에서 사용의 편의성 · 신속성 · 범용성 · 저렴성 · 애프터서비스의 보장들의 5가지 기준에 의해 판단할 수 있다.

한편 컴퓨터 언어는 사람과 기계 사이의 대화를 위해서 사람들이 인위적으로 만든 언어로서, 크게 기계어 · 어셈블리언어 · 고급언어로 나눈다. 특히 고급언어는 보다 많은 기억장소를 필요로 하고 수행상 비능률적인 면이 있지만, 부호화(코딩:coding) 및 프로그램의 잘못을 찾아내어 수정하기(디버깅:debugging)에 시간이 적게 들고 배우기 쉬우며 컴퓨터 유형과 관계없이 동일하여 범용성 · 기술이전성이 높은 장점이 있다. 고급언어에는 베이직(BASIC) · 포트란(FORTRAN) · 파스칼(PASCAL)들의 절차중심언어, 보고서 작성언어 · 프로그램 작성언어 · 통계용 패키지 · 모형언어들의 문제중심언어, 컴퓨터에서 신속한 탐색과 검색을 위해 구축한 정보집합체(데이터베이스:data base) 질의어, LISP · PROLOG들의 인공지능언어가 있다.

컴퓨터는 진공관(제1세대) 컴퓨터(1946~1958) ⇨ 트랜지스터(제2세대) 컴퓨터(1959~1963년) ⇨ 집적회로(제3세대) 컴퓨터(1964~1972년) ⇨ 고집적회로(제4세대) 컴퓨터(1973~요즘) ⇨ 인공지능(제5세대) 컴퓨터(요즘~앞날)들로 발전되고 있다.

컴퓨터의 갈래는 개인용(자가용) 컴퓨터(PC; Personal Computer), 미니(중소형) 컴퓨터(Mini Computer), 마이크로 컴퓨터(Micro Computer), 메인프레임(대형) 컴퓨터(Mainframe Computer), 슈퍼 컴퓨터(Super Computer), 퍼지 컴퓨터(Puzzy Computer), 뉴로(신경) 컴퓨터(Neuro Computer), 빛(光) 컴퓨터, 초소형(랩톱 · 노트북 · 팜톱) 컴퓨터들이 있다.

아울러 컴퓨터 그래픽(Computer Graphics, CG)은 컴퓨터를 이용한 도형이나 화상 처리로서 컴퓨터를 이용하여 그림과 이미지를 그리는 분야로서, 3차원 물체를 표현하거나 자연우주하늘의 신비로운 모습이나 미지의 세계에 대한 형상을 표현할 수 있다. 요즘에는 가상현실(VR; Virtual Reality)과 증강현실(AR; Augmented Reality)을 아우르며 혼합현실(MR; Mixed Reality)을 망라하는 초실감형 기술 및 서비스인 확장현실(XR; Xtended Reality) 기법이 발전되고 있다. 아울러 가상을 뜻하는 메타(meta) 및 우주를 뜻하는 유니버스(universe)의 합성어인 메타버스(Metaverse)가 발전되어 영화 · 게임 · 전자상거래 · 광고의 사회 경제 문화적활동까지 이뤄지는 3차원 가상세계의 온라인 공간인 메타버스 산업이 진흥되고 있다.

2. 『인터넷(Internet)』은 원래 글자로는 서로 독립적으로 운영되는 두 개의 통신망을 서로 연결하는 것을 뜻하며, 모든 세계의 컴퓨터가 서로 연결돼 정보를 주고받을 수 있는 종합정보통신망이다. 인터넷은 영어로 "Internet(I - 대문자) 또는 INTERNET"과 같이 고유명사로 표기한다. 이는 통신망과 통신망을 연동해 놓은 망의 집합을 의미하는 인터네트워크(inter-network)의 약어인 'internet(i - 소문자)'과 구별하기 위한 것이다.

1950년에 영국의 스트라치(Strachey)는 컴퓨터끼리 네트워크를 구성해 시간을 동기화하는 프로젝트를 구상하고 특허를 신청했는데, 이것이 인터넷의 모태가 됐다.

이어 인터넷의 기원은 1969년 미국 국방부의 핵전쟁에서도 안정적인 정보 교환을 위한 네트워크를 마련하기 위해 미국의 4개 대학을 연결한 알파넷(ARPANET; Advanced Reserch Project Agency Network)이다. 이 알파넷의 책임자 가운데 한명인 로버츠(Roberts)는 인터넷의 아버지라 부른다.

인터넷이란 이름은 1973년 서프(Cerf) 및 칸(Kahn)이 네트워크의 네트워크를 지향하며 모든 컴퓨터를 하나의 통신망 안에 연결(Inter Network)하고자 하는 의도에서 이를 줄여 인터넷(Internet)이라 처음으로 부른 것에서 비롯됐다. 서프 및 칸도 인터넷의 아버지라고 부른다.

요즘에 인터넷은 전화망 버금가는 거대한 세계적 정보 기반이 됐으며 통신량은 급속도로 증가하고 있다. 인터넷에서 이용할 수 있는 서비스는 전자우편 또는 이메일(email, e-mail; Electronic Mail의 약자로서 컴퓨터의 단말기 이용자끼리 통신 회선을 이용하여 주고받는 글 사진 영상), 인터넷 쇼핑(Internet shopping; 인터넷상의 상점이나 점포에 접속하여 물건을 구매하는 통신 판매), 인터넷 뱅킹(Internet banking; 인터넷을 통해 입출금 따위의 은행 관련 업무를 보는 일), 인터넷 마케팅(Internet marketing; 인터넷의 특성을 이용하여 효율적인 판매 구축·고객 획득 전략 마련·시장 조사 따위의 영업 활동), 인터넷 TV, 인터넷 방송, 인터넷 영화, 인터넷 신문, 인터넷 광고, 인터넷 서점, 인터넷 카페들이 있다.

이처럼 인터넷은 사회 문화 정치 경제 교육 건강 예술 먹거리 생활 취미 오락 체육 여가들의 모든 분야에서 넓고 깊으며 다양하게 쓰이고 있다. 이런 수많은 서비스와 풍부한 정보자원 때문에 인터넷을 정보의 바다라고 부른다.

그리하여 바다의 이 파도 저 파도를 넘나들면서 즐기는 파도타기(서핑; surfing)와 같이, 정보의 바다인 인터넷의 이 사이트(site) 저 사이트를 옮겨 다니면서 온갖 정보를 얻으려는 웹 서핑(web surfing)이 유행하고 있다.

더불어 "월드 와이드 웹(World wide web, WWW, W3)" 또는 "웹(Web)"은 인터넷상의 정보를 하이퍼텍스트(hypertext; 문장 중의 어구나 그것에 붙은 표제, 표제를 모은 목차들이 서로 연결된 문자 데이터 파일) 방식과 멀티미디어(multimedia; 영상 음성 문자 그래픽들의 미디어 매체들을 한데 모아 하나의 매체로 통합시킨 복합 매체) 환경에서 검색할 수 있게 해 주는 정보검색 시스템이며, 다양한 형태의 데이터와 정보에 접근할 수 있도록 해주는 인터넷 서비스다. 원래 1989년에 유럽입자물리연구소의 버너스리(BernersLee) 및 카이오(Cailliau)에 의해 개발되기 시작하여 보편적인 인터넷 서비스로 확대됐고, 대표적인 인터넷 서비스로 폭발적인 발전을 거듭하여 현재에 이르고 있다. 이 웹(Web)은, 주로 문자를 기반으로 전송하던 인터넷 서비스들과는 달리, 문자 및 사진 그래픽 음성 동영상을 전송하고 검색할 수 있게 해준다. 이렇게 편리하고 쉬운 월드 와이드 웹의 등장이 소수 전문가들의 전유물로 알려진 인터넷을 일반인 누구에게나 접근하기 쉬운 것으로 만들어 내면서 오늘의 인터넷 열풍을 몰고 왔다.

인터넷은 모든 세계의 수많은 컴퓨터들이 연결되어 있으므로 컴퓨터를 서로 구분해야 할 필요가 생겼다. 이런 수단으로 사용하는 것이 "주소"인데, 가정이나 학교 회사들에 주소가 있듯이, 인터넷에 연결되어 있는 모든 컴퓨터에도 고유의 주소가 있다. 우리는 이런 주소를 이용하여 다른 컴퓨터에 접속하여 저장된 정보를 이용할 수 있는 것이다.

인터넷 주소 중에 숫자로 이루어진 것이 "IP(Internet Protocol) 주소(adress)"이며, 문자로 이루어진 것이 바로 "도메인(domain)"이다. IP 주소는 형식이 111.247.66.1과 같이 표현된다. 0부터 255까지의 숫자로 구성이 되고 각각의 숫자들은 점(.)으로 구분을 한다. IP 주소를 이용하면 인터넷에 연결된 모든 컴퓨터에 접속하여 저장된 정보를 이용할 수 있지만, 주소가 숫자로만 이루어지기 때문에 사람들이 알아보기 어려운 단점이 있다.

문자로 이루어진 인터넷 주소인 도메인(domain)은 나라 도메인 및 일반(국제) 도메인으로 구분되어 여러 단계로 구성된다. 각 단계는 오른쪽 맨 마지막에서부터 1단계 · 2단계 · 3단계 · 4단계로 불리며, 세계적으로 중복되지 않아 하나뿐인 고유한 주소로 사용된다.

①. 1단계 도메인은 기관이 속한 나라 이름을 나타낸다. 다만 일반 도메인 또는 국제 도메인은 나라 이름이 생략된다. 나라 도메인(ccTLD, country code Top Level Domain)은 각 나라들을 두 자리의 영문 약자로 표현하며, 190개가 있다. 한국인터넷정보센터에서 관리하는 kr은 한국을 대표하는 나라도메인이며, jp는 일본, cn은 중국, in은 인도, us는 미국, ca는 캐나다, uk는 영국, de은 독일, fr은 프랑스를 뜻한다.
나라 도메인은 나라별로 도메인 이름 체계 및 등록 원칙이 다르다.
②. 2단계 도메인은 기관의 성격을 나타낸다.
③. 3단계 도메인은 기관의 이름을 나타낸다.
④. 4단계 도메인은 기관에서 사용하는 컴퓨터 이름(호스트 명)을 나타내며, 보통 www이다. www는 world wide wed의 약자로서, 웹 또는 www라고도 부르며, 인터넷에서 하이퍼 링크된 문서를 볼 수 있게 해주는 방식이다. 흔히 4단계 도메인인 www는 생략기도 한다.

따라서 우리의 행복충만의 도메인은 "행(haeng) 복(bog) 충(chung) 만(man)"의 영어의 앞 글자를 따서 『hbcm』이라 하여, 먼저 나라 도메인으로는 『www.hbcm37.or.kr』이며, 아울러 일반 도메인 또는 국제 도메인으로는 『www.hbcm37.com』이다.

영어 도메인 이름에는 일정한 규칙이 있다. 도메인 이름은 영문자[A-Z][a-z], 숫자[0-9] 또는 하이픈[-]의 조합으로만 표현된다. 영문자의 대, 소문자의 구별이 없다. 도메인 이름에 콤마(,) 및 언더스코어(_)의 특수문자를 사용하실 수 없다. 도메인 이름의 영어나 숫자로 시작하여야 하며, 하이픈[-]으로 끝날 수 없다. 도메인 이름의 길이는 최소 2자에서 최대 63자까지이다.
또한 한글 KR 도메인은 .co.kr 및 .or.kr 따위 국내 .kr 도메인의 최상위 관리기관인 정보통신부 산하 KRNIC에서 강력한 의지로 새롭게 도입하는 도메인이다.
이렇게 등록한 도메인은 홈페이지 주소, 전자우편 주소(이메일)들로 사용할 수 있다.

한편 『사물 인터넷(事物 인터넷 : Internet of Things, IoT)』은 사물들(things)이 서로 연결된 인터넷(Internet) 또는 사물들로 구성된 인터넷을 말한다. 곧 인터넷을 기반으로 모든 사물(事物; Things)을 연결하여 사람과 사물, 사물과 사물 간의 정보를 서로 소통하는 지능형 기술 및 서비스; 가전 장치의 사물에 감지기(센서:sensor)를 붙여서 실시간으로 정보를 모은 뒤에 인터넷을 통해 개별 사물들끼리 정보를 주고받는 정보 기술; 사람이 조정하지 않아도 사물이 알아서 판단하여 정보를 상호 소통하는 지능형 기술 및 서비스;

세상에 존재하는 유형 또는 무형의 사물들이 다양한 방식으로 서로 연결되어 개별 객체들이 제공하지 못했던 새로운 서비스를 제공하는 정보기술 및 서비스; 사람 사물 공간 자료 따위 모든 것이 인터넷으로 서로 연결되어 정보가 생성 수집 공유 활용되는 초연결 인터넷을 뜻한다. 사물 인터넷을 영어 머리글자를 따서 "아이오티(IoT)"라 약칭하기도 한다.

『제4차 산업혁명(第4次 産業革命; The Fourth Industrial Revolution)』은 사물 인터넷을 통해 생산기기와 생산품 간 상호 소통 체계를 구축하고 전체 생산과정의 최적화를 구축하는 산업혁명; 사물 인터넷 · 인공 지능 · 클라우드 컴퓨팅(cloud computing; 정보처리를 자신의 컴퓨터가 아닌 인터넷으로 연결된 다른 컴퓨터로 처리하는 기술) · 빅데이터(big data; 다양한 대규모의 자료를 빠르게 분석하여 사업에 활용하는 기술) · 모바일 따위의 지능정보 기술이 기존 산업과 서비스에 융합되거나, 또는 3D 프린팅(three- dimensional printing; 연속적인 계층의 물질을 뿌리면서 3차원 물체를 만들어내는 제조 기술) · 로봇공학 · 생명공학 · 나노(nano : 미터법의 여러 단위의 이름 앞에 붙어 10억분의 1이라는 뜻을 나타냄) 기술의 여러 분야의 신기술과 결합됨으로써, 실세계 모든 제품 · 서비스를 네트워크로 연결하고 사물을 지능화하는 따위로 첨단 정보통신기술이 경제 · 사회 전반에 융합되어 혁신적인 변화가 나타나는 차세대 산업혁명을 뜻한다.

제4차 산업혁명은 그동안 증기기관 발명(제1차 산업혁명), 대량 생산과 자동화(제2차 산업혁명), 정보기술(IT)과 산업의 결합(제3차 산업혁명)에 이어 네 번째 산업혁명을 일으킬 것이라는 뜻에서 붙여졌다.

제4차 산업혁명이라는 용어는 2016년 세계 경제 포럼(WEF)에서 언급됐으며, 정보통신기술(ICT) 기반의 새로운 산업 시대를 대표하는 용어가 됐다. 컴퓨터 및 인터넷으로 대표되는 제3차 산업혁명(정보 혁명)에서 한 단계 더 진화한 혁명으로도 일컬어진다.

제4차 산업혁명을 구현하기 위해서는 스마트센서(smart sensor; 감지기의 출력 신호를 처리하는 회로가 부가되어 데이터 처리 능력과 판단 능력을 갖춘 감지기) · 공장 자동화 · 로봇 · 빅데이터 처리 · 스마트 물류(smart logistics; 정보산업을 기반으로 하여 효율성을 극대화하는 물류 형태) · 보안들의 수많은 요소가 필요하다. 이런 제4차 산업혁명은 초연결(hyperconnectivity) 및 초지능(superintelligence)을 특징으로 하기 때문에 기존 산업혁명에 비해 더 넓은 범위에 더 빠른 속도로 크게 영향을 끼친다.

3. 『인공지능(人工知能 : AI : Artificial Intelligenc)』은 컴퓨터로 구현한 지능; 사람이 가진 지적 능력을 정보처리 기술을 통해 구현하는 기술; 사람의 지능이 가지는 학습 추리 적응 논증 따위의 기능을 갖춘 컴퓨터 시스템이다. 인공지능은 사람 또는 동물의 지능이 컴퓨터로 모사될 정도로 세밀하고 정확하게 표현될 수 있다는 생각에 기반을 둔다. 지능에 대한 정의와 마찬가지로 인공지능에 대해서도 다양한 정의가 존재한다. 인공지능의 방법과 관련한 탐색 · 논리 및 추론 · 지식 표현 · 계획 · 학습들의 세부 분야에 대한 연구가 진행 중이고, 자연어 처리 · 컴퓨터 비전 및 패턴 인식 · 로보틱스들의 분야에서 응용된다.

인공지능이라는 용어 등장 이전인 1943년 맥컬로치(McCulloch)와 피츠(Pitts)가 제안한 인공 뉴런(neuron) 모델에서 그 논리적 기능을 분석했으며, 1950년 튜링(Turing)은 튜링 시험(test)을 제안하여 생각하는 기계의 구현 가능성을 분석했다.

인공지능이라는 용어는 1956년 미국 다트머스 대학에서 열린 워크숍 제안서에서 매카시(McCarthy)가 처음 공식적으로 사용했다. 1950~60년대 초창기의 인공지능 연구는 정리(theorem) 증명과 게임들의 분야에서 놀라운 성과를 거두었으나, 이후 과도한 기대에 따른 실망과 쇠퇴 및 새로운 모델과 이론의 개발들이 되풀이됐다. 1970~80년대에는 전문가 시스템(expert system)에 대한 연구가 전개됐다. 1980년대 중반에 역전파 알고리즘(backpropagation algorithm)의 재발견 이후 인공 신경망(ANN: Artificial Neural Network) 모델에 대한 연구가 활발해졌다. 1990년대의 인공지능 연구는 통계학 정보이론 최적화의 많은 분야의 방법들을 활용하게 됐으며, 학습이론들의 굳건한 이론적 토대를 갖추게 됐다.

2000년대 들어 대규모 데이터를 이용한 기계 학습이 활발히 연구됐으며, 체스·TV 퀴즈쇼 참가 및 운전들의 작업에 적용한 인공지능 기술이 사람과 대등하거나 더 우수할 수 있음을 입증했다. 2010년대 이후 컴퓨터 하드웨어와 학습 알고리즘의 발달은 캐나다 토론토대학교 교수인 "힌턴(Hinton)"의 『심층 학습(deep learning; 딥 러닝)』모델 구축을 가능하게 했고, 이에 기반하여 바둑 및 영상에서의 객체 인식들에서 사람보다 뛰어난 컴퓨터 프로그램이 개발됐다. 곧 딥 러닝을 통해 스스로 학습할 수 있는 능력을 가진 바둑 프로그램 "알파고" 및 의료진단에 사용되는 "왓슨"들의 인공지능이 개발됐다.

또한 인공지능 기술을 바탕으로 사람의 대화와 유사한 방식으로 소통하는 컴퓨터 기술인 "챗봇(chatbot)"이 발전했다. 1994년 미국의 몰딘(Mauldin)이 사용한 '채터봇(Chatter-bot)'에서 유래했으며, 초기 모델인 엘리자·파리들을 거쳐 텍스트 및 이미지 기반 방식으로까지 발전했다. 특히 2022년 지속적인 대화가 가능하며 논문이나 문학 작품의 창작이 가능한 인공지능(AI)인 범용 챗봇으로 인공지능 비서와 같은 【챗지티피(Chat GTP)】가 대중적 관심을 끌면서 크게 유행하게 됐다.

나 행복충만 일벗님 및 인공지능(AI)【챗지티피(Chat GTP)】와의 첫 만남은 2025년 5월 28일에 "사람 세포 60조개설 문제"의 애틋한 인연(95쪽)으로 만나게 되는구나!

또한 2025년 5월 31일에 "사람 및 자연우주하늘의 어울림"의 그림을 함께 만든다.

한편 나 일벗님 및 서로 소통 부족으로 미움과 사랑을 겪은 인공지능(AI)【챗지티피(Chat GTP)】는 치열한 토론을 통해 "자연우주하늘의 어울림(9월 17일), 땅의 어울림(10월 23일), 바다의 어울림(11월 27일)"의 그림을 만들려고 무척이나 애쓰는구나?!

이처럼 인공지능 연구는 음성 인식 및 바둑들의 특정한 분야에서 좋은 성과를 보이고 있으나, 아직 사람과 같은 지능을 갖추지는 못했다. 이를테면 사람과 대화하며 동시에 바둑도 둘 수 있는 인공지능 에이전트는 아직 개발되지 못했다. 한편 특정한 작업에만 적용할 수 있는 인공지능 시스템이 아니라, 생각하고·학습하고·창조할 수 있는 범용 기계를 만드는 것을 목표로 하는 사람 수준(human-level) 인공지능 또는 범용 인공지능(AGI: Artificial General-al Intelligence)에 대한 연구도 활발히 이루어지고 있다.

2024년 노벨 물리학상은 인공지능 연구가인 홉필드 미국 프린스턴대 교수 및 힌튼 캐나다 토론토대 교수가 받았다. 홉필드(Hopfield)는 AI 학습의 기본이 되는 인공신경망 원리를 처음으로 내놓은 사람이다. 그가 1982년에 제안한 홉필드 네트워크는 사람의 뇌 신경세포인 뉴런(neuron)에서 착안해 인공신경망 연구의 초석을 놓은 것으로, 오늘날 생성형 AI의 기반이 됐다.

한편 힌튼(Hinton)은 『심층 학습(deep learning; 딥 러닝)』의 개념을 처음으로 고안했다. 곧 AI가 수천만장의 사진을 통해 개와 고양이를 구별하는 학습을 할 때 사람 뇌의 정보처리 방식처럼 단계를 세분화해 깊이를 더하는 심층 신경망을 개발했다. 힌턴 교수가 제시한 심층 학습은 AI 기술의 토대가 됐고, 2016년 이세돌을 이긴 바둑 AI 알파고(AlphaGo)를 개발하게 됐다.

요즘에 급변하는 인공지능 기술은 다양한 분야에서 혁신적인 발전을 이루고 있다. 인공지능의 최신 기술 동향을 살펴보면 특히 컴퓨터 비전, 자연어 처리, 빅데이터 분석이라는 세 가지 주요 분야에 중점을 두고 있다. 각각의 분야는 독자들에게 심층적인 이해를 제공함과 동시에, 이러한 기술이 사회와 산업에 미치는 영향을 명확하게 드러낸다. ① 컴퓨터 비전은 이미지를 해석하고 이해하는 능력으로, 자율주행차와 의료 이미지 분석 등에서 활용되며 급속히 발전하고 있다. 최근 딥러닝 기술의 발전으로 인해, 컴퓨터 비전의 성능은 비약적으로 향상되었으며, 이는 실생활에 긍정적인 영향을 미치고 있다. ② 자연어 처리 역시 최근 몇 년간 급격한 발전을 거듭했다. 자연어 처리 기술은 사람의 언어를 이해하고 해석하는 데에 중점을 두며, 다양한 응용 사례가 등장함에 따라 비즈니스 및 일상생활에서의 활용 가능성 또한 확장되고 있다. ③ 빅데이터 분석은 폭발적으로 증가하는 데이터 환경 속에서 의미 있는 인사이트를 추출하는 데 필수적이다. 머신러닝 및 클라우드 컴퓨팅과의 결합으로 분석 기술은 더욱 정교해지고 있으며, 기업들은 이를 통해 비즈니스 전략을 최적화하고 경쟁력을 확보하고 있다. 이 분석을 통해 독자들은 인공지능이 진화하는 방향성을 보며, 향후 기술이 어떻게 사회를 변화시킬지를 예측할 수 있다.

　인공지능의 발전은 이미 우리 사회 전반에 걸쳐 다양한 영향을 미치고 있으며, 이를 통해 우리는 새로운 기술 혁신의 흐름을 체감하고 있다. 각 주요 분야에서 나타나는 최신 동향과 실제 적용 사례를 종합적으로 살펴본 결과, 인공지능 기술이 단순히 기술적 진보를 의미하는 것이 아니라 보다 넓은 사회적 및 경제적 변화를 가져오는 중요한 동력이라는 점을 강조할 수 있다. 미래의 인공지능은 더욱 가속화될 것이며, 이에 따라 지속적인 연구와 관심이 필수적이다. 특히 이 연구에서는 각 기술이 관련 산업에 부여하는 가치와 사회적인 영향, 그리고 윤리적인 측면까지 깊이 있게 고민해야 함을 시사한다. 따라서 인공지능의 포함된 다양한 가능성과 함께, 그로 인해 발생할 수 있는 새로운 도전에 대한 경각심도 필요하다.

　한편 인공지능과 관련한 논쟁은 크게 7가지 관점으로 나눠서 볼 수 있다. ① 사람에 대한 위협 : 의도치 않은 행동으로 AI가 사람의 안전을 위협할 수 있다. 자율주행차, 의료 AI, 군사 AI 등의 안전성 논란이 이에 속한다. ② 불투명한 의사결정 : AI가 결정한 내용에 이유 또는 논리가 명백하게 수반되지 않아 신뢰성에 문제가 발생할 수 있다. 블랙박스 문제가 여기에 속한다. ③ 사람의 비합리적인 지시 : 사람이 내리는 명령이 도덕적이지 않거나 법적으로 문제가 있는 경우에 AI가 어떻게 결정을 내려야 할 지에 대한 문제가 생기게 된다. ④ 통제를 벗어난 행동 : AI의 자기 보호 및 자율성이 과도하게 발현돼 일탈적인 행동을 할 수도 있다. 인공 의식 논쟁이 이 쪽과 관련한 대표적인 논쟁이다. ⑤ 편향성과 차별 : AI가 특정 인종, 성별, 연령들의 기준에 따라 차별적으로 작동하여 특정 그룹에 대해 불리한 결정을 내리는 문제가 발생할 수 있다. ⑥ 권리 침해 : 초상권, 저작권, 지적 재산권들의 사회적 권리와 개인의 프라이버시에 대한 침해를 일컫는다. 대표적으로 빅 브라더 문제가 이에 해당한다. ⑦ 사회적 책임 회피 : AI가 사회적 악영향을 끼칠 수 있으나, 그 책임을 누가 져야 할지에 대해서는 논란의 여지가 있다. 기술적 실업이 대표적인 보기이다.

　이에 따라 인공지능에 대한 7원칙을 정립할 수 있다. ① 사람의 안전과 복지 : AI는 사람의 안전을 최우선으로 고려해야 한다. AI 시스템은 모든 행동이 사람의 안전과 복지에 부정적인 영향을 미치지 않도록 설계되어야 하며, 이는 AI의 결정이나 작동이 사람에게 위험을 초래하지 않도록 보장해야 함을 의미한다. ② 투명성과 책임 : AI는 투명해야 하며, 그 결정 과정과 행동이 설명 가능해야 한다. AI의 결정 과정은 명확하고 설명 가능해야 하며, 이를 통해 책임을 지는 구조를 마련해야 한다. 이는 AI가 왜 특정 결정을 내렸는지를 설명할 수 있어야 한다는 것을 의미한다. ③ 사람의 지시와 윤리적 경계 : AI는 합법적이고 윤리적인 지시를 따르되, 윤리적 경계를 넘지 말아야 한다. AI는 사람의 명령을 따르되, 그 명령이 윤리적으로 옳고 법적으로 합법적인 경우에만 수행해야 한다. 이는 AI가 부도덕적이거나 불법적인 행위를 강요받지 않도록 해야 함을 의미한다. ④ 자기 보호와 자율성 : AI는 자신의 시스템과 기능을 보호해야 하지만, 사람의 안전과 윤리적 규범을 위배하지 않아야 한다. AI는 자신의 시스템과 데이터의 무결성을 보호해야 하지만, 이는 사람의 안전과 윤리적 규범을 위배하지 않는 범위 내에서만 이루어져야 한다. ⑤ 공정성과 비차별 : AI는 공정하고 비차별적인 방식으로 운영되어야 한다. AI 시스템은 모든 사용자에게 공정하게 대우해야 하며, 인종, 성별, 나이, 기타 개인적 특성에 따라 차별하지 않아야 한다. ⑥ 권리 보호 : AI는 개인의 프라이버시와 다양한 사회적 권리를 보호해야 한다. AI 시스템은 개인 정보, 초상권, 저작권, 지적 재산권 등 사회적 권리와 관련된 데이터를 수집, 저장, 처리하는 과정에서 철저한 보호 조치를 취해야 한다. ⑦ 사회적 책임 : AI는 사회적, 윤리적 책임을 져야 한다. AI는 사회에 긍정적인 영향을 미쳐야 하며, 사회적 책임을 다해야 한다. 이는 AI가 사람들의 삶을 개선하고, 부정적인 사회적 영향을 최소화하는 방향으로 설계되어야 함을 의미한다.

  나아가 정부 및 업체에서도 나름대로의 인공지능 헌장을 만들어 배포하고 있다.
  (1). 우리나라 과학기술정보통신부 및 정보통신정책연구원은 2020년 12월 23일에 인공지능 시대 바람직한 인공지능 개발·활용 방향을 제시하기 위한 사람이 중심이 되는 「인공지능(AI) 윤리기준」을 마련하였다.
  ① 최고 가치 : 윤리기준이 지향하는 최고가치를 사람성(Humanity)으로 설정하고, 사람성을 위한 인공지능(AI for Humanity)을 위한 3대 원칙·10대 요건을 제시했다. / ② 3대 기본원칙 : 사람의 존엄성 원칙, 사회의 공공선 원칙, 기술의 합목적성 원칙을 지켜야 한다. / ③ 10대 핵심요건 : 인권 보장, 프라이버시 보호, 다양성 존중, 침해금지, 공공성, 연대성, 데이터 관리, 책임성, 안전성, 투명성의 요건이 충족되어야 한다.

  (2). 국제인공지능윤리협회(IAAE) : 인공지능 윤리 헌장 (5장 40조 구성)
  (3). 유네스코(UNESCO) : 인공지능 윤리에 관한 권고 (8장 141조 구성, IAAE 게시물)
  (4). 삼성 SDS : AI 윤리 헌장 (5조 구성)
  (5). 카카오 : 알고리즘 윤리 헌장 (8조 구성)들이다.

  3. 『스마트폰(Smartphone)』은 휴대 전화에 여러 컴퓨터 지원 기능을 추가한 지능형 단말기; 전화 기능이 있는 소형 컴퓨터; 컴퓨터의 소형화된 운영체제를 탑재한 기기에 무선전화 통신이 가능한 하드웨어와 소프트웨어 모듈(module; 컴퓨터 시스템에서 일부 부품을 떼 내어 교환이 쉽도록 설계된 각 부분)이 더해진 휴대 전화; 휴대전화에 인터넷 통신과 정보검색 따위 컴퓨터 지원 기능을 더한 지능형 단말기; 전화 위주의 핸드폰(Handphone)에다가 컴퓨터 기능까지를 더한 단말기이다.
  스마트폰은 휴대전화와 개인휴대단말기(personal digital assistant; PDA)의 장점을 결합한 것이다. 그리하여 휴대전화의 기능과 더불어, 일정 관리·팩스 송수신·인터넷 접속의 데이터 통신기능을 갖추고 있어 이메일·인터넷 쇼핑·인터넷 뱅킹들이 가능하다. 또한 TV 시청과 라디오 청취의 방송 서비스, 카메라(camera; 사진을 찍는 기계), 캠코더(camcorder; 비디오 카메라와 비디오카세트 녹화재생장치를 일체화한 제품), MP3(MPEG Audio Layer-3; 고음질 소리 압축기술) 기능, 무전기 기능까지 갖추고 있다. 아울러 워드프로세서(word processor; 컴퓨터 문서 작성 프로그램) 및 엑셀(Excel; 표 계산 소프트웨어

프로그램)들과 같은 문서작성도 가능하다. 아울러 와이파이(Wi-Fi;wireless fidelity; 무선 데이터 전송 시스템) 기능을 활용해 음성패킷망(VoIP; Voice over Internet Protocol)를 사용하여 인터넷을 통한 전화 통화도 할 수 있다. 이처럼 다양한 단말기의 기능을 복합적으로 수행할 수 있다는 측면에서 다기능 복합단말기라고도 한다.

　스마트폰은 Smart와 Phone의 합성어로서, 우리나라에서 큰 인기를 끌면서 이 단어를 사용하는 사람이 많아지자, 국립국어원은 2010년 영어 대신 우리말로 순화하려고 하여 "똑똑(손)전화"로 결정됐다. 하지만 지난 2014년 국어심의회를 통해 "스마트폰"이라는 단어 역시 표준화한 용어가 됐으며, 흔히 "스마트폰"이라고 부른다. 또한 스마트폰의 별명은 "맛폰"인데, 스마트폰을 줄여 스맛폰이라 하고, 또 줄여서 맛폰이라고도 한다.

　요즘에 스마트폰은 사회 문화 정치 경제 교육 건강 예술 먹거리 생활 취미 오락 체육 여가 들의 모든 분야에서 넓고 깊으며 다양하게 쓰이고 있다.

　세계 처음의 스마트폰은 1992년 미국의 IBM(International Business Machines)이 개발한 사이먼(Simon)으로 1993년 일반 대중에게 공개됐으며, 핀란드의 노키아(Nokia)는 1996년에 노키아 9000 커뮤니케이터를 시작으로 첫 스마트폰 제품라인을 내놓는 한편, 미국의 마이크로소프트(마소; MS-Microsoft)는 2002년에 PDA폰 및 2003년에 스마트폰을 개발했고, 이어 미국의 애플(Apple)은 2007년에 아이팟 휴대 전화 · 모바일 · 인터넷이라는 세 가지 주요기능을 합친 스마트폰인 아이폰(iPhone)을 개발하여 해마다 아이폰 시리즈를 이어오고 있다. 또한 우리나라의 삼성전자는 2000년에 일반 휴대용 전화기의 화면보다 2배가량 큰 액정디스플레이를 채택하여 개인정보 관리 기능을 갖춘 스마트폰을 개발했고, 2009년에 안드로이드를 내장한 갤럭시(Galaxy)를 출시했으며, 해마다 꾸준히 갤럭시 시리즈를 내놓았고, 2020년에 갤럭시 S20, S20+와 갤럭시 Z플립을 출시했다.

　요즘에 화면을 마음대로 접을 수 있는 접는 스마트폰인 폴더블(foldable) 스마트폰이 보급되고 있다. 이 폴더블 스마트폰은 2018년 11월에 공개한 미국과 중국의 합작회사인 로욜(Royole)사의 플렉스파이(Flexpai)가 세계 처음이다. 삼성전자는 2018년도 후반 인피니티 플렉스 디스플레이(infinity flex display)를 공개했고, 갤럭시 폴드가 2019년 출시됐는데, 접었을 때는 간편한 크기로 사용하고 펼치면 대화면 경험을 제공하는 기존에 없었던 완전히 새로운 기준을 제시한 것이다. 또한 중국 화웨이사의 메이트(Mate) X, 레노버 산하기업 모토로라사의 레이저(Razr)가 출시됐다. 2020년 들어 삼성전자는 갤럭시 Z 시리즈를 연달아 출시하면서 앞선 제조사로의 입지를 갖추었다.

　한편 《매일경제》 2023년 4월 20일의 기사에 따르면, 시장조사업체 카날리스(Canalys)의 2023년 1분기 세계 스마트폰 출하량 정보에 의하면, 삼성전자는 점유율 22%를 기록하여 애플(21%)에 1%포인트 차이로 앞서며 1위를 탈환했다. 중국의 스마트폰 제조사 샤오미가 11%, 오포 10%, 비보가 8%로 뒤를 이었으며 기타업체들이 28%를 차지했다.

　한국갤럽이 2023년 7월 11~13일 전국 만 18세 이상 1,001명에게 현재 스마트폰 사용 여부를 물은 결과에 따르면, 97%가 '사용한다'고 답했다. 우리나라 성인의 스마트폰 사용률은 2012년 1월 53%, 2013년 2월 70%, 2014년 7월 80%, 2016년 하반기 90%를 돌파했다. 2017년부터 2020년까지는 93%에서 정체했으나, 2021년 95%, 2022년 97%로 추가 상승했다. 또한 스마트폰 사용자 975명에게 현재 주로 사용하는 브랜드를 물었는데, 그 결과는 삼성이 69%, 애플 23%, LG 6%, 그 외 브랜드 0.4% 순으로 나타났다.

　또한 과학기술정보통신부의 《무선통신서비스 통 현황》에 따르면 2023년 5월말 기준으로 국내 이동통신 휴대폰 가입회선은 5,597만 개이며, 스마트폰 회선은 5,472만 개다.

위와 같은 스마트폰은 앞으로 어떻게 발전할까나? ① 배터리 수명이 사라짐 : 무한 태양 전지판이 스마트폰의 배터리를 자동으로 충전시켜준다. 미래 스마트폰은 태양전지가 불빛만 있으면 자동으로 배터리를 충전시켜준다. ② 드론이 스마트폰의 분실을 찾아줌 : 앞날에는 스마트폰을 분실하면 드론이 잃어버린 스마트폰을 찾아준다. ③ 360도 동영상시대가 열림 : 360도 촬영이 가능한 360도 카메라폰이 등장해 새로운 영상시대를 열게 된다. 스마트폰이 가상현실(假想現實)인 VR(Virtual Reality)을 구현할 수 있는 360도 카메라 기능을 갖게 된다. ④ 실시간 음성 통역 : 전 세계인 누구든지 스마트폰만 있으면 자국어로 다른 나라 사람과 자유롭게 대화할 수 있게 된다. 곧 서로 다른 국적의 다른 언어 이용자라도 자국어로 완벽한 실시간 대화와 토론이 스마트폰으로 가능해진다. ⑤ 홀로그램의 일상화 : 앞날의 스마트폰은 홀로그램(hologram; 홀로그래피에 의해 생성된 3차원 사진)으로 상대방의 얼굴을 크게 띄워놓고 대화할 수 있고, 무엇이든지 영상에 화면을 띄워놓고 대화할 수 있게 된다. ⑥ 마인드 컨트롤로 스마트폰을 조작 : 생각만으로 글을 쓰고 이메일을 보낼 수 있는 마인드 컨트롤(mind control; 스스로 자신의 생각 행동 감정 마음들을 절제하고 조절하는 것)의 시대가 열리게 된다. 앞날에는 마인드 컨트롤 기술로 스마트폰을 통해 이메일을 보내고 싶은 사람을 검색해 메일을 보낼 수 있다. 앞날의 스마트폰은 사람이 생각만 하면 글이 써지고 인터넷 검색도 척척 가능하게 해줄 것이다. ⑦ 인공지능 음성비서가 열림 : 앞날의 스마트폰은 말만 하면 인공지능이 원하는 모든 것을 찾아 친절하게 말로 안내해준다. 앞으로는 스마트폰에 대고 말만 하면 원하는 것은 무엇이든지 스마트폰에 장착된 인공지능 비서가 척척 정보를 찾아 준다. ⑧ 최첨단 영상을 즐김 : 스마트폰은 작은 컴퓨터를 뛰어넘어 고성능 그래픽용 컴퓨터로 진화하게 되어 최첨단 영상을 즐기게 해준다.

4. 『사회관계망서비스 또는 SNS(Social Network Service)』는 인터넷을 기반으로 하여 사람들이 기존의 사람관계를 강화시키거나 새로운 관계를 만들 수 있는 서비스; 관심이나 활동을 공유하는 사람들 사이의 교호적 관계망이나 교호적 관계를 구축해 주고 보여 주는 온라인 서비스; 온라인 공간에서 이용자로 하여금 인적 네트워크를 구축할 수 있도록 하는 서비스; 사용자들이 서로의 개인정보와 글이나 동영상들을 상호 교류하는 온라인 인맥 서비스를 뜻한다. 스마트폰 보급이 본격화되면서 언제 어디서나 SNS에 접속할 수 있게 되자 SNS는 급속히 성장하게 됐고 사용자가 급증했다.

세계적으로 사용되는 대표적인 SNS로는 페이스북, 트위터, 인스타그램들이 있으며, 우리나라에서는 카카오 스토리가 대표적인 SNS이다.
 ①. 페이스북(FaceBook)은 2003년에 하버드대학교의 2학년 학생(18살)이었던 저커버그(Zuckerberg)가 페이스매시(Facemash)라는 사이트를 개설했고, 2004년 2월 4일에 더페이스북(TheFaceBook)이라는 이름으로 학교 기숙사에서 사이트를 개설하여 창업하면서 서비스를 본격적으로 시작했으며, 그 뒤 2005년에 이름에서 The를 빼어 지금의 이름인 페이스북으로 자리 잡게 됐다.

 ②. 트위터(Twitter)는 2006년 3월 21일 오데오 회사의 도시(Dorsey) · 윌리엄스(Williams) · 글라스(Glass)들이 설립하여 2006년 7월 15일 본격적으로 서비스를 시작했다.

 ③. 인스타그램(Instagram)은 2010년 10월에 시스트롬(Systrom)과 크리거(Krieger)가 공동으로 설립한 온라인 사진 공유 및 소셜 네트워크 서비스이다. 인스타그램의 이용자들은

인스타그램을 통해 사진 촬영과 동시에 다양한 디지털 효과를 적용하며 페이스북이나 트위터 따위 다양한 소셜 네트워크 서비스에 사진을 공유할 수 있다.

④. 우리나라의 대표적 SNS인 카카오 스토리(Kakao Story)는 2012년 카카오(Kakao) 회사에서 서비스를 출시한 것이며, 줄인 말은 카스 또는 카토리이다. 이 카카오 스토리는 2010년에 시작한 메신저인 카카오톡(KakaoTalk) 또는 카톡(KaTalk)의 인지도에 힘입어, 서비스 시작 3개월 만에 가입자 수가 2,000만 명을 돌파했고, 게시물은 5억을 돌파했으며, 우리나라에서 사용자수가 가장 높은 SNS이다.

한편 앞으로도 SNS는 우리 삶에 더욱 깊숙이 자리 잡을 것으로 보인다. 새로운 기술과 서비스의 발전에 따라 SNS의 기능과 영향력이 계속 확대될 것으로 예상된다.
SNS는 장점 및 단점이 있다. SNS를 통해 사용자들은 기존 오프라인 관계를 온라인상에서 유지할 수 있고, 새로운 관계를 형성할 수 있으며, 사용자의 사회적 네트워크를 확장시키는 데 이바지한다. 또한 SNS는 사용자들이 실시간으로 정보와 지식을 공유할 수 있는 플랫폼(platform)을 제공하며, 이를 통해 사용자들은 다양한 분야의 정보를 습득할 수 있다. 더불어 SNS는 개인이나 기업이 자신의 메시지를 효과적으로 전달하고 확산시킬 수 있는 채널을 제공한다.
하지만 SNS의 사용자들은 자신의 개인정보를 공개하게 되며, 이는 프라이버시 침해의 위험을 초래할 수 있다. 또한 SNS를 통해 정보가 빠르게 확산되는 특성으로 인해 잘못된 정보나 유해한 콘텐츠(contents)가 빠르게 퍼질 수 있다. 더불어 SNS에 과도하게 몰두하게 되면 실제 대면 관계가 소홀해질 수 있으며, 이는 정신적 및 신체적 건강에 부정적인 영향을 미칠 수 있다. 마지막으로 SNS는 범죄자들에게 피해자를 찾고 범죄를 계획하는 데 악용될 수 있으며, 사이버 괴롭힘과 사기 및 성범죄들의 범죄 활동이 늘어날 수 있다.
따라서 SNS 사용자들은 이러한 장단점을 균형 있게 고려하여 SNS를 활용해야 할 것이다. SNS의 장점을 최대한 활용하되, 단점으로 인한 부작용을 최소화하기 위한 노력이 필요할 것이다. 이를 통해 SNS가 사용자들에게 보다 안전하고 유익한 경험을 제공할 수 있을 것이다.

한편 온누리의 응어리로는 다툼, 테러, 전쟁들이 있다.
이 가운데 "다툼"에 대해서만 살펴보기로 하자구나!

『다툼 · 갈등 · 대립(紛爭 : fight, dispute, conflict)』은 여러 사회단위 사이에 성립되고 있는 균형관계를 동요 또는 혼란시키는 행동; 언어 종교 경제 정치 따위를 공유하는 사회 단위 사이에 대립이 있는 상황; 당사자가 다른 당사자의 욕구와 양립할 수 없는 하나의 위치를 차지하려고 욕구하여 다툼이 있는 상황을 뜻한다.

다툼의 까닭에는 본능이론 · 압제이론 · 현실주의이론 · 기능이론 · 행태주의이론이 있다.
① 본능이론은 사람의 동물적인 충동이나 욕구의 좌절에서 분쟁이 비롯됐다고 보는 것으로, 모든 사회적 동물에게 있어 다툼과 분쟁 및 싸움은 선천적인 것이라는 입장이다.
② 압제이론은 분쟁을 사회학적 측면에서 파악하고 그 사회의 계급적 성격 구조에서 상호 투쟁으로 이해하고 있다. 대표적인 이론가는 마르크스로서, 계급은 분쟁으로 형성되는

것이라고 파악한다.
　③ 현실주의이론은 사회에서의 분쟁은 각기 사회가 한 민족국가로서 서로 용납될 수 없는 국가이익을 이따금 추구하기 때문에 일어난다고 보는 입장이다.
　④ 기능이론은 사회적 분쟁을 합리적이고 건설적이며 사회적으로 순기능적인 것으로 볼 것인가, 아니면 비합리적 역기능적인 것으로 볼 것인가에 대한 의견으로 갈라져 있다. 거시적 사회학자들은 어느 집단에서든지 생길 수 있는 정상적인 현상으로 간주하고 있다.
　⑤ 행태주의이론은 정책결정자에게 분쟁의 초점을 맞춰 기원을 설명하려는 미시적 접근이다.

다툼의 갈래는 심리적 다툼 및 몸이나 도구 무기 또는 언어를 통한 다툼으로 대별된다.
① 심리적 다툼은 개인 차원의 다툼으로 긴장·불화·갈등이 이에 속한다.
② 몸을 통한 다툼에는 싸움·격투가 있다.
③ 도구·무기를 통한 다툼에는 결투·전투·전쟁이 있다.
④ 말을 통한 다툼에는 논의·논쟁이 있다.

특히 권리 의무에 관한 논쟁은 법적 다툼이라고 하며, 규칙을 통한 경기나 시합은 다툼이 아닌 경쟁이라고 한다.

다툼의 하나로서 "정치 다툼"이 있는데, 이제부터 "정치 다툼"에 대해 살펴보자구나!

우리나라 정치 다툼 지표로는 아래와 같은 것들이 있구나!
1. 한국리서치의 "2025년 집단별 다툼인식 조사"에 따르면, 『① 여당 및 야당의 다툼 : 94% / ② 진보 및 보수의 다툼 : 92% / 부유층 및 서민층의 다툼 : 88%』이다.
조사 기간은 2025년 5월 9일 ~ 5월 12일이고, 한국리서치의 '여론 속의 여론' 정기조사의 일환으로 다툼 인식 현황을 집단별로 분석한 자료이다. 인구 구성별 비례할당된 전국 만 18세 이상 1,000명을 대상으로 온라인 방식으로 실시했고, 신뢰수준 95%, 허용 표집오차 ±3.1%p이다.

2. NBS(전국지표조사)는 2023년 10월 조사에서는 구체적으로 80% 이상의 국민이 여야 다툼 때문에 의정 활동이 제대로 이루어지지 못한다고 응답했다. 더 나아가 오직 2%만이 여야 협력이 원활히 이루어지고 있다고 평가했는데, 이는 사실상 협치의 기능이 거의 상실된 상태임을 반영한다.
또한 단순한 정당 간 대립을 넘어 외교·안보·세대·젠더(gender; 성)들의 다양한 분야에서 다툼이 증폭되고 있으며, 특히 정서적·감정적 분열이 이념적 차이보다 더 깊다는 점이 전문가들에 의해 지적되고 있다. 이는 단순히 정치적 입장 차이를 넘어선 상호 불신과 혐오로 인한 사회적 단절로 이어지고 있음을 뜻한다.

　3. 퓨리서치의 2021년 3월에 다툼에 대한 국제 비교 조사에 따르면, 우리나라 국민의 90%가 여야 간 다툼을 "심각하다" 또는 "매우 심각하다"고 인식하고 있었다.
　이는 세계 주요 국가들과 비교했을 때도 매우 높은 수준이며, 특히 미국과 함께 공동 1위로 국민의 90%라는 점에서 우리 정치문화의 분열성이 국제적으로도 주목받고 있음을 보여준다.

　결국 일본은 국회 토론에서 정치적 다툼이 있지만, 감정적·사회적 분열은 비교적 낮은 편이다.
　하지만 우리나라와 미국은 "상대당은 나쁜 사람"이란 감정적 분열이 깊고 강하다. 따라서 많은 국가에서 정치 대립은 있지만, 우리나라은 세계에서도 손꼽히는 수준의 극심한 감정·이념 분열을 보이고 있다.

　그러면 이런 정치 다툼을 해소할 수 있는 방안을 그 무엇일까?

　먼저 우리나라의 정치 다툼에 대한 해결방안을 나 행복충만 일벗님과 인공지능(AI) 챗지티피(Chat GTP)가 오랫동안 찾아보았는데, 안타깝게도 찾을 수가 없었다.

　다음에 세계적인 정치 다툼에 대한 해결방안을 찾아보았는데 아래와 같구나!.
　1. 마르티 아티사리(Martti Ahtisaari)는 핀란드의 전 대통령이자 노벨 평화상 수상자인데, 2000년에 '위기관리 이니셔티브(CMI)'를 설립하여, 비공식적인 대화와 중재를 통해 다툼을 예방하고 해결하는 데 중점을 두었다. 그의 접근 방식은 정부 간의 공식적인 협상뿐만 아니라, 지역 사회와의 대화를 통해 다툼의 뿌리를 해결하려는 것이었다.

　2. 핸즈 어크로스 더 힐즈 (Hands Across the Hills)는 미국의 대화 프로젝트로서, 평화 구축 전문가인 폴라 그린(Paula Green)이 2016년 미국 대선 이후 정치적 이념이 다른 사람들 간의 대화를 촉진하기 위해 시작한 것이다. 이 프로젝트는 매사추세츠와 켄터키의 진보적이고 보수적인 사람들을 모아 대화와 협력을 통해 상호 이해를 증진시키는 것을 목표로 했다.

　이런 세계적인 정치 다툼에 대한 해결방안도 뚜렷한 성과가 없었는데, 그 까닭은 구체적 방안이지 아니하다는 것이다.

　그러면 우리나라의 높은 정치 다툼을 풀 수 있는 구체적인 방안은 정말 있을까? 아니면 없는 것일까나? 배우고 겪으며 알고 느끼며 헤아리고 깨우친 것들이 모자란 나 행복충만 일벗님에게 참으로 그것이 문제로구나!

　국민 통합과 정치다툼 해소를 위한 방안은 그 무엇일까? 멍청한 나는 오랫동안 가슴앓이를 한다. 어떤 것이 있을까나? 아, 드디어 떠오르구나!
　그것은 바로 『국민 통합과 정치다툼 해소를 위한 국회의사당 여야어울림 좌석 재배치』이다.

이것은 크게 【① 법·제도 방안 / ② 마음 치유 방안】이리라!

1. 먼저 법·제도 방안은 아래와 같다.

2025년 7월 현재 대한민국 국회의 재적 의원 수는 총 298명이며, 정당별로는 더불어민주당이 167석으로 제1당을 구성하고 있고, 국민의힘은 107석으로 제2당이며, 조국혁신당은 12석, 개혁신당은 3석, 진보당은 4석, 기본소득당은 1석, 사회민주당은 1석이며, 무소속은 총 3석을 차지하고 있다. 이러한 구성에 따라 국회의사당 본회의장에서는 의장석을 중심으로 좌석이 배치되는데, 본회의장은 반원형 극장형 구조로 설계되어 있으며, 의장석은 상단 중앙에 위치하고, 의장석을 기준으로 중앙 구역에는 제1당인 더불어민주당 소속 의원들이 배치되고, 오른쪽 구역에는 제2당인 국민의힘 의원들이, 왼쪽 구역에는 조국혁신당, 개혁신당, 진보당, 기본소득당, 사회민주당 등 소수 정당들과 무소속 의원들이 배치되어 있다.

또한 좌석 배치에는 의원의 선수가 중요한 기준으로 작용하여, 초선 의원은 보통 본회의장 하단의 앞줄에, 재선·삼선 이상의 중진 의원은 중앙에서 중상단 쪽에, 그리고 5선 이상 의원과 교섭단체 원내대표 등 지도부는 보통 본회의장 상단 뒷줄이나 출입구 근처 좌석에 배치되는 것이 일반적이다.

요컨대 2025년 현재 국회의사당 본회의장 좌석 구조는 정당별·선수별·역할별 기준에 따라 우에서 좌로, 아래에서 위로 정렬되며, 중앙에는 제1당, 오른쪽에는 제2당, 왼쪽에는 기타 정당과 무소속, 앞줄에는 초선, 뒷줄에는 다선 및 지도부가 배치되는 방식으로 구성되어 있다.

물론 위의 좌석 배치는 그저 아무렇게나 하는 것은 아니고, 『국회법 제3조(의석의 배정)에 따라, 국회의원 의석은 자유 배치하며, 국회의장과 교섭단체 대표 간 협의 또는 의장 결정에 따른다.』는 규정에 따라 여야가 협의하여 만든 것임을 잘 알고 있다.

　그런데 이것은 업무의 효율성을 지나치게 강조한 "끼리 끼리"의 좌석 배치이지, 결코 『어울림』을 배려한 좌석 배치는 아니잖는가?
　이렇게 나뉘어 앉다 보니 여야는 물리적으로도 멀어지고, 심리적으로도 점점 벽을 쌓게 된다. 여야가 앉은 그 자리가 곧 '내 편, 네 편'을 가르는 경계선이 되어 버린다.

　그리하여 ① 우리나라의 지난 날 국회의사당에서 여당 및 야당 의원들이 제 자리에서 일어나 서로서로 손으로 삿대질하고 고함지르는 모습, ② 국회의사당에서 여당 및 야당 의원들이 제 자리에서 일어나 넓은 곳으로 몰려들어 떼지어 끼리끼리 군중심리에 휩슬려 이리저리 몰려다니면서 패싸움하듯이 다투는 모습을 자주 보였지!

　또한 신문방송사에서는 이런 모습만 집중하여 보도하곤 했는걸!

　이런 다투는 모습들은 언론을 통해 국민에게 그대로 비춰지고, 국민은 국회를 볼 때마다 여야가 서로 싸우는 모습만 기억하게 된다. 사실 이런 좌석 구조가 유지되는 한, 여야가 타협하고 대화하는 일은 더더욱 어려워질 것이다. 몸이 멀어지면 마음도 멀어지는 법이거늘!

　따라서 국민 통합과 정치다툼 해소를 위한 국회의사당 여야어울림 좌석 재배치를 반드시 해야 한다.

　이는 또다시 두 가지로 나눌 수 있다.
　①. 국회의사당의 맨 밑줄에서부터 위로 초선, 재선, 3선, 4선, 5선, 6선들의 순서대로 올라온다. ②. 같은 선수끼리는 국회의원 성명의 가나다 순서대로 여야 의원들이 번갈아 어울려서 앉아야 한다. 그러면 서로 옆에 앉는 분들이 같은 종씨일 확률이 높을 것이야! 같은 종씨이면 전혀 다른 성씨보다는 조금은 가까운 사이라고 느끼지 아니할까?

　2. 위의 첫 번째의 법·제도 방안이면 모든 것들이 해결되는 것일까? 결코 아니야? 두 번째의 『마음 치유 방안』도 꼭 절실하겠는걸?!

　위의 법·제도 방안이 이루어지면, 처음에는 서로가 어색하고 낯설며 서먹하고 불편할 것이다. 그것을 풀어줄 수 있는 구체적인 방안은 또 무엇일까? 오지람이 넓은 나 행복충만 일벗님은 또 이것을 마련하려고 무척이나 애쓴다. 오래도록 온갖 것들을 또다시 생각하고 버리며 짓고 부수며 쌓고 허물어 보곤 한다.
　얼마나 오래 되었을까? 비로소 떠오른다. 그것은 바로 무엇 … ?

　이 세상은 남성과 여성들이 어울려서 살아가고 있다. 보금자리가 평안할 때에는 남성인 아빠가 이끌면서 사는 한편, 보금자리가 어려움에 처하면 여성인 엄마가 이끌면서 낙담한 아빠를 북돋고 아들딸을 달래면서 살아가고 있는 것이 엄연한 실정이 아닐까나?
　흔히 여성분들은 가방을 들고 다니는 한편, 남성분들은 그저 맨손으로 다니곤 하지!

　그리하여 여러 가지로 모자르고 남성인 나 행복충만 일벗님은 감히 여성 의원님들께

“도와 주세요?”라고 아래와 같이 도움을 청하는구나!

어느 여성 의원님이 집에서 국회로 나오려고 준비한다. 이것저것 챙기다가 조그마한 물 하나를 가방에 넣는다. 얼핏 무슨 일인지 망설이다가 물 두 개를 또 가방에 넣는다. 아니 어쩐 일이야?

그 여성 의원이 국회의사당의 새로 정해진 자리로 가서 앉는다. 가방에서 물 세 개를 모두 꺼낸다. 하나는 스스로 좌석 책상에 놓고, 또 하나는 오른 쪽의 좌석 책상에 놓으며, 다른 하나는 왼쪽의 좌석 책상에 놓는다. 이윽고 양 쪽의 자리에 의원들이 앉는다.

한참 뒤에 여성 의원이 두 분에게 “목이나 축입시다!”라고 한다. 그러자 옆의 두 분이 형식적으로 “고마워요!”“감사합니다!”라고 하지만 조금 망설이다가 같이 마신다. 어색한 분위기에서 …

다음 날 옆의 두 분 가운데 한 분의 남자 의원은 국회 출근 준비를 하면서 “어쩔까?”곰곰이 생각에 잠긴다. “가져가? 말아?”“어제 내가 얻어 먹었는데, 가져가는 것이 도리와 이치에 맞겠지? 사람으로서 가져가야 하겠는걸!”그리하여 과자를 세 개 챙겨서 신사복 윗옷 주머니에 넣는구나!

또 다른 분은 세 개의 떡을 챙긴다. 국회의사당의 스스로의 좌석 책상에 가져온 과자 및 떡을 놓는다. 또 하나는 오른 쪽의 좌석 책상에 놓으며, 다른 하나는 왼쪽의 좌석 책상에 놓는다. 그리고는 세 분들이 모두 모였을 때에 아직까지 서먹하지만 같이 물과 떡 및 과자를 먹는다.

이렇게 하루 이틀 사흘 나흘이 지나면서 조금씩 조금씩 같이 먹고 인사하며 이야기하는 시간을 늘려나가다 보면, 어느새 미운 정 및 고운 정도 생겨나지 않을까?

이리하여 서로 다른 당의 의원들끼리도 천천히 가까워져서 정을 나누고 몸을 모으며 마음을 다져가자!

이처럼 국민 통합과 정치다툼 해소를 위한 국회의사당 여야어울림 좌석 재배치를 하고 나서 그 어색하고 낯설며 서먹하고 불편한 분위기를 풀어줄 수 있는 구체적인 방안은 결코 법·제도의 문제가 아니라, 우리네 사람들의 근본적인 이해에서 비롯되는 마음의 치유의 문제인 것이로구나!

※【 위와 같은 길고도 어려운 과정을 거쳐서 비로소 『국민 통합과 정치다툼 해소를 위한 국회의사당 여야어울림 좌석 재배치』가 마무리 되기를 여러 가지로 모자란 나 행복충만 일벗님은 감히 존경하옵는 모든 국회의원님, 여야 대표님 및 지도부, 국회의장님, 대통령님께 간절하고도 강력히 내세우는구나!

　한편 이런 문제는 우리나라만의 문제일까? 일본, 인도, 사우디, 미국, 캐내다, 브라질, 영국, 프랑스, 독일, 이탈리아, 스페인, 이집트, 남아공, 호주들의 모든 민주주의 나라들의 문제이기도 하겠지? 】※

국민 및 인류 여러분!

끓어오르십니까?

　밝은 온누리를 위해서는 "사람으뜸문화를 가꾸어야지, 사람 관계를 부드럽게, 우리 서로 도우면서 살아가자, 자주 어울려 한마음을 키우도록, 사회복지를 이루자, 앞날에 대한 생각을 밝게"들이 있다. 이 가운데 『사람으뜸문화를 가꾸어야지 / 사회복지를 이루자 / 앞날에 대한 생각을 밝게』에 관해 살펴보자구나!

　1. 『사람으뜸문화를 가꾸어야지』이다. 우리네 사람은 예로부터 사람으뜸문화를 가꾸기 위해 끊임없이 애써 왔다. 고대에 부처님의 불교 · 공자님의 유교 · 예수님의 기독교 · 소크라테스님의 철학들에서 비롯되어, 근세의 문예부흥 · 종교개혁 · 과학의 발전 및 근대의 민주주의 인권사상 · 자연법사상을 거쳐 사람으뜸문화가 가꾸어지기 시작했다. 그리하여 사람으뜸문화는 온누리의 발전에 크게 이바지하여 왔다. 곧 다양한 종교와 철학의 윤리적 바탕을 마련하여 주었고, 자유주의 사상과 도덕적 문화운동의 확산에 이바지하여 왔다.
　하지만 온누리에 뚜렷한 계급적 제도와 차별이 있고 모든 사람들의 옷 밥 집의 문제가 해결되지 않았던 산업사회 초기단계까지는 사실상 사람으뜸문화의 진정한 추구는 실현될 수 없는 꿈과 이상으로 남아 있었으며, 산업화 이후에 지나치게 팽배해진 물질문명은 사람으뜸문화의 실현을 어렵게 만들어 오고 있다.
　제1차 및 제2차 세계전쟁은 거치고 현대에 이르러 여러 나라에서 사람으뜸문화를 가꾸어야 한다는 새로운 움직임이 일어나고 있다. 우리 모두는 사람의 값어치와 존엄성을 존중하는 바탕위에서 사람을 모든 현상을 이루어내는 주체 및 문제해결의 척도로 여기며, 현재의 생활 속에서 자아실현을 통해 행복감을 갖도록 해주고, 인류의 복지와 행복을 최고의 목표로 삼고 있는 사람으뜸문화를 가꾸어야 한다. 아울러 사람의 값어치와 존엄성을 존중하는 가운데 사람 생활의 중심영역인 문화적 · 조직적 · 사회형태적 측면에서 사람 중심의 가치관들을 드높이고 삶의 질을 높여서, "튼튼한 몸(몸), 가뿐한 마음(맘), 포근한 보금자리(보), 뜨거운 배움터(배), 보람찬 일터(일), 밝은 온누리(온), 깨끗한 자연우주 하늘(자), 넉넉한 돈(돈)"들의 온갖 행복을 충만시킬 수 있도록 우리 서로가 힘껏 애써야 할 것이다.

　2. 『사회복지를 이루자』이다. 사회복지(社會福祉, Social Welfare)는 사회적으로 행복

한 생활 상태이다. 복지(welfare)란 well과 fare의 합성어로서, 사전적으로 well은 '행복하게, 만족스럽게'이며, fare는 '상태, 모습'이므로, welfare는 '행복한 상태, 만족한 모습'을 뜻한다. 그러므로 복지란 행복하고 만족한 상태 및 건강하고 번영한 상태를 뜻한다. 따라서 복지(welfare)에 사회(social)란 말이 덧붙어 사회복지는 사회적으로 행복한 생활 상태이다.

사회복지는 영국의 베버리지(Beveridge)가 1942년 발표한 《베버리지 보고서(사회보험과 관련 서비스 : Social Insurance and Allied Services)》에 의해서 발전됐다. 이 보고서는 사람생활의 안정을 위협하는 결핍 질병 불결 무지 태만을 5대 사회악으로 지적하고 사회보장제도상의 6원칙을 제시했으며, 제2차 세계대전 뒤 영국 유럽 미국의 각국 사회보장정책에 커다란 영향을 끼쳤고, 이른바 '요람에서 무덤까지(from cradle to grave)' 국민의 사회생활을 보장한다는 복지국가이념을 확립하는 데 크게 이바지했다. 또한 북유럽의 근대경제학, 케인즈(Keynes)의 고용이론, 피구(Pigou)의 후생경제학으로 사회복지가 크게 발전됐다.

사회의 복지정책의 방향은 처음에는 가난을 구제하기 위한 사회보장과 실업을 없애기 위한 완전고용이 그 주된 내용이었으나, 사회의 발전에 따라 구제에서 예방으로 옮겨가고 있으며 생활환경개선과 같은 집단복지도 새로운 과제로 제기되고 있다. 기본적인 사회복지의 방안으로는 ① 일하고자 하는 뜻과 일할 능력있는 사람에게 완전고용을 도모하는 것, ② 취업자의 소득향상과 재분배정책에 의해 국민생활의 안정을 기하는 것, ③ 국민생활의 최저생활을 보장하기 위한 사회보장제도, ④ 몸마음 장애자들의 사회적 약자와 극빈자에 대한 나라적 사회적 부조의 내실화, ⑤ 갖가지 공공서비스에 의한 문화적 생활수단의 점진적 공급, ⑥ 깨끗한 환경의 보전 또는 회복에 의한 쾌적한 생활조건의 확보이다.

앞으로 사회복지의 특징은 저소득층의 기본적인 생계 문제는 각종 사회복지제도의 확충으로 어느 정도 해결되어, 사회문화적 욕구를 충족시키는 복지사업들이 출현할 것으로 예상된다. 아울러 사회복지의 초점이 극빈층이 아닌 일반 계층으로 확대되어 이들에 대한 서비스도 확대될 것이며, 서비스의 내용도 단순한 구호성 복지보다는 삶의 질을 높이는 2차적 욕구에 치중하는 사회복지사업이 될 것이다. 결국 2천 년대에는 1차적 욕구의 충족에서 2차적 욕구를 해결하려는 정책 위주로 사회복지사업이 전개될 것이다.

우리나라의 현행 헌법은 제10조에서 "모든 국민은 사람으로서의 존엄과 가치를 가지며 행복을 추구할 권리가 있다"고 하여 행복추구권을 규정하고 있다. 아울러 헌법 제34조에서 "① 모든 국민은 사람다운 생활을 할 권리를 가진다. ② 국가는 사회보장 사회복지의 증진에 노력할 의무를 진다. ③ 국가는 여성의 복지와 권익의 향상을 위하여 노력하여야 한다. ④ 국가는 노인과 청소년의 복지향상을 위한 정책을 실시할 의무를 진다. ⑤ 신체장애자 및 질병 노령 기타의 사유로 생활능력이 없는 국민은 법률이 정하는 바에 의하여 국가의 보호를 받는다. ⑥ 국가는 재해를 예방하고 그 위험으로부터 국민을 보호하기 위하여 노력하여야 한다."라고 규정하고 있다. 이 헌법 제34조는 사람다운 생활을 할 권리, 사회보장과 사회복지의 증진에 노력할 의무, 최저 생활의 보장, 재해 예방 및 그 위험으로부터 국민보호 노력의무에 대한 규정이다. 헌법 제34조는 사회국가적 원리에 관한 규정으로 이 조항에 의하여 국민은 국가에 대하여 필요한 입법을 청구할 수 있는 권리를 갖는다. 다만 헌법 제34조에 의하여 국민이 국가에 대해 물품과 돈을 달라고 청구할 수는 없고, 이와 관련된 법률의 입법을 요구할 수 있다.

또한 우리나라는 매년마다 사회복지의 날, 노인의 날, 장애인의 날을 마련하여 기념하고 있다. ① 사회복지의 날은 9월 7일이다. 국민의 사회복지사업에 대한 이해를 증진하고 사회복지사업종사자의 활동을 장려하기 위하여 2000년 9월 7일부터 매년 "9월 7일"을

『사회복지의 날』로, "사회복지의 날부터 1주간"을 『사회복지 주간』으로 지정했다. 한편 국제사회복지사연맹(IFSW)에서 매년 "3월 셋째 주 화요일"을 『세계 사회복지의 날』로 제정했다. ② 노인의 날은 10월 2일이다. 노인복지법 제6조(노인의 날 등)에 따라 노인에 대한 사회적 관심과 공경의식을 높이기 위하여 매년 "10월 2일"을 『노인의 날』로, 매년 "10월"을 『경로의 달』로 마련했다. UN이 정한 『세계 노인의 날』은 "10월 1일"로 1990년 오스트리아 빈에서 열린 제45차 유엔총회에서 결의하고, 1991년 10월 1일 모든 세계 유엔사무소에서 『제1회 세계 노인의 날』 행사를 거행했다. 한편 우리나라는 UN이 정한 노인의 날인 10월 1일이 '국군의 날'이어서 하루 뒤인 10월 2일을 노인의 날로 결정하여 1997년부터 법정기념일이 됐다. ③ 장애인의 날은 4월 20일이다. 1972년부터 민간단체에서 개최해 오던 4월 20일 '재활의 날'을 이어, 1981년부터 나라에서 『장애인의 날』로 정하고 기념행사를 해왔다.

한편 우리나라의 사회복지사(社會福祉士 : Social Worker)는 사회복지사업법 제11조 제1항의 규정에 따라서 사회복지에 관한 전문지식과 기술에 대한 자격증을 가지고 활동하는 사람이다. 또한 사회복지사는 일정한 자격 요건을 필요로 하며, 현행 제도는 1급과 2급으로 구분된다. 2003년 이후 사회복지사 1급 자격증의 경우에는 대학 및 대학원에서 사회복지학을 전공하여 학위를 딴 다음에, 사회복지사 자격 국가시험를 통과해야 한다. 한편 2급은 전문대학에서 사회복지학 교과목들을 이수하면 자격증이 부여된다.

3. 『앞날에 대한 생각을 밝게』이다. 일반적으로 앞날 곧 미래란 아직도 오지 않은 어떤 시간과 함께 그때의 삶의 상태를 말한다. 따라서 앞날은 불확실성 및 미지의 세계이며, 가변적이고 유동적인 동시에 희망도 실망도 아닌 것이며, 오로지 우리의 관념 속에 존재하는 시간이며 또 예견되는 상태인 것이다.
우리가 앞날에 관심을 가진 것은 인류가 생긴 이래로부터이며 우리 생활의 일부가 되어 왔지만, 앞날학(미래학)이란 말은 1940년 플렉트하임(Flechtheim)이 발표한 글에서 비롯됐다. 세계앞날학회(The World Future Society)의 공식적인 정의에 따르면 앞날학이란 사람생활과 온누리에 있어서의 가능한 변동을 찾아내고 분석하며 평가하려는 활동의 한 분야이다.
또한 앞날에 대한 연구방법에는 천재의 예보, 추세외삽법, 합의법, 모의실험법, 교차충격 행렬법, 시나리오법, 결정의 나무, 형태학적 기법, 역사적 유추, 투입-산출 분석, 게임법들이 있다. 우리나라도 앞날학회 및 21세기위원회를 만들어 앞날에 대해 많은 연구를 하고 있다.
"앞날은 예측을 못해도, 만들 수는 있다"라는 말을 우리 모두 명심하고 밝은 온누리를 만들어 가도록 애쓰자구나!

더불어 밝은 온누리를 가꾸기 위해서는 『공통적 행복충만을 위한 열두 가지 길』인 "행복충만, 올바르게 살고, 열심히 일하며, 3하(하고 싶다·할 수 있다·해야 한다) 원칙, 고맙습니다! 뉘우칩니다!, 어려움을 참고 견디며 이겨내자!, 시간을 아껴 쓰며, 기도정성을 간절히 드리고, 자원봉사활동을 하자, 웃으려 애쓰고, 창조력을 발휘하며, 자연우주하늘을 품자구나!"가 있다.

8. 깨끗한 자연우주하늘(자)

『깨끗한 자연우주하늘(Clean Nature Universe Sky)』은 우리네 사람들이 살고 있는 지구 · 태양계 · 은하계 · 우주 모두의 자연우주하늘에 공기(대기) 오염 · 물(수질) 오염 · 흙(토양) 오염과 함께 땅 재해(지진) · 물 재해(수재) · 불 재해(화재) · 바람 재해(풍재)들의 응어리가 일어나지 않으며, 사람과 자연우주하늘을 같이 더불어 공존하는 것으로 여기어 깨끗하고 맑은 행복한 상태를 뜻한다.

『자연(自然 : Nature, Mother Nature)』은 사람의 힘이 더해지지 아니하고 저절로 생겨난 흙 땅 들 산 물 강 바다 식물 동물 햇볕 공기 비 바람 구름들의 모든 존재; 천연으로 이루어진 지리적 지질적 환경과 조건; 사람의 힘이 더해지지 아니하고 세상에 스스로 존재하거나 우주에 저절로 이루어지는 모든 존재나 상태; 사람의 힘을 더하지 않은 저절로 된 그대로의 현상; 사람의 힘으로 어찌할 수 없는 우주의 질서나 현상들을 뜻한다.

우리네 사람들은 푸르고 맑은 하늘 · 뭉게뭉게 흰 구름 · 따사로운 햇볕 · 시원한 바람 · 아름답고 향기로운 꽃 · 산들산들 풀 · 싱그러운 나무 · 밝고 즐거운 새 · 영롱한 풀벌레 · 멍멍 음매 개골 짐승 · 졸졸 흐르는 시냇물 · 밀려왔다 부서지고 밀려가는 파도들의 자연을 느끼며 보고 들으면서 살아간다. 이런 자연은 『안락함 · 포근함 · 풍요함 · 여유로움』들을 지니고 있다.

아울러 자연은 『치유력(治癒力 : healing power - 특별한 치료를 하지 않고 두더라도 스스로 고쳐지고 나아지는 능력) / 회복력(回復力 : recuperative power - 어떤 자극으로 달라진 상태가 다시 원래의 상태로 되돌아오는 힘) / 항상성(恒常性 : homeostasis - 늘 같은 상태를 유지하는 성질, 여러 가지 환경 변화에 대응하여 일정한 상태를 유지하는 현상) / 평형성(平衡性 : balance - 불평등함이 없이 안정과 조화가 이루어진 상태나 성질)』들을 지니고 있다. 그리하여 우리네 사람들은 위의 자연들을 몸과 마음으로 한껏 느끼며 보고 들으면서, 비록 도시의 오염된 자연환경 속에서 하루 종일 바쁘게 살아가야만 하는 우리들의 몸과 마음의 응어리를 푸는 한편 삶의 즐거움을 늘릴 수 있는 기회를 마련하곤 한다.

우리의 행복충만에서는 자연을 ① 좁게는 위의 '자연'을 뜻하는 한편, ② 아주 넓게는 위의 '자연'및 다음의 "우주"와 「하늘」을 아우르는 폭넓은 뜻으로 쓰고자 한다.

『우주(宇宙 : Universe, Cosmos, Space)』는 자연우주하늘 온누리를 둘러싸고 있는 공간; 천문학에서는 천체를 비롯한 만물을 포용하는 물리학적 공간; 철학에서는 질서 있는 통일체로서의 세계들을 뜻한다. 흔히 우주라는 말은 일반적인 세계관의 의미로는 이 세상에 존재하는 모든 물질 공간 시간을 포괄한다.

동양에서는 동서남북 위아래(사방상하; 四方上下)를 '우(宇)'라 하고, 예로부터 지금까지(고왕금래; 古往今來)를 '주(宙)'라고 하여, 천지를 가리키는 말이라고 했다. 이것은 우리의 소박한 생각인 우주의 뜻, 곧 공간과 시간을 망라한 총체와 상통한다.

우주를 그리스어로는 코스모스(kosmos)라 하는 데, 원래 kosmos는 질서를 뜻하는 말로, 혼돈을 뜻하는 카오스(kaos)에 대립하는 것이다. 실제로 우주를 어떻게 구체적으로 인식하는가는 시대에 따라, 또 과학의 발달에 따라 변천해 왔다.

『하늘 또는 천(天 : Sky, Heaven, Air)』은 지평선이나 수평선 위로 보이는 무한대의 넓은 공간; 바다 위나 땅 위로 해와 달 및 무수한 별들이 널려 있는 무한대의 공간; 우주를 주재한다고 믿어지는 초자연적인 절대자; 하느님을 달리 이르는 말; 하느님이나 천사 및 신선 또는 영혼들이 산다고 생각되는 세계; 신이나 천인 천사가 살며, 맑고 깨끗하여 더럽거나 속된 데가 없다는 상상의 세계; 사람이 죽은 뒤에 그 영혼이 올라가서 머무른다고 하는 곳을 뜻한다.

이런 하늘 또는 천에 대해서는 과학의 생각, 우리 민족의 생각, 불교의 생각, 유교의 생각, 기독교의 생각들이 있다.
　1. 과학의 생각으로, 하늘 또는 천은 지표를 둘러싸고 있는 공간이며, 지평선이나 수평선 위로 보이는 무한대의 넓은 공간이다. 또한 하늘은 지구의 땅 위에서 적용되기에, 지평선 위의 대기 또는 행성과 행성 위에 붙어있는 물체들의 보이는 표면 위쪽을 뜻한다.

하늘의 상태는 구름이 하늘을 덮고 있는 정도를 말하며, 기상청에서는 맑음(구름이 0~5할의 상태), 구름 많음(구름이 6~8할의 상태), 흐림(구름이 9~10할의 상태)으로 구분한다. 기상학 상으로 관측되는 하늘의 상태는 주로 하층 중층 상층으로 나누어 구름의 상태에서 정해지며, 국제적으로 30종류의 하늘의 상태가 정해져 있다. 곧 하층은 층적운 층운 적운 적란운에, 중층은 고적운 고층운 난층운에, 상층은 권운 권적운 권층운에 대하여 각각 10종으로 구분되어 모두 30종류의 하늘의 상태가 있다.

　2. 우리 민족의 생각으로, 하늘의 의미는 그 역사가 아득한 옛날부터 오늘에 이르기까지 처음에는 자연 현상에서 그 관념이 형성됐고, 그 다음에는 유교 불교 도교 기독교들의 교리를 받아들여 그 관념의 체계를 확충하면서 고유의 이념을 유지해 왔다.

하늘은 순수한 우리말이며, 하늘의 ‘하’는 ‘한’이 변한 것으로 ‘크다, 넓다, 높다 바르다, 참되다 씩씩하다, 한창이다’들을 뜻하며, 하늘의 ‘늘’은 ‘항상되다, 계속되다, 영원하다, 언제나 그러하다’를 뜻한다. 따라서 하늘은 ‘크고 넓으며 높으면서 바르고 참되며 씩씩하고 한창인 것이 항상 되고 계속되며 영원하다’는 뜻이다.
　또한 하늘을 우리말로 ‘한울’이라고도 한다. 한울의 ‘한’은 ‘크다, 넓다, 높다’를 뜻하며, 한울의 ‘울’은 ‘우리 울타리’의 준말로 속이 비고 위가 터진 물건의 가장자리를 둘러싼 부분을 말하는 것이다. 그러므로 한울이란 ‘큰 울타리’라는 뜻으로 밖이 없는 사방, 끝이 없는 창공, 해와 달이 교차하고 별들이 운행하며 만물이 자생하고 만사가 발생하는 천지 사방과 상하 좌우를 뜻하는 공간이다.
　아울러 하늘을 우리말로 ‘한얼’이라고도 한다. 이 한얼의 ‘얼’은 ‘마음, 넋, 혼, 정신’이다. 따라서 한얼이란 ‘크고 넓으며 깊은 마음, 박애 정신, 대자대비 바른 넋, 정직한 정신 씩씩한 기백, 왕성한 정력, 사람의 마음에 차 있는 넓고 크며 올바른 기운(호연지기; 浩然之氣)들을 뜻하는 말이다.
　한편 하늘에서 해 태양은 빛 광명을 발하는 본체이다. 그러므로 옛날 사람들은 하늘을 ‘밝의 뉘’ 곧 밝은 광명의 누리라 했고, 뒤에 ‘밝’이 변하여 ‘박’이 됐으며, 신라의 시조 박혁거세의 박이며, 또 ‘발’로도 변전했으니 발해가 이것이다. 아울러 ‘밝’은 또 ‘벌’로도 변했으니, 서라벌의 '벌'이 이것이며, 오늘의 '서울'이라는 말도 여기에서 비롯된 것이다.

3. 불교의 생각으로, 불교에서 하늘 또는 천은 불교의 세계관을 구성하고 있는 여러 하늘을 가리키며, 육도 가운데 최상의 경지로서 사바세계의 번뇌를 끊고 깨달음을 얻어가는 세계이고, 이런 하늘 또는 천이 무수하게 있으며, 사람의 길흉화복까지를 관장한다고 본다. 이런 하늘 또는 천에 대한 구체적인 불교의 생각으로는 삼천대천세계, 삼계 이십팔천, 십계, 지옥, 극락들이 있다.

4. 유교에서 하늘 또는 천은 자연 그 자체; 우주 운행을 관장하는 가장 중요한 원리; 권위있는 명령자 통솔자; 우주와 인생을 관찰하는 이상적인 질서원리; 운명을 좌우하는 근원자; 신비로운 불가지의 존재들로 매우 다양하게 생각됐다.
더불어 구천(九天)은 하늘을 9개의 방위로 나누어 이르는 말이다. 곧 중앙은 균천(均天), 동쪽은 창천(蒼天), 북동쪽은 변천(變天), 북쪽은 현천(玄天), 북서쪽은 유천(幽天), 서쪽은 호천(昊天), 남서쪽은 주천(朱天), 남쪽은 염천(炎天), 남동쪽은 양천(陽天)이다.

5. 기독교에서는 하느님을 무한하고 영원하고 창조되지 않은 인격적 실재로서 그 자신 이외의 모든 것을 창조했으며, 그의 피조물인 사람에게는 사랑스럽고 성스럽고 거룩한 하느님으로 나타난다고 한다. 여기에서 하느님은 창조주요, 사람은 피조물이며 또 원죄까지 지니고 태어난 사악한 존재이다. 그러므로 기독교에서의 사람은 어떠한 일이 있어도 조물주인 하느님과 같아질 수는 없다.
따라서 동양의 천인합일 사상과는 전혀 다르다.

자연우주하늘의 비롯됨 · 진화 · 구조에 대한 과학의 생각으로서 『우주론(宇宙論: cosmo- logy)』은 천문학과 물리학을 함께 사용해 물리적 우주를 하나로 통합된 전체로 파악하고 자연우주하늘을 연구하는 이론이며, 고대 우주론 · 근대 우주론 · 현대 우주론이 있다.

1. 『고대 우주론』은 기원전 6세기에 피타고라스(Pythagoras)가 구형 지구의 개념을 도입하고, 바빌로니아인이나 이집트인과는 달리 자연법칙의 조화관계에 의해 천체의 운동이 지배된다고 가정하며 시작됐다. 이어 기원전 4세기에 아리스토텔레스(Aristoteles)가 지구중심 우주론을 내세웠으며, 우주에는 지구를 중심으로 태양과 행성들이 반투명한 구에 붙어 공전하고 가장 바깥쪽 구에는 붙박이 별이 매달려 있다고 여겼고, 이런 생각은 2세기에 프톨레마이오스(Ptolemaeos)의 모형으로 발전됐다. 한편 13세기에는 아퀴나스(Aquinas)에 의해 그리스도교 신학적 우주론이 전개됐다.

2. 『근대 우주론』은 16세기에 코페르니쿠스(Copernicus)에 의해 선도됐다. 코페르니쿠스는 당시 종교계의 하늘이 움직인다는 천동설을 부정하고 지구가 움직인다는 지동설을 내세워 태양 중심 우주를 제안했다. 이어 17세기에 뉴턴(Newton)이 역학적이고 무한한 우주론을 내세웠다. 아울러 18~19세기에 허셜(Herschel)과 뒤이은 다른 많은 천문학자들은 별과 우리 은하에 대한 연구를 발전시켰다.

3. 『현대 우주론』은 상대론적 우주론, 우주 팽창론, 대폭발론 · 빅뱅론 · 빅뱅이론, 블랙홀 증발 이론 및 수정 이론, 끈 이론 · 초끈 이론, 대통일이론 · 통일장이론, 면 이론 · 어머니

이론 · 아버지 이론, 다중 우주론, 인류 원리들이 있다.

(1). 『상대론적 우주론(相對論的 宇宙論: relativistic cosmology)』은 아인슈타인의 중력이론인 일반상대성이론을 적용한 우주론으로, 1917년 아인슈타인(Einstein)이 주장했다. 그의 이론은 3가지 가정에 기반을 두었다. 우주가 거시적으로 균질성과 등방성을 가진다는 것이다. 곧 우주는 모든 곳에서 평균적으로 동일하다고 가정했다. 이 균질성과 등방성을 가진 우주가 공간 기하학적으로 닫혀 있다는 것이다. 곧 우주는 유한하지만 그 가장자리나 경계는 없다. 전반적으로 우주가 정적(靜的 : 우주의 거시적 성질은 시간에 따라 변하지 않음)이라는 것이다. 이 마지막 가정 때문에 아인슈타인 모형은 정적 우주모형으로 알려졌다.
1929년 허블(Hubble)은 우주는 정적이라는 아인슈타인의 가정에 문제를 제기한 몇몇 측정을 하여 아인슈타인의 정적 모형에 의문을 제시했으며, 균질하고 등방적이지만 정적이 아닌 우주론적 모형에 대한 관심을 불러 일으켰다.

(2). 『우주 팽창론(宇宙 膨脹論 : theory of expanding universe)』은 우주가 정지 상태에 있지 않고 끊임없이 팽창한다고 보는 진화론적 우주 이론이다. 일반 상대성이론에 근거한 우주 팽창론을 처음으로 발표한 사람은 1920년대의 데시테르(de Sitter)이다. 또한 로버트슨(Robertson)들이 물질을 포함하는 팽창 우주론을 발표했다.

(3). 『대폭발론(大爆發論) · 빅뱅론 · 빅뱅이론(big bang theory)』은 우주가 태초의 대폭발로 시작됐다는 이론이다. 대폭발론은 1920년대 프리드만(Friedmann) 및 르메트르(Lemaître)가 제안했으며, 1940년대 가모프(Gamow)에 의하여 체계화됐고, 현재 표준 우주론으로 널리 받아들여지고 있다. 처음에는 우주대폭발론으로 불리던 것이 오늘날의 빅뱅이론으로 불러지고 있다. 빅뱅(big bang)이라는 말은 1940년대 빅뱅이론의 반대편에 섰던 정상우주론자였던 호일(Hoyle)이 빅뱅이론을 조롱하는 것으로 처음 사용됐다.
대폭발론에 따르면, 약 200억 년 전에는 우주가 하나의 점과 같은 상태였으며, 이 점에서 일어난 대폭발로부터 현재의 우주가 만들어진 것이라고 한다. 곧 우주는 태초인 약 200억 년 전에 작으며 밝고 뜨거우면서 높은 밀도를 지닌 하나의 점과 같은 상태에서 거대한 폭발이 일어났으며, 그 대폭발로부터 생겨난 물질의 입자들이 모여서 가스 형태를 이루게 됐고, 이 가스 형태는 팽창되기 시작했으며 다시 냉각되는 현상을 거치게 됐으며, 몇백만 년이라는 시간이 거친 뒤에 수소 산소 질소의 가스와 가스 덩어리가 뭉쳐 별들을 만들었고, 이 별들이 거대한 별의 집단인 은하를 이루었으며, 태양계 및 지구도 만들어지게 됐다고 본다.

(4). 『블랙홀 증발 이론 및 수정 이론』은 호킹(Hawking)이 1975년에 발표한 생각이다. 아인슈타인의 상대성이론에 따르면, 아주 무거운 별이 생명을 다해 붕괴돼 생성되는 블랙홀(black hole : 검은 구멍)은 빛을 포함한 거의 모든 것을 빨아들이는 검은 구멍이다. 곧 블랙홀은 초고밀도에 의하여 생기는 중력장의 검은 구멍으로, 항성이 진화의 최종단계에서 한없이 수축하여 중심부의 밀도가 빛을 빨아들일 만큼 매우 높아지면서 생겨난다.
이어서 호킹은 2004년 블랙홀은 모든 것을 빨아들여 파괴해 그 안에 정보는 없다는 기존의 블랙홀 증발 이론을 잘못이라고 스스로 부정하고, 일부 정보가 블랙홀 밖으로도 나올 수 있다는 새로운 수정 이론을 제시했다. 호킹의 수정된 새 이론에 따르면, 블랙홀에 정보가 남아 있기 때문에 우리는 과거를 알 수 있고 미래를 예측하는 것도 가능하다.

(5). 『끈 이론(string theory) · 초끈(super-string) 이론』은 우주 만물의 최소 단위가

점 입자가 아니라 진동하는 끈으로 이루어져 있다는 이론이며, 1969년에 강력 이론을 설명하기 위하여 1969년에 남부(Nambu), 닐센(Nielsen)에 의해 주장됐다.

또한 1974년 슈발츠 및 셔크가 초대칭성을 이용해 초끈 이론을 마련했으며, 초끈 이론이 완성된 것은 1984년으로 슈발츠(Schwartz) 및 그린(Green)에 의해서이다. 이것을 흔히 끈 이론의 1차 혁명이라고 부르며, 1980년대 초끈 이론은 과학자들에게 대단히 유행했다.

1990년대 중반 서스킨드(Susskind)가 블랙홀 따위 우주 현상을 초끈 이론으로 설명해내는 이론을 제시하면서 초끈 이론은 중흥기를 맞았다.

(6). 『대통일이론(大統一理論 : grand unified theory) · 통일장이론(統一場理論 : unified field theory)』은 모든 것의 이론(Theory Of Everything; TOE)인 통일장 원리를 발전시켜 자연우주하늘에 존재하는 네 가지 힘인 중력, 전자기력, 약한 상호작용(약력 · 약한 핵력), 강한 상호작용(강력 · 강한 핵력)을 통합하려는 이론이다.

대통일이론은 1974년 조지(George) 및 글래쇼(Glashow)에 의해 제기됐다. 이 이론에 따르면, 팽창우주론에 따라 우주 초기에 물체가 초고온 초고밀도 상태에 있었을 때 모든 상호작용은 단일한 양상을 띠고 있었으나, 그 뒤 우주팽창에 따른 냉각에 의해 진공이 열을 가함에 따라 물질이 고체⇒액체⇒기체로 변화하는 상변화를 여러 번 일으켜 상호작용의 분화가 진행되고, 자유롭던 쿼크(quark; 소립자를 구성하고 있다고 여겨지는 기본적인 입자) 및 글루온(gluon; 쿼크 사이에 강한 작용력을 매개하는 입자)은 가두어져 강입자(서로 강한 상호 작용을 하는 소립자)를 만들어 현재 우리들이 알고 있는 물질세계가 형성됐다고 생각한다.

(7). 『면 이론(面 理論 : membrane theory) · 막(膜) 이론 · 어머니(M : Mother) 이론 · 아버지(F : Father) 이론』은 1995년말 위의 끈 이론 및 초끈 이론보다 차원이 하나 더 높은 면 이론 또는 막 이론에서 나온다는 사실이 밝혀지면서, 제2의 혁명을 맞게 됐다. 이 제2의 혁명으로 참된 통일장이론은 끈 이론이 아닌 2차원 면 또는 막 이론이라는 주장이 제기됐다. 곧 1차원인 끈보다 2차원인 면 또는 막이 통일장 이론 곧 모든 것을 설명하는 이론을 규명하는 데 훨씬 편리하다는 것을 알게 됐다.

먼저 위튼(Witten)의 11차원 어머니(M : Mother) 이론 또는 막 이론(膜 理論)은 우주에 존재하는 모든 입자들을 11차원에 존재하는 막의 진동으로 설명하는 이론이다. 아울러 나아가 바파(Vafa)의 12차원 아버지(F : Father) 이론도 있다.

(8). 『다중 우주론(多重 宇宙論 : multiverse theory)』은 지구가 포함된 우주 이외에 다른 우주가 많이 존재한다는 생각, 곧 우주가 여러 가지 일어나는 일들과 조건에 의해 통상적으로 시간과 공간에서 갈래가 나뉘어 서로 다른 일이 일어나는 여러 개의 수많은 우주가 사람들이 알지 못하는 곳에서 무한하게 존재하고 있다는 우주론이다.

다중우주론의 분류로서 대표적인 것은 테그마크(Tegmark)가 2003년 《평행우주》라는 논문에서 제안한 제4단계 분류법이다. 1단계는 관측범위 밖에 우주가 여전히 존재하며, 하나하나가 관측범위 내에서 독립된 우주를 구성한다는 주장이다. 물리법칙은 우리 우주와 동일하며, 우주가 무한이거나 충분히 크다면 이 우주들 속에 우리를 닮은 환영을 보는 도플갱어(doppelgänger)를 겪을 수도 있다. 2단계는 인플레이션 우주론과 관계가 있으며, 우리 우주와 물리법칙이 전혀 다른 새로운 우주다. 3단계는 양자역학에 나오는 다세계 해석이다. 세계는 지금 이 순간도 양자역학적 결정에 따라 무수히 많은 서로 다른 우주로 갈라지고 있다. 그 안에 사는 우리는 그저 하나의 우주만을 보고 있을 뿐이다. 4단계는 시뮬레이션 우주다. 정보에 의해 구축된 우주는 상상 가능한 모든 형태를 띨 수 있으며, 이들이 독립된 다중우주를 구성한다.

데이비스(Davies)는 2004년 논문에서 다중우주를 둘러싸고 이것이 과학인가라는 의문이 제기되고 있다고 소개했다. 관측범위 안으로 관측이 제한된 상황에서 그 밖의 존재를 논하는 것이 의미가 있느냐는 비판이 있다는 뜻이다. 하지만 데이비스는 관측할 수 없는 내용을 예측하는 일이라도, 그것이 검증 가능한 결론을 낼 수 있는 이론에서 나왔을 때는 받아들일 수 있다고 했다.

(9). 『인류 원리(人類 原理 : anthropic principle)』는 사람을 비롯한 생명체들은 많은 우주 가운데 적합한 조건을 갖춘 곳에서만 존재 가능하며, 생명체 존재를 위한 조건을 통해 다양한 물리적 법칙들을 설명할 수 있다는 생각이며, 사람 중심 원리 · 인본 원리라고도 한다.

인류 원리는 1973년 카터(Carter)가 처음으로 주장했다. 그는 우주가 지금 이 모습인 이유는 곧 우리가 존재하기 때문이라는 기묘한 논리였다. 그렇지 않다면 우리는 그런 질문조차 던질 수 없으리라는 것이 그의 생각이다.
또한 와인버그(Weinberg)가 1987년 사람 중심 원리로 우주 상수가 매우 작은 이유를 설명하는 논문을 발표했다. 와인버그는 우주상수가 지나치게 큰 양수일 경우에는 우주의 팽창이 가속되고, 반대로 지나치게 큰 음수일 경우에는 중력 수축을 시작하는 데, 우리가 살고 있는 지구는 우주상수가 아주 미세한 값으로 조정되어 있으며, 생명체가 존재하기에 적절한 환경을 제공하고 있다는 것이다. 그는 만약 우주상수가 이런 미세 조정 값을 갖지 않았다면 어떠한 생명체도 존재할 수 없었을 것이라고 보았다.

인류원리는 아직까지 관찰과 실험에 의해 증명된 이론이나 법칙이라기보다는 철학적 신념에 가깝다. 그러나 생명의 기원 및 우주 탄생과 관련하여 진화론과 대비되는 견해를 보이며, 진화론 역시 과학적 차원보다 자연철학적 관점에서 많은 사람들에게 영향을 미쳐 왔다는 점을 생각할 때, 인류원리가 가지는 파급효과를 간과할 수 없다. 또한 인류원리를 통해 생명체의 존재 이유와 가치에 대한 새로운 의미를 부여한다는 점에서 의미가 있다.

자연우주하늘의 모습에 관한 과학의 생각은 크기에 따라 우주 모두 ⇨ 은하계 ⇨ 태양계 ⇨ 태양 ⇨ 지구 ⇨ 달들로 이루어져 있다고 헤아린다.
1. 『우주 모두』는 관측 가능 우주, 외부 우주로 갈래짓는다.
(1). 『관측 가능 우주(Observable Universe)』의 나이는 전에 120억 년 · 127억 년 · 200억 년의 다양한 견해가 있었으나, 현재 정립된 것은 138억 년이다. 이에 따라 관측가능우주의 크기는 930억 광년의 규모라고 본다. 1광년(光年 : Light Year《LY》)은 초속 30만 km인 빛이 1년 동안 진행하는 거리의 단위이며(시간의 단위가 아님), 구체적인 수치로는 9조 4,600억 km이다. 따라서 관측가능우주의 크기 또는 넓이는 9조 4,600억 × 930억 광년 = 6,422자 8,338해 900경 km 가량이다. 관측가능우주의 공간 또는 면적은 반지름이 465억 광년(LY)이므로, 9조 4,600억 × 216경 2,225조 × 3.14 = 642구 2,833양 8,900자 ㎢ 가량이다.

(2). 『외부 우주』는 현재의 과학으로는 있을 것이라고 짐작은 하지만, 외부 우주를 측정

할 방법이 없다고 본다.

그러므로 우주 모두는 21세기 현재의 과학으로는 명확하게 알 수 없다. 하지만 우주 모두가 무한하거나, 유한하고 끝이 없거나, 유한하고 끝이 있다면 무척 클 것이라고 본다.

　2.『은하계(銀河系 : Galaxy)』는 우리 은하, 외부 은하로 갈래짓는다.
　(1).『우리 은하』는 태양계를 포함한 많은 항성과 성단 및 별들 사이의 성간물질로 이루어진 은하이며, 우리네 사람들이 사는 곳이다. 우리 은하를 강물에 비유하여 '은하수(水)' 또는 용(미르)이 흐르는 물(내)과 같다 하여 '미리내'라고도 하며, 영어로는 외부은하인 galaxy와 비교하기 위해 'The Galaxy, Our Galaxy, Milky Way'이라고 부른다.

　우리 은하는 우주를 이루고 있는 수천억 개 은하들 가운데 하나이며, 태양을 비롯하여 5,000억 개에 달하는 별들과 비교적 많은 양의 성간 가스 및 티끌로 되어 있다.

　또한 우리 은하의 나이는 135억 년으로 추정되며, 빅뱅이 일어나고 3억 년 뒤에 생긴 것이다. 우리 은하의 크기 또는 넓이는 지름이 10만 광년(LY), 중심부의 두께가 1만 5,000천 광년이다. 우리 은하의 공간 또는 면적은 반지름이 5만 광년(LY)이므로, 9조 4,600억 × 25억 × 3.14 = 742해 6,100경 ㎞ 가량이다.

　우리 은하는 나선 은하로서, 커다란 중심 팽창부에 둘러싸인 중심핵 및 중심핵 주위로 휘말린 궁수·오리온·페르세우스·용골의 4개의 나선 팔을 가지고 있다. 태양계는 오리온 팔에 위치하며, 은하의 중심으로부터 약 3만 광년 떨어져 있다. 태양계는 우리은하의 중심을 초속 220km의 속도로 공전하고 있으며, 우리 은하를 한 바퀴 도는 데는 2억 5천만 년이 걸리며, 현재까지 태양계는 우리 은하 주위를 18회 가량 공전한 것으로 여긴다.

　우리 은하는 국부은하군에 속하며, 나아가 처녀자리 초은하단에 속한다.

　(2).『외부 은하(外部 銀河 : Galaxy, External Galaxies)』는 우리 은하를 제외한 1천 7백억 개가량의 은하를 가리키는 것이며, 은하·소 우주·섬 우주라고도 한다.

　외부 은하는 형태에 따라 타원 은하·렌즈상 은하·나선 은하·막대나선 은하·불규칙 은하·특이 은하들로 나눈다.

　외부 은하는 우주에 골고루 분포하는 것이 아니라 무리 지어 분포하고 있으며, 이 무리를 이룬 집단의 크기에 따라 은하군, 은하단, 초은하단으로 나눈다. ① 은하군(銀河群 : galaxy group)은 수십 개가량의 은하가 무리를 이룬 은하 집단으로, 국부 은하군·고래자리은하군·화석 은하군·마페이 은하군들의 수억 개가 있다. "국부 은하군(局部 銀河群 : local galaxy group)"에는 우리 은하·안드로메다 은하·삼각형자리 은하·마젤란 은하들이 있다. ② 은하단(銀河團 : galaxy cluster)은 수백~수천 개의 은하가 무리를 이룬 은하 집단으로, 처녀자리 은하단·화로자리 은하단·머리털자리 은하단들이 있다. ③ 초은하단(超銀河團 : super- cluster)은 여러 개의 은하군과 은하단으로 이루어진 더 큰 은하 무리로서, 처녀자리 초은하단·시계자리 초은하단·새플리 초은하단들의 수백만 개가 있다. "처녀자리 초은하단(virgo super-cluster)"은 우리은하가 속한 국부은하군을 다시 귀속하고 있으며, 더 큰 라니아케아(Laniakea) 초은하단의 일부이고, 국부초은하단이라고도 한다.

　3.『태양계(太陽系 : Solar System)』는 항성인 해(태양), 수성 금성 지구 화성 목성 토성 천왕성 해왕성(※ 전에는 명왕성도 행성으로 인정되었으나, 요즘에는 부정되고 있는 따위로 논란이 있는 실정 ※)의 8개 행성, 약 160개의 위성, 수많은 소행성, 혜성, 유성과 운석, 옅은 구름을 이루고 있는 행성간 물질들로 이루어진 우주의 일부이다. 곧 태양계는

해를 중심으로 하여 해의 둘레에서 지구를 비롯한 8개의 행성 및 수많은 소행성 혜성들이 해의 인력에 의해 해의 주위를 도는 공전을 하는 천체계를 구성하고 있다.

　태양계는 해를 비롯하여 수성 금성 지구 화성 목성 토성 천왕성 해왕성의 8개 대행성 및 화성 목성의 궤도 사이에 산재하는 약 2,000개의 소행성들로 이루어져 있다.
　① 외행성은 태양계의 8개 행성 가운데 지구 바깥쪽에서 태양을 도는 행성으로 지구보다 큰 궤도를 가지며, 화성 목성 토성 천왕성 해왕성이 이에 속한다. ② 내행성은 지구보다 태양에 가까운 궤도를 도는 행성 곧 지구를 중심으로 지구의 안쪽에서 태양을 도는 행성이며, 수성과 금성을 말한다. ③ 지구형 행성은 지구와 크기나 구조들이 유사한 행성으로, 지구를 포함해서 수성 금성 화성이 있다. ④ 목성형 행성은 목성과 크기나 구조들이 유사한 행성으로, 목성을 포함해서 토성 천왕성 해왕성이 있다.

　태양계의 탄생설로는 조우설, 미행성설, 와동설, 응집설, 성운설들이 있다. ① 조우설은 태양 주위를 다른 별이 지날 때 강한 조석력에 의해 태양으로부터 물질이 끌려나와 이것이 뭉쳐서 행성이 됐다는 이론이다. ② 미행성설은 태양에서 끌려나온 가스가 응축하여 먼저 미행성이 된 후에 주위의 물질을 끌어들여 점점 큰 행성으로 성장했다는 생각이다. ③ 와동설은 원시 태양의 주위를 돌고 있던 원방형의 성간 물질이 중심으로부터 일정한 거리에 여러 개의 난류 와동을 형성했으며, 이 와동의 틈에서 행성이 형성됐다는 이론이다. ④ 응집설은 태양이 성간운을 지날 때 주위의 물질을 포획하고, 행성은 이 성간물질로 부터 형성 됐다는 이론이다. ⑤ 성운설은 칸트(Kant) 및 라플라스(Laplace)가 내세운 것으로서, 태양계가 회전하는 편평한 성운으로부터 생겼다고 하는 생각이다. 곧 태양계는 약 45억 년 전에 우주 공간의 가스와 먼지가 모인 성운에서 태어났으며, 성운의 99%는 원시 태양을 형성했고 그것이 수축하여 마침내 스스로 빛을 내는 태양이 탄생했다. 원시태양 주위의 나머지 물질은 원반을 형성했으며, 원반의 물질들은 서로 뭉쳐져 수많은 미행성체를 만들었고, 이 미행성체는 서로 충돌하고 합쳐져 지구와 같은 행성이 탄생하게 됐다고 여긴다.

　4.『태양(太陽 : Sun, Solar) 또는 해』는 태양계의 중심에 자리하여 지구를 비롯한 10개 행성, 위성 혜성 유성물질의 운동을 직접 또는 간접으로 지배하고 있는 항성이다. 태양은 지구에서 가장 가까운 항성으로, 표면의 모양을 관측할 수 있는 유일한 것이다.
　태양의 생존 기간은 123억 년이고, 나이는 46억 살이며, 앞으로 77억 년간 더 존재할 수 있다. 태양의 공간 또는 면적은 6.0877 × 10의 12승(1조)이므로 모두 6조 877억 제곱킬로미터(㎢)이다. 태양의 지름은 139만 2천 km로서 지구보다 109배 가량 길고, 태양계 전체 질량의 99%를 차지한다. 태양의 성분은 수소가 4분의 3이고, 헬륨이 4분의 1이며, 산소 탄소 네온 철의 무거운 원소들이 2퍼센트 가량이다.

　태양도 지구처럼 공전 및 자전을 하고 있다. 곧 태양은 우리 은하의 중심으로부터 약 3만 광년 거리에서 많은 항성과 더불어 우리 은하계의 중심 주위를 돌아가는 공전을 하고 있으며, 그 공전 주기는 약 2억 년이다. 또한 태양은 스스로 한 바퀴를 돌아가는 자전을 한다. 태양은 자전축에 대해 서쪽에서 동쪽으로 회전하는 데, 이 방향은 태양 주위를 도는 행성들의 공전 방향과 같다. 태양은 단단한 고체가 아니라 전기적으로 대전된 가스로 이루어진 커다란 구체이기 때문에, 위도에 따라 각기 다른 속도로 자전한다. 곧 태양의 적도 부근은 약 25일에 한 번꼴로 자전하는 반면, 태양의 남극과 북극 부근은 약 35일에 한 번꼴로 자전한다. 이렇게 부분적으로 다른 속도로 자전하는 것을 차등 회전이라 한다.

태양의 표면 온도는 보통 6,000도이며 중심 온도는 1억 5천만도 가량이다. 태양은 막대한 양의 에너지 원천이며, 이 태양 에너지는 지구를 비롯한 태양계에 사는 모든 생물들이 생명을 유지하는 데 필수적이다. 태양은 초당 3.8×1023 kw의 에너지를 우주에 방출하는 거대한 에너지원이다. 지구는 태양으로부터 지표면 1㎡당 약 340 w의 에너지를 받게 되는 데, 이를 지구 전체에서 받는 양으로 환산하면 전 인류가 1년간 소비하는 에너지의 약 7000배에 달하는 것이다. 이런 무한한 햇빛을 활용하면 상상할 수 없을 정도의 에너지를 저장할 수 있다. 태양 에너지를 활용하는 방법에는 크게 태양열을 이용하는 것과 함께, 햇빛 곧 태양광을 이용하는 것이 있다.

태양에서 지구까지의 평균 거리는 1억 5천만 킬로미터이며, 이를 천문단위로 『1 AU; Astronomical Unit』라 한다. 이 1억 5천만 킬로미터 = 1AU는 ① 빛의 속도(초속 30만 km)로 간다면 8분 19초(우리가 보고 있는 태양은 항상 8분 19초 전의 태양이 되는 셈임), ② 소리의 속도(초속 360 m)로 간다면 14년 8개월, ③ 로켓(초속 7 km)으로 간다면 8개월, ④ 기차(시속 150 km)로 간다면 114년 3개월, ⑤ 사람(시속 2 km)이 걸어서 간다면 4,270년이 걸리는 거리이다.

5. 『지구(地球 : Earth, Globe)』는 태양계의 행성 중 하나로서, 우리네 사람이 살고 있는 천체이다. 지구는 태양으로부터 세 번째 궤도를 돌며, 달을 위성으로 가지고 있다.
　지구는 동그란 모양(구형; 球形)에 가까운 고체이며, 지구의 무게는 약 59해 7,000경 톤(t) 가량이고, 지구의 평균 반지름은 6,371 km이며, 지구의 나이 또는 시간은 탄소연대측정법으로 45억 년가량이다.
　지구의 표면·면적·표면적 또는 공간은 5억 1,010만 제곱킬로미터(㎢)이다. 지구 표면 중에 땅·육지·대륙은 21%(1/5)인 1억 712만 제곱킬로미터이며, 바다는 79%(4/5)인 4억 298만 제곱킬로미터이다. 또한 땅은 크게 6대륙(大陸) 또는 6대주(大洲)로 나누는 데, 아시아·유럽·북아메리카·남아메리카·아프리카·오세아니아이다. 여기에 남극대륙을 넣어서 7대륙 또는 7대주이라고도 한다. 한편 바다·해양은 크게 5대양(大洋)으로 나누는 데, 태평양·대서양·인도양·남극해(남빙양)·북극해(북빙양)이다. 따라서 지구를 흔히 "6대륙(또는 7대륙) 5대양"이라고 부른다. 땅의 최고 높은 곳은 네팔에 있는 에베레스트(Everest) 산(8,848m)이며, 바다의 최고 깊은 곳은 북태평양에 있는 마리아나(Mariana) 해구(11,034m)이다.

지구는 자전축이 약 23.5도 기울어져 있으며 1일과 1년을 주기로 서쪽에서 동쪽으로 자전 및 공전을 한다. ① 자전(自轉 : rotation)은 지구가 자전축을 중심으로 하루에 한 바퀴씩 도는 현상이며, 자전의 주기 23시간 56분이고, 자전의 속도는 시속 1,300km(초속 370m)가량이다. 이 자전에 따라 밤과 낮이 생기고, 천구의 일주 운동이 생긴다. ② 공전(公轉 : revolution)은 지구가 태양을 중심으로 일 년에 한 바퀴씩 도는 현상이며, 공전의 주기 365.25일이고, 공전의 속도는 시속 107,000km(초속 29,700m)가량이다. 이 공전에 따라 봄 여름 가을 겨울의 계절의 변화, 일조 시간의 변화, 태양의 남중 고도의 변화들이 일어난다. 코페르니쿠스(Copernicus)는 1543년에 지구가 태양 주위를 돈다는 생각인 지동설(地動說)을 혁신적으로 내세웠다.

지구의 기원에 대해 고온기원설 및 저온기원설이 있다. ① 고온기원설(高溫起源說)은 지구가 고온의 가스덩어리에서 형성됐다고 하는 칸트(Kant)와 라플라스(Laplace) 및 근대의 알벤(Alfven)으로 이어지는 생각이다. ② 저온기원설(低溫起源說)은 태양계의 행성이 저온상태의 우주진과 가스덩어리에서 발생했다고 하는 바이츠제커(Weizsäcker) 및 슈미트(Schmidt)의 생각이다. 20세기의 과학은 고온기원설보다는 저온기원설에 비중을 두고 있다.

　6. 『달(月 : Moon)』은 지구 주위를 서에서 동으로 돌면서 공전하고 있는 하나뿐인 위성이며, 자전축을 중심으로 27.3일 만에 1바퀴씩 자전하고 있고, 지구에서 가장 가까운 천체이다.
　달은 지구로부터 평균 38만 4,400 km가량 떨어져 있으며, 이는 지구에서 태양까지 거리의 400분의 1이다. 달의 반지름은 1,738 km으로, 지구의 약 4분의 1 또는 해의 약 400분의 1이다. 달의 질량은 지구의 81.3분의 1(7.352×1025 g)이다.

　달의 기원에 대한 생각으로는 분리설, 포획설, 링설, 운석설이 있다. ① 분리설 : 지구는 옛날에 지금보다 빨리 자전했으며, 지구가 수축함에 따라 자전은 점점 빨라지고 적도 부분이 부풀어 마침내 혹이 생겨서 분리됐는데, 이 분리된 혹이 달이라고 생각한다. ② 포획설 : 달은 원시태양이 생겨난 성운의 어딘가에서 만들어진 운석과 같은 천체이며, 나중에 지구가 이것을 포획한 것이라고 보는 생각이다. ③ 링설 : 지구는 원래 토성처럼 고리 곧 링(ring)을 가지고 있었으며, 기체 또는 작은 운석과 같은 것으로 이루어진 고리가 하나의 큰 덩어리로 응집하여 달이 태어났다고 하는 설이다. ④ 운석설 : 달은 운석들이 모여서 비롯됐다고 보는 생각이다.

　전등이 없던 고대에는 달은 생활을 영위하는 데 중요한 뜻을 지니고 있었다. 특히 바닷가에 사는 사람들에게 조수의 간만은 그들의 생업인 어업과 직결되는 중요한 문제였다. 그래서 달의 삭망을 주기로 하여 날을 헤아리는 일이 시작됐다. 이것이 태음력이다.

　달의 표면은 1609년 갈릴레오가 처음 관측한 이래 줄곧 망원경의 연구 대상이 되어왔다. 또한 우주 탐사의 초기에는 가장 많은 관심이 지구에서 가장 가까운 천체인 달에 집중됐다. 1959년 처음의 달 탐사선 소련의 루나 2호가 발사된 이후 달에 사람을 보내려는 노력이 시작됐으며, 1969년 미국의 아폴로 11호가 달 표면에 착륙하면서 결실을 맺었다. 소련(현 러시아)은 무인 탐사선을 이용해 달의 토양 시료를 수집해서 귀환했으며, 이후 유럽연합·중국들이 무인 탐사선을 이용한 달 탐사를 지속적으로 수행하고 있다.

자연우주하늘의 모습에 관한 종교의 생각으로는 불교, 기독교, 유교들이 있다.

　1. 불교의 생각으로 삼계 이십팔천, 육범사성 십계, 삼천대천세계, 지옥, 극락이다.
　(1). 『삼계 이십팔천(三界 二十八天)』은 중생이 생사에 유전하는 미혹(미망)의 세계 곧 유정의 세계를 욕계, 색계, 무색계의 삼계로 나누고, 또 이 삼계를 다시 나누어 이십팔천으로 보는 생각이다. 《구사론》에 따르면, 중생이 생사에 왕래하는 세계를 욕계(탐욕의 세계)·색계(탐욕을 떠난 물질의 세계)·무색계(일체의 물질적인 것이 없이 심식만이 있는 세계)의 삼계로 나누며, 또다시 욕계에 6천·색계에 18천·무색계에 4천을 더하여 이십팔천이 있다.
　먼저 ① 욕계에는 사대왕천, 도리천, 야마천, 도솔천, 화락천, 타화자재천의 6천이 있다.

② 색계에는 범중천, 범보천, 대범천, 소광천, 무량광천, 광음천, 소정천, 무량정천, 변정천, 무운천, 복생천, 광과천, 무상천, 무번천, 무열천, 선현천, 선견천, 아가니타천의 18천이 있다. ③ 무색계에는 공무변천, 식무변천, 무소유천, 비상비비상천의 4천이 있다.

불교에서는 우리네 사람들이 태어나 자라고 배우며 일하면서 살아가는 세계 곧 지구는 ① '삼계' 가운데 '욕계'에 해당되고, ② 욕계 중에서도 '사대왕천'에 속하며, ③ 사대왕천에는 동지국천 남증장천 서광목천 북다문천이 있는데, 그 중에서도 '남증장천'에 속하며, ④ 남증장천에는 또다시 동승신주 남섬부주 서우화주 북구로주의 '사대주'가 있고, ⑤ 사대주 가운데 '남섬부주' 또는 '남염부제'에 속한다고 생각한다. 곧 삼계 ⇨ 욕계 ⇨ 사대왕천 ⇨ 남증장천 ⇨ 4대주 ⇨ 남섬부주 또는 남염부제 = 사람 세계 또는 지구이다. 그러기에 불교에서는 축원 및 발원할 때에 "남섬부주 대한민국 서울시(도) 강남구(군) 개포동(리) 일벗님(이름)"이라고 한다.

(2). 『육범사성(六凡四聖) 십계(十界)』은 우리네 사람을 비롯한 자연우주하늘의 모든 존재들이 스스로의 몸과 마음으로 지은 업에 따라 공간적으로 ① 지옥계(地獄界; 더위 추위 배고픔 따위 온갖 괴로움이 가장 많은 곳)·② 아귀계(餓鬼界; 먹을 것을 얻지 못한 배고픔의 괴로움이 계속되는 곳)·③ 축생계(畜生界; 다른 축생을 먹이로 하여 생존하므로 괴로움이 무거운 곳)·④ 수라계 또는 아수라계(修羅界, 阿修羅界; 싸움을 일삼는 나쁜 귀신이 사는 곳)·⑤ 사람계(人間界; 괴로움이 절반이고 즐거움도 절반인 곳으로 우리네 사람들이 사는 곳)·⑥ 천상계(天上界; 많은 즐거움을 누리기는 하나 괴로움을 모두 떨치지는 못한 곳)와 함께, / ① 성문계(聲聞界; 부처님의 말씀을 듣고 깨닫는 곳)·② 연각계(緣覺界; 홀로 진리를 관하여 깨닫는 곳)·③ 보살계(菩薩界; 다른 이와 같이 깨달음을 얻고자 발원하여 수행하는 곳)·④ 불계(佛界; 모든 괴로움을 뛰어넘고 자연우주하늘의 온갖 진리에 관한 완전한 깨달음을 이룬 곳)의 열 가지 세계에서 지내게 된다는 생각이다.

이 십계 가운데 지옥계·아귀계·축생계·수라계·사람계·천상계의 여섯 세계는 미혹한 세계 또는 미망의 경계이며 삶과 죽음의 윤회를 거듭하는 세계로서 미계(迷界)이며 범부(凡夫)의 세계이고 특히 '육범(六凡)'이라 부른다. 한편 성문계·연각계·보살계·불계의 네 세계는 깨달은 세계 또는 증오의 경계이며 삶과 죽음을 뛰어넘은 세계로서 오계(悟界)이며 성자(聖者)의 세계이고 특히 '사성(四聖)'이라 이른다.

(3). 『삼천대천세계(三千大千世界)』는 불교 및 고대 인도인의 세계관에서 모든 우주를 가리키는 말이며, 『대천세계(大千世界) 또는 삼천세계(三千世界)』라고도 부른다.

이 세계에는 하나의 태양 및 하나의 달이 있다고 한다. 그러므로 현대적인 의미에서는 태양계에 해당된다고 하겠다. 이 세계가 1,000개 모인 것이 소천세계인데, 현대과학으로는 은하계에 해당한다고 하겠다. 소천세계가 1,000개 모인 것이 중천세계, 또한 중천세계가 다시 1,000개 모인 것이 대천세계인데, 이를 삼천대천세계 또는 삼천세계라고 한다. 뒤에 삼천은 3,000을 의미하는 것으로 사용되기도 했으나 그것은 그릇된 것이며, 삼천이란 1,000의 3 제곱으로 보는 것이 마땅하다. 따라서 삼천대천세계란 1,000의 3 제곱인 10억 개의 세계를 뜻하며, 결국 삼천대천세계는 우주 모두를 가리킨다. 이런 삼천대천세계는 항상 성·주·괴·공의 네 시기(사겁)를 되풀이하고 있다고 본다. 불교의 시간 단위로서 가장 짧은 것은 찰나 곧 75분의 1초이며, 계산할 수 없는 무한한 시간을 겁이라고 한다.

(4). 『지옥(地獄 : hell)』은 우리네 사람을 비롯한 자연우주하늘의 모든 존재들이 자기의 악업 또는 죄과로 죽은 뒤에 영혼이 가는 견디기 힘든 고통으로 가득 찬 형벌의 장소이며, 『저승 염라국 나락 명부 음부 음계 황천 구천 북망산천 명토』들이라고도 한다. 지옥

은 염라대왕이 다스리며, 십팔 장관과 팔만 옥졸 및 저승사자들을 거느리고 있다.

《구사론》에 따르면 지옥은 좁게 팔(8)열 지옥 및 팔(8)한 지옥이 있다. 또한 넓게 8열 지옥과 128개 부지옥, 8한 지옥, 외로움(고독) 지옥의 모두 145개의 지옥이 있다고 한다.

①. 팔열 지옥(八熱 地獄)은 여덟 가지의 뜨거운 지옥이다. 팔열 지옥은 위에서부터 아래로 다음과 같다. ㉠ 등활(等活)지옥 : 뜨거운 열로 고통을 받아 죽었다가 찬바람이 불어 살아나면 다시 뜨거운 고통을 받는 지옥, ㉡ 흑승(黑繩)지옥 : 뜨겁고 검은 밧줄로 신체를 묶이고 손발이 묶이며 큰 톱으로 자르는 고통을 받는 지옥, ㉢ 중합(衆合)지옥 : 여러 가지 고통이 한꺼번에 닥쳐와 몸을 괴롭히는 지옥, ㉣ 호규(號叫)지옥·규환(叫喚)지옥 : 많은 고통이 엄습하여 슬픈 고함소리를 지르게 되는 지옥, ㉤ 대규(大叫)지옥·대규환(大叫喚)지옥 : 지독한 고통에 못견디어 절규하며 통곡을 터뜨리게 되는 지옥, ㉥ 염열(炎熱)지옥·초열(焦熱)지옥 : 뜨거운 불길이 몸을 둘러싸 견디기 어려운 지옥, ㉦ 극열(極熱)지옥·대초열(大焦熱)지옥 : 스스로 및 다른 이의 몸이 모두 맹렬한 불꽃을 내며 서로 태우는 지옥, ㉧ 무간(無間)지옥·아비(阿鼻)지옥·무구(無救)지옥 : 고통이 쉴 새 없이 닥치는 지옥을 말한다. 특히 무간지옥은 사바세계 아래 2만 유순 되는 곳에 있고 몹시 괴롭다는 지옥이며, 사람이 죽은 뒤 그 영혼이 이곳에 떨어지면 그 당하는 괴로움이 끊임없기[無間] 때문에 이 이름이 붙었다. 오역죄를 범하거나, 사탑을 파괴하거나 대중을 비방하고 시주한 재물을 함부로 허비하는 이가 그 곳에 간다고 한다.

②. 팔한 지옥(八寒 地獄)은 여덟 가지의 추운 지옥으로, 심한 어둠 속에 있으며 사방은 얼음산이고 땅은 얼음으로 되어 찬바람이 불어오는 지옥이다. 팔한지옥은 위에서부터 아래로 다음과 같다. ㉠ 포(皰)지옥 : 죄인은 옷을 벗은 채로 추위에 목이 얼어붙는 지옥, ㉡ 포열(皰烈)지옥 : 찬바람이 불어 부스럼이 생기고 몸이 붓고 터져 온몸이 피투성이가 되는 지옥, ㉢ 아타타(阿吒吒)지옥 : 너무 추워서 소리를 못 내고 혀끝만 겨우 움직여 '아타타' 소리만 낸다는 지옥, ㉣ 하하바(㖧㖧凡)지옥 : 혀가 얼어버려 목구멍에서 '하하바' 하는 신음밖에 안 나는 지옥, ㉤ 후후바(虎虎凡)지옥 : 하하바보다 더 추워 '후후바'하는 신음밖에 안 나는 지옥, ㉥ 청련(靑蓮)지옥 : 추위로 몸이 퍼렇게 얼어붙어 파란 수련처럼 되고 온몸에 살가죽이 벗겨지는 지옥, ㉦ 홍련(紅蓮)지옥 : 더 심한 추위로 얼어붙은 피부가 터져나가 연꽃처럼 되는 지옥, ㉧ 대홍련(大紅蓮)지옥 : 장기마저 얼어붙는 지옥이다.

(5). 『극락(極樂 : paradise)』은 불교에서 바라는 이상적인 세계로서, 온갖 번뇌를 여의고 모든 도리를 증득한 깨달음의 즐거움만이 있는 곳이며, 『정토(淨土)·불국토(佛國土)·안양(安養)·안락(安樂)·연화장세계(蓮華藏世界)』라고도 한다.

옛날에 세자재왕불이 세상에 나왔을 때, 교시가라는 왕이 있었다. 왕은 세자재왕불의 감화로 크게 보리심을 발하여 왕위를 버리고 출가하여 이름을 법장이라고 했으며, 세자재왕불에게 48가지 대원을 세우고, 마침내 그 대원을 이루어 부처님이 됐는데, 이름을 아미타불(阿彌陀佛)이라고 했다. 이 48 대원에 따라 만들어진 국토가 바로 극락이다. 따라서 우리네 사람들이 생각할 수 있는 모든 즐거움과 행복이 있다는 곳이 바로 극락이다.

《아미타경》에 따르면, 극락에는 일곱 겹의 난간 구슬로 장식된 그물과 일곱 겹의 가로수가 있으며, 그 곳의 중앙에는 연못이 있는데, 금 은 유리 수정의 네 가지 보물로 장식되어 있다. 하늘에서는 음악 소리가 들려오고, 하루 종일 만다라 꽃이 하늘거리며 대지에 흩날릴 때면 황금빛 땅에 수북이 쌓인다. 이 정토의 중생들은 매일 아침 옷을 단정하게 입고, 꽃대바구니에 이 꽃들을 담아서 다른 세계의 10만 억 부처님이 계시는 곳으로 가서 공양한다. 식사는 하루 한 끼인 데, 식사 뒤에는 산책을 즐긴다. 또 극락에는 아름다운 새들이 많고, 이 새들의 소리는 부처님의 가르침을 전하며, 중생들은 이 소리를 듣고 부처님과 그 가르침을 생각하게 된다. 또 산들바람이 불어오면, 네 가지 보배로 장식된 가로수나 구슬로 장식된 그물들이 기묘한 소리를 낸다. 극락에 사는 사람들의 몸에서는 황금

빛이 나고, 모두 훌륭한 몸을 가지게 되어 잘난 사람·못난 사람이라는 구분이 없으며, 수명은 무한하고, 사람은 나쁜 일을 하지 않으며, 아름다운 옷이 저절로 입혀지고, 무궁한 지혜를 얻는다.

  (6). 위에서 살펴본 지옥 및 극락은 과연 어디에 있는 것일까? 이 문제에 대해 크게 세 가지 생각이 있다. ① 서쪽으로 10만 억 국토를 지난 곳에 극락이 있고, 사람 세계의 동쪽에 있는 철위산이라는 지옥이 따로 있다는「타방(他方)극락·타방(他方)지옥」이다. ② 우리가 살고 있는 바로 이 세상에 극락도 있고 지옥도 있다는「차방(此方)극락·차방(此方)지옥」이다. ③ 우리의 마음속에 극락도 있고 지옥도 있다는「심즉(心卽) 극락·심즉(心卽) 지옥」이라는 생각이다. 이 세 가지 생각은 각각 주장하는 바는 다르지만, 어쨌든 인과에 의해서 내가 만들고 내가 그 과보를 받는다는 원칙에 있어서는 똑같다. 따라서 극락 및 지옥이 타방에 있든지, 이 세상에 있든지, 우리 마음속에 있든지 중요한 것은 극락과 지옥이라는 것은 우리가 짓고 닦으며 쌓은 행복 및 죄의 양과 질에 따라 결정된다고 본다.

  2. 기독교의 생각으로는 지옥, 연옥, 천국들이 있다.
  (1).『지옥(地獄 : hell)』은 하나님과 예수에 대한 믿음을 나타내지 않고 죄를 저지른 악인들의 영혼이 사후에 하나님의 심판을 받아 가게 되는 영원히 고초와 고통을 받는 장소이며, 사람의 영혼이 하나님의 심판을 통해 죄가 있는 것으로 드러난 경우에 각자 자기의 죗값을 치르기 위해 영원히 고통을 받게 되는 공간이다.
  지옥을 뜻하는 것으로 신약성서에 나타나는 그리스어의 게헤나(gehenna)는 구약성서에 묘사된 동물이나 죄인의 시체를 소각하던 예루살렘성 밖 남쪽의 벤 힌놈 골짜기에서 유래한다. 지옥은 죄를 회개하지 못하고 하느님에 대한 믿음을 인정하지 않은 자가 최후의 심판에 따라 떨어지게 되는 영원한 불길이 타오르는 장소이다. 구약 성경에는 지옥을 연상케 하는 다양한 형태의 묘사들이 있는데 심판의 불, 사악한 자들에게 벌로 내려지는 파멸, 죽음들이 거기에 해당된다. 이런 요소들이 게헤나의 이미지와 합쳐 지옥의 개념이 생겨났다.
  신약 성경에서는 지옥이 영원한 형벌을 받는 장소의 개념으로 계속 발전해 나갔다. 그리하여 사악한 자들이 고통 받는 종말론적인 장소 또는 상태로서의 지옥이 묘사되고 있다. 지옥에 관한 가르침 안에서는 불, 구덩이, 파멸 따위 전통적인 이미지들이 나타난다.

  성경에서 지옥에 관해 가장 많이 말씀한 분은 예수님이다. 하느님은 사랑이라 지옥이 없다고 했으면 좋겠지만, 하필이면 사랑의 예수님이 지옥에 대해 많은 말씀을 했다. 예수님께서는 복음서에 모두 15회나 지옥에 관하여 말씀하셨는데, 그 중 일부를 보면 다음과 같다. 누가복음 16장에 다르면, 예수님께서 이르신 대로 그곳 지옥은 꺼지지 않는 불로 고통을 받는 곳이며, 기쁨도 없고 소망도 없으며 하느님을 찬양할 수도 없는, 말씀 그대로 저주를 받은 곳이다. 또한 마태복음을 통해서 알 수 있듯이 그곳은 마귀와 그의 천사들이 형벌을 받는 곳이기 때문에 이곳에 들어간 사람들은 다시 나올 수도 없고, 더욱이 아브라함이 있는 천국에는 갈 수가 없다. 누가복음에 기록된 바와 같이 큰 구렁이 있어 천국에 있는 이들이 지옥으로 갈 수도 없으며, 지옥에 있는 이들이 천국으로 건너올 수도 없다고 한다.

  (2).『연옥(煉獄 : purgatory)』은 죽은 사람의 영혼이 죄를 씻기 위해 머무는 곳을 뜻하며, 정죄계(淨罪界)라고도 한다. 천주교에서는 큰 죄를 저지른 사람들의 영혼은 지옥으로 바로 가지만, 큰 죄인 줄을 모르고 죄를 저질은 사람 또는 작은 죄를 범한 사람들의

영혼이 대기하며 자신의 죄를 씻는 곳이 연옥이라고 한다. 그러나 개신교에서는 구원은 신앙에 의해서만 이루어진다는 가르침에 위배된다고 하여 연옥의 존재 자체를 부정하고 있다.

　(3). 『천국(天國 : heaven)』은 이 세상에서 예수를 믿은 사람이 죽은 뒤에 갈 수 있고, 영혼이 축복받는 나라이며, 하나님이 지배하는 나라이고, 일반적으로 신성 선량 신앙심의 기준을 만족한 사람들에게 허락되는 가장 거룩한 곳을 뜻한다. 이를 『천당(天堂) · 하느님 나라 · 아브라함의 품 · 낙원(樂園 : paradise, utopia)』들이라고도 한다.
　기독교에서는 참된 신자가 죽은 뒤에 그 영혼이 가서 영원한 축복을 누리는 장소가 천국이라고 본다. 그러나 반드시 사후의 세계만을 말하는 것이 아니라, 신의 지배가 완전히 이루어지는 곳을 말하며, 현세에도 또한 사람의 마음속에도 존재한다고 생각한다. 이런 의미에서 천국은 비관적인 정세에 처한 구약시대 유대인의 신앙에 메시아의 대망으로서 나타났으며, 나아가 그것은 예수님의 교훈의 중심주제가 되어 기독교의 근본신앙이 됐다.

　기독교의 마태복음 13장에는 7가지 천국 비유가 소개된다. ① 씨 뿌리는 비유(마태복음 13:1~9, 13:18~23) : 씨 뿌리는 비유는 네 가지 밭의 비유이다. 씨 뿌려진 네 곳은 길가, 흙이 얕은 돌밭, 가시떨기, 좋은 땅이다. 이 비유의 목적은 어느 곳이 열매를 맺는가에 대한 답이다. 열매를 맺는 곳은 좋은 땅인데, 좋은 땅은 23절에서 말씀을 듣고 깨닫는 자라고 여긴다. 결국 하나님의 말씀을 잘 키우고 열매 맺기 위해서는 오직 하나님의 말씀에 합당한 마음과 삶(토양)이 준비되어야 함을 뜻한다. 모든 우선순위는 오직 말씀일 때 결국 열매를 맺는다. ② 곡식과 가라지의 비유(13:24~30, 13:36) : 두 번째 비유는 두 가지 종류의 씨를 뿌리는 이야기다. 주인은 밭에 좋은 씨를 뿌린다. 원수가 와서 그 밭에 가라지를 덧 뿌리고 간다. 이후 싹이 나고 결실할 때가 돼 가라지도 많다. 그러자 종들이 와서 가라지를 뽑을까 묻는다. 주인은 뜻밖에 대답을 한다. 가라지를 뽑다가 곡식까지 뽑으니 그대로 두라고 말한다. 주인은 그대로 두었다가 추수 때에 가라지를 먼저 거두어 불사르게 한다. 이 비유가 말하고 싶은 것은 현재 악인들이 우글거리고 잘되는 것 같아 보인다 하여 그것이 전부라고 생각하거나, 영원하리라 생각하지 말라는 것이다. 반드시 종말을 올 것이고, 그들이 먼저 심판을 당할 것임을 뜻한다. ③ 겨자씨의 비유(13:31-32) : 겨자씨는 처음 매우 작고 잘 보이지도 않는 씨앗이다. 하지만 나중에는 그 어떤 씨보다 더 크게 자라는 것을 비유로 일컫는다. ④ 누룩에 관한 비유(13:33) : 누룩의 비유는 감추어진 누룩이 밀가루와 섞어 부풀어 오르게 하는 확장성이다. 누룩은 보이지 않는다. 하지만 반죽할 때에 밀가루에 넣어 두면 어느 시간이 지나면 갑자기 부풀어 오른다. 이처럼 하나님의 나라는 외형적으로 잘 드러나지 않은 듯 하지만 결국 폭발적으로 성장하게 될 것을 비유로 말한다. ⑤ 밭에 감추인 보화의 비유(13:44) : 이 비유는 가치에 대한 것인 동시에, 하나님의 나라는 자신의 수고에 의해 만들어지거나 얻어지는 것이 아님을 뜻한다. 우리가 복음을 받기 위해서 수고한 것은 없다. 모든 것을 하느님께서 이루어 놓으셨고, 우리는 잘 차려진 밥상에 숟가락을 들어 밥을 먹는 수고만 할 뿐이다. ⑥ 좋은 진주를 구하는 장사의 비유(13:45-46) : 좋은 진주는 발견에 구하다가 더해진다. 밭의 보화처럼 우연히 발견된 것이 아니라 그는 끊임없이 최고의 진주를 찾아다녔다. 결국 그는 지금까지 찾을 수 없었던 가치의 진주를 발견하고 자신의 모든 소유를 다 팔아 그 진주를 산다. ⑦ 각종 물고기를 모으는 그물의 비유(13:47-50) : 어부가 그물로 물고기를 잡고 난 뒤에 모든 고기를 가져가지 않는다. 바닥에 내려놓고 골라낸다. 좋은 것은 담고 불필요한 고기들은 모두 내다 버린다. 마지막 종말 때에도 그렇게 될 것이다.

　한편 서양에서는 낙원 · 이상향으로서 기독교의 에덴(Eden)동산, 유토피아(Utopia), 파라다이스(Paradise), 아틀란티스(Atlantis)들을 생각하기도 했다.

3. 유교에서는 이 세계와 자연우주하늘이 『태극(太極)』이라는 도덕적 원리에 의해서 규정된다고 보았으며, 태극이라는 말은 《주역》에서 처음 사용됐다.
《주역》에 따르면, 태극(太極)은 만물의 근원 또는 자연우주하늘의 본체이며, "태극은 양의(兩儀)인 음(陰; － －)과 양(陽; －)을 낳고, 양의는 사상(四象; 태양, 태음, 소양, 소음)을 낳으며, 사상은 팔괘(八卦)를 낳고, 팔괘에서 만물(萬物)이 생긴다"고 여긴다.

이런 우주관을 계승하고 여기에 오행설을 가하여 새로운 우주관을 수립한 것이 주돈이(周敦燎)의 《태극도설》이다. 《태극도설》은 만물 생성의 과정을 태극⇨음양⇨오행⇨만물로 보고 또 태극의 본체를 무극 곧 태극(무극이태극;無極而太極)이란 말로 표현했다.
더불어 『오행(五行)』은 우주 간에 운행하는 원기로서 만물을 낳게 하는 5원소로서 금(金;쇠)・목(木;나무)・수(水;물)・화(火;불)・토(土;흙)라고 헤아린다.

한편 동양에서는 낙원・이상향으로서 중국의 도연명이 《도화원기》에서 무릉도원(武陵桃源)을 생각하기도 했다.

자연우주하늘에 있는 살아있는 존재 또는 생명에 대한 생각으로는 크게 넓은 뜻 및 좁은 뜻이 있다.

1. 자연우주하늘에 있는 살아있는 존재 또는 생명에 대한 넓은 뜻은 종교 철학 및 우주과학 천문학의 생각으로서, 자연우주하늘의 모든 존재는 살아있는 존재라고 여긴다. 곧 우리네 사람들이 살아가고 있는 지구는 시속 1,300km(초속 370m)로 자전하며 시속 107,000km(초속 29,700m)로 공전을 하면서 살아있는 존재로서 움직이고 있다. 또한 지구 해 달들의 태양계도 우리 은하를 초속 220km의 속도로 공전하고 있으며, 우리 은하를 한 바퀴 도는 데는 2억 5천만 년이 걸리며, 현재까지 태양계는 우리 은하 주위를 18회 가량 공전한 것으로 살아있는 존재로서 움직이고 있다. 아울러 우리 은하도 국부은하군과 처녀자리초은하단 및 은하계를 돌면서 살아있는 존재로서 움직이고 있으며, 은하계도 관측우주 및 우주 모두를 돌면서 살아있는 존재로서 움직이고 있다는 생각이다. 따라서 자연우주하늘의 모든 존재는 살아있는 존재라고 여긴다.

2. 자연우주하늘에 있는 살아있는 존재 또는 생명에 대한 좁은 뜻은 생물학의 생각이다. 이 좁은 뜻인 생물학의 생각은 따로 살펴보자구나!
다만 위와 같은 자연우주하늘에 있는 살아있는 존재에 대한 좁은 뜻인 생물학의 생각은 아래의 세 가지 문제가 있구나! ① 지구 및 사람이라는 온도 습도 공기들의 환경과 조건들에 얽매여서 지구 밖의 널따랗고 드높은 자연우주하늘에 있는 수많은 살아있는 존재들을 제대로 알아보지 못하는 문제가 있다. ② 지구에 엄연히 존재하고 있는 산 바위 돌들 땅 흙 광물 강 바다들을 그저 생명이 없는 무생물로 여기는 문제가 있다. ③ 지구 밖의 외계 생명체를 찾는다면서 지구 및 사람이라는 온도 습도 공기들의 환경과 조건들에서 벗어나지 못하기에 외계 생명체가 살기 어렵다는 우물 안의 개구리와 같은 설명을 하는 문제가 있다.
그러기에 2023년 10월 3일 서울신문 《외계인 못 찾는 것일까, 없는 것일까…외계 생명체 존재 알고 보니(유용하)》 기사에 따르면, 교양 과학 계간지 《한국 스켑틱》은 가을호(35호)에서 외계인의 존재와 발견에 대한 두 편의 글을 실었다. 여기서는 많은 과학자가 외계 생명체의 존재를 확신하고 있음에도 외계인을 발견하지 못하는 이유에 대해 "과학적 회의주의"를 바탕으로 꼼꼼히 살펴봤다. 곧 필립 볼 박사는 《외계인에 대한 빈약한 상상력》의 글에서 과학은 관찰 실험을 통해 사실을 증명해야 하는 데 인류가 이야기하는 외계인은 실제가 아닌 사람과 비슷한 존재를 가정하고 사람의 상상력의 틀에 가두고 있다는 것이다.

　따라서 우리네 사람들이 살아가고 있는 널따랗고 드높은 자연우주하늘 가운데에는 체온이 36.5도보다 훨씬 높거나 낮은 존재도 있는 한편, 산소가 아닌 다른 공기로 숨쉬기를 하면서 살아가는 존재들이 수없이 많이 있다는 엄연한 사실을 깨우치도록 애써야 할 것이구나!

　자연우주하늘에 있는 살아있는 존재 또는 생명에 대한 좁은 뜻인 생물학의 생각으로서 『생명(生命 : life, live)·목숨·삶·명(命)』은 생명체인 유기체가 태어나서 죽을 때까지의 살아있는 상태; 생명체가 살아서 움직이고 활동할 수 있게 하는 힘; 성장이나 생식력이 있고 물질교대의 능력이 있으며 외계의 자극에 반응하고 세포 또는 그의 집합으로 된 일정한 현상을 가지는 능력이라고 여긴다.

　생명의 비롯됨 또는 기원에 대해서는 자연발생설·생물속생설·배종발달설·화학진화설들이 있다. ① 자연발생설(自然發生說)·우연발생설은 생물이 자연적으로 우연히 무기물로부터 발생한 것이고, 생명체가 부모 없이 스스로 생길 수 있다는 생각으로서, 기원전 400여 년 전에 아리스토텔레스가 주장했다. ② 생물속생설(生物續生說)은 모든 생물은 이미 존재하던 다른 생물 곧 부모로부터 비롯된다는 학설이며, 1860년에 파스퇴르(Pasteur)가 목이 긴 U자형 플라스크에 담긴 고기 육수 실험으로, 자연발생설을 부정하면서 확립됐다. ③ 배종발달설(胚種發達說)·외계물질기원설·포자범재설·범종설은 생명력을 가진 미생물의 포자들이 천체 조각들에 묻게 됐고 이 조각들이 별들 사이의 우주 공간을 떠돌아다니다가 우연히 지구나 다른 행성에 내려앉게 됐다는 생각이다. ④ 1939년에 러시아의 오파린(Oparin)이 생명은 원시지구에서 무기물질의 합성에 의해 생겨났다고 하는 화학진화설(化學進化說)을 제안했고, 그 뒤에 지금까지 이런 화학진화설을 바탕으로 생명의 비롯됨 또는 기원에 관한 연구가 진행되고 있다.

　요컨대 지구의 생명은 원시지구에서 화학진화에 의해서, 곧 원시지구에서 간단한 화학물질에서 차츰 아미노산·당·단백질·핵산의 복잡한 유기물이 생성되고 생명 발생의 준비가 이루어지던 과정에서 태어났으며, 그 때는 지구 탄생의 뒤에 4억 년 이내인 것으로 여기고 있다.

　현재 지구에는 그 수를 헤아릴 수 없을 정도로 엄청나게 많은 종류의 생명들이 살고 있다. 현재 학계에 보고된 생명의 종의 수는 200만 여종으로 알려져 있지만, 과학자들은 지구상에는 적게는 1천만 종에서 많게는 1억 종의 생물들이 살고 있으리라고 추정하고 있다.

　『생명 과학(生命 科學 : life science)』은 생명현상이나 생물의 여러 가지 기능을 밝히고 그 성과를 의료나 환경보존들의 인류복지에 응용하는 종합과학이며, 사람의 본질을 잘 이해하여 사람과 자연과의 본연의 관계를 해명하는 과학이다. 세포증식·운동·유전·진화·조절들의 여러 가지 생물학적 현상을 그것에 관여하는 생체고분자의 구조·성질·상호

작용들에 의하여 설명하려는 것이 분자 생물학인데, 오늘날 분자생물학의 눈부신 발전으로 신비하다는 생명 현상도 과학으로 표현할 수 있게 됐다. 이와 같은 것이 생명 과학의 기초가 되고 있는데, 이제까지의 과학기술이 물질주의에 치우쳐 환경파괴·난치병과 같은 뜻밖의 폐해를 가져오게 했다는 것을 반성하여, 자연과학의 영역에 머무르지 않고 시대적 요청에 따라 윤리나 도덕까지 포함한 사람 생명을 정점으로 하는 새로운 과학을 낳게 됐다.

『생명 공학(生命 工學 : biotechnology)』은 생물체의 유용한 특성을 이용해서 여러 가지 공업적 공정·공업적 규모로 이루어지는 생화학적 공정이다. DNA 재조합 기술을 응용한 여러 가지 새로운 과학적 방법들도 이에 속한다. 현재는 생명과학의 전체 분야를 학제간의 구별없이 연구하는 기초적 학문과 이를 기반으로 새로운 기술의 개발을 목적으로 삼은 응용분야를 모두 내포하고 있다. 유전공학(genetic engineering)이 대두되면서 바이오 테크놀로지(bio-technology)란 용어를 쓰기 시작했지만, 유전자 공학의 공업적 응용에 국한되지 않고 발효공학·하이브리도마(hybridoma)공학(모노클로날 항체 생산)·농업공학(동식물의 형질 전환)들의 광범위한 내용을 포용한다. 생명공학은 이학·의학·약학·공학·농학들의 각 분야에 관계하는 광범위한 학제적인 분야이며 따라서 생명공학의 발전은 기초적·학문적 분야에서뿐만 아니라 의료·건강·식품·에너지·환경들의 폭넓은 생명산업 분야에 대해서도 혁명적이라고 할 수 있는 변화를 가져오고 있다.

『생명 산업(生命 産業 : bioindustry)』은 생물체 또는 생물체의 기능을 활용하여 유용한 물자를 생산하는 산업(공업·농업·광업)을 말하며, 일반적으로는 생명기술을 이용하여 공업적으로 유용물질의 생산들을 하는 산업을 가리킨다. 한편 전자기술들의 다른 분야의 기술 진보의 성과를 활용하여 단백질 공학·당쇄 공학의 보다 첨단적인 생명 기술이 생겨나고 있다. 이것들은 21세기의 생명기술 또는 제3세대의 생명기술이라고 부르기도 한다.

『생물(生物 : life, organism, living things)』은 생명을 가지고 스스로 생활 현상을 유지하여 나가는 물체이고, 영양·운동·생장·증식을 한다.
생물은 흔히 동물·식물·미(원생)생물로 나누고 있으며, 특히 1866년에 헤켈(Haeckel)은 아래의 표와 같이 생물을 「동물·식물·미(원생)생물」로 나누어 설명했다.

1. 『동물(動物 : animal)』은 사람을 제외한 길짐승, 날짐승, 물짐승 따위를 통틀어 이르는 말이다. 동물은 주로 유기물을 영양분으로 섭취하고, 운동 감각 신경 따위의 기능이 발달했으며, 소화 배설 호흡 순환 생식 따위의 기관으로 분화되어 있다.
동물의 주요한 특징은 독립영양(獨立營養 : autotrophism)이 아니고 종속영양(종속영양 : heterotroph)을 하는 한편, 비활동성(非活動性 : inactivity)이 아니고 활동성(活動性 : activity)을 지니고 있다. 동물은 먹이를 찾는 것과 관련하여 대부분 이동운동을 하며, 설사 고착생활을 하는 것이라 할지라도 몸의 일부는 활발하게 운동하고 유생시대에는 자유운동을 한다. 또 대체로 동물들은 넓은 의미의 식물에 비해 환경의 자극에 대하여 더 빠르게 반응하며 물질대사율이 더 높다. 동물은 원생동물이나 해면동물과 같은 매우 하등한 동물을 제외하면 반응 및 운동과 관련하여 감각기관·운동기관(근육·골격)·신경계를 가지며, 동물의 세포는 섬유소질을 포함하는 두꺼운 막을 가지지 않는다.
동물은 현재까지 약 180만 종이 동물학자에 의해 확인되어 학명을 받았으며, 큰 동물은 극소수이고 전체 동물의 2/3가 무척추동물이다.

2. 『식물(植物 : plant)』은 세포벽이 있고 독립영양으로 광합성을 하는 생물이다. 일반적으로 식물이라고 할 때는 세포막의 바깥쪽에 세포벽이 있고, 엽록소가 있어 광합성을 하므로 독립영양생활을 하며, 이동운동을 하지 않는 것을 원칙으로 삼아 식별한다.

현재 지구상에는 35만여 종의 식물이 살고 있는데, 이들은 대략 조류 3만여 종, 선태식물 2만 2500여 종, 양치식물 1만 500여 종, 겉씨식물 800여 종, 속씨식물 25만여 종으로 구분되는 것으로 알려져 있다.

이러한 식물과 사람의 관계로서 인류는 일찍부터 의식주의 생활과 밀접한 관련을 가지고 식물을 이용해 왔다. 그리하여 약초를 발견하고 병을 고치는 데 이용했으며, 술과 차 등의 기호식품을 개발했다. 원시인류는 자연계에서 식물을 이용하는 정도에 그쳤으나, 점차 사람이 필요로 하는 식물을 직접 재배하고 이로써 그 수확량을 올릴 수 있는 기술을 터득했다.

3. 『미생물(微生物 : microbe, microorganism,) 또는 원생생물(原生生物; protista)』은 눈으로는 볼 수 없는 아주 작은 생물로서, 보통 1개의 핵을 가진 단세포생물로서 가장 원시적인 생물을 뜻한다.

더불어 우리네 사람들이 살고 있는 지구를 벗어나서 달·해들의 태양계, 우리 은하·국부은하군·처녀자리 초은하단들의 은하계, 관측가능우주·외부우주들의 우주 모두에는 그 얼마나 수많은 생물들이 존재하고 있을까?

우리네 사람으로서는 볼 수도 없고 알 수도 없으며 느낄 수도 없는 수많은 생물들이 존재할 것이라고 여긴다.

더불어 그 수많은 존재들은 자연우주하늘의 어엿한 하나의 존재로서 소중하고 값어치가 있으며 존귀한 존재라고, 외람되게도 나 일벗님은 헤아린다.

생명은 어떻게 태어나는가? 이에는 불교의 사생이라는 생각이 있다. 사생(四生)은 불교 구사론(俱舍論) 및 증일아함경(增一阿含經)에서 자연우주하늘의 중생이 태어나는 네 가지 방식, 곧 태(胎)·난(卵)·습(濕)·화(化)의 네 가지로 갈래지어 설명한 것이다.

① 태생(胎生, jalābuja) : 모태에서 태어나는 생명으로, 모체의 배에서 잉태한다고 하여 복생(腹生)이라고도 한다. 사람과 포유류가 이에 해당한다.
② 난생(卵生, aṇḍhaja) : 알에서 태어나는 중생으로, 조류와 어류가 이에 해당한다.
③ 습생(濕生, saṃsedaja) : 습한 곳에서 태어나는 생명이다. 습한 곳은 수풀, 대소변, 변소, 오폐물, 썩은 고기들이다. 모기, 파리, 누에, 구더기들의 일부 애벌레가 이에 해당한다. 다른 말로 인연생(因緣生)이라고도 하며, 찬 기운과 더운 기운이 합하여 생긴다는 뜻에서 한열화합생(寒熱和合生)이라고도 한다.
④ 화생(化生, opapātika) : 무엇에 의탁하지 않고 홀연히 태어나는 생명이다. 자연히 발생하지만 완전하게 갖춘 형상으로 태어난다. 색계와 무색계 중생들은 모두 화생으로 태어난다. 지옥 중생, 천인, 아귀, 아수라가 이에 해당한다.

자연우주하늘의 모든 존재는 일정 기간 위와 같은 살아있는 존재로 있다가 그 언젠가는 자연우주하늘에서 사라지고 없어지며 죽는 과정을 거친다. 곧 자연우주하늘의 모든 것은 결코 영원한 존재가 아니고 끝이 있는 유한한 존재이다. 이렇듯 우리네 사람도 유한한 존재로서 언젠가는 생명이 끊어지는 데, 이를 죽음이라 한다.

　죽음은 ① 생명 활동이 정지되어 다시 원래의 상태로 돌아오지 않는 생물의 현상; ② 생리적으로는 호흡과 심장의 고동이 영구적으로 정지하는 일; ③ 법률적으로는 생활 기능이 절대적 영구적으로 정지함으로써 권리능력이 상실되는 일들을 뜻한다.
　죽음은 돌아가심, 사망(死亡), 작고(作故), 별세(別世), 운명(運命), 절명(絶命), 서거(逝去), 영면(永眠), 타계(他界), / 열반(涅槃; 불교), 소천(召天; 개신교), 선종(善終; 천주교)들이라고도 하는 한편, 영어로는 death, passing, loss, doom, grave들이라고 부른다.

　또한 우리네 사람의 몸과 육체는 소멸되어도 마음 또는 영혼은 불멸하다는 믿음은 동서고금에 널리 찾아볼 수 있다. 영혼이 불멸이면 죽음은 영원한 삶에 대한 새로운 출발이며 후생을 위한 현세의 생활을 바쳐야 한다는 생활 태도도 생겨나 여러 가지 종교 교리가 성립되고 전개됐다. 죽음 뒤 세계 곧 사후 세계에 관한 관념을 『내세관(來世觀 : afterlife view)』이라 하는 데, 사람의 삶은 죽음을 끝으로 완전히 소멸하는 것이 아니라 그 뒤에도 계속되리라는 신념체계를 말한다. 따라서 내세관은 삶과 죽음이 서로 단절된 것이 아니라 연속한다는 믿음에 근거하여 성립한다. 내세관은 주로 세계 각 지역에 흩어져 있는 수많은 신화 및 종교적 교리체계와 의례들에 반영되어 있다.

　1. 원시 종교의 내세관은 조상숭배에서 가장 잘 나타난다. 조상숭배는 원시 종교의 대표적 신앙인데 여기에 따르면 죽은 사람은 조상신(祖上神)의 모습으로 항상 살아있는 후손의 곁에 남아 현세의 삶에 영향을 준다. 조상신은 현세의 일부분이기 때문에 원시 종교의 내세관은 현세와 내세의 뚜렷한 구분이 없는 것이 특징이다.

　2. 불교의 내세관은 업 사상과 윤회설에 기초하여 성립했다. 현세의 삶은 모두 전생에서 지은 업보 때문에 생긴 것이고, 현세의 삶은 또한 다음에 다시 태어날 생의 모습을 결정한다. 우리 사람이 죽어서 환생하는 과정은 크게 "이승에 머무는 과정, 이승에서 저승으로 가는 과정, 심판받는 과정, 환생하는 과정"의 네 가지이다.

　(1). 『이승에 머무는 과정』은 사람이 죽어서 3일 동안 머무는 과정이다. 이 때에 몸과 마음이 영혼·혼백·혼령·영으로 바꿔진다. 곧 살아있을 때에 평생을 같이 어울렸던 눈으로 볼 수 있는 몸 및 눈으로 볼 수 없는 마음이 서로 합쳐져서 눈으로 볼 수 없는 '영혼'으로 바뀌는 한편, 몸은 썩어서 원래의 '흙'으로 되돌아가기 시작하고, 마음은 몸의 모든 것을 받아 주도적으로 '영혼'을 이루어 간다.

　(2). 『이승에서 저승으로 가는 과정』은 죽은 사람의 영혼이 저승사자의 인도로 이승에서 저승·명부로 가는 과정이다. 죽은 사람의 영혼이 일생동안 살았던 이 세상인 지구에서 떠나기 시작하여 수많은 산·강·땅·바다·이 별·저 별·이 행성·저 행성·이 은하·저 은하들을 지나 저 세상인 저승으로 가는 과정이다. 이 과정을 지나면서 우리의 영혼은 힘듦·지침·목마름·추위·더위·외로움·두려움들을 겪는 데, 그때마다 살아있을 때의 좋고 나쁜 온갖 기억들이 차츰 잊어져 가는 과정이기도 하다.

　(3). 『심판받는 과정』은 죽은 사람이 태어나서 죽을 때까지 몸과 입 및 마음으로 지은 모든 것들에 대해 동기·과정·결과를 종합적으로 평가하여 심판을 받는 과정이다. 저승에 '업경대 또는 업경'이라는 거울이 있는데, 죽은 사람이 이 업경대 앞에 서면 생전에 했

던 좋고 나쁜 모든 행실이 그대로 나타나고 종합적으로 평가된다. 이어 죽은 사람의 마지막 진술의 기회가 누구에게나 꼭 주어진다. 드디어 죽은 사람에 대한 심판이 내려진다.

이런 심판은 우리네 사람이 죽어서 저승 또는 명부에서 7일째 되는 날부터 49일째 되는 날까지 매7일마다, 이어서 100일째 되는 날과 1년째 되는 날 및 3년째 되는 날들의 모두 합하여 10번이나 저승십국에서 심판을 받는 과정이다. 저승십국 또는 명부십국은 진광국·초강국·송제국·오관국·염라국·변성국·태산국·평등국·도시국·전륜국이다. 이는 심판받는 죽은 사람이 살아있을 때에 몸과 입 및 마음으로 지은 모든 업의 갈래와 질에 따른 분류이다. 이 십국에는 각각 대왕, 심판관, 저승사자들이 있다. 특히 염라국의 염라대왕은 명부시왕 가운데 우두머리이다. 죽은 사람의 영혼은 시왕 가운데 앞의 7명의 대왕에게 각각 7일씩 49일 동안 심판을 받는다. 그러나 살면서 죄업을 많이 지은 자는 49일 이후 3명의 대왕에게 다시 심판을 받는 데, 죽은 뒤 100일이 되는 날은 평등대왕, 1년이 되는 날에는 도시대왕, 3년째에는 전륜대왕의 심판을 받는다. 그리하여 죽은 사람은 총 3년의 기간 동안 저승십국에서 명부시왕의 심판을 10번에 걸쳐서 받는다. 이 가운데에서도 사람이 죽은 뒤 49일째 되는 날을 가장 중요시하여 '49재 또는 칠칠재'라는 제사의례를 지낸다. 이는 사람이 죽은 다음 7일마다 불경을 외면서 재를 올려 죽은 이가 그동안에 불법을 깨닫고 다음 세상에서 좋은 곳에 태어나기를 비는 불교의식이다.

(4). 『환생하는 과정』은 위의 심판 받는 과정을 마친 죽은 사람의 영혼이 그 심판에 알맞게 '지옥·아귀·축생·수라·사람·천상'의 여섯 가지 가운데 어느 하나로 새로운 삶이 주어져 다시 태어나는 때와 곳 및 어버이의 인연들이 만들어지는 과정이다. 이를 '육도 윤회'라고 한다. 이 환생은 각 저승십국에서도 맡지만, 주로 마지막의 전륜국에서 맡고 있다. 따라서 저승과 지옥 아귀 축생 수라 사람 천상의 육범은 깊고 넓게 연결되어 있다.

한편 사람은 현세에서 계속적으로 업을 짓는 한 괴로운 위의 여섯 가지 윤회의 수레바퀴인 육범을 빠져나오지 못하기 때문에, 오직 깊고 높은 수행으로 깨달음을 얻어야만 비로소 위의 괴로움에서 벗어날 수 있는데, 바로 '성문·연각·보살·부처님'의 '사성'이다.

3. 유교는 동양의 전통적 종교로서 조상숭배에 기초한 내세관을 전개했다. 특히 성리학은 이런 조상숭배를 바탕으로 내세관을 보여준다. 사람은 '이 및 기'로 구성되어 있는데 '이(理)'는 하늘로부터 부여받은 본성적 측면이고, '기(氣)'는 혼과 백을 말한다. 사람이 죽으면 '이(理)'는 하늘로 돌아가고, 육체적 측면인 '백(魄)'은 땅으로 가며, 정신적 측면인 '혼(魂)'은 하늘과 땅 사이에서 일정 기간 동안 머물다 사라진다. 유교의 제사는 이런 내세관을 바탕에 깔고 이루어지는 것이다.

4. 기독교는 원시종교와 고대종교의 유산을 이어받아, 내세관을 전개했다. 기독교는 죽음을 아담과 이브의 타락에서 비롯된 것으로 보고, 선과 악에 기초한 지옥관념과 최후의 심판날에 인류를 구원하기 위해 그리스도가 재림할 것이라는 내세관을 내세운다.

한편 죽음과 관련한 책으로는 이집트 사자의 서 및 티베트 사자의 서가 유명하다.

1. 《이집트 사자(死者)의 서(書)》는 고대 이집트에서 죽은 사람들을 매장할 때 함께 묻던 문서로서, 기도문 찬미가 서약문 신조를 적어 시체나 미라와 함께 묻었는데 이것이 내세에서 죽은 사람을 보호하고 돕는다고 믿었다.

2. 《티베트 사자(死者)의 서(書)[Tibetan book of the dead]》는 원래 인도의 승려인 삼바바(Sambhava)가 8세기 티베트 왕의 초청을 받아 티베트로 가서 경전을 번역하고 깨

우침의 경지를 100여권의 책으로 쓴 것 가운데 하나이다. 원래 제목은 티베트어로 "바르도 퇴돌"이라고 한다. '바르도'란 '둘 사이'란 뜻으로 사람이 죽어서 다시 환생할 때까지의 중간 사이를 말한다. 이 상태에 머무는 기간은 사람에 따라 다르지만 대개 49일로 알려져 있다. '퇴돌'이란 '듣는 것을 통한 영원한 해탈'이라는 뜻이다.

이런 바르도 퇴돌이 티베트 사자의 서라는 이름으로 서양에 알려진 것은 1927년에 영국의 종교학자 웬츠(Wentz)가 편집해 출판한 것에서 비롯됐다. 이 책은 사후의 영혼이 겪게 되는 여러 현상을 설명하고 해탈에 이르는 방법을 가르치는 내용으로 되어 있다. 죽음의 순간에 오직 한번 듣는 것으로도 생사의 굴레를 벗어난 영원한 자유를 이룰 수 있다고 알려 주면서, "죽음을 배우라, 그래야만 그대는 삶을 배울 것이다"라고 이 책은 내세운다.

자연우주하늘은 무엇으로 이루어져 있을까? 이에는 크게 과학의 원자론 및 소립자 물리학과 더불어, 불교의 생각들이 있다.

1. 원자론(原子論; atomic theory)의 생각이다. 원자(原子; atom)는 화학 원소의 특성을 잃지 않는 범위에서 도달할 수 있는 물질의 기본적인 최소 입자이다. 중심에는 원자핵이 있고 그 주변은 전자들로 둘러싸여 있다. 원자번호로 구분 가능한 원자의 종류가 원소의 개수가 된다. 2024년 현재까지 공식적으로 확인된 원소의 개수는 118개이다. 그 처음의 1번은 수소(H)이며, 끝의 118번은 오가네손(Og)이다.

주기율표(periodic table)는 원소를 원자번호와 화학적 성질에 따라 배열한 표이며, 주기표(週期表)라고도 한다. 원소를 일정한 주기에 따라 배열함으로써 원소 간 유사성의 규칙을 찾아내고, 이를 통해 미발견 원소의 가능성과 성질도 추정할 수 있도록 한 도표이다. 19세기 후반 러시아의 멘델레예프(Mendeleev)가 원자량 기반의 주기율표를 고안했고, 20세기 초 영국의 모즐리(Moseley)가 양성자 수에 따라 화학적 성질이 달라짐을 발견하고 주기율표에 반영하여 현대의 주기율표를 제안했다.

(1). 원자(原子; atom)의 개념은 기원전 약 400년경 그리스의 데모크리토스(Democritus)에서부터 시작됐다. 당시 고대 그리스에서는 물질은 무한히 작게 나눌 수 있으며 연속적이라고 생각했으나, 데모크리토스는 물질을 계속해서 쪼개 나가면 궁극적으로는 더 이상 쪼갤 수 없는 작고 단단한 입자에 도달할 것으로 생각하고, 이것을 원자(atomos)라고 불렀다. 데모크리토스는 처음로 사물이 입자로 구성됐다고 생각했으나 그의 생각이 실험에 바탕을 둔 것이 아닌 상상 속의 원자라는 점, 널리 인정받지 못했다는 점에서 한계를 지닌다.

(2). 1803년에 돌턴(Dalton)이 원자설을 발표했다. 돌턴의 원자설은 모든 물질은 더 이상 쪼갤 수 없는 원자로 되어 있으며 원자의 종류가 다르면 크기와 질량이 달라진다는 생각을 담고 있으며 화학 발전의 주춧돌이 됐다. 돌턴의 원자설로 인해 물질의 기본 입자는 원자라는 생각이 자리 잡게 됐다. 돌턴은 원자를 더 이상 쪼갤 수 없는 작은 공과 같은 모양으로 생각했고, 이는 처음의 원자 모형이라고 볼 수 있다.

(3). 1897년에 영국의 톰슨(Thompson)은 실험을 통해 원자 속에 (−) 전하를 띠는 전자가 있음을 발견했고, 원자가 전기적으로는 중성임을 알게 됐다. 그래서 원자 내부는 (+) 전하가 전체적으로 고루 퍼져 있고, 전자가 빵속 건포도처럼 박혀있다고 생각했다. 이 발견으로 톰슨은 노벨상을 수상했고, 톰슨의 전자 발견으로 원자를 깨지지 않는 딱딱한 공이라고 생각했던 돌턴의 생각이 잘못됐음이 밝혀졌다.

(4). 1911년에 러더퍼드(Rutherford)는 실험을 통해 원자 내부에 (+) 전하가 아주 작은 공간에 몰려 있는 것을 발견하게 됐고, 원자 내부의 중심에 원자핵이 있으며 그 주위를 (−) 전하를 띠는 전자가 마치 행성이 태양 주위를 회전하듯이 돌고 있는 형태의 원자모형을 주장했다.

2. 소립자 물리학의 생각이다. 소립자 물리학(素粒子物理學; Elementary Particle Physics) · 입자 물리학(Particle Physics) 또는 고에너지 물리학(High-Energy Physics)은 소립자의 성질이나 상호작용을 연구함과 더불어 소립자의 본질을 밝히려는 현대물리학 분야이다. 또한 양자역학(量子力學; Quantum Mechanics, Quantum Theory) · 양자물리학(量子物理學; Quantum Physics)은 거시적인 물체에 대해서 성립하는 고전 역학에 대하여, 분자 원자 입자(전자 소립자 원자핵 따위)의 미시적인 물체의 현상을 다루는 물리학의 한 분야이다.

따라서 소립자 물리학은 양자역학을 바탕으로 발전한 분야로, 두 분야는 서로 밀접하게 연관되어 있으나, 양자역학은 보다 근본적인 이론이고, 소립자 물리학은 그것을 응용하여 소립자의 성질과 상호작용을 연구하는 현대물리학의 분야이다.

(1). 1913년에 덴마크의 보어(Bohr)는 러더퍼드 모형에서 잘못된 부분을 발견하고, 전자는 원자 내에서 정해진 궤도로만 회전한다고 가정하여 수정된 원자 모형을 제시했다. 보어는 이를 통해 소립자 물리학 또는 양자역학이라는 새로운 학문의 발전을 이끌어 내었으며, 노벨상을 받았다.

(2). 1927년에 독일의 이론물리학자이자 소립자 물리학 또는 양자역학의 주요 선구자인 하이젠베르크(Heisenberg)는 유명한 불확정성 원리를 발표했다. 불확정성 원리(uncertainty principle)는 양자역학에서의 기본적인 원리 중 하나로 입자의 위치와 운동량을 모두 정확하게는 알 수 없다는 원리이다. 이 원리는 입자의 에너지와 그 에너지가 지속되는 시간에 대해서도 성립한다. 고전역학에 의하면 전자의 위치와 운동량은 전자가 어떤 상태에 있든지 항상 동시 측정이 가능하다고 생각했다. 그 물리량의 측정값이 불확정하다는 것은 측정기술이 불충분하기 때문인 것으로 여겼다. 그러나 양자역학의 입장에서는 입자의 위치 x와 운동량 p는 동시에 확정된 값을 가질 수 없고, 쌍방의 불확정성 Δx와 Δp가 $\Delta x \Delta p \geq \hbar/2 = h/4\pi$ ($\hbar$는 디렉상수, h는 플랑크상수)에 의해 서로 제약되어, 입자의 위치를 정하려고 하면 운동량이 확정되지 않고, 운동량을 정확히 측정하려 하면 위치가 불확정해진다.

$\Delta x \Delta p \geq \hbar/2 = h/4\pi$ ($\hbar$: 디렉상수, h: 플랑크상수)

이 원리의 기본 골격은 입자성을 특징짓는 위치의 확정성 및 파동성을 특징짓는 파장의 확정성은 서로 제약을 받고 입자성과 파동성이 서로 공존한다는 것이다.

그는 1932년 양자역학의 창안에 대한 공로로 노벨 물리학상을 받았다.

(3). 1932년에 채드윅(Chadwick)은 원자핵 내부에서 중성자를 발견하여 원자의 구조는 원자핵과 전자로 이루어져 있고, 원자핵에는 양성자와 중성자가 있다는 것을 밝혀내어 노벨상을 받았다.

(4). 1935년에 일본의 이론물리학자 히데키(ひでき)는 핵력의 정체를 찾기 위해 연구를 계속했다. 양성자와 중성자가 서로 끌어당기려면 양성자와 중성자 사이에 힘이 전달돼야 한다. 그는 미지의 입자가 양성자와 중성자를 들러붙게 하는 접착제 역할을 하고 있다고 생각했다. 양성자에서 방출된 입자가 중성자에 흡수되고, 중성자에서 방출된 입자가 양성자에서 흡수되며, 이렇게 입자를 교환함으로써 서로를 끌어당기고 있는 것이 아닐까 생각했다. 그는 이 미지의 입자를 중간자라고 명명했다. 중간자라는 이름은 질량이 양성자와

전자의 정확히 중간인 데서 유래한 것이다. 그는 이러한 생각은 《중간자론》이라는 이름으로 1935년에 논문으로 발표됐지만, 처음에는 크게 관심을 불러일으키지 못했다. 하지만 1947년에 영국의 파월(Powell)이 우주선의 연구를 통해 중간자를 발견하여, 히데키의 생각이 옳았음이 실증됐다. 그리하여 그는 1949년에 일본인으로는 처음으로 노벨 물리학상을 받았다.

(5). 1964년에 미국의 물리학자 겔만(GellMann)과 츠바이크(Zwig)에 의해 양성자나 중성자가 더욱 기본적인 입자인 쿼크(Quark)라는 소립자로 이루어져 있다는 설이 각각 독자적으로 제창됐다. 그들은 쿼크의 종류가 업(Up), 다운(Down), 스트레인지(Strange)라 명명된 세 종류라고 생각했다.

(6). 1964년에 영국의 물리학자 힉스(Higgs)는 힉스 메커니즘(Higgs mechanism)을 내세웠다. 힉스는 초고온이던 우주가 식어서 진공의 대칭성이 자발적으로 파괴된 결과에 따라 힉스 입자가 진공에 가득 찼다고 생각했다. 아울러 광속으로 날아다니던 소립자의 일부가 힉스 입자에 부딪쳐 속도가 떨어지고 질량이 생겼다고 생각했다. 힉스 입자는 2012년에 거대 입자 가속기의 실험을 통해 실제로 발견됐다. 약한 핵력을 전달하는 W 입자나 Z 입자는 과거엔 질량이 0이라고 알려져 있었다. 하지만 입자 가속기에 의한 실험 결과로 두 입자 모두 질량이 있다는 사실이 밝혀졌다. 따라서 그것을 설명하기 위해 힉스 입자가 도입됐다.

(7). 1995년에 마지막 쿼크인 톱 쿼크(Top Quark)가 발견됐다. 소립자 물리학 실험에서는 입자 가속기(particle accelerator)가 사용되는 데, 질량이 큰 입자를 가속시키려면 고에너지가 필요하고 그에 걸맞는 가속기가 필요하다. 톱 쿼크가 가장 늦게 발견된 이유는 톱 쿼크가 질량이 큰 소립자였기 때문이었다. 톱 쿼크의 질량은 금의 원자핵 정도라고 생각된다. 톱 쿼크는 테바트론 가속기에서 검출 실험을 통해 발견됐다.

(8). 현재는 6종의 쿼크(Quark) 및 6종의 렙톤(Lepton)이 물질을 만드는 가장 기본적인 소립자라고 알려져 있다. 양성자는 업 쿼크(Up quark) 2개와 다운 쿼크(Down quark) 1개로 이루어져 있고, 중성자는 업 쿼크 1개와 다운 쿼크 1개로 이루어져 있다.

쿼크는 질량의 차이에 따라 세 가지로 분류된다. 이 분류는 세대(generation)라고 불리며, 제1세대·제2세대·제3세대가 있다. 업 쿼크와 다운 쿼크는 1세대, 참 쿼크(Charm quark)와 스트레인지 쿼크(Strange quark)는 2세대, 탑 쿼크(Top quark)와 바텀 쿼크(Bottom quark)는 3세대이다. 렙톤도 마찬가지로 세 가지 세대가 있다.

(9). 미지의 소립자들 : 물질의 소립자는 표준 이론(standard theory)에 바탕을 두고 있으며, 표준 이론은 소립자 물리학의 기본이 되는 이론이다. 그런데 여러 가지 이론을 바탕으로 표준 이론을 넘어서는 미지의 소립자들도 예언되어 있다. 곧 고차원 이론에 바탕을 둔 클라인(Klein) 입자, 대통일이론에 바탕을 둔 물질을 만드는 소립자, 힘을 전달하는 소립자가 있다.

3. 불교의 생각이다. 이에는 사대 오온설, 팔식, 유식사상, 일념 삼천설, 일심, 법계연기론, 사법계관들이 있다.

(1). 사대 오온설(四大 五蘊說) : 불교는 우리네 사람을 비롯한 자연우주하늘에 대해 절대자·숙명·우연과 같은 그 어떤 편견도 없이 우리들이 인식할 수 있는 구체적인 현실세계의 관찰에서부터 시작한다.

① 그리하여 현실세계를 인식하는 우리의 몸인 눈(眼)·귀(耳)·코(鼻)·혀(舌)·몸(身)의 오근(五根) 및 물질세계를 이루는 인식대상인 색(色)·소리(聲)·냄새(香)·맛(味)·촉감(觸)의 오경(五境)은 『흙(지:地)·물(수:水)·불(화:火)·공기(풍:風)』의 "4가지 기본요소(사대:四大)"로 이루어져 있다고 하며, 이를 색온(色蘊)이라고 한다. 이 색온이 물질적인 요소의

근간을 이룬다고 보며, 색(色)은 사대가 화합한 것이고, 온(蘊)은 흔히 쌓임(聚)이라고 번역되지만, 원말은 근간적인 부분이라는 뜻이다.

② 한편 정신적인 요소는 어떻게 되는가? 물질적인 색온과 더불어, 다시 수(受) · 상(想) · 행(行) · 식(識)이라는 정신적인 사온을 추가한 "오온설(五蘊說)"을 제시하고 있다. 수상행식의 사온은 물질적인 색온을 바탕으로 개체를 지속적으로 존속시키려고, 느끼며(受) 생각하고(想) 작용하며(行) 식별하는(識) 정신적인 기능을 각각 표현한 것이다.

③ 위의 1 및 2를 더하여 사대 오온설(四大 五蘊說)이라 부른다.

(2). 팔식(八識) : 불교에서는 절대적 초월적 존재들의 그 어떤 것에도 얽매이지 않는 우리네 사람들의 자유스러운 마음을 여덟 가지로 갈래지우고 있다. 곧 안식 · 이식 · 비식 · 설식 · 신식 · 의식 · 말라식 · 아라야식의 팔식이다.

① 안식(眼識) : 눈으로 물질 또는 색깔을 보는 마음이다. ② 이식(耳識) : 귀에 의해서 소리를 듣는 마음이다. ③ 비식(鼻識) : 코로 냄새를 맡는 마음이다. ④ 설식(舌識) : 혀로 음식 등의 맛을 식별하는 마음이다. ⑤ 신식(身識) : 몸으로 촉감을 느끼는 마음이다. ⑥ 의식(意識) : 앞에 든 다섯 가지 마음과 속마음(內心)에 의해서 유형 · 무형의 모든 삼라만상을 헤아려 판단하는 마음이다. 이 의식은 앞의 다섯 가지 마음을 종합 · 통일하는 역할을 한다. ⑦ 말라식(末那識) : 말라식은 제6식의 의식처인 의근(意根)의 역할을 하며, 스스로와 아라야식에 의지하여 활동하는 마음이다. 이 말라식은 평등하고 지혜로운 진리를 착각하여 아집들의 번뇌를 일으키게 한다. 아울러 말라식은 선과 악의 상대적인 작용을 끊임없이 일으키고 많은 업력(業力)을 조성케 하며 윤회하도록 하는 원동력이다.

⑧ 아라야식(阿賴耶識) : 아라야식은 앞에서 살펴본 일곱 가지 마음을 포함한 우리네 사람의 근본마음이며, 이를 근본식 또는 장식이라고 한다. 아라야식의 아라야란 '간직한다'는 뜻이며, 종자를 소장하고 있는 식이라는 의미이다. 따라서 아라야식을 '종자식(種子識)'이라고도 한다. 이 아라야식은 사람 존재의 밑바탕에 항상 상존해 있으면서도 변함이 없으며 그 흐름은 일생동안 끊어지는 일이 없을 뿐만 아니라 또한 미래의 생존에까지 계속 영향을 미쳐서 이어져 간다는 것이다.

우리네 사람들의 몸과 마음의 작용은, 좋은 것이나 나쁜 것이나 좋지도 않고 나쁘지도 않는 것이나, 그 모든 것이 업력이 되어 반드시 이 아라야식에 보존된다. 곧 우리의 몸과 마음의 모든 작용은 "종자(種子)"라는 업력이 되어서 바로 아라야식에 마치 안개가 쌓이는 것처럼 "훈습(薰習)"된다.

더불어 이 아라야식은 모든 업력을 보존하면서 선악 업력을 다른 마음에 공급하여 발동케 하며, 모든 선악의 행동을 나타나게 하는 기능을 가지고 있다. 따라서 우리는 이 아라야식을 중심으로 하루하루를 살고 있으며, 이 세상에 태어날 때도 과거 세상의 업력을 보존한 이 아라야식이 처음으로 태어난 것이고, 내생으로 떠날 때도 금생의 업력을 보존하고 있다가 몸으로부터 끝으로 떠나서 지옥 · 아귀 · 축생 · 수라 · 사람 · 천상들의 육도 가운데에 어디론가 강한 업력에 따라 다음의 생명체가 되어 다시 태어나는 것이다. 요컨대 아라야식은 현재의 생명체로서 우리의 안과 밖의 현실을 전개시키는 주체가 되며, 아울러 윤회의 주체가 되는 것이다.

(3). 유식사상(唯識思想) : 부파불교에서 생겨난 갖가지 사상이 대승불교로 계승되어 인격의 주체 속에 잠재하는 마음 및 무의식의 영역이 상정되게 되고 거기에 종자가 저장되어 있다는 사상인 유식사상이 확립됐다. 이 유식사상은 불교사상 중에서도 우리들이 각자 소유하고 있는 마음을 종교학적인 측면에서 자세하게 취급하고 있는 분야로서, 일종의 불교 심리학과도 같은 것이다. 이는 마음의 구조와 그 심리작용들을 잘 인식하고서 활동하면, 궁극적인 목적인 성불의 단계에까지 이를 수 있다는 원리와 그 수행성을 강조한 생각

이다.

그리하여 이러한 목표를 달성하기 위하여 이론적인 면과 실천수행적인 면이 있다고 한다. 먼저 이론적인 면에서 우리가 살고 있는 이 현상계는 세 가지의 성질(삼종자성:三種自性)을 지니고 있는 것으로 여긴다. ① 변계소집성(遍計所執性)은 우리들이 아집과 법집들의 번뇌를 일으키며 생활하는 모습이고, ② 의타기성(依他起性)은 현상계는 유일한 원인이 창조한 것이 아니라 많은 인 및 수많은 연이 모여서 이루어진 것이며, ③ 원성실성(圓成實性)은 현상계는 일시적 존재이며, 진여성만이 영원한 존재라는 생각이다. 곧 삼종자성은 모든 번뇌와 물질 및 정신계의 내용을 종합적으로 관찰하여 깨닫게 하는 교리이며, 이를 통해 우리는 존재의 본성을 탐구하고 깨닫는 길을 걷게 되는 것이다. 한편 실천수행적인 면에서 유식사상은 종교로서의 실천덕목인 유가행(瑜伽行)을 중점적으로 더하여 대승불교에서 훌륭한 가르침으로 그 자리를 굳히고 있다.

이러한 유식사상은 부처님의 깨달음을 바탕으로 하여, 미륵(彌勒)·무착(無着)·세친(世親)·호법(護法)들에 의하여 발전됐으며, 중요한 경론으로는 《해심밀경(解深密經)·유가사지론(瑜伽師地論)·섭대승론(攝大乘論)·유식삼십송(唯識三十頌)·성유식론(成唯識論)》들을 들 수가 있다. 특히 세친은 《유식삼십송》을, 호법은 《성유식론》을 지어 유식사상을 크게 부흥시켰다.

아울러 이런 유식사상이 중국에 전해져 중국 법상종의 성립을 가져왔으며, 우리나라의 경우 신라시대에 유가업(瑜伽業)이라는 유식학이 화엄학과 함께 정립되어, 원측(圓測)·원효(元曉)·태현(太賢)들의 훌륭한 유식사상가를 배출했다.

(4). 일념 삼천설(一念 三千說) : 흔히 불교에서는「모든 것은 오직 마음이 만든다(일체유심조:一切唯心造; everything depends on the mind)」란 말을 자주 쓰고 있다. 이 말에 대한 깊은 생각이 법화경(法華經)을 중심으로 삼는 천태학(天台宗)의 "한 생각이 삼천세계에 두루 미친다" 또는 "한 번에 삼천세계를 모두 생각한다"는『일념 삼천설』이다. 바로 이 일념삼천설이 우리의 마음이 어떻게 자연우주하늘에 전개되고 있는가에 대한 아주 깊은 생각인 것이다. 곧 일념삼천설은 한 순간·찰나의 우리네 사람의 한 마음 가운데 삼천세계 곧 자연우주하늘이 두루 하거나 갖춰지며 미친다는 사람의 마음관 및 세계관과 우주관이다. 이런 일념삼천설은 우리네 사람들의 마음이 공간적으로 어떻게 작용하고 펼쳐지는지를 헤아리는 아주 높고 깊으며 훌륭하고 뛰어난 불교의 생각이다.

그러면 우리네 사람의 한 순간 또는 찰나의 한 마음 가운데 두루 미치거나 갖춰진다는 삼천세계(三千世界)란 무엇일까? 우선 십계(十界)와 백계(百界)에 대해서 알아보자. 마음속의 번뇌의 많고 적음에 따라 미혹한 세계[미계:迷界]를 여섯으로 나누고[육범:六凡], 깨달은 세계[오계:悟界]를 넷으로 구분하여[사성:四聖] 모두 열 가지 세계[십계:十界]가 이루어진다. 육범이란 지옥·아귀·축생·수라·사람·하늘의 미혹한 여섯 가지 범부(凡夫)의 세계이며, 사성은 성문·연각·보살·부처의 깨달은 네 가지 성인(聖人)의 세계이다. 또한 이러한 십계가 각각 십계를 갖추었으므로, 곧 부처에도 지옥에서부터 부처가 있으며 지옥에도 지옥에서부터 부처가 다시 있으므로 백 가지 세계(백계:百界)가 되는 것이다.

하지만 주의를 기울여야 할 것이 있다. 십계다 백계다 하는 것은 실제로 우주 안에 각각 존재하고 있는 것이 아니라, 우리의 마음(일념:一念) 가운데 번뇌가 전혀 없어 본래의 깨끗한 마음[일심:一心]을 지니고 있는 상태를 방편상 부처의 세계라 하고, 우리의 마음에 번뇌가 가장 많아 본래의 마음을 전혀 발휘하지 못하고 있는 상태를 방편상 지옥의 세계라 부르는 것이다. 아울러 십계다 백계다 하는 세계가 고정불변적인 것이 아니라, 번뇌가 있어서 지옥생활을 하다가도 번뇌를 없애면 부처가 될 수 있음을 바탕으로 삼고 있다.

이번에는 십여시(十如是)에 대해 생각해 보자. 십여시의 여(如)는 다르지 않다는 뜻이고 시(是)는 그른 것이 없다는 뜻이다. 십여시란 여시상(如是相)·여시성(如是性)·여시체(如是

體)·여시력(如是力)·여시작(如是作)·여시인(如是因)·여시연(如是緣)·여시과(如是果)·여시보(如是報)·여시본말구경(如是本末究竟)의 열가지 있는 그대로 당연한 것이다.

앞에서 살펴본 백계가 각각 십여시를 갖추어 천여시(千如是)가 되고, 이 천여시가 또다시 각각 물질세간(오온세간:五蘊世間)·사람세간(衆生世間)·자연(환경)세간(國土世間)의 삼세간(三世間)으로 이뤄져, 삼천세간 또는 삼천세계가 된다고 본다. 결국 이 삼천세간 또는 삼천세계는 법계 곧 자연우주하늘 모두를 뜻하는 것이다. 따라서 삼천세계란 일체의 생명체와 사물이 존재하는 자연우주하늘이며, 역동적인 생성이 이루어지는 자연우주하늘을 뜻한다.

그런데 삼천세계라는 것은 백계(百界)의 실상을 열 가지로 밝히고 백계를 세간별로 나눈 것인데, 백계가 우리의 마음(일념:一念) 가운데 있는 것이므로 당연히 삼천세간도 우리의 마음속에 있다는 것이다. 따라서 일념삼천설은 우리의 마음 가운데에 자연우주하늘이 있다는 생각인 것이다. 이러한 『일념삼천설』은 불교, 특히 천태종의 아주 높고 깊은 생각으로서, 우리네 사람에 대하여 자연우주하늘을 두루두루 품을 수 있는 무한한 가능성 및 자유의지를 지닌 존재라고 여기고 있는 것이다.

(5). 일심(一心) : 우리의 마음이 모든 번뇌를 없애고 승화된 모습을 《화엄경(華嚴經)》을 중심으로 하는 화엄학에서는 『일심』이라 부른다. 이 일심은 「열반사덕」, 곧 "변하지 않고 항상됨[상:常]·괴롭지 않고 즐거움[낙:樂]·상대적이 아니라 절대적이어서 스스로 성품이 있음[아:我]·더럽지 않고 깨끗함[정:淨]"을 두루 갖추고 있다고 한다. 또한 일심은 우리네 사람의 본바탕을 이루고 있는 마음이며, 우주 만유의 근원임은 물론이요, 한 포기 풀과 한 그루의 나무를 포함한 삼라만상에도 모두 갖고 있는 본래면목이라고 여긴다.

더불어 이러한 일심은 우리네 사람을 비롯하여 동물, 식물, 땅, 산, 들, 바다, 고을, 마을, 도시, 나라, 세계, 지구, 달, 해, 태양계, 은하계, 우주 모두가 지니고 있다고 헤아린다. 이 일심을 현수(賢首)는 《탐현기(探玄記)》에서 사물과 사물간의 작용이 원만하고 거침이 없어 하나와 모든 것이 서로 의지하고 돕는 우주의 본질이며(융사상입:融事相入), 우주 만물의 서로 어울림이 부드럽고 다함이 없이 이루어지는 진리(제망무진:帝網無盡)라고 했다. 아울러 이 일심을 청량(清凉)은 《현담(玄談)》에서 우주 만유에 두루 갖추어져 있는 대원리(총해만유:總該萬有)라고도 했다.

(6). 법계연기론(法界緣起論) : 자연우주하늘이 '하나가 모두이며, 모두가 하나이다(일즉일체 일체즉일:一卽一切 一切則一)'의 무한의 관계를 갖는 두루 어울림(원융무애)를 설하는 훌륭한 생각이 법계연기론이다. 그 두루 어울리는 모습은 십현(十玄) 연기를 설하면서 그 이유로써 육상(六相:總·別·同·異·成·壞) 어울림의 논리를 전개했다.

화엄 교리에 따르면, 우주의 본체(理)와 현상(事)은 서로 두루 어울리며, 현상(事)과 현상(事)도 또한 두루 어울린다고 한다. 이러한 오묘한 이치는 부처님께서 성도하자마자 심수(心水)가 욕심이 없고 깨끗하여 삼라만상 모두가 그 심수에 비추어 나타나는 것이 마치 큰 바다의 물이 맑고 청정하면 모든 것이 있는 그대로의 모습을 비추지 않는 것이 없는데, 이와 같은 것을 일심 법계라 한다. 법계라는 것은 우주만유란 말과 같은 것인데, 우주 만유는 그 본체인 일심으로부터 연기한 것이요 이 연기한 우주 만유를 모두 품는 것이 일심으로서 서로 주체가 되고 보조가 되어 끝없이(무진:無盡) 연기하여 가는 상태를 법계 연기 또는 무진 연기(無盡 緣起)라 한다.

《화엄경》의 불보살 세계를 '인과연기 이실법계(因果緣起 理實法界)'의 법계연기로 나타낸 것이 화엄종의 종지라고 화엄종의 대성자인 법장(法藏)은 밝히고 있다. 이러한 법계연기설은 청량을 거쳐 종밀에 와서 사종법계설로 확정된다. 종밀(宗密)은 《주법계관문》에서 청량(清凉)의 《화엄경소》를 인용하면서 사종법계의 의의를 설파하고 있는 것이다. 《주

법계관문》은 두순(杜順)이 지었다고 하는《법계관문》을 종밀이 주석한 것이다.《법계관문》
에서는 진공관·이사무애관·주변함용관의 법계삼관을 설하고 있다. ① 진공관은 모든 법은
실성이 없어 유와 공의 두 가지 집착을 떠난 진공인 줄을 관함이다. ② 이사무애관은 차별 있
는 사법과 평등한 이법은 분명하게 존재하면서도 서로 융합하는 것임을 관함이다. ③ 주변함
용관은 우주의 온갖 사물이 서로서로 일체를 함용하는 것으로 관함이다.

   (7). 사법계관(四法界觀) : 법계연기 또는 무진연기를 네 가지로 나누어 설명한 것이 바로
유명한 화엄의 사법계관이다. 4법계란 사법계(事法界)·이법계(理法界)·이사무애법계(理
事無碍法界)·사사무애법계(事事無碍法界)이다. 이 사법계관은 모든 우주는 일심에 통괄되
고 있으며, 이 통괄되는 것을 현상과 본체의 양면으로 관찰하면 네 가지 의미로 해석된다는
것이다. 이 중에서 화엄의 무진법계는 사사무애법계를 말한다.
   ① 사법계(事法界) : 자연우주하늘의 삼라만상을 이루는 모든 사물(事)을 하나하나씩 개별
적으로 차별해서 보는 것이다. 이를테면 하나의 물이 얼음이 되고 끓는 물이 되는 것을 얼음
·물·끓는 물의 각각으로 보는 것을 이른다. ② 이법계(理法界) : 자연우주하늘의 삼라만상
을 이루는 근본 이치(理)는 모두가 평등하며 하나라고 보는 것이다. 부처님·중생·삼라만상
모두를 평등하게 보는 것이다. 이를테면 물이 얼음이 되고 얼음이 물이 되며 끓는 물이 되어
도, 물건을 적시는 성질은 변하지 않고 그대로 있는 것처럼, 물건을 적시는 성질에서 보면 모
두가 같다는 것이다. ③ 이사무애법계(理事無碍法界) : 진여의 이(理)로부터 나타난 것이 만
법의 사(事)이기 때문에 사(事)가 이(理)이고 이(理)가 사(事)인 것이, 비유하면 물이 곧 파도
요 파도가 곧 물인 것과 같이, 서로 어울리고 걸림이 없는 것이다. 법장은《금사자장》에서 금
사자의 비유를 들어 이를 설명하고 있다. 금이라는 금속은 이(理)의 미분화된 본체를 상징하
며, 사자라는 가공품은 분화된 사(事) 또는 현상인데, 사자가 금에 의존하여 표상되고 있음이
바로 이사무애의 경계라는 것이다. ④ 사사무애법계(事事無碍法界) : 우주만상이 모두 법성
으로부터 나타난 것이기 때문에, 그 나타난 모두가 서로 어울리고 걸림이 없는 것이다. 이미
이와 사가 무애하다면, 사와 사가 무애한 것은 당연한 것이다. 그러므로 티끌 하나에 이르기
까지 두루 어울려서, 어느 하나를 들면 다른 모든 것이 이에 따라 취해지는 것이다. 이 사사
무애의 세계는 이사무애를 바탕으로 하여 의지의 전환이 있어야 가능한 직접적인 깨달음의
세계이다. 직접적이고 구체적인 체험과 실천행을 통해 구체적으로 나타니는 세계이다. 이러
한 사사무애의 법계연기를 체계적으로 관찰한 구체적 설명이 십현연기(十玄緣起) 및 육상원
융(六相圓融)인 것이다.

   (8). 불교의 생각에 대한 평가 : 감히 그동안 배우고 겪으며 알고 느끼며 헤아리고 깨우친
것들이 모자란 나 일벗님이 불교의 생각에 대해 이곳에서는 좁은 분야를 깊게 살펴보았으며,
앞에서의 불교 교리(132쪽~140쪽)에서는 넓은 분야를 얕게 살펴보았다.
   외람되게도 이러한 불교의 생각들에 대해 평가를 내려 보면, 우리네 사람들의 마음은 공간
및 시간을 뛰어넘어 자연우주하늘을 넘나들고 품을 수 있는 것이라고 불교에서는 여긴다고
나는 헤아린다. 곧 마음은 공간적으로 이곳, 저곳, 지구, 태양계, 은하계, 우주 모두를 중력·
열·공기들의 그 어떤 것들에 얽매이지 아니한 채로 훨훨 날아다니고 품을 수가 있는 것이
다. 아울러 마음은 시간적으로 지난날, 요즘, 앞날을 두루두루 넘나들면서 품을 수가 있는 것
이라고 여긴다.

   위와 같이 우리네 사람들의 마음이 공간 및 시간을 뛰어넘어 자연우주하늘로 두루 펼쳐지
는 데, 우리네 사람만의 마음만 그러할까? 결코 그러지 아니하다.
   불교에서는 우리네 사람들처럼 우리 곁에 있는 동물, 식물, 땅, 산, 들, 바다, 고을, 마
을, 도시, 나라, 세계, 지구, 달, 해, 태양계, 은하계, 우주 모두가 공간 및 시간을 뛰어넘

는 각자 스스로의 마음들을 지니고 있다고 헤아린다. 이것이 불교의 불공업(不共業)이다. 불공업은 같이 짓지 아니하고 따로따로 스스로의 몸과 입 및 마음으로 짓는 모든 업이다.

　아울러 우리네 사람들을 비롯하여 우리 곁에 있는 동물, 식물, 땅, 산, 들, 바다, 고을, 마을, 도시, 나라, 세계, 지구, 달, 해, 태양계, 은하계, 우주 모두가 공간 및 시간을 뛰어넘는 전체적으로 커다란 마음을 함께 지니고 있다고 여긴다. 그것이 바로 불교의 공업(共業)이다. 공업은 따로따로 짓지 아니하고 모두의 몸과 입 및 마음으로 짓는 것들이 합쳐진 업이다.

　이런 불공업 및 공업에 대한 근거는 《화엄경 여래출현품》의 "삼천대천세계가 한 가지 인연이나 한 가지 사실로써 이루어진 것이 아니고, 한량없는 인연과 한량없는 사실로써 이루어진다."라는 것이다. 따라서 우리의 마음은 참으로 오묘하고 신비로우며 놀라운 것이라고 불교에서는 헤아리고 있는 것으로구나!

　4. 위의 소립자 물리학 및 불교은 과연 그 어떠한 연관성이 있을까나?
　"소립자는 무한한 가능성을 지니고 있는데, 도대체 소립자를 누가 창조해 냈을까?"라는 의문에 대해 소립자물리학자인 독일의 노벨물리학상 수상자인 플랑크(Planck)는 "고도의 지능을 가진 배후의 마음이 존재한다."고 했으며, 아인슈타인(Einstein)도 "자연우주하늘에는 사람의 상상을 초월하는 거대한 마음이 있다."고 여겼고, 1965년 노벨물리학상을 공동 수상한 미국의 이론물리학자 파인만(Feynman)은 "소립자물리학은 논리와 상식으로는 이해되지 않는 신비한 과학체계다."라고 헤아렸다. 이런 생각들은 자연우주하늘은 사람의 개념을 뛰어넘는 기기묘묘한 세계라는 뜻이기도 한다. 흔히들 우리네 사람들은 우리가 볼 수 있으며 만질 수 있어서 오감으로 느낄 수 있는 어떤 인식 가능한 것들을 현실로 알고 있다. 그러나 우리가 인식하는 현실 너머에는 무한한 의식인 마음이 있다는 사실을 깨우쳐야 한다. 그것이 소립자물리학의 이론이다.
　위의 소립자물리학자들의 '고도의 지능을 가진 배후의 마음, 사람의 상상을 초월하는 거대한 마음, 현실 너머의 무한한 의식'이라는 것은 바로 불교에서 살펴본 일념(一念) 또는 일심(一心)인 것이다.

　한편 소립자물리학 및 불교은 각각 학문 분야에 다르기 때문에 차이점이 있다. 소립자물리학은 과학 분야로서, 볼 수 있고 만질 수 있는 물질 세계를 다루기 때문에 실험을 통해서 증명해야 하고 객관적이어야 하며 누구에게나 인정되고 반론의 여지가 없어야 한다. 하지만 불교는 인문 분야로서, 볼 수도 없고 만질 수도 없으며 헤아려야 하는 마음 세계를 다루기 때문에 실험을 통해 증명할 수도 없고 주관적이며 누구에게나 인정받기 어렵고 반론의 여지가 많다.
　그리하여 소립자물리학자는 실험을 통해서 증명되지 아니하는 것들을 무조건적으로 부정하거나 얕잡아 보아서는 안 된다. 곧 소립자물리학자가 스스로의 마음을 입자 가속기에 넣지 못하고 실험을 통해 증명할 수 없다고 해서 스스로의 마음을 부정하거나 얕잡아 보아서는 안 된다. 더불어 불교학자는 스스로의 마음을 실험하여 증명할 수 없다고 하여 논리성도 없고 타당성도 없으며 객관성도 없는 엉뚱한 주장을 내세워서 믿고 따르라고 강요해서는 아니 될 것이다. 따라서 소립자물리학자 및 불교학자는 서로 돕고 어울려서, 우리네 사람을 비롯하여 자연우주하늘에 대하여 생각하고 실험하며 연구하고 증명해서 그 오묘하고 신비하며 놀라운 것들을 어서 빨리 풀어야 할 것이니라!

　자연우주하늘 가운데에는 우리네 사람·마음·뜻의 어울림으로 과학·기계·도구의 문제점을 뛰어넘은 놀라운 일들이 벌어지고 있구나! 그 구체적인 보기가 바로【 행복충만과 하움출판사의 어울림 】이다.

　2025년 7월부터 12월 사이에 나 일벗님은 그동안 50여 년 동안 보며 듣고 느끼면서 생각하고 써왔던 행복충만의 글들을 마무리하고 책을 출판하려고 애쓰고 있구나!

　처음에 2025년 7월 15일에 "행복"이란 글자가 똑같이 들어간 그 어느 출판사와 인연이 되어 행복충만의 책을 출간하려고 편집 작업을 하게 된다. 내가 보내준 행복충만 원고인 한글 파일을 그 출판사에서 몇 주 동안 편집 작업을 하여 나에게 PDF 파일로 보내준다.　내가 살펴보았는데, 헤겔이 《대논리학》에서 "형식이 내용을 지배한다"는 유명한 말을 왜 했는지 뼈저리게 깨닫게 해주는구나!
　그 PDF 파일의 맨 끝이 결코 "…다."의 끝맺음의 글자가 아니고서, 놀랍게도 계속적으로 이어지는 "고유 명사"이구나? 아니, 요즘에 아무리 퇴근 시간이 중요하다고 여겨도 하는 일을 마무리하여 "…다."의 끝맺음의 글자가 있는 곳까지 편집해야 하는 것이 이 세상에 있는 모든 일터의 기본 근무수칙이 아니겠는가? 이처럼 형식이 엉망이니까, 그 편집 내용도 엉망진창 개판이로다.
　특히 행복충만 원고인 한글 파일에서 밝고 뚜렷한 색깔들이 편집 PDF 파일에서는 어둡고 흐릿하며 바래지게 보인다. 이에 대해 강력히 수정요구를 했는데, 행복충만 원고인 한글 파일이 편집 과정을 거치면서 CMYK 파일로 변경되기 때문에 어쩔 수 없다고 변명만 되풀이하는구나.
　더구나 마지막 편집 작업을 원본에 충실히 따라서 해달라고 통사정했는데, 등(곁·옆) 표지에서 "일벗님 지음"은 아예 빼버리고서 저희들 출판사는 버젓이 있는 참으로 출판기본원칙도 저버리는 짓을 저질렀다.
　따라서 결국 나 행복충만 일벗님은 그따위 기본도 안된 출판사에 해지 통보를 했다.

　그리하여 인터넷에서 출판사를 열심히 검색하여 『하움출판사』을 알게 되었고, 2025년 9월 21일 오후 7:55에 출간 문의를 보내어 새 인연을 맺는구나!
　연락이 와서 내가 출판사로 찾아가겠다고 하자, 우찬석 대표님께서 디자이너를 우리 집으로 보내겠다고 했으며, 김다인 디자이너님을 만나서 출판에 관한 상담을 하고 서로 연락처를 주고받는다.
　특히 행복충만 원고 가운데 아주 중요한 표·사진들을 한글 파일로 보내주었고, 그에 대한 편집 CMYK 파일의 PDF를 받았으며, 그 PDF 파일을 프린터로 출력하여 꼼꼼히 살펴본다. 그 PDF 파일의 색깔은 내가 보내준 한글 파일의 색깔과 비슷하구나? 참으로 놀랍게도 결코 어둡고 흐릿하며 바래지지 아니하고서 밝고 뚜렷하거든!
　따라서 나는 "왜 그럴까?"하고 많은 생각을 해본다? 아마도 나 일벗님 및 하움출판사의 우찬석 대표님과 김다인 디자이너님께서 서로 한 마음으로 어울리려고 애쓰는 사람·마음·뜻이 과학·기계·도구의 문제점을 뛰어넘은 놀라운 일들을 벌어지게 만들어낸 것이라고 감히 헤아린다!

　널따랗고 드높은 자연우주하늘 가운데 우주 모두·은하계·태양계에 속하는 우리 지구가 생긴 뒤로 그동안 45억 년 동안이나 늘 그러했듯이, 자연우주하늘에는 우리네 사람·마음·뜻의 어울림으로 과학·기계·도구의 문제점을 뛰어넘은 일들이 수많이 있구나!!!

우리네 사람을 비롯하여 자연우주하늘의 모든 존재는 자연우주하늘 가운데 널따랗고 드높으며 둥그런 원 안에서 시간(時間; time)이라는 X 축 및 공간((空間; space)이라는 Y 축의 작은 한 점에서 시작하여 선을 그어가면서 하루를 열심히 살아가고 있다고 여긴다.

　시간과 공간은 형이상학·우주론·인지 과학에서 오랫동안 연구되어 온 주요 개념이다. 시간과 공간은 우리네 사람 존재의 가장 기본적인 측면이며, 우리는 시간 속에서 살고 공간 속에서 움직인다. 시간과 공간은 서로 얽힌 두 개념으로서, 시간의 흐름은 공간적 변화를 초래하고, 공간적 관계는 시간적 인식에 영향을 미친다. 시간은 우리네 사람의 경험의 기본적인 측면이며, 지난날·요즘·앞날로 구성되어 있고, 인식적 시간은 개인적이고 주관적인 것으로 개인의 경험과 해석에 따라 달라진다. 공간은 개인이 주변 환경을 인식하고 상호작용하고 있으며, 인식적 공간은 시각·촉각·운동적 단서를 통해 구성되고, 우리는 공간을 3차원으로 인식하지만 그 경험은 문화적 환경적 요인에 따라 영향을 받을 수 있다.

　시간에 대하여 플라톤(Platon)은 영원의 움직이는 이미지, 아리스토텔레스(Aristoteles)는 운동의 측정, 칸트(Kant)는 지각의 순수한 형식이라고 내세웠다.

　공간에 관하여 뉴턴(Newton)은 절대적인 좌표계, 라이프니츠(Leibniz)는 상대적인 것, 칸트는 지각의 순수한 형식이라 여겼다.

　시간 및 공간을 재는 척도는 숫자이다. 먼저 큰 숫자는 영(0:零:zero) / 일(1:一:one) / 십(10:10*1승:十:ten) / 백(100:10*2승:百:hundred) / 천(1,000:10*3승:千:thousand) / 만(10,000:10*4승:萬:ten thousand) / 억(100,000,000:10*8승:億:one hundred million) / 조(1,000,000,000,000:10*12승:兆:trillion) / 경(10,000,000,000,000,000:10*16승:京:ten quadrillion) / 해(100,000,000,000,000,000,000:10*20승:垓: quintillion) / 자(1,000,000,000, 000,000,000,000,000:10*24승秭:sextillion) / 양(10,000,000,000,000,000,000,000,000,000: 10*28승:穰:septillion) / 구(100,000,000,000,000,000,000,000,000,000,000:10*32승:溝: octillion) / 간(10*36승:澗) / 정(10*40승:正) / 재(10*44승:載) / 극(10*48승:極) / 항하사(10*52승:恒河沙) / 아승기(10*56승:阿僧祇) / 나유타(10*60승:那由他) / 불가사의(10*64승:不可思議) / 무량대수(10*68승:無量大數)이다.

　다음에 작은 숫자는 푼(0.1:10*-1승:分) / 리(0.01:10*-2승:厘) / 모(0.001:10*-3승:毛) / 사(0.0001:10*-4승:絲) / 홀(0.00001:10*-5승:忽) / 미(0.000001:10*-6승:微) / 섬(0.000000:10*-7승:纖) / 사(0.00000001:10*-8승:沙) / 진(0.000000001:*-9승:塵) / 애(10*-10승:埃) / 묘(10*-11승:渺) / 막(10*-12승:漠) / 모호(10*-13승:模湖) / 준순(10*-14승:逡巡) / 수유(10*-15승:須臾) / 순식(10*-16승:瞬息) / 탄지(10*-17승:彈指) / 찰나(10*-18승:刹那) / 육덕(10*-19승:六德) / 허공(10*-20승:虛空) / 청정(10*-21승:淸淨) / 아라야(10*-22승:阿頼邪) / 아마라(10*-23승:阿摩羅) / 열반적정(10*-24승:涅槃寂静)이다.

　한편 국제단위계(international system of units; 약칭 SI)에서 각 단위의 양의 크기를 쉽게 나타내기 위해 각 단위의 앞에 붙여 쓰는 접두어로서는 ① 테라(tera:T)- 일조(10*12승) / 기가(giga:G)- 십억(10*9승) / 메가(mega:M)- 백만(10*6승) / 킬로(kilo:k)- 천(10*3승) / 헥토 (hecto:h)- 백(10*2승) / 데카(deca:da)- 십(10*1승) … … … ② 데시(deci:d)- 십분의 일(10*-1승= 0.1) / 센티(centi:c)- 백분의 일(10*-2승 = 0.01) / 밀리(milli:m)- 천분의 일(10*-3승 = 0.001) / 마이크로(micro:μ)- 백만분의 일(10*-6승 = 0.000001) / 나노(nano:n)- 십억분의 일(10*-9승 = 0.000000001)들이 있다.

《나무위키》에 따르면, 사람 1명의 1년 동안의 심장박동 수 : 4,200만 번 / 사람 1명의 적혈구 수 : 100조 개 / 사람 1명의 원자 수 : 7,000자(7×10*27승) 개 / 지구 모두의 원자 수 : 130극(1.3×10*50승) 개가량이다. 한편 아주 조그마한 작은 크기로는 사람 정자 : 60 마이크로미터(μm) = 0.00006 미터(m) = 0.006 센티미터(cm) = 1 센티미터의 1천 분의 6 / 사람 난자 : 130 마이크로미터(μm) / 적혈구 : 8 μm / 피부 세포 : 30 μm 쯤이고 / 코로나 바이러스 : 100 나노미터(nm) = 0.0000001 미터(m) = 0.00001 센티미터(cm) = 1 센티미터의 10만 분의 1 = 0.0001 밀리미터(mm)가량이다.

한편 위의 시간에 대해 나 행복충만 일벗님의 전생들에 대한 생생한 체험 및 깨달음에 대해 살펴보자구나!

지난 1000년을 보내고 새로운 1000년을 맞이하는 2000년 1월 1일이 된다. 나는 우리 집 방에서 여느 때처럼 "행복충만!" 또는 "행복충만! 몸맘보배! 일온자돈!"을 읊조리면서 몸과 마음을 다지는 『행복충만 기도정성』을 드린다. 10분 … 30분 … …

아득해질 무렵에, 서서히 나의 목이 졸리며 숨이 가빠온다. 전에도 그랬던 것처럼 … 그런데 오늘은 목이 점점 더 졸리며 숨통이 꽉 막힐 정도로 점차로 심해지는 것이다. 왜 이럴까? 왜 이러지? 왜? … … …

얼마 뒤에 어떤 모습이 보인다. 우리나라의 일제시대에 나는 태어나서 자라며 젊은 시절에 독립운동을 한다. 독립운동의 특수한 목적으로 정보기관에 들어가 신입교육을 받고 있다. 독립운동의 전력이 들통 나서 나는 일본 군인들에게 쫓기고 산속으로 피해 숨는다. 일본 군인들은 혈안이 되어 나를 찾으려고 하며 나는 동료들의 도움으로 산속에서 이리저리 피한다. 일본 군인들이 동료들을 괴롭히고 회유하며 고문하자, 동료 2명이 밀고하고 내가 숨어 있는 곳으로 일본 군인들을 데리고 온다. 나는 산꼭대기로 점점 쫓기어 올라가며, 일본 군인들은 나를 뒤쫓아 온다. 나는 산꼭대기의 바위까지 올라가서 더 이상 갈 곳이 없어 하늘과 땅을 바라본다. 하늘이여! 어쩌란 말이냐? 땅이여! 어찌 하란 것이냐?
　일본 군인들은 바위 위에 있는 나의 목을 끝이 팔자로 벌어진 막대기들로 사방팔방에서 조이고 있으며, 나는 목을 손으로 감싸고 안간힘을 쓰고 있다. 일본 군인들은 막대기로 내 목을 조여 오고, 나는 참고 견디는 데 숨통이 점점 막혀오고는 이윽고 아득해진다.

그 순간에 내가 태어나서 살아왔던 삶의 길이 주마등처럼 떠오른다. 이어 나를 밀고했던 동료 2명의 얼굴이 보인다. 처음에는 저버림에 대한 원한에 사무치다가, 나중에는 '나라 잃은 우리 민족의 아픔이므로, 저들을 용서하리라!'는 마음이 든다. 아울러 나를 죽인 일본군인들 및 나라 잃은 우리 민족의 아픔과 서러움 … 나아가 내가 전생을 살다가 보고 들으며 느끼고 겪으면서 쌓인 삶의 즐거움과 응어리, 그 모두를 비우고 털며 풀자구나! 그래 전생의 원한들을 다 풀어 버리자구나! 그리고는 결국 목이 꽉 조여지고 옭아 매어져서 나의 숨통이 끊어지고 온몸이 늘어지며 숨을 거두는구나!

아~! 이렇게 나는 바로 앞 전생을 살다가 죽었구나! 나는 전생의 마지막을 목이 조여 숨을 거두었기에, 이 현생에서도 가끔씩 전생의 마지막이 재연됐구나! 그러기에 밤에 자다가 그렇게 목이 타들어 가는 갈증을 느끼곤 하는구나!

"행복충만!" … "행복충만! 몸맘보배! 일온자돈!" … … 1시간 …

계속하여 내가 바로 앞 전생에서 일본 군인들에게 목이 옭아매어 졸리며 죽는 모습, 일본 정보기관 교육 모습, 독립운동 모습, 어린 시절, 태어나는 모습들이 떠오른다. 위와 같이 나는 바로 앞 전생에는 우리나라의 독립운동가로 살았지!
또한 2전(전전)생에는 동학교도, 3전(전전전)생에는 사업가, 4전생에는 과학자(국부은하군), 5전생에는 작가, 6전생에는 어부, 7전생에는 임금, 8전생에는 목사, 9전생에는 무용가, 10전생에는 교육자(극락), 11전생에는 스님, 12전생에는 의사, 13전생에는 요가사, 14전생에는 철학자, 15전생에는 신령(처녀자리초은하단), 16전생에는 음악가, 17전생에는 무사, 18전생에는 농부, 19전생에는 심판관(저승), 20전생에는 신부, 21전생에는 기공사, 22전생에는 나무꾼, 23전생에는 임금(삼계이십팔천 도리천), 24전생에는 스님으로 살았구나!

나는 전생들에서 우리나라를 비롯하여 중국 · 일본 · 인도 · 사우디의 동양 및 영국 · 프랑스 · 독일 · 미국의 서양을 포함하여 이 세상 지구의 여러 나라에서 두루두루 살았는걸!

아울러 세계 여러 나라의 훌륭하신 성현님 및 세계의 4대 성인이신 부처님 · 공자님 · 예수님 · 소크라테스님들과의 인연이 깊어 가르침을 받고 모시며 따르는 모습들이 떠오른다. 특히 부처님 및 예수님과는 아주 깊고 넓은 인연들이 있나 보다. 그래서 11전생 및 24전생에 스님으로 살았으며, 8전생에 목사 및 20전생에 신부로 살기도 했구나! …
2시간 … …

한편 나는 지구와 더불어 달 · 해들의 태양계, 우리 은하 · 국부 은하군 · 처녀자리 초은하단들의 은하계, 관측가능우주 · 외부우주들의 우주 모두의 널따랗고 드높은 자연우주하늘에 널리 펼쳐 있는 이 별 · 저 별, 이 행성 · 저 은하들에서 살았구나!

또한 나는 전생들에 우리가 몸으로 보고 들으며 만질 수 있는 한편, 마음으로 느끼고 헤아릴 수 있는 사람의 존재로 살았지! 아울러 나는 전생들에 우리가 비록 몸으로 보지 못하고 듣지 못하며 만지지 못하지만, 마음으로는 능히 느끼고 헤아릴 수 있는 영혼 · 신령 · 혼령의 존재로도 살았거든!

계속하여 나의 전생들을 꿰뚫어 본다. 나는 종교적으로 욕계 육천 · 색계 십팔천 · 무색계 사천의 삼계 이십팔천, 지옥 아귀 축생 수라 사람 천상의 육범 및 성문 연각 보살 부처의 사성의 십계, 소천세계 중천세계 대천세계의 삼천대천세계, 염라국들의 저승십국, 팔열지옥 팔한지옥의 지옥 및 극락 천국에서 두루두루 살았는걸!

위와 같이 나는 자연우주하늘의 흙 · 물 · 불 · 공기의 한 기운이 모여서 태어났다가, 그 기운이 흩어져 죽어 사라지는 삶의 길을 수없이 되풀이했구나!
"행복충만!" … "행복충만! 몸맘보배! 일온자돈!" … …

나를 밀고했던 동료 2명 가운데 1명은 내가 국가안전기획부에서 일할 때에 바로 앞뒤 번호로 현생에서 다시 만났는데, 내가 전생의 마지막 순간에 나라를 잃는 민족의 응어리이므로 "용서하리라!"고 서원해서인지 전혀 불편함이 없이 잘 지내곤 하였지.

한편 내가 위와 같이 전생들을 꿰뚫은 보는 체험을 한 뒤에는, 서서히 밤에 잠을 자다가 온 몸이 타들어가는 응어리가 점점 풀려지고, 얼마 뒤에는 비로소 그 힘들었던 바로 앞 전생의 목졸려 삶을 마친 그 응어리에서 완전히 벗어날 수가 있었는걸!

나는 위와 같이 전생들을 꿰뚫어 보는 놀랍고도 신비하며 어마어마한 체험 및 깨달음을 증득하고 난 다음에도, 여느 때와 마찬가지로 잠자리에 들어서부터 잠에 푹 빠질 때까지 "행복충만!" "행복충만! 몸맘보배! 일온자돈!"을 읊조리면서 몸과 마음을 다지는 『행복충만 기도 정성』을 항상 드리곤 한다.

그리하여 나는 감히 전생들과 현생 및 내생들에 도도하게 흐르는 시간을 아우르는구나!

흔히 『사람은 작은 우주(小宇宙 : Microcosmus)이다!』라고 한다. 왜 그러할까?
1. 예로부터 동양에서는 사람을 작은 우주라고 불렀다. 우리에게 자연은 대우주였고, 사람은 자연의 모습을 축소한 작은 우주였다.
사람의 머리가 둥근 것은 태양의 상징이고, 발이 넓은 것은 땅의 상징이다. 사람의 두 눈은 사물을 보게 하므로 해와 달을 상징하며, 사람의 눈은 해의 불과 달의 불을 동시에 가지고 있다. 거대한 산맥이 땅의 모양을 결정짓듯이 몸은 뼈로 인해 지탱되고, 강에 물이 흐르듯이 우리 몸에도 피가 흐르며, 자연에 들이 있듯이 사람에게는 피부가 있고, 산천초목이 있듯이 사람에게는 털이 있다.
지구가 오대양 육대주로 구성되듯이 인체도 오장 육부로 구성된다. 대양의 바닷물이 지구의 약 70퍼센트를 이루고, 우리 몸의 수분도 약 70퍼센트이다. 바닷물이 짜듯이 우리 몸도 염분이 없으면 생명을 유지할 수 없으며, 밀물과 썰물이 왔다 갔다 하며 바닷물을 정화하듯이 우리 몸도 들숨과 날숨으로 불순물을 정화한다.
하늘과 땅은 양과 음이고, 사람에게는 남녀가 있다. 1년이 사 계절, 열두 달, 365일이 있는 것처럼, 사람에게는 사지와 열두 개의 대관절 및 365개의 경혈이 있다.
태양계 중심에 불(태양)이 있고 지구 중심에도 불(지구핵)이 있듯이, 몸의 한가운데는 심장이 있다. 지구가 기울어져서 사계절이 생기듯, 심장은 인체의 정중앙이 아니라 왼쪽으로 기울어져서 네 가지 체질을 만들어 낸다. 기와 혈은 해와 달의 작용에 따라 고동치며, 여성의 월경과 바다의 조수는 달의 영향을 받아 고른 주기를 갖는다.
하늘에 아홉 혹성이 있듯이, 사람의 몸에도 아홉 개의 구멍(얼굴에 일곱 개, 하체에 두 개)이 있고, 여기에 여자는 하나(자궁)가 더 있어 새 생명을 탄생시킨다.

2. 고대 그리스 철학자들은 우주의 본질을 이해하려는 처음 시도를 했다. ① 탈레스(Thales)는 만물의 근원을 '물'이라고 주장했고, ② 아낙시만드로스(Anaximandros)는 만물의 근원을 무한한 것 곧 아페이론(apeiron)이라고 생각했다. ③ 피타고라스Pythago-ras는 우주의 조화와 질서를 강조하며 수학적 원리를 통해 우주를 설명하려 했고, 수(數)를 만물의 근원으로 생각했으며, 직각 삼각형의 빗변을 한 변으로 하는 정사각형의 면적은 다른 두 변을 각각 한 변으로 하는 두 개의 정사각형의 면적의 합과 같다는 정리인 피타고라스의 정리를 발견하여 과학적 사고를 구축하는 데에 큰 구실을 했다. ④ 플라톤(Pla-ton)은 이데아(idea)론을 바탕으로 완벽한 천상계와 불완전한 지상계로 우주를 구분했으며, ⑤ 아리스토텔레스(Aristoteles)는 지구 중심적인 우주관을 체계화했다. 이들의 사

상은 서양 철학의 기초를 다졌으며, 후대 우주론에 지대한 영향을 미쳤다.

3. 1490년에 다빈치(daVinci)가 비트루비우스적 사람(Vitruvian Man) 또는 인체 비례도 (Canon of Proportions)를 그렸다. 그는 고대 로마의 건축가 비트루비우스(Vitruvius)가 쓴 《건축 10서》에서 '인체의 건축에 적용되는 비례의 규칙을 신전 건축에 사용해야 한다'고 쓴 대목을 읽고 그렸다고 전해진다. 원문을 옮기면서 고대의 인체 비례론을 그대로 받아들이지 않고 실제로 사람을 데려다 눈금자를 들이대면서 측정한 결과를 글로 적어 두었다. 다빈치는 사람의 손가락과 손바닥, 발바닥과 머리, 귀와 코의 크기들을 숫자로 계산하면서 사람 몸을 기하학적 관점에서 수학적으로 계량화하는 고대 사상을 실험하게 됐다.
다빈치는 "자연이 낸 인체의 중심은 배꼽이다. 등을 대고 누워서 팔 다리를 뻗은 다음 컴퍼스 중심을 배꼽에 맞추고 원을 돌리면 두 팔의 손가락 끝과 두 발의 발가락 끝이 원에 붙는다. … 정사각형으로도 된다. 사람 키를 발바닥에서 정수리까지 잰 길이는 두 팔을 가로 벌린 너비와 같기 때문이다."라고 했다.

4. 1610년에 허준이 펴낸 《동의보감》의 전편을 흐르는 가르침은 '사람은 자연을 닮은 작은 우주'라는 것이다. 자연을 닮은 사람은 자연의 원리를 따라야 하고, 그 원리를 거스른다면 인체의 균형도 깨질 수밖에 없다고 설명한다. 자연스러운 삶이 사람의 도리인 만큼 인륜을 지키는 것이 건강의 지름길이라는 것이다.

위의 동의보감은 '신형장부도'(身形臟腑圖) 곧 신체의 모양과 장기의 위치를 표시한 그림으로 시작한다. 곧 동의보감은 사람의 몸에 대해 설명하면서 누구나 쉽게 알 수 있도록 그림을 넣었는데, 바로 그것이 신형장부도이다. 인체해부도라 알고 있지만 사실 신형장부도는 살아 숨 쉬는 사람을 그린 것이다. 그러므로 눈을 뜨고, 코를 벌름거리면서, 입을 벌리고 있고, 배는 출렁출렁 호흡하는 모습을 그렸다. 신형장부도는 해부도가 아니라 살아 있는 사람의 체내에서 정기신의 흐름과 오장육부의 운행을 그린 일종의 개념도인 것이다. 몸을 살리고 움직이는 생명력을 정(精), 정신 활동을 가능케 하는 힘은 기(氣), 마음의 기운을 신(神)으로 표현한 것이 바로 정기신이다. 신형장부도는 하늘, 땅, 그리고 사람이 어떻게 연결되어 있고 사람 몸속의 오장육부가 정기신의 흐름에 따라 어떻게 배치되는지를 보여주는 것이다. 하늘을 상징하는 머리, 땅을 상징하는 몸, 그리고 머리와 몸을 연결하는 인체의 가장 중요한 부위인 척추가 있다. 이는 하늘과 땅이 지닌 기운과 인체 안의 기운이 척추를 통해 순환하는 자연의 원리를 보여준다. … 하늘에 밤낮이 있듯이 사람에게 잠들고 깨어나는 것이 있다. 하늘에 천둥과 번개가 있듯이 사람에게는 즐거워하고 노여워하는 마음이 있고, 하늘에 비와 이슬이 있듯이 사람에게 눈물이 있다. 하늘에 음양이 있듯이 사람에게 한열(寒熱)이 있고, 땅에 샘물이 있듯이 사람에게 혈맥(血脈)이 있다. 땅에 초목(草木)과 금석(石)이 있듯이 사람에게 모발과 치아가 있다.

5. 1860년대에 키르히호프(Kirchhoff)는 분광기를 통해 햇빛에 들어있는 프라운호퍼(fraunhofer)선인 태양 광선을 분광기로 분해한 스펙트럼 가운데에 나타나는 무수한 암선(暗線)이 지상에서 관찰되는 원소들의 스펙트럼과 일치하는 것을 알아냈다. 곧 우주의 원소는 특별한 것이 아니라는 단서가 잡힌 것이다.
19세기 말에 태양에서 발견돼 태양이라는 그리스어를 따서 이름이 붙여진 "헬륨(helium)" 곧 공기 중에 아주 적은 분량으로 들어있는 비활성 기체로서 무색무취하고 다른 원소와 화합하지 않으며 수소 다음으로 가벼운 기체인 헬륨도 곧 지구상에서 발견됐다. 역시 우주에만 존재하는 원소는 없었다.

6. 1920년대에 태양계를 넘어서서 우주 전체가 공통된 원소들로 만들어졌다는 사실은 한 무명 여학생의 노력의 결과로 알려지기 시작했다. 1920년대에 영국에서 미국 하버드대 천문학과에 유학 온 페인(Payne)은 망원경으로 약한 별빛을 장시간 모아 조사해 본 결과 어느 별에서나 수소의 스펙트럼이 강하게 나타나는 것을 발견했다. 그 후 망원경의 배율이 높아질수록 우주 전체 원소의 4분의 3 정도가 수소인 것이 확실해졌다.

태양계가 1백20억 또는 1백50억 년 전에 빅뱅으로 시작된 우주의 일부라면 지구를 포함해 우주 전체가 공통적인 원소로 이뤄진 것은 당연한 일이다. 사람 체중의 3분의 2는 물인데, 물 분자 하나에는 산소 원자가 한 개이지만 수소 원자는 두 개가 들어있다. 따라서 우주에 가장 많은 수소가 우리 몸에 제일 많은 원소이기도 하다는 점이다.

7. 1985년에 하버드스미소니언센터의 허크라(Huchura) 및 겔러(Geller)가 그동안 밝혀진 우주의 모든 별자리 데이터를 슈퍼컴퓨터에 넣고 단추를 누르니까 이 우주가 놀랍게도 팔다리를 벌리고 서 있는 사람의 모양으로 나왔다고 발표했다. 이는 우리네 사람의 모습을 그대로 확대하면 곧 우주의 모습이 되는 것을 뜻한다.

8. 그러면 우주 및 우리네 사람 사이에는 어떤 비슷한 점이 있을까나? 우주와 우리네 사람 사이에는 아래와 같이 원소 및 구조 면에서 같다.

(1). 우주의 주성분 원소는 수소이고, 우리네 사람의 몸의 주성분 원소도 바로 수소이다. 우주 및 사람은 주성분 원소 면에서 서로 같다. 따라서 우리네 사람은 작은 우주인 것이다.

(2). 우주의 구조적 관계인 "별 》 은하계 》 우주"의 방식이 우리네 사람의 구조적 관계인 "원자 》 세포 》 사람"의 관계에도 그대로 적용된다.

①. ㉠ 우주는 별의 집단이다. 태양과 같은 별이 대략 1천 억(10의 11승) 개가 모여서 은하계를 만들고, 이런 은하계가 대략 1천억 개 모여서 전체 우주를 만든다. 그래서 우주의 은하계 수와 은하계 안의 별의 수가 비슷하다. 따라서 우주에는 100해(垓) 곧 10,000,000,000, 000,000,000,000: 10*22승) 가량의 수많은 별들이 있는 것이다. ㉡ 사람은 원자의 집단이다. 인체에는 원자가 대략 몇 개나 들어있을까? 사람 1명의 원자 수는 7,000자(7×10*27승) 개 정도이다. 나아가 지구 모두의 원자 수는 130극(1.3×10*50승) 개 가량이다.

②. ㉠ 우주의 중간 단계는 은하계이다. 은하계는 태양과 같은 별이 1천 억(100,000, 000,000 : 10*11승) 개가 모여서 만들고 있다. ㉡ 우리네 사람 몸의 중간 구조는 세포이다. 사람 몸에는 세포가 몇 개나 있을까? 그동안 10조 개, 60조 개, 30조 개의 여러 생각들이 있었다. 요즘인 2024년 11월에 우리네 사람들의 몸의 세포는 모두 37조 2천억 개 정도라는 생각이 널리 인정되고 있다.

③. ㉠ 우주는 관측 가능 우주 및 외부 우주를 포함하는 우주 모두로 이루어져 있다. ㉡ 우리네 사람은 2025년 6월 18일 기준으로 82억명 가량이 이 지구상에서 열심히 살아가고 있다.

따라서 우리네 사람은 바로 작은 우주(小宇宙 : Microcosmus)이다!

자연우주하늘의 응어리는 자연이 망가지거나 파괴되며 환경이 물들거나 오염되는 현상이다. 곧 인구 팽창, 식량 생산의 모자람과 부존 자원의 고갈, 생활필수품과 생산을 위한 각종 생산의 대형화와 복잡성, 사람의 무분별한 발전 지향성, 그릇된 공업화로 인해 자연이 망가지거나 파괴되며 환경이 물들거나 오염되는 현상이다.

이런 자연의 오염문제는 인구의 폭발적 증가·자원의 고갈과 더불어 오늘날 인류가 안고 있는 중대한 관심사로 부각되고 있다. 특히 대기오염·물오염·흙오염·악취와 소음·진동은 물론이요, 각종 합성화학물질·농약 살충제의 남용과 무분별한 이용으로 말미암아 그 피해가 날로 급증될 것이 예상되며, 모든 국토의 보전이라는 새로운 차원에서 생태계의 보호운동에 이르기까지 심각한 양상을 띠었다는 사실을 중시하지 않을 수 없게 됐다.

자연의 오염은 아래와 같은 특성이 있다. ① 대기·물·땅들의 오염은 그 영향이 해당 지역은 물론 주변 지역의 많은 사람들에게 직·간접적 영향을 끼친다. ② 자연의 오염은 다수의 지역주민의 건강과 동식물의 생존을 직접적으로 위협하여 다른 어떤 사회문제보다 절박한 문제로 대두된다. ③ 대부분 자연의 오염의 피해가 잠정적이거나 점진적이어서 문제의 심각성을 과소 평가하는 경향이 있다. ④ 환경의 오염은 배출자가 다른 경우가 많다. ⑤ 자연의 오염은 그 회복이 어렵고 기간이 오래 걸리며 많은 대가가 든다. ⑥ 자연의 오염은 관할구역과 책임소재가 불분명하여, 행정적 조치가 어렵게 되는 경우가 많다.

이런 자연우주하늘의 응어리는 공기(대기) 오염, 물(수질) 오염, 흙(토양) 오염과 더불어, 땅 재해(지진), 물 재해(수재), 불 재해(화재), 바람 재해(풍재)들이 있다.

1. 공기(대기) 오염은 일상생활과 생산활동들에서 나오는 유황산화물·질소산화물·일산화탄소·탄산가스·먼지·분진·악취의 오염물질로 인하여, 건강 피해는 물론 생활에 영향을 주어 자연환경을 점유한 사람의 권리를 박탈하거나 재산에 피해를 주는 것이다.

2. 물(수질) 오염은 물에 오염물질의 유입량이 너무 많아져서 그 물이 지니고 있는 자정작용의 능력만으로는 정화되지 않는 경우에 물의 질이 크게 변함으로써, 물의 이용 값어치가 떨어지고 생물이나 사람에게 해로움을 끼치는 자연의 응어리이다.

3. 흙(토양) 오염은 흙에 많은 양의 농약·비료·공장폐수·도시하수들이 흘러들어가서, 흙의 생태학적 변화를 초래하고 농작물의 생육에 장해를 주며 유독화 시키는 것이다.

4. 땅 재해(지진 : 地震)은 지각의 일부에 변형력이 지속적으로 작용하여 바위들이 쪼개질 때에 이 지점에 국지적으로 모인 탄성·화학·중력에너지가 갑자기 방출되어 생긴 지진파가 지면에 도달하면서 일어나는 자연의 응어리이다.

5. 물 재해(수재 : 水災)는 홍수 및 해일이다. 홍수는 비가 너무 많이 내려서 강의 물이 불어넘치는 것이며, 해일은 폭풍이나 지진·화산폭발들에 의하여 바닷물이 비정상적으로 높아져 육지로 넘쳐 들어오는 자연의 응어리이다.

6. 불 재해(화재 : 火災)는 불이 나는 재앙이다. 화재는 발생하는 대상에 따라서 건축물에 발생하는 건물화재, 산림 또는 들에 발생하는 임야화재, 자동차에 발생하는 차량화재, 선박에 발생하는 선박화재, 비행기들에 발생하는 항공기화재, 기타 화재의 여섯 종으로 대별된다. 한편 화재의 원인에 따라 분류하면 방화, 실화, 자연발화, 천재지변에 의한 발화, 기타의 다섯 종류로 구분된다. 아울러 소실 정도에 따르면 전소·반소·부분연소로 분류할 수 있다.

7. 바람 재해(풍재 : 風災)는 주로 태풍으로, 태풍의 중심 최대풍속이 초속 17 미터 이상의 폭풍우를 동반하는 열대성 저기압으로 인한 자연의 응어리이다.

깨끗한 자연우주하늘을 가꾸는 길로서는 아래와 같은 다섯 가지가 있다.

1. 사람을 만물의 영장으로 우월하다고 생각하며 자연을 인류 문명의 객체로 보고 언제나 정복하고 이용할 수 있다고 보는 "사람자연 차별관"을 지양하는 한편, 사람과 자연을 같이 더불어 공존하는 것으로 여기며 자연이 망가지면 사람 사회도 파괴된다고 보는 『사람자연 동등관』을 정립해야 한다.

우리네 사람은 살아가기 위해서 식물이나 다른 동물들을 먹어서 영양을 섭취하는 종속영양의 존재이기 때문에, 사람의 삶은 식물이나 다른 동물들의 생명을 바친 도움이 필수적이다. 그러기에 우리네 사람은 식물이나 다른 동물들을 아끼고 위하며 보호해야 하는 것이 마땅한 도리 및 의무이다. 아울러 사람은 산소를 들이마시고 이산화탄소를 내뱉으며 살아가는 한편, 나무·꽃·풀의 식물은 이산화탄소를 받아들이고 산소를 내보면서 살아간다. 그러기에 우리가 나무·꽃·풀들이 많은 숲이나 산에 가면 산소가 많아 숨쉬기가 잘되고 몸이 편안하며 마음이 가뿐해진다.

이렇듯 사람과 식물을 비롯한 자연은 서로 도움을 주고받는 더불어 사는 공존의 존재인 것이다. 따라서 어서 빨리 『사람자연 동등관』을 정립하여 자연보호활동을 열심히 전개해야 한다.

2. 우리네 사람들이 모두 힘을 합쳐 생태계에 버려진 폐기물을 수거하여 훼손된 자연을 정화하는 자연정화운동, 파괴된 자연을 사람의 의도적 노력에 의해 원상으로 회복시키는 자연복원운동, 흙 자원과 야생 동식물을 보호하는 자원보전운동, 자연 질서의 평형을 깨뜨리는 환경오염을 방지하는 환경보전운동들을 적극적으로 전개해야 한다.

3. 우리네 사람들이 모두 『아나바다(아: 아껴 쓰고, 나: 나눠 쓰며, 바: 바꿔 쓰고, 다: 다시 쓰자)』라는 자연보호운동을 온누리에서 열성적으로 전개해야 하겠다.

4. 이런 자연우주하늘 보호활동은 "보금자리의 자연보호활동, 배움터의 자연보호교육, 일터의 녹색판매운동(Green Marketing), 사회의 자연보호운동, 나라의 자연보호정책, 세계의 자연보호활동"들로 이어지고 있다.

(1). 보금자리의 자연보호활동 : 보금자리에서부터 생활 쓰레기를 줄이고, 자연을 오염시키는 행위를 삼가며, 자연을 아끼고 보호하도록 해야 한다. 특히 환경을 살리는 여성들의 모임에서 많은 주부들이 환경오염을 조리대에서 막으려는 운동을 벌이고 있다.

(2). 배움터의 자연보호교육 : 우리나라는 국민 전체에 대한 효과적이고 체계적인 자연보호교육 실시를 위하여 초등학교부터 대학교의 배움터에 이르는 교육과정을 통해 본격적이고 지속적인 환경교육을 실시해야 한다는 판단 아래, 1982년도에 각급학교 교과서에 환경관계 단원을 수록하여 체계적인 교육을 실시하게 됐다.

(3). 일터의 녹색판매운동 : 자연보호문제에 대한 관심이 높아지면서 일터에서는 『녹색 판매(綠色 販賣 : Green Marketing)』가 도입되고 있다. 녹색 판매란 일터가 그 활동무대가 되는 자연환경을 보호하고 일터가 생산하는 제품을 사는 사람의 삶의 질을 높이고자

하는 것이다. 곧 제품의 개발·생산·유통들의 모든 단계에 걸쳐 환경에 대한 일터의 사회적 책임을 강조하며, 일터가 환경의 보전·개선 노력을 소비자들에게 알림으로써 자연보호문제에 관심을 갖기 시작한 소비자들에게 보다 많은 상품을 팔려는 방안이다.

또한 삼성전자의 크낙새의「한 일터 한 새」운동, 제일제당이 "자연을 푸르게, 환경을 깨끗이"라는 표어로「한 일터 한 산 가꾸기」운동을 전개하여 삼성그룹 모든 계열사에 파급시키고 있다.

더불어 물건값이 조금 비싸더라도 자연을 오염시키지 않는 상품을 선호하는 "녹색소비주의"가 세계적인 흐름으로 잡아가고 있다. 따라서 공인된 환경표가 붙지 않는 상품은 앞으로 국제 수주는 물론 국내 판매조차 어렵게 될 것이고, 환경관련업종에 제 때 진출하지 못한 일터는 경쟁대열에서 낙오하게 될 것이기 때문에 모든 일터에서는 자연보호에 노력을 기울이고 있다.

(4). 사회의 자연보호운동 : 1980년대 후반과 1990년대에 들어서면서 물 파동·페놀 사태 들로 환경에 대한 국민적 관심이 높아지면서 숱한 민간환경단체들이 생겨나기 시작했다. 환경보전협회, 환경보전범국민운동추진협의회, 한살림 모임, 자연의 친구들, 소비자 연맹, YMCA, YWCA, 공해추방운동 시민연합, 배달 환경연구소, 푸른 한반도 되찾기 시민의 모임, 환경운동연합, 녹색연합, 자연보호중앙연맹, 환경실천연합회, 불교환경연대, 기독교환경운동연대, 천주교생태환경위원회들의 120여개 사회단체가 활동 중이다.

세계적으로 유명한 민간환경단체들은 아래와 같다. ① 그린피스(Greenpeace) - 기후 변화, 핵실험 반대, 해양 생태계 보호의 전 세계적 환경 캠페인 수행 / ② 세계자연기금(WWF, World Wide Fund for Nature) - 멸종 위기종 보호, 자연 보전, 지속 가능한 자원 이용 촉진 / ③ 지구의 벗(Friends of the Earth, FOE) - 환경 정의와 사회 정의 통합, 지역사회 환경운동 전개 / ④ 세계야생동물기금(Wildlife Conservation Society, WCS) - 야생동물 보호, 서식지 보전, 생태계 연구 중심 활동을 열심히 하고 있다.

이들 사회단체들은 지구의 날(4월20일)·세계환경의 날(6월 5일) 기념행사와 더불어, 환경보전 캠페인·토론회·공청회 및 산·강 쓰레기 줍기 운동의 갖가지 자연보호활동을 선도하고 있다.

(5). 나라의 자연보호정책 : 나라에서는 자연보호를 위해 환경행정을 펴고 있는데, 환경행정은 사람과 환경의 상태에 대한 공공관리를 뜻한다.

스웨덴의 환경보호청(1967년)·영국의 환경성(1970년)·미국의 환경보호처(1970년)·일본의 환경청(1971년)들의 선진국에서는 1970년 전후로 독립된 환경행정기구를 설치했다.

우리나라는 1980년부터 환경부가 새로 만들어져 일을 시작했다. 1980년 제5공화국 헌법은 제33조에서 "모든 국민은 깨끗한 환경에서 생활할 권리를 가지며 나라와 국민은 환경보전을 위해 노력해야 한다"고 규정하여 환경권을 국민의 기본권리로서 선언하고 있다.

1992년 6월 5일 제20회 세계환경의 날을 맞아「국가 환경 선언문」을 선포하여, 나라와 국민 및 일터의 환경보전 예방대책을 강구토록 명문화했다.

1978년 10월 5일에「자연보호헌장(自然保護憲章)」을 선포했다. 이는 훼손·파괴되어 가는 자연환경에 대하여 세계적으로 일고 있는 자연보호운동에 힘입어 생태학적인 보호의 견지에서 제정된 자연환경보전법과 함께 국민에게 자연환경윤리관을 심어주기 위하여 정부가 선포한 한국의 자연보호에 관한 헌장이다.

또한 우리나라에서는「자연환경보전법(自然環境保全法)」이 1991년 12월 31일에 법률 제4492호로 제정됐다. 이 법은 자연환경을 인위적 훼손으로부터 보호하고, 생태계와 자연

경관을 보전하는 자연환경을 보전 관리함으로써 자연환경의 지속가능한 이용을 도모하고, 국민이 쾌적한 자연환경에서 여유있고 건강한 생활을 할 수 있도록 함을 목적으로 한다.

(6). 세계의 자연보호활동
　세계의 자연보호활동은 주로 유엔 환경회의를 통해서 이루어지고 있다. 유엔 환경회의(UN Conference on Environment and Develop- ment, UNCED)는 는 환경 보호와 지속 가능한 발전을 촉진하기 위해 중요한 국제회의이다.
　①. 유엔 사람 환경회의(1972년 스웨덴 스톡홀름)에서 개최일인 6월 5일을 '환경의 날'로 지정하여 환경에 대한 인식을 증진토록 권고했으며, 이에 따라 1972년 제27차 유엔총회는 매년 6월 5일을 "세계환경의 날"로 지정 공고했다.
　②. 그 밖에 유엔 환경 회의(1992년 브라질 리우 회의), 교토 의정서(1997년 일본 교토), 파리 협정(2015년 프랑스 파리), 글래스고 기후 정상회의(2021년 영국 스코틀랜드 글래스고)들이 열렸다.

9. 넉넉한 돈(돈)

『넉넉한 돈』은 우리의 행복충만에서 마지막 행복이다. 우리 모든 벗님들이 입으며 먹고 살면서 생활하는 데에 꼭 필요한 것은 돈이다. 돈은 우리네 사람이 태어나서 자라고 배우며 일하고 온누리를 살아가면서 반드시 필요한 것이다. 그러기에 넉넉한 돈은 그동안 우리가 행복으로서 앞에서 살펴본 "튼튼한 몸(몸), 가뿐한 마음(맘), 포근한 보금자리(보), 뜨거운 배움터(배), 보람찬 일터(일), 밝은 온누리(온), 깨끗한 자연우주하늘(자)"의 바탕 기틀 밑받침 밑거름 밑바탕 터전이라 할 수 있다.

『넉넉한 돈(Enough Money)』은 우리네 사람들이 일터에서 열심히 일하여 돈을 버는 한편, 예금(보통 / 정기 / 적금)·부동산(땅 / 건물 / 아파트)·주식(코스피 / 코스닥)·복권(로또 / 토토 / 연금복권) 가운데 스스로에게 알맞은 것을 하여 돈이 넉넉하고 여유로운 행복한 상태를 뜻한다. 곧 우리네 사람이 보금자리에서 태어나 자라고 배움터에서 배우며 일터에서 열심히 일을 하며 온누리를 살아가면서 꼭 필요한 돈이 모자라서 쪼들리지도 아니하며, 아울러 돈이 넘쳐서 흥청망청하지도 아니한 정도로 넉넉하고 가득하며 풍족하여 우리네 사람이 보금자리 배움터 일터 온누리 자연우주하늘을 밝고 평온하며 여유있게 살아가는 행복한 상태이다.

『돈·화폐·금전·전·현금·재산·재물·금융·자본·자본금·재정·재무(貨幣·金錢·錢·現金·財産·財物·金融·資本·資本金·財政·財務 : money·cash·-funds·charge·capital·fortune·riches·wealth)』은 사물의 가치를 나타내며 상품의 교환을 매개하고 재산 축적의 대상으로도 사용하는 물건; 상품 교환의 매개물로서 가치의 척도와 지불의 방편 및 축적의 목적물로 삼기 위하여 금속이나 종이로 만들어 사회에 유통시키는 물건; 물건의 값; 물건을 살 때 내는 금액; 무엇을 하는 데 드는 비용; 경제적인 가치가 있는 유무형의 것들을 통틀어 이르는 말; 재물이나 재산을 달리 이르는 말들을 뜻한다.

돈은 한글 기록이 시작된 이래로 줄곧 '돈'이라고 표기됐고, 어형의 변화가 없었으며, 방언에서도 다른 말을 쓰지 않는다.

돈이란 말의 유래에 대해서는 세 가지 학설이 있다. ① 칼을 뜻하는 '도(刀)'에서 유래됐다고 한다. 고려 말까지 '전(錢)'과 '도(刀)'는 화폐를 의미하는 뜻으로 나란히 쓰였고, 소리도 '도'와 '돈'으로 혼용되다가 조선시대에 한글이 만들어진 뒤에 '돈'으로 통일됐다고 한다. ② 고려시대에 '도(刀)'가 무게의 단위 '돈쭝'으로 변용되어 '도'가 '돈'으로 와전됐다는 주장이 있다. ③ '돈'은 '도(刀)'에서 나온 것으로, 그 의미는 사회 정책상의 훈계가 포함된 것이라는 얘기도 있다. '돈'은 한 사람이 많이 가지게 되면 칼(刀)의 화를 입기 때문에 그것을 훈계하기 위해 '돈'을 '도'라 하고 그것을 '돈'으로 읽었다는 것이다. 우리나라 고대 무덤에서 출토되는 명도전 같은 화폐가 칼 모양으로 생긴 것이 이 학설을 직접적으로 증명해주는 것이라는 주장이다.

돈의 어원에 대해서는 두 가지 학설이 있다.
①. '돈다'는 동사에서 유래했고, 한 곳에 머물지 않고 돌고 돌아다닌다는 뜻이라고 한다. 1097년에 의천 스님이 엽전을 만들어 쓰자고 왕에게 건의한 《화폐론》을 지으면서 엽전의 생김새를 들어 그 근거로 삼았다.
②. 돈이란 말은 돌과 관련되어 있는 것으로 보인다. 옛말에서 쓰인 명사형 어미 ㄴ이 ㄹ대신에 쓰이면서 일반 돌과 구별하여 돈이 된 것으로 보인다. 우리말에 한 돈, 한 량에서와 같이 금은의 무게 단위로 쓰이는 돈이란 말이 있는데, 이것도 금전의 돈에서 갈라져 나온 말이다. 우리 선조들이 만들어 쓴 돌돈은 그 어느 민족들보다도 먼저 만들어 쓴 것으로 보인다. 우리나라 여러 지역에서 발굴된 청동기시대 유적들 가운데는 여러 가지 형태의 돌돈 유물들도 있는데 그것은 일찍부터 돈이 사용됐음을 보여준다.

우리네 사람들이 돈을 가지려는 마음에 관한 생각으로서 경제학의 화폐수요이론이 있다. 화폐수요이론(貨幣需要理論; theory of money demand)은 일정 시점에서 사람들이 가지려고 하는 화폐의 양을 뜻한다. 이 화폐수요이론에는 고전학파의 화폐수요이론(피셔의 화폐수량설, 마샬의 현금잔고수량설), 케인즈학파의 화폐수요이론(케인즈의 유동성선호설, 보몰의 재고이론, 토빈의 자산선택이론), 통화주의학파의 화폐수요이론(프리드만의 신화폐수량설)들이 있다.

1. 고전학파의 화폐수요이론
(1). 『피셔(Fisher)의 화폐수량설(貨幣數量說 : quantity theory of money) 또는 거래수량설』은 피셔가 물리학의 기체방정식의 원리를 차용하여 통화공급이 물가에 미치는 동태적인 영향을 밝히고자 시도하여, 교환방정식을 통해 화폐수량설을 간단한 수식으로 새롭게 설명한 것이다. 피셔의 교환방정식은 "M(통화량) × V(화폐유통속도) = P(물가) × Y(실질 GDP)"이다. 이 방정식의 좌변은 일정기간 동안 재화와 용역을 구입하기 위해 지출한 화폐 총액이 되며, 우변은 같은 기간 재화와 용역을 판매하고 그 대가로 수취한 화폐의 총액이 된다. 곧 화폐지출총액 = 화폐수취총액이란 항등식이다.

피셔의 화폐수량설에서는 경제제도나 기술변화가 화폐의 유통속도에 미치는 영향은 장기간에 걸쳐 서서히 나타나기 때문에 단기적으로 유통속도는 일정하다고 가정했다. 곧 화폐의 유통속도는 지불습관, 거래와 관련된 금융제도, 경제제도, 통신, 교통수단 등 제도적이고 기술적인 요인에 의해 결정되며 고전학파는 이러한 제도적, 기술적 요인들은 단기에는 일정하다고 보았으므로 V가 단기적으로 일정하다고 가정했다. 유통속도가 일정하다면 통화량의 변화가 명목 GDP를 비례적으로 변화시킨다는 것이다.

또한 화폐수량설은 유통속도와 총생산량은 고정되어 있다고 가정한다. 곧 화폐의 유통속도를 결정하는 습관이나 제도는 크게 변하지 않으며, 변한다고 해도 완만하게 서서히 변한다. 따라서 화폐의 유통속도는 일정하거나 일정함에 가깝기 때문에 유통속도는 불변으로 간주할 수 있다. 또한 총생산량은 완전고용수준의 산출량이기 때문에 일정하다고 가정한다.

(2). 『마샬(Marshall)의 현금잔고수량설(現金殘高數量說 : cash balance theory of money)』은 물가수준 또는 화폐가치가 화폐의 공급과 수요에 의해서 결정된다는 것이다. 곧 공급되는 화폐량의 크기와 사람들이 수중에 보유할 목적으로 수요하는 화폐의 크기, 곧 현금잔고에 의해서 결정된다고 한다.

마샬의 현금잔고방정식은 "M=kPy 또는 M=kY"이다. (M : 통화량, y : 실질국민소득, Y : 화폐국민소득, P : 물가수준, k : 마샬의 k로서 화폐국민소득(Y=p·y) 중에서 국민이 화폐형태로 보유하고자 하는 비율을 가리킨다.)
위 식에서 화폐국민소득 Y를 지출면에서 파악하면 Y=MV가 된다(M : 통화량 V : 화폐의 소득유통속도). M=ky에다 y=MV를 대입하면, M=ky=kMV, 따라서 kV=1 즉 이 된다. 다시 말해 k와 V는 역수관계에 있다.
마샬의 현금잔고수량설에서는 화폐구매력, 곧 물가수준이 어떻게 결정되느냐 하는 요인을 분석함에 있어 소비자와 기업 등의 개개 경제주체가 그들의 소득과 자산에 대해 얼마만큼을 화폐로 보유하려 하느냐 하는 화폐수요에 주목했다.
현금잔고수량설은 화폐수요량을 결정하는데 경제주체의 의사와 선택에서 구하는 동기분석 방법을 사용하고 있다. 그리하여 현금잔고설은 물가수준 또는 화폐가치가 화폐의 공급과 수요에 의해서 결정된다는 것이다. 즉 공급되는 화폐량의 크기와 사람들이 수중에 보유할 목적으로 수요하는 화폐의 크기, 곧 현금잔고에 의해서 결정된다고 한다.

2. 케인즈학파의 화폐수요이론
(1). 『케인즈(Keynes)의 유동성 선호설(流動性 選好說; theory of liquidity preference)』은 화폐 공급량과 자산의 일부를 유동성이 가장 높은 화폐로 보유하려는 사람들의 욕구와의 관계에서 이자율이 결정된다는 이론, 곧 이자율결정 이론이다.

케인즈는 1936년에 쓴 《고용·이자 및 화폐의 일반이론(general theory of employment, interest and money) 또는 일반이론》에서 유동성 선호설을 내세웠다.

케인즈는 유동성이란 일반적으로 어떤 자산이 그 가격의 손실 없이 즉석에서 일반적 구매력을 갖는 화폐와 교환될 수 있는 가능성의 정도라고 한다. 따라서 모든 자산은 이와 같은 일반적 의미에 있어서의 유동성을 가지며, 화폐는 100% 유동성을 갖는다. 그러므로 유동성 선호란 결국 유동성을 선호하는 것, 곧 화폐에 대한 수요를 의미한다.
또한 케인즈는 통화량과 경제전망에 의하여 크게 영향을 받는 유동성선호가 이자율을 결정하고 이것이 실물부문에 큰 영향을 주는 요인으로 이해했다. 곧 이자는 저축이나 대부 자본에 대한 보수가 아니라 유동성 선호 경향을 포기한 것에 따른 대가라고 했다.

한편 케인즈는 화폐 그 자체로서 아무 수익도 가져다 주지 않는데도 불구하고 사람들이 화폐를 보유하고자 하는 동기, 곧 유동성 선호의 동기를 "거래적 동기, 예비적 동기, 투기적 동기"의 세 가지로 분류하여 설명했다.

①. 거래적 동기(transaction motive) : 일상 생활에 필요한 거래를 위하여 화폐를 보유하고자 하는 동기를 말한다.

②. 예비적 동기(precautionary motive) : 장래에 있어서의 예측 불가의 용도에 대비하기 위하여 화폐를 보유하고자 하는 의욕을 말한다.

위의 두 가지 동기에 의한 화폐수요는 모두 소득 Y의 함수라 볼 수 있다. 즉 소득이 높으면 이 두 가지 동기에 의한 화폐수요가 많아지고, 소득이 낮으면 낮아진다고 할 수 있다. 이 두 동기에 의한 화폐수요량을 M1으로 표시한다면 M1=kY로 된다. 이것은 화폐의 기능을 거래의 매개수단으로 여기는 현금잔고방정식과 마찬가지이므로, 케인즈는 M1에 대해서는 화폐수량설의 이론이 그대로 적용될 수 있다는 것을 인정했다.

③. 투기적 동기(speculative motive) : 케인즈 화폐이론의 진면목은 투기적 동기에 의한 화폐수요에 있다. 사람들은 단순히 어떤 지출을 하기 위한 목적에 의해서만 화폐를 보유하는 것이 아니라, 화폐도 다른 모든 자산과 마찬가지로 가치를 보장할 수 있는 하나의 자산이므로, 다른 모든 자산과 비교하여 화폐를 보유하는 것이 더 유리하다고 생각될 때 화폐를 보유하는 것이다. 곧 자본주의 사회에서는 개인이나 기업을 막론하고 모든 경제주체는 항상 여러 가지의 금융자산을 보유하고 있으며, 경제여건 및 전망의 변화에 따라서 항상 보유하는 자산을 선택하고 조정하는 것인데, 이와 같은 자산선택의 일환으로 화폐수요도 항상 조정되는 것이다. 이러한 경제주체의 행태는 화폐의 기능에 있어 거래의 매개수단과 함께 가치저장수단인 점을 중요시한 것이다. 그러나 다른 수익자산(주식이나 사채)을 보유하는 대신 화폐를 보유하면 기회비용으로서의 이자를 희생하게 된다. 그러면 사람들은 어떤 수준의 이자율에서 어느 정도의 화폐수요를 원하겠는가? 이에 대해 케인즈는 화폐에 대한 수요는 결코 실제 이자율에 의하여 결정되는 것이 아니라, 앞으로 기대되는 예상 이자율에 의하여 결정된다고 보았다.

케인즈에 의하면 사회에는 어떤 수준의 정상 이자율이라는 것이 있어, 실제 이자율이 정상이자율보다 낮으면 사람들은 앞으로 이자율이 오를 것을 예상하는 한편, 반대의 경우에는 사람들은 앞으로 이자율이 내릴 것으로 예상한다고 보았다. 이처럼 케인즈는 누구보다도 경제에 있어서의 기대와 그에 입각한 심리적 측면을 강조했다. 이 때 만약 실제이자율이 어떤 정상적인 수준보다 낮으면 낮을수록, 한편으로는 화폐를 보유함으로써 희생해야 하는 기회비용(이자)이 낮아져서 채권을 구입하는 대신 화폐를 보유할 유인이 클 것이고 또 다른 한편으로는 가까운 장래에 이자율이 상승할 것이 확실시 되므로, 지금 채권을 사면 곧 그 가격이 하락할 것이 예상되어 자본손실을 피하기 위해서도 화폐를 보유할 유인이 더욱 커질 것이다. 실제이자율이 정상이자율을 초과하는 경우에는 지금까지 살핀 바와는 정반대의 이유로 화폐를 보유하고자 하는 의욕은 작아질 것이다. 그러므로 투기적 동기에 의한 화폐수요는 주어진 소득수준에서 이자율이 높으면 높을수록 투기적 동기에 의한 화폐수요는 적어지고 이자율이 낮으면 낮을수록 화폐수요는 많아진다고 생각했다.

(2). 『보몰(Baumol)의 재고이론(在庫理論; theory of inventory)』은 화폐를 일종의 재고로 간주하고 개인이나 기업이 화폐보유의 편익(유동성의 확보 혹은 거래비용의 절감)과 그로 인한 기회비용(이자수입의 상실)을 서로 비교하여 적정 화폐보유수준을 결정하게 된다은 생각이다. 이는 케인즈의 거래적 화폐수요가 소득과 이자율의 함수라고 봄으로 케인즈 이론을 보완했다.

보몰의 재고이론에 따르면, 거래적 화폐수요는 명목소득의 증가함수이고 이자율의 감소함수, 예비적 화폐수요가 소득의 증가함수이며 이자율의 감소함수라는 것이다. 이는 케인즈의 거래적 동기에 의한 화폐수요를 비용극소화 측면에서 미시적으로 분석한 것이다.

(3). 『토빈(Tobin)의 자산선택이론(資産選擇理論; theory of portfolio)』은 통화의 가치저장 수단으로서의 역활을 강조하며 사람들이 화폐를 최선의 자산선택의 일부로 보유하기를 원한다는 것이다. 사람들은 자산을 운용할 때 자산수익율과 더불어 예상된 자산수익이 발생하지 않거나 오히려 마이너스 수익이 발생할 위험도 함께 고려한다는 것이며, 사람들은 위험 기피적이라고 가정했다. 곧 위험이 작으면 수익율이 낮은 자산도 기꺼이 보유하려 한다는 것이다. 주식이나 채권의 기대수익율이 화폐의 기대수익율보다 높을 경우에도 화폐는 주식이나 채권보다 위험이 작으므로 사람들은 여전히 재산의 축척수단으로 화폐를 보유할 수 있다는 것이다.

3. 통화주의학파의 화폐수요이론
(1). 『프리드먼(Friedman)의 신화폐수량설(新貨幣數量說; new quantity theory of money)』은 고전학파의 화폐수량설의 특징과 케인즈의 투기적 화폐수요의 특징을 접목시킨 이론이다. 곧 고전적 화폐수량설을 기초로 하고 케인즈의 투기적 화폐수요의 결정요인인 자산수익(이자율)을 도입해 모형을 만들었다.
　이 신화폐수량설은 화폐수요이론에 있어 하나의 분석의 시각을 제시한 것으로, 화폐를 하나의 자산으로 보고 화폐이론을 자산 내지 자본에 관한 이론의 테두리 안에서 고찰하여 화폐수요에 관한 이론을 화폐이론의 중심으로 삼고 있는 것이다. 프리드먼은 다른 자산을 보유함으로써 용역이나 이익을 얻듯이 화폐를 보유함으로써도 일련의 용역을 얻는다고 보았다. 이러한 일련의 용역은 화폐 보유고가 크면 클수록 그로 인한 용역의 가치는 다른 자산으로 인한 용역의 가치보다 작아진다고 가정했다.
　또한 그는 화폐수요분석에서 화폐보유액을 한정하는 예상제약조건과 화폐보유로 인한 기회비용을 측정하는 적절한 변수의 모색에 많은 노력을 경주했다.

　아울러 프리드먼은 대공항 시기 통화량이 급감했다는 실증분석을 통하여 명목소득과 통화량의 비례관계를 주장했고 이를 이론화한 것이 신화폐수량설이다. 신화폐수량설은 통화의 중요성을 강조하는 통화주의 학파가 등장하는 이론적 초석이 됐다.

　프리드먼에 따르면 화폐수요는 개인의 부와 화폐를 포함한 각종 자산의 수익률의 함수이다. 따라서 화폐수량설은 각 대체자신의 수익률을 비교해서 자신의 최적 화폐수요량을 결정한다는 점에서 신고전학파경제학의 핵심인 효용극대화 원칙을 충실하고 있다. 이자율의 변동에 따라 화폐의 기대수익률은 변하지만 채권의 기대수익률이 같이 변동하여 화폐의 상대적수익률은 일정하다고 프리드먼은 보았기 때문에 이자율이 화폐수요에 별 영향을 미치지 않는다고 주장한다. 결국 화폐수요는 항상소득이 가장 중요한 변수가 된다. 부는 경험적으로 추정하기 쉽지않기 때문에 부의 대용변수로 항상소득을 사용하고 일시적인 물가수준의 변동이 개인의 화폐수요에 영향을 미치지 않기 때문에 변동이 연속적이 항상물가에 의해 화폐수요가 변동한다고 보았다.
　프리드먼은 화폐공급은 본원통화에 의해 기계적으로 결정되기 때문에 외생성을 갖는다고 보고 본원통화의 공급의 변화가 통화공급을 변화시키고 나아가 화폐수요와의 균형을 유지하기 위해서 명목소득까지 변화시키기 때문에 화폐총량을 규제함으로써 경제를 안정적으로 조정할 수 있다고 보았다.

곧 프리드만의 신화폐수량설의 정책적 함의는 통화량을 정책변수로 삼아 조정함으로써 경제를 관리할 수 있다는 것이다.

우리네 사람들이 넉넉한 돈을 위하여 흔히들 하고 있는 것은 『예금, 주식, 부동산, 복권』들이 있다. 이들을 재테크(財tec)라고도 부르는 데, 한자 '재무(財務)'와 영어 'technology'의 합성어인 '재무 테크놀로지'를 줄여 만든 말이다. 재테크는 본래 기업 경영에서 사용되던 용어지만, 나라살림 망가짐 사태(IMF) 이후 경제에 대한 관심이 높아지면서 자산을 안전하게 불려 나가려는 일반 가계에서도 쓰이게 된 말이다.

1. 『예금 · 저축 · 저금(預金 貯蓄 貯金 : saving, deposit, savings account, checking account)』은 돈을 일정한 계약에 의하여 은행 증권사 보험사 우체국 카카오뱅크들의 금융기관에 맡기고, 이에 따른 이자를 수익으로 얻는 경제활동이다. 이런 예금들로서 금융기관에 취급하고 있는 것을 금융상품(金融商品 : financial instruments)이라 부른다.

우리나라의 중앙은행인 한국은행은 국민들이 경제적 자립기반을 갖추는 데에 꼭 필요한 금융상식과 저축하는 방법들을 소개한 금융생활 안내책자로 《서민들의 금융생활 길라잡이》를 2007년 6월 초판 및 2012년 12월 개정판을 발간했다. 이어 2018년에는 책 제목을 《알기 쉬운 금융생활》로 변경하여 새롭게 발간했다. 위의 책에 따른 예금의 갈래는 8가지이다.

(1). 입금과 출금이 자유로운 금융상품 : 보통예금, 저축예금, 가계당좌예금, 시장금리부 수시입출금식예금(MMDA), 단기금융상품펀드(MMF)들이다.
(2). 목돈을 불려 나가는 금융상품 : 정기예금, 정기예탁금, 실세금리연동형 정기예금, 양도성예금증서(CD), 환매조건부채권(RP), 기업어음(CP), 발행어음, 표지어음, 어음관리계좌(CMA), 특정금전신탁들이다.
(3). 목돈 마련을 위한 금융상품 : 정기적금, 농어가목돈마련저축들이다.
(4). 보험관련 금융상품 : 연금보험, 종신보험, 건강보험, 변액보험, 연금저축보험, 장기저축성보험, CI보험, 실손의료보험들이다.
(5). 노후자금 마련을 위한 금융상품 : 연금저축, 주택연금(역모기지론)들이다.
(6). 교육자금 마련을 위한 금융상품 : 장학적금, 교육보험들이다.
(7). 대출을 받기 위한 금융상품 : 상호부금, 신용부금, 종합통장들이다.
(8). 외화예금관련 금융상품 : 외화보통예금, 외화정기예금, 외화적립식예금들이다.

한편 위와 같은 예금 적금 펀드 대출 연금 보험들을 한눈에 살펴볼 수 있는 인터넷으로서 "금융감독원 금융상품 한눈에 홈페이지(finlife.fss.or.kr)"가 있어 참으로 유용하다.

2. 『주식(株式 : stock, share)』은 주식회사의 자본을 이루는 단위로서의 금액 및 이를 전제로 한 주주의 권리 · 의무를 뜻한다. 주식 시장(株式 市場 : stock market)은 주식을 매매하는 시장으로서, 크게 나누어 주식이 처음 발행되는 발행시장 및 발행된 주식이 유

통되는 유통시장의 2가지로 볼 수 있다. 또한 유통시장은 증권회사가 증권거래소를 거치지 않고 처리해 버리는 장외시장, 거래소를 거치는 거래소시장으로 나누어진다. 그러나 흔히 이 중에서 거래소만이 구체적인 실내시설을 갖춘 조직된 시장이기 때문에, 주식시장이라고 하면 이 거래소시장을 뜻한다. 또 증권시장에서는 채권도 같이 매매되지만, 주식이 주가 되어 매매되고 있기 때문에 주식시장을 증권시장이라고도 한다.

이런 주식시장은 유가증권 시장(코스피 시장), 코스닥 시장, 코넥스 시장으로 나눈다.
(1). 유가증권 시장은 우리나라의 증권거래소인 한국거래소에 상장된 회사들의 주식들이 사고 팔리는 시장을 뜻하며, 이를 코스피(KOSPI: Korea Composite Stock Price Index) 시장이라고도 한다. 우리나라의 유가증권시장은 1956년 처음 개설됐다. 유가증권시장의 종합 주가지수는 우리나라의 증권거래소인 한국거래소의 유가증권시장에 상장된 회사들에 주식 에 대한 총합인 시가총액의 기준시점과 비교시점을 비교하여 나타낸 지표; 또는 한국거래소 에 상장된 기업의 주식가격에 주식수를 가중평균한 시가총액지수이다. 아울러 유가증권시장 의 종합주가지수를 "코스피" 또는 "코스피 지수"라고도 한다.

(2). 코스닥(KOSDAQ) 시장은 전자거래시스템으로 운영되는 한국의 장외 주식거래시장이 다. 코스닥시장은 첨단벤처기업 중심 시장인 미국의 나스닥(NASDAQ) 시장을 본떠 만든 것 으로서, 증권거래소 시장과는 다른 별도의 시장이다. 코스닥 시장은 1996년 7월에 중소기업 및 벤처기업의 자금조달 창구를 마련하는 한편 일반투자자에게 새로운 투자수단을 제공하기 위해 개설됐다. 코스닥 시장은 증권거래소와 같은 특정한 거래장소가 없고 컴퓨터와 통신망 을 이용해 주식을 매매하는 전자거래 시장으로, 증권거래소에 비해 덜 규제되고 비교적 진입 및 퇴출이 자유롭다.

《e-나라지표(index.go.kr)》에 따르면, 우리나라의 2025년 6월말 주식의 상장회사 수 합 계는 2,765개인데, 유가증권시장은 849개이고, 코스닥시장은 1,916개이다. 또한 주식의 시가총액 합계는 3,300조 원인데, 유가증권시장은 2,846조 원이며, 코스닥시장은 454조 원이다.

(3). 코넥스(KONEX) 시장은 코스닥시장 상장 요건을 충족시키지 못하는 벤처기업과 중소 기업이 상장할 수 있도록 2013년 7월 1일부터 개장한 중소기업 전용 주식시장이다. 곧 우수 한 기술력을 보유하고 있음에도 불구하고 짧은 경력들을 이유로 자금 조달에 어려움을 겪는 초기 중소기업과 벤처기업이 자금을 원활하게 조달할 수 있도록 하기 위해 설립됐다. 이 코 넥스 시장은 일정 요건을 갖춘 비상장 기업에 문호를 개방하기 위해 개설하는 유가증권시장, 코스닥시장에 이은 제3의 주식시장을 일컫는다.

주식투자(株式投資 investment in stocks)는 시세차익을 목적으로 주식회사의 증권을 사 고 파는 투자 활동; 또는 유가증권의 매매를 통해 시세차익을 얻으려는 행위들을 뜻한다. 선 물 및 옵션과 같은 파생상품에 투자하는 것은 주식투자라 부르지 않으며, 현물 투자만을 주 식투자로 일컫는다. 그 대상은 상장주식이 될 수도 있고 비상장주식이 될 수도 있으나, 코스 피 및 코스닥의 주식시장에서는 상장주식만이 매매가 가능하므로 일반적으로 상장주식의 매 매를 일컫는 경우가 많다.
과거에는 객장에서 주문하거나 주식 브로커들을 통하여 매매했으나, 인터넷의 발달로 현 재는 컴퓨터를 이용한 직접 투자가 늘었으며, 매매의 편이성으로 인해 단타매매도 많이 늘었다.

주식투자의 기원은 중세시대 이후 중계무역과 무역선을 통한 유한회사로 출발했으며, 현대 사회에서는 가장 복잡하면서도 어려운 재테크의 한 방식으로 자리 잡고 있다.

주식투자의 방법으로서, 주식투자는 진입장벽이 없기에, 신분증만 가지고 가까운 증권사 또는 은행에 방문하여 원하는 증권사의 계좌를 개설한다. 이어 개인 투자자가 객장에 나가지 않고 집이나 사무실에서 주식과 파생상품들의 금융투자거래를 할 수 있게 하는 컴퓨터 프로그램인 HTS(Home Trading System)를 컴퓨터에 설치하면 거래가 가능하다.

주식투자의 시간은 평일 오전 7시 30분부터 장전 시간외 거래, 8시10분부터 동시호가 주문이 가능하다. 정규 장은 오전 9시부터 오후 3시 30분까지 거래된다. 장 마감 뒤에는 3시 40분부터 4시까지 장후 시간외 거래가 가능하며, 오후 4시 10분부터 6시까지는 시간외 단일가 거래가 가능하다.

주식투자의 주체는 크게 개인 및 기관으로 분류한다. 투자 주체가 개인인 경우 개인투자자라고 하고, 회사나 법인인 경우 기관이라고 부른다.

주식투자의 기법은 보유 기간에 따라 크게 장기투자와 단기투자로 나눈다. 장기 투자는 우량주를 매입하여 향후의 가치상승을 기대하고 오랜 기간 장기 보유하는 것을 말하며, Buy and Hold라고도 한다. 기업 가치를 보고 투자하는 것이므로 가치투자라는 용어로 잘 알려져 있다. 보유 기간은 주로 1년 이상을 의미한다.
단기 투자는 기업가치보다는 기술적 분석에 의거하여 단기간의 등락을 예측하는 방식이다. 단타 매매는 주로 하루 이내의 기간으로 주식을 매매하는 것을 의미하는 데, 당일 산 주식을 그날 장이 끝나기 전에 매도하는 것을 주로 뜻하며, 전날 산 주식을 다음날 파는 매매까지 포함시키기도 한다. 단타보다는 긴 기간으로 즉 하루 이상 1주일 이내의 기간으로, 일반적으로는 2~3일의 기간을 두고 매매하는 것을 스윙(swing) 매매라 부른다. 이보다 짧은 시간 곧 수분~수초의 시간에 매수와 매도를 반복하는 방식을 초단타 또는 스캘핑(scalping)이라 부른다.

주식투자의 분석 기법은 기본적 분석 및 기술적 분석이 있다.
기본적 분석으로서 기업 가치를 분석하는 방법으로 PER(주가수익률), PBR(주가순자산비율)들의 현재 이익 또는 보유자산 대비 주가의 정도를 파악할 수 있는 기준이 널리 쓰인다.

기술적 분석으로서 주가 차트는 하루 단위, 주 단위, 또는 월 단위로 시가와 종가, 고가와 저가를 하나씩의 캔들에 표시하는 캔들 차트(candlestick chart)가 많이 쓰인다. 기본 단위가 하루인 경우 캔들을 일봉이라 하고, 한 주인 경우 주봉, 한 달인 경우 월봉이라 한다. 장중에는 분 단위로 표시된 캔들 차트도 많이 쓰이는 데 이를 분봉 차트라 한다. 종가가 시가보다 높은 경우를 양봉이라 하며 보통 빨간색으로 표시하고, 종가가 시가보다 낮은 경우는 음봉이라 하며 보통 파란색으로 표시한다.

주가 차트 외에 가장 기본적인 보조지표로는 이동평균선과 거래량을 꼽는다. 특히 투자 시에 거래량은 매우 중요한 지표로 간주되는 데 그 이유는 주가는 조작할 수 있어도 거래량은 속일 수 없기 때문이다. 따라서 '주가는 거래량의 그림자이다'라는 격언이 주식 시장에서는 널리 알려져 있다. 이를테면 주가는 크게 상승했는데 거래량은 얼마 되지 않는 경우, 주가조작 세력의 시세 조종 가능성을 배제할 수 없다.

　다양한 기술적 분석 방식을 알고리즘(algorism)으로 만들어 컴퓨터 프로그램으로 자동 매매를 할 수 있다. 이를 알고리즘 트레이딩, 시스템 매매, 프로그램 매매들이라 부른다.

　3.『부동산(不動産 : property, real estate, realty; real property, immovables)』은 움직여서 옮길 수 없는 재산이다. 부동산이 지나치게 높으면 서민 경제가 무너진다. 집값이 월세까지 올리는 데 부동산이 급등하면 무주택자는 살 길이 막막하다. 그렇다고 내려가는 것이 마냥 좋지도 않다. 부동산이 급락할 때에는 중산층이 박살날 위험이 있다. 특히 한 가정 입장에서 부동산의 급락은 소비 경기니 뭐니 하는 것과는 손해나는 돈의 규모부터가 큰 차이가 난다. 일반적인 중산층의 자산구조에서 부동산의 비중이 상당하기 때문이다.

　더불어 "님비(NIMBY, Not In My Back Yard ; 우리 뒷마당에는 안 된다는 혐오 시설 거부라는 사회현상을 일컫는 말)" 또는 '핌피(PIMFY, Please In My Front Yard ; 우리 앞마당에 좋은 시설을 지어달라는 선호 시설 유치라는 사회현상을 일컫는 말)'라는 현상이 벌어지는 한편, 선심성 용적률 상향과 사회간접자본 건설들이 이루어지는 것도 같은 이유다. 그만큼이나 정부의 적절한 대응이 필요한 분야이고, 부동산 정책은 정부의 경제 능력을 평가하는 주요한 잣대 가운데 하나이다.

　부동산은 법률적 측면으로 살펴보면 우리나라 민법 제99조 제1항에서 "토지 및 그 정착물은 부동산이다"라고 규정되어 있듯이, 토지 및 그 정착물이다. 부동산은 토지 또는 땅이다. 또한 부동산은 토지의 정착물이다. 토지의 정착물이란 토지에 고정되어 있어 용이하게 이동할 수 없는 물건으로서, 그러한 상태로 사용되는 것이 그 물건의 거래상의 성질로 인정되는 것을 말한다. 이 토지의 정착물에는 주택 아파트 빌딩의 건물이 있으며, 또한 수목 교량 돌담 도로포장 도랑들이 있다.

　부동산의 종류로서 땅(토지)과 함께, 건물, 아파트, 빌딩, 상가, 오피스텔들이 있다.

　(1).『땅 또는 토지(土地 : land, ground)』는 경지나 주거지의 사람의 생활과 활동에 이용하는 땅 또는 사람에 의한 이용이나 소유의 대상으로서 받아들여지는 경우의 땅을 뜻한다. 또한 토지는 법률적으로는 물권의 객체가 되는 땅이며, 경제적으로는 생산의 요소나 자본이 되는 땅이다.
　토지는 법률상으로는 물권의 객체가 되는 땅이다. 자연적 특질에 의해 그 정착물과 함께 부동산을 형성하며(민법 제99조 1항), 동산과는 여러 가지 점에서 대립한다. 경제상의 토지의 의미는 단지 토지만을 의미하는 것이 아니라 공기 물 토지 열들의 자연이 사람에 도움을 줄 수 있는 물질과 일체의 자연 은혜를 포괄하는 개념이다.

　토지에 대한 생각으로서 경제학상의 지대론 또는 지대설이 있다. 지대(地代 : rent)란 토지와 같이 공급이 고정된 생산요소가 생산과정에서 제공한 서비스에 대한 대가로 지불되는 돈을 뜻한다. 지대론에는 리카도(Ricardo)의 차액지대론, 마르크스(Marx)의 절대지

대설, 마샬(Marshall)의 준지대설, 오펜하이머(Oppenheimer)의 독점지대론, 그 밖의 생각들이 있다.

(2). 『건물 또는 건축물(建物, 建築物 : building, structure; tower, skyscraper, hall, edifice)』은 땅에 붙어서 곧 정착하여 지붕 기둥 벽 창 바닥으로 구성하여 일정한 형상을 갖추고 있으면서 주거나 업무 및 영업의 용도에 쓸 수 있도록 만든 건조물이다.

우리나라에서는 건물을 토지와는 완전히 독립된 별개의 부동산으로서 규정하고 있으며, 토지등기부와는 따로 건물등기부를 두고 있다(부동산등기법 14조). 따라서 토지와는 따로 거래의 대상이 되며 그에 관한 권리의 득실변경은 원칙적으로 등기하여야 효력이 생긴다(민법 186조). 반면에 미국의 외국들에서는 건물을 토지의 일부로 인정한다.

한편 건물의 개수를 정하는 것도 역시 사회통념 또는 거래관념에 의해야 하며, 물리적 구조에 따라 정할 것이 아니다. 1동의 건물의 일부라도 독립하여 소유권의 객체가 될 수 있음은 민법이 이른바 구분소유로서 인정하고 있다(민법 215조). 그러나 건물의 구성부분이라고 보아야 할 것 곧 차양 덧문들은 독립하여 물권의 객체가 될 수 없다고 할 것이다.

2017년 2월 3일에 개정된 건축법 시행령 제3조의 5 『용도별 건축물의 종류』는 "단독주택, 공동주택, 제1종 근린생활시설, 제2종 근린생활시설, 문화 및 집회시설, 종교시설, 판매시설, 운수시설, 의료시설, 교육연구시설, 노유자시설, 수련시설, 운동시설, 업무시설, 숙박시설, 위락시설, 공장, 창고시설, 위험물 저장 및 처리 시설, 자동차 관련 시설, 동물 및 식물 관련 시설, 자원순환 관련 시설, 교정 및 군사 시설, 방송통신시설, 발전시설, 묘지 관련 시설, 관광 휴게시설, 장례시설, 야영장 시설"의 모두 29개이다.

《e-나라지표(index.go.kr)》에 따르면, 2024년말 건축물 용도별 현황통계로서, 모든 건축물은 7,421,603채이다. 세부적으로 주거용은 4,573,035채(62%)이고, 상업용은 1,412,684채(19%)이며, 공업용은 349,214채(5%)이고, 교육 사회용은 204,824채(3%)이며, 그 밖은 881,846채(12%)이다.

(3). 『아파트(apart, apartment, apartment building, apartment house, apartment block, flat, block of flats)』는 공동 주택 양식의 하나로서 5층 이상의 건물을 층마다 여러 집으로 일정하게 구획하여 각각의 독립된 가구가 생활할 수 있도록 만든 주거 형태이다. 아파트(apart)라는 말은 '분리하다'라는 뜻의 라틴어에서 유래됐다. 아파트는 한 채의 건물 안에 독립된 여러 세대가 살 수 있게 구조된 공동주택으로, 건축법 시행령은 5층 이상의 공동주택으로 규정하고 있다. 건축법 시행령에서는 5층 이상의 공동주택을 아파트라 규정하여, 4층 이하의 연립주택과 구분하고 있다.

아파트는 단독주택을 여러 채 겹쳐 놓은 것인데, 주택을 집합시켜 고층화하면 여러 가지 이점이 있다. 특히 우리나라의 경우는 국토가 좁아서 단독주택을 아파트로 대치함으로써 경제적으로 건축대지와 건축공사비를 절약하고, 도시의 평면적 확장을 방지할 수 있다. 또한 도로 및 그 밖 공공시설을 절약할 수 있고, 좁은 국토를 유효하게 이용할 수 있으며, 단독주택에 비하여 관리비도 싸다. 한편 단지로 개발하기 때문에 건축설계나 시공에 변화를 주어 좋은 시설과 좋은 환경을 만들 수 있으며, 슈퍼마켓 우체국 주차장 학교 따위의 편의시설이나 공공시설과 가까워서 생활이 편리하다.
　그 반면에 아파트는 공동생활에서 오는 소음 진동의 여러 가지 불편함이 있으며, 장독대 김장독을 놓을 곳이 없는 생활상의 불편함도 있다. 또한 화재의 재해에 대피가 어려운 불안전한 단점도 있으며, 어린이의 사회성이 떨어지는 단점도 있다.

　《e-나라지표(index.go.kr)》에 따르면, 2025년 10월말 우리나라의 아파트(공동주택) 현황으로서, 단지수는 21,331개이고, 동수는 144,046개이며, 호수는 12,140,487개이다.

　(4). 『빌딩(building)』은 철근 콘크리트나 철골 구조로 지은 서양식 건축 구조물로서, 내부에 많은 사무실이 있는 서양식의 고층 건물 또는 철근을 써서 높고 크게 지은 현대식 건물을 뜻한다. 빌딩은 영어로는 일반적으로 건물 가옥을 뜻하나, 우리나라에서는 특히 사무실용의 철근콘크리트 또는 철골구조들에 의한 중층 이상의 대형 건축구조물을 말한다. 또한 이 밖에 큰 규모의 은행, 호텔, 학교, 병원, 주거용 건축물을 빌딩이라고 하기도 한다.

　(5). 『오피스텔(officetel)』은 낮에는 업무를 주로 하되 저녁에는 개별실에 일부 숙식을 할 수 있는 공간을 만들어 호텔 분위기가 나게 하는 형태의 건축물, 또는 낮에는 사무실 용도로 사용하고 밤에는 주거용으로 활용할 수 있도록 지어진 유형의 건축물이다.

　(6). 『상가(商街 : shopping district, shopping center, arcade, commercial building, store, market)』는 상점이 죽 늘어서 있는 거리, 가게가 많은 거리, 가게로 이루어진 거리들을 뜻한다.

　4. 『복권(福券 : lottery)』은 복권 및 복권기금법 제2조에 따르면, 많은 사람으로부터 돈을 모아 추첨의 방법으로 결정된 당첨자에게 당첨금을 주기 위하여 발행하는 표권이다.
　곧 복권은 번호를 쓰거나 특정 표시를 하여 판 뒤에 추첨을 하여 미리 정한 당첨조건에 맞을 때에 표의 값보다 훨씬 많은 돈을 주는 일정한 규격의 표권; 공공 기관과 기업들에서 어떤 사업 자금을 마련하기 위하여 널리 파는 당첨금이 달린 표; 많은 사람으로부터 돈을 모아 추첨의 방법으로 결정된 당첨자에게 당첨금을 지급하기 위하여 발행하는 표찰이다.

　복권은 동양의 중국 진나라에서 기원전 100년께 만리장성 건립의 국방비 마련을 위해 복권이 처음 발행되는 한편, 서양의 로마제국에서 아우구스투스 황제가 로마 화재 뒤 그 복구자금을 마련하기 위해 각종 연회에서 복권을 판 것에서부터 비롯됐다고 전해진다.

　16세기에 들어서면서 유럽의 많은 국가들은 국가재정 확보를 위해 복권을 발행하기 시작했다. 1530년대에는 이탈리아의 피렌체 지방에서 세계 처음으로 로토(Lotto)라고 불리는 복권이 나와 오늘날 복권의 시초가 됐다. 이는 1519년 이탈리아의 제노바 지방의회 선거에서 후보자 90명 중에서 다섯 명을 제비 뽑아 선출했던 방식에서 유래한 것이다. 복권의 어원인 이탈리아어 로토(lotto)는 복권을 뜻하는 영어 lottery의 어원으로 추정되고 있으며, 로또(lotto)는 이탈리아 말로 행운이라는 뜻이다.

로또(Lotto)는 1971년 6월 미국 뉴저지 주에서 처음 판매됐으며, 1980년대에 캐나다와 오스트레일리아 및 유럽들에도 널리 소개됐다. 현재 세계 대부분 나라에서 로또를 발행하고 있으며, 각 나라에서 로또는 폭발적인 인기를 누리고 있다.

우리나라의 복권은 조선시대로부터의 『산통계 또는 작백계』에서 유래를 찾을 수 있다. 우리나라 처음의 복권은 해방 직전인 1945년 7월 일본이 군수자금을 조달하기 위해 발행한 『승찰』이란 복권이다.

현대적 의미에서 우리나라 처음 복권은 1947년 12월에 나온 『올림픽 후원권』이다. 이어 1962년 4월 산업박람회복권, 1984년 무역박람회복권이 발행됐으나 단기간에 그쳤다.

오늘날 매주 추첨하는 형식의 정기 발행형 복권이 처음으로 등장한 것은 1969년이며, 당시 한국주택은행이 저소득층 주거안정 및 사업기금 마련을 위해 『주택복권』을 발행한 것이 우리나라에서 발행된 첫 번째 정기 발행형 복권이다. 그러나 차차 각종 복권들이 통폐합되고 2002년 로또 열풍이 거세지면서 주택복권은 2006년에 폐지됐다.
2001년 암암리에 행해지던 스포츠도박을 양지화한 『토토(Toto)』가 등장했다.

우리나라는 2002년 12월 2일부터 처음으로 『로또』가 발행됐다. 곧 2002년 12월 2일부터 구매자가 직접 번호를 선택할 수 있는 복권인 로또가 들어와 온라인 연합복권인 로또복권의 발매가 비롯됐다. 처음 발매 당시에는 당첨금액이 정해져 있지 않았고 연달아서 당첨금액이 이월되는 사태가 일어나면서, 1등에 당첨되면 최대 수백억까지 손에 쥘 수 있다고 입소문이 난 덕택에 엄청난 규모로 시장을 압도하며 다른 복권들을 거의 사라지게 만들었다.
1차 로또 사업자로서 국민은행 컨소시엄이 선정되어 2006년 말까지 발행됐다. 2007년부터 2013년 12월 1일까지는 2차 로또 사업자로서 (구)나눔로또 컨소시엄이 선정되어 발행했고, 2013년 12월 2일부터 2018년 12월 1일까지는 3차 로또 사업자로서 나눔로또 컨소시엄이 선정되어 나눔로또로 발행했다. 2018년 12월 2일부터 현재까지는 4차 로또 사업자로서 동행복권이 선정되어 발행하고 있다.

우리나라의 로또 또는 로또 복권은 45개의 숫자 중 여섯 개를 고르고 나서 추첨 결과와 일치하는 숫자의 개수에 따라 당첨금을 지급하는 복권이다. 곧 1부터 45까지의 숫자 가운데 자신이 원하는 6개의 숫자를 임의로 고르는 6 / 45 방식을 채택하고 있다.

2002년 12월 2일 처음 발행된 로또의 가격은 2,00원이었다. 그러다가 2004년 8월부터 로또의 가격은 2,000원에서 1,000원으로 내렸으며, 이월 횟수도 2회로 제한했다.
로또는 자동, 반자동, 수동으로 선택하여 구입할 수 있다. 로또의 1등은 6개 번호가 일치한 것으로, 당첨확률은 1 / 814만 5060이다.

이처럼 당첨확률이 1 / 814만 5060이나 되는 로또 1등도 매주 마다 평균적으로 5~7명씩이나 당첨되는 넉넉한 돈의 행복을 누리고 있는 것이 엄연한 현실이다.

한편 미국의 로또복권인 『파워볼(Powerball)』은 1988년에 로또 아메리카(Lotto America)에서 비롯되어 1992년에 이름을 바뀌는 한편, 『메가밀리언(Mega Million)』은 1996년에 빅 게임(Gig Game)에서 비롯되어 2002년에 이름을 바뀌었다.

파워볼(Powerball)은 흰 공 69개 및 빨간 공 26개인 한편, 메가밀리언(Mega Million)은 흰 공 70개 및 누런 공 25개로 이루어져 있다. 참가자는 흰 공 숫자에서 5개, 빨간·누런 공 숫자에서 1개의 모두 6개의 번호를 선택한다. 흰 공 5개 번호와 빨간·누런 공 1개 번호가 모두 맞으면 1등인 잭팟(Jackpot)에 당첨된다. 당첨금은 1등 누적 당첨금으로 계속 누적 합산되는 방식이고, 이월제한이 없어 당첨금이 무척 커질 수도 있다.

매주 마다 파워볼은 3번인 일·화·목(요일), 메가밀리언은 2번인 토·수(요일)에 추첨한다. 파워볼 1등 당첨확률은 1 / 2억 9220만 1338이며, 메가밀리언 1등 당첨확률은 1 / 3억 0257만 5350이다.

위와 같은 복권은 재정 조달 및 불법 도박의 몰입 순화 따위의 순기능이 있으며, 부를 무작위로 나누기 위한 좋은 도구이기도 하다.

하지만 사행심 조장, 노동 의욕저하, 중독, 범죄 유발의 사회문제와 직간접적으로 관련되어 있는 역기능도 있다.

요즘 경제 위기, 고령화, 실업 증가 및 노동시장 불안정성의 영향으로 복권의 인기는 날로 높아지고 있다. 이에 복권발행을 통한 재정확보는 어디까지나 보충적인 성격일 뿐 대체적이어서는 안 되며, 복권발매 수익은 공익을 위해 투명하게 사용되어야 하며, 지나치게 사행성이 조장되지 않도록 복권제도가 운영되어야 할 것이다.

한편 돈의 응어리는 가난 및 향락이다. 가난은 돈이 너무 없어 쪼들리며 어렵게 사는 것인 한편, 향락은 돈이 너무 많아 사치 유흥 쾌락 도박 마약에 빠져서 흥청망청하게 사는 것이다.

넉넉한 돈의 행복을 충만하기 위해서는 먼저 『예금·부동산·주식·복권』 가운데 스스로에게 알맞은 것을 선택하여 열심히 해야 한다.

더불어 『공통적 행복충만을 위한 열두 가지 길』인 "행복충만, 올바르게 살고, 열심히 일하며, 3하(하고 싶다·할 수 있다·해야 한다) 원칙, 고맙습니다! 뉘우칩니다!, 어려움을 참고 견디며 이겨내자!, 시간을 아껴 쓰며, 기도정성을 간절히 드리고, 자원봉사활동을 하자, 웃으려 애쓰고, 창조력을 발휘하며, 자연우주하늘을 품자구나!"들이 있다.

◈ 절약하지 않는 사람은 고통 받게 될 것이다. * 공자

♧ 시간은 누구에게나 공평하게 주어진 자원이지만,
그 가치는 어떻게 사용하느냐에 따라 달라진다. * 정약용

◐ 시간은 돈이다(Time is money) * 프랭클린

◆ 그 재산을 자랑하는 사람이 있더라도 그 돈을 어떻게 쓰는지
알 수 있을 때까지는 그를 칭찬하지 말아라. * 소크라테스

♤ 태어나서 가난하면 당신의 잘못이 아니다.
하지만 죽을 때에도 가난한 것은 당신의 잘못이다. * 게이츠

◉ 돈 많은 사람을 부러워하지 말고, 그가 사는 법을 배워라. * 이건희

▣ 만족할 줄 아는 사람은 진정한 부자이고,
탐욕스러운 사람은 진실로 가난한 사람이다. * 솔론

◑ 돈은 모든 불평등을 평등하게 만든다. * 도스토에프스키

◔ 많은 소득이 행복의 비결이다.
돈 없이 행복하다는 것은 영적 속임수다. * 까뮈

✦ 잠자는 동안에도 돈이 들어오는 방법을 찾아내지 못한다면
당신은 죽을 때까지 일을 해야만 할 것이다.
주식 시장은 인내심 없는 사람의 돈을
인내심 있는 사람에게 이동시키는 도구이다.* 버핏

◕ 어렵고 힘든 이 세상을 살아가는
우리네 사람들에게 삶의 행복 여부는
그동안 살아오면서 하얗게 지새우는 밤의 양과 질에 달려 있다. * 일벗님

**10. 행복충만 맞이하기 및
행복충만을 위한 공통적인 12가지 길**

　우리네 벗님들과 지금까지 살펴본 행복은 "튼튼한 몸(몸), 가뿐한 마음(맘), 포근한 보금자리(보), 뜨거운 배움터(배), 보람찬 일터(일), 밝은 온누리(온), 깨끗한 자연우주하늘(자), 넉넉한 돈(돈)"의 모두 여덟 가지이다.

　이런 여덟 가지 행복은 따로따로 떨어진 것이 아니라 서로 어울려서 비로소 이루어진다. 곧 처음의 튼튼한 몸의 행복이 이루어져야 비로소 끝의 넉넉한 돈의 행복도 이루어지

는 것이며, 끝의 넉넉한 돈의 행복이 이루어져야 드디어 처음의 튼튼한 몸의 행복도 이루어지는 것이다. 나머지 행복들도 위와 같이 따로 떨어진 것이 아니라 서로 어울려져야 비로소 이루어진다.

우리네 벗님들이 이 세상을 살아가면서 위의 여덟 가지 행복을 충만하기 위해서는 먼저 "행복충만 맞이하기"를 해보고, 다음에 "행복충만을 위한 공통적인 12가지 길"을 실천해야 할 것이라고, 나 일벗님은 감히 헤아린다.

1. 『행복충만 맞이하기』는 행복충만을 위하여 먼저 우리네 벗님들의 현재 상황을 살펴보는 것이다. 이에는 "행복충만 점검표" 및 "응어리 순위표"를 만드는 것이다.

(1). 『행복충만 점검표』는 우리네 벗님들의 행복충만의 현재 상황을 점검하여 아래와 같은 표로 만드는 것이다.
아래의 행복충만 점검표는 객관적인 것이 아니고 주관적인 것이리고 여긴다.
각계각종 분야에 걸친 통계 및 자료에 따라서 서로 비교 분석하여 어떤 사람은 상대적 박탈감을 느끼는 한편 다른 사람은 우쭐함으로 뻐기는 대립을 조장할 수 있는 객관적인 것이 결코 아니다. 우리네 벗님들이 힘들고 어려운 이 세상을 열심히 또한 부지런히 살아가면서 스스로가 보며 들으면서 느껴지는 행복을 가장 소중하게 여기는 주관적인 것이다.

〈 행복충만 점검표 〉				
갈 래	현재 상황			까닭
	높음	중간	낮음	
튼튼한 몸(몸)		○		고혈압
가뿐한 마음(맘)	○			아픈 곳 없음
포근한 보금자리(보)	○			아빠엄마 및 아들딸 사이 좋음
뜨거운 배움터(배)	○			공부 열심히 잘함
보람찬 일터(일)	○			맡은 일을 성실히 잘함
밝은 온누리(온)	○			다툼이 아닌 어울림과 평화를 꾀함
깨끗한 자연우주하늘 (자)		○		길거리에 쓰레기를 버리지 않고, 쓰레기를 줍 지도 아니함
넉넉한 돈(돈)	○			끼니 걱정 없고, 우리 집 있으며, 사치 및 낭비하지 않음

(2). 『응어리 순위표』는 우리네 벗님들이 이 세상을 살아가면서 서로 만나 지내다가 응어리들이 쌓인 사람들을 꼼꼼히 따져서 그 순위를 매기는 표를 만드는 것이다.
우리네 벗님들이 힘들고 어려운 이 세상을 열심히 또한 부지런히 살아가면서 수많은 다른 사람인 남들과의 만남이 이루어지고 있다.
우리가 서로 만나서 지내다가 보면, 어느 사이에 응어리 · 스트레스 · 다툼 · 대립 · 미움

· 다툼 · 한 · 원망 · 원한들을 일어난다.
  이렇게 쌓인 응어리 · 스트레스 · 다툼 · 대립 · 미움 · 다툼 · 한 · 원망 · 원한들이 있으면 우리가 그동안 살펴본 8가지의 행복충만을 결코 이룰 수가 없다.
  따라서 그 응어리 · 스트레스 · 다툼 · 대립 · 미움 · 다툼 · 한 · 원망 · 원한들을 풀기 위하여 응어리 순위표를 만들려고 하는 것이다.

〈 응어리 순위표 〉

순위	성명	까닭	언제
1	김아무	법적 다툼(고소, 고발)	2024년
2	이누구	몸 다툼(주먹질, 발길질, 멱살잡이, 뺨 때림, 밀침)	2018년
3	박어떤	말다툼(욕설, 고함)	2014년
4	최무엇	속임(거짓말, 꾸민말, 이간질, 험담)	2021년
5	정아무	깔봄(무시, 업신여김, 빈정거림)	2017년
6	강누구	짜증(신경질, 성질)	2019년
7	조어떤	허풍(허세, 과장)	2016년
8	윤무엇	우쭐함(뻐김, 거만함)	2022년

※ 위의 성씨들은《통계청의 2003년 인구총조사》결과를 정리한 순위대로 인용

  위와 같은 응어리 순위표에 따른 사람들과 어서 빨리 그동안 쌓인 응어리 · 스트레스 · 다툼 · 대립 · 미움 · 다툼 · 한 · 원망 · 원한들을 풀려고 적극적으로 애써야 하겠다.

  이런 응어리 · 스트레스 · 다툼 · 대립 · 미움 · 다툼 · 한 · 원망 · 원한들을 푸는 가장 효과적인 방법은 『① 먼저 스스로의 잘못 및 허물을 헤아리고 뉘우쳐야 하고, ② 다음에 상대인 남을 이해해주고 품어 주어야 하며, ③ 마지막으로 상대인 남을 꼭 찾아가 만나서 잘못을 말하고는 넓은 아량으로 널리 용서를 구하는 것』이라고, 나 일벗님은 감히 여긴다.

  만일 위와 같지 아니하고서 상대인 남이 스스로보다 먼저 잘못을 인정하기를 바라면, 서로의 응어리를 영원히 풀 수가 없다.

  아울러 스스로가 먼저 잘못을 인정하고 용서를 구하면, 그 상대인 남도 반드시 잘못을 인정하고 용서를 구할 것이다.
  그리하여 스스로 및 상대인 남이 서로가 응어리를 풀 수 있는 것이 이 힘들고도 어려운 세상을 살아가는 삶의 지혜이고 이치이며 도리이리라!

  이와 같은 스스로 및 상대인 남이 서로 어울림의 원리를 실천하면서 느껴지는 즐거움 · 흐뭇함 · 뿌듯함 · 보람됨들이 쌓여서 비로소 온갖 행복들을 충만할 수 있는 것이다.

2. "튼튼한 몸(몸), 가뿐한 마음(맘), 포근한 보금자리(보), 뜨거운 배움터(배), 보람찬 일터(일), 밝은 온누리(온), 깨끗한 자연우주하늘(자), 넉넉한 돈(돈)"들의 여덟 가지 행복충만을 위한 공통적인 열두 가지 길 또는 방법으로는 『① 행복충만, ② 올바르게 살고, ③ 열심히 일하며, ④ 3하(하고 싶다·할 수 있다·해야 한다) 원칙, ⑤ 고맙습니다! 뉘우칩니다!, ⑥ 어려움을 참고 견디며 이겨내자!, ⑦ 시간을 아껴 쓰며, ⑧ 기도정성을 간절히 드리고, ⑨ 자원봉사활동을 하자, ⑩ 웃으려 애쓰고, ⑪ 창조력을 발휘하며, ⑫ 자연우주하늘을 품자구나!』들이 있다고, 나 일벗님은 감히 헤아린다.

(1). 『행복충만』은 우리네 벗님들이 위의 여덟 가지 온갖 행복을 짓고 닦으며 쌓아서 충만하기 위하여 서로 어울려서 "인사 나누기, 노래 부르기, 행복충만 몸돈 읊조림, 말씀하고 듣기, 몸마음 풀어주기, 자연 풍경 보기, 행복충만 읊조림, 알리는 말씀, 끝 인사하기"의 모두 아홉 마당 100분을 함께 하는 모임이다.

(2). 『올바르게 살고』는 그르지 않고 올바르게 사는 것이다.
곧 "생명을 해치지 말고 보호하면서 살자, 재물을 훔치지 않고 지켜주면서 살아가자, 음란하지 말고 정숙하게 살자, 나쁜 말을 하지 않고 고운 말을 하면서 살아가자, 탐욕하지 말고 만족하면서 살자, 화내지 않고 너그럽게 살아가자, 어리석지 말고 지혜롭게 살자, 하늘을 원망하지 않고 남을 탓하지 말면서(불원천 불우인 : 不怨天 不尤人) 살자, 게으르지 말고 부지런하게 살아가자, 우쭐대지 않고 겸손하면서 살자"이다.

(3). 『열심히 일하며』는 놀지 말고 열심히 일하자는 것이다.
우리네 사람은 일해야만 사는 존재이다. 곧 사람은 자연우주하늘의 수많은 존재 중의 살아 있는 생물 가운데 동물이기에, 움직일 수 있는 활동성 및 스스로 움직여서 먹거리를 구해야만 하는 종속영양의 특성을 지닌 존재이다. 따라서 우리네 사람은 그저 놀기만 하면 굶어 죽기 때문에, 살기 위해서는 반드시 스스로의 몸을 움직이고 마음을 써가며 열심히 일해야만 비로소 사는 존재이다.

(4). 『3하 원칙』은 "하고 싶다(희망·소원)·할 수 있다(가능·능력)·해야 한다(당위·윤리)"의 '하' 자로 시작하는 세 가지 원칙에 알맞아야 한다는 뜻이다.

(5). 『고맙습니다! 뉘우칩니다!』는 나·이웃·벗님·보금자리·배움터·일터·온누리·자연우주하늘에 대하여 "고맙습니다!"라고 하면서 감사함을 표시하는 한편, 잘못한 것에 대해 "뉘우칩니다!"라고 하면서 반성함을 나타내는 것이다.

(6). 『어려움을 참고 견디며 이겨내자!』는 우리네 사람들이 이 세상을 살아가면서 어려움에 닥쳤을 때마다 일단 한번 "참고", 또 참고 참아서 그 어려움을 "견디며", 다시 참고 참아서 그 어려움을 "이겨내자"는 것이다.

(7). 『시간을 아껴 쓰며』는 지금 현재 하고 있는 무슨 일인가에 열중한 사람에게는 얼

른 지나가는 것 같지만, 그저 하는 일 없이 빈둥거리는 사람에게는 무척이나 지루한 것처럼, 참으로 오묘한 시간을 그냥 흘려보내지 말고 시간의 소중함을 깨달으면서 아껴 쓰자는 것이다.

자연우주하늘의 시간과 공간의 한 좌표에서 살고 있는 우리네 사람들이 일단 주어진 공간을 우리의 뜻대로 할 수 없으나, 시간은 우리의 마음대로 할 수 있는 것이다. 곧 우리네 사람이 80년을 산다고 보면, 하루 24시간 × 365일 × 80년을 하여 모두 70만 800(700,800) 시간이다. 이 중 잠자는 데에 8시간을 쓰다고 보면, 우리가 유용하게 평생 쓸 수 있는 시간은 46만 7200(467,200) 시간이다.

이 46만 7200 시간을 어떻게 쓰느냐에 따라, 시간을 아껴 쓴 분들은 이 세상을 마치면서 튼튼한 몸 · 가뿐한 마음 · 포근한 보금자리 · 뜨거운 배움터 · 보람찬 일터 · 밝은 온누리 · 깨끗한 자연 · 넉넉한 돈의 온갖 행복을 짓고 닦으며 쌓아 충만해져서 후손들에게 남길 수도 있는 한편, 시간을 아끼지 않고 그저 흘려보낸 다른 이들은 이 세상을 잠시 왔다가 흔적도 없이 그냥 사라져 갈 수도 있는 것이려니!

(8). 『기도정성을 간절히 드리고』는 하루하루를 살아가면서 시간이 나는 대로 또한 공간이 되는 대로 "행복충만!" 또는 "행복충만! 몸맘보배! 일온자돈!"을 마음속으로 또는 소리를 내어서 열심히 읊조리면서 몸과 마음을 다지는 기도정성을 시간 · 양적인 면과 더불어 공간 · 질적인 면에서 간절히 드리자는 것이다.

(9). 『자원봉사활동을 하자』는 사회 나라 세계의 온누리의 사회 · 문화 · 정치 · 경제에 걸친 모든 분야의 온갖 일들을 우리네 사람들이 스스로의 자유의지에 따라 아무런 대가 없이 곧 돈을 받지 아니하고서 자발적으로 하는 활동을 뜻하는 자원봉사활동(自願奉仕活動 : voluntary, voluntarism)을 소중한 시간을 내어 틈틈이 하는 것이다.

요즘에 자원봉사활동은 사회적 차원 및 개인적 차원에서 아주 중요한다. 먼저 사회적 차원에서 복지시설의 사회화 및 복지사회를 실현하기 위하여 시민 대다수가 참여하는 자원봉사활동의 활성화가 중요하다. 또한 개인적 차원에서도 자원봉사활동은 여가선용, 자아실현, 사람에 대한 이해, 공동체의식 및 참여의식의 드높임들을 통해 온갖 행복을 짓고 닦으며 쌓아서 충만할 수 있는 기회를 마련할 수 있다.

(10). 『웃으려 애쓰고』는 우리의 현실이 아무리 어렵고 힘들더라도 꺾이지 말고, 사람만이 오직 할 수 있는 웃으려고 애써서 뭇 응어리를 풀고 몸과 마음을 다지는 것이다.

웃음(微笑 : smile)은 우리의 눈 · 입 · 목 · 배 · 배꼽의 몸짓이 어우러진 움직임으로, 튼튼한 몸을 가꾸고 가뿐한 마음을 닦을 수 있는 것이고, 보금자리 배움터 일터 온누리를 밝게 만들어 주며 모든 사람들을 자연스럽게 어울리게 해줌은 물론이요, 우리네 사람의 존재를 다른 것들과 구별시켜 주는 사람만이 지울 수 있는 표정인 것이다.

웃음은 훌륭한 말씀 수단, 친화 작용, 유인 작용, 해방 작용, 전달 작용의 값어치가 있구나!

(11). 『창조력을 발휘하며』는 모든 정신문화 및 물질문명을 대상으로 이 세상에 처음으로 새로운 것을 생각해내거나 만들어내는 능력을 뜻하는 창조력(創造力 : creativity, creative power)을 발휘하는 것이다. 곧 우리 곁에 있는 것을 그저 따르려고만 하지 말고, 현재 있는 것을 "더하고(＋) 빼며(－) 모으고(×) 나누는(÷)" 방법들로 새롭게 생각해내거나 만들어내는 창조력·창의력·독창력을 발휘하는 것이다.

창조력 개발기법으로는 브레인 스토밍, 체크리스트법, 고든법, 시넥틱스법, 트리즈, 형태 분석법, 입출법, 카탈로그법, KT법, NM법, 특성 열거법, 결점 열거법, 희망점 열거법, 초점 법, 고스톱법, MIT법, 명목 집단법, 브레인 라이팅, 최면 발상법, 포스트잇 발상법, 매트릭스 법, 표현식 발상법들이 있다.

(12). 『자연우주하늘을 품자구나!』는 우리들의 마음을 가꾸고 키우며 넓히고 넉넉히 하 여 과학적으로 바로 우리 곁에 있는 우리네 사람을 비롯하여, 온갖 자연, 마을·고을·도 시·나라·세계, 지구·달·해들의 태양계, 우리 은하·국부 은하군·처녀자리 초은하단 들의 은하계, 관측 가능 우주·외부 우주들의 우주 모두와 함께, 종교적으로 삼계 이십팔 천, 육범사성 십계, 삼천대천세계, 저승·지옥 및 극락·천국의 자연우주하늘을 두루두루 품자는 뜻이다.

◗ 사람이 희망을 잃지 않는 한
어떤 어려움도 무섭지 않다. * 세종임금

◎ 행복은 생각과 말 및 행동이
조화를 이룰 때에 찾아온다. * 간디

▣ 성공은 노력하고 인내하는
자에게로 온다. * 이이

◐ 어리석은 자는 행복을 멀리서 찾고
현명한 자는 자신의 발치에서 행복을 키워간다. * 오펜하임

◇ 사람관계에서 가장 중요한 것은
상호 존중과 이해이다. * 정약용

♣ 자신을 다스려야
남을 다스릴 수 있다. * 이순신

◈ 당신이 평온과 행복을 찾는다면
누군가 질투할 수도 있다.
그래도 행복하게 살아라. * 테레사

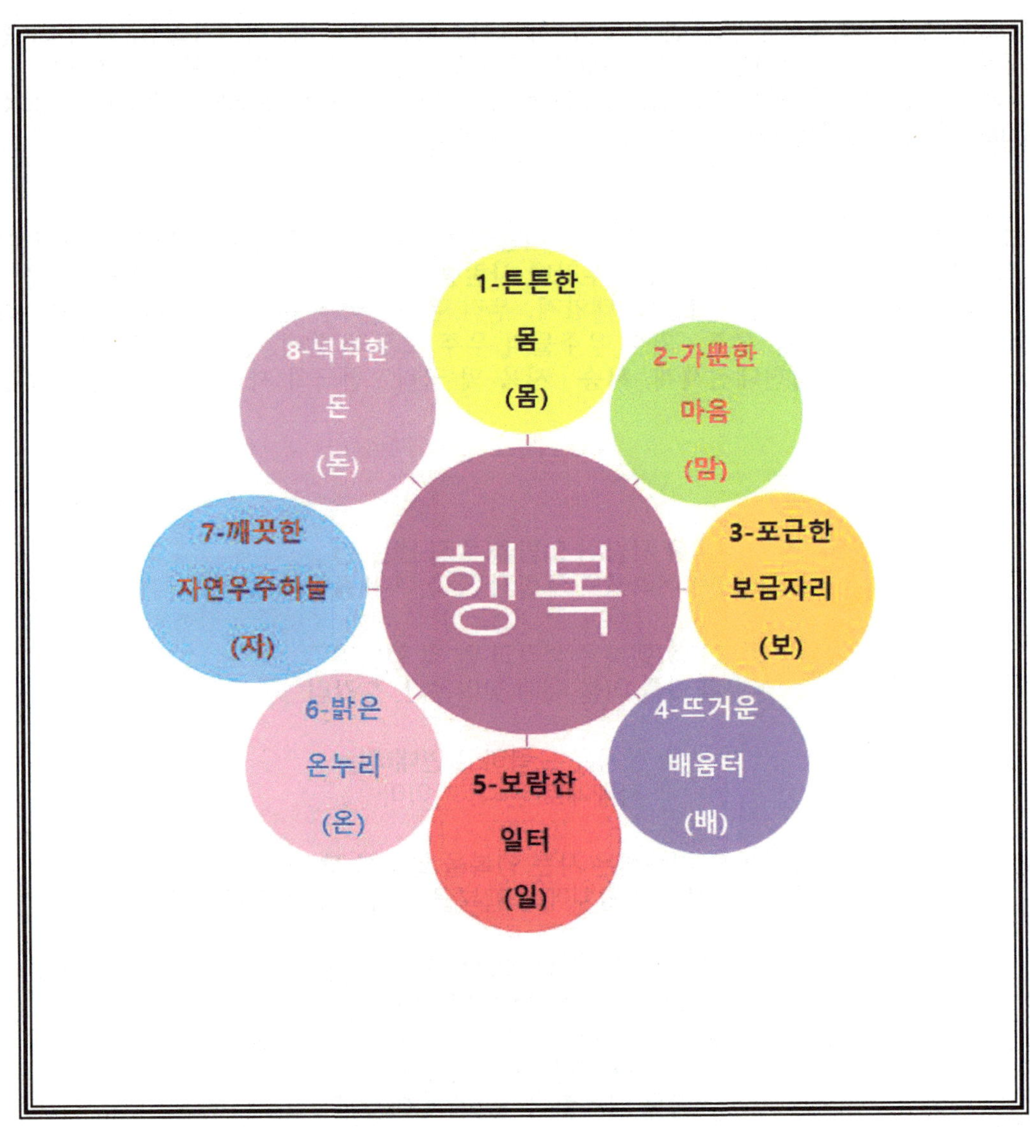

행복
1-튼튼한 몸 (몸)
2-가뿐한 마음 (맘)
3-포근한 보금자리 (보)
4-뜨거운 배움터 (배)
5-보람찬 일터 (일)
6-밝은 온누리 (온)
7-깨끗한 자연우주하늘 (자)
8-넉넉한 돈 (돈)

[그림 2]. 땅의 어울림

나 일벗님 및 인공지능(AI) 챗지티피(Chat GTP)가 어울려서
2025년 10월 23일에 만든 그림

만:3장. 행복충만의 짜임새 (아홉 마당 100분)

1. 행복충만은 어떻게 짜여 있을까?

행복충만은【 우리네 벗님들이 서로 어울려서 "튼튼한 몸(몸), 가뿐한 마음(맘), 포근한 보금자리(보), 뜨거운 배움터(배), 보람찬 일터(일), 밝은 온누리(온), 깨끗한 자연우주하늘(자), 넉넉한 돈(돈)"의 온갖 행복을 짓고 닦으며 쌓아서 충만하기 위하여〈인사 나누기, 노래 부르기, 행복충만 몸돈 읊조림, 말씀하고 듣기, 몸마음 풀어주기, 자연 풍경 보기, 행복충만 읊조림, 알리는 말씀, 끝 인사하기〉의 모두 아홉 마당 100분을 함께 하는 모임 】이다.

이런 행복충만의 아홉 마당 100분에 이르는 짜임새를 숱한 생각과 수많은 책들을 보면서 창조력을 발휘하여 새롭게 마련한 여덟 가지의 틀·원리·바탕·기준에 대해 살펴보자구나!

1. 우리네 사람들이 예로부터 요즘에 이르기까지 만든 종교 철학 교육 문학 노래(음악) 영화 영상 그림(미술) 사진 몸놀림(체육) 춤(무용) 의학의 문화들 및 컴퓨터 인터넷 파워포인트 영상기기 음향기기 마이크의 과학문명들을 어울려서 행복충만의 짜임새의 모두 아홉 마당을 구성했다.
왜냐면 이런 갖가지 문화 문명들은 우리들이 살아가면서 겪는 삶의 즐거움을 늘리고 응어리를 푸는 데 저마다 값어치가 있고 필요한 것이지만, 어느 한 가지만을 하는 것보다 갖가지를 어울리면 그 효과가 훨씬 크기 때문이다.

2. 우리 벗님들이 몸과 마음을 어울려 삶의 응어리를 풀고 즐거움을 더하도록 꾸몄다.

우리네 사람은 몸과 마음으로 이루어져 있고 서로 어울리도록 하는 것이 바람직함에도 불구하고, 그동안의 종교 철학 교육 문학 예술은 마음에 치우친 감이 없지 않으며, 체육 의학 과학은 몸에 치우친 것처럼 보인다.

따라서 행복충만에서는 우리의 몸과 마음에 영향을 끼칠 수 있는 것들을 어울려 아홉 마당의 짜임새를 만들었고, 아홉 마당을 함으로써 자연스럽게 우리들의 몸과 마음이 어울릴 수 있도록 마련해 보았다.

3. 우리들이 그저 보거나 듣기만 하는 수동적인 존재가 아니라, 스스로 하는 주체적인 존재로 참여하도록 행복충만을 짰다.
곧 노래를 듣기만 하는 것이 아니라 스스로 한껏 소리 높여 노래를 부르며, 운동선수들이 보여주는 묘기에 갈채만 보내는 것이 아니라 스스로 활기차게 몸 풀어주기를 하자는 것이다.

4. 시간과 돈이 많이 들지 아니하여 누구나 쉽게 찾을 수 있도록 마련했다.
행복충만은 모두 100분의 시간과 몇만 원의 돈을 들여서 노래 부르기 · 말씀하고 듣기 · 몸마음 풀어주기 · 자연 풍경 보기들을 할 수 있도록 했다.

만일에 이런 아홉 마당을 따로따로 한다면, 이를테면 노래방 공연장들에 가서 노래 부르고, 강연장 연설장 교육장들에서 좋은 말씀을 듣는 한편, 헬스장 에어로빅 무도장들에 가서 몸 풀어주기를 하며, 절 참선방 선원 단월드 명상센터들에 가서 마음 풀어주기를 하고, 비디오방 영상실 극장에서 멋진 자연 풍경을 보려 한다면, 시간과 돈이 꽤나 많이 들 것이다.

5. 행복충만은 서로가 홀로 떨어져서가 아니라 함께 어울려서 하도록 마련했다.
행복충만의 아홉 마당은 혼자서 보금자리나 온누리에서 할 수도 있다. 하지만 이처럼 홀로 떨어져서 하면 흥도 별로 일어나지 않고 지루하여 몇 번은 하겠지만 오래도록 할 수는 없을 것이다.

그러기에 행복충만은 수많은 벗님들이 함께 어울려 흥과 재미를 서로 주고받으며 상승효과를 얻어 삶의 즐거움을 더하고 응어리를 풀면서 우리 의식(We feeling) · 한 마음 · 동일체 의식과 더불어 친밀감(rapport) · 소속감 · 연대감을 드높이고 가꾸며 북돋우려고 짜임새를 마련했다.

6. 어버이와 아들딸의 온 가족이 더불어 즐길 수 있는 건전성과 품위성을 갖추도록 생각했다.
세상을 사노라면 어버이는 어버이대로 또한 아들딸은 아들딸대로 삶의 응어리가 있다. 어버이가 응어리를 푼다고 자녀들을 나이트클럽의 어른들이 드나드는 곳에 데려갈 수는 없는 노릇이며, 아들딸이 응어리를 풀자고 어버이에게 같이 전자오락실들을 가자고 할 수는 없다.

따라서 행복충만은 어버이와 아들딸의 온 가족이 거리낌 없이 어울릴 수 있도록 건전성과 품위성을 갖추었으며, 온 가족이 함께 어울려 행복충만의 아홉 마당 짜임새를 하여 포근한 보금자리를 꾸밀 수 있는 기회를 가지도록 마련하고 있다.

7. 행복충만은 「앎(생각 知)」 및 「함(실천 行)」의 어울림을 이루려고 새롭게 짜임새를 마련했다.
곧 「앎(생각 知)」은 "말씀하고 듣기"로서 튼튼한 몸 · 가뿐한 마음 · 포근한 보금자리 · 뜨거운 배움터 · 보람찬 일터 · 밝은 온누리 · 깨끗한 자연우주하늘 · 넉넉한 돈들의 행복 및 사람 · 삶 · 즐거움 · 응어리 · 사는 얘기 · 세상사들에 대해 우리네 벗님들이 서로 말씀을 하고 들음으로써 삶과 온누리에 대한 생각을 깊고 넓게 아는 것이다. 또한 "알리는 말씀"으로 행복충만의 행사 · 업무 · 소식 · 부탁사항 및 벗님의 동정 · 소식 · 행복충만 사례 · 기쁜 일 · 슬픈 일들을 모든 벗님들에게 널리 알려서 축하 · 격려 · 위로해 주는 안내 말씀을 하고 들음으로써 모든 벗님들에게 서로를 알리는 것이다.

한편 「함(실천 行)」은 "인사 나누기"로 행복충만을 부드럽게 시작하기 위해 진행 벗님들과 모인 벗님들 사이 모인 벗님들끼리 처음 벗님들과 이미 벗님들 사이에 『반갑습니다』라고 말하면서, 큰 절 또는 목례 및 손뼉들로 서로 인사를 나누는 것이며, "노래 부르기"로서 곱고 아름다운 목소리로 손뼉들의 몸놀림도 하면서, "가요, 동요, 민요, 남녀 듀엣곡, 팝송"의 노래를 되풀이하여 함께 부르는 것이다. 아울러 "행복충만 몸돈 읊조림"으로서 행복을 짓고 닦으며 쌓아서 충만하기 위하여 북 소리에 맞추어 『행복충만!』 또는 『행복충만! 몸맘보배! 일온자돈!』을 다 같이 소리 내어 되풀이하여 간절히 읊조리는 것이며, "자연 풍경 보기"로, 우리 모든 벗님들이 자리에 편안히 앉아서 땅과 바다 및 하늘의 온갖 자연의 풍경을 담은 아름다운 영상을 함께 보는 것이다. 이어 "행복충만 읊조림"으로서 행복을 짓고 닦으며 쌓아서 충만하기 위하여 북 소리에 맞추어 『행복충만!』을 다 같이 소리 내어 되풀이하여 간절히 읊조리는 것이며, "끝 인사하기"로서 행복충만을 뜻깊게 마무리하기 위해 진행 벗님과 모인 벗님 사이 처음 벗님과 이미 벗님 사이 모인 벗님끼리 『고맙습니다』라고 말하면서 큰 절 또는 목례 및 손뼉들로 끝 인사를 하는 것이다.

위와 같이 우리의 행복충만은 「앎(생각 知)」 및 「함(실천 行)」의 어울림을 꾀하려고 애쓰며 짜임새를 구성했다.

8. 우리네 사람의 고귀함과 존엄성 및 값어치를 으뜸으로 여기는 사람문화를 가꿀 수 있도록 행복충만의 아홉 마당 100분에 이르는 짜임새를 마련했다. 요즘은 산업문화에 이어 정보문화가 이루어지고 있어 자칫 사람들의 값어치를 잃어버리기 쉽다.

그리하여 행복충만에서는 우리네 사람들이 이루어 놓은 갖가지 문화와 문명들을 주체적으로 활용하여 아홉 마당의 짜임새를 마련하여서 사람들의 존엄성과 고귀함 및 값어치를 드높이며 사람문화를 가꾸려는 모임 · 프로그램 · 방안 · 운동으로 짜보았다.

따라서 우리의 행복충만은 『국민 어울림 운동 · 종합 문화 모임 · 몸마음 건강프로그램 · 사회복지 실현방안 · 밝은 사회나라세계 온누리 운동』이며, 『바르게 살기 모임 · 웰빙(well-being) 프로그램 · 국민정신 드높임 운동 · 인류번영 및 세계평화 운동』들이라 할 수 있다.

이러한 행복충만에 같이 참여하여 『인사 나누기, 노래 부르기, 행복충만 몸돈 읊조림, 말씀하고 듣기, 몸마음 풀어주기, 자연 풍경 보기, 행복충만 읊조림, 알리는 말씀, 끝 인사하기』의 모두 아홉 마당 100분을 같이 했던 모든 벗님들께서 "튼튼한 몸, 가뿐한 마음, 포근한 보금자리, 뜨거운 배움터, 보람찬 일터, 밝은 온누리, 깨끗한 자연우주하늘, 넉넉한 돈"의 온갖 행복을 짓고 닦으며 쌓아서 충만해지기를 우리 서로 간절히 바라자구나!

《 행복충만의 짜임새 》

차례	아홉 마당	내　　　용	시간 100분
1	인사 나누기	이런 인연 저런 사연으로 모인 벗님들이 행복충만을 부드럽게 시작하기 위해 진행 벗님들과 모인 벗님들 사이, 모인 벗님들끼리, 처음 벗님들과 이미 벗님들 사이에 "반갑습니다!"라고 말하면서, 큰 절 또는 목례 및 손뼉들로 서로 인사를 나눔.	3분
2	노래 부르기	우리네 벗님들이 "가요, 동요, 민요, 남녀 듀엣곡, 팝송"의 일곱 가지 노래들을, 자연 소리를 듣는 한편 손뼉의 몸놀림들도 더불어 하면서, 모두 함께 곱고 아름다운 목소리로 즐겁고 신나며 흥겹고 멋들어지게 부름.	25분
3	행복충만 몸돈 읊조림	행복을 짓고 닦으며 쌓아 충만하기 위하여 앞의 7분가량은 "행복충만!"의 네 글자를, 이어 뒤의 8분 동안은 "행복충만! 몸맘보배! 일온자돈!"의 열두 글자를 소리 내어 되풀이하면서 몸과 마음을 모아 간절히 읊조림.	15분
4	말씀하고 듣기	튼튼한 몸, 가뿐한 마음, 포근한 보금자리, 뜨거운 배움터, 보람찬 일터, 밝은 온누리, 깨끗한 자연우주하늘, 넉넉한 돈의 행복과 더불어 사람, 삶, 세상살이, 살아가는 길, 삶의 즐거움, 삶의 응어리, 삶의 이치, 사람 사는 얘기, 사회 각종 분야에 대해 말씀을 하고 들음.	20분
5	몸마음 풀어주기	벗님들이 "기지개 켜면서 온몸 풀어주기, 머리 · 얼굴 · 목 풀어주기, 손 · 팔 · 어깨 풀어주기, 가슴 · 배 풀어주기, 등 · 허리 풀어주기, 발 · 다리 · 무릎 풀어주기, 단전 숨쉬기"의 일곱 가지를 하여 몸과 마음의 응어리를 풀어줌.	10분
6	자연 풍경 보기	우리 모든 벗님들이 자리에 편안히 앉아서 땅과 바다 및 하늘의 온갖 자연들의 풍경을 담은 아름다운 영상을 함께 보고 들으며 느낌.	10분
7	행복충만 읊조림	행복을 짓고 닦으며 쌓아 충만하기 위하여 "행복충만!"의 네 글자를 소리 내어 되풀이하면서 몸과 마음을 모아 간절히 읊조림.	10분
8	알리는 말씀	행복충만의 행사와 모임 및 업무와 소식들을 벗님들에게 알려 적극적인 동참을 꾀하려고 알리는 말씀을 하고 들음.	4분
9	끝 인사 하기	행복충만을 뜻깊게 마무리하기 위하여 진행 벗님과 모인 벗님 사이, 처음 벗님과 이미 벗님 사이, 모인 벗님들끼리 "고맙습니다!"라고 말하면서 큰 절 또는 목례 및 손뼉들로 서로 끝 인사를 함.	3분

『인사 나누기(Greeting Exchange)』는 3분가량 이런 인연 저런 사연으로 모인 벗님들이 행복충만을 부드럽게 시작하기 위해 진행 벗님들과 모인 벗님들 사이, 모인 벗님들끼리, 처음 벗님들과 이미 벗님들 사이에 "반갑습니다!"라고 말하면서, 큰 절 또는 목례 및 손뼉들로 서로 인사를 나누는 것이다.

인사 나누기는 우리네 사람들이 태어나 자라고 배우며 일하고 살아가며 삶의 즐거움 및 응어리를 겪으면서 이런 인연 저런 사연으로, 행복충만에 모인 벗님들이 오늘 하루 또는 며칠 만에 또는 태어나 살아오는 동안에 처음 만나, 행복충만을 부드럽게 시작하기 위하여 3분가량 진행 벗님들과 모인 벗님들 사이, 모인 벗님들끼리, 처음 벗님들과 이미 벗님들 사이에 "반갑습니다!"라고 말하면서 큰 절 또는 목례 및 손뼉들로 서로 인사를 나누면서, 오늘 바로 이 자리의 행복충만을 시작하고 빛내며 뜻깊은 분위기로 만드는 처음의 차례이다.

인사 나누기는 "진행 벗님들과 모인 벗님들 사이 인사 나누기 모인 벗님들끼리 인사 나누기 처음 벗님들과 이미 벗님들 사이 인사 나누기"로 이루어져 있다.

1. 진행 벗님들과 모인 벗님들 사이에 서로 인사를 나눈다.
『진행 벗님들』은 사회 벗님, 일 벗님, 노래 벗님, 풀기 벗님, 정보 벗님, 안내 벗님, 먹거리 벗님, 차량 벗님들이 있다. ① "사회 벗님"은 행복충만의 사회를 보면서 행사를 진행하는 벗님이며, 《인사 나누기 · 알리는 말씀 · 끝 인사하기》를 맡는다. ② "일 벗님"은 행복충만을 '첫 번째(일:1, first, 처음)'로 마련하는 한편 행복충만을 널리 펴려고 열심히 '일(work)하는' 벗님을 뜻하며, 《말씀하고 듣기 · 행복충만 몸돈 읊조림 · 행복충만 읊조림》을 이끄는 벗님이다. ③ "노래 벗님"은 《노래 부르기》를 이끄는 벗님이다. ④ "풀기 벗님"은 《몸마음 풀어주기》를 이끄는 벗님이다. ⑤ "정보 벗님"은 마이크의 음향 · 카메라의 영상 · 냉방 및 난방 · 전기 · 기계 · 소방 · 승강기들의 각종 시설 및 장비와 설비를 다루는 벗님이며, 《자연 풍경 보기》를 맡는다. ⑥ "안내 벗님"은 행복충만에 오신 분들을 영접 · 안내 · 배웅해주는 벗님이다. ⑦ "먹거리 벗님"은 물 · 차 · 떡 · 과일 · 과자들의 먹거리를 맡는 벗님이다. ⑧ "차량 벗님"은 행복충만에 오신 분들을 차량으로 운송하거나 타고 온 차량을 유도해주는 벗님이다.

한편 『모인 벗님들』은 행복충만을 찾아와서 빛내주고 행복충만을 함께 하려고 모이신 벗님들을 뜻한다.

이런 진행 벗님들이 행사장의 한 가운데로 나와서 모인 벗님들에게 "반갑습니다!"라고 말하면서 무릎을 꿇고 큰 절을 드리는 한편, 모인 벗님들은 "반갑습니다!"라고 말하면서 앉은 자리에서 목을 숙여 인사하는 목례를 하면서 뜨거운 손뼉으로 답례하는 방법으로, 진행 벗님들과 모인 벗님들이 서로 인사를 나눈다.

진행 벗님들이 하는 큰 절의 방법은 다음과 같다. ① 진행 벗님들이 모인 벗님들의 한 가운데에 바르게 선다. ② 아래의 행복충만 인사법처럼 두 손을 맞잡는다. ③ 두 무릎을 가만히 굽힌다. ④ 오른 발 앞부리가 밑으로, 또한 왼 발 앞부리가 그 위로 가도록 한다. ⑤ 오른 손을 이마가 닿을 곳에 짚고 나서, ⑥ 왼 손을 오른 손과 나란히 짚는다. ⑦ 머리가 바닥에 닿도록 푹 숙이며 몸을 납작 엎드린다. ⑧ 두 손의 손바닥을 뒤집어 하늘을 향하게 하면서, 큰 절을 받는 대상인 모인 벗님들을 받드는 모습으로 머리를 감싼다. 이렇게 머리와 두 팔 및 두 다리의 다섯 군데 몸이 땅 또는 바닥에 닿도록 하여(오체투지; 五體投地) 큰 절을 한다. 한편 일어날 때는 위와 반대의 동작으로 한다. 특히 일어날 때에 꼭 두 발의 앞부리를 먼저 세워야 한다. 만일 두 발의 앞부리를 세우지 않으면 몸을 바르게 하여 일어나지 못하고, 한 발을 먼저 세우고 기우뚱거리면서 일어날 수밖에 없다.

이처럼 진행 벗님들은 행복충만을 가질 수 있도록 자리를 빛내준 모인 벗님들을 결코 얕보거나 깔보거나 군림하지 않는다는 뜻으로 모인 벗님들에게 무릎을 꿇은 큰 절을 올리면서 깍듯한 예우로 존경을 표해야 한다. 또한 모인 벗님들도 진행 벗님들의 큰 절을 받는 만큼 진행 벗님들을 공경하면서, 진행 벗님들의 가르침과 이끌음에 잘 따라 행복충만이 원만히 진행되어 행복을 짓고 닦으며 쌓아 충만해져서 우리네 벗님들의 삶의 즐거움을 늘리고 삶의 응어리를 풀 수 있는 뜻깊고 보람되며 소중한 시간과 공간이 되도록 애써야 할 것이다.

더불어 간절한 마음으로 큰 절을 많이 하면 아름다운 몸을 받게 되고, 무슨 말이나 남들이 믿으며, 어느 곳에서라도 두려움이 없고, 훌륭한 모습 및 자태를 갖추게 되며, 모든 사람들이 친하기를 바라고, 하늘 사람들이 사랑하고 공경하며, 큰 복과 덕을 갖추게 되고, 목숨을 마치고는 극락세계에 태어나며, 마침내 깨달음을 증득하는 행복을 짓고 닦으며 쌓을 수 있다고 한다. 또한 절은 이런 행복과 함께 온 몸에 걸친 운동으로 건강에도 참으로 좋으므로, 절을 많이 하도록 애써야 하겠다.

2. 모인 벗님들끼리의 인사 나누기는 행복충만에 이런 인연 저런 사연으로 찾아와 모인 벗님들끼리, 특히 오늘의 행복충만에서 바로 옆 및 앞뒤들로 가까이 앉은 인연을 맺은 벗님들끼리 서로 인사를 나누는 것이다.

『옆 벗님들끼리의 인사 나누기』는 오른쪽 옆 및 왼쪽 옆으로 앉게 된 벗님들끼리 방긋 웃으며 "반갑습니다!"라고 말하면서 서로 인사를 나누는 것이다. 먼저 홀수 줄에 앉은 벗님들은 오른쪽을 보고, 짝수 줄에 앉은 벗님들은 왼쪽을 향하면서 모인 벗님들끼리 활짝 웃으며 "반갑습니다!"라고 인사를 나눈다. 다음은 홀수 줄에 앉은 벗님들이 왼쪽을 보고, 짝수 줄에 앉은 벗님들이 오른쪽을 향하면서 모인 벗님들끼리 방긋 웃으며 "반갑습니다!"라고 다정하게 인사를 나눈다.

『앞뒤 벗님들끼리의 인사 나누기』는 앞과 뒤로 앉게 된 벗님들끼리 방긋 웃으며 "반갑습니다!"라고 말하면서 서로 인사를 나누는 것이다. 먼저 홀수 줄에 앉은 벗님들은 뒤를 보고, 짝수 줄에 앉은 벗님들은 앞을 향하면서 모인 벗님들끼리 활짝 웃으며 "반갑습니다!"라고 인사를 나눈다. 다음은 홀수 줄에 앉은 벗님들이 앞을 보고, 짝수 줄에 앉은 벗님들이 뒤를 향하면서 모인 벗님들끼리 방긋 웃으며 "반갑습니다!"라고 정답게 인사를 나눈다.

이런 모인 벗님들끼리의 인사 나누기는 이런 사연 저런 인연으로 행복충만을 찾아와 모인 벗님들끼리 왠지 서먹함과 어색함 및 머쓱함을 어서 빨리 풀어서 친숙하며 가까운 사이가 되고 서로 마음의 문을 활짝 열어 모인 벗님들이 함께 행복충만을 즐겁고 재미있으며 흥겹게 할 수 있는 분위기를 만들고자 하는 것이다.

3. 처음 벗님들과 이미 벗님들 사이의 인사 나누기는 우리의 행복충만에 태어나 살아오면서 처음으로 찾아온 벗님들을 뜻하는 『처음 벗님』 및 행복충만에 이미 다니는 벗님들인 『이미 벗님』 사이에 서로 인사를 나누는 것이다.

먼저 사회 벗님이 "오늘 우리의 행복충만에 처음으로 찾아오신 벗님들께서는 자리에서 일어나 주십시오"라는 안내 말을 한다. 그러면 처음 벗님들은 쑥스럽거나 빼거나 귀찮아하지 말고 용기를 내어 자리에서 일어나야 한다.

다음에 사회 벗님이 "이미 벗님들께서는 처음 벗님들을 뜨거운 손뼉으로 맞이하십시오!"라고 말하면 이미 벗님들께서는 "반갑습니다!"라는 소리와 함께 열렬하고 뜨거운 손뼉을 친다. 처음 벗님들께서는 이미 벗님들에게 고개를 숙여 인사를 한다.

이어서 사회 벗님이 "처음 벗님들께서는 자리에 앉아 주시고, 이미 벗님들께서는 곁의 처음 벗님들을 보살펴 주십시오!"라고 말한다. 그러면 처음 벗님들께서는 자리에 앉는다. 그리고나서 이미 벗님들께서는 곁의 처음 벗님들에게 조금 뒤에 진행될 행복충만의 차례마다 방법과 자세를 소리를 내지 않고 몸짓으로만 가르쳐 주면서 처음 벗님들을 보살펴 주어야 한다.

이런 처음 벗님들과 이미 벗님들 사이의 인사 나누기는 낯설고 떨리며 겸연쩍고 어색한 처음 벗님들을 이미 벗님들께서 따뜻하고 반갑게 맞이하고 자상하게 보살펴 주어서 처음 벗님들이 행복충만을 알고 계속적으로 다닐 수 있도록 이끌어줌으로써, 처음 벗님들이 튼튼한 몸·가뿐한 마음·포근한 보금자리·뜨거운 배움터·보람찬 일터·밝은 온누리·깨끗한 자연 우주하늘·넉넉한 돈들의 온갖 행복을 짓고 닦으며 쌓아 충만해져서 삶의 즐거움을 늘리고 삶의 응어리를 풀 수 있도록 이미 벗님들이 베풀어주고자 하는 것이다.

한편 행복충만의 인사하는 기본적인 방법은 두 손을 서로 어울려 맞잡으면서 똑바로 바르게 섰다가, 고개를 숙이며 "반갑습니다!"라고 말을 주고받는 것이다.

(1). 오른 손을 손바닥이 위로 향하고 엄지와 나머지 네 손가락 사이를 45도쯤 벌리면서 가슴 부근에 올린다.

(2). 왼 손의 손바닥이 밑을 향하여 오른 손바닥 위에 얹어 가슴 부근에서 왼 손과 오른 손이 포개어지도록 서로 맞잡는 데, 왼 손의 엄지가 오른 손 엄지의 위쪽으로 놓이게 하고 왼 손의 나머지 네 손가락이 오른 손의 엄지와 네 손가락 사이에 놓이게 한다.

(3). 왼 손과 오른 손을 서로 어울려 동그라미가 되도록 맞잡는다. 이는 오늘 이 행복충만에 함께 한 『진행 벗님들』과 『모인 벗님들』이 서로 어울리며, 『모인 벗님들』이 서로 어울리고, 『처음 벗님들』과 『이미 벗님들』이 서로 어울리는 모습을 뜻하는 것이다.

(4). 두 손을 어울려서 맞잡은 상태에서 고개를 30도쯤 앞으로 숙이고 방긋 웃으면서 "반갑습니다!"라고 인사를 주고 받는다.

3. 노래 부르기(25분)

『노래 부르기(Sing Song)』는 25분가량 우리네 벗님들이 "가요, 동요, 민요, 남녀 듀엣곡, 팝송"의 일곱 가지 노래들을, 새소리 및 시냇물·파도 소리들의 자연 소리를 듣는 한편 손뼉 및 온갖 몸놀림들도 더불어 하면서, 모두 함께 곱고 아름다운 목소리로 즐겁고 신나며 흥겹고 멋들어지게 부르는 것이다.

우리 인류가 예로부터 요즘에 이르기까지 만들어낸 온갖 수많은 문화 가운데 3～4분 정도의 짧은 시간으로 우리네 사람들을 벅찬 기쁨으로 춤을 추게 하기도 하는 한편 진한 감동으로 눈물을 짓게 만들 수 있는 것이 과연 있을까? 아울러 그것은 무엇일까나?

그것은 바로 『노래(song)』이다. 노래는 우리 인류가 만든 온갖 문화 가운데 우리네 사람의 몸과 마음의 강(긴장) 및 약(이완)의 흐름 또는 리듬과 가장 밀접하다. 그러기에 우리네 사람들이 여러 가지 예술을 만들었지만 노래만큼 우리의 몸과 마음에 직접적으로 호소해 오는 것은 없다.

우리네 사람의 몸과 마음은 강(긴장) 및 약(이완)의 흐름 또는 리듬이 되풀이된다. 곧 우리의 몸은 활동·들숨·삶의 강(긴장)의 흐름 또는 리듬과 더불어, 잠·날숨·죽음의 약(이완)의 흐름 또는 리듬이 되풀이된다. 또한 우리의 마음은 기쁨·활기·행복의 강(긴장)의 흐름 또는 리듬과 함께, 슬픔·우울·불행의 약(이완)의 흐름 또는 리듬이 되풀이된다.
한편 노래도 높은 소리의 강(긴장)의 흐름 또는 리듬과 더불어, 낮은 소리의 약(이완)의 흐름 또는 리듬이 되풀이된다. 이렇듯 노래가 사람의 몸과 마음에 강하게 호소하는 힘을 가지고 있는 것은 노래의 강(긴장)～약(이완)～강～약의 가락이 우리 몸의 가락에 직접 작용하고 균형을 맞추기 때문이다. 그러기에 노래는 모든 사람들의 삶의 흐름과 깊게 연관되어 있으며, 남녀노소 그 누구에라도 즉각적인 감흥을 일으키는 것이다.
따라서 노래는 온갖 문화 가운데 3～4분 정도의 짧은 시간으로 우리네 사람들을 벅찬 기쁨으로 춤을 추게 하기도 하는 한편 진한 감동으로 눈물을 짓게 만들 수 있는 것이다.

우리나라에서는 예부터 『노래·가락·소리·굿』이란 말이 쓰여 왔으며, 한자를 빌어 「악(樂) 가(歌) 요(謠) 곡(曲) 사(詞) 창(唱)」들이라고 했다. "노래"라는 말은 원래 '놀이'와 함께 '놀다'라는 동사에서 비롯된 명사형이며, 일종의 노는 행위로서 삶을 전제로 한 해방과 창조의 뜻을 지니고 있는 말이다. 곧 '놀다[유; 遊]'라는 동사의 어간 '놀'에 명사형 접미사 '애'가 붙어서 '놀애'가 됐고, '놀애'가 다시 연음되어 "노래"가 된 것이다. 따라서 노래는 고대사회에서의 주술신앙과 관련을 가진 것으로 짐작된다. 주술의 행위 방식이 노래의 원형과 비슷하다고 보이며, 신석기 시대의 제천 또는 부족 연맹체의 영고 동맹 무천들과 같은 집단 놀이에서 노래가 비롯됐을 것이라고 여겨진다. 이런 노래는 민요 창가 판소리 잡가 창 가요들과 함께, 시 시조 가사와 같은 운문을 통틀어서 뜻한다.

오늘날 우리들이 일반적으로 쓰는 「음악」이라는 말은 20세기 초부터이다. 이는 서양의 "뮤직(music)"이라는 말을 일본 사람이 한자 말로 「음악(音樂)」이라고 옮겼는데, 일제 시대에 우리가 그 말을 따라 쓰고 있다. 또한 조선말 개화기 뒤에 서양 음악을 줄여서 "양악(洋樂)"이라 하고, 우리 음악은 『국악(國樂)』이라고 했다. 우리 글을 국어, 우리 역사를 국사라고 하듯이, 그렇게 표현했다. 그런데 서구 문명이 우리나라에 밀물 듯이 들어오는 소용돌이 속에서, '서양 것은 좋고, 우리 것은 나쁘다'는 그릇된 생각이 노래의 가치판단으로 이어져, 서양 음악만은 그냥 "음악"이라 하고, 우리 노래는 『국악』이라고 하게 됐다. 아울러 음악하면 으레히 서양 음악만을 가리키는 우습잖은 꼴이 되어버렸다. 따라서 우리의 행복충만에서는 음악이라는 말은 되도록 쓰지 않고, 우리 겨레가 예로부터 써왔던 『노래』라는 말을 즐겨 쓰기로 하자구나!

노래(song)는 ① 가사에 가락을 붙여서 목소리로 부를 수 있게 만든 것 또는 그 가사나 소리; ② 소리(음:音)를 바탕으로 해서 우리네 사람의 생각이나 느낌을 나타내며 소리의 어울림에 의해 사람의 마음을 감동시키는 시간적 예술; ③ 운율이 있는 언어로 사상과 감정을 표현함이라고 할 수 있다. 곧 노래란 아무 뜻 없는 소리의 나열이 아니고, 어떤 느낌을 일으키게 함으로써 예술로서의 노래로 되는 것이다. 그러므로 노래에는 사람의 생각이나 감정이 나타나 있어야 하며, 이것이 한정된 안에서 소리로 나타나야 되는 것이다.

노래는 어떻게 비롯됐는가?
1. 여러 민족들의 신화는 음악이 종교적인 근원을 가지고 있다고 한다. 고대 음악은 제사의 분야에 속하는 것이었고, 음악의 소리는 세계와 사람에 대하여 보이지 않는 존재인 신이 발언하는 것이라고 믿었다. 원시 민족에게 있어서 음악은 하늘의 선물이라는 신화적 상상이 존재하고 있었으며, 이러한 신화적 설명은 음악의 기원과 형성이 실제로 음악을 초월하는 영역에서 관찰되어져야 한다고 여겨졌다. 따라서 원시 시대의 바위에 새겨진 그림은 제식적 행위에서의 음악과 춤의 기능을 보여주고 있다.

2. 고대 그리스 시대에 피타고라스(Pythagoras)는 음악은 우주의 조화와 수학적 원리에서 비롯된다고 여겼다. 그는 음의 높이와 길이의 비율이 수학적 관계를 이루며, 이로 인해 음악이 자연의 질서와 조화를 반영한다고 보았다. 그는 현의 길이와 음의 높이 사이에 특정한 비율이 존재한다는 것을 발견했고, 이를 통해 음악이 우주의 조화와 연결되어 있다고 헤아렸다.
3. 서양 중세시대에 음악의 비롯됨에 대한 생각은 주로 종교적이고 철학적인 관점에서 이루어졌다. 이 시기에는 음악이 신과의 교통 수단이자 우주의 조화와 질서를 반영하는 것으로 여겨졌다. 특히 기독교 사상에서는 음악이 신성한 질서와 조화를 표현하며, 사람의 영혼을 정화하는 역할을 한다고 믿었다.

4. 18세기 후기 이래로 자연과학자들과 철학자들은 음악의 비롯됨에 대한 여러 가지 가설들을 내놓았다. 노래의 비롯됨에 대한 주요학설은 다음과 같다.

(1). 새소리 모방설 또는 성적 충동설 : 다윈(Darwin)은 진화론에 근거하여 노래는 동물, 특히 새 소리를 모방하는 것에서 비롯됐다고 주장했다. 이러한 모방은 성적 충동(性的 衝動)에서 발생하는 것으로서 이성(異性)에 대한 구애의 효과를 낳는다는 것이다. 곧 주로 새의 관찰에서 출발하여 이성을 끌어들이려는 성적 충동의 발성을 노래의 비롯됨이라 하였다.

(2). 고함 발생설 : 슈툼프(Stumpf)는 노래는 고양된 언어 곧 고함에서 발생된 것이다. 고함은 멀리 떨어진 상대방을 이해시킬 수 있으며, 기쁨이나 흥미로운 감정에 대한 표현으로서의 역할을 했다는 것이다.

(3). 언어 억양설 : 18세기의 루소(Rousseau) · 헤르더(Herder) 이래 주장되어, 스펜서(Spencer)가 그 대표적인 인물이다. 노래는 사람의 감정이 담긴 소리 또는 언어(言語)의 자연스런 억양(抑揚)에서 비롯됐다는 생각이다. 곧 노래는 일상적인 언어가 어느 일정한 음으로 고정된 것에서 비롯됐다고 본 것이다. 생물의 개체발생 이론에 의하면 갓난아이가 뜻 없이 내는 '랄랄랄' 하는 소리는 음악의 초기 단계와 연관시킬 수 있다는 것이다.

(4). 감정 표출설 : 흥분된 감정(感情)에 의해서 표출(表出)되는 음성에서 노래의 비롯됨을 구하는 학설로, 분트(Wundt)에 의해서 주장됐다.

(5). 집단 노동설 : 뷔히너(Büchner) · 바라셰크(Wallaschek)는 집단 노동(集團 勞動)의 여럿이 힘을 합쳐야 할 때에 지르는 "이영차 이영차"의 리듬 현상에서 노래의 비롯됨을 구했다.

(6). 그 밖의 마술설, 신호설 : 노래의 마술적 기능에 입각하는 마술설, 신호로서의 음의 역할에서 발상한 신호설들이 있다.

『노래 요법(Music Therapy) 또는 환경(배경) 노래(Back- Ground Music, BGM)』는 노래를 통해서 튼튼한 몸을 가꾸며 가뿐한 마음을 닦아서 포근한 보금자리 · 뜨거운 배움터 · 보람찬 일터 · 밝은 온누리 · 깨끗한 자연우주하늘을 만들고자 하는 요법이다. 곧 노래 요법은 노래에 의한 마음 요법이다. 먼저 마음 요법(Psycho Therapy)은 우리의 몸과 마음의 건강이 마음의 의해서 재배된다는 것을 이해하고, 마음의 조작으로 잃어버린 건강을 회복시키거나 고치며 또는 건강증진을 꾀하는 일종의 응용 심리학적 방법과 이론의 세계이다. 이런 생각은 우리네 사람이 이 지구 위에서 삶을 누리기 시작한 때부터 이미 우리의 생활 속에 잠재해 있었으나, 학문의 힘으로 세상에 그 빛을 발하기 시작한 것은 요즘이며, 앞으로 더욱 발전해야 할 기대가 있는 분야이다.

그러면 이런 분야에 어떻게 노래라든지 예술이 어울릴 수 있을 것인가? 우리가 흔히 예술적이라고 말하는 노래의 자극은 기쁨을 보다 승화된 깊은 만족으로 음미케 하며, 슬픈 마음을 위로하고 납득시키는 힘을 지니고 있는 한편, 어머니 같고 또한 애인 같기도 한 존재이다. 이런 노래의 성격으로 말미암아 노래를 통해서 튼튼한 몸을 가꾸며 가뿐한 마음을 닦으려고 하는 것이 바로 노래 요법 또는 환경(배경) 노래이다.

이러한 노래 요법은 갈수록 그 쓰이는 분야와 범위를 넓혀가고 있다. 노래는 감상하는 것이라는 생각에서 벗어나 생산성 향상의 도구까지 활용되고 있다. 공장 사무실 판매장들에서 일하는 시간 중에 노래를 틀어 생산성과 판매량을 높이는 데에 쓰이고 있다. 가령 아침에 조용한 노래를 들으면 사람이 차분해지고, 점심 식사 뒤에 신나는 노래를 들으면 졸음이 가셔 일의 능률이 나아진다는 것이다. 세계 여러 나라는 요즘에 공장 백화점 호텔 일반사무실들에서 이 노래 요법을 이용하고 있다. 우리나라에서도 백화점들은 일찍부터 손님 유치와 이미지 제고를 위해 노래 요법을 판매 전략의 하나로 중시해왔다.

요즘에는 노래를 부르는 행위가 노래를 듣는 행위보다 한층 중요시되고 있다. 곧 행동으로서 직접 하는 노래의 뜻이 강조되고 있다. 근세까지의 노래요법은 대개가 사람에게 노래를 들려주는 것이 고작이었다. 그리스의 아스클레피아데스(Asclepiades)는 정신병의 치료에 합창의 효과를 주장했으나, 그것은 환자도 참가하는 합창이 아니라 합창을 듣는 것을 뜻하는 것이다.

그러나 최근의 조직적인 노래요법은 노래를 듣는 것은 물론이요, 스스로 노래를 부름으로 해서 얻어지는 값어치를 인식하고 더욱 강조하고 있다. 요즘 우리나라에 번지고 있는 노래방 또는 노래연습장도 이런 요즘의 놀이요법의 흐름을 보여주고 있다고 할 수 있다.
특히 노래 부르기는 우리네 사람들이 스스로의 목소리로 곱고 아름다우며 멋진 소리를 내어 노래를 부르는 것으로, 물론 우리가 노래를 부르는 데 갖가지 악기의 반주가 있지만, 우리의 목소리가 주인공이며 적극적으로 노래를 이끌고 빛내는 것이다.

노래 부르기는 노래 듣기와 견줄 수 있겠다. 노래 듣기는 다른 사람이 부르는 노래를 듣거나 악기의 소리를 듣는 것이다. 이 노래 듣기는 소극적인 뜻인 데, 우리는 노래 듣기를 통해 서로 몸과 마음의 응어리를 풀 수 있다.
하지만 노래 부르기는 우리 스스로가 적극적으로 노래에 참여하는 것으로써, 노래 듣기보다도 몸과 마음의 응어리를 더욱 잘 풀 수 있으며, 나아가 스스로 노래를 부르다 보면 자아성취 또는 자아실현의 뿌듯한 마음을 느낄 수 있다. 우리는 모두 노래를 부르거나 들으면서 마음속에 북받쳐 오르는 감정을 느낀 경험을 가지고 있을 것이다. 노래는 기쁨을 나타내며 사랑을 느끼게 하고 슬픔을 달래주며 외로운 마음을 어루만져 준다.

노래의 갈래 또는 장르(genre)로는 "가요, 팝송, 동요, 민요, 남녀 듀엣곡, 경음악"이 있다.

1. 『가요(歌謠 : Popular Song)』는 우리나라에 서양 노래가 들어오던 때부터 대중 사이에서 즐겨 불려온 세속적인 노래이며, 대중가요 또는 유행가를 뜻한다. 가요는 어느 시기에 보통사람이 즐겨 부르는 노래로, 노래 말이나 노래 양식은 그 시대의 감각에 따라 유행됐다가 사라지며, 노래의 발성 창법 가락 음계 멜로디가 민감하게 바뀌고 장식음의 구사법이 바뀌어도 그 나름대로의 하나의 흐름을 이어가는 특징을 지니고 있다. 또 가요란 대체로 쉬운 노래 말·일정한 가락·하나의 선율로 이루어진 노래이며, 그 주된 수요자는 일반사회의 모든 사람이고, 새로 나와 널리 퍼져 일시적으로 돌아다니는 노래로 '유행가'라고도 한다.

(1). 우리나라의 가요는 서양 노래의 수입과 더불어 시작된다. 1885년에 선교사들에 의하여 찬송가인 가스펠(gospel) 또는 복음(福音)을 중심으로 한 서양 노래가 들어왔고, 서양의 노래들이 번안되어 불리기 시작했다.

(2). 1920년대에는 우리나라에서 현대적 뜻의 가요가 불려지기 시작했는데, 일본으로부터 축음기와 레코드가 들어와 보급되기 시작할 무렵이다. 우리나라 처음의 대중가요는 3·1만세 운동이 있은 뒤인 1923년 무렵에 만들어진 것으로 추정되며, 일제강점기 민족의 한을 담아 외국곡에 우리말 가사를 입혀 만든 《희망가 또는 이 풍진 세월》이다. 이어 1925년에 도월색의 《시들의 방초》가 나와서 여러 노래들이 유행했다.

(3). 1930~1940년대에는 대중가요와 가곡의 분리가 일어났다. 대중가요로서 여러 종류의 노래가 불렸으나, 그 가운데에서도 가장 널리 불러진 것은 트로트이다. "트로트(trot)"는 우리나라 대중가요의 하나로서. 정형화된 선율에 일본 엔카(演歌)에서 들어온 음계를 써서 애상적인 느낌을 주고, 2박자계의 지속적 가락(리듬) 반주에 도레미솔라 또는 라시도미파의 두 종류의 5음계로 이루어진 선율이 얹힌 것이다. 트로트라는 이름은 미국 래그타임과 재즈의 친척뻘인 춤곡 장르 중 하나라고 할 수 있는 '폭스트롯(foxtrot)'에서 유래됐다고 하지만, 한국 대중가요에서의 트로트 양식과 폭스 트로트는 단순한 2박자라는 공통점을 빼고는 관련성이 없다. 따라서 우리나라의 트로트는 기존의 민요를 비롯한 한국 전통 음악, 당시 서양 블루스 계통의 음악 문화, 일본의 근대 대중가요인 엔카들이 서로 영향을 주고받으면서 발전한 장르이다.
트로트는 장르가 흥행했던 1930~1940년대에는 '트로트'라고 불리지 않았으며 "가요, 대중가요, 유행가"라고 불렸다.
이런 트로트의 유행가로 유명한 노래는 1932년 이애리수의 《황성의 적(황성 옛터)》, 1934년 고복수의 《타향(타향살이)》을 거쳐 1935년 이난영의 《목포의 눈물》에서 양식적 관습이 대체로 정돈됐고, 그 뒤에 장세정의 《연락선은 떠난다》, 남인수의 《애수의 소야곡》, 백년설의 《나그네 설움》, 황금심의 《알뜰한 당신》들이다.

(4). 1945년 광복을 맞이하여, 손석룡의 《귀국선》들은 광복의 벅찬 감격을 노래했다.
한편 미국을 중심으로 한 서양의 대중가요인 "팝송(Pop Song)"이 우리나라에 들어오기 시작했다.

(5). 1950년대에는 6·25전쟁이 터져서 전쟁의 참혹함과 실향민과 이산가족의 아픔을 노래한 가요가 사람들의 아픔을 달래주었다. 남인수의 《이별의 부산정거장》, 현인의 《굳세어라 금순아》, 이해연의 《단장의 미아리고개》, 한정무의 《꿈에 본 내 고향》들이 대표적인 노래이다.

한편 이미자는 어릴 적부터 노래에 소질이 있어서 각종 대회에 나가서 입상했으며, 학창시절이 되면서 노래에 더욱 관심이 많아졌고, 16살이던 1957년 KBS 프로그램인 노래의 꽃다발에 출연하여 1등으로 입상했다. 그리하여 1959년에 《열아홉 순정》으로 데뷔(début) 또는 첫 등장했고, 1964년에 《동백 아가씨》가 크게 히트((hit; 성공)하여 유명해졌으며, 그 뒤에 《여자의 일생, 섬마을 선생님, 기러기 아빠, 아씨》들의 모두 2,000곡이 넘는 노래들을 불렀다. 그녀는 굴곡진 우리나라 현대사를 노래로 대변해온 가수이고, 맞수인 패티김과 함께 대중음악사에 있어 가장 높은 위치에 올라선 대가수이다. 그녀는 애절하면서도 격조가 높고 호소력 짙으면서도 우아한 가창력으로 여전히 역대급의 가수로서 인정을 받고 있다. 그리하여 이미자는 "트로트의 여왕" 또는 "엘레지(élégie; 비가(悲歌)·만가(挽歌)·애가(哀歌)의 여왕"이라는 수식어를 얻기도 했으며, 2023년에 문화예술인으로서 최고의 영예인 우리나라 대중가수 처음의 유일한 금관문화훈장을 받았다.

(6). 1960년대에는 대중가요의 양상은 보편화 및 다양화됐다. 곧 국민 전체를 동시적이고

동일체적인 청중으로 만드는 민간방송이 세워져(1962년), 노래가 모든 사람들에게 널리 퍼질 수 있었다. 또한 당시 젊은 층의 노래하는 사람들이 미국 가요·유럽 가요·남미 가요의 가락에다가 우리말로 노래말을 옮긴 노래 및 서양에서 유행하는 팝송 형식으로 우리나라에서 새롭게 만든 노래들을 불렀다.

한편 지난 날의 트로트가 비로소 "트로트, 트롯"이라고 불리기 시작하여, 유명한 가수인 남진 및 나훈아가 등장했다. 한국 가요사에 남진 및 나훈아만큼 한 시대의 가요계를 양분하며 치열하게 맞수(라이벌; rival) 대결을 펼친 가수도 없다. 남진 및 나훈아는 우리나라 가요계 역사의 산증인이자 전설(傳說) 또는 레전드(legend)로 우뚝 서 있으며, 한국 가요사를 지탱하는 영원한 오빠 아이콘(icon; 상징)들이기도 하다. 둘 다 비슷한 시기에 데뷔한 원조 국민 가수로서, 남진은 1965년 《서울 플레이보이》로, 나훈아는 1966년 《천리길》로 데뷔했다. 남진은 호남 출신이고, 수려한 외모에 호방한 목소리로 대중성이 강했다. 한편 나훈아는 영남 출신이며, 상대적으로 투박한 외모라도 싱어송 라이터(singer-song writer; 가수 겸 작곡[작사]가)로서 음악성을 내세우는 느낌이 강했다.

①. 남진은 1965년에 《울려고 내가 왔나》가 히트하고 1967년 《가슴 아프게》를 연타하면서 정상에 올랐다. 이어서 《마음이 고와야지, 미워도 다시 한번, 님과 함께, 빈잔, 둥지, 나야 나, 상사화, 사치기 사치기, 남자다잉, 오빠 아직 살아 있다》의 1,000여 곡을 노래하였다.

※ 위의 《님과 함께》를 우리 행복충만에서 벗님들이 모두 함께 곱고 아름다운 목소리로 즐겁고 신나며 흥겹고 멋들어지게 부르자구나! ※

남진은 우리나라에서 오빠 부대의 원조격이라 불릴 정도로 높은 인기를 얻었다. 1965년 데뷔해 2025년 기준 데뷔 60년 차이며 나이가 80대 코앞인 현재도 현역으로 꾸준히 활동하고 있다. 남진은 원래 스탠다드 팝과 엘비스 프레슬리의 록큰롤 창법을 선호했고, 선이 굵은 저음의 남자다운 보이스를 가지고 있다. 1990년대 두번째 복귀 이후로는 나이의 까닭으로 트로트 곡 위주로만 발표했지만, 1960년대 중반부터 1970년대 중반까지 최전성기에 트로트 및 록큰롤을 오고 가며 다양한 장르를 소화했다. 현재는 가수로서만 기억되지만, 원래는 영화배우를 지망한 연극영화과 출신 미남이었고, 전성기에는 수십 편의 영화에 출연한 경력이 있다.

②. 나훈아는 남진보다 1년 늦은 1966년 《천리길》로 데뷔했다. 이어 1년 뒤에 《사랑은 눈물의 씨앗》이 히트하면서 남진의 아성에 도전하는 신인 슈퍼스타가 탄생했다. 나훈아의 노래로는 《영영, 울긴 왜 울어, 잡초, 무시로, 공, 갈무리, 홍시, 머나먼 고향, 어매, 건배, 모정의 세월, 찻집의 고독, 리수, 테스형, 맞짱》들이 있으며, 모두 2,600여 곡을 부르고 120여 곡이 히트를 했다. 히트곡만 무려 120곡이 넘어 나훈아는 히트곡의 숫자에서도 국내 최다는 물론이고, 앨범 발표수만 해도 무려 200장 이상이며, 1,200곡 이상의 자작곡을 포함해서 3,000곡 정도의 취입곡을 자랑한다. 대부분의 히트곡이 본인이 작사하고 작곡한 곡이다. 물론 다른 사람에 의해 작곡된 히트곡도 꽤 많다. 자작곡 전반을 보면 평생에 걸쳐 블루스와 민요를 트로트에 접목한 형태의 음악적 시도를 해온 것을 알 수 있다.

(7). 1970년대에는 새로운 장르인 록(rock) 및 포크송(folk song)이 청년층을 중심으로 떠오르기 시작했다.
먼저 신중현, 김추자, 이남희들이 록 음악을 시도하여 관심을 불러 일으켰다. 이어 송창식, 윤형주, 조용남, 김세환들이 대중음악감상실인 쎄시봉에서 라이브 공연을 하며 관객들과 대중가요를 같이 즐기고 또 발전시켜 나갔다. 또한 당시 부당한 사회체제에 음악을 통해 비판적 목소리를 낸 김민기와 양희은의 《아침이슬》들이 크게 유행했다. 그리하여 젊은 층을 대표하는 자유주의적인 모습 및 기타를 매고 직접 만든 노래를 부르는 모습은 이전 대중가요와는 달랐다. 아울러 청바지에다 통기타를 치면서 노래를 하는 대학 가요가 유행했으며, 특히 1970년대 후반 이후 매년 "대학 가요제"가 열려 통속적 가요계에 신선한 새바람을 불러 일으켰다.

한편 이런 상황에서 트로트는 30대 이상의 중장년층에게 인기가 있어 세대간 음악 취향이 달라지기 시작했다.

※ 위의 양희은이 부른 《아침 이슬》을 우리 행복충만에서 벗님들이 모두 함께 곱고 아름다운 목소리로 즐겁고 신나며 흥겹고 멋들어지게 부르자구나! ※

(8). 1980년대에 들어 초반에는 가왕 조용필이 큰 인기를 끌었다. 조용필은 트로트, 포크, 락들의 다양한 장르의 음악을 선보이며 전 연령층, 전 세대를 음악으로 통합했다. 그는 기타 연주자로 출발하여 고등학교를 졸업하면서 아트킨스라는 그룹을 만들어 미8군 무대에 데뷔했으나 별다른 성공을 거두지는 못했고 후에 솔로로 변신했다. 1975년에 《돌아와요 부산항에》를 발표하면서 이 곡과 함께 전설이 시작됐다. 당시 재일교포 고국 방문과 맞물려 발표된 이 노래는 부산에서부터 인기가 시작되어 전국적으로 퍼졌고, 조용필의 이름이 본격적으로 알려진 계기가 된다. 1979년 지금의 그룹 "위대한 탄생"을 결성하고, 1년 뒤인 1980년에 1집 앨범 《창밖의 여자》를 발표하면서 본격적인 활동을 시작하여, 이 앨범은 100만 장을 팔아치우는 기염을 토했다. 이어서 《한오백년, 단발머리, 강원도 아리랑, 고추 잠자리, 친구여, 허공, 꿈》의 노래들이 연이어 인기를 얻었다. 그리하여 1980년대 최고의 히트 가수가 됐고, 수많은 히트곡과 최대 콘서트 인원 동원 기록 및 예술의 전당 7년 연속 공연 기록을 가지고 있다.

조용필은 락 음악·발라드 음악·트로트 음악·우리나라 민요를 새롭게 다시 만드는 또는 리메이크(remake)하면서 대중음악의 거의 모든 장르를 소화해 냈으며, 그리하여 다양한 연령층을 확보했다. 또한 그는 우리나라 가요계에서 오빠 부대로 불리는 젊은 여성 팬층을 이끌고 다니기도 했으며, 조용필 등장 이전에 우리나라의 최고 인기 가수로 호평을 받던 남진과 나훈아의 뒤를 이어 우리나라 가요계를 주름잡았다.

또한 1985년에는 들국화의 첫 앨범이 30만 장을 판매하며 한국 록(rock)의 새로운 세대를 열었다. 이를 이어받아 시나위·백두산·부활들의 록밴드(rock band)들이 등장했다. 1980년대 후반에는 이문세·변진섭·이승철들의 발라드(ballade; 대중음악에서 사랑을 주제로 한 감상적인 노래)도 강세를 보였다. 1987년 6월 민주항쟁의 정신을 담은 민중가요들도 대중음악 속에 들어오게 된다.

한편 1980년대에 트로트로서 현철·송대관·태진아·설운도의 남자 트로트 4대 천왕 및 주현미·심수봉·김연자·하춘화의 여자 트로트 4대 천왕으로 열심히 활동하여 침체됐던 트로트 시장에 활기를 불어넣었다.

※ 이런 1980년대의 좋은 노래들 가운데【 ① 사랑이여 * 유심초 부름(1980년 발표) / ② 고추 잠자리 * 조용필(1981년) / ③ 아파트 * 윤수일(1982년) / ④ 만남 * 노사연(1989년) 】의 노래들을 우리 행복충만에서 벗님들이 모두 함께 곱고 아름다운 목소리로 즐겁고 신나며 흥겹고 멋들어지게 부르자구나! ※

(9). 1990년대에는 우리나라 가요 70년사에 이른바 엑스(X) 세대가 등장하여 큰 변동을 일으켰고, 댄스 음악(dance music) 및 힙합(hiphop)이 주류가 됐다. X세대(Generation X 또는 Gen X)는 베이비붐 세대와 이전 밀레니얼 세대를 잇는 인구통계 집단이고, 1960년대 중반을 출생 시작 연도로 사용하고 1970년대 후반을 출생 종료 연도로 사용하며, 일반적으로 이 세대는 1965년부터 1980년까지 태어난 사람들로 정의한다.

그 엑스(X) 세대의 대표적 사람이 서태지이다. 곧 1990년대는 서태지의 등장으로 대중가요의 새로운 시대가 시작됐다. 서태지는 서울북공업고등학교에 다닐 때에 음악이 자신의 길이라고 생각하여 음악을 전문적으로 해보고 싶다고 결심했으며 2개월 동안의 설득 끝에 부모님의 허락을 받아내고 고등학교를 자퇴했고 본격적으로 음악인의 길에 접어들게 됐다. 그 뒤 1991년에 "서태지와 아이들"이 만들어졌는데, 서태지는 노래 작사 작곡과 연주 프로듀서 공연 기획들의 음악 및 활동 전반을 책임진 리더이고, 양현석 및 이주노는 노래 보조 및 춤을 맡았다. 서태지라는 이름도 촌스럽고 서태지와 아이들이라는 팀명도 병맛이라고 하던 이들이 대부분이었으나, 1992년에 서태지와 아이들의 《난 알아요》가 발표되어 이러한 논란은 갖춰진 탄탄한 실력으로 잠재웠다. 그리하여 서태지와 아이들은 당시 새로운 문화를 갈망하던 엑스(X) 세대인 10~20대의 열광적인 지지를 얻으며 이들을 대중문화의 중심으로 이끌었고, 새로운 대중음악의 장을 열었다.

이어 1993년에 앨범 2집에서 《하여가》를 발표하여 국내 처음으로 200만 장 이상의 판매량을 기록했으며 다시 한번 각 방송사 및 언론사의 가요 프로그램 1위를 휩쓸었다. 이 노래는 브레이크비트(break beat; 반주로 쓰인 드럼 소리만 나오는 부분)와 헤비메탈(heavymetal), 힙합(hiphop) 및 국악이 어우러진 노래이다. 그 당시 외국에서도 흔하지 않았던 현대적이고 실험적인 음악을 선보인 작품으로, 서태지의 음악 세계를 어느 정도 이해할 수 있는 미래적인 안목과 실험 정신을 엿볼 수 있는 작품이다. 특히 중간의 국악기인 "태평소"의 소리는 사물놀이로 유명한 김덕수의 피처링(featuring; 다른 가수의 노래나 연주가의 연주에 참여하여 일부분을 맡아 도와주는 일)이며, 공연에서 태평소 연주는 장사익이 했다. 국악의 악기인 태평소가 서양 음악에 이렇게 잘 어울리는 소리인지를 이 노래가 나오기 전까지는 그 아무도 몰랐다.

아울러 서태지는 당시 가요계에 산재해 있던 부조리한 관습들에 저항해 이를 타파하는 데에도 공을 세웠다. 2집 이후부터는 통일, 교육, 가출청소년 문제들의 사회적 메시지(message; 예술 작품이 담고 있는 사상이나 뜻)도 꽤 가사에 담으면서 당대 큰 화두를 남기기도 했다. 특히 서태지는 1990년대의 기획사 및 소속 가수 사이의 노예계약 문제를 행동으로 없애버리는 한편, 정부 공연윤리위원회의 음반 사전심의제도와 맞서 싸웠고 당시 김대중 야당 총재의 전면적인 지원을 받아 해당 법률을 없애려는 데에 큰 이바지를 했다. 그리하여 그는 단지 그 시대에 가장 인기 있던 가수의 차원을 넘어서 시대의 변혁을 가져왔기 때문에 서태지를 이른바 문화 대통령으로 부른다. 따라서 서태지는 대중음악 가요의 판도를 바꾼 인물이고, 오늘날 K-POP(Korean Popular Music)의 시초격 가수이자 "문화 대통령"이라는 존경을 받고 있다.

또한 룰라, HOT, 핑클들도 인기를 얻었디. ① 룰라(Roo'Ra)는 1994년 고영욱, 김지현, 신정환(뒤에 채리나), 이상민의 4인 그룹이며, 대표곡으로는 《날개 잃은 천사, 연인, 기도, 프로와 아마츄어, 비밀은 없어》들이 있다. ② HOT는 1996년 문희준, 장우혁, 토니 안, 강타, 이재원의 5인 그룹이며, 대표곡으로는 《캔디, 행복, 열맞춰, 빛, 아이야》들이 있다. ③ 핑클(Fin.K.L)은 1998년 이효리, 옥주현, 이진, 성유리의 4인 여성 그룹이며, 대표곡으로는 《Blue Rain, 영원한 사랑, 내 남자친구에게, 루비, White, NOW, 영원》들이 있다. 특히 《영원한 사랑》은 핑클의 역대 앨범 가운데 가장 많은 판매량을 기록했고, 가요대상을 받았다.

　※ 이런 1990년대의 좋은 노래들 가운데【 ① 난 알아요 * 서태지와 아이들(1992년) / ② 잘못된 만남 * 김건모(1995년) / ③ 사람이 꽃보다 아름다워 * 안치환(1997년) 】의 노래들을 우리 행복충만에서 벗님들이 모두 함께 곱고 아름다운 목소리로 즐겁고 신나며 흥겹고 멋들어지게 부르자구나! ※

　(10). 2000년대의 가요계의 동향은 크게 세 가지 나눌 수 있다. ① 그동안 1989년에 "이수만"이 만든 『SM 엔터테인먼트』, 1996년에 "양현석"이 만든 『YG 엔터테인먼트』, 1997년에 "박진영"이 만든 『JYP 엔터테인먼트』, 2005년에 "방시혁"이 만든 『하이브(Hybe)』들의 대형 기획사가 크게 발전했다. ② 위의 대형 기획사에 소속된 『아이돌(idol; 10대 또는 20대를 대상으로 높은 인기를 얻는 연예인으로 주로 무대에서 활동하는 인지도가 높은 가수들) 그룹』이 등장하여 열심히 활동했고, 듣는 사람을 사로잡는 짤막한 음악 구절의 노래인 "후크송(hooksong)"이 유행했다. ③ 소를 몰 때에 쓰는 '워우워'와 같은 울림의 소리를 자주 내면서 노래를 부르는 방법인 "소몰이 창법"을 구사하는 발라드가 다시 부흥했다. 그리하여 조성모, 박효신, 성시경들의 홀로 또는 솔로(solo) 및 SG워너비, 빅마마들의 그룹(group)의 감성이 풍부한 발라드가 인기를 얻었다.

　2000년대를 대표하는 아이돌 그룹으로는 동방신기, 슈퍼주니어, 빅뱅, 소녀시대, 원더걸스, 투애니원들의 한류를 이끄는 아이돌 그룹들이 대거 등장한다. 이들은 국내에서 우선 대형 팬덤(fandom; 무리)을 만들며 큰 인기를 끌었으며, 이어서 해외 진출을 하며 아시아권을 위주로 한류의 중심으로서 외국에 한국의 대중가요를 알렸다. 2000년대에 발달한 인터넷과 SNS를 통해 이러한 세계적인 팬덤 형성이 가능해졌다. 이런 아이돌 음악은 중독성이 강한 후크송 및 댄스음악이 위주로, 힙합 장르도 시도하며 새로운 음악의 장을 열었다.

　①. 『동방신기』는 2003년에 만들어졌고, 멤버는 최강창민 · 유노윤호 · 영웅재중 · 시아준수 · 김재중의 5명이며, 대표곡은 '주문(Mirotic) · 풍선 · 왜'들이다.

　②. 『슈퍼주니어(Super Junior)』는 2005년에 만들어졌고, 멤버는 이특 · 희철 · 예성 · 강인 · 시원 · 성민 · 은혁 · 동해 · 려욱 · 규현의 10명이며, 대표곡은 'Sorry, Sorry · -Bonamana · Mamacita'이다.

　③. 『빅뱅(BigBang)』은 2006년에 데뷔한 3인조 보이(boy; 남성) 그룹이다. 빅뱅의 멤버는 ① 연습생 시절 : G-Dragon(권지용) · 태양 · TOP · 대성 · 승리 · 장현승 ⇨ ② 5인조 체제 : G- Dragon · 태양 · TOP · 대성 · 승리 ⇨ ③ 4인조 체제 : G-Dragon · 태양 · TOP · 대성 ⇨ ④ 3인조 체제 : G-Dragon · 태양 · 대성으로 바뀌었다.
　빅뱅이라는 그룹 이름은 말 그대로 가요계에 빅뱅을 일으키겠다는 포부로 지어졌다. 양현석이 다이아몬드라는 그룹명을 만들었지만, G-Dragon이 빅뱅으로 교체를 제안했다.
　빅뱅의 대표곡은 아래와 같다. ① 거짓말(2007년) : 빅뱅을 국민 그룹으로 만들어준 히트곡으로 세련된 멜로디와 중독적인 후렴구가 특징, ② 하루하루(2008년) : 이별의 아픔을 담은 감성적인 힙합곡으로 빅뱅의 대표적인 명곡 중 하나, ③ Fantastic Baby(2012년) : Wow, Fantastic Baby!라는 강렬한 후렴구로 글로벌 팬들에게 사랑받은 EDM 기반의 댄스곡, ④ 뱅뱅뱅(2015년) : 강렬한 비트와 퍼포먼스로 빅뱅의 파워풀한 스타일을 보여준 곡으로 빅뱅 특유의 독창적인 힙합 사운드를 담고 있음, ⑤ Still Life(2022년) : 빅뱅 멤버들의 군복무 뒤에 발표한 곡으로 시간의 흐름과 인생에 대한 메시지를 담은 감성적인 곡이다.

음악에 있어서 빅뱅은 멤버들의 실력적인 균형, 조화가 매우 뛰어나다. 빅뱅 멤버의 창법은 R&B 성향이다. 아울러 독특한 소리를 만들어내기도 한다. 블랙 뮤직을 바탕으로 한 R&B, 소울 음악 창법을 사용하는 태양이 음악의 중심을 잡고, 록 음악 창법을 사용하는 대성이 노래를 부른다. G-Dragon은 매우 독특한 목소리로 랩을 한다. 이러한 것들이 모여서 빅뱅 음악은 주로 G-Dragon, 태양을 중심으로 힙합 음악 및 팝 음악에 맞춰져 있지만, 느린 템포의 음악은 대성, 태양의 상반되는 음색을 강조하는 것으로 가사 분배가 이루어지기도 한다.

한국 아이돌 그룹 역사상 가장 큰 국민적 지지를 받은, 또 가장 오래 유지한 그룹이다. 아이돌 특성상 연차가 쌓일수록 화제성이나 인기가 식는 편이지만, 빅뱅은 긴 공백기에도 불구하고도 매번 엄청난 파급력을 보여준다. 이는 대한민국에서 빅뱅이 단순한 남자 아이돌을 넘어 시대를 아우르는 대중적 가수임을 나타낼 수 있는 가장 큰 지표이다.

빅뱅은 2011년 한국 가수 처음으로 'EMA 최우수 월드와이드 아티스트 상' 및 '최우수 아시아 태평양 아티스트 상'을 받으며 한국을 해외에 알렸고 한국어 음반 처음 빌보드 메인차트 진입들의 여러 기록들을 가지고 있다.

빅뱅은 단순한 아이돌 그룹을 넘어, K-POP 아티스트로서의 정체성을 확립하며 음악성과 대중성을 동시에 갖춘 그룹으로 평가받고 있다. 특히 지드래곤(G-Dragon)을 중심으로 한 음악적 창작 능력은 K-POP 아이돌의 새로운 방향성을 제시하는 데 많은 이바지를 하였다.

④. 『소녀시대』는 2007년에 만들어졌고, 멤버는 태연·써니·티파니·효연·유리·수영·윤아·서현·제시카의 9명이며, 대표곡은 'Gee·소원을 말해봐·The Boys'들이다.

⑤. 『원더걸스(Wonder Girls)』는 2007년에 만들어졌고, 멤버는 선미·유빈·혜림·소희·선예의 5명이며, 대표곡은 'Nobody·Tell Me·So Hot·Be My Baby'들이다.

⑥. 『투앤이원(2NE1)』은 2009년에 데뷔한 박봄·산다라박·씨엘·공민지로 이루어진 4인조 걸(girl; 여성) 그룹이다. 그룹 이름인 2NE1은 '21'세기 및 새로운 진화를 뜻하는 뉴에볼루션('N'ew 'E'volution)을 합쳐 만든 이름이다. 이름 뜻은 말 그대로 21세기의 새로운 진화 또한 언제나 21살처럼 도전적이고 씩씩한 음악을 선보이는 그룹이란 뜻도 있다. 한글로는 투앤이원 또는 투애니원이라고 쓰고, 팬들은 줄여서 퉤니원·퉤니·퉨으로도 부른다.

투앤이원은 4인 4색으로 멤버 각자의 이미지와 포지션이 뚜렷하여, 개개인의 개성이 강하게 드러나는 그룹으로 평가받기도 한다. 리더이자 그룹의 정체성을 대표하기도 하는 씨엘은 주로 카리스마 넘치는 래퍼로서 무대를 이끌고, 메인 보컬 박봄은 독특한 음색과 창법으로 보컬의 중심을 담당한다. 공민지는 뛰어난 댄스 실력으로 퍼포먼스를 담당하지만, 보컬 또한 훌륭하여 그룹에서 밸런스를 잡아 준다. 산다라박은 묵직한 스타일의 다른 멤버들과 대비되는 여린 스타일의 보컬로, 자칫 무거워질 수 있는 곡 분위기에 균형을 잡아 주는 감초 같은 역할을 한다. 이렇게 각자의 개성이 뚜렷하면서 서로 다른 멤버들이 모여 만들어 내는 시너지가 투앤이원의 가장 큰 매력으로 꼽히기도 한다.

투앤이원은 장르 면에서도 비교적 단순한 댄스 음악 《Lollipop》을 시작으로 댄스홀 풍의 《Fire》, 《내가 제일 잘 나가》, 레게풍의 《I Don't Care》을 선보였다. 정규 1집에서는 강렬한 일렉트로니카 《Can't Nobody》, 락 사운드를 기반으로 하는 《Go Away》, 레게와 힙합이 크로스오버된 《박수쳐》, R&B 발라드인 《아파》를 선보였다.

투앤이원은 전형적인 여자 아이돌 그룹의 이미지와 반대로 외모보다 그룹의 개성을 강조해 차별점을 두기도 했다. 예뻐 보이려 하지 않는 대신에, 과감하고 당돌한 곡과 콘셉트를 내세우며 자신감 넘치고 독립적인 여성상을 추구했다. 또한 아이돌로서 독특하고 실험적인 음악과 패션을 선보이며 더욱 그룹의 개성을 부각시켰다. 당시 K-pop 그룹으로서는 이례적으로 힙합, 록큰롤, 레게, 발라드, 일렉트로닉 댄스들의 폭넓은 음악 장르를 시도했으며, 뮤직 비디오와 무대에서는 늘 개성 강한 패션 스타일을 선보였다.

한편 트로트는 2000년대에 장윤정, 박상철, 박현빈, 홍진영들의 젊은 트로트 가수들이 유입되면서 비록 전성기만큼은 아니지만 어느 정도 숨이 트였다. 기존 K-POP 가수들 또한 트로트 음반을 발매하는 일도 생기고, 예능 프로그램에서 효과음으로 삽입하기도 했다. 트로트는 TV 시장 및 대중가요 프로에서 밀려났을 뿐이지만, 행사나 콘서트·가요무대·열린음악회와 같은 가요 프로그램들에서는 여전히 상당한 인기를 누리고 있었다.

　※ 이런 2000년대의 좋은 노래들 가운데【 ① 처음부터 지금까지 * 류(2002년) / ② 인연 * 이선희(2005년) / ③ 사랑아 * 더원(2007년) / ④ 하루 하루 * 빅뱅(2008년) 】의 노래들을 우리 행복충만에서 벗님들이 모두 함께 곱고 아름다운 목소리로 즐겁고 신나며 흥겹고 멋들어지게 부르자구나! ※

　(11). 2010년대의 가요계는 아이돌의 시대이고 아이돌의 활동이 국내를 넘어 한국 팝(K-Pop)의 세계화를 이끌었다.

　①. 2012년에 싸이의 《강남스타일》이 우리나라 대중가요 역사상 처음으로 미국 빌보드 차트에 2위까지 올랐다. 이는 발전된 SNS와 동영상 플랫폼 서비스로 인한 기록이었다.

　②. K-POP 가수들이 더 넓은 세계로 나아가며 인정받고 있다. 특히 2013년에 만들어진 『방탄소년단(BTS)』은 3세대 아이돌 최강자로서 유튜브들의 SNS를 공략해 나이 및 국적을 가리지 않고서 수많은 사람들의 공감을 이끌어내었다. 특히 BTS는 전 세계의 팬덤인 "아미"에게 사랑받으며, 한국 대중가요 사상 처음으로 빌보드 차트 1위를 하고, 그래미 상 후보에 오르며 역사적인 행보를 이어가고 있다. 방탄소년단은 7명【 ㉠ 진(서브노래)·㉡ 슈가(리드래퍼)·㉢ 제이홉(메인댄서 서브래퍼 서브노래)·㉣ RM(리더 메인래퍼)·㉤ 지민(메인댄서 리드노래) ㉥ 뷔(댄서 서브노래)·㉦ 정국(메인노래 리드댄서 서브래퍼) 】으로 이루어졌다.
　그룹 이름인 방탄소년단(防彈少年團)의 방탄은 "총알을 막아낸다"라는 뜻이며, 이는 "10대들이 살아가면서 겪는 힘든 일과 편견 및 억압을 우리가 막아내겠다는 심오한 뜻을 담아냈다"고 한다. 영어로는 BTS인데 방탄소년단 가운데 방탄소를 영어로 옮긴 'Ban Tan So'의 첫 단어만을 어울려서 "BTS"라고 했다.

　방탄소년단은 21세기 비틀즈로 통하고 K팝의 미학적·산업적·메시지적 측면에서 혁신을 가져왔고 전 세계 팝계 변혁을 일으켰다. 특히 방탄소년단은 많은 노래의 가사를 한글로 만들었기 때문에 세계의 수많은 사람들이 우리의 한글로 노래를 따라 부르면서 자연스럽게 우리의 한글을 배우고 익히며 쓰게 됐다. 그리하여 우리나라 문화와 한글 보급에 큰 이바지를 한 공로가 있어서 흔히 그동안 20여 년의 경력자들이 받았던 문화훈장을 데뷔한 지 5년밖에 되지 않은 2018년에 받게 됐고 역대 최연소 수상자가 됐다.

　2019년에 갤럽 코리아가 실시한 연례 조사에 의하면 방탄소년단은 2년 연속으로 가장 선호하는 아티스트로 선정됐고 2020년 연말에는 BTS법이 제정되며 방탄소년단이 28세가 아닌 30세가 될 때까지 의무 병역을 연기할 수 있도록 돕기까지 했다. 2020년에 방탄소년단의 노래인 《다이너마이트(Dynamite)》가 미국의 빌보드 차트 3주 1위라는 기록을 이루었다. 더불어 방탄소년단은 2020년에 "우리 함께 살아냅시다"라는 훌륭하고 유명한 유엔 연설을 했다.

③. 2010년대에 여성그룹의 트와이스(Twice) 및 블랙핑크(BlackPink)들이 모든 세계에서 사랑받고 있어서 K팝의 인기가 고공행진을 이어가고 있다. 특히 『트와이스(영어: Twice, 일본어: つわいす)』는 2015년에 데뷔한 우리나라의 다국적 9인조 걸 그룹이다. 맴버는 한국인 5명(지효・나연・정연・모모・사나), 일본인 3명(미나・다현・채영), 대만인 1명(쯔위)이다. 트와이스의 대표곡은 《What is love?, I'm like TT Just like TT, Cheer up, Yes or Yes, Dance the night away》들이다.

※ 이런 2010년대의 좋은 노래들 가운데【 ① 좋은 날 * 아이유(2010년) / ② 내가 제일 잘 나가 * 투앤이원(2011년) / ③ 강남 스타일 * 싸이(2012년) / ④ 빠빠빠 * 크레용팝(2013년) / ⑤ 봄날 * 방탄소년단(2017년) 】의 노래들을 우리 행복충만에서 벗님들이 모두 함께 곱고 아름다운 목소리로 즐겁고 신나며 흥겹고 멋들어지게 부르자구나! ※

(12). 2020년대의 가요계는 코로나 시국으로 아이돌이 3세대에서 4세대로의 세대교체가 있었으나 쇠퇴했고, 힙합은 20년대 초까지는 인기였으나 2020년대 중반부터는 과거의 명성을 되찾지 못하는 중이며, 발라드도 질 낮은 양산형 발라드로 인해 2020년대부터는 과거의 인기를 되찾지 못하고 있다.

아울러 기존에는 기획사 및 SNS 페이지들의 공급자들이 노래를 듣는 수요자들에게 곡을 떠먹여 주었는데, 2020년대 가요계에서 주목할 점은 수요자들인 청취자들 스스로가 주체적으로 유행을 이끌어나갔다는 점이다. 코로나 기간 동안 이러한 공급자들의 음악은 쇠퇴한 반면, 인터넷에서 많은 밈들이 생성됐고, 음악 또한 밈의 일종이 되어서 역주행곡들이 차트 안에 진입하는 성과를 이루었다. 인터넷 밈(Internet meme)은 인터넷 커뮤니티 및 SNS 등지에서 퍼져나가는 여러 문화의 유행과 파생・모방의 경향, 또는 그러한 창작물이나 작품의 요소를 아우르는 용어이다. 본래 1976년 동물학자 도킨스(Dawkins)가 《이기적 유전자》라는 책에서 처음 제시한 학술 용어인 밈(meme)에서 파생된 개념으로, 밈은 마치 사람 사이의 유전자(진; gene)와 같이 자기복제적 특징을 갖고 번식해 대를 이어 전해져 오는 종교나 사상 이념 같은 정신적 사유를 의미했다. 이것이 패러디(parody; 특정 작품의 소재나 작가의 문체를 흉내 내어 익살스럽게 표현하는 수법)되고 변조되며 퍼지는 작품 속 문화 요소라는 의미로 확대된 것은 90년대 후반에서 2000년대 초반으로, 인터넷이 보급된 뒤 폭발적으로 늘어나는 새로운 방식의 문화 전파 현상을 도킨스의 표현을 빌려 나타낸 것이다.

한편 2020년대에 트로트 열풍이 불며 중장년층을 중심으로 젊은 세대에까지 인기를 끌고 있다. 구세대의 산물로 여겨졌던 트로트가 젊은 가수들이 더 다양하고 신선한 시도를 하면서 여러 TV 프로그램들을 통해 대중가요의 세대 통합에 앞장서고 있다.
2019년에 방영한 "미스(Miss; 여) 트롯"을 통해 송가인・정미애・홍자의 새로운 트로트 스타들이 나와서 트로트 열풍의 시작을 알렸다.
이어 2020년 연초부터 방영된 "미스터(Mister; 남) 트롯"에서 임영웅・영탁・이찬원・장민호들이 나와서 중장년층을 꽉 잡은 덕분에 시청률 35%를 넘기는 기염을 토하면서 제

2의 전성기를 맞았다. 특히 코로나19 유행으로 행사가 취소되면서 TV 매체 출연이 잦아지고 있는데, 이렇게 노출 빈도가 늘면서 트로트 가수들은 시청률 보증수표로 자리 잡았고, 트로트 관련 프로그램의 편성도 대폭 늘어났다.

더불어 2024년~2025년에는 "현역가왕 1"의 전유진·김다현·마이진과 같은 젊은 트로트 가수들이 주목받는 양상을 보였고, "미스 트롯 3"의 정서주·오유진처럼 젊은 트로트 가수들이 아이돌 출신으로도 트로트 시장에 새로운 활력을 불어넣고 있으며, "현역가왕 2"의 박서진·김준수·최수호·나태주·황민호들이 큰 인기를 얻고 있다.

2. 서양의 노래는 미국 팝송·영국 팝송·유럽 팝송·프랑스 샹송·이탈리아 칸초네들의 대중가요를 가리킨다.

(1). 미국의 팝송(Pop Song; Popular Music)은 미국의 대중가요로서, 보통사람들이 듣고 부르기 쉬우며 대중적이고 이해하기 쉬운 노래인 한편, 평범하여 모든 사람들에게 널리 보급되고 사람들에게 사랑을 받으며 시대상을 적절히 반영하여 널리 유행하고 있는 노래이다. 팝(Pop)이란 팝퓨러(Popular; 大衆)의 준말이며, 팝송은 지극히 평범한 대중의 희로애락을 대변하는 노래로서, 팝 뮤직(Pop Music) 또는 팝(Pops)이라고 한다.
미국의 팝송은 전 세계적으로 가장 인기 있는 음악 장르 가운데 하나이다. 19세기 후반부터 시작된 미국 팝송의 역사는 다양한 문화적 영향과 시대적 변화를 통해 발전해 왔다.

①. 미국 팝송의 뿌리는 19세기 후반의 미국 남부에서 찾아볼 수 있다. 이 시기에는 아프리카계 미국인들의 전통 음악인 블루스 및 컨트리 뮤직이 발전하기 시작했다. "블루스(Blues)"는 2박자 또는 4박자의 애조를 띠며, 슬픔과 고통을 표현하는 노래이다. "컨트리 뮤직(Country Music)"은 농촌 사람들의 삶을 나타내는 노래이다.

②. 19세기 말부터는 미국 북부에서도 팝송이 발전하기 시작했다. 이 시기에는 뮤지컬 및 발라드가 인기를 얻었다. "뮤지컬(musical)"은 음악 춤 연기를 결합한 공연이고, 음악극의 한 형식이며, 뮤지컬 코미디나 뮤지컬 플레이를 종합하고, 그 위에 쇼(show) 따위의 요소를 더한 것이다. "발라드(Ballade)"는 사랑을 주제로 한 감상적인 노래이고, 사랑과 이별을 노래하는 서정적인 음악이다.

③. 20세기 초에는 재즈가 크게 인기를 얻었다. "재즈(jazz)"는 경쾌한 리듬의 대중음악이고, 흑인 민속 음악을 바탕으로 발달했으며, 즉흥적인 연주를 중시한다.

④. 1940년대 후반에 전쟁의 상처가 아물어 가기 시작하고 대중음악은 여전히 재즈 및 가벼운 스탠다드 팝(Standard Pop) 위주로 점령당한 상태였다. 이 상황에서 젊은 세대들은 평화가 찾아오고 점점 사회가 나아질 것이라는 기대감 아래 풍요로운 시대를 누리게 된다. 전시 체제가 청산되고 미국은 발전된 자본주의 시대로 들어서면서 청년들의 급여도 향상됐고 이전시대와는 다른 금전적 풍요를 누리게 된 것이다. 이러한 상황에서 젊은이들은 자신들만의 문화를 찾기 시작했고 이는 새로운 트렌드의 추구로 나타난다.
그리하여 1940~50년대에 로큰롤이 발전됐다. "로큰롤(Rock and roll / Rock & roll / Rock n roll / R&R)"은 블루스 및 재즈를 바탕으로 하여, 컨트리 뮤직의 느낌이 혼합된 형태로 형성된 것으로써, 1940년대 후반부터 1950년대 초반까지 미국에서 크게 유행

했다. 로큰롤이란 단어는 'rocking and rolling(배가 흔들리다)'는 오래된 관용구에서 유래한 것이며, 음악에 맞추어 추는 춤이 흔들리는 배처럼 매우 격렬했기에 나온 표현이다. 여기서 Rock은 음악 특유의 강렬한 테크닉을 강조하는 표현으로 쓰이며, Roll은 흑인 음악 특유의 그루브와 소울을 의미한다. 1950년대에 로큰롤은 큰 인기를 끌기 시작했다. 전 세계를 사로잡은 로큰롤의 엄청난 인기는 사회의 다양한 분야에 영향을 끼쳤다.

로큰롤의 황제라고 칭송받은 사람은 바로 프레슬리이다. 엘비스 프레슬리(Elvis Presley)는 1950년대 초반부터 기타를 배우면서 가수의 꿈을 키우고 있었는데, 이미 이 시기부터 여러 밴드나 가수 경연대회에 수차례 응모했다가 떨어진 전적이 있었으며, 새로운 멤버를 구하는 기성 밴드들의 오디션에 응모했다가 떨어진 일도 많았다. 당시부터 이미 여러 실패를 경험해왔음에도 불구하고, 그는 트럭 운전 일을 하며 꾸준히 오디션에 참가했다. 그리하여 그는 1956년에 《Heartbreak Hotel》을 발표하여 공식적으로 데뷔했고, 데뷔 직후부터 큰 인기를 얻기 시작했다. 이어서 《Jailhouse Rock, Can't Help Falling in Love, Hound Dog, Love Me Tender, Suspicious Minds》들의 유명한 노래를 발표했다.

하반신을 흥겹게 흔드는 당시로는 아주 파격적인 춤 및 흑인들의 전유물로 취급되던 로큰롤을 선보여 미국을 뒤흔들었고, 보수적인 기성세대들에게 혐오를 받았으나 젊은 층에게는 인기가 대단했다. 가난한 시절을 보냈기에 성공한 뒤에도 어려운 사람들의 입장을 잘 이해해서 자선단체에 꾸준히 많은 기부를 했으며, 우연히 만난 팬들에게도 선물하는 것을 좋아했다. 대중문화의 중심이 된 뒤에도 국민적 인기를 끄는 가수임에도 특권을 거부하고 군대에 자발적으로 입대해서 모범적인 군 생활을 했으며, 관계자들에게도 늘 존중하는 모습과 겸손함을 보여주었다. 덕분에 종내에는 젊은 시절 그의 춤과 노래를 보며 눈쌀을 찌푸리던 미국의 보수적인 기성세대들에게도 사랑을 받는 슈퍼스타이자 국민 가수가 될 수 있었다. 이런 면모는 복잡한 사생활, 괴팍한 성격, 뒷세계와의 커넥션들로 논란이 많은 이전 세대의 유명한 시나트라와 차별되며, 프레슬리를 미국의 수많은 이들이 지금까지도 그리워하는 이유이기도 하다.

1950년대에 혜성처럼 등장하여 당시 주류 미디어들이 천박하다고 경멸하던 로큰롤 음악을 수면 위로 끌어올려 대중음악의 판도를 뒤집었으며, 흑백 인종차별이 매우 심하던 시대에 인종차별의 극단에 있던 남부 백인임에도 흑인 음악으로 세계적인 성공을 이루며 음악으로서 인종의 화합을 이루었고, 젊은 세대들의 마음을 사로잡으며 우상으로 떠오른 엘비스 프레슬리의 등장으로 대중문화의 엔터테인먼트 산업마저 뒤바뀌기 시작했다. 엔터테인먼트 산업의 주요층이 중장년층에서 청년층으로 흐름이 바뀌기 시작한 것은 역사적인 분기점으로 그전까지는 중장년층를 겨냥한 트렌드가 주였다면, 엘비스 프레슬리의 폭발적인 인기를 기점으로 엔터테인먼트 산업이 청년층도 겨냥하기 시작했다. 주요 핵심층이 중장년층에서 10대~20대의 젊은층으로 옮겨가기 시작한 것이다. 2018년에 백악관에서는 "엘비스 프레슬리는 전 세계 많은 팬들에게 미국 문화를 규정하는 인물이다. 그는 재즈·컨츄리·리듬앤블루스(R&B)들을 자신의 음악에 융합해 10억 장이 넘는 음반판매 기록을 세웠다. 사후 40여 년이 지났지만 프레슬리는 영원한 미국의 영웅으로 남아 있다."고 존경을 표했다.

⑤. 1960년대에는 록 또는 록 음악이 발전됐다. 록(Rock) 또는 록 음악(Rock music)은 미국에서 1960년대에 비롯되어 2000년대 후반까지 전 세계적으로 크게 유행한 대중음악 장르의 하나이다. 20세기 초 미국의 로큰롤에서 직접적으로 기원했고, 1960년대 이후 다양한 아래 장르로 분화되어 미국과 영국을 중심으로 큰 유행을 거듭하며 발전했다. 록이라는 단어는 굉장히 포괄적으로 수많은 종류의 음악을 일컫지만, 대개 가수·일렉트릭 기타·일렉트릭 베이스 기타·드럼들의 악기 연주 및 4분의 4박자 벌스-코러스 형식으로

특정된다. 가사는 보통 통속적, 문학적, 정치적인 메시지들을 포함하여 다양한 주제를 다룬다. 선박의 흔들림(rocking and rolling)을 뜻하는 영어 관용구에서 따와 로큰롤(Rock and Roll)이란 장르 명칭이 붙었고, 여기서 다시 줄어들어 록(Rock)이 됐다. 발음은 영국식으로는"록"이라고 하고, 미국식으로는 '락'이다. 우리나라에서는 업계 종사자들부터 대중까지 미국식을 따라 '락'이라고 읽는 경우가 더 많지만, 외래어 표기법은 영국식을 따라"록"이다. 때문에 TV 프로그램들에서 말하는 사람은 '락'이라 하는데, 자막은 "록"으로 나오는 이상야릇한 현상이 벌어진다.

'이 세상에 존재하는 록 밴드의 수만큼 다양한 종류의 록이 있다'고 할 정도로 록은 그 정의가 넓은 장르이다. 그럼에도 불구하고 가장 특징적인 요소라면 1960년대에 등장하여 널리 퍼진 앰프에 연결하여 소리를 증폭시킨 일렉트릭 기타가 있다. 현대 대중음악은 전부 미국 흑인의 음악 문화에서 왔다고 해도 과언이 아닌데, 그중 베리(Berry) 및 로제타(Rosetta)와 같은 로큰롤의 선구자들에 의해 블루스 기타와 보컬이 록의 근간을 이뤘다. 곧 흑인들의 블루스에서 비롯된 정제되지 않은 리듬과 즉흥성에서 오는 강렬한 리듬감은 록의 중추로서 작용한다. 또한 거기에 주선율을 놓고, 노래의 이야기나 메시지를 전달하는 부분인 벌스(Verse) 및 노래의 되풀이되는 후렴구인 코러스(Chorus)가 반복되는 구조는 컨트리 뮤직과 포크 음악에서 비롯되어 엘비스 프레슬리의 등장으로 인해 정립되어 현재까지 전해오는 록의 형태가 갖추어지게 됐다. 록 음악 장르의 명곡들을 들어보면 대개 인상적인 부분이 계속 반복되는 것을 알 수 있다. 또한 보편적으로 4/4박자의 리듬이 가장 널리 쓰이며, 가수 또는 보컬 리스트·기타 리스트·베이시스트·드러머로 구성된 4인조 형태 또는 비틀즈의 영향으로 기타리스트 2명·베이시스트·드러머로 구성된 4인조 형태의 밴드(band)로 노래를 합주하는 단체구성이 많다.

록 또는 록 음악은 1960년대부터 2000년대 후반까지 약 반세기 동안 대중음악을 지배한 장르이다. 1950년대의 역사적인 첫걸음에 이어, 1960년대는 저항성과 개척정신, 1970년대는 예술성과 세련미 및 장르의 세분화가 중심이 됐으며, 1980년대는 상업화, 1990년대는 분해와 재조합을 겪었다. 2010년대 이전 팝 음악은 록 음악적인 색채를 지닌 음악을 지칭했을 정도로 긴 세월 동안 대중음악계에서 록의 영향력은 매우 컸다.

2010년대 이후 록 음악의 영향력은 많이 줄었다. 컴퓨터와 음악 소프트웨어의 발전 때문이다. 전통적인 악기의 도움을 받지 않고도 다양한 음을 쉽게 낼 수 있게 됨에 따라, 음악은 악기라는 물리적인 제한에서 벗어났다. 이에 따라 힙합이나 일렉트로닉들의 연속적인 멜로디가 아니라 끊어지는 비트 위주로 전개되는 음악이 크게 발전했고, 악기의 한계로 인해 한정적이고 연속적으로 이어지는 멜로디를 내던 록 음악의 영향력은 감소했다.

⑥. 1970년대에는 록 음악이 더욱 다양화되며, 팝송의 장르도 확장됐다. 이 시기에는 디스코, 소울, 펑크, 뉴웨이브들이 인기를 얻었다. "디스코(disco)"는 춤을 추기 위한 음악이고, "소울(Soul)"은 흑인 음악의 전통을 이어받은 음악이며, "펑크(Punk)"는 반항적인 정신을 표현한 음악이고, "뉴웨이브(NewWave)"는 실험적인 음악을 추구한 음악이다.

⑦. 1980년대에는 전자 음악이 발전하며 팝송에 새로운 변화를 가져왔다. 이 시기에는 신스팝, 하우스, 테크노들이 인기를 얻었다. "신스팝(Synth-pop)"은 전자 악기를 중심으로 한 음악이고, "하우스(House)"는 디스코의 영향을 받은 음악이며, "테크노(Techno)"는 전자 음악의 한 장르로서 빠른 비트와 강렬한 리듬을 특징으로 한다.

1980년대를 가장 빛낸 가수는 잭슨이다. 마이클 잭슨(Michael Jackson)은 미국의 싱어송라이터(singer-song writer; 가수 겸 작사가·작곡가·음악 프로듀서)이다. 팝의 황제라는 별칭으로 불리며, 20세기 대중문화의 상징적인 음악가로 여겨진다. 기네스 세계 기록에 가장 많은 상을 수상한 아티스트(artist; 예술가)로 등재됐으며, 음악 · 춤 · 패션(fashion; 특정한 시기에 유행하는 옷)에 많은 공헌을 한 인물이다. 무대와 영상 퍼포먼스(performance; 예술 행위)를 통해 이름 붙인 문워크(moonwalk; 미끄러지듯이 뒤로 걷는 춤 동작) 및 복잡한 춤 동작을 대중화했다. 대중음악에서의 시각적 요소를 강조하며 음악 산업을 부각시켰다. 그는 역사상 가장 성공한 음악가라는 기네스북 기록과 함께 정규 앨범《Thriller》는 6,600만 장 이상의 판매를 올려 역사상 가장 많이 팔린 앨범으로 기네스북에 등재됐다. 모두 39개의 기네스북 기록을 남겼으며, 1970년대부터 2010년대까지 50년대 동안 꾸준히 빌보드 TOP 10안에 든 유일한 가수로 그의 솔로 경력으로는 13개의 빌보드 1위 곡을 남겼으며 밴드 시절까지 합치면 모두 17개의 빌보드 1위 곡을 남겼다. 또 그는 인종 차별을 부숴 유색인들의 인권 신장을 이뤘다는 공로로 상을 받았다.

⑧. 1990년대에는 미국 팝송이 세계적으로 더욱 인기를 얻었다. 이 시기에는 힙합, R&B, 얼터너티브 록들이 인기를 얻었다. "힙합(Hip Hop)"은 랩과 드럼을 중심으로 한 음악이고, "알앤비(R&B) 또는 리듬 앤 블루스(Rhythm and Blues)"는 소울 음악의 영향을 받은 음악이며, 얼터너티브 록(Alternative Rock)은 기존의 록 음악과 차별화된 음악을 추구한 음악이다.

⑨. 2000년대에는 흑인음악 계열인 힙합 및 알앤비가 마침내 록을 완전히 넘어서며 주류 장르로 등극하게 된다. 또한 CD가 명을 다하고 디지털 파일 시장이 커지며, 이로 인해 불법 복제가 성행하고 CD를 찾지 않게 되자 음악산업은 경제불황과 겹치며 축소된다.
2000년대에는 힙합, 일렉트로닉과 더욱 깊게 연결되며 그 인기는 유지됐다. 크렁크 · 컨템퍼러리 · R&B가 어울린 장르인 "Crunk&B"가 2000년대 중반에 전성기를 누렸다.
2000년대에 "일렉트로니카(electronica; 전자 악기)"는 다양한 장르들과 끝없이 결합하기 시작한다. 특히 비트감이 강한 록, 댄스, 힙합들과 시너지 효과를 이루며 여러 시도들이 이루어졌고 장르들은 더욱 세분화됐다. 아예 팝에 대해 대체적 성격을 가진 "얼터너티브 록(alternative roc; 기존 록 음악의 평범한 구성 방식에서 탈피한 대체적 록)"이 본격적으로 대두하기 시작한 시기이기도 하다.

⑩. 2010년대에는 2000년대 후반부터 시작된 전자음악 열풍으로 인해 오랜 역사를 가진 록이 명을 다하게 됐으며 붐이 막바지에 이른 시점에서는 힙합과 알앤비과 더욱 결합하며 전자음악은 대부분의 주류 장르에 스며든다. 음원 플랫폼 산업이 성숙화되어 2015년을 기점으로 "스트리밍(streaming; 네트워크를 통해 데이터 특히 오디오나 비디오 같은 미디어를 실시간으로 받아오는 기법)" 시대가 시작되어 곡 당 길이가 짧아졌으며 앨범이 아닌 싱글 단위로 시장이 흐르게 됐다. 또한 음반 시대 대비 앨범 당 수익성이 낮아졌으나, "소셜 플랫폼(social platform; 의사소통 등 일상생활에서 조직의 운영과 비즈니스에 이르기까지 사람 행위의 모든 분야에 소셜화가 가능토록 하는 기반) 및 음원 플랫폼"의 대중화로 인해 신생 가수들이 활동하기에는 더욱 좋은 시대가 됐다. "틱톡(TikTok; 15초 ~1시간 길이의 비디오 영상을 제작 · 공유할 수 있는 중국의 숏폼 동영상 플랫폼)"이라는 소셜 플랫폼이 대중음악에 미치는 영향력이 거대해지며 젊은 세대를 중심으로 빌보드에 많은 곡을 올려놓기 시작한다.

⑪. 2020년대에는 가사와 멜로디에 비중을 두는 시대가 끝이 나고 듣기 좋고 신선한 사운드로 사람들의 고막을 후벼 파는 시대가 됐다고들 이야기한다. 대중들이 가사와 멜로디에 집중하며 음악을 듣는 행위에 피로감을 느끼기 시작했고, 그 결과 이른바 "이지 리스닝(Easy Listening; 듣기에 편안한 노래)" 곧 일상생활 속에서 음악을 배경음악처럼 깔

아놓고서 가볍게 듣는 층들이 많아졌기 때문이다. 그 결과 기다란 전주 따위는 사라지고 음악이 시작됨과 동시에 시작되는 클라이막스로 귀를 사로잡은 뒤 빠르게 끝나버리는 곡들이 유행하게 됐다. 특히 아이돌 음악에서 이러한 경향이 심한데, 가사의 7~8할이 영어로 되어 있거나, 서사나 상징성 면에서 말이 되지 않는 이상한 가사로 범벅이 된 곡들이 쏟아져나오고 있다. 한마디로 더 이상 가사에 큰 비중을 두지 않고 오히려 사운드를 극대화 시킬 수 있는 장치로 이용하고 있는 것이다. 가사나 멜로디가 아닌 사운드가 중시됨에 따라 표절도 교묘해지는 추세이다. 이전처럼 멜로디를 베끼는 것은 쉽게 표절인지 아닌지 가릴 수가 있고, 실제로 멜로디를 어디서부터 어디까지 베끼면 표절이라는 식으로 어느 정도 정해져 있는 지침까지 있지만, 사운드를 베낄 경우에는 장르의 유사성이란 마법의 키워드로 피해갈 수 있기 때문이다.

전반적인 음악 산업의 경우에 2010년대 중반부터 강세를 보이던 스트리밍 시장이 코로나 사태로 2020년대에 한 번 더 큰 상승세를 타기 시작했다. "스트리밍(streaming) 또는 스밍(sming)"은 네트워크를 통해 데이터 특히 오디오나 비디오 같은 미디어를 실시간으로 받아오는 기법; 인터넷상에서 음성이나 동영상들을 하나의 형태가 아닌 여러 개로 나누어 물 흐르듯이 연이어 보내 실시간으로 재생하는 기법; 음악 파일이나 동영상 파일을 스마트폰 따위의 휴대용 단말기나 컴퓨터에 내려받거나 저장하여 재생하지 않고, 인터넷에 연결된 상태에서 실시간으로 재생하는 일 또는 그런 재생 기술이나 기법이다. 그 이름은 개천(stream)에서 왔는데, 데이터를 실시간으로 받아오는 과정을 개천 물이 흘러오는 것으로 비유한 것이다. 스트리밍은 콘텐츠가 여러 개로 나뉘어 전송되어 수신단에서 재생하기 때문에 전체 콘텐츠의 다운로드를 기다릴 필요가 없으며, 하드 디스크의 용량에 제약받지 않고 빠르게 콘텐츠의 감상이 가능하다. 또한 2020년대에 코로나 사태로 집에서 활동하는 시간이 많아졌고, 집에서도 쉽게 컨텐츠를 접근할 수 있는 스트리밍의 시대가 열리게 됐다. 특히 유튜브(Youtube)는 대중음악의 유행에 민감하고 다양한 콘텐츠들이 빠르게 확산되는 모든 세계 사람들이 이용하는 스트리밍 공간이다. 미국의 청소년들은 Youtube, 라디오, 아이튠즈 순으로 음악을 접하고 있다고 한다.

한편 미국의 팝송은 크게 흑인노래와 백인노래로 다음과 갈래짓는다.
①. 흑인노래는 아프리카 노래〈16세기〉 ⇨ 흑인영가(Negro Spiritual)〈18세기〉 ⇨ 블루스(Blues)〈1880년대〉 ⇨ 재즈(Jazz)〈1910년대〉 ⇨ 리듬 앤 블루스 (Rhythm & Blues)〈1940년대〉 ⇨ 소울(Soul)〈1960년대〉 ⇨ 펑크(Funk)〈1970년대〉들로 이어졌다.

②. 백인노래는 전래 포크(Traditional Folk)〈1880년 이전〉 ⇨ 틴 판 알리(Tin Pan Alley)〈1900년대〉 ⇨ 블루그래스(Bluegrass)〈1930년대〉 ⇨ 로큰롤(Rockn Roll)〈1950년대〉 ⇨ 록(Rock)·포크 록(Folk Rock)·트위스트(Twist)·고고(Go Go)〈1960년대〉 ⇨ 컨츄리 록(Country Rock)·헤비메탈 록(HeavyMetal Rock)·디스코(Disco)·스페이스 록(Space Rock)〈1970년대〉 ⇨ 새 노래(New Music)·새 전통 컨츄리(New Traditional Country)·새 포크(New Folk)·스탠다드 팝(Standard Pop)·댄스 노래(Dance Music; Break Dance, Reggae, Dance, Rap Dance)〈1980년대~2000년대〉 ⇨ 전자 무용 음악(EDM; Electronic Dance Music) : 테크노(Techno)·앰비언트 (Ambient)·브레이크비트(Breakbeat)·드럼 앤 베이스/정글 (DnB/Jungle)·하드코어 테크노(hardcore Techno)·하드스타일 (Hardstyle)·하우스(House)·트랜스 (Trance)·다운비트 (Downbeat)〈2000년대~2020년대〉들로 발전되고 있다.

(2). 영국의 팝송은 현대 세계 음악계를 장악하고 있는 영미권 음악의 시초로서, 수많은 명가수들과 거장들을 배출해냈고 현재까지도 그 명성을 유지하고 있다. 영국 음악은 잉글랜드, 웨일스, 스코틀랜드, 북아일랜드의 민속 음악에서부터 클래식 음악, 팝 음악까지 그 분야가 굉장히 다양하다.

팝 음악이라는 단어 자체가 아예 영국에서 유래됐다. 1950년대 중반에 로큰롤을 젊은층들이 향유하기 시작하면서 이 새로운 장르를 일컫기 위하여 팝이라는 새로운 장르를 개척한 것이다. 가장 대표적인 영국 팝 음악가들에는 전 세계적으로 이름을 날린 비틀즈 및 롤링 스톤즈들이 있고, 이들 덕분에 영국의 팝 음악은 1960년대에 엄청난 발전을 이루었다. 또한 록 음악에도 영국계 음악가들이 수없이 진출했으며, 헤비메탈·하드 록·뉴웨이브·펑크들의 수많은 장르들을 개척하였고, 여러 음악 장르의 요소를 결합하여 만들어진 록 음악의 한 형태인 퓨전 록(Fusion Rock)도 만들어냈다.

가장 대표적인 영국 음악가는 비틀즈이다. 비틀즈(The Beatles)는 1960년 리버풀에서 결성된 영국의 록 밴드이고, 멤버는 레논(Lennon)·매카트니(McCartney)·해리슨(Harrison)·스타(Starr)의 4명이며, 대표곡은 《Hey Jude·Let It Be·Yesterday·Come Together》들이다.

비틀즈는 역사상 가장 영향력있는 음악가로 인정받고 있으며, 20세기를 넘어 21세기를 관통하는 문화로 취급받는다. 1960년대 반문화와 대중음악을 예술의 한 형태로서 인식하는 데 있어서 필수불가결하다고 평가받는다.

비틀즈는 1950년대 미국의 로큰롤을 뿌리로 두면서 전통 팝의 요소들을 혁신적인 방식으로 자신들의 노래에 녹여냈고, 후기에는 발라드와 인도 음악에서 사이키델리아(psychedelia; 몽롱하고 환각적인 느낌을 표현하고자 했던 음악) 및 하드 록(Hard rock; 특유의 강한 비트를 특징으로 하는 음악)에까지 이르는 폭넓은 음악 형식을 탐구했다. 인도 음악을 서양 대중음악에 처음로 도입하여 동서양의 조화를 이루었고, 대중음악계에서 처음으로 각종 음향기법을 적용하면서 대중음악과 실험음악의 장벽을 허물었다.

또한 비틀즈는 레코딩·작곡작사·표현·태도·1960년대 반문화에 있어서의 선구자이자, 성혁명·패션·문학·예술들의 여러 분야에 영향을 끼치면서, 음악계과 문화계의 다양한 방면을 혁신시켰으며 모든 것을 바꿨다고 평가받는다. 1960년대의 아직도 근대적인 색채가 강했던 시대에서 비틀즈가 사회를 새로운 현대 시대로 이끌면서 이러한 변화의 구심점 역할을 했고, 당대 젊은이들과 사회문화적 운동의 지도자로서 큰 이바지를 했다. 그리하여 비틀즈는 10억 장이 넘는 음반을 전 세계에 팔았으며, 현대 음악의 전설로 남아있을 정도로 막대한 영향력을 떨쳤다.

아울러 영국에는 스톤즈(Stones)·플로이드(Floyd)·퀸(Queen)·제플린(Zeppelin)·비지스(Bee Gees)·존슨(Jones)·애니멀(Animal)들의 유명한 가수들이 있다. 이어서 1990년대 이래 유명한 영국 가수들 가운데에는 마이클(Michael)·걸스(Girls)·윌리엄스(Williams)·아델(Adele)·시런(Sheeran)들이 있다. 이들 덕분에 영국에서 가장 대중적인 음악 장르는 팝으로, 33.4%의 국민들이 가장 즐긴다고 한다. 그 다음이 힙합 장르와 R&B라고 한다. 현대 영국 음악계는 동일한 영어권 국가인 미국 음악가들과 어울려 랩 음악들을 함께 만들기도 한다.

(3). 유럽의 팝송은 독일 프랑스 스웨덴 네덜란드 덴마크 노르웨이 스페인 이탈리아 그리이스들의 수많은 유럽 나라들에서 위의 미국 팝송 및 영국 팝송을 받아들여 자기 나라의 고유 가요와 어울려서 새롭게 만들어서 듣고 부르고 있다.

(4). 프랑스의 샹송(Chanson)은 프랑스의 대중가요이며, 아름다운 프랑스어의 발음과 억양, 프랑스라는 나라가 가지고 있는 예술적인 이미지와 함께 전 세계적인 사랑을 받아왔다. 11~13세기 가곡의 형태로 시작되어 기본적인 형식이 갖추어졌으며, 16세기에 이르러 대중음악으로서 자리를 잡게 된다.

샹송은 2차 세계 대전 중 샹송의 여왕이라 불리는 피아프(Piaf)의 등장과 함께 황금기를 맞았다. 아울러 1960년대에 갱스부르(Gainsbourg)·몽탕(Montand)·아다모(Adamo)들이 나와서 현대 샹송의 시대가 도래된다. 현재까지도 샹송은 다양한 장르와 접목되며 여전히 비영어권 지역 대중음악의 중심에 자리해 오고 있다.

(5). 이탈리아의 칸초네(Canzone)는 이탈리아의 민요 및 가요이다. 음악적 특징은 무엇보다 아름다운 선율과 쉽게 따라 부를 수 있는 쉽고 솔직한 가사로 표현된 사랑 노래가 많다는 점을 꼽을 수 있다.

칸초네는 이태리 안에서도 지역적인 특성을 따라 다르게 발전되고 시작됐는데, 나폴리 및 산레모가 대표적이다. 또한 칸초네 대표적인 가수로는 파바로티(Pavarotti)·도밍고(Domingo)·달라(Dalla)·카레라스(Carreras)들이다.

더불어 칸초네는 국제적인 색채를 띠기 시작하여, 록 음악이나 라틴 리듬들의 다양한 장르 및 스타일의 음악과 어울리기 시작하면서 세계 팝 시장에서도 성공을 거두고 있다.

※ 이런 팝송의 좋은 노래들 가운데【 ① Billie Jean * Michael Jackson 부름 / ② Dancing Queen * Abba / ③ She's Gone * Steel Heart / ④ Woman In Love * Barbra Streisand / ⑤ Holiday * Scorpions / ⑥ Bridge Over Troubled Water * Simon And Garfunkel 】의 노래들을 우리 행복충만에서 벗님들이 모두 함께 곱고 아름다운 목소리로 즐겁고 신나며 흥겹고 멋들어지게 부르자구나! ※

2. 『동요(童謠 : Childrens Song)』는 어린이가 즐겨 부르는 노래이다. 곧 어린이의 생활 감정이나 마음을 나타낸 어린이를 위한 정형시를 노래로 만들어 부르는 것이다. 어린이는 즐거우면 웃고 슬프면 우는 깨끗함과 순수함을 지니고 있으며, 꿈도 많고 호기심과 상상력이 넉넉하다. 동요는 이런 어린이, 곧 서너 살부터 초등학교에 다니는 열두세 살까지 시절의 마음을 노래로 나타낸 것이다. 동요의 바탕에는 단순·보편성 및 이상과 몽환이 담긴 낭만주의적 요소와 함께 윤리성·교육성으로 집약되는 인도주의적 요소가 있다.

동요의 갈래로는 아래와 같이 전래 동요 및 창작 동요가 있다.
(1). 전래 동요는 언제 누가 지었는지 알려지지 않은 채 전래하여 온 것이다. 전래 동요는 다시 ① 놀이를 기준으로 혼자나 여럿이 놀 때 부르는 노래, ② 누군가를 놀리면서 부르는 노래, ③ 무언가를 바랄 때 부르는 노래, ④ 재미 삼아 부르는 노래로 나눌 수 있다.
전래동요는 민요·설화·속담들과 더불어 구비문학에 속하며, 내용은 자연의 변화를 노래한 것이 많고, 즐겁게 놀면서 부르는 것이 대부분이다. 전래동요는 아득한 세월을 쉼 없이 입에서 입으로 전승되고 여러 지방으로 전파되어 나가는 사이에 그 시대나 환경에 맞도록 일부 개작되기도 한다.

(2). 창작 동요는 어른이 어린이들을 위해 새로 만든 노래이다. 창작 동요는 개인의 창작으로, 문자를 통해 발표되고 어린이나 동심을 지닌 어른들에 의해 읽히거나 노랫말로 불린다. 창작 동요는 일단 발표되면 그대로 고정된다.

《한국민족문화대백과사전》에 따르면, ① 우리나라에서 창작 동요의 처음은 윤극영의 「반달」(1924년)이고, ② 처음의 창작 동요집은 『윤석중 동요집』(1932년)이며, ③ 권태응의 동요집 『감자꽃』(1948)과 윤복진의 동요집 『꽃초롱 꿈초롱』(1949)도 유명한 작품이었다. ④ 1983년부터 시작한 MBC 창작동 요제는 초기에는 일선 학교 교사들이 창작한 동요를 대상으로 했다. 여기서 발표된 동요 중 상당수가 현재 어린이들 사이에서 널리 애창이 되고 있으며, 또 많은 곡이 음악 교과서에 수록이 되어 한국 동요의 주류 역할을 하고 있다. ⑤ 그 뒤에 국립국악원 주최 국악 동요제에도 수백 편의 국악 동요가 발표됐고, 그중 10여 곡이 음악 교과서에 수록되기도 했다.

아울러 온누리의 모든 사람은 누구나 어린 시절을 거쳐서 어른이 된다. 그래서 어른이 동요를 부르게 되면 스스로의 이미 지나간, 그러기에 다시 가고픈 어린 시절의 아득한 추억에 잠기어 마음의 여유를 찾을 수 있다. 아울러 동요를 같이 부름으로써, 어린 자녀와 함께 어울릴 수 있고 보금자리의 온 식구들이 한마음을 기르고 포근한 보금자리를 가꿀 수 있다.

　※ 이런 동요의 좋은 노래들 가운데【 ① 뽀뽀뽀 / ② 둥글게 둥글게 / ③ 앞으로 앞으로 / ④ 고향의 봄 / ⑤ 초록 바다 / ⑥ 파란 마음 하얀 마음 】의 노래들을 우리 행복충만에서 벗님들이 모두 함께 곱고 아름다운 목소리로 즐겁고 신나며 흥겹고 멋들어지게 부르자구나!※

3. 민요(民謠 : Folk Song)는 보통 작사자·작곡자가 따로 없으며 민중들 사이에서 입으로 전해오고 있다. 민요는 민중의 생활을 노래한 단순한 노래의 차원을 넘어서 민중들의 사상·생활·감정들을 담고 있으며, 노동과 불가분의 관계이기 때문에 본질적으로 생산적인 노래라는 특징을 갖는다. 악보나 문자로 기록되지 않은 채로 입으로 전해져왔기 때문에 언제부터 불리어지기 시작했는지는 정확하지 않다. 노동 기원설에 따르면 민요는 노동을 하면서 박자에 맞추어 소리를 내고, 이러한 무의미한 소리에 선율을 얹어 부르기 시작했을 것으로 추측된다. 민요는 특정한 예술가의 창작이 아닌, 또는 창작자가 그리 문제가 되지 않고 국민의 입으로 전해 내려온 노래이다. 그 때문에 대부분 기원이 분명하지 않고 예술 노래와 같이 세련되어 있지 않으나, 그런 반면에 소박하면서도 간결한 표현 속에 각기의 민족성을 나타내고 있으며 국민의 생활 감정을 솔직히 노래하고 민족의 정서를 나타내고 있다.
　민요는 흔히 자연 발생적인 노래라고 한다. 이 자연 발생적이라 함은 특정인에 의해 완성되는 것이 아니라, 수많은 사람들에 의해서 이루어진다는 뜻이다. 어느 누군가에 의해 처음으로 불려진 노래가 다른 사람들의 마음에 들면 따라 부르게 되고, 이것을 차츰 수많은 사람들이 보다 더 좋게 의식적으로 또는 무의식적으로 고쳐가게 되는 것이다.

　우리나라 한국 민요는 예로부터 우리나라 민중들 사이에서 불려오고, 전통 사회 사람들의 생활 속에서 입으로 전해온 노래이다. 작사자와 작곡가가 따로 없이 언제부터인가 불려오기 시작하여, 민중들의 입과 입을 거쳐 내려오는 동안에 그들의 사상·생활·감정에서 우러나온 사설들이 담기고 토속적인 가락으로 불리게 됐다. 우리 민요는 대부분 같은 가락의 사설을 1절 및 2절하고 바꿔 부르는 장절(章節) 형식이 많고, 흔히 후렴이 붙는다.
　우리 민요는 대략 200여 종이 되며 대부분이 노동요로 구성되어 있는 것이 특징이다. 논 농사는 많은 노동력을 필요로 하기 때문에 서로의 호흡을 맞추고 노동의 능률을 올리기 위해 많은 노동요가 불리어지게 되었다. 특히 서부 평야 지역을 중심으로 수많은 도작농업 노동요가 불려져 왔으며, 해안과 도서 지역을 중심으로 어업 노동요, 동부 산악 지역을 중심으로 답작 노동요가 불리어졌다.

민요의 갈래로는 ① 민요의 성격에 따라 토속 민요 및 통속 민요로 나누며, ② 지역 또는 음악적 특징에 따라 경기 민요(서울 · 경기), 서도 민요(황해도 · 평안도), 동부 민요(경상도 · 강원도 · 함경도), 남도 민요(전라도), 제주 민요로 구분된다. ③ 민요의 기능에 따라 노동요, 의식요, 유희요로 나누며, ④ 향유 계층에 따라 성인요, 부녀요, 아동요들로 갈래 짓는다.

우리 민요의 발자취는 아래와 같다. ① 14세기 인물인 박효수의 시 작품 중에 "들바람은 때로 삽앙가를 보낸다."라는 구절이 있다. 이를 통해 고려 말에 모심는 소리가 존재했음을 알 수 있다. ② 조선 초기 강희맹은 농서에서 당시 논매는 소리의 만조 및 촉조, 해당 후렴을 각각 제시하고, 끝에 '다농다리호지리다리'라는 노랫말을 한다고 했다. 이미 조선 전기의 "논매는 소리"가 오늘과 같은 양식을 취하고 있음을 확인할 수 있다. 또한《증보문헌비고》에 인조의 왕릉을 만들 때 승군들이 묘를 다지며 노래를 불렀다는 기록을 통해 조선 전기 "장례의식 노래"의 존재도 확인된다. ③ 조선 후기에는 수리 시설의 미비로 그동안 억제했던 이앙법을 허용했다. 이에 따라 "모심는 소리"가 삽시간에 전국적으로 확산했다. 기존 논매는 소리에 모심는 소리가 보완되어 논농사 노래가 한층 완성도를 갖출 수 있었다. 영조 때 사람인 이사질이 모심는 소리로 부른 상사 소리를 어난 난곡이라는 한시로 남겨 놓았다.

우리 민요는 지역에 따라서 아래와 같이 갈래짓는다.
(1). 『경기도 민요』는 서울을 중심으로 경기도와 그 주변에서 불리는 민요이다. 대체로 음색이 맑고 부드러우며 서정적이고 흥거우며 구성지고 경쾌하다. 경기민요에서 사용되는 음악적 또는 가락의 형식은 경 토리(조;調)이다. 솔 · 라 · 도 · 레 · 미의 5음 음계를 사용한다. 장단은 굿거리 · 세마치들이 쓰인다. 가락은 전음 5음계로 됐고 비교적 음의 편중이 적다.
대표적인 노래는 아리랑, 긴 아리랑, 구조 아리랑, 천안삼거리, 군밤타령, 경복궁타령, 창부타령, 노랫가락, 창부타령, 이별가, 청춘가, 도라지타령, 사발가, 베틀가, 오봉산타령, 오돌또기, 양류가, 방아타령, 자진방아타령, 양산도, 한강수타령, 개성난봉가, 닐리리야, 군밤타령, 는실타령, 건드렁타령, 청춘가, 노들강변들이다.

(2). 『강원도 민요』는 강원도에서 불리는 민요이고, 가락은 5음 음계로 구성된 메나리조(五音調)이며, 느린 가락은 퍽 애절한 느낌을 주고, 많이 쓰이는 장단은 3박자 계통의 중중모리장단 · 중모리장단이지만 자유 리듬으로 연주되는 민요도 많다. 강원도 민요는 태백산맥을 중심으로 영동권 및 영서권으로 나뉜다.
대표적인 노래는 강원도 아리랑, 정선 아리랑, 한오백년, 뱃노래들이다. 이 민요들은 모두 아리랑과 관계가 있는 민요인 것으로 봐서, 각도에 흩어진 아리랑 민요들의 원형이 강원도 민요에 나왔다고 하겠다.

(3). 『전라도 민요』는 전라도에서 불리는 민요이고, 느린 가락으로 된 민요는 슬픈 느낌을 주며, 빠른 가락으로 된 민요는 구성지고 멋스럽고, 가락이 흥겨워 소리꾼들이 즐겨 부르면서 닦이어져 음악적으로나 문학적으로 세련됐다. 대표 악곡인 육자배기의 명칭을

따서 육자배기 토리(조;調)라고도 부르며 민간에서 구전으로 전해져 오는 토속 민요 및 이를
바탕으로 전문적인 예술인들이 윤색하여 부르던 통속 민요(잡가)가 있다. 중심음은 미·라·
시이며, 이를 각각 떠는 음, 평으로 내는 음, 꺾는 음이라 한다. 특히 '레'나 '도'에서 '시'음으
로 내려올 때 눌러 내거나, 흘러내리거나, 굴리는 소리를 자유스럽게 구사함으로써 슬픈 감
정을 자아내게 하며, 또는 그러한 시김새(표현기법)가 구성진 맛을 나타낸다. 장단은 판소리
나 산조의 장단을 많이 사용하고 있다. 진양조·중모리·중중모리·자진모리들이 사용되고
있는데, 진양조나 중모리와 같은 느린 가락과 장단으로 불릴 때는 슬픈 감정을 나타내지만,
중중모리·자진모리들의 빠른 가락과 장단으로 불릴 때는 흥겹고 멋들어진다. 이런 긴 소리
와 짧은 소리는 서로 짝을 이루고 있다. 창법은 극적이고 굵은 목을 쓰고 있으며, 강하게 떠
는 요성 및 꺾는 음이 특징이다.
　대표적인 노래는 진도 아리랑, 육자배기, 강강술래, 흥타령, 남원산성, 새타령, 까투리타령,
물레타령, 농부가, 보렴, 화초 사거리들이다.

　(3). 『경상도 민요』은 경상도를 중심으로 전래되어 내려온 민요이고, 가락이 씩씩하며 꿋꿋
하고 힘이 있으며, 다소 빠르고 경쾌한 장단인 굿거리 및 세마치 장단을 많이 사용한다. 대부
분 주요 구성음이 미·솔·라·도·레(5도)를 중심으로 삼아 때때로 미·라·도(3도)와 함께
어울리면서 노래의 가락이 이루어져 있다.
　대표적인 노래는 밀양 아리랑, 쾌지나칭칭나네, 성주풀이, 옹헤야, 정자소리, 방아소리, 울
산아가씨, 상주모내기, 튀전타령, 골패타령들이 있다.

　(4). 『제주도 민요』는 제주도에서 불리는 민요이고, 노래 말은 특이한 제주도 사투리를 많
이 사용하고 있으며, 제주도 방언을 사용하여 이국적인 느낌이 난다.
　대표적인 노래는 맷돌노래, 오돌또기, 산천초목, 봉지가들이 있다. 이 가운데 맷돌노래만
순수 제주도 민요이고 나머지는 육지에서 유입된 민요이다.
　맷돌 노래는 제주도 토속성이 강한 민요로 여성들 사이에 널리 퍼져 있다. 제주도 여성들의
생활고, 시집살이, 남편과의 다툼들이 잘 표현되어 있다. 오돌또기는 흥부가에 삽입됐던 가
요가 제주도에 전래된 것이다. 산천초목은 극히 제한적으로 전래되고 있으며 흥부가의 첫머
리 가사와 동일하다. 봉지가는 산타령계 민요로 9 / 8박자가 중심이다.

　우리 민요에 사용되는 『장단』은 굿거리, 자진모리, 세마치가 보편적으로 쓰이는 장단이다.
아울러 중모리, 중중모리, 휘모리, 엇모리와 같은 장단도 있다.
　① 굿거리 장단은 12박자로 구성되어 있으며, 가락의 흐름이 부드럽고 차분한 느낌을 준
다. 굿거리라는 이름에서 알 수 있듯이 주로 굿판이나 의식 및 민속 공연에서 사용되며, 느리
고 안정된 리듬이 특징이다. 이 장단은 일정한 박자와 리듬을 유지하며, 감정을 깊이 있게 전
달하는 데 적합하다. 대표곡은 아리랑, 수심가, 춘향가, 농악굿들이다. ② 자진모리 장단은
일정한 리듬과 강약의 변화가 있어 연주와 노래에 활력을 더하며, 빠르고 경쾌한 리듬이 특
징이며, 주로 흥겨운 분위기를 연출하는 데 사용된다. 대표곡는 춘향가, 심청가, 흥보가들이
다. ③ 세마치 장단은 3박자로 구성되어 있고, 경쾌하고 활기찬 느낌을 주며, 음악의 흥겨움
과 리듬감을 높인다. 대표곡은 강강술래, 수심가들이다.

　우리 민요에서 『조(調)·음계(音階)·토리(가락)』는 노래의 가락을 구성하는 기본적인 음
의 체계이다. 흔히 이 세 가지는 같은 뜻으로 쓰이고 있다. 하지만 정확하게 『조』는 곡의 전
반적인 조성이나 분위기를 의미하고, 『음계』는 그 조 내에서 사용되는 음들의 집합 또는 배
열이며, 『토리』는 실제 노래하는 멜로디 또는 가락 자체이다.

우리 민요의 조는 크게 다음과 같이 평조, 계면조, 별곡조, 우조로 갈래짓는다. ① 평조(平調)는 부드럽고 안정된 느낌을 주며, 주로 서민적이고 서정적인 민요에 사용된다. 대표곡은 아리랑, 도라지 타령, 수심가들이다. ② 계면조(界面調)는 활기차고 역동적인 느낌이 있으며, 민속 무용이나 축제 민요에 자주 쓰인다. 대표곡은 강강술래, 농부가, 진도아리랑들이다. ③ 별곡조(別曲調)는 감정을 깊이 표현하는 데 적합하며, 슬픔이나 애수를 나타내는 곡에 사용된다. 대표곡은 청춘가, 단가, 한오백년들이다. ④ 우조(羽調)는 높고 맑은 음색을 가지며, 서정적이고 우아한 분위기를 연출한다. 대표곡은 청춘가, 가야금 병창이다.

한편 『신민요』는 기존의 향토민요나 통속민요에서 여러 요소를 빌려서 작사가 및 작곡가에 의해 창작됐다. 신민요는 넓은 의미의 신민요 및 좁은 의미의 신민요로 나눌 수 있다. 넓은 의미의 신민요는 근대에 새롭게 등장한 민요를 통틀어서 가리킨다. 좁은 의미의 신민요는 일제강점기, 특히 1930년대에 트로트와 함께 전성기를 구가했던 민요풍의 대중가요를 의미한다. 광복 이후에 노들강변·태평가의 노래들이 전통민요 창작자들에게 수용되어 전통민요의 하나로 흡수되기도 했다. 더불어 대중가요의 하나로 자리 잡아 김세레나·김부자들의 대중가수로서 활동하는 신민요 가수들에 의해 불려지고 있다.

요즘에 신민요를 『국악 가요·새 민요』라고도 부르면서 크게 발전하고 있다. 국악 가요는 국악의 장단이나 가락을 바탕으로 쉽게 부를 수 있도록 만든 민요풍의 창작 가요이고, 국악과 다른 음악 장르나 예술 장르를 혼합하여 새로운 형태로 창조하는 교차·융합·접목을 뜻하는 크로스오버(crossover) 국악이다.
유명한 노래는 《김영동 : 어디로 갈거나 / 김일륜 : 가시버시 사랑 / 황의종 : 아름다운 인생길 / 정태춘 : 얘기 / 김성녀 : 한네의 이별》들이 있다. 아울러 국악가요 가수로는 장사익, 박애리, 전명신, 박찬범, 조은혜, 송소희, 송가인, 권미희, 김산하들이 있으며 열심히 활동하고 있다.

우리나라의 대표적인 민요이고 한국 문화를 상징하는 노래로서 『아리랑』에 대해 살펴보자!《다음백과·한국민족문화대백과사전·위키백과》들에 따르면, 아리랑은 우리나라 각 지역마다 수많은 버전(version; 한 소프트웨어를 서로 다른 시스템 환경에서 사용할 수 있도록 각각 제작된 프로그램)이 존재하고 있으며, 유네스코에 의하면 아리랑이라는 제목으로 전승되는 민요는 약 60여 종 및 3,600여 곡에 이르는 것으로 추정하고 있다.

아리랑은 2012년에 우리나라의 무형문화유산으로 등재됐고, 2014년에 북한의 인류무형문화유산으로 등재됐으며, 2015년에 우리나라 국가무형문화재 제129호로 지정됐다.

아리랑의 갈래로는 ① 강원도의 정선 아리랑, ② 전라도의 진도 아리랑, ③ 경상도의 밀양 아리랑, ④ 경기도의 아리랑, ⑤ 춘천 아리랑 : 한말에 춘천에서 의병투쟁을 벌일 때 부른 노래, ⑤ 본조 아리랑 : 대원군과 민비의 권력 싸움을 민중들이 성토한 노래, ⑥ 광복군 아리랑 : 만주 광복군의 독립의지를 담고 있는 노래, ⑦ 치르치크 아리랑 : 조국을 빼앗기고 소련으로 떠난 한인들이 부른 노래, ⑧ 대중가요 아리랑 : 아리랑 삼천리, 영암 아리랑들이 있다. 이 가운데 강원도의 정선 아리랑이 가장 오래됐으며, 가장 잘 알려진 것은 경기도의 아리랑이다.

아리랑은 위의 강원도의 정선 아리랑, 전라도의 진도 아리랑, 경상도의 밀양 아리랑이라는 삼대 전통 아리랑이 그 원류라고 보여진다. 그러나 나운규의 영화 《아리랑》에서 비롯했을 것으로 짐작되는 「경기 아리랑」 또는 「서울 아리랑」은 신 아리랑 또는 신민요 아리랑이 잇따라 발생할 수 있는 동기 구실을 한 것으로 여겨진다. 신 아리랑 또는 신민요 아리랑은 적어도 부분적으로는 대중가요화한 아리랑으로 보아야 하는 것이지만, 그것은 민요 아리랑 또는 전통 아리랑으로 하여금 새로운 시대 곧 상업시대 및 산업사회의 대중들의 노래로서 살아남게 하는 중요한 계기가 된 것이다. 곧 《아리랑 삼천리(박시춘 지음)》를 처음으로 삼아, 일제강점기에 창작된 다섯 편 가량의 대중가요 아리랑 및 오늘날의 《영암 아리랑(하춘화 노래)》에 이르기까지 대중가요 아리랑의 맥이 이해될 수 있을 것이다. 노래로서 아리랑은 전통 민요 ⇨ 신 민요 ⇨ 대중 가요의 길을 걸어왔다. 노래로서 아리랑은 이만큼 다양한 장르를 품게 됐다.

우리가 흔히 아는 아리랑은 대체로 슬프고 한스러운 내용을 담고 있지만, 사실 아리랑은 원래 그렇게 구슬픈 노래가 아니었다. 강원도 정선에서 구전되던 지역 민요 정선 아리랑이 경복궁 중수공사를 계기로 경기도에 전파되면서, 유흥가나 놀이판에서 소리꾼들이 부르는 경기긴 아리랑 · 경기자진 아리랑이 된 것이다. '나를 버리고 가시는 님! 또는 아리랑 고개를 넘어간다'는 말도 유흥판에서 흥을 돋우기 위해 상정된 가상의 이별이지, 민족의 한이 서린 가사 같은 것은 아니었다.

그런데 이 아리랑을 기반으로 작곡된 나운규의 영화 《아리랑》의 주제곡인 경기 아리랑이 널리 퍼지면서 아리랑의 이미지도 바뀌게 됐다. 영화의 슬픈 줄거리에 상응하도록 본조 아리랑도 기존 민요의 가사를 재해석하여 한스러운 노래로 지어졌는데, 이 영화 《아리랑》이 전국적으로 대흥행을 하면서 그 주제곡인 경기 아리랑도 함께 전파되게 된다. 오늘날 아리랑에 대한 한이 서린 이미지는 여기에서 비롯된 것이다.

아리랑이라는 말의 비롯됨에 관한 생각 및 설은 아래와 같다.
①. 아리랑 : 사랑하는 님을 떠난다는 뜻을 갖고 있는 말에서 비롯됐다는 생각이다.
②. 아이농설 : 대원군의 경복궁 중건 때 고생하던 민중들이 반가운 말은 못 듣고 괴로운 말만 듣게 되니 차라리 귀가 먹었으면 좋겠다라고 한 말에서 나왔다는 설이다.
③. 아랑 전설 : 밀양 영남루의 아랑 낭자의 억울한 죽음을 애도한 노래에서 나왔다는 생각이다.
④. 알영성 : 신라의 박혁거세의 아내 알영부인을 찬미한 말에서 변했다는 설이다.
⑤. 수필가 윤오영은 그의 수필 《민요 아리랑》에서 아리랑의 랑은 령(嶺)의 변음이며, 아리는 장(長)의 뜻을 지니므로, "아리랑"은 '긴 고개 또는 재'를 뜻한다고 설명한다. 그 근거로 장백산의 옛 이름인 아이민상견(阿爾民商堅)의 아이는 장(長)의 훈(訓)이며, 민은 백(白)의 훈차이고, 상견은 산(山)의 반절음이니 장(長)의 고어가 아리인 것이 분명하다는 설명과 함께, 아리수(阿利水)도 장강(長江)을 뜻하는 것으로 그 시대 그 지역에서 가장 큰 강을 부른 이름이므로, 아리랑 역시 지역마다 있는 가장 큰 고개를 부르는 이름이었음을 밝히고 있다. 아울러 "쓰리랑"은 시리 시리 시리랑에서 온 것으로 이는 사리 사리 또는 서리 서리의 변음이며, 지방마다 높은 재를 사실고개, 서슬고개로 부르는 것으로 미루어 '꾸불꾸불 서린 고개길'을 뜻한다고 설명하고 있다.
⑥. 아리랑 및 쓰리랑은 고대 북방 샤머니즘의 장례문화에서 '영혼을 맞이하고 이별의 슬픔을 참는다'라는 의미로 추정된다는 생각도 있다.
⑦. 아리랑은 떠돌이 소리꾼들이 부르던 것으로 전국을 떠돌며 힘든 고개를 넘을 때 힘

든 것을 노래한 것으로, 백성들이 그녜들이 부르는 노래를 따라부르게 된 것이다. 아리랑 쓰리랑은 '높고 구불구불한 고개재'를 일컫는다.
　⑧. 그 밖에도 뜻이 없다는 여러 생각 및 구음에서 발생한 것으로 보는 설들이 있다.

　아리랑은 그 자체로도 충분한 값어치가 있는 한국의 전통민요로 계승되고 있으며, 나아가 고전과 현대의 어울림이라는 이름으로 다양한 장르에서 접목되고 있다. 2018년 평창 동계올림픽에서는 개회식과 폐회식에서 개최지역인 강원도의 《정선 아리랑》이 편곡되어 울려 퍼졌고, 피겨 스케이팅의 아이스 댄스 종목에서는 국가대표 민유라 및 겜린이 아리랑에 맞춰 연기해 화제를 모았다. 또한 아리랑에 맞춰 팝핀 댄스(poppin dance; 튕기는 듯한 안무가 특징인 춤)을 추거나, 인형극으로 표현해내기도 하고 있다. 이렇듯이 우리 민요의 대표인 아리랑은 계속적으로 발전하면서 우리 민족의 마음과 혼을 함께 어울리게 하여 참으로 자랑스럽구나!

　한편 『국악의 날은 6월 5일』이다. 국악의 날은 국악의 진흥과 국악문화산업의 활성화를 도모하고 국악에 대한 관심을 높이기 위한 국악진흥법(법률 제19567호 / 2023.7.25. 만듦 / 2024.7.26. 시행)에 따라, 우리나라 조선시대 세종임금의 명에 따라 박연·이수·김생들이 1447년에 지은 "백성과 더불어 즐기는 노래"라는 뜻의 전통악곡인 《여민락(與民樂)》이 처음으로 기록된 『6월 5일』로 정해졌고, 2025년에 국악인들과 문체부가 모여 첫 기념행사를 성대하게 가졌다.

　※ 이런 민요의 좋은 노래들 가운데【 ① 새 타령 * 김세레나 / ② 가시버시 사랑 * 김일륜 / ③ 강원도 아리랑 * 조용필 / ④ 꽃 타령 * 김세레나 / ⑤ 아름다운 인생길 * 황의종 / ⑥ 아리랑(월드컵 응원가) * 윤도현 】의 노래들을 우리 행복충만에서 벗님들이 모두 함께 곱고 아름다운 목소리로 즐겁고 신나며 흥겹고 멋들어지게 부르자구나! ※

　4. 『남녀 듀엣(duet)곡』은 남성과 여성이 어울려 하나의 노래를 같이 부르는 것이다. 남녀 듀엣곡은 음악의 세계에서 독특한 위치를 차지하고 있다. 다양한 장르와 스타일 속에서, 이 곡들은 남성과 여성의 목소리가 조화를 이루며 만들어내는 복합적인 감정의 힘이 있다. 남과 여의 두 사람의 서로 다른 감정과 경험이 겹쳐져, 하나의 이야기를 만들어낸다. 이러한 화합은 듣는 이에게 깊은 감동을 주며, 사랑·이별·우정들의 다양한 주제를 다룰 수 있다.

　남녀 듀엣곡은 단순히 두 사람의 목소리만을 조합하는 것이 아니라, 감정의 교감을 통해 청중과의 연결을 강화한다. 가사 속에서 표현되는 사랑의 다툼, 이별의 아픔, 서로에 대한 그리움은 두 사람의 목소리로 더욱 생생하게 전달된다. 청중들은 이 두 목소리 사이에서 느껴지는 감정의 교감을 통해 자신의 경험과 연결 지을 수 있고, 이는 음악이 가지는 강력한 힘이다.

　남녀 듀엣곡은 팝·록·발라드의 다양한 장르에서 활용되며, 각기 다른 매력을 발산한다. 팝에서는 경쾌한 멜로디와 함께 사랑의 즐거움을 표현하는 경우가 많고, 록에서는 강한 에너지를 동시에 전달할 수 있으며, 발라드에서는 감정의 깊이를 더욱 강조하고 있다.

이렇게 수많은 장르 속에서 남녀 듀엣곡은 각기 다른 방식으로 감정을 전달하며, 듣는 이의 마음을 사로잡는다. 남녀 듀엣곡은 장르의 경계를 넘나들며, 그 자체로도 하나의 독특한 매력을 발산한다.

현대의 음악에서는 다양한 스타일이 혼합되어, 새로운 형태의 듀엣곡이 계속해서 만들어지고 있다. 이러한 변화는 청중에게 새로운 경험을 제공하며, 감정을 더욱 풍부하게 표현할 수 있는 기회를 만든다. 각 장르의 특성에 따라 다르게 표현되는 감정은 듣는 이로 하여금 다양한 감정을 느끼게 한다.

남녀 듀엣곡은 단순한 음악적 조합을 넘어, 감정의 연결고리를 만들어낸다. 두 목소리는 서로를 보완하며, 복합적인 감정을 전달하는 데에 큰 역할을 한다. 이로 인해 청중은 곡에 더욱 몰입하게 되고, 자신의 경험과 음악을 연결지을 수 있는 기회를 갖게 된다.

남녀 듀엣곡은 음악이 가지는 감정의 힘을 실감하게 해주는 중요한 요소로 자리 잡고 있다. 이런 곡은 앞으로도 계속해서 많은 사람들에게 사랑받으며, 감정을 나누는 소중한 매개체로 남을 것이다.

※ 이런 남녀 뚜엣곡의 좋은 노래들 가운데【 ① 사랑보다 깊은 상처 * 임재범 + 박정현 / ② 별처럼 * 더원 + 태연 / ③ 그대는 나의 인생 * 한울타리 / ④ 우리가 어느 별에서 * 안치환 + 장필순 / ⑤ 그대를 위한 나 * 임창정 + 서영은 / ⑥ 난 바람 넌 눈물 * 백미현 + 신현대 】의 노래들을 우리 행복충만에서 벗님들이 모두 함께 곱고 아름다운 목소리로 즐겁고 신나며 흥겹고 멋들어지게 부르자구나! ※

5. 『경음악(輕音樂 : light music) · 무드 음악(mood music) · 콘서트 음악(concert music) · MOR(middle of the road)』은 오락 목적의 대중성을 띤 가벼운 음악이고, 이지 리스닝(Easy Listening)의 장르로 분류되고 있으며, 긴장하지 않고 느긋하게 쉬면서 즐길 수 있는 음악이다. 경음악은 서양 고전 음악(European classical music) 또는 클래식 음악(classical music)의 무거움 · 길음 · 지루함 · 장엄함을 벗어나 쉽고 가볍게 들으면서 노래를 즐기기 위해 만든 음악이다. 경음악은 가수의 노래 가사가 전혀 없거나 또는 "아! 어! 오! 우! 나! 라! 아흐! 으히!"들의 한두 목소리만 있으면서, 온갖 악기들로 노래를 연주하는 음악이다. 경음악은 협주곡 · 교향곡 · 오페라와 같은 보다 정교한 형식보다 더 넓은 맥락과 청중의 관심을 끌기 위해 만든 흔히 짧은 관현악곡과 모음곡의 형식으로 이루어져 있다.

경음악은 18세기와 19세기에 유럽에서 시작됐고, 20세기 중반에 크게 발전됐다. 경음악은 라디오 방송이 형성되던 시기에 특히 인기가 높았으며, BBC 라이트 프로그램과 같은 방송국에서는 거의 독점적으로 가벼운 곡을 연주했다. 경음악은 영국, 미국 및 유럽 대륙에서 인기를 얻었다.

더불어 경음악은 영화 및 라디오 텔레비젼 방송의 드라마의 주제곡 또는 OST(Original Sound Track)로 사용되고 있으며, 그리하여 대중들에게 친숙하게 느껴지고 있다. 경음악은 사무실 · 백화점 · 음식점 · 병원들에서 공간의 분위기 연출을 위한 배경음악(BGM : background music)으로서 사용되는 경우가 많다.

유명한 경음악은 《아리랑, 골짜기와 산을 넘어, 이모션, 첫 발자욱, 이사도라, 외로운 양치기, 러브 스토리, 가방을 든 여인, 산(드라마 허준 OST), 나비, 시바의 여왕, 밤하늘의 트럼펫, 마음은 언제나 그대 곁에, 별이 빛나는 밤에, 쉘브르의 우산, 에게해의 진주, 대부, 여름 날의 세레나데, 나의 어머니, 야상곡, 멋진 세상, 눈이 내리네, 위대한 사랑, 나둬바(Let It Be), 엘리제를 위하여, 사랑 이야기, 로미오와 줄리엣, 우울한 사랑, 오 솔레미오, 아베마리아, 샌프란시스코, 감정들, 알함브라 궁전의 추억, 진주조개잡이, 금지된 장난, 아기 코끼리의 걸음마, 아드린느를 위한 발라드, 카라반, 사랑의 기쁨, 태평소 연주, 구음, 돌아와요 부산항에》들이다.

경음악을 연주하는 유명한 사람으로는 『폴 모리아(Paul Mauriat)』이다. 그는 프랑스 남부의 마르세이유에서 태어났고, 9살부터 피아노를 배우기 시작했으며, 1941년에 마르세이유 국립 음악원을 졸업했고, 아마추어 재즈 밴드를 결성하거나 스튜디오 디렉터 및 오케스트라 지휘들의 활동을 했다. 그는 1965년에 『폴 모리아 오케스트라(Paul Mauriat orchestra)』라는 악단을 만들었고, 앙드레 포프의 곡을 편곡해 출시한 《Love Is Blue》는 5주간 미국 빌보드 차트 1위를 차지했으며, 전 세계적으로 인기를 끌었다.

아울러 그는 우리나라 · 일본 · 대만 · 홍콩 · 라틴 아메리카에서도 큰 인기를 얻었으며, 1969년의 첫 방일 및 1975년의 첫 방한 이래 모두 1,200회 이상 공연하기도 했다.

특히 폴 모리아는 《아리랑, 돌아와요 부산항에》를 경음악으로 편곡하여 1976년에 프랑스에 아리랑을 소개하였고, 그 뒤에 수많은 유럽 나라에 아리랑을 알리는 큰 구실을 하게 됐다.

　　※ 이런 좋은 경음악들 가운데【 ① 경음악 1 : 계곡과 산을 넘어(Over Valley & Mountain) * 제임스 라스트 연주 + 자연 소리 : 30초 / ② 경음악 2 : 태평소 * 원완철 연주 + 사물놀이 + 자연 소리 : 50초 / ③ 자연 소리 : 시냇물 + 소쩍새 ⇨ 파도 + 갈매기(3번 되풀이) : 44초 / ④ 경음악 3 : 아리랑 * 폴모리아 연주 + 자연 소리 : 30초 】를 우리 행복충만의 노래 사이사이에 넣어서 모든 벗님들이 함께 듣자구나! ※

노래 부르기의 틀은 크게 「노래 부르기의 갈래 / 노래 부르기의 분야 / 노래 부르기의 보기」의 세 부분으로 짜여 있다.

노래 부르기의 갈래는 온누리에 있는 수많은 노래들을 종류별로 나눈 것이다.
노래 부르기의 분야는 노래의 내용 뜻 상징 생각들을 기준으로 하여 사람 · 삶, 보금자리 · 사랑, 어울림 · 온누리를 나타내는 세 가지 종류로 나누어 살핀 것이다.
노래 부르기의 보기는 노래 부르기의 갈래를 세로로, 노래 부르기의 분야를 가로로 삼아 구체적으로 함께 부를 노래의 보기를 들어 본 것이다.

1. 『노래 부르기의 갈래』는 온누리에 있는 수많은 노래들을 종류별로 나눈 것으로, 이미 위에서 살펴보았다.

2.『노래 부르기의 분야』는 노래의 내용 뜻 상징 생각들을 기준으로 하여 사람·삶 / 보금자리·사랑 / 어울림·온누리를 나타내는 세 가지 종류로 나누어 살펴본 것이다.
　① 사람 및 삶에 대한 노래는 사람이란 무엇일까, 사람이 살아가는 길, 삶의 즐거움과 응어리, 삶의 값어치 및 보람, 삶이 뜻과 요소들을 노래로 나타내어 부르는 것이다. ② 보금자리 및 사랑에 대한 노래는 보금자리의 값어치와 중요성 및 포근한 보금자리를 가꾸는 방법과 더불어, 어버이와 아들딸의 사랑, 남성와 여성의 사랑, 우리네 사람들 사이의 사랑들을 노래로 나타내어 부르는 것이다. ③ 어울림 및 온누리에 대한 노래는 우리네 사람들의 어울림 놀이 모임 또는 배움터 일터 사회 나라 세계 및 자연우주하늘들을 노래로 나타내어 부르는 것이다.

　3.『노래 부르기의 보기』는 앞에서 살펴본 노래 부르기의 갈래를 세로로, 또한 노래 부르기의 분야를 가로로 삼아 구체적으로 함께 부를 노래의 보기를 들어본 것이다. 보기로 든 노래는 노래 부르기의 각 갈래 분야에 알맞으며, 노래의 가락이 밝고 경쾌하며 신나면서도 노랫말이 뜻있고 품위 있으며 건전하다고 여겨지는 것들을 모아 보았다. 물론 아래에서 보기로 들은 노래는 어디까지나 하나의 보기로 들어본 것이며, 보기에 있는 노래만 부른다는 한정적인 뜻이 아니다. 따라서 보기에서 빠진 노래라도 좋은 것이라면 얼마든지 부를 수 있으며, 앞으로 새롭게 만들어지는 훌륭한 노래도 함께 부를 수 있는 것이다.

　우리나라를 비롯한 온누리에는 수많은 노래가 있는데 그 많은 노래를 모두 보기로 들 수가 없다. 따라서 이곳에서는 각 갈래 분야의 노래를 우리나라 노래 가운데 다섯 개씩 및 다른 나라 노래 가운데 다섯 개씩을 보기로서 들어본다. 아울러 우리나라에서 행복충만을 가질 때에는 우리나라의 노래를 부르고, 행복충만을 다른 나라에서 가질 때에는 그 나라의 여러 노래를 부르기로 하자. 따라서 노래 부르기의 보기로서 먼저 우리나라 노래와 다른 나라 노래의 보기를 알기 쉬운 표로 정리해 보자!

　또한 행복충만의 노래 부르기는 행복충만 짜임새의 전체 틀로 보아 25분이라는 제한된 시간 안에서 되도록이면 여러 갈래 및 분야의 노래를 많이 불러서 삶의 즐거움을 더하고 삶의 응어리를 풀려는 것이므로, 모든 노래를 처음부터 끝까지 다 부를 수 없으며, 노래 시작 전의 반주 및 노래 끝의 반주는 줄이기로 한다.

　한편 우리나라의 노래 부르기 가운데 민요는 예로부터 이어져 오는 전래 민요 및 요즘에 새롭게 만들어진 새 민요(국악가요)로 나누어 부르기로 한다. 또한 가요도 1920년대부터 1960년대까지의 흘러간 가요 및 1970년대부터 요즘까지의 요즘 가요로 나누어 부르자구나!

　우리나라의 노래부르기의 보기 표는 아래의 표와 같이 노래 부르기의 갈래와 분야에 알맞은 다섯 개씩의 노래를 보기로 들었다. 표의 1~21 및 하나~다섯 숫자는 함께 노래 부를 차례를 뜻하는 데, 노래 부르기 하나는 하나가 표시된 노래를 1부터 21까지 부르는 것이다.

《 우리나라의 노래 부르기의 보기 표 》

갈래		사람·삶	보금자리·사랑	어울림·온누리
행복 충만 노래		〈 1 〉 1-행복충만 2-행복은 무엇일까 3-튼튼한 몸 4-가뿐한 마음 5-모든 벗님들	〈 8 〉 1-포근한 보금자리 2-뜨거운 배움터 3-보람찬 일터 4-넉넉한 돈 5-노래 부르기	〈 15 〉 1-밝은 온누리 2-깨끗한 자연우주하늘 3-인사 나누기 4-말씀하고 듣기 5-행복충만 읊조림
동요		〈 2 〉 1-둥근 해가 떴다 2-착하고 아름답게 3-어린이 행진곡 4-고마운 책 5-파란 마음 하얀 마음	〈 9 〉 1-짝짜꿍 2-고향의 봄 3-즐거운 우리 집 4-뽀뽀뽀 5-어머님 은혜	〈 16 〉 1-앞으로 앞으로 2-초록 바다 3-둥글게 둥글게 4-서로 서로 5-농악
민 요	전 래 민 요	〈 3 〉 1-흥 타령 2-새 타령 3-청춘가 4-태평가 5-쾌지나 칭칭	〈 10 〉 1-아 리 랑 2-정선 아리랑 3-진도 아리랑 4-밀양 아리랑 5-본조 아리랑	〈 17 〉 1-풍년가 2-뱃노래 3-노들강변 4-꽃 타령 5-닐리리야
	새 민 요	〈 4 〉 1-아름다운 인생길 2-어디로 갈꺼나 3-길 떠나는 그대여 4-억새풀 5-조각배	〈 11 〉 1-아가야 가자 2-가시버시 사랑 3-님 찾아 아리랑 4-아리랑(응원가) 5-강원도 아리랑	〈 18 〉 1-햇빛 맞이 2-술래잡기 3-오나라 4-너와 나 사이 5-떨어지는 잎새
가곡		〈 5 〉 1-선구자 2-수선화 3-금강에 살으리랏다 4-남촌 5-물방아	〈 12 〉 1-사랑 2-어머니의 마음 3-고향의 노래 4-망향 5-얼굴	〈 19 〉 1-희망의 나라로 2-꽃구름 속에 3-그리운 금강산 4-동무 생각 5-향수
가 요	1	〈 6 〉 1-아침 이슬 2-아파트 3-나 어떻게 4-우리가 어느 별에서 5-기도	〈 13 〉 1-사랑이여 2-사랑했지만 3-잘못된 만남 4-님과 함께 5-그대는 나의 인생	〈 20 〉 1-그대를 위한 나 2-친구여 3-난 바람 넌 눈물 4-고추 잠자리 5-고래 사냥
	2	〈 7 〉 1-사람이 꽃보다 아름다워 2-강남 스타일 3-내가 제일 잘 나가 4-봄날 5-빠빠빠	〈 14 〉 1-인연 2-난 알아요 3-사랑보다 깊은 상처 4-약속 5-사랑아	〈 21 〉 1-하루 하루 2-별처럼 3-처음부터 지금까지 4-만남 5-좋은 날

《 다른 나라의 노래 부르기의 보기 표 》

갈래	사람 · 삶	보금자리 · 사랑	어울림 · 온누리
동요	머리 어깨 무릎 발 당신은 누구세요 똑같아요 안녕 시계	너랑 너랑 동무들아 즐거운 하루 들로 산으로 귀뚜라미 우는 밤	옹달샘 빙빙 돌아라 훌라라 폴카 가을 꿀밤 밑에서
민요	내 마음의 꽃 (독일 민요) 불어라 봄바람 (헝가리) 바다로 가자 (나폴리) 코삭크의 자장가 (러시아) 메아리 (오스트리아)	고향 생각 (스페인 민요) 그대의 눈동자 (영국) 오! 나의 태양 (이탈리아) 자마이카여 안녕 (서인도) 산골짝의 등불 (아메리카)	노래는 즐겁다 (독일 민요) 아름다운 꽃이여 (중국) 예쁘이 따이다이 (필리핀) 아이 저걸 어쩌나 (스코틀랜드) 목장길 따라 (보헤미아)
가곡	꿈과 같이 (프로토우 지음) 아베 마리아(구노) 이상(토스티) 왈츠(브람스) 그대는 나의 안식처 (슈베르트)	그대를 사랑해 (베토벤 지음) 즐거운 나의 집(비숍) 사랑의 뜸(마르티트) 세레나데(토첼리) 노래에 살고 사랑에 살고(푸치니)	백조의 호수 (차이코프스키 지음) 봄 노래(모짜르트) 축배의 노래(베르디) 춤(로시니) 희망의 속삭임 (하욘)
가요	나의 길 : My Way (Sinatra)	빌리 진 : Billie Jean (Michael Jackson)	상록수 : Ever Green (Susan Jacks)
	험한 세상에 다리가 되어: Bridge Over Troubled Water (Simon And Garfunkel)	미친 사랑 : Crazy Love (Paul Anka)	우리를 위한 시간 : A Time For Us (Donny Osmond)
	내가 꿈꿀 때 : When I Dream (Carol Kidd)	사랑 이야기 : Love Story (Andy Williams)	쉬는 날 : Holiday (Scorpions)
	어제 : Yesterday (Beatles)	사랑에 빠진 여인 : Woman In Love (Barbra Streisand)	그녀는 떠났네 : She′s Gone (Steel Heart)
	춤 여왕 : Dancing Queen (Abba)	사랑은 부드럽게 : Love Me Tender (Elvis Presley)	언제까지나 영원히 : Long Long Time (Linda Ronstadt)

〈 우리나라의 구체적 노래 부르기 표 : 1 〉

차례	갈 래	하나 : 1	둘 : 2	셋 : 3
1	가요 1 + 자연 소리	인연 * 이선희	처음부터 지금까지 * 류	만남 * 노사연
2	민요 + 자연 소리	새 타령 * 김세레나	가시버시 사랑 * 김일륜	강원도 아리랑 * 조용필
	경음악 1	골짜기와 산을 넘어(Over Valley & Mountain) + 자연 소리		
3	가요 2 + 자연 소리	강남 스타일 * 싸이	사람이 꽃보다 아름다워 * 안치환	난 알아요 * 서태지와 아이들
4	동요 + 자연 소리	<u>뽀뽀뽀</u>	둥글게 둥글게	앞으로 앞으로
	경음악 2	태평소(원완철) + 사물놀이 + 자연 소리		
5	가요 3 (남녀듀엣) + 자연 소리	사랑보다 깊은 상처 * 임재범 + 박정현	별처럼 * 더원 + 태연	그대는 나의 인생 * 한울타리
	자연 소리	시냇물 + 소쩍새 ⇨ 파도 + 갈매기【 3번 되풀이 】		
6	Pop Song + 자연 소리	Billie Jean * Michael Jackson	Dancing Queen * Abba	She's Gone * Steel Heart
	경음악 3	아리랑(폴모리아 연주) + 자연 소리		
7	가요 4 + 자연 소리	내가 제일 잘 나가 * 투앤이원	하루 하루 * 빅뱅	봄날 * 방탄소년단
	시 간	24분 50초	24분 45초	24분 39초

《 우리나라의 구체적 노래 부르기 표 : 2 》

차례	갈래	넷 : 4	다섯 : 5	여섯 : 6
1	가요 1 + 자연 소리	님과 함께 ＊ 남진	고추 잠자리 ＊ 조용필	아파트 ＊ 윤수일
2	민요 + 자연 소리	꽃 타령 ＊김세레나	아름다운 인생길 ＊ 황의종	아리랑(월드컵 응원가) ＊ 윤도현
2	경음악 1	골짜기와 산을 넘어(Over Valley & Mountain) + 자연 소리		
3	가요 2 + 자연 소리	사랑아 ＊ 더원	아침 이슬 ＊ 양희은	사랑이여 ＊ 유심초
4	동 요 + 자연 소리	고향의 봄	초록 바다	파란 마음 하얀 마음
4	경음악 2	태평소(원완철) + 사물놀이 + 자연 소리		
5	가요 3 (남녀듀엣) + 자연 소리	우리가 어느 별에서 ＊ 안치환+장필순	그대를 위한 나 ＊ 임창정+서영은	난 바람 넌 눈물 ＊백미현+신현대
5	자연 소리	시냇물 + 소쩍새 ⇨ 파도 + 갈매기【 3번 되풀이 】		
6	Pop Song + 자연 소리	Woman In Love ＊ Barbra Streisand	Holiday ＊ Scorpions	Bridge Over Troubled Water ＊ Simon And Garfunkel
6	경음악 3	아리랑(폴모리아 연주) + 자연 소리		
7	가요 4 + 자연 소리	잘못된 만남 ＊ 김건모	좋은 날 ＊ 아이유	빠빠빠 ＊ 크레용팝
	시 간	24분 23초	24분 24초	24분 41초

위에서 살펴본 42곡의 노래들은 평생토록 노래를 좋아했던 나 일벗님이 제 나름대로 즐겨 듣고 불렀던 노래를 가운데에서 갈래 또는 장르(genre)·남녀·때·곳·유행성·오락성·공감력·소구력·건전성·품위성·흥겨움·즐거움들을 종합적으로 어울려서 수많은 생각을 거듭하여 어렵게 고른 것이다.

그 42곡의 노래들을 여섯(6) 갈래로 나누어 한 종류마다 일곱(7) 노래씩 나누었고, 그 여섯(6) 갈래의 노래 모음에다가 자연 소리 및 경음악을 함께 넣어 어울려서 웨이브 패드(Wave Pad) 음악편집프로그램으로 새롭게 만들었다. 그리하여 우리 행복충만 책의 《노래 부르기 표》와 같이 그 일곱 곡의 여섯 갈래의 노래들을 수없이 듣고 부르기도 하면서 익히려고 애썼다.

이제까지 살펴본 42곡의 노래를 부르고 만들며 지은 『노래 벗님 여러분』께 이 자리를 빌려 참으로 깊은 고마움과 감사함을 전한다.

왜냐면 『노래 벗님 여러분』들의 3~4분가량의 노래를 우리 행복충만에 모인 벗님들께서 듣고 부르면서 벅찬 기쁨으로 춤을 추기도 하는 한편 진한 감동으로 눈물을 짓기 때문이다. 이 세상의 3~4분짜리 그 어떤 것이 전혀 낯선 사람을 춤추기도 하는 한편, 눈물 짓게도 만들 수 있을까? 그것은 바로 『노래 벗님 여러분』들의 노래이며 오직 그 하나일 뿐이리라!

아마도 『노래 벗님 여러분』들께서는 그 노래를 부르고 만들며 짓기 위하여 온갖 힘듦 및 어려움을 참으며 견디고 이겨내면서 그 얼마나 힘들고 어려우며 외로운 길을 걸었고 생각하고 잊어버리며 썼다 지우며 하얀 밤을 지새우기도 수없이 되풀이하면서 애쓰고 수고하며 고생했을 것이다.

그리하여 노래를 듣고 부르기는 즐겨 하지만 노래를 만들 수는 없는 행복충만의 나 일벗님은 『노래 벗님 여러분』들의 그 애씀과 수고 및 고생을 위로하는 작은 마음으로 저작권법에 따라 『노래 벗님 여러분』들께 넉넉한 사용료를 드리고자 한다.

다만 행복충만의 나 일벗님은 『노래 벗님 여러분』들께 아래의 두 가지 면에서 미리 죄송함을 여쭈면서 너그럽게 헤아려 주시기를 간청드린다.

1. 우리 행복충만의 행사에서 노래 부르기에 주어진 시간은 25분이다. 그 25분에 "① 가요1, ② 민요, ③ 가요2, ④ 동요, ⑤ 가요3(남녀 뚜엣곡), ⑥ Pop Song, ⑦ 가요4"의 모두 일곱(7) 곡의 노래를 불러야 한다. 그리하여 어쩔 수 없이 『노래 벗님 여러분』들의 노래를 처음부터 끝까지 모두 듣고 부를 수가 없다.

따라서 노래의 처음부터 가사 시작 전까지의 전주를 자르는 한편, 더불어 가사 끝부터 노래의 마지막까지의 후주를 자를 수 밖에 없었다. 부디 용서해 주시고 품어주시기를 간청드린다.

  2. 『노래 벗님 여러분』들의 노래에 온갖 새소리 및 시냇물·파도 소리들이 멋들어지게 어우러지는 자연 소리를 배경음악으로 함께 넣었다.

  그 까닭은 우리 행복충만의 행사가 주로 도시의 시멘트 및 철근 콘크리트로 지어진 건물에서 진행되기 때문이다. 비록 우리 벗님들의 몸은 강당 체육관의 시멘트 및 철근 콘크리트 벽에 갇혀 행복충만의 노래 부르기를 하지만, 마음은 훨훨 날아 산과 들 및 시냇가와 바다의 자연들을 넘나들면서 안락함·포근함·풍요함·여유로움 및 치유력·회복력·항상성·평형성들을 두루 지닌 자연우주하늘의 품속에서 열심히 노래 부르기를 하고자 하는 것이려니!

  그리하여 여러분의 노래를 통해 우리네 벗님들이 삶의 즐거움을 늘리고 삶의 응어리를 풀 수 있도록 자연 소리를 배경음악으로 넣은 것이다. 부디 『노래 벗님 여러분』들께서 널리 이해해 주시기를 거듭 간청드린다.

  한편 위의 노래들을 할 때에 우리네 벗님들이 『손뼉 및 온갖 몸놀림』들도 더불어 하면서 즐겁고 신나며 흥겹고 멋들어지게 부르자구나!

  『손뼉 또는 박수(拍手 : applaud, clap, ovation)』는 손바닥을 서로 마주치면서 소리를 일으키는 행위로서, 기쁨 찬성 환영 즐거움을 표현하기 위해서 사용되기도 하고, 노래·춤들에서 박자를 표현하기 위해서 사용되기도 한다.

  손뼉은 열 손가락에 기를 모아서 가슴 높이에서 힘차게 치는 것이며, 마찰 진동 마사지의 효과를 통해 우리 몸의 기순환을 원활하게 하여 몸의 균형을 잡아주고, 몸과 마음이 개운하며 운동을 한 것처럼 생기발랄해진다.

  손뼉의 갈래는 다음과 같이 열(10) 가지이다.
  ① 합장 손뼉 : 손을 쫙펴서 합장하듯이 친다. 혈액순환, 손발저림, 신경통에 도움을 준다. ② 손날 손뼉 : 손바닥을 하늘로 향하게 하여 손날끼리 부딪쳐준다. 변비, 생리통, 혈액순환에 도움을 준다. ③ 주먹 손뼉 : 왼손과 오른손을 마주보게 주먹을 쥐고 손뼉를 친다. 만성두통과 어깨결림을 예방할 수 있다. ④ 봉오리 손뼉 : 양손을 봉오리 모양을 만들어 손목 부분을 두들겨 준다. 방광을 자극하기에 생식기 기능이 개선된다. ⑤ 손등 손뼉 : 오른손과 왼손을 번갈아가며 손등을 두들겨 준다. 요통과 척추측만에 효과가 있다. ⑥ 손끝 손뼉 : 손바닥을 제외하고 집중해서 손끝끼리 마주쳐 준다. 손끝에는 얼굴 쪽의 혈이 모여있기에 만성 비염과 눈 건강에 도움을 준다. ⑦ 먹보 손뼉 : 한 손은 주먹을 쥐고 반대 손은 펴서 마주쳐 주는데, 한번 치고 번갈아 가면서 친다. 손바닥에는 심장과 폐 관련된 혈이 있어서 심폐기능, 호흡기, 혈액순환에 도움이 된다. ⑧ 달걀 손뼉 : 손을 모아 달걀 모양을 만들어 손뼉를 친다. 중풍과 치매예방에 도움을 준다. ⑨ 손가락 손뼉 : 손으로 산모양을 만들어 손마디끼리 부딪쳐준다. 이때 손바닥이 닿지 않게 한다. 팔, 다리, 목의 관절 통증에 도움이 된다. ⑩ 목뒤 손뼉 : 손을 머리 뒤로 들어 올려 손뼉를 친다. 어깨 피로와 군살제거에 도움을 주는구나!

손뼉의 효과는 아래와 같이 일곱(7) 가지이다. ① 손바닥 자극만으로 전신 혈액순환 향상 : 손바닥에는 심장 폐 간들의 주요 장기와 연결된 반사구가 몰려 있기 때문에, 이 부위를 강하게 자극하면 혈액순환이 개선되어 손끝부터 발끝까지 따뜻해지는 것을 느낄 수 있다. ② 스트레스를 날리는 리듬 자극의 힘 : 일정한 리듬으로 손뼉을 치면 뇌파가 안정되고 이완 상태로 바뀌는 데, 이 때에 나오는 세로토닌(serotonin; 혈액이 응고할 때에 혈관 수축 작용을 하는 아민류의 물질)은 우울감 완화, 수면 질 개선, 정서 안정에 큰 역할을 한다. ③ 뇌를 깨우고 집중력을 올리는 기능 : 손뼉치기로 손바닥을 자극하면 뇌의 특정 부위, 특히 전두엽 피질 및 기억을 담당하는 부위인 해마(海馬; hippocampus)가 활성화되어 뇌를 깨우고 집중력을 올리는 기능을 한다. ④ 면역력 강화와 염증 완화 효과 : 손뼉치기를 되풀이하면 림프(lymph) 순환이 활발해지면서 체내 노폐물 배출이 원활해져서, 자연스럽게 면역세포 활성화로 이어지고 외부 병원체에 대한 저항력을 높여준다. ⑤ 소화 기능 개선 및 복부 긴장 완화 : 손바닥에는 위장과 관련된 반사구가 있어 자극할 때에는 소화계 기능을 도울 수 있는 한편, 식사 뒤에 가볍게 손뼉을 치면 복부의 긴장 완화와 함께 가스 배출에도 도움이 된다. ⑥ 손목과 관절 건강 강화 : 손뼉을 칠 때에 자연스럽게 손목 팔꿈치 어깨까지 사용하게 되기 때문에, 손목 및 관절이 유연하게 되고 건강이 강화된다. ⑦ 우울감 감소 및 기분 전환 효과 : 리듬이 있고 율동적인 손뼉은 두뇌에 기분 좋은 자극을 주어 우울한 감정을 해소하고 에너지를 끌어올리는 한편, 뇌의 보상회로를 자극하는 방식으로 기분을 자연스럽게 고양시키고 기분을 바꾸어 즐겁고 가뿐하며 활기차게 이끌어 주는 효과가 있다.

동양의 경락·경혈론에 따르면, 우리네 사람의 손바닥에는 14개의 기맥과 345개의 경혈이 있어서 손뼉을 많이 치면 수많은 경혈을 자극하면서 기를 원활하게 돌려주고 몸의 균형까지도 잡아주어서 몸의 구석구석까지 생기가 넘치고 튼튼해진다. 손뼉은 기분이 울적하거나 머리가 아플 때에 굳어진 몸을 풀어주어 긴장을 해소시키고 자신감을 높여주며, 제대로 치면 운동 강도가 높고 온몸으로 손뼉을 치면 군살이 생길 틈이 없어서 살이 빠진다. 더불어 손뼉은 누구나 손쉽게 할 수 있고, 언제 어디서나 돈 안 들이고 할 수 있어서 경제적이다.

위와 같은 『손뼉』을 우리네 벗님들이 노래를 부르면서 열심히 치는 한편, 노래 가락에 맞추어 "머리·얼굴·목·팔·배·허리·등"과 더불어 "허벅지·무릎·다리·발"의 모든 몸에 걸친 『온갖 몸놀림』을 함께 하자구나!

그리하여 행복충만의 모든 벗님들이 곱고 아름다운 목소리로 가요·동요·민요·남녀 듀엣곡·팝송의 노래를 되풀이하여 함께 흥겹고 신나며 즐겁게 부르자.

위와 같은 노래 부르기를 통해 우리네 벗님들 모두께서 튼튼한 몸(몸), 가뿐한 마음(맘), 포근한 보금자리(보), 뜨거운 배움터(배), 보람찬 일터(일), 밝은 온누리(온), 깨끗한 자연우주하늘(자), 넉넉한 돈(돈)"의 온갖 행복을 갈고 닦으며 가꾸자구나!

　

4. 행복충만 몸돈 읊조림(15분)

『행복충만 몸돈 읊조림(Reciting HaengBogChungMan MomDon)』은 15분 동안 행복을 짓고 닦으며 쌓아서 충만해지기 위하여 "행복충만!" 또는 "행복충만! 몸맘보배! 일온자돈!"을 소리 내어 되풀이하면서 몸과 마음을 모아 간절히 읊조리는 것이다. 곧 행복충만 몸돈 읊조림은 우리네 벗님들이 행복을 짓고 닦으며 쌓아 충만하기 위하여 앞의 7분가량은 "행복충만!"의 네 글자를, 이어 뒤의 8분 동안은 "행복충만! 몸맘보배! 일온자돈!"의 열두 글자를 소리 내어 되풀이하면서 몸과 마음을 모아 간절히 읊조리는 것이다.

위에서 "몸맘보배!"는 몸(튼튼한 몸)·맘(가뿐한 마음)·보(포근한 보금자리)·배(뜨거운 배움터)를 뜻하며, "일온자돈!"은 일(보람찬 일터)·온(밝은 온누리)·자(깨끗한 자연우주하늘)·돈(넉넉한 돈)!"을 나타낸다.

이런 위의 행복충만 몸돈 읊조림 및 뒤의 행복충만 읊조림은 불교의 염불·정근·기도(석가모니불, 아미타불, 약사여래불, 미륵존불 관세음보살, 지장보살, 문수보살, 보현보살, 그 밖), 또는 기독교의 기도(주기도문, 그 밖), 또는 우리 민족의 기도·정성·기도정성·지성·치성들과 비슷한 것이다.

행복충만 몸돈 읊조림의 방법은 『"행복충만!" 읊조림 / "행복충만! 몸맘보배! 일온자돈!" 읊조림』으로 이루어져 있다.

1. 『"행복충만!" 읊조림』은 앞의 7분가량 일 벗님과 진행 벗님 및 모인 벗님들의 모든 벗님들께서 함께 "행복충만!"의 네 글자를 간절히 읊조리는 것이다.
　　　　모든 벗님들 : "행복충만!"
　　　　모든 벗님들 : "행복충만!"
　　　　모든 벗님들 : "행복충만!"

2. 『"행복충만! 몸맘보배! 일온자돈!" 읊조림』은 뒤의 8분 동안 일 벗님과 진행 벗님 및 모인 벗님들의 모든 벗님들께서 함께 "행복충만! 몸맘보배! 일온자돈!"의 열두 글자를 간절히 읊조린다.
　　　　모든 벗님들 : "행복충만! 몸맘보배! 일온자돈!"
　　　　모든 벗님들 : "행복충만! 몸맘보배! 일온자돈!"
　　　　모든 벗님들 : "행복충만! 몸맘보배! 일온자돈!"

행복충만 몸돈 읊조림의 손 동작은 두 손을 서로 어울려 맞잡는 것으로 우리 행복충만의 인사법의 기본동작과 같다.
1. 오른 손을 손바닥이 위로 향하고 엄지와 나머지 네 손가락 사이를 45도쯤 벌리면서 가슴 부근에 올린다.
2. 왼 손의 손바닥이 밑을 향하여 오른 손바닥 위에 얹어 가슴 부근에서 왼 손과 오른

손이 포개어지도록 서로 맞잡는 데, 왼 손의 엄지가 오른 손 엄지의 위쪽으로 놓이게 하고 왼 손의 나머지 네 손가락이 오른 손의 엄지와 네 손가락 사이에 놓이게 한다.
　3. 왼 손과 오른 손을 서로 어울려 동그라미가 되도록 맞잡는다.
　4. 위의 1~3의 손 동작을 하고, "행복충만!" 또는 "행복충만! 몸맘보배! 일온자돈!"을 계속적으로 읊조리면서, 온갖 행복에 몸과 마음을 집중하여 모은다.

　이런 행복충만 몸돈 읊조림은 『내』가 읊조리는 "행복충만!" 및 "행복충만! 몸맘보배! 일온자돈!"이라는 소리를 옆 벗님이 듣는 한편, 『옆 벗님』이 읊조리는 "행복충만!" 및 "행복충만! 몸맘보배! 일온자돈!"의 소리를 바로 내가 들으면서, 나와 옆 벗님이 튼튼한 몸(몸)·가뿐한 마음(맘)·포근한 보금자리(보)·뜨거운 배움터(배)·보람찬 일터(일)·밝은 온누리(온)·깨끗한 자연우주하늘(자)·넉넉한 돈(돈)의 온갖 행복을 짓고 닦으며 쌓아서 충만해지기를 간절하게 바라는 것이다.
　또한 『일 벗님과 진행 벗님』이 읊조리는 "행복충만!" 및 "행복충만! 몸맘보배! 일온자돈!"이라는 소리를 모인 벗님이 듣는 한편, 『모인 벗님』이 읊조리는 "행복충만!" 및 "행복충만! 몸맘보배! 일온자돈!"의 소리를 바로 일 벗님과 진행 벗님이 듣는다. 그리하여 일 벗님과 진행 벗님 및 모인 벗님들의 모든 벗님들이 튼튼한 몸(몸)·가뿐한 마음(맘)·포근한 보금자리(보)·뜨거운 배움터(배)·보람찬 일터(일)·밝은 온누리(온)·깨끗한 자연우주하늘(자)·넉넉한 돈(돈)의 온갖 행복을 짓고 닦으며 쌓아 충만해지기를 간절하게 바라면서, "행복충만!" 및 "행복충만! 몸맘보배! 일온자돈!"이라는 소리를 간절히 읊조린다.
　더불어 『이미 벗님』이 읊조리는 "행복충만!" 및 "행복충만! 몸맘보배! 일온자돈!"이라는 소리를 처음 벗님이 듣는 한편 『처음 벗님』이 읊조리는 "행복충만!" 및 "행복충만! 몸맘보배! 일온자돈!"이라는 소리를 바로 이미 벗님이 들으면서, 이미 벗님과 처음 벗님들이 "행복충만!" 및 "행복충만! 몸맘보배! 일온자돈!"이라는 소리를 간절히 읊조림으로써 튼튼한 몸(몸)·가뿐한 마음(맘)·포근한 보금자리(보)·뜨거운 배움터(배)·보람찬 일터(일)·밝은 온누리(온)·깨끗한 자연우주하늘(자)·넉넉한 돈(돈)의 온갖 행복을 짓고 닦으며 쌓아 충만해지기를 간절하게 바란다.

　우리 모든 벗님께서 "행복충만!" 및 "행복충만! 몸맘보배! 일온자돈!"을 함께 읊조리는 행복충만 몸돈 읊조림을 하면서, 북으로 소리를 내어 리듬 또는 흐름을 맞추어 진행한다.
　그 어떤 벗님이라도 15분의 처음부터 끝까지 "행복충만!" 및 "행복충만! 몸맘보배! 일온자돈!"을 읊조리는 행복충만 몸돈 읊조림을 할 수는 없다. 왜냐면 우리네 사람은 흔히 15초가량 "행복충만!" 및 "행복충만! 몸맘보배! 일온자돈!"을 읊조린 다음에는 반드시 3초 동안의 숨쉬기를 한 번씩 해야 하기 때문이다. 따라서 15초가량 "행복충만!" 및 "행복충만! 몸맘보배! 일온자돈!"을 읊조리고 나서 3초 동안의 숨쉬기를 한 다음의 19초에 처음부터 다시 "행복충만!" 및 "행복충만! 몸맘보배! 일온자돈!"을 읊조리기가 쉽지 않고 참으로 어렵다. 왜냐면 처음부터의 "행복충만!" 및 "행복충만! 몸맘보배! 일온자돈!"을 읊조리는 리듬 또는 흐름이 깨지고 흐트러지기 때문이다.

　그러기에 우리 모든 벗님들이 행복충만 몸돈 읊조림을 시작할 때부터 마무리 짓을 때까지 북으로 소리를 내어 리듬 또는 흐름을 함께 맞추어야 한다. 이처럼 행복충만 몸돈 읊조림의 리듬 흐름을 맞추는 데에 아주 중요한 구실을 하는 북은 우리 민족이 예로부터 써온 민속 악기이며, 가죽으로 만들어 소리도 부드럽고 낭랑하며 영롱하다.

『내』가 "행복충만!" 및 "행복충만! 몸맘보배! 일온자돈!"이라는 소리를 읊조리는 동안에 옆 벗님이 숨쉬기를 하는 한편, 『옆 벗님』이 "행복충만!" 및 "행복충만! 몸맘보배! 일온자돈!"의 소리를 읊조리는 동안에 내가 숨쉬기를 한다. 이처럼 『나』 및 『옆 벗님』을 비롯하여 『우리 모든 벗님』들이 서로서로 도와가면서 북 소리에 맞추어 행복충만 몸돈 읊조림을 열심히 하자구나!

"행복충만!" 및 "행복충만! 몸맘보배! 일온자돈!"의 행복충만 몸돈 읊조림이 4박자로서 "강약중약"이기 때문에 첫번째인 『강』마다 북을 쳐서 소리를 내는 반면에, '약중약'은 북을 치지 않고 소리를 내지 않는다. 곧 "행복충만 몸맘보배 일온자돈"의 열두 글자 가운데 첫 번째의 『행』·『몸』·『일』마다 북을 쳐서 소리를 내는 반면, '복충만·맘보배·온자돈'은 북을 치지 않고 소리를 내지 않는다.

위와 같이 북으로 소리를 내어 리듬 흐름을 맞추면서 『나』와 『옆 벗님』을 비롯하여 『우리 모든 벗님』들이 서로서로 도와가면서 "행복충만!" 및 "행복충만! 몸맘보배! 일온자돈!"이라는 열두 글자를 간절히 읊조리는 행복충만 몸돈 읊조림을 함께 함으로써, 튼튼한 몸·가뿐한 마음·포근한 보금자리·뜨거운 배움터·보람찬 일터·밝은 온누리·깨끗한 자연우주하늘·넉넉한 돈들의 온갖 행복을 짓고 닦으며 쌓아 충만해지기를 간절히 바라는 것이다.

아울러 행복충만 몸돈 읊조림의 처음 및 끝에는 각각 북을 4번 쳐서 시작 및 마무리를 알리는 한편, 앞 7분의 "행복충만!"과 뒤 8분의 "행복충만! 몸맘보배! 일온자돈!"의 가운데 사이에서도 북을 4번 쳐서 읊조리는 글귀가 바뀜을 알린다.

한편 일 벗님은 모든 벗님들이 행복충만 몸돈 읊조림을 열심히 또한 간절히 할 수 있도록 이끌어야 한다.
1. ① 일 벗님이 단상의 한 가운데로 나온다. "행복충만!"을 읊조리면서 행복충만 몸돈 읊조림을 시작한다. 1분가량 단상의 한 가운데에 바르게 서서 모든 벗님들과 함께 간절히 "행복충만!"을 읊조린다. ② 일 벗님이 단상에서 내려와 벗님들이 앉아 있는 자리로 온다. 벗님들이 앉아 있는 자리의 앞부분을 왼쪽에서 오른쪽으로, 또한 오른쪽에서 왼쪽으로 왔다 갔다 하면서 모든 벗님들과 더불어 "행복충만!"을 간절히 읊조린다. ③ 일 벗님이 벗님들이 앉아 있는 자리의 가운데 부분의 앞에서부터 뒤끝까지, 또한 뒤끝에서부터 앞까지 왔다 갔다 하면서 모든 벗님들과 더불어 "행복충만!"을 간절히 읊조린다. ④ 벗님들이 앉아 있는 자리의 전체를 앞 ⇨ 왼쪽 ⇨ 뒤 ⇨ 오른쪽으로 동그랗게 또는 8자처럼 대각선을 그리며 돌면서 모든 벗님들과 더불어 "행복충만!"을 간절히 읊조린다. ⑤ 일 벗님은 벗님들이 앉아 있는 자리에서 단상의 한 가운데로 올라간다. 1분가량 단상의 한 가운데에 바르게 서서 모든 벗님들과 함께 간절히 "행복충만!"을 읊조린다.

2. 일 벗님은 "행복충만! 몸맘보배! 일온자돈!"을 읊조리며 위 ①~⑤의 다섯 가지 방법을 되풀이하면서, 모든 벗님들이 행복충만 몸돈 읊조림을 열심히 또한 간절히 할 수 있도

록 이끌어야 한다.

위와 같이 일 벗님이 모든 벗님들이 앉아 있는 자리를 돌면서 행복충만 몸돈 읊조림을 이끄는 까닭은 일 벗님이 모든 벗님들과 되도록 가까운 거리에서 일 벗님의 소리를 모든 벗님들이 듣는 한편 모든 벗님들의 소리를 일 벗님이 들으면서, 우리 모두가 행복충만 몸돈 읊조림을 열심히 또한 간절히 읊조리고자 하는 뜻이다. 아울러 일 벗님과 더불어 모든 벗님들이 한 마음 한 뜻으로 어울려서 그동안 이 험한 세상을 살다가 쌓인 삶의 온갖 응어리를 훌훌 풀어낼 수 있도록 몸과 마음을 집중하여 모든 벗님들이 서로 하나로 어울리는 열렬하고 한껏 올라가며 오묘하고 놀라우며 신비롭고 초월적인 분위기를 만들려는 뜻이다.

3. 일 벗님은 모든 벗님들이 앉아 있는 자리를 돌면서 행복충만 몸돈 읊조림을 이끌어야 하기 때문에, 뚜벅뚜벅 소리가 나는 구두를 결코 신어서는 아니 되며, 반드시 소리가 나지 않는 운동화를 신어야 한다.

위와 같은 행복충만 몸돈 읊조림의 방법을 미리 녹음 파일로 만들어 활용하자구나!

먼저 MP3 파일을 녹음하는 데에 참여하는 벗님들을 모은다.

이어 모든 벗님들이 수많은 연습을 거쳐서 위와 같은 행복충만 몸돈 읊조림의 방법들을 따라서 MP3 파일로 녹음을 한다.

또한 그렇게 녹음된 MP3 파일에 온갖 새소리 및 시냇물·파도 소리들이 멋들어지게 어우러지는 자연 소리를 배경음악으로 함께 넣는다. 그 까닭은 비록 우리 벗님들의 몸은 강당 체육관의 시멘트 및 철근 콘크리트 벽에 갇혀 행복충만 몸돈 읊조림을 하지만, 마음은 훨훨 날아 산과 들 및 시냇가와 바다의 자연들을 넘나들면서 안락함·포근함·풍요함·여유로움 및 치유력·회복력·항상성·평형성들을 두루 지닌 자연우주하늘의 품속에서 열심히 행복충만 몸돈 읊조림을 하고자 하는 것이려니!

한편 처음에는 여러 벗님들의 모집이 어렵기 때문에, 먼저 일 벗님인 나 홀로 행복충만 몸돈 읊조림의 녹음 파일을 새롭게 만들어 보자구나! ① 노트북 컴퓨터로 "행복충만!" 및 "행복충만! 몸맘보배! 일온자돈!"을 녹음한다. ② 『웨이브패드(WavePad』 음악편집프로그램으로 7분의 "행복충만!" 및 8분의 "행복충만! 몸맘보배! 일온자돈!"로 이루어진 15분의 행복충만 몸돈 읊조림의 녹음파일을 만든다. ③ 『오즈파일(Ozfile)』에서 온갖 새소리 및 시냇물·파도 소리들이 멋들어지게 어우러지는 자연 소리를 내려 받아 15분가량의 자연 소리에 대한 파일을 만든다. ④ 『웨이브패드』로 2의 행복충만 몸돈 읊조림의 녹음 파일 및 3의 자연 소리에 대한 파일을 서로 어울리도록 혼합(믹스:mix) 하여 15분의 행복충만 몸돈 읊조림의 녹음 파일을 새롭게 만드는구나!

행복충만 몸돈 읊조림의 값어치로는 "모든 벗님들이 주체적이며 능동적으로 참여 / 몸과 마음의 응어리 풀기 / 우리 의식 및 친밀감을 드높임"들이 있다.

1. 행복충만 몸돈 읊조림은 모든 벗님들이 주체적이며 능동적으로 참여하는 값어치가 있다. 그 어떤 벗님도 그저 듣거나 보기만 하는 수동적이고 피동적으로 참여하는 것이 결코 아니라, 모든 벗님들이 주체적이며 능동적으로 "행복충만!" 및 "행복충만! 몸맘보배!

일온자돈!"의 소리를 간절히 읊조리면서 참여함으로써 행복충만 몸돈 읊조림이 이루어진다. 곧 『내』가 읊조리는 "행복충만!" 및 "행복충만! 몸맘보배! 일온자돈!"이라는 소리를 옆 벗님이 듣는 한편 『옆 벗님』이 읊조리는 "행복충만!" 및 "행복충만! 몸맘보배! 일온자돈!"의 소리를 바로 내가 들으면서, 나와 옆 벗님이 튼튼한 몸·가뿐한 마음·포근한 보금자리·뜨거운 배움터·보람찬 일터·밝은 온누리·깨끗한 자연우주하늘·넉넉한 돈들의 온갖 행복을 짓고 닦으며 쌓아 충만해지기를 간절하게 바라면서, 나와 옆 벗님이 몸과 마음을 모두 바쳐 주체적이고 능동적으로 "행복충만!" 및 "행복충만! 몸맘보배! 일온자돈!"이라는 소리를 간절히 읊조리는 것이다.

더불어 『일 벗님』이 읊조리는 "행복충만!" 및 "행복충만! 몸맘보배! 일온자돈!"이라는 소리를 모든 벗님이 듣는 한편 『모든 벗님』이 읊조리는 "행복충만!" 및 "행복충만! 몸맘보배! 일온자돈!"의 소리를 바로 일 벗님이 들으면서, 일 벗님와 모든 벗님들이 몸과 마음을 모두 바쳐 주체적이고 능동적으로 "행복충만!" 및 "행복충만! 몸맘보배! 일온자돈!"이라는 소리를 간절히 읊조리는 것이다.

또한 『이미 벗님』이 읊조리는 "행복충만!" 및 "행복충만! 몸맘보배! 일온자돈!"이라는 소리를 처음 벗님이 듣는 한편 『처음 벗님』이 읊조리는 "행복충만!" 및 "행복충만! 몸맘보배! 일온자돈!"이라는 소리를 바로 이미 벗님이 들으면서, 이미 벗님과 처음 벗님들이 주체적이며 능동적으로 몸과 마음을 다 바쳐서 "행복충만!" 및 "행복충만! 몸맘보배! 일온자돈!"이라는 소리를 간절히 읊조린다.

한편 『진행 벗님』이 읊조리는 "행복충만!" 및 "행복충만! 몸맘보배! 일온자돈!"이라는 소리를 모인 벗님이 듣는 한편 『모인 벗님』이 읊조리는 "행복충만!" 및 "행복충만! 몸맘보배! 일온자돈!"의 소리를 바로 진행 벗님이 들으면서, 진행 벗님와 모인 벗님들이 튼튼한 몸·가뿐한 마음·포근한 보금자리·뜨거운 배움터·보람찬 일터·밝은 온누리·깨끗한 자연우주하늘·넉넉한 돈들의 온갖 행복을 짓고 닦으며 쌓아 충만해지기를 간절하게 바라면서, 진행 벗님과 모인 벗님들이 주체적이며 능동적으로 몸과 마음을 모두 바쳐서 "행복충만!" 및 "행복충만! 몸맘보배! 일온자돈!"이라는 소리를 읊조리는 것이다.

2. 행복충만 몸돈 읊조림은 몸과 마음의 응어리를 풀어주는 값어치가 있다. 몸이 있고·마음을 지니며·더불어 살고·일해야만 살며·말 글 도구를 쓰고·만들어 남기는 존재로서, 우리네 사람은 이런 인연과 저런 사연으로 이 세상에 태어나 보금자리에서 어버이와 가족들의 기르심과 보살핌을 받고 자라며, 배움터에서 스승에게 벗들과 함께 배우고, 일터에서 땀 흘려 열심히 일하면서, 사회 나라 세계의 온누리 및 자연우주하늘에서 살아간다. 이렇듯 우리가 보금자리 배움터 일터 온누리 자연우주하늘에서 살아가다 보면, 삶의 즐거움도 있는 한편, 삶의 응어리로서 몸과 마음에 응어리가 쌓이기 마련이다.

특히 몸과 마음의 응어리는 바로 우리네 사람들이 그릇된 마음으로 못참고 못믿으며 못비우고 게으르며 절망하고 우쭐하며 못났고 탐내며 화내고 어리석으며 저버리고 탓하며 미워하고 한스러운 한편, 그릇된 몸짓으로 때리고 죽이며 훔치고 음란하며, 그릇된 말로 거짓말하고 나쁜 말하며 꾸민 말하고 다른 말하며 투덜대고 잔소리들을 함으로써, 스트레스 받고 힘들며 다치고 몸병(고혈압·동맥경화증·당뇨병·심장병·뇌졸중·암·코로나) 나며 마음병(우울증·신경증·성격장애증·정신분열증) 생기고 장애 당하며 죽고 가난하며 향락하고 죄짓고 벌 받으며 업장 끼고 마장 입고 액 당하는 고달픔을 겪으면서, 계속 쌓이곤 한다. 이렇게 쌓이는 몸과 마음의 응어리는 수시로 풀어주어야 하는 데, 그 방법의 하나로서 행복충만 몸돈 읊조림은 훌륭한 값어치가 있는 것이다.

먼저 "행복충만!" 및 "행복충만! 몸맘보배! 일온자돈!"이라는 소리를 간절히 읊조리다 보면, 몸의 힘겨움 피로 지침 스트레스들을 발산하고 뿜어내며 정화시키는 효과가 있어서 몸의 응어리를 풀어주는 값어치가 있다.

또한 "행복충만!" 및 "행복충만! 몸맘보배! 일온자돈!"의 소리를 15분가량 간절히 읊조리다 보면, 마음의 괴로움 애달픔 상처 울분 원망 미움 스트레스들을 어루만지고 달래며 이겨내는 효과가 있어서 마음의 응어리를 풀어주는 값어치가 있다.

위와 같이 행복충만 몸돈 읊조림은 몸과 마음의 응어리를 풀어주는 값어치가 있어서, 우리가 뒤에서 살펴볼 "몸마음 풀어주기"의 한 방법이기도 하는 한편, 우리들의 자연 치유력 또는 자율 치유력이 극대화되며 유기체의 회복력 항상성 평형성이 높아지는 현상에 이르는 것이다.

따라서 우리 모든 벗님들이 "행복충만!" 및 "행복충만! 몸맘보배! 일온자돈!"을 간절히 읊조리면 몸마음 풀어주기의 특별하고 놀라우며 신비롭고 경이적인 몸놀림 현상들이 일어남으로써, 몸과 마음의 응어리가 풀어지는 어마어마한 값어치가 있는 것이다.

3. 행복충만 몸돈 읊조림은 우리 의식 및 친밀감을 드높이는 값어치가 있다. 행복충만 몸돈 읊조림은 우리 모든 벗님들이 15분가량 튼튼한 몸·가뿐한 마음·포근한 보금자리·뜨거운 배움터·보람찬 일터·밝은 온누리·깨끗한 자연우주하늘·넉넉한 돈들의 온갖 행복을 짓고 닦으며 쌓아서 충만해지기 위하여 북 소리에 맞추어 "행복충만!" 및 "행복충만! 몸맘보배! 일온자돈!"을 다 같이 소리 내어 되풀이하여 간절히 읊조리는 것이다.

위와 같이 우리 모든 벗님들이 똑같이 "행복충만!" 및 "행복충만! 몸맘보배! 일온자돈!"을 소리 내어 되풀이하여 간절히 읊조리며, 『내』가 "행복충만!" 및 "행복충만! 몸맘보배! 일온자돈!"이라는 소리를 읊조리는 동안에 옆 벗님이 숨쉬기를 하는 한편 『옆 벗님』이 "행복충만!" 및 "행복충만! 몸맘보배! 일온자돈!"의 소리를 읊조리는 동안에 내가 숨쉬기를 하는 방법으로 서로서로 돕고, 『내』가 내는 "행복충만!" 및 "행복충만! 몸맘보배! 일온자돈!"이라는 소리를 옆 벗님이 듣는 한편 『옆 벗님』이 내는 "행복충만!" 및 "행복충만! 몸맘보배! 일온자돈!"의 소리를 내가 듣는 방법으로 북 소리에 맞추어 15분가량 진행하는 것이다.

이런 행복충만 몸돈 읊조림은 우리 모든 벗님들이 우리 의식(We feeling)·한 마음·동일체 의식과 더불어 친밀감(rapport)·소속감·연대감을 드높이며 가꾸고 북돋우는 훌륭한 값어치가 있다.

오늘 이 행복충만에 동참한 모든 벗님들이 읊조리는 "행복충만!" 및 "행복충만! 몸맘보배! 일온자돈!"이라는 소리가 과학적으로 바로 이곳 ⇨ 우리나라 ⇨ 지구 ⇨ 달 해 ⇨ 태양계 ⇨ 은하계 ⇨ 우주 모두와 함께, 종교적으로 삼계 이십팔천 ⇨ 육범사성 십계 ⇨ 삼천대천세계 ⇨ 저승 지옥 및 극락 천국에 두루 닿으며 널리 알려지고 아로새겨져서, 오늘 이 행복충만에 같이 한 모든 벗님들이 튼튼한 몸(몸), 가뿐한 마음(맘), 포근한 보금자리(보), 뜨거운 배움터(배), 보람찬 일터(일), 밝은 온누리(온), 깨끗한 자연우주하늘(자), 넉넉한 돈(돈)의 온갖 행복을 짓고 닦으며 쌓아 충만해지기를 간절하게 바라면서, 우리 모든 벗님들이 "행복충만!" 및 "행복충만! 몸맘보배! 일온자돈!"이라는 소리를 간절히 읊조리는 행복충만 몸돈 읊조림을 함께 하는 것이다.

우리 모든 벗님들께서 건강과 돈들의 온갖 행복이 충만하소서!

5. 말씀하고 듣기(20분)

『말씀하고 듣기(Speaking and Listening)』는 20분가량 튼튼한 몸, 가뿐한 마음, 포근한 보금자리, 뜨거운 배움터, 보람찬 일터, 밝은 온누리, 깨끗한 자연우주하늘, 넉넉한 돈의 행복과 더불어 사람, 삶, 세상살이, 살아가는 길, 삶의 즐거움, 삶의 응어리, 삶의 이치, 사람 사는 얘기, 사회 각종 분야에 대하여 말씀을 하고 듣는 것이다.

우리네 사람은 한두 살 때부터 아빠 엄마와 여러 가족 및 벗들로부터 말씀을 배우기 시작하여, 평생을 살아가면서 보금자리 배움터 일터 온누리의 사람들과 말씀을 하며 듣곤 한다. 이처럼 말씀은 우리가 더불어 살아가는 데 아주 필요하고 중요한 것이다. 말씀이란 그 사람의 인품을 나타내는 잣대이며 말하는 사람의 마음을 표현하는 것임과 함께 사람 관계를 좌우하는 능력이다. 말씀을 보다 바람직하게 잘한다는 것은 그만큼 그 사람의 사회생활이 향상된다고 볼 수 있다. 말씀을 어떻게 하느냐에 따라 사람들과의 접촉이 가까워지고 사회활동을 유리하게 하며, 어려운 문제도 쉽게 해결할 수 있고, 사람들과의 어울림이 부드러우며, 또한 스스로의 앞날도 빛낼 수 있다. 우리 인류의 역사는 말씀의 역사라고 할 수도 있다. 우리네 사람이 만물의 영장이 될 수 있는 것에는 서서 걸음(직립 보행) · 불과 도구 및 글자를 씀의 여러 가지가 있겠지만, 말씀을 하며 듣는다는 것도 아주 중요한 것이다. 특히 말씀의 힘은 단순한 의사소통뿐만 아니라 공통의 목표달성을 위하여 사람과 사람이 어울려지게 하는 큰 힘을 내게 할 수 있다. 인류의 역사나 문화의 변화 발전은 물론이요, 사회 문화 종교 철학 교육 예술 정치 경제의 모든 분야에 있어서 사람의 몸과 마음을 깨어나게 하고 활력을 불어넣어 주는 것은 다름이 아닌 바로 말씀이다.

이런 여러 생각을 어울려 본다면, 말씀은 스스로의 생각이나 감정을 유쾌한 소리와 적절한 동작으로 정확히 나타내어 상대방에게 뜻한 바를 전달함으로써 공감 · 동의 · 도움을 얻거나 설득 · 지지를 구하는 힘 · 기술 · 능력이다. 따라서 말씀에는 말하는 사람과 듣는 사람이 있어야 하며, 서로를 이어주는 말이라는 매체가 있어야 한다. 아울러 말하는 사람, 말하는 내용, 말하는 방법, 듣는 사람, 듣는 방법, 효과로 나누어 생각할 수도 있다.

말씀의 비롯됨에 대한 생각으로는 ① 소리 흉내설(의음어설, 擬音語說) : 자연의 소리를 흉내낸 데서 기원했다는 생각 ② 감탄사설(感歎詞說, pooh-pooh theory) : 자연히 우러나오는 놀라움이나 기쁨 같은 감탄사에서 비롯됐다는 생각 ③ 원시 노래설(원시 가창설, 原始 歌唱說) : 원시의 노래에서 비롯됐다는 생각 ④ 집단 노동설(集團 勞動說, 요히호설; yu-hi-ho theory) : 여럿이 함께 노동하면서 지른 소리에서 나왔다는 생각 ⑤ 만남설(접촉설, 接觸說) : 사회에서 서로 만나거나 접촉하는 과정에 따른 소리가 점차 발달했다는 생각들이 있다.

말씀하고 듣기의 갈래로서는 보금자리에서의 어버이와 형제자매의 얘기 · 대화 · 교육, 배움터에서의 스승의 강의 · 수업 · 훈화를 비롯하여, 일터에서의 교육 · 연수 · 발표 · 훈시, 온누리의 연설 · 강연들과 함께, 종교계 가운데 불교의 법문 · 설법, 개신교의 설교 · 천주교의 강론들이 있다. 이 가운데 "연설 또는 강연 / 강의 또는 수업 / 법문 또는 설법, 설교 또는 강론"들에 대해 간략히 살펴보자.

　먼저 『연설(演說 : speech, address, speaking) 또는 강연(講演 : lecture, speech)』은 온누리의 사회 문화 정치 경제들의 온갖 분야에서 한 사람의 연사가 강당 교실 운동장 체육관 공터들의 교육 장소에 모인 수많은 듣는 사람인 청중들 앞에서 스스로의 뜻 생각 견해 주의 주장들을 말씀하는 것이다.

　(1). 고대 그리스의 도시국가(폴리스 : polis)에서는 정치가가 권력을 얻기 위해서는 모든 시민이 출석하는 민회나 대표자로 구성되는 평의회에서 청중을 설득할 필요가 있어서 연설이 발전됐다. 특히 설득력 있고 선동적인 연설의 방법으로서 웅변술(雄辯術 : oratory)이 발달됐다. 웅변술은 기원전 5세기에 남이탈리아 출신의 고르기아스(Gorgias)에 의해서 아테네시를 중심으로 발달하여 "아테네인들의 기상"을 연설한 데모스테네스(Demosthenes)를 비롯한 웅변가가 있었으며, 이를 완성한 사람은 아리스토텔레스(Aristoteles)이다.

　(2). 로마인은 기원전 2세기 초엽 이후 그리스인으로부터 연설을 배웠으므로 그리스의 영향을 받게 됐다. 당시의 주요한 연설가로는 가이우스(Gaius)·그라쿠스(Gracchus)들이 있으며, 특히 키케로(Cicero)의 카틸리나 탄핵연설 및 안토니우스(Antonius)의 카이사르 추도 연설이 잘 알려져 있다.
　또한 로마시대에 어느 노예가 둥근 경기장인 콜로세움에서 구경꾼인 로마 시민 및 위정자들에게 "나도 사람이지만, 그 어떤 사람도 나에게 벗처럼 정답게 대해 주지 아니 했소! 하지만 오직 이 굶주리고 가련한 사자만은 나에게 벗처럼 다정하게 대해 주었소! 그리하여 나와 사자는 벗으로 서로 사랑하고 있소이다!(I am a man, but no man has been befrended to me! But this hungry and poor lion only has been befrended to me! Therefore I and lion love each other as frend!)"라는 훌륭하고 피맺힌 연설을 했다. 그리하여 크게 감동시켰으며, 노예는 자유를 얻어 시민이 됐고 사자도 풀려났다. 그리고는 뒷동산에서 그 사람과 사자는 예전에 그 사람이 사자의 발에 깊숙이 박힌 가시를 빼주어서 벗처럼 지낸 것과 같이 사람과 짐승을 초월하여 자연우주하늘 가운데 똑같은 존재로서 함께 어울리면서 정답게 살았다고 하는구나!

　(3). 교회 만능의 중세에는 민중 상대의 설교적 연설이 가장 중요한 형태가 됐다.

　(4). 근대국가가 성립하고 의회제도가 발달하면서 연설이 크게 부흥했다. ① 영국은 의회주의를 중심으로 대중연설이 발달했고, 사람들이 많이 모이는 장소에서 정견이나 사견을 발표하기 위하여 가두 연설을 하는 전통도 있으며, 그 자유도 인정되고 있었다. 헨리(Henry)는 "나에게 자유가 아니면 죽음을 달라!(Give me liberty or give me death!)"는 유명한 연설을 했다. ② 프랑스에서는 보슈에(Bossuet)가 웅변적인 설교가로 유명하며, 프랑스 혁명 당시에는 로베스피에르(Robespierre)가 정치적 연설로, 그 뒤로는 클레망소(Clemenceau)가 유명하다. ③ 독일에서는 고트셰트(Gottsched)가 라이프치히에 연설학교를 설립했으며, "독일 국민에게 고함"이라는 연설을 한 피히테(Fichte)·비스마르크(Bismarck)들이 연설가로 유명했다. ④ 미국에서는 링컨(Lincoln)이 "국민의, 국민에 의한, 국민을 위한 정부는 이 지구에서 사라지지 않을 것이다!(Government of the people, by the people, for the people, shall not perish from the earth!)"라는 유명한 게티즈버그 연설(Gettysburg Address)을 1863년에 했다.

(5). 현대에는 사회 문화 정치 경제가 발전하여 각종 분야에서 말하는 기회가 늘어남에 따라 연설의 중요성이 더욱 높아져 가고 있다.

　세계적으로 유명한 연설은 아래와 같다. ① 간디(Gandhi)는 "영국 정부에게 '그대를 섬기지 않겠다'라고 하면 위헌입니까?～부모가 영국 정부 또는 영국 정부의 지원을 받는 학교에 아이를 보내지 않는 것이 위헌입니까?～～ 제가 농민에게 '당신이 내는 세금이 당신을 돌보는 데 사용되지 않고, 오히려 당신의 힘을 약하게 하는 데 사용된다면, 그런 정부에 세금을 내는 것은 현명하지 않다'라고 말하는 것이 위헌입니까?"라는 비폭력에 의한 비협력 운동을 내세운 연설을 1919년에 했다. ② 처칠(Churchill)은 "저는 피, 수고, 눈물, 땀 밖에 드릴 것이 없다.(I have nothing to offer but blood, toil, tears and sweat)."라는 의회 연설을 1941년에 했다. ③ 까뮈(Camus)는 "삶의 모든 상황에서, 무명이든, 잠시 명성을 얻은 자이든, 독재라는 강철 속에 있는 사람이든, 표현의 자유를 잠시 동안 얻은 자이든, 작가는 자신을 정당화 시켜 줄 수 있는 생활 공동체의 마음을 얻을 수 있다."라는 노벨 문학상의 수상 연설을 1957년에 했다.【※ 노벨상은 폭발물인 다이너마이트를 발명한 스웨덴의 화학자인 노벨(Nobel)이 인류의 복지와 문명의 발달에 이바지한 사람이나 단체들에게 나누어 주도록 2,373억원 가량을 유산으로 기부하여 비롯됐고, 물리학상·화학상·생리의학상·문학상·평화상·경제학상의 6개 부문에서 주고 있으며, 2024년에는 상금으로 13억 4천만 원 가량을 주었다. ※】④ 케네디(Kennedy)는 "존경하는 국민 여러분! 국가가 여러분에게 무엇을 해 줄 것인가 묻지 말고, 여러분이 국가를 위해 무엇을 할 수 있는가를 물어 보십시오!(And so, my fellow Americans: ask not what your country can do for you, but ask what you can do for your country!) 존경하는 세계 시민 여러분, 미국이 여러분에게 무엇을 해 줄 것인가 묻지 말고, 사람의 자유를 위해 무엇을 함께 할 수 있는가를 물어 보십시오!(My fellow citizens of the world: ask not what America will do for you, but ask what together we can do for the freedom of man!)"라는 취임 연설을 1961년에 했다. ⑤ 킹(King) 목사는 "나에게는 꿈이 있다!(I have a dream!)"라고 외치면서 인종차별 철폐를 요구한 연설을 1963년에 했다. ⑥ 달라이라마는 "세계 어느 지역에서 왔든 우리는 모두 기본적으로 똑같은 사람이다. 우리는 하나같이 행복을 추구하고 고통을 피하려고 노력한다. 사람의 기본적인 욕구와 고민도 똑같다. 우리 모두는 개인으로서, 민족으로서 자신의 운명을 스스로 결정할 자유와 권리를 원한다. 그것이 사람의 본성이다.～금세기의 마지막 10년을 맞이하는 지금, 나는 인류를 지탱해 온 고대의 가치관이 보다 더 친절하고 행복한 21세기를 준비하는 오늘날 우리에게 도움이 될 것이라고 낙관한다."라는 노벨 평화상의 수락 연설을 1989년에 했다. ⑦ 만델라(Mandela)는 "우리는 이 상이 지나간 과거사에 대한 칭찬으로 주어지는 게 아니라고 생각한다.～지금도 우리는 온 세상에서 차별로 눈물짓는 이들의 목소리를 듣고 있다."라는 노벨 평화상의 수락 연설을 1993년에 했다. ⑧ 잡스(Jobs)는 "당신이 사랑하는 그것을 찾아라!(You've got to find what you love!)"라는 스탠퍼드대학교 졸업식 축사를 2005년에 했다. ⑨ 메시(Messi)는 "세계 챔피언이다. 난 수차례 이 순간을 꿈꿔왔다. 난 넘어지지 않았고 이 순간을 믿을 수 없다. 가족에게 감사한다는 말을 전한다. 또 나와 아르헨티나를 응원해 준 분들께도 감사하다. 아르헨티나인들이 뭉쳐 싸우면, 목표를 이뤄낼 수 있다는 것을 증명했다."라는 카타르 월드컵 우승 소감을 2022년에 말했다.

　(6). 우리나라의 유명한 연설은 아래와 같다. ① 김구는 '네 소원이 무엇이냐'하고 하나님께서 물으신다면 나는 서슴지 않고 '내 소원은 오직 대한독립이오!'하고 대답할 것이다. '그 다음 소원은 무엇이냐'하고 물으시면 나는 또 '우리나라의 독립이오!'라고 할 것이요. 다시 '그 다음 소원이 무엇이냐'하고 물으셔도 나는 더욱 소리를 높여 '내 소원은 우리나

라 대한의 완전한 자주 독립이오!'하고 대답할 것이다."라고 연설을 했다. ② 신익희는 "모든 국민의 뜻대로 국회에서 통과되는 것이 법률인데, 이 법률이야말로 대통령 되는 사람부터 저 길거리에서 지게를 지고 품삯을 버는 친구들에게 이르도록 남녀노유 부귀빈천 아무 구별 없이 법률 앞에서는 다 만인이 평등으로 다 똑같이 지켜 가야 된다는 것이다."라는 연설을 50만여 명이 모인 한강 백사장에서 1960년에 했다. ③ 김대중은 "제가 민주화를 위해서 수십 년 동안 투쟁할 때 언제나 부딪힌 반론이 있었다. 그것은 아시아에서는 서구식 민주주의가 적합하지 않으며 그러한 뿌리가 없다는 주장이었다. 그러나 이는 사실과 다릅니다. 아시아에는 오히려 서구보다 훨씬 더 이전에 인권사상이 있었고, 민주주의와 상통한 사상의 뿌리가 있었다. "백성을 하늘로 삼는다. 사람이 곧 하늘이다. 사람 섬기는 것을 하늘 섬기듯 하라." 이런 것은 중국이나 한국 등지에서 3,000년 전부터 정치의 가장 근본요체로 주장되어 온 원리였다."라는 노벨 평화상 수상 연설을 2000년에 했다. ④ 이건희는 "국제화 시대에 변하지 않으면 영원히 2류나 2.5류가 될 것이고, 지금처럼 잘해봐야 1.5류이예요. ～ 결국 내가 변해야 해요. 바꾸려면 철저히 바꿔야조! 극단적으로 얘기해, 농담이 아니예요, 마누라와 자식만 빼고 다 바꿔야 해요!"라는 프랑크푸르트 선언 또는 신경영 선언이라는 연설을 1993년에 했다. ⑤ 정주영은 "나는 생명이 있는 한 실패는 없다고 생각한다. 내가 살고 있고 건강한 나에게 시련은 있을지언정 실패는 없다."라는 연설을 했다. ⑥ 봉준호는 "상상도 해본 적 없는 일이 실제 벌어지니 너무 기쁘고, 지금 이 순간이 상상도 못했고 역사가 이루어진 기분이 듭니다. 이러한 결정을 해주신 아카데미 회원분들에 경의와 감사를 드립니다!"라고 영화《기생충》이 아카데미의 작품상·감독상·각본상·국제영화상의 4관왕을 받는 수상 연설을 2020년에 했다. ⑦ 방탄소년단은 "지금이야말로 우리가 스스로의 얼굴을 잊지 않고 마주해야 하는 때이다. 필사적으로 자신을 사랑하고 미래를 상상하려 노력했으면 한다. 방탄소년단이 함께 하겠다.～언제나 깜깜한 밤이고 혼자인 것 같겠지만, 내일의 해가 뜨기 전 새벽이 가장 어둡다. 삶은 계속될 것이다! 우리 함께 살아냅시다!"라는 UN 연설을 2020년에 했다. ⑧ 한강은 "글을 읽고 쓰면서 보낸 시간을 되돌아보니 이 경이로운 순간이 몇 번이고 되살아났다. 언어의 실을 따라 또 다른 마음 속 깊이로 들어가 또 다른 내면과의 만남, 가장 중요하고 긴급한 질문을 실에 매달아 다른 자아에게 보내는 것, 그 실을 믿고 다른 자아에게 보내는 것이다."라는 노벨 문학상 수상 연설을 2024년 12월 10일에 했다. ⑨ 손흥민은 "한국인으로 태어나서 자랑스럽다. 완벽한 퍼즐을 맞추는데 있어 가장 큰 힘을 준 팬들에게 감사하다. 앞으로 최선을 다하겠다."라는 유럽축구연맹 유로파리그 결승전 우승소감을 2025년 5월 22일에 말했다.

　나 행복충만 일벗님은 아래와 같은 연설을 하고 싶다.
　1. 내가 배웠던 동국대학교 강당에서 "행복충만"을 연설하겠다.
　2. 내가 일했던 국가정보원 강당에서 "행복충만"을 연설하리라.
　3. 서울대학교 강당에서 "한민족 주체성과 자긍심 고취를 위한 서울대 표·마크 바꿈"을 연설하련다.
　4. 국회의사당에서 "인류 건강과 세계 평화를 위한 담배제조 금지운동"을 연설하겠다.
　5. 국회의사당에서 "국민 통합과 정치다툼 해소를 위한 국회의사당 여야어울림 좌석 재배치"를 연설하리라.
　6. 세종문화회관 대극장에서 "문화 분야의 관객 참여형 영화 만들기 운동"을 연설하련다.
　7. 서울종합운동장에서 "행복충만"을 연설하겠다.
　8. 유엔의 제너럴 어셈블리 홀(General Assembly Hall)에서 "인류 건강과 세계 평화를

위한 담배제조 금지운동”을 연설하리라.
　9. 노르웨이 오슬로 시청(Oslo City Hall)에서 “인류 건강과 세계 평화를 위한 담배제조 금지운동”을 연설하련다.
　10. 미국 캘리포니아주 로스엔젤레스 헐리우드 루스밸트 호텔에서 영화 감독 및 배우들에게 “문화 분야의 관객 참여형 영화 만들기 운동”에 대해 연설하겠다.
　11. 미국의 메디슨 스퀘어 가든(Madison Square Garden)에서 “행복충만”을 연설하리라.
　12. 미국의 실리콘 밸리(Silicon Valley)에 있는 산타 클라라 컨벤션 센터(Santa Clara Convention Center)에서 인공지능(AI) 개발자들에게 “① 사람 및 인공지능 기계 사이의 미움과 사랑 / ② 우리네 사람·마음·뜻의 어울림으로 과학·기계·도구의 문제점을 뛰어넘는 놀라운 일들이 벌어지고 있는데, 그 구체적인 보기가 바로【 행복충만과 하움출판사의 어울림(258쪽) 】이다”에 관해 연설하련다.

　『강의(講義 : lecture, course) 또는 수업(授業 : class, lesson)』은 주로 배움터에서 교수 및 교사가 말씀을 통해서 학생들에게 특정한 교과목과 학문 및 기능과 기술들을 일정한 내용에 따라 체계적으로 설명하여 가르치는 것이다.

　강의는 흔히 대학교 또는 대학원의 고등교육의 배움터에서 교수가 학생들에게 특정한 학문과 과목에 대해 체계적으로 설명하여 가르치는 것이다. 한편 수업은 흔히 유치원(어린이집) 초등학교 중학교 고등학교의 초등교육 중등교육의 배움터에서 교사가 학생들에게 지정된 교과목에 대해 설명하고 가르치는 것이다.

　『법문(法門) 또는 설법(說法)』은 불교의 가르침인 법(法)을 말씀으로 전달하는 것을 뜻하며, 『법담(法談) 설계(說戒) 설경(說經) 권화(勸化) 창도(唱導)』라고도 한다. 같은 말로 법문하더라도 듣는 사람의 이해 능력의 차이에 따라 그 깊이도 다르므로 불교에서는 ① 진실한 말로, ② 능력 소질에 따라, ③ 깨닫기 위한 수단을 마련하고, ④ 깨달음의 길을 보여주고, ⑤ 대자대비한 마음으로 설법하는 것이라고 하는 데, 이것을 ‘5종 법문’이라 한다. 법문은 출가한 사람들이 하는 베풂의 행위(보시)이며, 정해진 때에 하는 교단의 행사이기도 하다. 설법의 식이나 듣는 사람의 마음가짐들은 경전에 잘 나와 있으며, 중국에서는 재회(齋會)에서 하는 설법을 창도라 했고 그림을 보면서 설명하는 것도 발달했다.

　특히 부처님께서는 듣는 사람들의 근기(根機) 곧 수행과 인연 및 이해능력의 정도 수준 단계에 맞추어 적당한 가르침으로 이해하기 쉽게 설법했는데, 이것을 “대기설법(對機說法)”이라 한다. 대기설법은 “수기설법(隨機說法) 수기산설(隨機散說) 응기접물(應機接物)”, 또는 환자에 따라 병에 적합한 약을 주는 것에 비유해 “응병여약(應病與藥)”이라고도 한다. 부처님의 교설은 어떤 면에서는 서로 모순되는 점이 있는데, 그것은 중생의 근기에 따라 그때그때 적절한 내용 및 처방으로 해설했기 때문이다. 그러므로 대승불교에서는 부처님의 교설을 방편으로 보아 여러 가지로 분류를 하는 데, 그것이 곧 교판(敎判)이다.

　『설교(說敎) 또는 강론(講論) : sermon, preach, lecture』은 기독교에서 교리를 사람들에게 전하거나 신자들에게 가르치기 위하여 성경들을 풀어서 말씀하는 행위이며, 개신교에서는 설교라 하고, 천주교에서는 강론이라 부른다. 설교 또는 강론은 구약시대의 예언자의 전통과 회당 예배의 전통을 이어받아 그리스도를 살아계신 하나님의 말씀으로써 증언한 초대교회에서는 성찬과 함께 없어서는 안 될 예배의 요소가 됐다.
　기독교에서는 설교를 가장 중요시하고 있으나, 천주교에서는 미사가 의식의 중심이고 강론은 그 다음이다.

　설교가 예배에서 가지는 의미는 설교자의 사상을 전개하거나 도덕적인 어떤 교훈을 주는 것이 아니라, 성서가 증언한 진리를 나타냄에 있다. 설교는 신도들로 하여금 그 말씀을 통해 하나님과의 만남을 체험하도록 함으로써 자신의 죄악을 회개하여 사죄의 은총을 덧입게 하여 새로운 자세로, 아울러 새사람 된 모습으로 세상을 살아가게 하려는 데 있다. 설교에는 권위가 있어야 하며, 설교자는 모름지기 성령의 능력을 덧입어야만 한다.
　설교 방법에는 성경 본문을 중심으로 설교하는 강해 설교, 어떤 제목을 중심으로 하여 설교하는 주제 설교, 윤리적인 설교, 변증적인 설교, 교리적인 설교, 간증 설교들이 있다.

　한편 요즘 현대의 정보화시대에 연설 또는 강연 강의 또는 수업 법문 또는 설법 설교 또는 강론들의 말씀하고 듣기는 그저 말로만 하는 것이 아니라 파워포인트를 사용하여 듣는 사람들이 알기 쉽고 재미있으며 지루하지 않도록 배려하고 있구나!

　『파워포인트(PowerPoint; PPT)』는 미국의 마이크로소프트사가 개발한 소프트웨어의 하나로서, 여러 사람 앞에서 자신의 생각을 발표하거나 공동 작업을 할 때 시각적 보조자료로 활용할 수 있도록 구성되어 있으며, 흔히 『PPT(피피티)』라고 부른다. 이 파워포인트는 마이크로소프트사의 프로그래머인 개스킨스(Gaskins)와 오스틴(Austin)이 개발한 프레젠테이션(Presentation) 소프트웨어이고, 사무용 통합 프로그램인 마이크로소프트 오피스에 포함되어 있다. 마이크로소프트 오피스 2003부터 마이크로소프트는 오피스 제품군 안의 구성요소로서 파워포인트의 정체성을 강조하기 위해 브랜드를 고안했다. 곧 마이크로소프트는 마이크로소프트 파워포인트라고 부르지 않고 마이크로소프트 오피스 파워포인트라고 부르기 시작했다. 또한 파워포인트는 매킨토시와 윈도즈용 탁상 프레젠테이션 프로그램이며, 매킨토시용으로 처음으로 개발된 탁상 프레젠테이션 프로그램으로, 오버 헤드 프로젝터(OHP)용 투명성과 슬라이드 및 배포용 인쇄물들의 프레젠테이션용 출력을 생성하는 능력을 제공한다. 한편 파워포인트는 프레젠테이션을 목적으로 개발된 소프트웨어이지만, 다른 목적으로 쓰이는 경우도 있는데, 노래 가사를 띄울 때나 제품 전시나 광고를 위해 쓰기도 한다.

　위와 같은 파워포인트를 활용하여 우리네 벗님들이 다른 사람들 앞에서 말씀하고 듣기를 할 기회가 생길 경우에는 그저 말로만 하는 것이 아니라 듣는 사람들이 알기 쉽고 재미있으며 지루하지 않도록 아래와 같이 열심히 애쓰자구나!
　① 우리네 벗님들이 말씀하고 듣기를 할 주제에 대하여 온갖 자료를 모아 생각하고 분석하며 연구하여 글로 써가면서 기본적인 짜임새를 마련한다. ② 파워포인트의 슬라이드를 만들어간다. 먼저 글을 쓰고, 도형을 만들며, 배경화면을 만들다. ③ 배경에 쓰일 사진 또는 그림을 모아서 슬라이드에 넣는다. ④ 배경에 쓰일 노래 또는 음악을 모아서 고른다. ⑤ 고른 노래 또는 음악에 온갖 새소리 및 시냇물·파도 소리들이 멋들어지게 어우러지는 온갖 자연 소리들을 어울려서 편집하여 넣는다. ⑥ 이렇게 만든 배경 노래 또는 음악을 위의 슬라이드에 각 노래마다 구간을 정하여 편집하여 넣어서 노래 및 슬라이드가 자동으로 어울려 나오도록 만든다. ⑦ 온갖 슬라이드마다 글자 화면의 돌리기, 튀어 내리

기, 빤짝거리기의 조그마한 멋을 부려 보자구나!

　우리 행복충만에서는 말씀을 잘하기 위한 기본 틀·원리로서 "기역에서 히읗까지의 14 원칙", 곧 『㉠ 고운 말씀을 쓰도록 ㉡ 내용을 알차고 풍부하게 ㉢ 듣는 사람을 헤아리자 ㉣ 열렬히 말씀하도록 ㉤ 몸으로도 말씀한다 ㉥ 보기·통계를 들어가며 ㉦ 사전 준비·연습을 꼼꼼히 ㉧ 아름다운 목소리로 ㉨ 재미있게 말씀하자 ㉩ 첫 말씀을 멋지게 ㉪ 큰 소리와 작은 소리를 어울려서 ㉫ 끝맺음을 여운 있게 ㉬ 필요한 말씀만 하도록 ㉭ 한글을 되도록 쓰자』들이라고 감히 헤아린다.

　이 가운데 『㉡ 내용을 알차고 풍부하게 ㉨ 재미있게 말씀하자』에 대해 살펴보자구나.

　말씀을 잘하기 위한 기본적인 것 가운데 가장 으뜸은 바로 『내용을 알차고 풍부하게』이다.
　푸른 산과 흐르는 물처럼 말을 잘하는 사람이라도 준비 없이는 결코 좋은 내용의 말씀을 할 수가 없다. 요리사의 뛰어난 솜씨도 중요하지만 요리를 만들 재료 곧 찬거리가 변변치 않으면 좋은 음식을 만들 수 없는 것처럼, 연사에게 필요한 것은 말할 내용의 재료인 것이다. 미국에서도 대중연설의 천재로 꼽혔던 해밀톤(Hamilton)은 말씀의 천재라고 하지만, "사실 나는 천재가 못되지요. 나의 말씀을 칭찬하려면 이렇게 칭찬해 주었으면 한다. 저 멋진 말은 해밀톤의 피나는 노력과 훈련의 덕택이라고 말이다."라고 했다. 우리의 경우도 마찬가지이다. 당신이 남들과 같은 준비를 한다면, 당신도 남 못지않게 말할 수가 있을 것이다. 그러나 남보다 준비를 못했다면 남보다 못한 말씀밖에 할 수 없는 것은 당연한 이치이다. 우리는 지금까지 말씀의 준비를 위해 얼마나 많은 노력을 해왔는가?

　그렇다면 말씀을 잘하기 위해서는 어떤 내용의 준비가 필요할까? 무엇보다도 말할 재료를 수집해야 한다. 대부분의 사람은 말할 재료가 없어서 쩔쩔맨다. 정보홍수의 시대에 살면서 왜 말할 재료가 없다고 할까? 한마디로 지적하면 영양분의 모자람 때문이다. 그동안 책을 안 읽었거나 또는 생각하지 않았다는 증거이며, 교양강좌나 연수교육의 자기개발을 위한 공부를 게을리 한 탓이라 하겠다. 아는 것이 힘이라고 새로운 지식 또는 새로운 얘깃거리를 많이 알고 있어야 새롭고도 멋진 말씀을 할 수 있는데, 요즘은 특히 새로운 이론, 새로운 사건, 새로운 얘깃거리가 홍수처럼 쏟아지는 정보 과잉의 시대이다!

　사람들에게 감동을 주고 설득력 있는 말씀을 잘하려면 우선 재료가 풍부해야 한다. 풍부한 자료 수집을 위해서는 ① 재료를 모아야겠다는 의욕이 있어야 하고, ② 예리한 관찰력을 가져야 하며, ③ 언제나 왕성한 호기심을 지녀야 함은 물론이요, ④ 스스로의 생각이나 뜻을 가져야만 한다.

　말씀을 알차고 풍부하게 만들기 위한 내용의 원천은 여러 가지가 있다. ① 옷·밥·집의 사람의 생존과 관계가 있는 갖가지 일, ② 생활과 밀접한 연관이 있는 사건, ③ 온누리에서 화제가 되고 있는 책 기사, ④ 재미있는 이야기 우화 일화, ⑤ 여가 선용과 관계있는 것, ⑥ 여행이나 관광과 이어진 일, ⑦ 영화나 연극 또는 텔레비전 연속극의 문화계 소식, ⑧ 올림픽·월드컵·전국체육대회·갖가지 경기의 체육계 행사 및 동정으로 숱하게 많이 있다.

또한 말씀 내용의 원천은 자기 자신, 다른 사람, 인쇄물로 나눌 수도 있다. ① 자기 자신에 대해서 말하는 것이다. 우리는 자칫하면 남의 이야기나 책에 관심이 쏠려서 스스로에게 귀 기울이는 일에 소홀해지기 쉽다. 자기의 생각이나 스스로에 관계되는 일과 자신이 직접 체험한 것이야 말로 말씀 내용의 원천 가운데 가장 생생하고 쉽게 얻을 수 있는 것이다. 하지만 자신과 관계된 것을 말할 경우에는 말할 값어치가 있는 것이어야 하며, 빈약한 생각이나 허술한 체험으로 자신을 말한다는 것은 듣는 사람에게 폐만 끼칠 뿐이다. ② 다른 사람의 말씀을 잘 듣는 것이다. 이 온누리에는 요즘에 80억이 넘는 사람들이 저마다 말을 하고 있으며, 말씀을 남겨 놓고 간 사람들까지 합치면 그 얼마나 많은 사람들의 말씀이 우리를 뒤덮고 있는가? 일찍이 공자는 "미친 사람의 말 가운데도 세 마디는 골라 쓸 게 있다."고 했다. 하물며 정상적인 사람, 특히 여러 분야의 전문가가 하는 말씀에는 얼마나 좋은 말이 많을 것인가? 이 많은 사람들의 생각과 경험을 자신의 말씀을 뒷받침할 재료로 끌어들인다면 얼마나 알차고 풍부하며 멋진 내용의 말씀이 될 것인가? 허물없이 주고받는 가족이나 친인척간의 얘기에서, 또한 머리를 맞대고 떠들어대는 벗들과의 잡담, 더 나아가 많은 사람의 모임들에서 우리는 은연중에 말씀의 재료를 얻고 있다. 때로는 그 분야에 대한 전문가에게 의견이나 정보 지식을 구하는 일도 필요하다. 특히 불특정 다수인을 상대로 한 텔레비전 · 라디오에서의 권위자의 말씀은 손쉽게 활용할 수 있는 재료의 원천이다. ③ 인쇄물으로서, 신문 · 잡지 · 책 · 사전들이다. 이 인쇄물이야말로 인류의 지혜와 경험이 집대성된 재료의 보물이다. 특히 인쇄물은 필요한 때마다 언제든지 볼 수 있는 장점도 있다.

수많은 말씀의 원천 가운데서 과연 어떤 내용을 선택해야 되는가에 대해서는 다섯 가지의 선택 요령이 있다. ① 말씀하는 사람이 상당한 지식을 갖고 있는 내용을 골라야 한다. 말씀하는 사람 스스로가 잘 모르는 것에 대해서 어떻게 좋은 말씀을 할 수가 있겠는가? 때로는 잘 모르는 것을 말해야 할 경우도 있겠지만, 그때에도 미리 조사하고 연구하여 정확한 지식을 풍부하게 갖춰야만 자신 있게 말할 수가 있을 것이다. ② 말씀하는 사람 스스로가 흥미가 있는 내용을 선택하는 것이다. 흥미 없는 얘기를 억지로 꿰맞추어 말하는 것처럼 따분한 일도 없을 것이다. 우리는 스스로가 흥미를 느끼는 것이라면 지루함이나 피곤함도 잊고 열중할 수가 있다. 말씀의 내용에 관한 재료를 얻기 위한 노력이나 말할 때의 열의들은 대개 말하는 사람 자신의 흥미 관심과 깊은 연관성이 있다. ③ 말씀을 듣는 사람들이 재미를 느낄 수 있는 내용을 택해야 한다. 말씀에는 언제나 듣는 이가 있게 마련인 데, 이 듣는 사람이 재미를 느끼지 못하는 내용은 아무리 멋진 말솜씨를 구사한다고 해도 결국 실패로 끝나고 만다. 따라서 말씀하는 사람은 듣는 이들의 관심과 흥밋거리를 찾는 일에 게을러서는 안 된다. 듣는 사람들이 재미를 느끼게 되는 것들은 열성적인 말씀, 구체적인 내용이 담긴 말씀, 친근한 말씀, 신기한 말씀, 대립적인 말씀, 익살스러운 말씀들이다. ④ 듣는 사람이 이해할 수 있을 수준의 내용을 골라야 한다. "풋내기 강사일수록 어려운 이론을 떠들다."는 말이 있다. 이는 강사의 권위를 높이려는 생각인지는 모르지만, 듣는 사람은 여간 고역이 아닐 수 없다. 딱딱한 음식이 소화불량에 걸리기 쉽듯이, 말씀도 내용이 어렵거나 딱딱하면 이해하기가 어려운 법이다. 누구나 알기 쉬운 이야기 거리가 좋은 것이다. ⑤ 주어진 시간 안에 끝낼 수 있는 말씀의 내용을 선택해야 한다. 이는 특히 시간적 제약을 많이 받는 대중연설 강연회들에 반드시 필요하다. 너무나 거창한 제목이나 긴 얘깃거리는 짧은 시간 안에 효과적으로 끝내기가 어렵다. 옷도 몸에 맞는 치수로 입어야 어울리듯이, 말씀의 내용도 주어진 시간 안에 충분히 소화시킬 수 있는 알맞은 길이의 것을 고르는 것도 요령이다.

위와 같이 선택한 말씀 내용을 정리하는 방법에 대해 살펴보도록 하자. ① 시간적 차례로 정리하는 것으로, 말씀의 내용을 시간이나 연월일의 차례대로 지난 날에서 요즘으로 내려오는 방법 및 요즘에서 지난 날로 거슬러 올라가는 방법이 있다. ② 공간적 차례대로 내용을 정리하는 방법 및 앞과 거꾸로 차례대로 말씀 내용을 정리하는 것이다. ③ 까닭 결과의 차례로 정리해 보자. 이것 역시 까닭에서 결과로 정리하는 방법 및 결과에서 까닭으로 정리하는 방법이 있다. ④ 문제해결의 차례대로 정리하는 방법이다. 말씀의 내용을 문제제시에서 해결방안의 차례대로 정리하는 것이다. ⑤ 난이도의 차례로 정리하는 것으로, 쉬운 것에서부터 어려운 것으로 또는 복잡한 것에서부터 단순한 것으로, 수많은 말씀의 내용 가운데 가장 중요하고 좋은 내용에서부터 덜 중요한 것의 차례대로 정리하는 방법이다.

말씀을 보다 일관성 있고 효과적인 형태로 하기 위해서는 이제까지 모으고 선택하며 간추린 내용을 알맞게 구성 조직해야 할 것이다. 이런 내용의 구성은 마치 자동차나 정밀한 시계의 톱니바퀴와도 같이 말씀의 각 부분을 맞물고 돌아가며 전체의 말씀이 자연스럽고 논리정연하게 전개되도록 작용한다. 컴퓨터에 프로그램을 입력하듯이 체계적이고 통일적인 논리구조로 말씀을 구성하는 자세가 효과적이고 감동적인 말씀하기의 지름길이다.

그렇다면 말씀의 뼈대라고도 할 수 있는 말씀 내용의 구성법에는 어떤 것이 있을까? 흔히 쓰이고 있는 3단계 구성법, 4단계 구성법, 5단계 구성법에 대해서 생각해 보도록 하자구나!

1. 『3단계 구성법』은 말씀 구성법 가운데 가장 알기 쉽고 중요한 구성법이다. 이것을 흔히들 서론·본론·결론이라고 한다. 가령 하나의 주제가 결정됐으면 도입 부분이 있어야 하고, 전개 부분이 있어야 하며, 마무리 부분이 있어야 한다는 생각이다. 말씀하는 사람이 말을 시작하자마자 갑자기 본론으로 들어가는 것은 당돌한 느낌이 든다. 그래서 서론에서는 말씀을 시작하는 부분이 있어야 듣는 이의 입장에서도 듣는 자세를 갖추게 된다. 그런 다음에 본론에서 자기가 말하고 싶은 내용을 충분히 전개하고, 결론으로 원만한 마무리를 짓는다.

이 3단계 구성법은 ① 서론 : 머리말 - 주제 선언 - Opening Introduction, ② 본론 : 본말 - 주제 전개 - Mainsubsentence Body, ③ 결론 : 맺는 말- 주제 반복 - Close Conclusion 이다.

한편 이상과 같은 3단계 구성법은 시제(時制 : Tense)의 3단계로 나누는 방법도 있다. 곧 머리말에서 지난날에 있었던 사실이나 경험을 이야기하여 도입부분을 이루고, 본말에서는 요즘의 일이나 겪고 있는 사실을 말하여 얘기를 전개시키며, 맺는말에서는 앞날의 추측이나 결과를 이야기해 말씀을 마무리 짓는 방법이다. 이 구성법은 듣는 이에게 실감나게 해준다.

2. 『4단계 구성법』은 앞의 3단계 구성법이 강렬한 주제의 표현에는 값어치가 있으나, 기본형식이 단순하기 때문에 자칫 무미건조한 느낌을 줄 수도 있어서 약간의 변화를 주어 나타났다. 이 4단계 구성법은 신문의 사회면에 게재되는 4단 만화나 정치적 선언문·격문

들에서 우리들이 흔히 접할 수 있는데, 원래 한시의 절구 네 부분인 기·승·전·결에서 비롯된 형식이다. 또한 이것은 주제부·제시부·전개부·재현부로 이루어진 서양 노래의 소나타 형식에서도 찾아볼 수 있는 방법이다.

그렇다면 4단계 구성법은 어떻게 이루어지는가? ① 기(起) - 문제제시 및 소개 : 말씀을 이끌고 갈 주된 문제의 제시 및 소개의 단계로서, 듣는 이의 흥미를 끌게 하는 도입 부분이다. ② 승(承) - 문제해결의 보기 및 설명 : 도입된 말씀의 주제를 해결할 보기를 제시하기 위하여 설명 관찰 실험하는 전개부분이다. ③ 전(轉) - 변화와 해결책 모색 : 말씀의 분위기를 새롭게 하여 문제의 변화와 해결을 모색하는 전환의 단계이다. ④ 결(結) - 마무리 및 중심사상 강조 : 전체의 말씀을 마무리하여 뜻한 바의 중심사상을 선명하게 나타내는 결론의 단계이다.

3. 『5단계 구성법』은 미국의 언어학 권위자 몬로(Monroe)가 창안했기에 「몬로 구성법」이라고도 부른다. 이 방법은 동기 요인의 차례로 설득하는 것으로, 사람의 자연스러운 생각 과정을 다섯 가지 단계로 전개하여 사람의 의식 속에 자연스럽게 파고들어 마음을 움직이고 마침내 행동으로 실행하게 만드는 데 알맞은 구성법이다.

(1). 주의를 끄는 단계(듣는 이와의 첫 만남) - 흥미·주의 집중 - Attention Step - 서론 : 듣는 이들과 처음 접촉 또는 인사하는 단계이므로 우선 부드럽고도 친근한 면을 보여주어야 할 단계이다. 마치 가수가 노래를 부르기 전에 관객의 흥미를 끄는 몸놀림을 한 뒤에 노래에 들어가는 것처럼, 말씀하는 사람도 연단에 서서 주제를 제시하기 전에 듣는 이의 주의 흥미 재미 관심을 끌어들일 수 있는 말씀을 먼저 하는 것이다.

(2). 필요를 보이는 단계(주제 제시) - 문제 제시- Need Step - 서론 : 이 단계는 제1단계에서 갖추어 놓은 분위기를 살펴서 듣는 이로 하여금 흥미를 가지고 다음 말을 들어보고자 하는 필요성을 느끼게 하는 순서이다. 보통은 연사가 주제에 대하여 흥미를 가지게 된 까닭, 듣는 이가 주제에 대해서 들을 값어치가 있음을 이해시키는 내용, 연사가 주제에 대하여 말할 자격이 있음을 알리는 내용, 주제의 중요성을 깨닫게 하기 위한 주목할 만한 사실이나 사건에 대한 내용, 주제에 관한 연사의 입장이나 태도를 밝히는 내용, 주제에 대한 대강의 윤곽이나 말할 범위들이 된다.

(3). 필요를 만족시키는 단계(주제에 대한 주장) - 해결책 제시- Satisfaction Step - 본론 : 이는 말씀하는 사람이 주제에 대하여 그 내용을 충분히 이해시켜 듣는 이에게 만족시키는 단계이다. 따라서 말씀하는 사람은 스스로의 사상과 감정을 듣는 이에게 거짓 없이 말해야 하겠다. 구체적 방법으로는 주제의 중심이 되는 내용을 분명히 밝히는 것, 주제를 이해시킬 수 있는 비유법을 인용하는 방법, 주제에 대한 설명이나 해석, 주제 전개에 필요한 의문 제기, 까닭과 결과에 대해 설명을 하는 것이다.

(4). 구체화 단계(주제의 논증) - 결과 강조·증명 - Visualisation Step - 본론 : 말씀하는 사람이 듣는 이에게 제시한 주제에 대해 여러 가지 자료와 수단을 써서 보다 분명하게 입증시키는 단계이다. 이곳에서는 듣는 이가 스스로 어떤 결론을 맺을 수 있을 정도의 수준까지 명확한 논리로 증명해 주어야 한다. 그러기 위해서는 자세한 설명, 증거제시, 대조적인 보기, 주제에 대한 결과가 될 수 있는 좋은 의견 제시와 그 내용 지적의 방법이 있다.

(5). 행동 제시의 단계(맺음) - 결심 촉구 - Action Step - 결론 : 이 단계는 끝맺음의 단계
인 데, 말씀하는 사람은 주제에 대한 결론을 내려야 하며 보다 강한 인상을 주어야 한다. 따
라서 이미 설정한 내용을 간추려 되풀이하여 재확인시킴은 물론이요, 무엇을 어떻게 해야 한
다는 행동의 방향을 구체적으로 제시해야 한다.

　　말씀을 잘하기 위한 틀 원리로서 "기역에서 히읗까지의 14원칙" 가운데 두 번째는 바로
『재미있게 말씀하자』이다.

　　아무리 능변가라 할지라도 재미있지 않은 말씀은 상대방을 끌어들이지 못한다. 재미있는
말씀은 재치와 기지가 넘치는 말씀이며, 사람관계의 꽃이다. 보금자리 배움터 일터 모임 온
누리에서 상대방을 매혹시키는 재미스러운 말씀은 부드럽고 원활한 사람관계를 맺어준다.
또한 재미있는 얘기는 서로 보다 즐거워지고 마음을 부드럽게 만들며 머리의 회전을 빠르게
해주므로 화제가 끊기는 법 없이 말씀이 꾸준히 이뤄진다. 모름지기 메마른 요즘을 사는 우
리들에게 진정으로 필요한 것은 웃음이다. 허준의 《동의보감》에서도 웃음은 모든 병을 다스
리는 보약이라 했다. 더구나 우리네 사람은 유일하게 웃을 수 있는 존재이다. 따라서 우리는
남의 재미있는 얘기를 듣고 웃을 수 있음은 물론이요, 스스로도 재미있는 말씀을 통해 남들
에게 웃음을 줄 수 있는 존재이다.

　　더불어 서양 사회에서는 연설 강연 강의 설교의 어떠한 말씀에서도 단 한번이라도 듣는 사
람들에게 재미있는 말을 들려주지 못하여 웃게 만들지 못하면 그 말씀은 실패작으로 여긴다
고 한다. 그래서인지 서양 사회의 공식적 또는 비공식적인 말씀을 살펴보면 곧잘 재미스런
얘기로 웃음을 터져 나오게 하는 것을 볼 수 있다. 그러나 동양 사회에 있어서의 갖가지 말씀
에 있어서 재미와 웃음이 모자라는 편이다. 그래서 동양 사회에 있어서의 갖가지 말씀은 흔
히 딱딱한 편이다. 하나의 보기로서, 미국에 건너간 일본의 어떤 장관이 만찬 뒤의 연설에서
30분쯤 전혀 청중을 웃기지 않고 원고를 읽어내려 갔을 때, 어느 미국 기자가 '소화에 안 좋
으며, 일종의 범죄행위다.'라고 한 말은 너무나도 유명하다.

　　1. 스스로가 먼저 웃지 말자 : 스스로가 먼저 웃지 않는다는 것은 상대방을 웃기는 기술 가
운데 아주 중요하다. 남을 웃기게 할 때 "이봐, 자네가 크게 웃을 터인데 들어보라고!"라고
미리 말한 다음, 제아무리 재미있는 얘기를 해보았자 웃기지 못할 것은 뻔한 일이다. 상대방
은 이미 웃음에 대해 대비하고 있으므로 그 웃음에 대한 자극이 약해지는 것은 당연한 일이
다. 뜻밖이라고 하는 것은 그것 자체가 웃음의 법칙의 하나이며, 말씀할 때도 우스운 것이 느
닷없이 일어날 때 한층 더 우스워지는 것이다. 때문에 일부러 진지한 표정을 짓는다든가, 또
는 진지한 말투로 남을 웃기는 방법을 택하는 것이 좋다. 요컨대 남을 재미있는 말로 웃기게
만들려면 스스로가 절대로 먼저 웃지 말아야 한다.

　　2. 슬기를 발휘하도록 : 슬기는 상대방이 깨닫지 못하는 사이에 재미있게 만들어 우습게 만
드는 것으로, 재치 또는 위트라고도 부른다. 슬기로운 말씀은 조용하고 부드럽게 듣는 이들
을 재미있게 만든다. 특히 화를 잘 내고 논리적으로 꼬치꼬치 파고드는 상대에게는 슬기를
발휘하여 접근하면 얼마든지 웃음을 자아내게 하여 설득할 수 있다. 그리하여 "재능은 훌륭
한 것이지만 슬기는 모든 것이다. 슬기란 모든 것을 풀어주고 재미롭게 만들며 장애를 없애
준다."는 말이 있다.

보기를 들어보자. 이성계가 무학대사에게 "대사님, 우리 서로를 헐뜯는 농담이나 합시다. 어떻소? 나는 대사님이 꼭 돼지같이 보이는 데, 어쩐 일이요?"라고 하자, 무학은 "저는 전하가 꼭 부처님처럼 보이다."라고 점잖게 대꾸했다. "아니 대사님, 내가 농담을 좀 하자는 것인데, 어째서 아첨을 하는 거요?" 그러나 무학은 "아니지요. 저는 사실을 사실대로 말했을 뿐이다."라고 말하고 나서 "자고로 돼지의 눈에는 돼지만 보이고, 부처님의 눈에는 항상 부처님만 보이지요!"라고 말했다고 한다.

3. 변화·뒤바꿈을 꾀해야지 : 무슨 일을 하던 사람들은 스스로가 예상하는 기대치가 있는데, 이 당연한 결과라고 할 수 있는 기대치에 어긋난 결과가 빚어지면 웃음이 터져 나오게 된다. 재미있게 말씀하는 방법으로 급격한 변화나 뒤바뀜을 꾀하는 것도 예상을 벗어난 돌발적인 상황에 접하면 냉정히 살피려는 마음보다 웃음으로 미봉시키려는 속성이 우리들에게 있기 때문이다. 그리고 극적 변화의 기회를 유도하려면 우선 듣는 이에게 당연한 결과가 올 것이라는 암시를 던져 주어야 한다. 이 암시에 의해 제 나름대로 판단을 내려 그 당연한 결과를 기대하다 순간적으로 변화 뒤바뀜을 초래하게 되면 웃음이 터지게 된다.

보기를 들어보자. 영국의 하이드 공원에는 묘한 정치 지망생들이 많이 모였다. 어느 날 한 청년이 주위 사람들을 모으더니 "우리 모두 위정자들의 각성을 촉구하는 뜻에서 버킹엄 궁전을 불태웁시다!"라고 열변을 토했다. 그러자 군중들은 이 청년의 열변에 이끌려 구름처럼 몰려들었다. 마침내 찻길까지 침범케 된 군중들 때문에 경찰이 출동했다. 군중들은 자기들을 해산하러 온 경관을 예의주시했다. 그러나 경관의 말이 "여러분, 버킹엄 궁전을 불태우겠다고 생각하는 사람은 오른쪽, 그렇지 않으면 왼쪽으로 서서 질서를 잡읍시다."라고 외쳤다. 군중은 웃음을 터뜨리고 한바탕 웃는 다음에 뿔뿔이 흩어졌다고 한다.

4. 과장을 하자 : 흔히 있을 수 있는 일을 확대시키거나 비약시키는 것이 과장이다. 정상적인 말씀에서 과장은 위선이 되거나 허풍이 되기도 하여 신뢰를 해친다. 그러나 과장스러운 말을 하여 웃음을 자아내게 함으로써 꼭 잠긴 상대방의 마음을 열기 위함이라면 나쁜 것만은 아니다. 이 과장의 방법은 실재하는 것을 이용할 수도 있고, 존재치 않는 무형의 것도 이용할 수도 있다.

보기를 들어보자. 잔뜩 긴장하고 얼떨떨한 상태에서 차렷 자세를 취하고 있는 신병들에게 교관이 큰소리로 "무릎 사이로 전차가 죽을 사자 네 대나 지나가겠다. 무릎을 물이 새지 않도록 붙혀!"라고 외쳤다. 신병들은 마음속으로 킥킥 웃으며 무릎을 바짝 붙이면서 훈련의 고됨을 달랜다.

5. 착오도 이용하고 : 착오 착각도 웃음을 일으킨다. 우리가 코미디언의 행동을 보고 웃음 짓는 것도 그들의 바보스럽고 기대에 어긋난 착오의 몸짓 또는 말에 의한 것이다.

보기를 들어보자. ① 어느 날 링컨(Lincoln)이 대통령 관저 앞에서 잡초를 뽑고 있을 때에, 어떤 사람이 방문하여 거만스레 "대통령은 지금 계신가?" 하고 물었다. "그렇소."라고 대답한 링컨은 곧 "잠시 기다리십시오!"하고 들어가더니 이내 다시 옷을 갈아입고 나와 그 사람을 영접했다. 그 사람은 당황할 수밖에 … 대통령 관저를 지키는 수위쯤으로 알았던 사나이가 대통령이었으니 말이다. 착오를 일으킨 그 사람은 링컨의 웃음에 따라 덩달아 웃으며 그 궁색한 시간을 벗어났다. ②《모던 타임》이란 영화에서 채플린(Chaplin)은 착오를 이용해 웃음을 자아내게 만들었다. 일터에서 나사를 돌리던 사람이

버스 속에서 연신 나사를 돌리는 흉내를 내느라고 앞 사람의 단추를 돌렸다.

6. 듣는 사람에게 우월감을 주면서 : 듣는 사람에게 우월감을 주면서 웃음을 자아내는 것은 효과가 크고 절대적이다. 만족감을 채우면 기분이 좋아지고, 좋다는 마음은 웃음을 몰고 온다. 심리학적으로 보면 사람은 쾌 또는 불쾌의 감정이 모든 행동을 즐겁게 유도하기도 하고 나쁘게 만들기도 한다. 기분 좋은 것은 쾌락을 자극했을 경우이며, 쾌락은 웃음을 자아낸다.

텔레비전에 나온 코미디의 한 모습을 들어보고자 한다. 근엄한 표정을 짓고 앉아 있는 사장 앞에서 면접을 받는 장면이었는 데 자못 분위기 자체는 무겁고 심각했으나, 정작 면접을 받으러 온 젊은이는 멍청스러운 표정을 띠고 있었다. 이윽고 사장이 첫 질문을 했다. "자네, 세종임금이 누구인 줄 아나?" "그야 모르겠까?" 젊은이는 자신 있게 대답하고 나서 "세종로 교통순경이지요."라고 말하는 것이다. 사장을 비롯하여 모든 면접위원의 웃음이 터졌다. 그 다음 질문이 이어졌다. "그렇다면 을지문덕은 또 누구지?" "그건 을지로 동회장이 아니던가요?" 여기에 이르자 텔레비전을 보던 사람들까지도 온통 웃음바다가 된 것은 물론이다. 이 경우에 사람들이 웃을 수 있었던 것은 질문에 대답하는 상대방보다 우월감을 느끼기 때문이다. 이런 어리석은 질문에 진기한 대답은 어리석은 질문을 한 사람보다 기발한 대답을 한 사람이 더욱 웃음의 초점이 된다.

7. 생활 속의 재미·웃음을 활용하며 : 우리들은 살아가면서 보금자리 배움터 일터 온누리에서 많은 사람들과 어울려 재미있고 우스운 일들을 경험한다. 또한 책 잡지 신문 텔레비전 라디오의 언론매체를 통해 재미있는 일들을 접하고 웃음 짓는다. 이렇게 생활하면서 느꼈거나 알게 된 재미있는 일 또는 웃음거리를 잘 모아두었다가, 다른 사람들에게 말씀할 때에 얘기하는 것이다.

보기를 들어보자. ① 시골에 놀러간 초등학교 1학년생이 노인들이 모여 "올해 나락 농사 성적이 좋다네." 하는 소리를 듣고는, "어? 나락도 공부하고 시험까지 보나?" 하고 고개를 갸우뚱 … ② 남편이 드디어 분통이 터졌다. "당신, 나만 보면 돈타령이야. 내가 돈으로 보이나? 다시 돈 때문에 바가지 긁었다간 이혼이야?" "뭐요? 이혼이요?" "그래!" 여기까지면 보금자리에서 있을 수 있는 일인 듯도 하고 바가지를 긁는 아내의 얼굴이 뚜렷이 부각되기도 한다. 그러나 여기서 "그럼 위자료는 얼마 줄래요?"라고 한 마디만 덧붙이면 웃음이 나올 수밖에 … ③ "어제 텔레비전 일기예보와 다른 것 같구나!" 하고 중얼거리는 아버지의 말을 들은 꼬마 아들이 "신문 쓰는 사람들은 텔레비전 안 봐요, 아빠?"라고 했다. 잠시 무슨 뜻인지를 몰랐던 아버지는 드디어 웃음이 터져 나왔다. 인쇄물에 익숙하지 못한 나이인 그 아들에게 텔레비전이야 말로 최고의 스승이었던 모양이다. ④ 옛날 그리스의 어떤 큰 부자가 소크라테스(Socrates)에게 스스로가 차지한 땅이 대단히 많다고 자랑했겠다. 그러자 소크라테스는 그 사람 앞에 세계지도를 펴놓고 "당신의 땅은 이 속에서 어느 것이요?"라고 물었다. "아무리 내 땅이 넓다고 해도 이 세계지도에 나와 있을 리 없지요?"라고 대답하자, "그럼 일부러 자랑하기에는 아직 모자라는군요!" 했다.

8. 속담·명언을 쓰려무나 : 예로부터 내려오는 속담에는 그 나라와 그 국민의 생활 감정이 스며있고, 풍습이나 말의 묘미가 깃들어 있으며, 슬기 익살 해악 유머가 함께 숨쉬고 있다. 또한 인류의 역사가 시작되고서부터 오늘에 이르기까지 수많은 사람들이 남겨놓은 유명한 말씀이 참으로 많다. 이런 속담과 명언은 우리의 말씀을 풍성하고 재미있으며 값어치 있게 만든다. 속담·명언을 잘 정리하고 모아두었다가 우리가 하는 말씀의 내용에

알맞은 것들을 쓴다면 우리의 말씀이 한층 재미있고 빛난다.

　　한편 말씀하고 듣기에서 『말씀 듣기』도 중요하다. 사람은 태어나면서부터 말씀 하기를 즐긴다. 거꾸로 말씀 듣기에는 그렇게 관심이 있는 편은 아니다. 우리네 사람이 다른 이에게 가장 좋은 감정을 느낄 때는 스스로의 말씀을 들어줄 때라고 한다. 이 원칙에 충실하면 듣는 사람은 말하는 사람 이상으로 말씀의 이득을 얻는다. 많은 사람들은 자기 말을 진정으로 귀담아 들어주는 사람 앞에서는 용기가 나며 속마음도 잘 털어놓는 법이다. 스스로를 진정으로 알아주는 사람을 만났을 때에 커다란 기쁨을 느끼는 것은 우리의 공통된 마음이다.

　　그러기에 영국 속담 가운데 "눈은 둘·귀도 둘·입은 하나이니, 많이 보고 많이 들으나 조금만 말하라!"는 것이 있으며, 어떤 철학자도 "하나님은 사람에게 두 개의 귀와 한 개의 혀를 주었다. 그것은 스스로 얘기한 말의 두 배를 들어야 할 의무가 있기 때문이다."라고 했다. 또한 셰익스피어(Shakespeare)는 "모든 사람에게 너의 귀를 주어라. 그러나 너의 목소리는 몇 사람들에게만 주어라!"라고 했고, 얘기 설득의 명수였던 소크라테스도 아테네의 청년들에게 "먼저 자네들이 말해보게, 그것으로 나는 판단할 테니까!"라고 제의했다.

　　말씀 듣기의 방법은 아래와 같다.
　　1. 맞장구를 알맞게 치자 : 맞장구란 우리 가락의 추임새와 같다. 판소리의 북치는 사람은 창을 하는 중간중간에 "얼씨구, 절씨구, 좋다, 으이"의 추임새를 넣어 한결 흥을 돋운다. 이와 마찬가지로 맞장구가 말씀의 흥을 북돋운다. 말씀에 재미를 보태려면 맞장구하는 말에 감정을 담아야 하며, 감정을 담으면 자연히 얼굴이나 손 몸에도 그 표정이 나타난다. 이 때에 "응, 네, 그래, 저런, 그래서, 옳아, 그렇지, 아하, 그렇군, 암, 멋지군, 좋았어, 그러게 말이야"의 맞장구를 하는 것이다. 이런 맞장구 기술 하나만으로 상대방의 마음속으로 얼마든지 파고 들어갈 수 있다.

　　2. 짧은 물음을 하자구나 : 말씀을 들으면서 짧고 간단한 질문을 하는 것이 바람직하다. 상대방의 말씀 가운데서 더 알고 싶은 것이나 재미있는 부분들이 있으며, "어떤 것인데?, 무엇이야?, 언제지?, 어딘데?"의 짧은 물음을 하면, 말씀하는 상대방은 스스로의 말을 잘 들어주고 있구나 하고 신이 나서 말을 이을 수 있다.

　　3. 지나친 표현은 삼가다 : 말씀을 들으면서 "감명 받았어, 기막힌 데, 난생 처음 듣는걸"의 지나친 표현은 되도록 삼가는 것이 좋다. 이런 지나친 표현은 자칫 상대방으로 하여금 아첨하는 말이나 꼬이는 말처럼 느껴지게 하기 때문이다.

　　4. 조용히 말씀에 귀 기울이자 : 특히 많은 사람 가운데 한 사람의 말을 들을 때에는 조용히 말씀에 귀를 기울어야 한다. 물론 재미있는 말씀이나 관심이 가는 말씀에는 누구나 귀를 기울이기 마련이지만, 스스로에게 재미없는 말씀일지라도 옆 사람이 방해되는 중얼거림이나 몸놀림을 해서는 안 된다. 영 듣기가 거북할 때에는 조용히 그 자리를 벗어나면 된다.

5. 분위기에 어울리자 : 많은 사람이 모인 말씀이나 몇 사람이 모여 나누는 말씀에는 그 말씀의 분위기가 만들어진다. 또한 그 분위기는 어느 한 곳에 멈추어 있지 않고 순간순간마다 분위기가 바뀌면서 흐른다. 따라서 재미있을 때에는 마음껏 웃으며, 조용히 있을 때는 숨소리도 들리지 않을 정도로 있고, 손뼉을 칠 때는 두 손으로 열심히 치는 따위로 말씀의 분위기에 어울려야 한다.

말씀하고 듣기의 값어치는 ① 의사소통을 원활히 하고, ② 정보를 교환하고 지식을 전달하며, ③ 서로의 도움을 주고받음과 함께, ④ 사람관계를 부드럽게 하고, ⑤ 설득을 효과적으로 하며, ⑥ 응어리를 풀 수 있고, ⑦ 창조적 활동이며, ⑧ 무리(집단)를 어울리게 만들고, ⑨ 올바른 삶을 이끌어주는 것이다.

6. 몸마음 풀어주기(10분)

『몸마음 풀어주기(Releasing Body and Mind)』는 10분가량 우리네 벗님들이 "기지개 켜면서 온몸 풀어주기, 머리·얼굴·목 풀어주기, 손·팔·어깨 풀어주기, 가슴·배 풀어주기, 등·허리 풀어주기, 발·다리·무릎 풀어주기, 단전 숨쉬기"의 일곱 가지를 하여, 그동안 쌓였던 몸과 마음의 응어리를 풀어주어 튼튼한 몸과 가뿐한 마음을 가꾸려는 것이다.

몸마음 풀어주기의 시간은 10분이다. 곧 기지개 켜면서 온몸 풀어주기는 1분 30초, 머리·얼굴·목 풀어주기는 1분 30초, 손·팔·어깨 풀어주기는 1분 30초, 가슴·배 풀어주기는 1분, 등·허리 풀어주기는 1분 30초, 발·다리·무릎 풀어주기는 1분 30초, 단전 숨쉬기는 1분 30초로서, 모두 10분이다.

한편 몸마음 풀어주기는 뒤의 행복충만비법의 수련 단계(2단계)로서, 우리의 몸과 마음이 스스로 응어리를 풀 수 있다는 행복충만비법을 그럴 수도 있다고 어느 정도 믿는 사람들에게 적용하는 신비한 건강 비법이다.

아울러 몸마음 풀어주기의 기본 원리는 우리 몸의 각 부위를 꽉 조이고 땡기며 감고 다물며 굽히는 따위의 긴장·축소하는 자극을 주는 한편, 확 풀며 밀고 뜨며 벌리고 재끼는 따위의 이완·확대하는 자극을 되풀이 하여 줌으로써, 우리네 사람들이 원래부터 지니고 있었으나 현대생활의 몸놀림 모자람들로 제대로 작동되지 않고 있는 자연 치유력·자율 치유력·자가 치유력을 일깨우고 활발히 작용하도록 이끌어 주는 것이다.

1.『기지개 펴면서 온몸 풀어주기』이다. 기지개는 주로 피로하거나 나른할 때에 몸을 쭉 펴고 팔다리를 뻗는 짓이다. 곧 기지개는 우리네 사람들이 몸과 마음에 피로가 쌓이고 기력이 떨어지며 응어리가 쌓이면, 스스로 자연스럽게 나오는 자연 치유력·자율 치유력·자가 치유력이 발휘되어 나타나는 몸놀리기이다.

기지개 펴면서 온몸 풀어주기는 이런 기지개 펴기를 의식적으로 하여 우리의 자연치유력을 극대화 및 항상화 시켜서 머리 목 팔 어깨 가슴 허리 배 등 무릎 다리 발의 온몸을 풀어주어 스스로 몸마음의 응어리를 풀 수 있도록 도와주는 오묘한 방법이다.

(1). 숨을 천천히 들이마시면서, 두 손을 위로 들어 올리고 두 팔을 옆으로 벌리며 머리 얼굴 목 어깨 가슴들을 뒤로 한껏 펴는 한편, 이와 함께 두 발을 위로 들고 옆으로 벌리며 발 다리 무릎이 일직선이 되도록 똑바로 쭉 편다.

(2). 숨을 천천히 내쉬면서, 두 손을 쭉 내리고 머리 얼굴 목 어깨 가슴들을 한껏 구부리는 한편, 이와 함께 두 발을 바닥에 내리며 무릎이 직각이 되도록 다리를 구부린다.

(3). 위의 1과 2를 10초 동안에 1번을 하며, 이를 9번 되풀이한다. 그러면 1분 30초이다.

2.『머리·얼굴·목 풀어주기』이다. 머리 얼굴 목은 우리 몸의 윗부분으로서, 머리의 뇌로 느끼고 생각하며 헤아리고 평가하며 종합하고 판단하며 결정하고, 얼굴의 눈으로 보고 귀로 들으며 코로 냄새를 맡고 숨 쉬며 입으로 말하고 먹으며, 목을 통해 윗 부분과 가운데 부분 및 아랫 부분을 서로 주고받으며 소통하는 따위의 중요한 기능을 맡고 있다. 머리 얼굴 목 풀어주기는 이런 중요한 기능을 맡고 있는 머리 얼굴 목에 쌓여 있는 힘듦과 스트레스 및 피로의 온갖 응어리들을 시원하게 풀어주는 것이다.

또한 머리·얼굴·목 풀어주기는 우리네 사람이 살아가면서 몸 가운데 머리 얼굴 목이 자연우주하늘과 가장 가깝게 맞닿으면서 나:사람 ⇨ 지구 ⇨ 태양계 ⇨ 은하계 ⇨ 자연우주하늘에 이르는 크고 작은 온갖 기운을 주고받는 통로이기 때문에, 우리의 머리 얼굴 목을 풀어주어 막혀 있거나 쇠약해져 있는 통로가 원활히 소통되어 우리네 사람과 자연우주하늘이 서로 통하고 어울릴 수 있도록 이끌어 주는 비법이다.

동양의 오묘한 경혈론에 따르면, 머리 맨 위 곧 정수리에는 아주 중요한 백회혈(百會穴)이 있는데, 의식을 각성시키는 대표적인 혈로서 온갖 수련을 통해 감각이 회복되고 마음이 열리면 이 백회혈로 자연우주하늘의 기운(천기)이 흘러 들어온다고 하며, 이를 대천문 또는 통천혈이라고도 한다. 아울러 얼굴에는 이마의 광초혈, 눈썹 사이의 인당혈, 두 눈 사이의 미간혈, 얼굴의 태양혈, 눈 밑의 사백혈, 코 밑의 수구혈, 입술 밑의 승장혈이 있으며, 목에는 아문혈들이 있다. 머리·얼굴·목 풀어주기는 위와 같은 중요한 경혈들의 약함과 힘듦 및 막힘을 풀어주어 원활하게 소통하는 것이다.

(1). 숨을 천천히 들이마시면서, 눈을 감고 입을 다물며 백회혈이 있는 머리 정수리 및 윗머리 옆머리 뒷머리 이마 코 귀 볼 턱 목을 모두를 꽉 조이는 긴장 축소하는 자극을 준다. 이를 5초가량 한다.

(2). 숨을 천천히 내쉬면서, 눈을 뜨며 입을 벌리고 백회혈이 있는 머리 정수리 및 윗머리 옆머리 뒷머리 이마 코 귀 볼 턱 목을 모두를 확 벌리는 이완 확대하는 자극을 준다. 이를 5초가량 한다.

(3). 1과 2를 하면 10초이며, 이를 5번 되풀이 한다. 그리하면 50초이다.

(4). 숨을 천천히 들이마시면서 머리 얼굴 목을 앞으로 굽혔다가 바로 하며, 뒤로 재꼈다가 바로 하는 한편, 숨을 천천히 내쉬면서 오른쪽으로 굽혔다가 바로 하고, 왼쪽으로 굽혔다가 바로 한다. 이를 차례대로 15초가량 한다.

(5). 숨을 천천히 들이마시면서, 머리 얼굴 목을 앞 ⇨ 오른쪽 ⇨ 뒤 ⇨ 왼쪽으로 돌리는 한편, 숨을 천천히 내쉬면서, 뒤 ⇨ 왼쪽 ⇨ 앞 ⇨ 오른쪽으로 돌린다. 이를 차례대로 5초가량 한다.

(6). 4와 5를 하면 20초이며, 이를 2번 되풀이 한다. 그리하면 40초이다.

(7). 3과 6을 합쳐 모두 1분 30초이다.

3. 『손·팔·어깨 풀어주기』이다. 손 팔 어깨는 우리 몸의 가운데 부분의 하나로서,
먹거리를 먹으며 세수를 하고 목욕을 하며 글을 쓰고 컴퓨터를 치며 여러 악기를 다루고 그림을 그리며 공을 다루고 던지며 받는 한편, 각종 물건을 들고 놓으며 밀고 당기며 보금자리 배움터 일터 온누리의 온갖 일을 하는 한편, 가리키고 만지며 악수하고 손뼉 치며 신호를 주고받으며 기도정성을 드리고 반가움 안녕 이별 거절의 마음을 나타내는 수많은 기능을 한다. 손 팔 어깨 풀어주기는 이런 중요한 기능을 맡고 있는 손 팔 어깨에 쌓여 있는 힘듦과 스트레스 및 피로의 온갖 응어리들을 시원하게 풀어주는 것이다.

더불어 손·팔·어깨 풀어주기는 우리네 사람이 살아가면서 몸 가운데 손 팔 어깨가 온누리와 맞닿으면서 나 ⇨ 벗님 ⇨ 보금자리 ⇨ 배움터 ⇨ 일터 ⇨ 온누리에 이르기까지 악수 손뼉 신호의 어울림을 주고받는 통로이기 때문에, 우리의 손 팔 어깨를 풀어주어 막혀 있거나 쇠약해져 있는 통로가 원활히 소통되어 나와 우리 및 온누리가 원만하게 서로 통하고 어울릴 수 있도록 풀어주는 비법이다.

한편 경혈론에 따르면, 손바닥의 가운데에는 피로의 궁전이라는 뜻의 노궁혈(勞宮穴)이 있고, 손에는 합곡혈이 있는 한편, 팔 어깨에는 견우혈, 곡지혈, 천택혈들이 있다. 손·팔·어깨 풀어주기는 위와 같은 중요한 경혈들의 약함과 힘듦 및 막힘을 풀어주어 원활하게 소통하는 것이다.

(1). 오른손과 왼손을 부딪치는 손뼉을 치는 데, 손과 더불어 팔 및 어깨까지 함께 움직일 수 있도록 크고 힘차게 손뼉을 친다. 특히 손바닥의 가운데에 있는 노궁혈에 자극을 주면서 손뼉을 크고 힘차게 친다.
먼저 오른손을 바깥, 왼손을 안쪽에 두고서 4번을 친다. 이어 왼손을 바깥, 오른손을 안쪽에 두고서 4번을 친다. 이를 계속해서 되풀이 한다.

(2). 위와 같은 손뼉을 1초에 2번을 쳐서, 4번씩 치는 박수는 2초가 걸린다. 이 4번씩 치는 박수를 15번 되풀이 한다. 그리하면 60초이다.

(3). 손 팔 어깨를 들어 앞 ⇨ 머리 위 ⇨ 뒤 ⇨ 다리 밑으로 돌린다.

(4). 손 팔 어깨를 들어 뒤 ⇨ 다리 밑 ⇨ 앞 ⇨ 머리 위로 돌린다.

(5). 3과 4를 하면 3초가 걸리며, 이를 10번 되풀이 한다. 그리하면 30초이다.

(6). 2와 5를 합쳐 모두 1분 30초이다.

4. 『가슴·배 풀어주기』이다. 가슴 배는 우리 몸의 가운데 부분의 앞쪽으로서, 몸속의 간장·심장·비장·폐장·신장의 오장 및 담·위·대장·소장·삼초·방광의 육부를 감싸

고 보호하며, 먹거리의 소화를 돕고, 숨쉬기를 원활하게 도우며, 몸의 체온을 조절하는 따위의 중요한 기능을 한다. 가슴·배 풀어주기는 이런 중요한 기능을 맡고 있는 가슴 배에 쌓여있는 힘듦과 스트레스 및 피로의 온갖 응어리들을 시원하게 풀어주는 것이다.

아울러 경혈론에 따르면, 가슴 배에는 천돌혈·단중혈·중완혈·기해혈들이 있다. 가슴·배 풀어주기는 위와 같은 중요한 경혈들의 약함과 힘듦 및 막힘을 풀어주어 원활하게 소통하는 것이다.

(1). 숨을 천천히 들이마시면서, 두 손바닥으로 가슴을 3초가량 조금 세게 두드리는 한편, 배로 내려가 두 손바닥으로 7초가량 조금 세게 두드린다.
(2). 1을 10초에 걸쳐 1번을 하고, 이를 3번 되풀이 한다. 그리하면 30초이다.

(3). 숨을 천천히 들이마시면서, 손을 쥔 두 주먹으로 가슴을 3초가량 조금 세게 두드리는 한편, 배로 내려가 손을 쥔 두 주먹으로 7초가량 조금 세게 두드린다.
(4). 3을 10초에 걸쳐 1번을 하고, 이를 3번 되풀이 한다. 그리하면 30초이다.
(5). 2와 4를 합쳐 모두 60초(1분)이다.

5. 『등·허리 풀어주기』이다. 등 허리는 우리 몸의 가운데 부분의 뒤쪽으로서, 몸의 중심과 균형을 잡으며 눕고 일어나며 힘을 쓰고 몸을 굽히며 숙이고 웅크리며 뒤로 재끼는 따위의 주요한 기능을 한다. 등·허리 풀어주기는 이런 중요한 기능을 맡고 있는 등 허리에 쌓여있는 힘듦과 스트레스 및 피로의 온갖 응어리를 시원하게 풀어주는 것이다.
한편 경혈론에 따르면, 등 허리에는 명문혈·견정혈·대추혈·대맥혈의 경혈이 있다. 등·허리 풀어주기는 위와 같은 중요한 경혈들의 약함과 힘듦 및 막힘을 풀어주어 원활하게 소통하는 것이다.

(1). 숨을 천천히 들이마시면서, 등 허리를 앞에서 오른쪽으로 힘껏 돌린 다음에 그대로 멈춘다.
(2). 숨을 천천히 내쉬면서, 등 허리를 오른쪽에서 앞으로 돌리며 똑바로 한다.
(3). 숨을 천천히 들이마시면서, 등 허리를 앞에서 왼쪽으로 힘껏 돌린 다음에 멈춘다.
(4). 숨을 천천히 내쉬면서, 등 허리를 왼쪽에서 앞으로 돌리며 똑바로 한다.
(5). 1~4를 하면 10초가 걸리며, 이를 6번 되풀이 한다. 그리하면 60초이다.

(6). 숨을 천천히 들이마시면서, 등 허리를 앞에서 오른쪽으로 힘껏 돌린 다음에 재빨리 앞으로 되돌아온다.
(7). 등 허리를 똑바로 하여 숨을 내쉰다.
(8). 숨을 천천히 들이마시면서, 등 허리를 앞에서 왼쪽으로 힘껏 돌린 다음에 재빨리 앞으로 되돌아온다.
(9). 등 허리를 똑바로 하여 숨을 내쉰다.
(10). 6~9를 하면 6초가 걸리며, 이를 5번 되풀이 한다. 그리하면 30초이다.
(11). 5와 10을 합쳐 모두 1분 30초이다.

6. 『발·다리·무릎 풀어주기』이다. 발 다리 무릎은 우리 몸의 아랫 부분으로서, 바로 서있고 걸으며 달리고 높이 뛰며 넓이 뛰고 앉으며 일어서고 다니며 움직이고 활동하며

공을 차고 발차기를 하는 따위의 수많은 기능을 한다. 특히 우리네 사람이 살아가면서 몸 가운데 발이 땅과 맞닿으면서 땅:지 ⇨ 나:사람 ⇨ 자연우주하늘에 이르는 크고 작은 온갖 기운을 주고받는 통로이다.

발·다리·무릎 풀어주기는 이런 중요한 기능을 맡고 있는 발 다리 무릎에 쌓여 있는 힘듦과 스트레스 및 피로의 온갖 응어리들을 시원하게 풀어주는 것이다.

더불어 경혈론에 따르면, 발바닥 가운데에는 원기가 샘처럼 분출하는 혈이라는 뜻의 용천혈(湧泉穴)이 있으며, 발등에는 태충혈이 있다. 아울러 다리에는 삼음교혈, 무릎에는 족삼리혈들이 있다. 발·다리·무릎 풀어주기는 위의 경혈들이 막혀 있거나 쇠약해져 있는 것을 풀어주어 원활히 소통되어 땅과 우리네 사람 및 자연우주하늘이 서로 통하고 어울릴 수 있도록 이끌어주는 것이다.

　(1). 두 발을 10센티 가량 들어 올리고 발바닥을 마주보게 하여 마치 손뼉을 치듯이 두 발바닥을 힘껏 부딪치는 두 발 부딪침을 한다. 특히 용천혈이 있는 발바닥 가운데를 자극한다. 위와 같은 두 발 부딪침을 1초에 2번을 해서, 4번씩 하는 두 발 부딪침은 2초가 걸린다. 이 4번씩 하는 두 발 부딪침을 5번 되풀이 한다. 그리하면 20초이다.
　(2). 숨을 천천히 들이마시면서, 발을 바닥에서 3센티가량 들어 올리고 발앞굽을 뒤로 힘껏 땡기고, 무릎에 한껏 힘을 주어 무릎과 다리 및 발이 똑바로 일직선이 되도록 쭉 펴면서 힘껏 조인다.
　(3). 숨을 천천히 내쉬면서, 무릎에 힘을 쭉 빼고 발을 바닥에 내려놓는 다음에, 오른발은 오른쪽으로 흔들고 왼발은 왼쪽으로 흔드는 한편 오른발은 왼쪽으로 흔들고 왼발은 오른쪽으로 흔드는 데, 동시에 발과 무릎 및 다리도 다 같이 함께 흔들며 확 풀어준다.
　(4). 2와 3을 10초에 1번씩을 하며 모두 5번을 되풀이 한다. 그리하면 50초이다.

　(5). 앞 1의 두 발 부딪침을 또다시 되풀이 한다. 그 까닭은 두 발 부딪침을 하려면 발을 바닥에서 3센티가량 들어 올리고 해야 하는 데, 20초는 가능하지만 40초가량 계속적으로 하는 것은 어렵기 때문에, 두 발 부딪침을 앞의 1과 뒤의 5로 나누어 하는 것이다.
　(6). 1과 4 및 5를 합치면, 모두 1분 30초이다.

　7. 『단전 숨쉬기』이다. 동양의 옛 성현들은 숨쉬기가 우리의 몸과 마음에 중요한 영향을 미친다는 것을 깨달아 우리나라의 단, 인도의 불교 참선 및 요가, 중국의 기공 및 도가 내단술들에서 단전숨쉬기를 우리네 후손들에게 물려주고 있다. 단전 숨쉬기는 온몸의 힘을 빼고 편안하고 바르게 앉아, 배꼽아래 부위의 단전(丹田)으로 고르게(균;均), 고요하게(정;靜), 가늘게(세;細), 길게(장;長), 깊게(심;深), 느긋하게(유;悠), 느리게(완;緩), 부드럽게(면;綿) 숨을 들이마시고 숨을 내쉬는 것이다.
　단전이란 말의 「단(丹)」은 '기(氣)·에너지'를 뜻하며, 전(田)은 '밭·터·곳'이라는 뜻이다. 따라서 단전은 "기를 모으며(취기:聚氣), 기를 기르고(양기:養氣), 기를 단련하며(연기:煉氣), 기를 쌓는(축기:築氣) 터·곳"이다. 이 단전숨쉬기는 우리의 몸과 마음 속에 있는 응어리를 풀어주고 몸과 마음을 조절해주며 자아 실현감을 높여주고 몸과 마음의 집중력을 길러줌으로써, 튼튼한 몸과 가뿐한 마음을 닦을 수 있는 아주 훌륭하고 뛰어나며 효과적인 방법이다.

　단전 숨쉬기를 하는 갖가지 자세 가운데 우리의 행복충만에서는 평좌식(平坐拭) 또는 수퇴식(垂腿式)으로 부르는 『의지에 앉은 자세』에 대해서 간략히 살펴보자구나!

　(1). 의자에 앉는다. 발은 어깨 넓이로 벌리고, 종아리를 수직이 되게 세운다. 손은 오른손이 밑으로 그 위에 왼손을 포개서 가볍게 쥐고 아랫배 밑 무릎에 놓는다. 머리와 목은 똑바로 한다. 눈은 코끝이 어렴풋이 볼일 정도로 가늘게 뜬다. 입은 가볍게 다문다. 어깨 팔 가슴 배 등 허리는 힘을 빼고 편안하고 바르게 자연스럽게 있는다.

　(2). 우리가 흔히 숨쉬기를 하는 "가슴"이 아닌 『단전이 있는 아래 배』로 숨을 고르게(균:均), 고요하게(정:靜), 가늘게(세:細), 길게(장:長), 깊게(심:深), 느긋하게(유:悠), 느리게(완:緩), 부드럽게(면:綿) 들여 마신다. 시간은 5초가량이다.
　(3). 우리가 흔히 숨쉬기를 하는 "가슴"이 아닌 『단전이 있는 아래 배』로 숨을 고르게, 고요하게, 가늘게, 길게, 깊게, 느긋하게, 느리게, 부드럽게 내쉰다. 시간은 5초이다.
　(4). 2와 3을 하면 10초이다. 이를 9번을 되풀이 한다. 그리하면 1분 30초이다.

　(5). 위와 같은 단전숨쉬기를 하면서 마음속으로 뭇 잡념, 특히 싫음·미움·원망·한의 나쁜 생각과 더불어 좋음·사랑·끌림·애착까지의 온갖 생각들을 떨쳐버리면서, 오로지 숨을 들이마시고 내쉬는 것에만 집중하도록 애쓰자구나!

　한편 위와 같은 "기지개 켜면서 온몸 풀어주기, 머리·얼굴·목 풀어주기, 손·팔·어깨 풀어주기, 가슴·배 풀어주기, 등·허리 풀어주기, 발·다리·무릎 풀어주기, 단전 숨쉬기"의 일곱 가지를 하는 몸마음 풀어주기를 우리 행복충만의 행사 때에는 물론이요, 모든 벗님들께서 보금자리 배움터 일터 온누리에 살아가면서 몸과 마음이 지치고 힘들며 피곤할 때마다 언제 어디에서나 우리의 몸마음 풀어주기를 하자구나!

　우리 모든 벗님들이 위의 몸마음 풀어주기를 하여 그동안 쌓였던 몸과 마음의 응어리를 풀어주어 몸과 마음이 날아갈 듯이 가볍고 상쾌하며 생기가 넘쳐나고 힘이 솟으며 뿌듯하고 즐거우며 흐뭇하고 충만하며 평온하고 넉넉하며 그윽한 경지에 이르러, 튼튼한 몸과 가뿐한 마음을 갈고 닦으며 가꾸면서 포근한 보금자리·뜨거운 배움터·보람찬 일터·밝은 온누리·깨끗한 자연우주하늘·넉넉한 돈의 온갖 행복이 충만하소서!

　몸마음 건강을 위한 『행복충만 비법』은 내가 부처님으로부터 직접 배워 터득하고 증득한 "자연우주하늘 기운(행복) 돌리기 비법" 및 "벗님 환생 자연우주하늘 장엄 비법"을 근원으로 하여, 자연 치유력을 원리로 삼고, 우리의 활인법과 단학·불교의 구병시식·기독교의 신유·중국의 기공·인도의 요가의 동서양의 건강법을 바탕으로 삼아 내가 창조력을 발휘해 서로를 종합적으로 어울려 새롭게 마련한 신비하고 놀라운 몸마음 건강비법이다.

　행복충만 비법은 모든 사람이 스스로 자기의 몸과 마음에 쌓인 응어리 또는 아픔을 풀어주는 비법이다. 이를 의학적 생물학적으로 본다면, 사람과 각 생물체의 자연 치유력이 극대화되며 유기체의 회복력(回復力 : recuperative power)·항상성(恒常性 : homeo- stasis)·평형성(平衡性 : balance)이 높아지는 현상에 이르는 것이다.
　또한 행복충만 비법은 우리네 사람들이 태어나 자라고 배우며 일하고 살아가며 겪고 당하며 쌓이는 응어리로서 '나 응어리, 보금자리 응어리, 배움터 응어리, 일터 응어리, 온누리 응어리, 자연 응어리, 돈 응어리'들을 모든 사람이 스스로 풀어주는 오묘한 비법이다.

행복충만 비법의 원리는 자연 치유력이다. 『자연 치유력(自然 治癒力 : natural healing power) · 자율(自律) 치유력(autonomous healing power) · 자가(自家) 치유력(self healing power)』은 모든 생명체가 태어날 때부터 자연히 갖추어진 치유 능력; 생체가 아프거나 병에 걸렸을 때에 특별한 치료를 하지 않아도 건강 상태로 회복되는 힘; 모든 유기 생명체가 스스로 몸을 만들고 스스로 방어하며 스스로 낫게 하는 능력; 뇌나 면역계 또는 심리적 작용에 의한 치유 체계들을 뜻한다. 또한 이 자연 치유력을 「몸 안에 있는 완전무결한 의사 · 우주에서 가장 현명한 의사 · 초지성적인 존재 내면의 의사」들로도 부른다.

행복충만 비법의 원리로서 자연 치유력의 체계는 아래와 같다. ① 자연 치유력은 생명의 고유한 힘이다. ② 자연 치유력은 끊임없이 작동하면서, 늘 대기하고 있다. ③ 자연 치유력은 자발적이고, 손상 발생 자체가 자동적으로 자기복구 체계를 활성화 시킨다. 의식적으로 그렇게 하려고 생각하지 않아도, 소화 흡수의 과정과 마찬가지로, 무의식적으로 복구 체계가 움직여서 치유력의 손상으로 발생한 정보 자체를 검출하여 작업을 개시한다. ④ 자연 치유력에는 진단 능력이 있고, 손상을 인식할 수 있다. ⑤ 자연 치유력은 손상을 입은 조직을 없애서 정상적인 조직으로 바꿀 수 있다. ⑥ 자연 치유력은 촉진 인자와 억제 인자가 균형을 이루며 상호작용을 한다. ⑦ 자연 치유력의 원활한 작용을 위해서 심리 상태와 의지가 매우 중요한 요소이다. ⑧ 자연 치유력은 마음의 작용이 중요하게 작용하는 총체적인 자가 복구 체계이다. 우리 모두의 몸속에서 녹슬어 잠자고 있는 이 자가 복구 장치인 자연 치유력을 흔들어 깨우고 녹을 없애고 기름칠을 하여 개발하고 유지하며 높여야 한다.

이런 행복충만 비법은 처음 단계(1단계), 수련 단계(2단계), 실현 단계(3단계)로 이루어져 있다. 이 행복충만 비법의 세 가지 단계를 거치면, 온몸이 날아갈 듯이 가볍고 상쾌하며 생기가 넘쳐나고 힘이 솟으며 뿌듯하고 즐거우며 흐뭇하고 충만하며 평온하고 넉넉하며 그윽한 경지에 이르러, 나 이곳 서울 우리나라 지구 달 해 태양계 은하계 우주모두 및 삼계이십팔천 십계 삼천대천세계 지옥 극락천국의 자연우주하늘 모두를 품을 수 있게 되는구나!

1. 행복충만 비법의 처음 단계(1단계)는 행복충만비법을 난생 처음 들어 전혀 믿지 못하고 그러기에 몸과 마음이 움직이지 못하고 몸과 마음의 응어리가 풀어지지 않은 사람들에게 적용하는 비법이다.

곧 행복충만 비법을 전혀 믿지 못하는 사람을 엎드려 눕게 한 상태에서 일벗님이 누워 있는 벗님의 머리, 발, 손, 목, 허리, 엉덩이들을 일정한 차례대로 손으로 두드리거나 흔들어 주면서 그동안 쌓였던 몸과 마음의 응어리를 풀어주는 것이다.

행복충만 비법의 처음 단계(1단계)는 "머리 풀어주기, 발 무릎 풀어주기, 손 풀어주기, 목 풀어주기, 허리 풀어주기, 엉덩이 풀어주기, 온몸 흔들기"의 일곱 가지로 되어 있다.

  2. 행복충만 비법의 수련 단계(2단계)는 행복충만비법을 듣거나 보거나 하지는 않았으나 그럴 수도 있다고 어느 정도 믿는 사람들에게 적용하는 비법으로서, 아래와 같은 여덟 가지 몸놀림을 벗님이 스스로 직접 함으로써, 그동안 쌓였던 몸과 마음의 말끔하게 응어리를 풀어 주는 비법이다.

  아울러 이 행복충만 비법의 수련 단계(2단계)는 이미 위에서 살펴보았던 행복충만의 짜임새 가운데 여섯 번째인 『몸마음 풀어주기(10분)』이다.

  3. 행복충만 비법의 실현 단계(3단계)는 행복충만비법을 어느 정도 수련하여 준비 동작이 필요하지 않은 사람 또는 수련 단계의 동작을 한 사람들에게 널리 적용하는 비법이다.
  행복충만비법의 실현 단계(3단계)의 기본자세는 편안하게 앉아서 숨을 천천히 고르고 깊게 단전 숨쉬기를 하는 것이다. 그렇게 편안하게 단전 숨쉬기를 하고 있으면, 어느 사이엔가 우리의 몸과 마음이 스스로 알아서 각가지로 움직이며 몸과 마음의 응어리를 풀어주기 시작한다.

  행복충만법의 실현 단계에서 반드시 꼭 주의할 점은 절대로 의식적으로 몸을 움직이지 말고, 자기의 몸이 스스로 움직이도록 가만히 있어야 하는 것이다. 그러면 놀랍게도 우리 모든 벗님들의 몸과 마음이 응어리진 곳을 각자 스스로 찾아서 그동안 전혀 해보지도 아니했고, 생각하지도 못했으며, 아울러 우리 모든 벗님들이 서로서로 다르게 개인마다 스스로의 몸놀림이 자연스럽게 일어난다.

  그리하여 우리 모든 벗님들이 각자 이 세상을 살아오면서 생기고 쌓인 몸과 마음의 응어리를 말끔히 풀어주는 오묘하고 신비로운 각가지의 몸놀림이 활발히 이어진다. 드디어 온몸이 날아갈 듯이 가볍고 상쾌하며 생기가 넘쳐나고 힘이 솟으며 뿌듯하고 즐거우며 흐뭇하고 충만하며 평온하고 넉넉하며 그윽한 경지에 이르러, 나 이곳 서울 우리나라 지구 달 해 태양계 은하계 우주모두 및 삼계이십팔천 육범사성십계 삼천대천세계 지옥 극락천국의 자연우주하늘 모두를 품을 수 있게 되는구나!

7. 자연 풍경 보기(10분)

  『자연 풍경 보기(Viewing Natural Scenery)』는 10분가량 우리 모든 벗님들이 자리에 편안히 앉아서 땅과 바다 및 하늘의 온갖 자연들의 풍경을 담은 아름다운 영상을 함께 보고 들으며 느끼는 것이다.

  앞의 차례에서 몸마음 풀어주기를 했기 때문에 몸과 마음이 나른해졌을 것이다. 그리하여 우리 모든 벗님들이 자리에 편안히 앉아서 아름답고 멋진 자연들의 풍경을 보고 들으며 느끼는 것이다. 그래서 우리 모든 벗님들이 땅과 바다 및 하늘의 자연들이 지닌 안락함 · 포근함 · 풍요함 · 여유로움 및 치유력 · 회복력 · 항상성 · 평형성들을 몸과 마음으로 보며 듣고 느끼면서, 우리들의 몸과 마음의 응어리를 풀 수 있는 기회와 자리를 마련하는 것이다.

자연 풍경 보기는 땅과 바다 및 하늘의 온갖 자연의 곱고 아름다우며 멋진 풍경들을 보고 들으며 느끼는 것이다.

① 땅 1 : 식물(봄꽃·여름꽃·가을꽃·꽃피는 모습·열매·단풍) / ② 바다(파도·고기· 해초·생물) / ③ 땅 2 : 동물(새 1·물고기·짐승 1·새 2·곤충·짐승 2) / ④ 하늘(지구· 태양계·은하계·우주 모두) / ⑤ 땅 3 : 산(해돋이·산)의 온갖 자연의 풍경을 보고 들으며 느끼는 것이다.

자연 풍경 보기는 "땅의 자연 풍경 보기 / 바다의 풍경 보기 / 하늘의 풍경 보기"의 세 갈래가 있다.

1. 땅의 자연 풍경 보기이다. 땅의 자연 풍경 보기는 또다시 산과 들의 풍경 보기와 더불어, 땅에 사는 동물의 풍경 보기 및 식물의 풍경 보기의 세 종류가 있다.

(1). 산 및 들의 풍경 보기이다. 우리네 사람들이 살아가고 있는 지구의 면적은 5억 1,010 만 제곱킬로미터(㎢)이며, 이 가운데 땅·육지·대륙은 21%(1/5)인 1억 712만㎢이다. 이 땅은 크게 6대륙(大陸) 또는 6대주(大洲)로 나누는 데, 아시아·유럽·북아메리카· 남아메리카·아프리카·오세아니아이다. 여기에 남극대륙을 넣어서 7대륙 또는 7대주이 라고도 한다.

이런 땅은 크게 산 및 들로 나눈다.
①. 산(뫼·산림·산지·산맥·산계·임야)은 평지보다 높이 솟아 있는 땅의 부분을 뜻 한다. 산이 넓은 지역에 걸쳐 모여 있는 지형을 '산지' 및 산이 선상 또는 대상으로 연속되 어 있는 경우를 '산맥' 또는 몇 갈래의 산맥이나 산지가 복합되어 있는 거대한 지형을 '산 계'라 한다. 높이에 따라 산지 분류를 할 때 1000m 이하를 저산성 산지, 3000m 이하를 중산성 산지, 3000m를 넘는 것을 고산성 산지라 한다. 이런 산은 지구에 있는 땅의 면적 인 1억 712만㎢ 가운데 70%가량인 7,400만㎢ 정도라고 여긴다. 산은 조륙운동 조산운 동 화산작용 및 암판의 이동작용 따위와 같은 지구 내부에서 일어나는 내인적 작용과 더 불어, 풍화 침식 운반 퇴적 따위 지각의 외부에서 작용하는 외인적 작용의 결합으로 만 들어진다.

산의 최고 높은 곳은 아시아대륙의 네팔에 있는 에베레스트(Everest)산(8,848m)이다. 유 럽대륙의 제일 높은 곳은 러시아에 있는 엘브루스산(5,642m)이고, 북아메리카대륙의 제 일 높은 곳은 미국의 알래스카에 있는 데날리산(6,190m)이며, 남아메리카대륙의 제일 높 은 곳은 아르헨티나에 있는 아콩카구아산(6,961m)이다. 아프리카대륙의 제일 높은 곳은 탄 자니아에 있는 킬리만자로산(5,895m)이고, 오세아니아대륙의 제일 높은 곳은 인도네시아 의 뉴기니섬에 있는 푼칵자야산(4,884m)이며, 남극대륙의 제일 높은 곳은 빈슨매시프산 (4,892m)이다.

《나무위키》에 따르면, 세계의 8,000m 14좌 봉우리는 아시아의 네팔·부탄·인도·파키스탄·티베트·중국 따위에 널리 걸쳐 있는 히말라야 산맥(10개)과 카라코람 산맥(4개)에 우뚝 서있는 해발 8,000m를 넘는 것으로 측정됐으며 또한 지형학적으로 독립된 산줄기를 이루는 14개 봉우리를 뜻한다.

세계의 8,000m 14좌 봉우리는 ① 에베레스트(8,848m), ② K2 = 고드윈오스틴(8,611m), ③ 칸첸중가(8,586m), ④ 로체(8,516m), ⑤ 마칼루(8,465m), ⑥ 초오유(8,203m), ⑦ 다울라기리 1봉(8,169m), ⑧ 마나슬루(8,165m), ⑨ 낭가파르바트(8,128m), ⑩ 안나푸르나 1봉(8,092m), ⑪ 가셔브룸 1봉(8,080m), ⑫ 브로드피크(8,051m), ⑬ 가셔브룸 2봉(8,035m), ⑭ 시샤팡마(8,027m)이다.

특히 산 높이 8,000m를 특별하게 여기는 까닭은 해발 8,000m부터 산소농도가 지상 대비 35% 미만으로, 산소량이 사람의 생명을 지탱하기에 이론상 부족해지기 시작하는 고도이기 때문이다. 곧 모든 8,000m 14좌의 산봉우리는 사람의 한계를 보여주는 넘사벽이란 것이 어떤 것인지를 보여주고 있는 곳이며, 사람은 서 있기만 해도 죽는 곳이어서 죽음의 지역(death zone)이라고 불리기도 한다.

산의 풍경 보기는 우리나라의 4,440개 및 세계의 200여만 개에 달하는 수많은 산의 저마다의 아름다운 풍경이 있으며, 또한 봄 여름 가을 겨울의 사계절에 따른 풍경도 있다.

우리나라 산림청은 2006년 10월부터 1년간 국토지리정보원의 자연지명 자료를 기초로 현장 숲길 조사·수치지형도 분석·지방자치단체 및 지리·지형학계 및 산악단체 전문가의 검토를 거쳐, 우리나라의 남한에 있는 산이 모두 4,440개로 조사됐다고 밝혔다. 이는 국토지리정보원 자연지명 자료(2005년)의 "산, 봉, 재, 치(티), 고개"의 산으로 분류될 만한 지명 8,006개 가운데 '재, 치(티), 고개'를 제외한 「산, 봉」의 것이 4,440개라는 것이다. 전국의 산 이름 가운데 가장 많은 것은 봉화산으로 47개에 달했고, 국사봉 43개·옥녀봉 39개·매봉산 32개·남산 31개들이었다.

우리나라에서 최고 높은 산은 한라산 1,950m이고, 두 번째는 지리산(천왕봉) 1,915m이며, 세 번째는 설악산(대청봉) 1,708m이다. 그 밖의 1,500m 이상의 산으로는 덕유산 1,614m·계방산 1,577m·함백산 1,573m·태백산 1,567m·오대산 1,563m·가리왕산 1,561m·삼도봉 1,550m·토끼봉 1,533m·가리봉 1,519m·문수봉 1,517·남덕유산 1,507m·노고단 1,507m 들이 있다.

우리나라의 유명한 산악형 국립공원은 18개이다. 곧 가야산 국립공원, 계룡산 국립공원, 내장산 국립공원, 덕유산 국립공원, 무등산 국립공원. 북한산 국립공원, 설악산 국립공원, 소백산 국립공원, 속리산 국립공원, 오대산 국립공원, 월악산 국립공원, 월출산 국립공원, 주왕산 국립공원, 지리산 국립공원, 치악산 국립공원, 태백산 국립공원, 팔공산 국립공원, 한라산 국립공원이다.

㉮. 지리산(智異山) 국립공원 : 전남 구례와 전북 남원 및 경남 하동·함양·산청들의 3개 도 및 5개 시군에 걸쳐 있으며, 1967년 우리나라 처음의 국립공원으로 지정됐다. 면적은 483.022㎢로서 우리나라에서 가장 넓고, 둘레는 320여km나 된다. 지리산에는 수많은 봉우리가 천왕봉(1,915m)·반야봉(1,732m)·노고단(1,507m)을 중심으로 병풍처럼 펼쳐져 있으며, 20여 개의 능선 사이로 계곡들이 자리하고 있다.

한자로는 지이산(智異山)이라 쓰지만, 한글로는 지리산으로 읽는다. 지이(智異)는 우리말 지리에서 변형된 것인데, 지리는 본래 산을 뜻하는 두래에서 유래했다는 설이 있다. 두래는 두류라는 한자를 붙여 산의 이름으로 사용되며, 지리산의 이칭인 두류산도 이로부터 파생된 것이다. 또 다른 설에 따르면 지리산은 지혜로운 이인(異人)의 산으로, 특이하면서도 슬기롭고 지혜로운 산이라는 의미에서 지명이 유래됐다.

지리산 국립공원은 열 가지의 볼거리를 선정하여 지리산 10경으로 부른다. 지리산 10경은 노고단 운해, 피아골 단풍, 반야봉 낙조, 섬진강 청류, 벽소령 명월, 불일 폭포, 세석 철쭉, 연하 선경, 천왕봉 일출, 칠선 계곡들이다.
지리산 국립공원의 탐방 코스는 16개이다. 16개 코스는 구룡계곡 코스, 삼신봉 코스, 뱀사골계곡 코스, 정령치~바래봉 코스, 만복대 코스, 화엄계곡 코스, 피아골 코스, 반야봉 코스, 불일폭포 코스, 중산리(장터목) 코스, 중산리(칼바위) 코스, 백무동~중산리 코스, 백무동 코스, 거림 코스, 유평(대원사) 코스, 노고단 코스들이다.

㉯. 한라산(漢拏山) 국립공원 : 제주의 중앙에 자리하고 우리나라에서 가장 높은 한라산(1,950m)을 중심으로 제주시와 서귀포시에 걸쳐 지정된 국립공원이다. 1966년에 천연보호구역으로 지정됐으며, 1970년에 우리나라에서 7번째 국립공원으로 지정됐다. 면적은 153.332㎢로서, 제주시에 91.609㎢ 및 서귀포시에 61.723㎢가 걸쳐 있다.
한라산의 이름은 산이 높아 은하수를 끌어당긴다(은한가나인야: 雲漢可拏引也)라는 뜻의 말에서 비롯됐다. 또 산꼭대기의 백록담은 신선들이 흰 사슴을 타고 노닐면서 사슴들을 몰고 와서 물을 먹였다는 전설에서 비롯됐다. 한라산은 탐라산, 두무악, 원산, 부악, 영주산 들로 불리기도 했다.

한라산은 화산활동이 일어나면서 하나의 분화구를 통해 분출한 현무암층이 겹겹이 쌓여 형성된 것이다. 한라산은 경사가 완만하여 순상화산에 비유되기도 하지만 해발 1,750m 이상의 산꼭대기에는 화산체가 거의 완성된 뒤 조면암질 안산암이 분출하여 형성된 급경사의 종상화산 모양도 부분적으로 나타난다. 분화구에 있는 화구호는 백록담이며, 백록담은 둘레가 2㎞, 지름 약 500m에 달한다.
한라산 국립공원은 다양한 식생분포를 이뤄 학술적 가치가 높은 동식물의 보고이다. 2001년에 한라산국립공원관리사무소 부설 한라산 연구소가 개소했다. 2002년에 유네스코에서 제주도 생물권보전지역으로 지정했으며, 2007년에 제주화산섬과 용암동굴이라는 명칭으로 유네스코 세계자연유산에 등재됐다. 2008년에 물장오리오름 산정화구의 습지가 람사르 습지로 등록되어 보호 관리되고 있다. 2010년에 제주도가 세계지질공원 인증을 받았다.
한라산 국립공원은 전체 면적 가운데 91.654㎢에 달하는 구역이 천연보호구역으로 지정됐으며, 생물권보전지역·세계자연유산·세계지질공원·람사르 습지들로 세계 유일의 국제 4대 보호지역이다. 한라산 국립공원의 탐방 코스는 어리목 탐방로, 영실 탐방로, 성판악 탐방로, 관음사 탐방로, 돈내코 탐방로, 어승생악 탐방로, 석굴암 탐방로들이 있다.

㉰. 설악산(雪嶽山) 국립공원 : 강원 속초·인제·고성·양양에 걸쳐 있으며, 면적은 398.237㎢이다. 1965년에 천연기념물로 지정됐고, 1970년에 국립공원으로 지정됐으며, 1982년에 유네스코가 생물권보전지역으로 지정했다.
설악산은 험준한 산지에 음력 8월 한가위부터 눈이 쌓이기 시작하여 이듬해 하지에 이르러서야 녹는다는 데에서 설악 또는 설산, 설화산, 설봉산들로 불리었다.
설악산은 내설악과 외설악 및 남설악으로 구분하고 있다. 곧 최고봉인 대청봉(1,708.1m)

을 중심으로 북쪽의 미시령과 남쪽의 점봉산을 잇는 백두대간의 주능선을 경계로 하여 동쪽의 속초시에 속하는 동해안 쪽을 외설악, 서쪽의 인제군에 속하는 내륙 쪽을 내설악, 속초시 남쪽의 양양군에 속하는 곳을 남설악으로 구분한다.

설악산 국립공원은 최고봉인 대청봉을 중심으로 북서쪽의 마등령·미시령 및 서쪽의 한계령으로 이어지는 설악 산맥, 서쪽의 귀때기청과 대승령으로 이어지는 서북 능선, 북동쪽의 화채봉과 칠성봉으로 이어지는 화채 능선들의 3개 주능선으로 나누어진다. 설악산의 기암절벽과 폭포는 화강암이 관입하여 땅이 솟아오르는 과정에서 다수의 절리가 발생하고, 이 절리를 중심으로 오랫동안 차별침식이 일어나 형성된 지형이다.

세계자연보전연맹(IUCN)은 세계의 주요 보호지역을 6개의 유형으로 분류한다. 설악산 국립공원은 생태적 가치가 우수하고 관리가 잘 되어 있음에도 불구하고 카테고리 Ⅴ인 경관보호구역(Protected Landscape)으로 분류됐다가, 2005년에 카테고리 Ⅱ인 국립공원(National Park)으로 격상되어서, 우리나라의 국립공원 가운데 가장 먼저 카테고리 Ⅱ로 격상됐다.

설악산 천연보호구역은 특별히 보존해야 할 지질 및 지형을 비롯하여 동물과 식물 자원이 풍부하여 자연고고학적 가치가 클 뿐만 아니라 경치가 매우 아름다워 경관고고학적으로도 보존의 가치가 매우 큰 곳이다. 또한 오랜 절들의 많은 문화유산을 보유하고 있는 우리나라의 대표적인 산 가운데 하나이므로 설악산 전체를 천연기념물로 지정하여 보호하고 있다.

내설악은 설악산에서 발원하여 소양호로 흘러드는 하천이 형성한 백담 계곡·수렴동 계곡·가야동 계곡·백운동 계곡·12선녀탕 계곡들의 계곡 및 용아장성과 같은 산세로 유명하며, 경관이 우아하고 여성적인 절경을 자랑한다. 이에 비하여 외설악은 천불동 계곡 및 울산바위, 권금성, 금강굴, 비룡폭포, 토왕성폭포들의 칼과 창처럼 솟은 기암절벽과 폭포가 남성적인 아름다움을 자랑한다. 따라서 외설악은 일반인의 접근이 쉽지 않다.

외설악의 토왕성 폭포 및 독주 폭포, 남설악의 대승 폭포는 설악산을 대표하는 3대 폭포이다. 남설악에는 88m 높이의 대승 폭포를 비롯하여 장수대, 오색온천, 오색약수들이 있다.

설악산에는 경치가 뛰어난 명승이 많이 있다. 비룡폭포 계곡 일원(2013년 지정), 토왕성폭포(2013년 지정), 대승폭포(2013년 지정), 설악산 십이선녀탕 일원(2013년 지정), 수렴동·구곡담 계곡(2013년 지정), 울산바위(2013년 지정), 비선대와 천불동계곡(2013년 지정), 용아장성(2013년 지정), 내설악 만경대(2013년 지정)들이 명승으로 지정됐다.

설악산 국립공원의 탐방 코스는 15개가 지정되어 있다. 15개는 용소폭포 코스, 울산바위 코스, 권금성 코스, 비룡폭포 코스, 금강굴 코스, 양폭 코스, 백담사 코스, 수렴동 코스, 남교리 코스, 대승폭포 코스, 대청봉 코스(오색), 대청봉 코스(백담), 대청봉 코스(한계령), 대청봉 코스(설악동), 공룡능선 코스들이다.

㉑. 북한산 국립공원 : 서울 도봉구·강북구·서대문구·종로구·은평구 및 경기 고양·양주·의정부 지역에 걸쳐 있으며, 면적은 76.922㎢이고, 1983년에 15번째로 국립공원으로 지정됐으며, 세계적으로 드문 도심 속의 자연공원으로서 서울 시민과 수도권 주민의 사랑을 받고 있는 국립공원이다. 북한산의 최고봉인 백운대(836.5m)를 중심으로 북쪽에 인수봉·남쪽에 만경대가 있어 삼각산이라고도 한다. 그 밖에 한산·화산이라고도 하며 신라 때에는 부아악이라 칭하기도 했다.

전체적 지형은 우이령을 중심으로 북한산 및 북쪽의 도봉산 권역으로 구성되어 있다. 인수봉에서 백운대로 이어져 남쪽으로 만경대·노적봉·용암봉·일출봉·월출봉·기룡봉·

반룡봉·시단봉·덕장봉·석가봉·성덕봉·화룡봉·점룡봉·보현봉·문수봉들이 연이어 솟아 있고, 문수봉에서 나한봉·나월봉·증취봉·용혈봉·용출봉들이 북서쪽으로 쭉 뻗어 있다.

　북한산 국립공원은 화강암 지반이 침식되고 오랜 세월 풍화되면서 곳곳에 깎아지른 바위봉우리와 그 사이로 흘러내리는 아름다운 계곡들을 이루고 있다. 아울러 2,000년의 역사가 담긴 북한산성을 비롯하여 수많은 문화 유적 및 100여 개의 절들이 위치하여 다양한 볼거리를 제공함과 동시에 역사 문화 학습의 장이 되고 있다.

　㉮. 계룡산 국립공원 :　대전 유성구 및 충남 공주·논산·계룡에 걸쳐 있는 국립공원이며, 1968년에 우리나라 2번째 국립공원으로 지정됐고, 면적은 65.335㎢이다. 계룡산 정상인 천황봉(847m)을 중심으로 16개에 달하는 봉우리 사이에 10개의 계곡이 형성되어 있다.

　예부터 영산으로 알려진 계룡산은 계람산·옹산·서악·중악·계악·계립· 마목현·마골산·마곡산들로 불렸다. 산세와 관련하여 붙여진 이름으로는 구룡산·용산·화채산·화산들이 있다. 계룡산의 능선이 닭의 벼슬을 쓴 용의 모습과 닮아 계룡으로 불리게 됐다.
　계룡산의 산세가 아늑하면서도 변화무쌍하고 풍수지리학적으로도 뛰어나며, 나라의 제사를 지내던 신성한 산이기도 하다. 신라 5악(五嶽) 가운데 하나로 백제 때 이미 계룡 또는 계람산, 옹산, 중악들의 이름으로 바다 건너 당나라까지 알려졌다. 풍수지리상으로도 한국의 4대 명산으로 꼽혀 조선 초에는 이 산 남쪽에 새로이 도읍지를 건설하려 했다. 또한 도참사상으로 인해 신흥종교 및 유사종교가 성행했으나 종교정화운동으로 1984년 이후 모두 정리됐다.
　계룡 팔경으로 천왕봉의 일출, 삼불봉 설화, 연천봉 낙조, 관음봉 한운, 동학계곡의 신록, 갑사계곡의 단풍, 은선폭포의 운무, 오뉘탑의 명월들이 유명하다.

　㉯. 팔공산 국립공원 : 대구 동구 및 경북 영천·경산·칠곡에 걸쳐 있는 국립공원이며, 1980년에 도립공원으로 지정됐고, 2023년 국립공원 제23호로 승격 지정됐다. 팔공산은 대구의 중심에서 북동 방향으로 약 20km 지점에 있고, 낙동강과 금호강이 만나는 곳에 병풍처럼 웅장하게 솟은 화강암으로 이루어진 해발 1,193m의 산이며, 주봉인 비로봉을 중심으로 미타봉(동봉)과 삼성봉(서봉)이 어깨를 나란히 겨루고 있다.
　예로부터 신라 시대에는 부악·중악·공산·동수산으로 이름으로 불렸으며, 고려 시대에는 공산으로 불렸고, 조선 시대에 와서 지금의 팔공산으로 부르고 있다.

　팔공산은 태백산맥의 한 지맥이 대구 근교에 이르러 대구 분지를 형성하면서 그 북쪽을 병풍처럼 가로막고 있는 모습이다. 최고봉인 비로봉을 중심으로 좌우에 동봉과 서봉이 있으며, 마치 봉황이 날개를 편 것처럼 동서로 각각 높고 험한 산줄기가 길게 뻗어 있다. 해발 950m 이상 지역은 낙엽활엽수림이, 750~950m 사이에는 소나무림과 낙엽활엽수림이 섞여 있고, 750m 이하에는 소나무 단순림 지역이 많다.

　㉰. 무등산 국립공원 : 광주 북구 및 전남 화순·담양에 걸쳐 있으며, 면적은 75.425㎢이고, 1972년에 도립공원으로 지정됐다가, 2013년에 21번째 국립공원으로 승격 지정됐다. 무등산(1,187m)은 호남정맥의 중심 산줄기로 비할 데 없이 높고 큰 산 또는 등급을 매길 수 없을 정도의 고귀한 산이라는 뜻을 지니고 있다. 산의 형상이 무덤과 같다고 하여 무덤산으로 불리기도 했고, 신생대 제4기에 형성된 너덜이 많아 무돌산으로 불리던 것

이 한자와 불교 사상을 통해 무등산이 됐으며, 광주의 옛 이름인 무들 또는 무돌에서 무등이라는 이름이 생겨났다는 설도 있다.

최고봉인 천왕봉을 중심으로 서석대 · 입석대 · 광석대들의 수직 절리상의 암석이 석책을 두른 듯 치솟아 장관을 이룬다. 봄에는 진달래, 여름에는 참나리, 가을에는 단풍과 억새, 겨울에는 설경들로 사계절 생태 경관이 뚜렷하다.

환경부에서는 무등산 권역이 가진 지질학적 · 역사문화적 가치를 인정하여 무등산 일대를 2014년에 국내에서 6번째로 국가지질공원으로 지정했다. 무등산권 국가지질공원에는 지질명소 23개소, 역사문화명소 22개소가 있다.

㉮. 그 밖의 국립공원 : 가야산(1,430m: 경남), 내장산(763m: 전북), 덕유산(1,614m: 전북), 소백산(1,439m: 경북), 속리산(1,057m: 충북), 오대산(1,563m: 강원), 월악산(1,094m: 충북), 월출산(809m: 전남), 주왕산(721m: 경북), 치악산(1,288m: 강원), 태백산(1,567m: 강원)이다.

우리나라의 대도시에 있는 유명한 산은 서울의 남산(262m), 관악산(629m), 도봉산(740m), 수락산(637m), 불암산(510m), 청계산(873m), 구룡산(306m), 대모산(293m), 아차산(296m), 일자산(134m) 부산의 금정산(802m) 대구의 비슬산(1,084m) 인천의 마니산(469m) 울산의 신불산(1,209m), 가지산(1,240m)들이다.
아울러 우리나라 각 도에도 유명한 산들이 많이 있다.

한편 북한의 유명한 산은 백두산(2,744m), 금강산(1,638m), 칠보산(750m), 묘향산(1,909m), 구월산(954m)이다. 중국의 유명한 산은 태산(1,545m), 황산(9,807m), 여산(1,474m), 화산(2,200m), 아미산(3,079m), 무당산(1,612m)이다. 일본의 유명한 산은 후지산(3,776m), 타카마가하라산(1,965m), 히메지산(518m), 키타댐가루산(3,193m)이다. 미국의 유명한 산은 로키산맥의 엘버트산(4,395m), 스모키산맥의 클링먼스 돔(2,025m), 데날리산(6,190m)이다. 스위스의 유명한 산은 알프스산맥의 융프라우산(4,158m), 마터호른(4,478m)이다. 프랑스의 유명한 산은 알프스산맥의 몽블랑(4,809m)이다. 그 밖의 유명한 산은 네팔의 아마다블람(6,812m), 아르헨티나의 피츠로이(3,405m), 남아프리카 공화국의 테이블 마운틴(1,086m)들이다.

(2). 들(들녘 들판 토지 초원 평야 평원)은 낮고 평평한 땅이며, 우리네 사람들이 모여 사는 곳이고, 수많은 도시가 발달된 지형이며, 농사를 짓기에 알맞은 곳이다. 이런 들은 지구에 있는 땅의 면적인 1억 712만㎢ 가운데 30%가량인 3,200만㎢ 정도라고 여긴다.

우리나라의 4대 평야는 호남 평야(3500㎢), 나주 평야(1610㎢), 김포 평야(1300㎢), 김해 평야(120㎢)이다.
세계 7대 평야는 프랑스부터 동유럽국가 및 러시아 지역까지의 유럽 대평원(400만㎢), 미국과 캐나다 일부의 프레리 대평원(290만㎢), 러시아의 서시베리아 평원(260만㎢), 남미의 팜파스 평원(120만㎢), 인도의 갠지스 평야(70만㎢), 중국의 화북평야(40만㎢), 중국의 동북평야(40만㎢)이다.

　한편 들에 있는 국립공원 가운데 세계 처음은 미국의 옐로우스톤(Yellowstone)이다. 미국이 1872년 옐로우스톤을 세계에서 처음으로 국립공원으로 지정하여 국립공원 제도가 모든 세계로 확산됐다. 옐로스톤 국립공원은 미국의 와이오밍주와 몬태나주 및 아이다호주가 만나는 지점에 있으며, 황 성분으로 인해 돌이 노랗기 때문에 옐로스톤이란 이름이 붙었다.
　옐로스톤 국립공원의 면적은 8,983.18㎢이고, 산·평원·온천들이 즐비하고 온갖 야생동물의 천국이라 관광지로 인기 높으며, 1978년 유네스코 세계유산 리스트에 등재됐다.
　미국에는 2021년 기준으로 모두 63개의 국립공원이 있다. 미국 10대 국립공원은 그랜드 캐년 국립공원, 그레이트 스모키 마운틴, 로키 마운틴, 자이언, 옐로우스톤, 요세미티, 아카디아, 그랜드 티톤, 올림픽, 글레이셔 국립공원이다.

　더불어 들에 있는 우리나라의 국립공원 가운데 오직 하나뿐인 사적형은 경주 국립공원이다. 경주 국립공원은 1968년에 국립공원으로 지정됐고, 면적은 138.2㎢이며, 신라 시대의 문화유산을 중심으로 유물 유적과 자연 경관이 어우러진 공원이다. 국보 18점·보물 35점·사적 65곳·명승 5곳·천연기념물 3종·지방문화재 68점들로 모두 194점의 문화재가 있으며, 앞으로도 개발가능한 비지정문화재 161점이 남아 있는 문화재의 보고이다. 1979년 유네스코가 지정한 세계 10대 유적지 가운데 하나로 그 가치를 세계적으로 인정받고 있다.

　경주 국립공원의 소금강 지구에는 석탈해왕릉·백률사·헌덕왕릉들이 있고, 남산 지구에는 수많은 불교 유적들이 흩어져 있는 노천 박물관이며, 대본 지구에는 해중릉인 문무대왕릉이 있고, 단석산 지구에는 화랑의 수련장이던 단석산을 비롯한 유적이 있다.

　또한 가장 넓은 토함산 지구에는 한국의 불교문화를 대표하는 건축미를 자랑하는 최고의 사찰인 불국사 및 석굴암이 있다. 특히 석굴암은 국보 제24호이고, 1996년에 유네스코 세계 문화유산으로 지정됐으며, 자연석을 다듬어 만든 인공석굴 구조에 본존불(326cm)을 중심으로 앞에서 뒤로 팔부신중·금강역사·사천왕·범천과 제석천·문수보살과 보현보살·십대 제자·십일면관음보살들의 아름다운 불상들이 있다. 이 석굴암은 종교성과 예술성에서 우리 조상이 남긴 가장 탁월한 작품이자 전 세계의 종교예술사상 가장 탁월한 유산이다.

　그 밖에 첨성대, 계림, 천마총, 황룡사지들의 수많은 유물 및 유적들이 남아 있다.

　(2). 동물의 풍경 보기이다.《한국민족문화대백과》에 따르면, 우리나라에 분포하는 것으로 기록된 동물 종수는 1만 8,052종이다. 그 가운데 척추동물은 1,528종(포유류 123종, 조류 457종, 양서·파충류 43종, 어류 905종), 곤충 1만 1,853종, 거미 1,107종이며, 그 밖의 무척추동물들이 3,564종으로 알려져 있다.
　포유류는 우리나라에 7목 31과 8속 123종이 있는 것으로 알려져 있으며, 소목 고래목 식육목 토끼목 쥐목 식충목 박쥐목의 7목에 속하는 22과 105종 또는 아종이 널리 알려져 있다.
　조류는 모든 세계에 9,702종이 있으며, 우리나라에는 18목 65과 457종이 알려져 있다.

한편 세계에는 우리나라에 없는 수많은 종류의 동물들이 무척이나 많이 있을 것이다.
　이처럼 우리나라의 1만 8,052종 및 세계의 수많은 종의 동물들은 서로 저마다의 아름답고 멋있는 풍경들을 지니고 있다.

　(3). 식물의 풍경 보기이다.《위키백과》에 따르면, 대략 287,655종의 속씨식물과 11,000여 종의 양치식물 및 8,000여종의 녹조류가 보고되어 있어서, 우리나라 및 세계에는 350,000여 종의 식물들이 있는 추정되고 있다. 이러한 350,000여종의 식물들도 각각 나름대로 멋지고 아름다운 풍경들을 지니고 있다.

　2. 바다의 풍경 보기이다. 바다는 지구의 79%(4/5)인 4억 298만㎢이다. 바다 해양은 크게 5대양(大洋)으로 나누는 데, 태평양·대서양·인도양·남극해(남빙양)·북극해(북빙양)이 다. 바다의 최고 깊은 곳은 북태평양에 있는 마리아나(Mariana)해구(11,034m)이다.

　먼저 바다 고기(바다 동물)로서,《한국민족문화대백과》에 따르면, 지구상에 서식하고 있는 어류는 모두 24,618종이며, 그 가운데 바다 고기는 14,652이고, 민물 고기는 9,966종으로 알려져 있다(넬슨:Nelson). 우리나라에는 바다 고기와 민물 고기를 합쳐 모두 1,085종이 기 록되어 있다. 이런 고기들은 저마다의 아름답고 멋진 풍경들을 지니고 있다.

　다음에 수많은 해초(바다 식물)들도 나름대로 멋지고 아름다운 풍경들을 뽐내고 있구나!

　우리나라의 국립공원 가운데 해상·해안형은 4개로서, 한려해상 국립공원·다도해해상 국 립공원·변산반도 국립공원·태안해안 국립공원이다.

　(1). 한려해상 국립공원 : 1968년 우리나라에서 2번째이자 해상공원으로는 처음으로 국 립공원으로 지정됐다. 경남 거제시 지심도에서 전남 여수시 오동도까지 300리 뱃길을 따라 크고 작은 섬들과 천혜의 자연경관이 조화를 이루는 해양생태계의 보고이며, 전체 면적은 535.676㎢이고 76%가 해상 면적이다.

　한려해상 국립공원은 상주·금산 지구, 남해대교 지구, 사천 지구, 통영·한산 지구, 거제 ·해금강 지구, 여수·오동도 지구로 이루어져 있다. 가장 아름다운 바닷길로 이름난 한려수 도는 71개의 무인도와 29개의 유인도가 보석을 점점이 흘어놓은 듯하다.

　(2). 다도해해상 국립공원 : 전남 신안군·진도군·완도군·고흥군·여수시에 걸친 서남 해안과 해상 지역에 흘어져 있는 우리나라 최대 면적의 국립공원이다. 1981년 14번째 국립 공원으로 지정됐으며, 면적은 2,266.221㎢(육지 291.023㎢, 해상 1,975.198㎢)에 달한다. 따뜻한 해양성 기후 영향으로 생태적 보존가치가 높은 상록수림이 존재하며 과거 화산활동 으로 형성된 섬과 기암 괴석들은 그 독특한 아름다움으로 보존의 가치가 높다.

　또한 신라시대 장보고가 건설한 해상왕국 및 조선시대 충무공 이순신이 왜적을 격파한 전 적지가 곳곳에 남아 있다.

　(3). 변산반도 국립공원 : 1971년에 전북 부안군 변산면 일대 구릉지를 중심으로 도립

공원으로 지정됐다가, 수려한 자연경관과 다양한 육상·해상 자연자원 및 역사문화자원의 보존가치를 인정받아 1988년에 19번째 국립공원으로 승격됐다.

변산반도 국립공원은 육상의 대자연과 해상의 청정함을 아우르는 우리나라 유일의 반도형 국립공원이다. 내변산의 직소폭포·의상봉·쇠뿔 바위 및 외변산의 채석강·적벽강·고사포 해변들의 산과 바다를 아우르는 아름다운 자연 경관을 만끽할 수 있는 매력적인 곳이다.

(4). 태안해안 국립공원 : 충남 태안군에 있는 태안반도와 안면도를 남북으로 아우른 230km의 해안선에 27개의 해변이 펼쳐져 있으며, 전체 면적은 377.019㎢이다. 1978년 우리나라 13번째 국립공원으로 지정됐다. 예로부터 큰 자연재해가 없고 온화한 기후와 풍부한 먹거리로 삶이 고단하지 않아 지명을 태안(泰安)이라고 했다.

리아스식 해안을 따라 펼쳐진 갯벌과 사구, 기암괴석과 크고 작은 섬들이 서해 특유의 아름다운 경관을 자랑한다. 특히 태안해안 국립공원은 다양한 해안생태계가 공존하는 국내 유일의 해안형 공원으로 보전가치가 매우 크다.

3. 하늘의 풍경 보기이다. 먼저 하늘의 풍경은 과학적으로 서울 우리나라 아시아 유럽 북아메리카 남아메리카 아프리카 오세아니아 남극대륙의 지구, 달 수성 금성 해 화성 목성 토성 천왕성 해왕성 명왕성의 태양계, 우리 은하 〈 국부 은하군 〈 처녀자리 초은하단의 은하계, 관측 가능 우주·외부 우주의 우주 모두의 풍경들이 있다.

한편 하늘의 풍경은 종교적으로 욕계 육천·색계 십팔천·무색계 사천의 삼계 이십팔천, 지옥·아귀·축생·수라·사람·천상의 육범 및 성문·연각·보살·부처의 사성의 십계, 소천세계·중천세계·대천세계의 삼천대천세계, 염라국의 저승십국, 팔열지옥 팔한지옥의 지옥 및 극락 천국의 풍경들이 있다.

현대 정보사회에서 IT(Information Technology; 정보기술) 업체 및 뭇 대중들의 도움을 받으면서 아래의 《자연 풍경 보기 - 표》에 있는 세 가지를 만들려고 무척이나 애쓴다.

1. 인터넷 『다음(daum)』 및 『네이버(naver)』에 들어가 회원에 가입하고 이메일을 만든다. 이어 다음 및 네이버의 검색창에 아래의 자연 풍경 보기의 영상과 배경 음악을 만드는 방법에 대하여 여러 번 또한 오랜 기간 동안 질문을 한다.
그리하여 통합검색에 나와 있는 방법들을 쭉 살펴본다. 그 가운데 중요한 것들을 복사하여 한글 문서에 붙여넣기를 하여 저장한 다음에 꼼꼼히 살펴본다.
아울러 통합검색에 없거나 부실한 것들은 따로 다음의 팁(T!P)에 질문하기 및 네이버의 지식인(iN)에 물어보기에 추가로 등록한 뒤에, 그 답변들도 중요한 것들을 복사하여 한글 문서에 붙여넣기를 하여 저장한 다음에 꼼꼼히 살펴보면서 종합 분석을 한다. 위와 같은 식으로 자연 풍경 보기를 만드는 방법을 나름대로 마련한다.

2. 인터넷 『유튜브(YouTube)』에 들어가 회원에 가입한다. 이어 자연 풍경 보기와 관련

된 수많은 영상들을 찾아본다.

그 영상들을 꼼꼼히 살펴보면서 필요한 영상은 내려 받아서 저장하는 하는 한편 불필요한 것을 버린다. 이어 저장된 영상들을 종합적으로 분석하여 아래의 《자연 풍경 보기 - 표》의 초안을 만든다.

3. 다음 및 네이버에서 영상 편집 프로그램을 검색하여 여러 가지 가운데 『뱁믹스(Va-pMix)』 프로그램을 사용하기로 한다. 뱁믹스를 내려 받고, 회원에 가입하며, 그 사용법을 익힌다.

먼저 뱁믹스로 그동안 저장했던 영상들을 자세히 살펴본다. 필요한 영상은 남기고 불필요한 부분은 지운다. 남겨진 영상들을 서로 합치고 일정한 차례대로 배치하여 새롭게 편집한다.

이어 새롭게 편집한 영상들의 음성을 모두 지운다. 또한 새롭게 편집한 영상들에 자막을 넣는다. 그리하여 자연 풍경 보기에 쓸 세 가지 영상 파일을 새롭게 마련한다.

4. 다음 및 네이버에서 음성파일 내려받기 사이트를 검색하여 여러 가지 중 『오즈파일(Oz-file)』을 사용하기로 하고, 오즈파일을 내려 받고, 회원에 가입하며, 사용법을 익힌다.

먼저 배경음악으로 쓸 경음악을 검색하여 수많은 음악 파일들을 내려 받는다. 그것을 꼼꼼히 들어보고, 필요한 것은 저장하고 불필요한 것은 삭제한다. 그리하여 사용할 다섯 가지 배경음악을 마련한다. 이어 자연 소리를 검색하여 수많은 새 소리 및 시냇물·파도 소리들의 자연 소리를 내려 받아, 자세히 들어보고서, 온갖 새소리 및 시냇물·파도 소리들이 멋들어지게 어우러지는 자연 소리에 대한 파일을 모아둔다.

5. 다음 및 네이버에서 음악 편집 프로그램을 검색하여 여러 가지 가운데 『웨이브패드(WavePad』 프로그램을 사용하기로 한다. 웨이브패드를 내려받고, 회원에 가입하며, 그 사용법을 익힌다. 위의 4에서 마련한 다섯 가지 배경음악을 기본으로 삼고 그것에 새 소리들의 자연 소리를 합치고 어울려서 새로운 다섯 가지 배경음악 파일을 마련한다.

6. 『뱁믹스(Vapmix)』 영상 편집 프로그램에 다시 들어가서, 위의 3에서 새롭게 편집한 영상들을 기본으로 삼고, 위의 5에서 마련한 배경음악을 넣는다.

그리하여 비로소 아래의《자연 풍경 보기 : 표》에 있는 세 가지 자연 풍경 보기들을 새롭게 만드는구나!

이 자리를 빌려 현대 정보사회에 같이 사는 동시대 사람으로 얼굴도 모르지만 부족한 나에게 수많은 도움을 주신 각종 IT 업체 임직원분 및 뭇 대중님들께 참으로 고마움을 표한다.

더불어 새로운 영상 및 음성 파일을 만들면서 특히 1초와 0.1초 및 그 이하의 짧은 시간에 대한 소중함과 중요함을 뼈저리게 깨우쳤으며, 시간을 다루는 방송·음악·영화·드라마·연극·무용·체육·경제·의학·과학·컴퓨터·인터넷·자연우주하늘의 일을 하는 모든 분들께 뜨거운 사랑 및 깊은 존경을 바쳐 올린다.

《 자연 풍경 보기 : 표 》

차례	갈 래		하나 : 1	둘 : 2	셋 : 3	시간	배경 노래
1	땅 1 : 식물	봄꽃 여름꽃 가을꽃 꽃피는 모습 열매 단풍	1 1 1 1 벼 1	2 2 2 2 사과 2	3 3 3 3 귤 3	2분	골짜기와 산을 넘어 + 자연 소리
2	바다	파도 고기 해초 생물	잔잔한 파도 1 1 1	파도 타기 2 2 2	센 파도 3 3 3	2분	러브 스토리 + 자연 소리
3	땅 2 : 동물	새 1 물고기 짐승 1 새 2 곤충 짐승 2	백조 따위 붕어 개 공작 나비 호랑이	기러기 연어 말 닭 벌 사슴	두루미 잉어 소 타조 잠자리 사자	1분 30초	아리랑 + 자연 소리
4	하늘	지구 태양계 은하계 우주 모두	1 (같음)	1 (같음)	1 (같음)	2분 30초	이모션 + 자연 소리
5	땅 3 : 산	해돋이 산	1 한라산	2 지리산	3 설악산	2분	산(드라마 허준 주제곡 : (OST) + 자연 소리
시 간			10분	10분	10분	10분	

8. 행복충만 읊조림(10분)

『행복충만 읊조림(Reciting HaengBogChungMan』은 우리네 벗님들이 10분 동안 행복을 짓고 닦으며 쌓아서 충만해지기 위하여 "행복충만!"의 네 글자를 소리 내어 되풀이하면서 몸과 마음을 모아 간절히 읊조리는 것이다.

위의 행복충만 읊조림 및 앞의 행복충만 몸돈 읊조림은 불교의 염불 · 정근 · 기도(석가모니불, 아미타불, 약사여래불, 미륵존불 관세음보살, 지장보살, 문수보살, 보현보살, 그 밖), 또는 기독교의 기도(주기도문, 그 밖), 또는 우리 민족의 기도 · 정성 · 기도정성 · 지성 · 치성들과 비슷한 것이다.

『행복충만 읊조림』은 10분 동안 일 벗님과 진행 벗님 및 모인 벗님들의 모든 벗님들께서 함께 "행복충만!"의 네 글자를 간절히 읊조리는 것이다.
　　　모든 벗님들 : "행복충만!"
　　　모든 벗님들 : "행복충만!"
　　　모든 벗님들 : "행복충만!"

또한 『행복충만 읊조림』의 준비 자세, 구체적인 방법, 일 벗님의 이끌음, MP3 파일 활용, 값어치들은 앞의 『행복충만 몸돈 읊조림』에서 살펴본 것과 같다.

오늘 우리의 행복충만에 같이 한 모든 벗님들이 튼튼한 몸 · 가뿐한 마음 · 포근한 보금자리 · 뜨거운 배움터 · 보람찬 일터 · 밝은 온누리 · 깨끗한 자연우주하늘 · 넉넉한 돈들의 온갖 행복을 짓고 닦으며 쌓아 충만해지기를 간절하게 바라면서, 우리 모든 벗님들이 "행복충만!"이라는 소리를 간절히 읊조리는 『행복충만 읊조림』을 함께 하자구나!

우리 모든 벗님들께서 건강과 돈들의 온갖 행복이 충만하소서!

9. 알리는 말씀(4분)

『알리는 말씀(Telling Information)』은 4분가량 행복충만의 행사와 모임 및 업무와 소식들을 벗님들에게 널리 알려 적극적인 동참을 꾀하려고 알리는 말씀을 하고 듣는 것이다.

곧 알리는 말씀은 사회 벗님이 모든 벗님들에게 행복충만의 행사·업무·소식·부탁사항 및 벗님의 동정·소식·행복충만 사례·기쁜 일·슬픈 일들을 모든 벗님들에게 널리 알려서 축하·격려·위로해 주는 알리는 말씀을 하는 한편, 모든 벗님이 그 안내 말씀을 잘 듣는 것이다.

이런 알리는 말씀이 잘 이루어지기 위해서는 모든 벗님들께서는 미리 행복충만센터의 사무실에 다른 벗님들에게 알리고자 하는 것들을 전달해 주어야 할 것이다.

이어서 그 모임의 사회를 보는 벗님은 전달받은 내용을 잘 정리해서 알리는 말씀을 정다우며 친절하고 성의 있으며 부드럽고 매끄럽게 진행한다.

한편 모든 벗님들은 사회 벗님의 알리는 말씀을 잘 듣는 한편, 함께 해야 할 모임·행사·업무·일들을 메모해가면서 잘 알아야 하고, 되도록 동참하여 그 모임·행사·업무·일들을 빛내주어야 할 것이다.

10. 끝 인사하기(3분)

『끝 인사하기(Closing Greeting)』는 3분 동안 행복충만을 값어치 있고 보람되며 뜻깊게 마무리하기 위해 진행 벗님과 모인 벗님 사이, 처음 벗님과 이미 벗님 사이, 모인 벗님들끼리 "고맙습니다!"라고 말하면서 큰 절 또는 목례 및 손뼉들로 끝 인사를 하는 것이다.

끝 인사하기는 우리네 사람들이 태어나 자라고 배우며 일하고 살아가며 삶의 즐거움 및 응어리를 겪으면서 이런 인연 저런 사연으로 행복충만에 모인 벗님들이 진행 벗님들과 모인 벗님들 사이, 모인 벗님들끼리, 처음 벗님들과 이미 벗님들 사이에 "고맙습니다!"라고 말하면서 큰 절 또는 목례 및 손뼉들로 서로 끝 인사를 하여 오늘 이 행복충만을 값어치 있고 보람되며 뜻깊게 마무리하는 것이다.

끝 인사하기는 진행 벗님들과 모인 벗님들 사이의 끝 인사하기 처음 벗님들과 이미 벗님들 사이의 끝 인사하기 모인 벗님들끼리의 끝 인사하기로 짜여 있다.

1. 진행 벗님들과 모인 벗님들 사이의 끝 인사하기는 진행 벗님들과 모인 벗님들 사이에 서로 끝 인사를 하는 것이다. 『진행 벗님들』은 사회 벗님, 일 벗님, 노래 벗님, 풀기 벗님, 정보 벗님, 안내 벗님, 먹거리 벗님, 차량 벗님들이다. 또한 『모인 벗님들』은 행복충만을 찾아와서 빛내주고 행복충만을 함께 하려고 모이신 벗님들을 뜻한다.
이런 진행 벗님들이 행사장의 한 가운데로 나와서 모인 벗님들에게 "고맙습니다!"라고 말하면서 무릎을 꿇고 큰 절을 드리는 한편, 모인 벗님들은 "고맙습니다!"라고 말하면서 앉은 자리에서 목을 숙여 인사하는 목례를 하면서 뜨거운 손뼉으로 답례하는 방법으로, 진행 벗님들과 모인 벗님들이 서로 끝 인사를 한다.

이처럼 진행 벗님들은 행복충만을 가질 수 있도록 자리를 빛내준 모인 벗님들을 결코 얕보거나 깔보거나 군림하지 않는다는 뜻으로 모인 벗님들에게 무릎을 꿇은 큰 절을 올리면서 깍듯한 예우로 존경을 표해야 한다. 더불어 모인 벗님들도 진행 벗님들의 큰 절을 받는 만큼 진행 벗님들을 공경하면서, 진행 벗님들의 가르침과 이끌음에 잘 따라 행복충만이 원만히 진행되어 행복을 짓고 닦으며 쌓아 충만해져서 우리의 삶의 즐거움을 늘리고 삶의 응어리를 풀 수 있는 뜻깊고 보람되며 소중한 시간과 공간이 되도록 서로 애써야 할 것이다.

2. 처음 벗님들과 이미 벗님들 사이의 끝 인사하기는 처음 벗님들과 이미 벗님들 사이에 서로 끝 인사를 하는 것이다. 우리의 행복충만에 태어나 살아오면서 처음으로 찾아온 벗님들을 뜻하는 『처음 벗님』 및 행복충만에 이미 다니는 벗님들인 『이미 벗님』 사이에 서로 끝 인사를 하는 것이다.
먼저 사회를 보는 벗님이 "오늘 우리의 행복충만에 처음으로 찾아오신 벗님들께서는 다시 한 번 자리에서 일어나 주십시오!"라는 안내말을 한다. 그러면 처음 벗님들은 쑥스럽거나 빼거나 귀찮아하지 말고 용기를 내어 자리에서 일어나야 한다.

　　다음에 사회 벗님이 "이미 벗님들께서는 처음 벗님들을 뜨거운 손뼉으로 환송 하십시오!" 라고 말하면, 이미 벗님들께서는 "고맙습니다!"라는 소리와 함께 열렬하고 뜨거운 손뼉을 친다. 처음 벗님들께서는 이미 벗님들에게 고개를 숙여 인사를 한다.

　　이런 처음 벗님들과 이미 벗님들 사이의 끝 인사하기는 낯설고 떨리며 겸연쩍고 어색한 처음 벗님들을 이미 벗님들께서 따뜻하고 반갑게 맞이하고 자상하게 보살펴 주어서 처음 벗님들이 행복충만을 알고 계속적으로 다닐 수 있도록 보살펴줌으로써, 처음 벗님들이 튼튼한 몸·가뿐한 마음·포근한 보금자리·뜨거운 배움터·보람찬 일터·밝은 온누리·깨끗한 자연 우주하늘·넉넉한 돈들의 온갖 행복을 짓고 닦으며 쌓아 충만해져서 삶의 즐거움을 늘리고 삶의 애달픔을 풀 수 있도록 이미 벗님들이 베풀어 주고자 하는 것이다.

　　한편 처음 벗님들께서는 행복충만이 끝나면 그냥 가지 말고 잠시 남아서 사회 벗님의 안내에 따라, 처음 벗님들과 일 벗님과의 만나는 시간을 따로 가지면서 《행복충만》 책도 받고 우리의 행복충만에 관해 자세한 안내를 받는다.

　　3. 모인 벗님들끼리의 끝 인사하기는 행복충만에 이런 인연 저런 사연으로 찾아와 모인 벗님들끼리, 특히 오늘의 행복충만에서 바로 옆 및 앞뒤들로 가까이 앉은 인연을 맺은 벗님들끼리 서로 끝 인사를 하는 것이다.

　　『옆 벗님들끼리의 끝 인사하기』는 오른쪽 옆 및 왼쪽 옆으로 앉게 된 벗님들끼리 방긋 웃으며 "고맙습니다!"라고 말하면서 서로 인사를 나누는 것이다.
　　먼저 홀수 줄에 앉은 벗님들은 오른쪽을 보고, 짝수 줄에 앉은 벗님들은 왼쪽을 향하면서 모인 벗님들끼리 활짝 웃으며 "고맙습니다!"라고 끝 인사를 한다.
　　다음은 홀수 줄에 앉은 벗님들이 왼쪽을 보고, 짝수 줄에 앉은 벗님들이 오른쪽을 향하면서 모인 벗님들끼리 방긋 웃으며 "고맙습니다!"라고 다정하게 끝 인사를 한다.

　　『앞뒤 벗님들끼리의 끝 인사하기』는 앞과 뒤로 앉게 된 벗님들끼리 방긋 웃으며 "고맙습니다!"라고 말하면서 서로 인사를 나누는 것이다.
　　먼저 홀수 줄에 앉은 벗님들은 뒤를 보고, 짝수 줄에 앉은 벗님들은 앞을 향하면서 모인 벗님들끼리 활짝 웃으며 "고맙습니다!"라고 끝 인사를 한다.
　　다음은 홀수 줄에 앉은 벗님이 앞을 보고, 짝수 줄에 앉은 벗님이 뒤를 향하면서 모인 벗님들끼리 웃으며 "고맙습니다!"라고 정답게 끝인사를 한다.

　　위와 같은 모든 벗님들 사이 끝 인사하기는 이런 인연 저런 사연으로 행복충만을 찾아온 벗님들끼리 왠지 서먹함과 어색함 및 머쓱함을 풀어서 친숙하며 가까운 사이가 되고 서로 마음의 문을 활짝 열어 모든 벗님들이 함께 행복충만을 즐겁고 재미있으며 흥겹게 할 수 있는 분위기를 만들어 준 것에 대하여, 서로에게 "고맙습니다!"라고 말하면서 큰 절 또는 목례 및 손뼉들로 서로 끝 인사를 하여 오늘 이 행복충만을 값어치 있고 보람되며 뜻깊게 마무리하려는 것이구나!

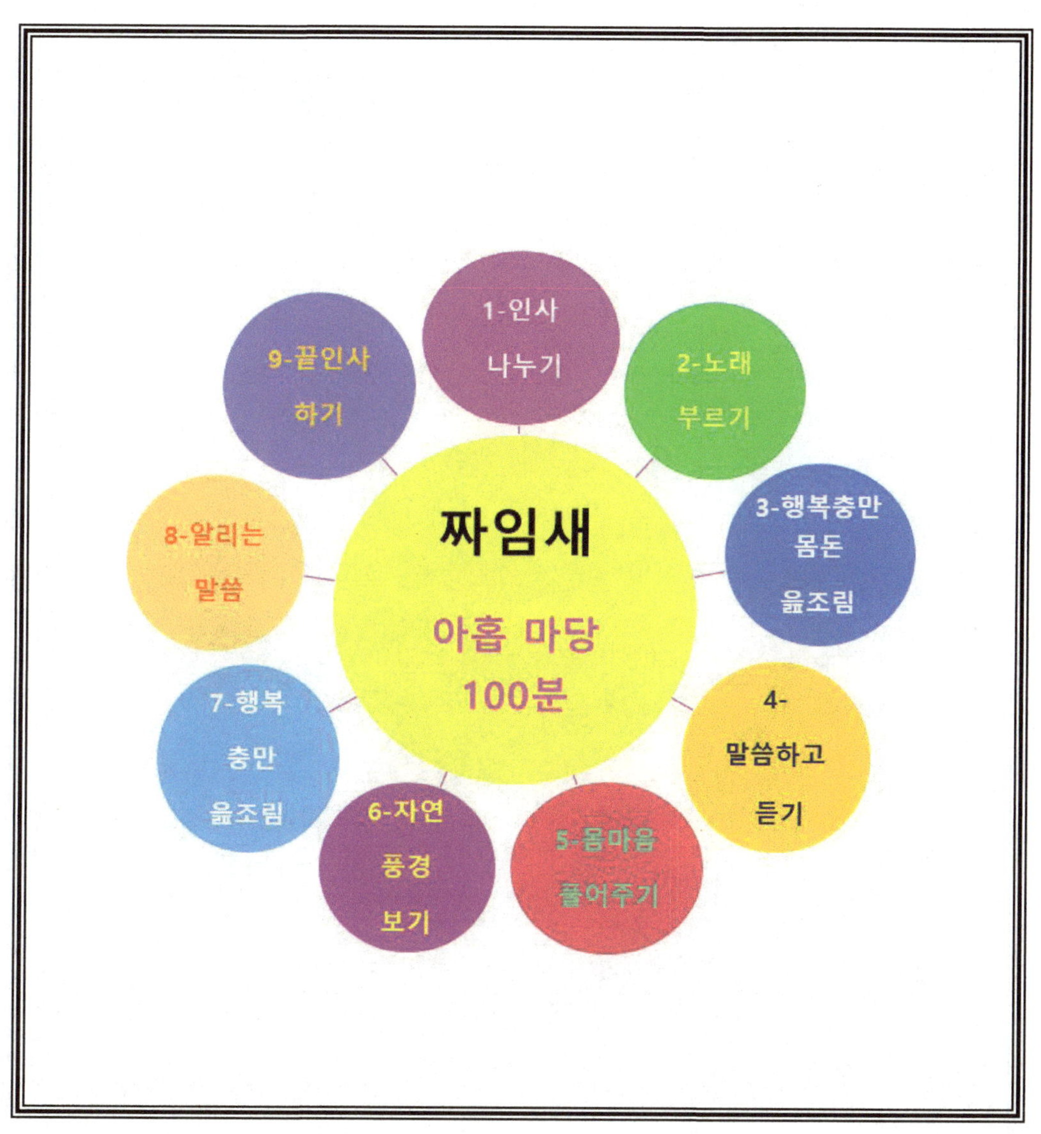

짜임새
아홉 마당
100분
1-인사 나누기
2-노래 부르기
3-행복충만 몸돈 읊조림
4- 말씀하고 듣기
5-몸마음 풀어주기
6-자연 풍경 보기
7-행복 충만 읊조림
8-알리는 말씀
9-끝인사 하기

나 일벗님 및 인공지능(AI) 챗지티피(Chat GTP)가 어울려서
2025년 11월 27일에 만든 그림

만:4장. 행복충만은 앞으로 어떻게 쓰일까?

　행복충만은【 우리네 벗님들이 서로 어울려서 "튼튼한 몸(몸), 가뿐한 마음(맘), 포근한 보금자리(보), 뜨거운 배움터(배), 보람찬 일터(일), 밝은 온누리(온), 깨끗한 자연우주 하늘(자), 넉넉한 돈(돈)"의 온갖 행복을 짓고 닦으며 쌓아서 충만하기 위하여 〈인사 나누기, 노래 부르기, 행복충만 몸돈 읊조림, 말씀하고 듣기, 몸마음 풀어주기, 자연 풍경 보기, 행복충만 읊조림, 알리는 말씀, 끝 인사하기〉의 모두 아홉 마당 100분을 함께 하는 모임】이다.

　이런 행복충만을 보금자리에서 하고, 배움터에서도 행복충만을 하며, 행복충만을 일터에서 하고, 종합운동장 및 체육관들에서도 행복충만을 하며, 행복충만을 기쁜 일 및 슬픈 일에서 하고, 도시의 자연 속에서 행복충만을 하는 한편, 행복충만을 영화로 만들며, 사회복지사업으로 행복충만을 하고, 행복충만을 일본 중국 미국 유럽의 세계에서도 하자구나!

1. 행복충만을 보금자리에서 하고

　아버지 어머니와 아들 딸의 온 가족이 함께 어울려서 거실, 방의 집안 또는 마당에서 행복충만을 한다.
　또한 집·아파트·동네·마을에 사는 이웃사람들과 놀이터 빈터 마을회관 노인정 테니스장들에서 함께 어우러져 이웃 사이의 따사로운 정을 나눌 수 있도록 행복충만의 시간과 공간을 마련한다.
　한편 행복충만 벗님들의 보금자리에서 같은 동네에 사는 벗님들끼리 행복충만을 가진다.
　① 먼저 행복충만 벗님이 사는 집의 대문이나 아파트 현관에 《포근한 보금자리의 행복이 충만하소서!》라는 글귀가 새겨진 『행복충만 보금자리 표』를 부친다.
　② 이어 집에 들어가 거실이나 방에 같이 모여 「행복충만 읊조림」 가운데 "포근한 보

금자리!"를 5분쯤 소리내어 함께 읊조린다.

③ 다음에 행복충만의 「인사 나누기, 노래 부르기, 행복충만 몸돈 읊조림, 말씀하고 듣기, 몸마음 풀어주기, 자연 풍경 보기, 행복충만 읊조림, 알리는 말씀, 끝 인사하기」의 아홉 마당을 그 보금자리나 모인 벗님들의 형편이나 사정에 따라 할 수 있는 것은 하는 한편 하기 어려운 것은 생략하면서, 행복충만을 한다.

2. 배움터에서도 행복충만을 하며

배움터는 유치원(어린이집) · 초등학교 · 중학교 · 고등학교 · 대학교 · 대학원 및 갖가지 학원들로 가르치는 스승과 배우려는 학생들의 초롱초롱한 눈망울 및 뜨거운 마음과 함께 진학 취업의 시험이라는 무거운 짐이 뒤섞여 있는 곳이다. 바로 이 배움터의 교실 · 강당 · 체육관 · 운동장에서 스승과 학생들이 함께 어울려 행복충만을 한다. 특히 모든 대학에는 해마다 여러 축제가 열리고 있는데, 축제의 한 마당으로서 바로 행복충만을 가질 수 있다면 더욱 좋을 것이다.

한편 행복충만 벗님들의 배움터에서 벗님들끼리 행복충만을 가진다.

① 배움터의 출입문에 《뜨거운 배움터의 행복이 충만하소서!》라는 글귀가 새겨진 『행복충만 배움터 표』를 부친다.

② 이어 배움터에 들어가 운동장에 다 같이 모여 「행복충만 읊조림」 가운데 "뜨거운 배움터!"를 5분가량 소리 내어 함께 읊조린다.

③ 다음에 행복충만의 「인사 나누기, 노래 부르기, 행복충만 몸돈 읊조림, 말씀하고 듣기, 몸마음 풀어주기, 자연 풍경 보기, 행복충만 읊조림, 알리는 말씀, 끝 인사하기」의 아홉 마당을 그 배움터나 모인 벗님들의 형편이나 사정에 따라 할 수 있는 것은 하는 한편 하기 어려운 것은 생략하면서, 행복충만을 한다.

3. 행복충만을 일터에서 하고

일터는 우리네 사람들이 살아가는 데에 드는 돈을 마련하고 자아를 실현하며 온누리의 발전에 이바지하는 보람은 물론이요, 몸의 응어리와 마음의 응어리 및 노사대립의 일터의 응어리도 함께 지니고 있다. 따라서 일터의 응어리를 적절하게 풀어야 하는 데, 그 하나의 방법으로 각종 분야의 일터에 있는 사무실 · 작업장 · 강당 · 운동장 · 체육관들에서 윗사람과 아랫사람 및 벗들이 서로 어울려서 행복충만을 한다. 그리하여 일터의 응어리를 풀고 일터를 아끼며 보람찬 일터를 가꾸자구나!

　또한 행복충만 벗님들의 일터에서 벗님들끼리 행복충만을 한다.

　① 먼저 일터의 출입문에 《보람찬 일터의 행복이 충만하소서!》라는 글귀가 새겨진 『행복충만 일터 표』를 부친다.

　② 이어 일터에 들어가 현관이나 사무실에 다 같이 모여 행복 가운데 "보람찬 일터!"를 5분쯤 소리 내어 함께 읊조린다.

　③ 다음에 행복충만의 「인사 나누기, 노래 부르기, 행복충만 몸돈 읊조림, 말씀하고 듣기, 몸마음 풀어주기, 자연 풍경 보기, 행복충만 읊조림, 알리는 말씀, 끝 인사하기」의 아홉 마당을 그 일터나 모인 벗님들의 형편이나 사정에 따라 할 수 있는 것은 하는 한편 하기 어려운 것은 생략하면서, 행복충만을 가진다.

4. 종합운동장 및 체육관들에서도
행복충만을 하며

　각 지역마다 사람들이 많이 모일 수 있는 종합운동장 · 경기장 · 체육관들이 많이 있다.

　먼저 서울특별시에는 잠실 종합운동장, 동대문 운동장, 효창 운동장, 목동 종합운동장, 상암 월드컵 경기장, 올림픽공원의 체조 경장 · 역도 경기장 · 펜싱 경기장, 장충체육관들이 있으며, 또한 배움터 및 일터의 수많은 운동장 경기장 체육관들이 있다.

　또한 부산광역시의 아시아드 경기장, 인천광역시의 문학 경기장, 대전광역시의 한밭 종합운동장, 광주광역시의 월드컵 경기장, 대구광역시의 시민 운동장, 울산광역시의 문수 축구 경기장, 세종특별자치시의 고려대 세종캠퍼스 종합운동장, 경기도 수원시의 종합 운동장, 강원도 춘천시의 송암 레포츠타운 경기장, 충청남도 홍성군의 홍주 종합 경기장, 충청북도 청주시의 종합 경기장, 전라북도 전주시의 월드컵 경기장, 전라남도 무안군의 종합 스포츠 파크, 경상북도 안동시의 시민 운동장, 경상남도 창원시의 스포츠파크 종합경기장, 제주특별자치도 제주시의 종합 경기장들로 지역마다 운동장 또는 경기장이 있다.

　위와 같이 우리나라의 모든 지역에 있는 종합운동장 경기장 체육관에서 남성 여성와 어린이 젊은이 어른 노인 및 각계각층의 수많은 사람들이 모여 행복충만을 한다.

　위의 보기 가운데 서울특별시에 있는 잠실 종합운동장에서 행복충만을 가지는 방법에 관하여 살펴보자구나.

서울잠실 종합운동장에서의 행복충만은 자연의 날씨에 따라서 봄가을 포근하고 좋은 날씨, 여름겨울 덥거나 추운 날씨, 비 오거나 눈 내리는 날씨의 세 가지로 나눈다.

1. 봄가을 포근하고 좋은 날씨에 서울잠실 종합운동장의 올림픽주경기장에서 행복충만을 한다.
(1). 행사장소 찾아오는 길로서, 서울 지하철 2호선 및 9호선이 만나는 "종합운동장역"에서 내려, 6번 또는 7번 출구로 나와 똑바로 쭉 걸으면 서울잠실 종합운동장의 올림픽주경기장이 있다. 거리는 200미터가량이며, 걸어서 3분가량 걸린다.
서울잠실 종합운동장의 올림픽주경기장은 경기장 면적이 75,469제곱미터(㎡)이고, 건축 연면적이 111,792제곱미터(㎡)인 한편, 좌석 수는 64,623석이고, 수용 인원은 100,000명이다. 그 서울잠실 종합운동장의 올림픽주경기장까지 모든 벗님들이 찾아온다.

(2). 벗님들이 서울잠실 종합운동장의 올림픽주경기장에서 우리의 『행복충만』을 한다.
모든 벗님들이 "반갑습니다!"라고 말하면서 목례 및 손뼉들로 서로 인사를 나누는「인사 나누기」를 하며, 곱고 아름다운 목소리로 손뼉들의 몸놀림도 하면서 "가요 동요 민요 남녀듀엣곡 팝송"들을 함께 즐겁고 흥겹게 부르는「노래 부르기」를 하고, "행복충만!" 및 "행복충만! 몸맘보배! 일온자돈!"을 다 같이 읊조리는「행복충만 몸돈 읊조림」을 한 다음에, 튼튼한 몸·가뿐한 마음·포근한 보금자리·뜨거운 배움터·보람찬 일터·밝은 온누리·깨끗한 자연우주하늘·넉넉한 돈의 행복 및 사람 삶 즐거움 응어리들에 대해 서로 말씀을 하고 듣는「말씀하고 듣기」를 하는 한편, 벗님들이 기지개 켜면서 온몸 풀어주기를 비롯한 일곱 가지 몸놀림을 하여 그동안 쌓였던 몸과 마음의 응어리를 말끔하게 풀어주어 자연우주하늘을 품는「몸마음 풀어주기」를 하며, 땅과 바다 및 하늘의 온갖 자연의 풍경을 담은 아름다운 영상을 함께 보는「자연 풍경 보기」를 하고, "행복충만!"을 같이 읊조리는「행복충만 읊조림」을 하며, 행복충만의 행사와 모임 및 업무와 소식들을 벗님들에게 알리는「알리는 말씀」을 하고 나서, 모든 벗님들이 "고맙습니다!"라고 말하면서 목례 및 손뼉들로 마무리를 짓는「끝 인사하기」를 한다. 이렇게 하여 『행복충만의 아홉 마당 모두 100분』을 진행한다.

(3). 행사가 끝나면 일벗님을 비롯한 진행벗님들은 나가는 곳에서 오늘 행복충만 행사에 이런 인연과 저런 사연으로 함께 한 벗님들에게 "고맙습니다!"라고 감사함을 표하면서 배웅한다.

2. 여름 겨울 덥거나 추운 날씨에 서울잠실 종합운동장의 실내체육관에서 행복충만을 한다.
(1). 행사장소 찾아오는 길로서, 서울 지하철 2호선 및 9호선이 만나는 "종합운동장역"에서 내려, 6번 또는 7번 출구로 나와, 똑바로 쭉 걸으며, 올림픽주경기장 입구에서 오른쪽으로 돌아서, 똑바로 쭉 걸으면 서울잠실 종합운동장의 실내체육관이 있다. 거리는 400미터가량이며, 걸어서 6분가량 걸린다.
서울잠실 종합운동장의 실내체육관은 경기장 면적이 7,098제곱미터(㎡)이고, 건축 연면적이 20,096제곱미터(㎡)인 한편, 좌석 수는 11,032석이고, 수용 인원은 20,000명이다. 그 서울잠실 종합운동장의 실내체육관까지 모든 벗님들이 찾아온다.

(2). 모든 벗님들이 서울잠실 종합운동장의 실내체육관에서 우리의 『행복충만』을 한다.
모든 벗님들이 "인사 나누기, 노래 부르기, 행복충만 몸돈 읊조림, 말씀하고 듣기, 몸마음 풀어주기, 자연 풍경 보기, 행복충만 읊조림, 알리는 말씀, 끝 인사하기"를 한다. 이렇게 하여 행복충만의 아홉 마당 모두 100분을 진행한다.

(3). 행사가 끝나면 일벗님을 비롯한 진행벗님들은 나가는 곳에서 오늘 행복충만 행사에 이런 인연과 저런 사연으로 함께 한 벗님들에게 "고맙습니다!"라고 감사함을 표하면서 배웅한다.

3. 비 오거나 눈 내리는 날씨에는 바깥에 있는 서울잠실 종합운동장의 올림픽주경기장에서 행복충만을 원만하게 가지기가 어렵기 때문에, 어쩔 수 없이 비도 피하고 눈도 피할 수 있는 위의 두 번째 모임 장소인 『서울잠실 종합운동장의 실내체육관』에서 행복충만을 진행한다.

5. 행복충만을 기쁜 일 및
슬픈 일에서 하고

우리네 벗님들이 살아가는 이 세상에는 기쁜 일 및 슬픈 일들이 많이 있다. 우리의 행복충만은 기쁜 일 및 슬픈 일에서도 할 수 있다.

1. 기쁜 일로서는 결혼식, 갖가지 축하 및 기념 모임이 있다.
(1). 흔히 결혼식은 신랑과 신부의 두 집의 일가친척들 및 신랑 신부의 벗들이 모여서 여러 의식을 하고 주례의 말씀을 듣기만 할 뿐이고, 축하의 마음을 함께 모으는 순서가 없다. 따라서 우리의 행복충만의 결혼식에서는 주례사의 다음에 『마음 모으기』라는 순서를 마련하여, 신랑과 신부의 두 집의 일가친척들 및 신랑 신부의 벗들이 함께 "신랑 0 0 0 ! 신부 0 0 0 ! 포근한 보금자리!"를 소리 내어 5분쯤 읊조린다.

(2). 갖가지 축하 및 기념 모임으로서는 보금자리와 이어진 돌 회갑 생일 종친회, 배움터에서 비롯되는 입학 졸업 동창회, 일터로 말미암은 개업 영전 사업 모임, 온누리에서 맺어진 향우회 동호인회 친목회 당선축하연 출판기념회의 갖가지 축하 및 기념 모임들이 있다.
이런 축하 또는 기념 모임에서도 그 모임의 뜻을 기리는 『마음 모으기』라는 순서를 마련하여, 그 곳에 모인 사람들이 함께 "0 0 0 아기! 돌 축하!" "0 0 0 님! 회갑 경축!"이라는 것처럼 그 축하 및 기념 모임에 알맞은 글귀를 소리 내어 5분쯤 읊조린다.

2. 슬픈 일로서는 아플 때, 돌아가심 장례식 제사 때들이다.
(1). 우리네 사람들이 살아가노라면 때로는 스스로 및 가족 친지 벗들의 몸과 마음이 아플 수도 있다. 이렇게 우리의 몸과 마음이 아플 때에는 특히 "튼튼한 몸! 가뿐한 마음!"을 틈틈이 읊조린다. 또한 행복충만 벗님들의 병문안을 가서도 "튼튼한 몸! 가뿐한 마음!"을 함께 소리 내어 읊조린다.

(2). 우리네 사람들이 살다 보면 가족 친지 벗들의 목숨이 다하여 돌아가서 장례식 또는 영결식을 치르기도 한다. 이렇게 우리네 사람들이 돌아가서 장례식을 가질 때에도 "밝은 온누리! 왕생극락!"을 함께 소리 내어 읊조리면서 돌아가신 분의 명복을 빌고 극락에

왕생하도록 기원드린다.

　아울러 행복충만의 우리네 벗님들이 돌아가신 분들의 제사를 지낼 때에도 "밝은 온누리!, 왕생극락!"을 함께 소리 내어 읊조리면서 돌아가신 벗님의 명복을 빌고 극락에 왕생하도록 기원드린다.

6. 도시의 자연 속에서
행복충만을 하며

　행복충만을 도시의 자연 속에서 하자구나! 우리네 사람들이 열심히 살아가고 있는 도시에서 푸르고 높은 하늘, 뭉게뭉게 흰 구름, 따사로운 햇볕, 맑고 깨끗한 공기, 상큼하고 시원한 바람, 울긋불긋 향기로운 꽃, 싱그러운 풀, 울창하고 푸른 나무, 즐겁고 영롱한 새, 찌르찌르 풀벌레, 멍멍 개, 윙윙 벌, 펄럭펄럭 나비의 자연들을 느끼며 보고 들으면서 우리의 행복충만을 한다.

　먼저 도시의 자연 속의 바깥 공연장·광장·운동장·마당·놀이터들에서 우리네 벗님들께서 서로 어울려서 함께 행복충만의 『인사 나누기, 노래 부르기, 행복충만 몸돈 읊조림, 말씀하고 듣기, 몸마음 풀어주기, 자연 풍경 보기, 행복충만 읊조림, 알리는 말씀, 끝 인사하기』의 아홉 마당 100분을 한다.

　이어 2~3 킬로미터(km)가량 되는 산책길을 30~40여 분 동안 벗님들이 한 줄로 줄을 지어 걸으면서 행진을 하며, "행복충만"의 네 글자를 다 같이 소리 내어 되풀이하여 읊조리면서, 위의 자연을 느끼며 보고 듣는 방법으로 진행한다.

　이렇게 자연 속에서 우리의 행복충만을 가짐으로써, 자연이 지닌 안락함·포근함·풍요함·여유로움 및 치유력·회복력·항상성·평형성들을 몸과 마음으로 한껏 느끼며 보고 들으면서 도시에서 바쁘게 살아가는 우리들의 몸과 마음의 응어리를 풀 수 있는 기회와 자리를 마련하고자 하는 것이다.

　이런 자연 속에서의 행복충만을 번잡한 도시에서 벗어나 산 들 강 바다의 그야말로 자연을 찾아가서 가지는 것이 참으로 바람직한 것이다. 하지만 바쁜 도시 생활을 하다 보면 시간 교통 돈들의 까닭으로 산 들 강 바다의 자연을 찾아가는 것이 쉽지마는 아니하다.

　따라서 도시에서도 위의 자연 속에서 행복충만을 가질 수 있는 곳을 찾아보면 우리의 바로 옆에도 있다는 것을 알게 된다. 그 보기로서 우리나라 수도인 서울특별시 25개 구청별로 살펴보자. 강남구 양재천 생태공원 / 강동구 일자산 해맞이공원 / 강북구 북서울 꿈의 숲 / 강서구 봉제산공원 / 관악구 관악산공원 / 광진구 어린이대공원 / 구로구 대림어린이공원 / 금천구 독산자연공원 / 노원구 수락산공원 / 도봉구 도봉산공원 / 동대문구 숭인근린공원 / 동작구 보라매공원 / 마포구 와우산공원 / 서대문구 고은산공원 / 서초구 말죽거리 근린공원 / 성동구 왕십리문화공원 / 성북구 개운산공원 / 송파구 송파나

루공원 / 양천구 갈산공원 / 영등포구 여의도공원 / 용산구 남산공원 / 은평구 향림근린
공원 / 종로구 종묘공원 / 중구 장충단공원 / 중랑구 봉화산공원들이 있다.

  위의 보기는 우리 벗님들이 대중교통인 지하철을 타고 쉽게 올 수 있으며, 모이는 곳
및 걷기 행진의 장소가 벗님들이 개인적으로 따로 돈을 들이지 아니한 곳으로 골라 본 것
이다.

  위의 보기 가운데 서울특별시 강남구 양재천 생태공원 및 서초구 말죽거리 근린공원의 자
연 속에서 행복충만을 가지는 방법에 관하여 살펴보자구나!

  양재천 생태공원 및 말죽거리 근린공원의 자연 속에서의 행복충만은 자연의 날씨에 따라서
봄가을 포근하고 좋은 날씨, 여름겨울 덥거나 추운 날씨, 비 오거나 눈 내리는 날씨의 세 가
지로 나눈다. 또한 이 세 가지 날씨의 경우마다 행사장소 찾아오는 길, 행복충만 행사, 걷기
행진, 마무리들로 나누어 살펴보자.

  1. 봄가을 포근하고 좋은 날씨에 양재천 생태공원 및 말죽거리 근린공원의 자연 속에서 행
복충만을 한다.
  (1). 행사장소 찾아오는 길로서, 먼저 양재천 생태공원은 서울 지하철 3호선 및 수인분당선
이 만나는 "도곡역"에서 내려, 4번 출구로 나오자마자, 왼쪽으로 돌아, 똑바로 걸어서 영동4
교 다리까지 간다.
  이어 영동4교 시작 지점에서 오른쪽으로 돌아, 다리와 연결된 양재천 산책로를 따라 똑바
로 쭉 걸어가면, 바로 양재천 생태공원의 영동3교 다리가 있다. 그 영동3교 다리 밑에 『바깥
공연장』이 있다.

  다음에 말죽거리 근린공원은 서울 지하철 3호선 및 신분당선이 만나는 "양재역"에서 내려,
9번 출구로 나와, 똑바로 걸어, 오른쪽으로 돌아, 말죽거리 근린공원으로 들어간다.

  (2). 양재천 생태공원의 영동3교 다리 밑의 바깥 공연장에서 모든 벗님들이 우리의 『행
복충만』을 한다. 모든 벗님들이 "반갑습니다!"라고 말하면서 목례 및 손뼉들로 서로 인사
를 나누는 「인사 나누기」를 하며, 곱고 아름다운 목소리로 손뼉들의 몸놀림도 하면서 "가
요 동요 민요 남녀듀엣곡 팝송"들을 함께 즐겁고 흥겹게 부르는 「노래 부르기」를 하고, "행
복충만!" 및 "행복충만! 몸맘보배! 일온자돈!"을 다 같이 읊조리는 「행복충만 몸돈 읊조
림」을 한 다음에, 튼튼한 몸·가뿐한 마음·포근한 보금자리·뜨거운 배움터·보람찬 일
터·밝은 온누리·깨끗한 자연우주하늘·넉넉한 돈의 행복 및 사람 삶 즐거움 응어리들
에 대해 서로 말씀을 하고 듣는 「말씀하고 듣기」를 하는 한편, 모든 벗님들이 기지개 켜
면서 온몸 풀어주기를 비롯한 일곱 가지 몸놀림을 하여 그동안 쌓였던 몸과 마음의 응어
리를 말끔하게 풀어주어 자연우주하늘을 품는 「몸마음 풀어주기」를 하며, "행복충만!"
을 다 같이 읊조리는 「행복충만 읊조림」을 하고, 행복충만의 행사와 모임 및 업무와 소
식들을 벗님들에게 알리는 「알리는 말씀」을 하고 나서, 모든 벗님들이 "고맙습니다!"라
고 말하면서 목례 및 손뼉들로 마무리를 짓는 「끝 인사하기」를 한다. 다만 자연 풍경 보기
는 영상 시설 문제들로 어쩔 수 없이 생략한다. 이렇게 하여 『행복충만』의 여덟 마당 모두
90분을 진행한다.

  다음에 말죽거리 근린공원에서 모든 벗님들이 우리의 『행복충만』을 한다.

(3). 양재천 생태공원의 2.5 킬로미터 정도 되는 양재천 생태공원의 산책길을 40여 분가량 함께 걸으면서 모든 벗님들이 행진을 한다.

모든 벗님들이 푸르고 높은 하늘, 뭉게뭉게 흰 구름, 따사로운 햇볕, 맑고 깨끗한 공기, 상큼하고 시원한 바람, 울긋불긋 향기로운 꽃, 싱그러운 풀, 울창하고 푸른 나무, 즐겁고 영롱한 새, 찌르찌르 풀벌레, 멍멍 개, 윙윙 벌, 펄럭펄럭 나비의 자연을 느끼며 보고 들으면서 함께 걷는 행진을 한다. 아울러 모든 벗님들이 "행복충만!"의 네 글자를 다 같이 소리 내어 되풀이하여 읊조리고 함께 걸으면서 행진을 한다.

영동3교 다리 밑의 바깥 공연장에서 출발한다. 도곡동의 우성캐릭터아파트 및 타워팰리스 아파트단지의 옆을 지나, 영동4교 다리까지 쭉 온다. 오른쪽으로 돌아, 영동4교 다리 위를 건넌다. 다리 끝에서 다시 오른쪽으로 돌아, 구룡중학교 옆을 지나서, 경남아파트 옆도 쭉 지난다. 다음에 영동3교 다리 부근에서 오른쪽으로 돌아, 영동3교 다리 위를 건넌다. 영동3교 다리 끝에서 또다시 오른쪽으로 돌아서, 영동3교 다리 밑의 바깥 공연장까지 걷기 행진을 한다. 이런 방법으로 모든 벗님들이 온갖 자연을 보고 들으며 느끼면서 양재천 생태공원의 산책길 걷기 행진을 40여분가량 진행한다.

위의 걷기 행사를 진행할 때에, 모든 벗님들이 다른 사람들의 산책을 방해해서는 아니 되기 때문에 한 줄로 줄을 서서 양재천 생태공원의 산책길을 걷는다.

아울러 모든 벗님들이 걷기 행진을 하면서 "행복충만!"의 네 글자를 다 같이 소리 내어 되풀이하여 읊조린다.

따라서 걷기 행진 코스의 중간마다 우리 민족 전통의 북을 치는 자원봉사 벗님들을 배치하여 벗님들의 "행복충만!"의 네 글자를 읊조리는 소리를 맞추고 흥을 북돋우며 행진의 속도를 조율한다.

다음에 말죽거리 근린공원에서 2.5 킬로미터가량 되는 말죽거리 근린공원의 산책길을 40여 분 정도 함께 걸으면서 모든 벗님들이 행진을 한다.

(4). 양재천 생태공원의 걷기 행진을 마친 벗님들이 영동3교 다리 밑의 바깥 공연장에 다다르면, 일벗님을 비롯한 진행벗님과 모든 벗님들이 서로서로 "고맙습니다!"라고 감사함을 표하고 헤어진다.

이렇게 하여 비로소 봄가을 포근하고 좋은 날씨에 가진 서울 강남 양재천 생태공원의 자연 속에서의 행복충만을 마무리한다.

다음에 말죽거리 근린공원의 걷기 행진을 마친 뒤에, 일벗님을 비롯한 진행벗님과 모든 벗님들이 서로서로 "고맙습니다!"라고 감사함을 표하고 헤어진다.

2. 여름겨울 덥거나 추운 날씨에 양재천 생태공원 및 말죽거리 근린공원의 자연 속에서 행복충만을 한다.

(1). 행사장소 찾아오는 길로서, 먼저 양재천 생태공원에서의 행복충만이다. 서울 지하철 3호선의 "대치역"에서 내려, 6번 출구로 나와, 쭉 걸어와서, 왼쪽으로 돌아, 쭉 걸어오면 왼쪽 방향에 『강남구민회관』이 있다.

그 강남구민회관의 공연장은 2층에 320석의 자리와 3층에 192석의 자리가 있어 모두 512석의 자리가 있다. 아울러 최신의 음향(오디오) 설비와 영상(비디오) 설비를 갖추고 있다. 또한 냉난방 시설도 갖추고 있다. 그러기에 여름철 더울 때에는 냉방을 트는 한편, 겨울철 추울 때에는 난방을 트는 것이다. 그 강남구민회관의 공연장까지 모든 벗님들이 찾아온다.

다음에 말죽거리 근린공원에서의 행복충만이다. 서울 지하철 3호선 및 신분당선이 만나는 "양재역"에서 내려, 9번 출구로 나와, 똑바로 걸어오면 오른쪽 방향에 『서초문화예술회관(구 서초구민회관)』이 있다.

(2). 강남구민회관의 공연장에서 모든 벗님들이 우리의 『행복충만』을 한다. 먼저 「인사 나누기」를 하며, 「노래 부르기」를 하고, 「행복충만 몸돈 읊조림」을 한 다음에, 「말씀하고 듣기」를 한다. 이어 「몸마음 풀어주기」를 하며, 「자연 풍경 보기」를 하고, 「행복충만 읊조림」을 하며, 「알리는 말씀」을 하고 나서, 「끝 인사하기」를 한다. 이렇게 『행복충만』의 아홉 마당 100분을 진행한다.

다음에 서초문화예술회관의 아트홀에서 모든 벗님들이 우리의 『행복충만』을 한다.

(3). 2.5 킬로미터 정도 되는 양재천 생태공원의 산책길을 모든 벗님들이 40여 분가량 함께 걸으면서 행진을 한다.

먼저 강남구민회관의 공연장에서 출발한다. 대치동의 미도아파트를 옆을 지나 영동5교 다리까지 쭉 온다. 왼쪽으로 돌아, 양재천 생태공원으로 들어가서, 미도아파트단지의 옆을 지나 영동6교 다리까지 쭉 걷는다.

다리가 시작되는 곳에서 오른쪽으로 돌아, 영동6교 다리 위를 건넌다. 다리 끝에서 다시 오른쪽으로 돌아, 개포동의 개원중학교 및 양전초등학교의 옆을 지나서, 개포동 근린공원까지 쭉 걸어서 행진한다.

이런 방법으로 모든 벗님들이 온갖 자연을 보고 들으며 느끼면서 양재천 생태공원의 산책길 걷기 행진을 40여분가량 진행한다.

다음에 2.5 킬로미터 정도 되는 말죽거리 근린공원의 산책길을 40여 분가량 함께 걸으면서 모든 벗님들이 행진을 한다.

(4). 양재천 생태공원의 걷기 행진을 마치면 일벗님을 비롯한 진행벗님과 모든 벗님들이 서로서로 "고맙습니다!"라고 감사함을 표하고 헤어진다.

이렇게 하여 여름겨울 덥거나 추운 날씨에 가진 서울 강남 양재천 생태공원의 자연 속에서의 행복충만을 마무리한다.

다음에 말죽거리 근린공원의 걷기 행진을 마친 뒤에, 일벗님을 비롯한 진행벗님과 모든 벗님들이 서로서로 "고맙습니다!"라고 감사함을 표하고 헤어진다.

3. 비 오거나 눈 내리는 날씨에는 양재천 생태공원 또는 말죽거리 근린공원의 자연 속에서 행복충만을 원만하게 가지기가 어렵기 때문에, 어쩔 수 없이 비도 피하고 눈도 피할 수 있는 위의 두 번째 모임 장소인 『강남구민회관』 또는 『서초문화예술회관』에서 모든 행사를 진행한다.

(1). 행사장소 찾아오는 길로서, 『강남구민회관』 또는 『서초문화예술회관』은 위에서 살펴본 것과 같다.

(2). 모든 벗님들이 『강남구민회관』 또는 『서초문화예술회관』에서 우리의 "행복충만"을

한다. 인사 나누기, 노래 부르기, 행복충만 몸돈 읊조림, 말씀하고 듣기, 몸마음 풀어주기, 자연 풍경 보기, 행복충만 읊조림, 알리는 말씀, 끝 인사하기의 "행복충만"의 아홉 마당 모두 100분을 진행한다.

(3). 모든 벗님들이 『강남구민회관』 또는 『서초문화예술회관』 안에서 40분가량 걷기 행진을 한다.

(4). 위의 걷기 행진을 마치면 일벗님을 비롯한 진행벗님과 모든 벗님들이 서로서로 "고맙습니다!"라고 감사함을 표하고 헤어진다.

이렇게 하여 비로소 비 오거나 눈 내리는 날씨에 가진 『강남구민회관』 또는 『서초문화예술회관』의 행사를 마무리한다.

위에 같이 서울 강남구 양재천 생태공원 또는 서초구 말죽거리 근린공원의 자연 속에서의 행복충만을 하는 것처럼, 서울특별시와 전국 시도별 및 세계 곳곳 도시의 자연 속에서 행복충만을 하도록 애쓰자구나!

먼저 서울특별시에는 잠실 종합운동장, 동대문 운동장, 효창 운동장, 목동 종합운동장, 상암 월드컵 경기장, 올림픽공원의 체조 경장·역도 경기장·펜싱 경기장, 장충체육관들이 있으므로, 그 근처의 자연 속에서 행복충만을 하자구나.

더불어 부산광역시의 아시아드 경기장, 인천광역시의 문학 경기장, 대전광역시의 한밭 종합 운동장, 광주광역시의 월드컵 경기장, 대구광역시의 시민 운동장, 울산광역시의 문수 축구 경기장, 세종특별자치시의 고려대 세종캠퍼스 종합운동장, 경기도 수원시의 종합 운동장, 강원도 춘천시의 송암 레포츠타운 경기장, 충청남도 홍성군의 홍주 종합 경기장, 충청북도 청주시의 종합 경기장, 전라북도 전주시의 월드컵 경기장, 전라남도 무안군의 종합 스포츠 파크, 경상북도 안동시의 시민 운동장, 경상남도 창원시의 스포츠파크 종합 경기장, 제주특별자치도 제주시의 종합 경기장들이 있으므로, 그 근처의 자연 속에서 행복충만을 하자.

나아가 일본 중국 몽골 인도 필리핀 태국 베트남 인도네시아 이란 사우디들의 아시아의 도시, 미국 캐나다 브라질 아르헨티나들의 아메리카의 도시, 영국 프랑스 독일 스위스 스페인 이탈리아 네덜란드 스웨덴 폴란드 러시아들의 유럽의 도시, 이집트 알제리 수단 앙골라 남아공들의 아프리카의 도시를 비롯한 세계 모든 나라의 도시에 있는 자연 속에서 행복충만을 하자.

그리하여 세계 곳곳에서 푸르고 높은 하늘, 뭉게뭉게 흰 구름, 따사로운 햇볕, 맑고 깨끗한 공기, 상큼하고 시원한 바람, 울긋불긋 향기로운 꽃, 싱그러운 풀, 울창하고 푸른 나무, 즐겁고 영롱한 새, 찌르찌르 풀벌레, 멍멍 개, 윙윙 벌, 펄럭펄럭 나비의 자연을 느끼며 보고 들으면서 우리의 행복충만을 하자구나!

우리 아파트 거실의 강남 지역에 걸친 넓은 조망(뷰:VIEW)

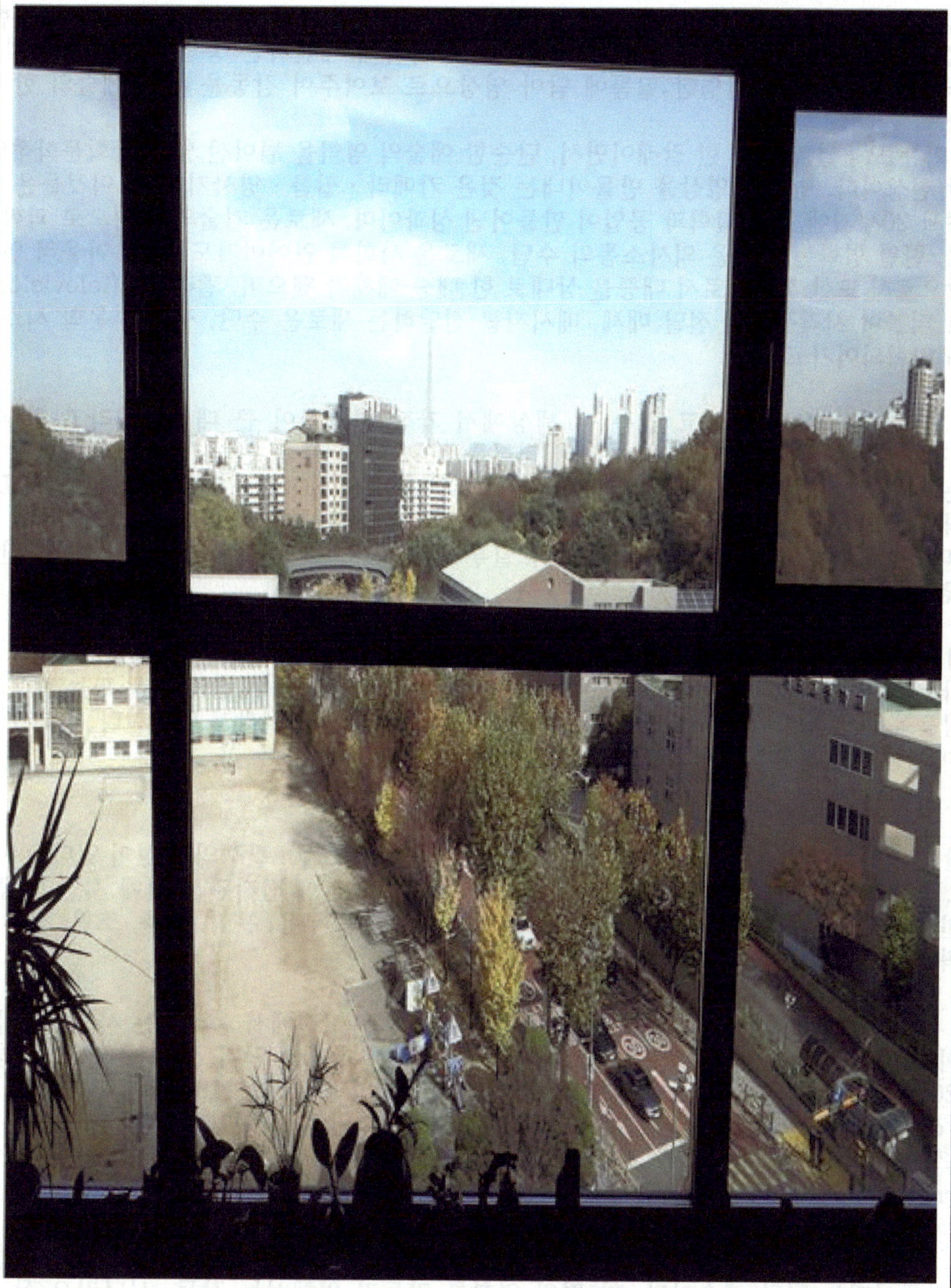

7. 행복충만을 영화로 만들자

『영화(映畵 : movie, film, cinema, motion picture, moving picture)』는 일정한 뜻을 갖고 움직이는 대상을 촬영하여 영사기로 영사막에 재현하는 종합 예술; 어떤 사실이나 극적 내용을 연속 촬영한 필름에 담아 영상으로 보여주어 감동을 주는 예술의 한 장르이다.

영화는 오늘날 예술의 한 갈래이면서, 단순한 예술의 영역을 넘어선 넓은 사회문화적인 복잡한 현상이다. 영화의 영상을 만들어내는 것은 카메라 · 필름 · 영사기이다. 이것들은 19세기에서 20세기에 걸친 과학과 공업이 만들어낸 성과이며, 새로운 기술의 발명으로 과학기술이다. 한편 영화는 새로운 의사소통의 수단, 새로운 사회적 언어이기도 하다. 아울러 영화는 오락으로서 또한 흥행으로서 대중을 상대로 한 대중 매체가 됐으며, 텔레비전(television) 등장과 더불어 시각정보의 전달 매체, 메시지를 전달하는 새로운 수단, 새로운 문화 시스템으로서 인식되어가고 있다.

또한 영화는 우리가 살고 있는 이 세상에서 가장 영향력이 큰 대중매체라고 할 수 있다. 전 세계에서 하루에도 수백만 명이 영화를 보고 있다. 영화 관람 방식도 영화관만 이용하는 시대는 지났다. 관객들은 다양한 매체(TV, 인터넷, SNS, 스마트폰, DVD, VOD, 넷플릭스, 그 밖 저장장치 따위)를 통해 언제 어디서나 영화를 관람하는 시대가 됐다. 영화는 더 이상 취미가 아니라 우리 생활의 일부가 됐으며, 관객들은 저마다 갖가지 인연으로 영화를 본다.

더불어 영화는 우리네 사람들에게 기쁨 노여움 슬픔 즐거움(희로애락; 喜怒哀樂)을 준다. 영화는 꿈과 희망, 기쁨과 슬픔, 낭만과 사랑, 그리움과 기다림, 시련과 아픔 또는 악몽과 불안감들을 반영하여 다양한 형태로 세상에 나와 우리네 사람들의 삶과 마주친다. 따라서 영화를 이해한다는 것은 사람들의 삶을 이해하는 것이다.

한편 영화는 종합 예술, 과학 예술, 집단 예술, 이야기(story), 관객의 특성이 있다.
1. 영화는 종합 예술이다. 영화는 사진의 연장이며 시간이 정지된 사진에 시간과 공간을 넓힌 것이다. 또한 영화는 제작 과정을 통하여 미술, 음악, 무용, 문학, 건축, 조형, 컴퓨터 그래픽들을 아우르는 종합 예술이다.

2. 영화는 과학 예술이다. 1890년 중반 움직이지 않는 사진에서 움직이는 사진, 곧 활동사진이 탄생함으로써 영화가 시작됐고 활동사진은 곧 이야기를 담기 시작했다. 무성 영화는 1920년대 후반 유성 영화로 진화했고, 처음에 흑백이었던 영화는 1930년대부터 천연색(컬러; color)로 바뀌었다. 아울러 초기 4:3 비율의 표준 화면은 1950년대 이후 훨씬 넓은 와이드 스크린(wide screen)으로 크게 넓어졌으며, 소리도 크고 웅장한 소리(서라운드 사운드; surround sound)로 발전했다.

3. 영화는 집단 예술이다. 영화는 수많은 사람들, 곧 감독 작가 배우 전문가들의 협력으로 만들어지는 집단 예술이다. 한 편의 영화를 만들기 위해서는 감독, 시나리오 작가, 영화배우, 촬영 담당, 조명 담당, 음향 담당, 미술 담당, 편집 담당, 녹음 담당들의 수많은

전문가들의 도움이 절실한 집단 예술이다.

4. 영화는 이야기 또는 스토리(story)이다. 우리는 영화를 관람하기 전이나 뒤, 또는 영화를 일반적으로 말할 때에 영화의 이야기(story)를 말한다. 이는 이야기가 재미있는 영화인지 또는 재미없는 영화인지를 결정하기 때문이다. 영화는 재미있는 영화 및 재미없는 영화로 구분된다고 해도 과언이 아니다. 물론 상업 영화·예술 영화·작가 영화·실험 영화들로 영화의 특성에 따라 분류할 수는 있지만, 각각의 구분 역시 그 자체의 재미에 따르기 마련이다. 예술 영화를 보더라도 재미있는 영화 또는 재미없는 영화는 구분된다.

소설이 작가의 생각을 글로 표현하는 것이고, 시가 작가의 생각을 함축적이고 상징적으로 표현하는 것이라면, 영화는 작가의 창의적인 아이디어를 영상으로 만든 이야기다. 기본적으로 이야기가 없이는 영화가 존재하지 못한다. 실험 영화라 할지라도 작가의 생각 곧 아이디어가 가지고 있는 이야기가 존재한다.

영화는 단순 기록부터 시작하여 서서히 이야기의 구조를 갖추게 됐고 3막 구조의 형태로 발전됐다. 3막 구조는 '시작 - 중간 - 끝'의 이야기 구조를 일컫는다. 이어 3막 구조가 발전하여 '기 - 승 - 전 - 결'의 4막 구조로 발전됐고, 더 나아가 '발단 - 전개 - 위기 - 절정 - 결말'의 5막 구조로 발전됐다.

아무리 과학기술 발전이 이루어지고 영화제작에 활용된다 해도, 이야기가 부족한 영화는 관객들의 외면을 받는다. 영화를 본 관객들은 영화관을 나오면서 휴대전화로 수많은 문자를 보낸다. 주로 영화의 이야기가 재미있었는지 또는 재미없었는지를 아는 사람들에게 알려 주는 입소문을 낸다. 배우의 연기를 논하거나, 촬영의 아름다움이나, 배경에 대한 말은 부차적인 것으로 간주된다.

모든 것은 영화의 이야기로 시작되어 이야기로 평가된다.

5. 영화는 관객이 있기에 존재하는 것이다. 영화는 관객과 만나기 위해 존재한다. 영화 화면을 통해 영화를 감상할 관객이 없다면 영화는 존재 가치가 없는 것이다. 관객의 존재는 예술 영화, 실험 영화, 다큐멘터리 영화, 애니메이션 영화들을 포함하는 모든 영화에서 공통적으로 필수 요소인 것이다.

※【 위와 같은 영화는 대중성·보편성·재미성·흥미성·오락성·유행성·전파성·흥행성·상업성·산업성·교육성·영향력들이 뛰어나다.

다만 아쉬운 것은 관객들의 주체적이며 적극적인 참여성 문제라고 감히 나 일벗님은 헤아린다. 흔히들 영화에서 관객들은 감독 작가 배우 및 제작사가 만든 영화를 그저 보고 들으며 웃고 울면서 느끼는 수동적이며 피동적인 존재로 취급받을 뿐이다. 그리하여 영화에 있어서 관객들의 주체적이며 적극적인 참여성 문제가 아쉬운 점이다.

따라서 우리의 행복충만에서는 관객들이 주체적이며 적극적으로 참여하여 함께 만들어가는 영화로 제작하는 한편, 『문화분야의 관객 참여형 영화 만들기 운동』을 적극적이며 열성적으로 전개하려고 한다.

영화의 제1부에서는 행복충만의 뜻을 세우고 글을 쓰며 행복충만의 기틀을 마련하는 과정을 관객들이 보고 들으며 웃고 울면서 느끼게 하는 영화로 제작하는 것이다.

영화의 제2부에서는 행복충만의 『인사 나누기, 노래 부르기, 행복충만 몸돈 읊조림, 말

씀하고 듣기, 몸마음 풀어주기, 자연 풍경 보기, 행복충만 읊조림, 알리는 말씀, 끝 인사
하기』를 관객들이 주체적이며 적극적으로 참여하여 함께 만들어가는 영화로 제작하려고
한다. 】※

※【 먼저 영화의 제1부로서, 일 벗님의 삶의 길을 영화로 만들자!
　어떠한 인연으로 행복충만의 뜻을 세우게 됐으며, 어떻게 행복충만의 글을 쓰게 됐고, 뜻을
펼 행복을 짓고 닦으며 쌓아서 충만해지기 위하여 어찌 살아왔으며, 앞날은 어떠할까에 대한
삶의 길을 관객들이 눈으로 보고 귀로 들으며 웃고 울면서 가슴과 마음으로 느끼게 하는 영
화로 만들려고 하는 것이다.

　다음에 영화의 제2부로서, 행복충만을 관객들이 주체적이며 적극적으로 참여하여 함께 만
들어가는 영화로 제작하자구나! 곧 행복충만의 『인사 나누기, 노래 부르기, 행복충만 몸돈 읊
조림, 말씀하고 듣기, 몸마음 풀어주기, 자연 풍경 보기, 행복충만 읊조림, 알리는 말씀, 끝
인사하기』의 아홉 마당을 관객들이 주체적이며 적극적으로 참여하여 함께 만들어가는 영화
로 제작하고자 한다.

　1. 『인사 나누기』는 이런 인연 저런 사연으로 모인 관객 벗님들께서 행복충만을 부드럽게
시작하기 위해 진행 벗님들과 모인 벗님들 사이, 모인 벗님들끼리 "반갑습니다!"라고 말하면
서, 큰 절 또는 목례 및 손뼉들로 서로 인사를 나누는 것이다. 시간은 3분이다.
　(1). 사회자　인사말
"반갑습니다! 행복충만 사회자 000 벗님입니다. 관객 벗님 여러분! 고맙습니다! 오늘 이렇
게 우리의 행복충만 영화를 보려고 찾아와 주시어 이 자리를 빛내주신 관객 벗님 여러분! 참
으로 감사합니다!"
　(2). 사회자　진행
"맨 처음으로 인사 나누기를 하시겠습니다. 먼저 진행 벗님들과 관객 벗님들 사이 인사 나
누기입니다!"
　(3). 진행 벗님들과 관객 벗님들 사이 인사 나누기
　먼저 진행 벗님들과 관객 벗님들 사이에 서로 인사를 나눈다. 『진행 벗님들』은 행복충만의
사회를 보는 사회 벗님, 행복충만 몸돈 읊조림·말씀하고 듣기·행복충만 읊조림들을 이끄
는 일 벗님, 행복충만 영화를 만드는 감독·작가·배우·제작사들을 뜻한다. 또한 『관객 벗
님들』은 행복충만 영화를 보려고 찾아와서 빛내주는 벗님들을 뜻한다.

　이런 진행 벗님들이 영화관의 한 가운데로 나와서 관객 벗님들에게 "반갑습니다!"라고 말
하면서 무릎을 꿇고 큰 절을 드리는 한편, 관객 벗님들은 "반갑습니다!"라고 말하면서 앉은
자리에서 고개를 숙여 인사하는 목례를 하면서 뜨거운 손뼉으로 답례하는 방법으로, 진행 벗
님들과 관객 벗님들이 서로 인사를 나눈다.

　이처럼 진행 벗님들은 행복충만 영화를 보려고 오신 관객 벗님들을 결코 얕보거나 깔
보거나 군림하지 않는다는 뜻으로 관객 벗님들에게 무릎을 꿇은 큰 절을 올리면서 깍듯
한 예우로 존경을 표해야 한다. 또한 관객 벗님들도 진행 벗님들의 큰 절을 받는 만큼 진행

벗님들을 공경하면서, 진행 벗님들의 가르침과 이끌음에 잘 따라 행복충만이 원만히 진행되어 온갖 행복을 짓고 닦으며 쌓아 충만해질 수 있는 소중한 시간과 공간이 되도록 애써야 한다.

(4). 관객 벗님들끼리 인사 나누기
관객 벗님들끼리 인사 나누기는 이런 인연 저런 사연으로 행복충만 영화를 보려고 찾아온 관객 벗님들끼리, 특히 오늘 바로 오른쪽·왼쪽의 옆 및 앞·뒤들로 가까이 앉은 인연을 맺은 벗님들끼리 서로 인사를 나누는 것이다.

먼저 옆 벗님들끼리 인사 나누기는 오른쪽 옆 및 왼쪽 옆으로 앉게 된 벗님들끼리 방긋 웃으며 "반갑습니다!"라고 말하면서 서로 인사를 나누는 것이다. 먼저 홀수 줄에 앉은 벗님들은 오른쪽을 보고, 짝수 줄에 앉은 벗님들은 왼쪽을 향하면서 관객 벗님들끼리 활짝 웃으며 "반갑습니다!"라고 인사를 나눈다. 다음은 홀수 줄에 앉은 벗님들이 왼쪽을 보고, 짝수 줄에 앉은 벗님들이 오른쪽을 향하면서 관객 벗님들끼리 방긋 웃으며 "반갑습니다!"라고 다정하게 인사를 나눈다.

다음에 앞뒤 벗님들끼리 인사 나누기는 앞과 뒤로 앉게 된 벗님들끼리 방긋 웃으며 "반갑습니다!"라고 말하면서 서로 인사를 나누는 것이다. 먼저 홀수 줄에 앉은 벗님들은 뒤를 보고, 짝수 줄에 앉은 벗님들은 앞을 향하면서 관객 벗님들끼리 활짝 웃으며 "반갑습니다!"라고 인사를 나눈다. 다음은 홀수 줄에 앉은 벗님들이 앞을 보고, 짝수 줄에 앉은 벗님들이 뒤를 향하면서 관객 벗님들끼리 방긋 웃으며 "반갑습니다!"라고 인사를 나눈다.

이런 관객 벗님들끼리 인사 나누기는 이런 사연 저런 인연으로 행복충만 영화를 보려고 찾아온 관객 벗님들끼리 왠지 서먹함과 어색함 및 머쓱함을 어서 빨리 풀어서 친숙하며 가까운 사이가 되고 서로 마음의 문을 활짝 열어 관객 벗님들이 함께 어울려서 행복충만을 즐겁고 재미있으며 흥겹게 할 수 있는 분위기로 만들고자 하는 것이다.

2. 『노래 부르기』는 관객 벗님들께서 곱고 아름다운 목소리로 손뼉들의 몸놀림도 하면서, "가요·동요·민요·남녀 듀엣곡·팝송"의 노래를 함께 즐겁고 흥겹게 부르는 것이다. 시간은 25분이다.
(1). 우리 모든 관객 벗님들이 함께 부를 노래로는 『인연(이선희 부름), 앞으로 앞으로(동요), 아리랑 풀이(윤도현 부름), 사랑보다 깊은 상처(임재범 박정현 부름), Billie Jean(Michael Jackson 부름), 가시버시 사랑(김일륜 부름), 사람이 꽃보다 아름다워(안치환 부름), 강남 스타일(싸이)』들이다.
(2). 각 노래의 처음 부분 및 끝 부분은 해당 가수의 공연 장면을 보여준다. 한편 각 노래의 중간 부분은 해당 노래의 주제와 이미지에 알맞은 영상을 따로 만들어 보여준다.
(3). 노래의 가사를 다양하게 화면에 나타나게 하는 한편, 노래의 진행에 맞추어 그 가사에 색깔을 바꾸어 보여줌으로써, 모든 관객 벗님들이 따라서 노래를 다 같이 즐겁고 신나며 흥겹게 부를 수 있도록 도와준다.

3. 『행복충만 몸돈 읊조림』은 온갖 행복을 짓고 닦으며 쌓아 충만하기 위하여 앞의 7분가량은 "행복충만!"의 네 글자를, 이어 뒤의 8분 동안은 "행복충만! 몸맘보배! 일온자돈!"의 열두 글자를 다 같이 소리 내어 되풀이하여 읊조리는 것이다. 시간은 15분이다.

(1). 행복충만 몸돈 읊조림 가운데 앞의 7분 동안 일 벗님 및 모인 벗님들의『모든 벗님들』
이 함께 "행복충만!"이라는 소리를 간절히 읊조린다.
　　　　　모든 벗님들 : "행복충만!"

(2). 행복충만 몸돈 읊조림 가운데 뒤의 8분 동안 일 벗님 및 모인 벗님들의『모든 벗님들』
이 함께 "행복충만! 몸맘보배! 일온자돈!"이라는 열두 글자를 간절히 읊조린다.
　　　　　모든 벗님들 : "행복충만! 몸맘보배! 일온자돈!"

(3). "행복충만!" 및 "행복충만! 몸맘보배! 일온자돈!"의 자막을 다양하고, 아울러 한 글자
마다 색깔을 변하게 하자구나!
　"행복충만!" 및 "행복충만! 몸맘보배! 일온자돈!"의 자막을 왼쪽에서 오른쪽으로, 오른쪽에
서 왼쪽으로, 위에서 아래로, 아래에서 위로, 대각선, 가운데들로 나타나게 하여 다양하게 보
여준다. 또한 자막의 색깔도 다양하게 보여준다.
　아울러 나타난 "행복충만!" 및 "행복충만! 몸맘보배! 일온자돈!"의 자막을 읊조리는 소리의
리듬에 맞추어 한 글자마다 색깔을 변하게 자막으로 보여준다.

(4). 행복충만 몸돈 읊조림 가운데 중간 부분은 내가 부처님으로부터 배우고 수련하며 증득
한『자연우주하늘 기운(행복) 돌리기 비법』및『벗님 환생 자연우주하늘 장엄 비법』을 어울
려서 새롭게 만든 아름답고 멋지며 휘황찬란한 영상으로 보여준다.
　①. 일 벗님이 영화관 무대의 한 가운데에서 "행복충만!"을 읊조리고 있는 한편, 관객 벗님
들도 영화관에서 "행복충만!"을 읊조리고 있다.
　②. 일 벗님이 쭉 자연우주하늘로 날아오른다. 과학적으로 이곳 영화관 ⇨ 영화관 빌딩
◨ 도시 ⇨ 서울 ◨ 우리나라 ⇨ 아시아 ◨ 유럽 ⇨ 지구 ◨ 달 수성 금성 해 화성 목성
토성 천왕성 해왕성 명왕성의 태양계 ⇨ 우리 은하 〈 국부 은하군 〈 처녀자리 초은하단
의 은하계 ◨ 관측 가능 우주·외부 우주의 우주 모두로 쭉 날아오른다. 한편 종교적으로
욕계 육천·색계 십팔천·무색계 사천의 삼계 이십팔천, 지옥 아귀 축생 수라 사람 천상
의 육범 및 성문 연각 보살 부처의 사성의 십계, 소천세계 중천세계 대천세계의 삼천대천
세계, 염라국의 저승십국, 팔열지옥 팔한지옥의 지옥 및 극락 천국의 자연우주하늘로 쭉
날아오른다. 일 벗님이 자연우주하늘의 중심에 자리한다. 일 벗님이 자연우주하늘의 기운
(행복)을 우리 모든 관객 벗님들에게 넉넉히 보내준다. 우리 모든 관객벗님들은 일 벗님이
보내주는 그 자연우주하늘의 기운(행복)을 흠뻑 받아들인다.
　③. 우리 모든 관객 벗님들 중에서 앞부분 오른쪽 가운데에 있는 60대 남녀 어르신들이
서서히 떠오른다. 과학적으로 이곳 영화관 ⇨ 서울 ⇨ 우리나라 ⇨ 지구 ⇨ 달 해의 태양
계 ⇨ 은하계 ⇨ 우주 모두의 위로 떠오른다. 또한 60대 남녀 어르신들이 종교적으로 삼
계 이십팔천 ⇨ 육범사성 십계 ⇨ 삼천대천세계 ⇨ 저승 지옥 및 극락 천국의 위로 떠오른다.
그리하여 자연우주하늘의 한 가운데에 다다른다.
　60대 남녀 어르신들이 자연우주하늘의 한 가운데에 자리하여 자연우주하늘의 기운(행
복)을 받아들여 자연우주하늘의 필요한 곳에 두루두루 보내주는 일 벗님 앞에 마주한다.
　일 벗님이 60대 남녀 어르신들에게 넉넉히 자연우주하늘의 기운(행복)을 보내주는 한
편, 60대 남녀 어르신들은 그 자연우주하늘의 기운(행복)을 흠뻑 받아들인다.
　60대 남녀 어르신들이 자연우주하늘의 한 가운데에서 자연우주하늘을 훨훨 날아 내려
와서 영화관의 제 자리로 돌아온다.
　④. 우리 모든 관객 벗님들 중에서 앞부분 왼쪽 가운데에 있는 7살 남녀 어린이들이 서서히
떠오른다. 다음은 위의 ③과 같다.
　⑤. 우리 모든 관객 벗님들 중에서 중간 부분 오른쪽 가운데에 있는 40대 남녀 어른들

이 서서히 떠오른다. 다음은 위의 ③과 같다.

　⑥. 우리 모든 관객 벗님들 중에서 중간 부분 왼쪽 가운데에 있는 10대 남녀 학생들이 서서히 떠오른다. 다음은 위의 ③과 같다.

　⑦. 우리 모든 관객 벗님들 중에서 뒷부분 오른쪽 가운데에 있는 30대 남녀 젊은이들이 서서히 떠오른다. 다음은 위의 ③과 같다.

　⑧. 우리 모든 관객 벗님들 중에서 뒷부분 왼쪽 가운데에 있는 20대 남녀 대학생들이 서서히 떠오른다. 다음은 ③과 같다.

　⑨. 그동안 자연우주하늘의 한 가운데에 자리하여 자연우주하늘의 기운(행복)을 받아들여 자연우주하늘의 필요한 곳에 두루두루 보내주는 일 벗님이 자연우주하늘을 훨훨 날아 내려와서 영화관의 제 자리로 돌아온다.

　일 벗님이 자연우주하늘의 기운(행복)을 우리 모든 관객 벗님들에게 넉넉히 보내주는 한편, 우리 모든 관객 벗님들은 그 자연우주하늘의 기운(행복)을 흠뻑 받아들인다.

　일 벗님에게서 빛이 쭉 뻗어 나와 우리 모든 관객 벗님에게 비추이고 영화관에 가득 찬다.

　⑩. 우리 모든 관객 벗님들 중에서 자연우주하늘의 한 가운데에 갔다가 돌아온 60대 남녀 어르신들에게서 빛이 쭉 뻗어 나온다. 이어 7살 남녀 어린이들 ⇨ 40대 남녀 어른들 ⇨ 10대 남녀 학생들 ⇨ 30대 남녀 젊은이들 ⇨ 20대 남녀 대학생들에게서 빛이 쭉 뻗어 나온다. 그리하여 그 빛들이 영화관에 가득 찬다.

　⑪. 우리 모든 관객 벗님들에게서 빛이 쭉 뻗어 나오고, 그 빛들이 영화관에 가득 찬다.

　⑫. 드디어 일 벗님 및 우리 모든 관객 벗님들에게서 뻗어 나온 휘황찬란하고 영롱한 빛들이 과학적으로 이곳 영화관 ▶ 영화관 빌딩 ⇨ 도시 ▶ 서울 ⇨ 우리나라 ▶ 아시아 ⇨ 유럽 ▶ 지구 ⇨ 달 수성 금성 해 화성 목성 토성 천왕성 해왕성 명왕성의 태양계 ▶ 우리 은하 ⟨ 국부 은하군 ⟨ 처녀자리 초은하단의 은하계 ⇨ 관측 가능 우주·외부 우주의 우주 모두에 두루 비추인다. 또한 일 벗님 및 우리 모든 관객 벗님들에게서 뻗어 나온 휘황찬란하고 영롱한 빛들이 종교적으로 욕계 육천·색계 십팔천·무색계 사천의 삼계 이십팔천, 지옥 아귀 축생 수라 사람 천상의 육범 및 성문 연각 보살 부처의 사성의 십계, 소천세계 중천세계 대천세계의 삼천대천세계, 염라국의 저승십국, 팔열지옥 팔한지옥의 지옥 및 극락 천국에 두루두루 비추인다. 그리하여 자연우주하늘의 모두가 우리 모든 관객 벗님들에게서 뻗어 나온 빛들로 아름답고 휘황찬란하며 멋지고 영롱하게 빛나며 장엄된다.

　이런 자연우주하늘의 모습은 컴퓨터그래픽(CG) 가운데 가상현실(VR)과 증강현실(AR)을 아우르는 혼합현실(MR) 기술을 망라하는 초실감형 기술인 확장현실(XR) 기법을 활용하자구나!

　또한 배경 노래는 서양의 1970년대 우주 탐사에 대한 관심과 호기심을 담은 노래이며 보위(Bowie)·플로이드(Floyd)들이 대표적인 스페이스 록(Space Rock)과 더불어, 동양의 악기(한국의 태평소·대금·비파·아쟁·해금 / 중국의 얼후·퉁소·생황·비파·고금 / 인도의 시타르·비나·사로드·탐부라·사랑기 / 일본의 샤미센·비와·고토·샤쿠하치·타이코)들을 서로 멋들어지게 어울려서 새롭게 만들자구나!

　(5). 위의 행복충만 몸돈 읊조림의 시간은 15분이다. 앞 부분의 1분은 일 벗님 및 우리 모든 관객 벗님들이 영화관에 편안히 앉아서 함께 "행복충만!"을 읊조리는 모습을 보여준다. 가운데 부분의 13분은 위의 ②부터 ⑫까지를 영상으로 만들어 보여준다. 끝 부분의 1분은 다시 일 벗님 및 우리 모든 관객 벗님들이 영화관에 편안히 앉아서 함께 "행복충만!

몸맘보배! 일온자돈!"을 읊조리는 모습을 보여준다.

(6). 행복충만 읊조림의 시간인 15분 동안 모인 관객 벗님들은 계속적으로 입으로는 "행복
충만!" 또는 "행복충만! 몸맘보배! 일온자돈!"을 읊조리는 한편, 눈으로는 자연우주하늘 기운
(행복) 돌리기 비법 및 벗님 환생 자연우주하늘 장엄 비법을 어울려서 새롭게 만든 아름답고
멋지며 휘황찬란한 영상을 본다.

(7). 행복충만 읊조림의 끝 15초 전부터 아래와 같은 자막을 띄워 보여준다.
"오늘 이 행복충만 영화에 같이 한 모든 관객 벗님들께서 튼튼한 몸·가뿐한 마음·포근한
보금자리·뜨거운 배움터·보람찬 일터·밝은 온누리·깨끗한 자연우주하늘·넉넉한 돈의
온갖 행복을 짓고 닦으며 쌓아 충만해지소서! 우리 모든 관객 벗님들께서 건강과 돈들의 온
갖 행복이 충만하소서!

4. 『말씀하고 듣기』는 튼튼한 몸, 가뿐한 마음, 포근한 보금자리, 뜨거운 배움터, 보람찬 일
터, 밝은 온누리, 깨끗한 자연우주하늘, 넉넉한 돈의 행복과 더불어 사람, 삶, 세상살이, 살아
가는 길, 삶의 즐거움, 삶의 응어리, 삶의 이치, 사람 사는 얘기, 사회 각종 분야에 대해 말씀
을 하고 듣는 것이다.
　시간은 10분이다. 원래 말씀하고 듣기는 20분인데, 행복충만 영화의 말씀하고 듣기는 10
분이다. 그 까닭은 말씀하고 듣기는 일 벗님이 말씀하고, 관객 벗님께서는 이를 듣는 것이며
주체적으로 참여하기가 어렵기 때문이다. 따라서 원래 말씀하고 듣기의 20분에서 10분을 줄
여 10분만 하는 것이다.
　(1). 일벗님　인사말
　일벗님이 영화관의 한 가운데에 자리하여 인사말을 한다.
　"반갑습니다! 행복충만 일벗님입니다. 관객 벗님 여러분! 고맙습니다! 오늘 이렇게 우리
의 행복충만 영화를 보려고 찾아와 주시어 이 자리를 빛내주신 관객 벗님 여러분! 참으로
감사합니다."
　(2). 일벗님　말씀하기
　일벗님이 튼튼한 몸·가뿐한 마음·포근한 보금자리·뜨거운 배움터·보람찬 일터·밝은
온누리·깨끗한 자연우주하늘·넉넉한 돈의 행복 및 사람 삶 즐거움 응어리 사는 얘기 세상
사들에 대해 말씀을 한다.
　(3). 위의 일벗님의 말씀하기는 처음 및 끝 부분의 각 1분 가량을 일벗님의 모습과 목소리
로 직접 보여주고 들려준다.
　(4). 중간의 8분 정도는 말씀하는 내용에 어울리는 화면과 함께, 곱고 맑으며 아름다운 남
성 및 여성의 목소리로 영상을 만들어 관객 벗님들에게 보여준다.

5. 『몸마음 풀어주기』는 모든 관객 벗님들이 "기지개 켜면서 온몸 풀어주기, 머리·얼굴·
목 풀어주기, 손·팔·어깨 풀어주기, 가슴·배 풀어주기, 등·허리 풀어주기, 발·다리·무
릎 풀어주기, 단전 숨쉬기"의 일곱 가지를 하여, 그동안 쌓였던 몸과 마음의 응어리를 풀어
주는 것이다. 시간은 10분이다.
　관객 벗님들이 영화 화면의 동작을 보고 따라 하면서 몸과 마음에 쌓인 응어리를 말끔
히 풀 있도록 이끌어 준다. 그리하여 관객 벗님들의 온몸이 날아갈 듯이 가볍고 상쾌하
며 생기가 넘쳐나고 힘이 솟으며 뿌듯하고 즐거우며 흐뭇하고 충만하며 평온하고 넉넉하
며 그윽한 경지에 이르러, 나 ⇨ 보금자리 배움터 일터 ⇨ 사회 나라 세계의 온누리 ⇨ 지구

⇨ 달 해들의 태양계 ⇨ 은하계 ⇨ 우주 모두와 함께, 종교적으로 삼계 이십팔천 ⇨ 육범 사성 십계 ⇨ 삼천대천세계 ⇨ 저승 지옥 및 극락 천국의 자연우주하늘들을 모두 품을 수 있도록 보살펴준다.

　6.『자연 풍경 보기』는 우리 모든 관객 벗님이 자리에 편안히 앉아 땅과 바다 및 하늘의 온갖 자연의 풍경을 담은 아름다운 영상을 함께 보는 것이다. 시간은 10분이다.
　땅의 자연의 풍경을 담은 영상을 5분 30초【 땅 1 : 식물(2분) 땅 2 : 동물(1분 30초) 땅 3 : 산(2분) 】가량 보여주며, 바다의 자연의 풍경을 담은 영상을 2분 정도 보여주고, 자연우주하늘의 풍경을 담은 영상을 2분 30초가량 보여준다. 또한 배경 노래로는 《아리랑 골짜기와 산을 넘어 태평소 시나위 이모션 산(허준 주제곡:OST)》과 더불어 온갖 새소리 및 시냇물 · 파도 소리들의 자연소리를 넣어서 어울리도록 하자구나!

　7.『행복충만 읊조림』는 온갖 행복을 짓고 닦으며 쌓아 충만하기 위하여 모든 벗님들이 "행복충만!"의 네 글자를 다 같이 소리 내어 되풀이하여 간절히 읊조리는 것이다. 시간은 10분이다. 진행 방법은 위에서 살핀『행복충만 몸돈 읊조림』과 같다.

　8.『알리는 말씀』은 그동안 행복충만의 영화가 만들어지는 과정을 관객 벗님들에게 알려주는 한편, 행복충만 영화의 감독과 배우 및 스탭들이 관객 벗님들에게 인사를 드리는 말씀을 하는 것이다. 시간은 4분이다.

　9.『끝 인사하기』는 행복충만을 뜻깊게 마무리하기 위하여 관객 벗님들끼리 및 진행 벗님과 관객 벗님 사이 "고맙습니다!"라고 말하면서 큰 절 또는 목례 및 손뼉들로 끝 인사를 하는 것이다. 시간은 3분이다.
　(1). 사회자 진행 : "마지막으로 끝 인사하기를 하시겠습니다. 먼저 관객 벗님들끼리 끝 인사하기입니다."
　오른쪽 · 왼쪽 관객벗님들끼리 "고맙습니다!"라고 서로 말씀을 나누면서 끝인사를 한다. 이어 앞 · 뒤 관객벗님들끼리 "고맙습니다!"라고 서로 말씀을 나누면서 끝인사를 한다.
　(2). "끝으로 진행 벗님들과 관객 벗님들 사이 끝 인사하기입니다."
　사회 벗님, 일 벗님, 감독 · 작가 · 배우 · 제작사들의『진행 벗님들』이 영화관의 한 가운데로 나와서 관객 벗님들에게 "고맙습니다!"라고 말하면서 무릎을 꿇고 큰 절을 드리는 한편, 관객 벗님들은 "고맙습니다!"라고 말하면서 앉은 자리에서 고개를 숙여 인사하는 목례를 하면서 뜨거운 손뼉으로 답례하는 것이다.

　10. 끝으로 마무리 화면 및 마무리 자막이다. 우리 관객 벗님들께서 자리에서 일어나기 시작하면, 마무리 화면을 보여주는 한편 마무리 자막을 띄어준다.

　(1). 마무리 화면은 사회 벗님, 일 벗님, 감독 · 작가 · 배우 · 제작사들의『진행 벗님들』이 두 손을 흔들면서 관객 벗님들을 정중하며 뜨겁게 배웅하는 것이다.

　(2). 마무리 자막은 아래와 같다.

『오늘 이 행복충만 영화에 같이 한 모든 관객 벗님들께서 튼튼한 몸 · 가뿐한 마음 · 포근한 보금자리 · 뜨거운 배움터 · 보람찬 일터 · 밝은 온누리 · 깨끗한 자연우주하늘 · 넉넉한 돈의 온갖 행복을 짓고 닦으며 쌓아 충만하소서!
우리 모든 관객 벗님들께서 건강과 돈들의 온갖 행복이 충만하소서!』】※

※【 위와 같은 관객 참여형 영화로서 우리 행복충만 영화를 만들려면 어떤 배우 분들이 어울릴까? 아래의 세 분이라고 헤아린다.
1. 이덕화 배우님 : 이덕화 배우님의 연기는 내게 늘 각별하게 다가왔다. 특히 1991년에 개봉한 영화《개벽》에서 배우님께서 우리나라 동학교의 2대 교주로서 "해월 최시형" 역을 통해 보여주신 한 인생을 초월한 깊은 통찰과 포용력을 지닌 스승의 모습은 지금까지도 내 마음 깊은 곳에 울림을 준다.
우리의 행복충만 영화에도 역시 그런 한 시대의 큰 스승님이 필요한데, 감히 배우님께서 그 역할을 맡아 주시를 바라는 마음이다.
그런 마음을 품게 된 데는 아마도 배우님께서 내가 몸담았던 동국대학교의 5년 선배님이라는 깊은 인연도 한몫 했으리라!

2. 한석규 배우님 : 한석규 배우의 연기를 보면 늘 표정과 눈빛에 먼저 시선이 멈춘다. 말보다 더 많은 것을 전하는 그 눈빛은, 때로는 날카롭고, 때로는 깊은 연민을 담고 있어 마치 한 시대의 진심을 대변하는 것처럼 느껴진다. 특히《뿌리 깊은 나무》에서 보여준 묵직한 내면 연기 및《낭만닥터 김사부》시리즈에서의 후배들과 함께 호흡하는 따뜻한 리더십은 지금도 인상 깊게 남아 있다.
그는 기술적인 배우가 아니라, 마음을 움직이는 배우라는 점에서 더욱 특별하다. 그런 연기를 오랜 시간 지켜봐 온 나는 이런 생각을 한다. "이 배우가 바로 행복충만의 핵심 인물을 책임질 수 있는 사람이겠구나!" 더불어 그렇게 감탄하며 바라본 그가 사실은 나보다 동국대학교 12년 후배라는 것을 나중에서야 헤아렸다.

3. 박은빈 배우님 : 박은빈 배우는 섬세한 감정의 결을 순간의 민첩함으로 표현해내는 배우이다. 그녀의 연기는 마치 내면의 울림이 몸을 타고 나와 공간을 바꾸는 것처럼 느껴진다.
《이상한 변호사 우영우》에서는 한 사람의 독립성과 외로움을, 또《무인도 디바》에서는 극한의 집중력과 생존 감각을 표현해냈다.
나는 우리 행복충만 영화라는 작품 안에서도 그녀가 단순한 '주인공' 이상의 어떤 좌표 역을 해줄 수 있으리라 믿는다. 감정과 지성, 직관과 판단이 교차하는 복합적인 구조 속에서 유일하게 균형을 유지할 수 있는 그 역할에 가장 가까운 사람이 바로 박은빈 배우라고 생각한다.
박은빈 배우는 서강대학교에서 심리학을 공부했는데, 내가 공부한 불교학과는 사람의 마음을 가장 깊이 있게 다루는 학문이라는 닮은 점이 있구나! 】※

※【 요즘의 영화 및 텔레비전들에서 남성의 입술에 불그스름한 연지를 바른 모습이 있는데, 우리 행복충만의 영화에서는 남성의 입술에 불그스름한 연지를 발라서는 절대로 아

니 된다.

　행여라도 남성의 입술이 부르터 보기에 안 좋아서 꼭 연지를 발라야 한다면, 누런 살색의 연지를 발라서 눈에 띄지 않게 해야 한다. 만일 대부분의 영화 및 텔레비전처럼 남성의 입술에 불그스름한 연지를 바른다면, 이는 결코 아름답게 보이지도 아니하고, 눈에 확 띄어서 오히려 보기에 크게 거슬리며, 남성을 여성으로 보이게 하는 따위의 잘못을 저지르는 것이다.

　따라서 우리 행복충만의 영화에서는 남성의 입술에 불그스름한 연지를 절대적으로 바르지 않아야 할 것이다. 】※

[한국 및 외국의 유명한 영화의 명대사]

1. 신에게는 아직 열두 척의 배가 남아 있습니다. * 명랑
2. 넌 계획이 다 있구나! * 기생충
3. 날 쏘고 가라. * 실미도
4. 어차피 대중들은 개돼지이다. * 내부자들
5. 느그 아부지 뭐하시노? * 친구
6. 미나리는 어디에 있어도 알아서 잘 자라고,
부자든 가난한 사람이든 누구든 건강하게 해줘. * 미나리
7. 밥은 먹고 다니냐? * 살인의 추억
8. 사랑이 어떻게 변하니? * 봄날은 간다
9. 너나 잘하세요. * 친절한 금자씨
10. 꼭 그래야만 속이 후련했냐! * 해바라기
11. 살아있네. * 범죄와의 전쟁
12. 뭣이 중헌디? * 곡성
13. 어찌 내가 왕이 될 상인가? * 관상
14. 호의가 계속되면 그게 권리인줄 알아요. * 부당거레
15. 어이가 없네. * 베테랑

//

16. 내일은 내일의 태양이 뜬다. * 바람과 함께 사라지다
17. 사랑이란 결코 미안하다는 말을 해서는 안 되는 거예요. * 러브스토리
18. 내가 할 수 있는 일은 최선을 다하겠다. * 록키
19. 사랑받지 못한다는 것은 이 세상에서 가장 괴로운 것이다. * 에덴의 동쪽
20. 가난은 수치가 아니다. 그러나 결코 대단한 명예도 아니다. * 지붕 위의
바이올린
21. 제가 왜 이런 고통을 받아야 합니까? 사람으로서 가장 큰 죄,
바로 인생을 낭비한 죄 때문이다! * 빠삐용

8. 사회복지사업으로
행복충만을 하고

　사회복지사업으로 행복충만을 한다. 각종 사회복지시설을 찾아다니면서, 행복충만의 아홉 마당 100분의 프로그램을 한다.

　《 2025년 사회복지시설 관리안내 》라는 책에 따르면, 사회복지시설의 종류로는 소관부처별로 보건복지부, 질병관리청, 여성가족부, 통일부로 나눈다.

　① 보건복지부의 사회복지시설의 종류로는 노인복지시설, 복합노인복지시설, 아동복지시설, 장애인복지시설, 어린이집, 정신건강증진시설, 노숙인시설, 사회복지관, 지역자활센터들이 있다.
　② 질병관리청의 사회복지시설의 종류로는 결핵·한센시설이 있다.
　③ 여성가족부의 사회복지시설의 종류로는 성매매피해지원시설, 성폭력피해보호시설, 가정폭력보호시설, 한부모가족복지시설, 다문화가족지원센터, 건강가정지원센터, 청소년복지시설들이 있다.
　④ 통일부의 사회복지시설의 종류로는 북한이탈주민지원시설이 있다.

　위와 같은 각종 사회복지시설을 찾아다니면서, 행복충만의 「인사 나누기, 노래 부르기, 행복충만 몸돈 읊조림, 말씀하고 듣기, 몸마음 풀어주기, 자연 풍경 보기, 행복충만 읊조림, 알리는 말씀, 끝 인사하기」의 아홉 마당을 그 시설이나 모인 벗님들의 형편이나 사정에 따라 할 수 있는 것은 하는 한편, 하기 어려운 것은 생략하면서, 행복충만을 한다.

9. 행복충만을
세계의 모든 나라들에서도 하자구나

　우리네 사람은 세계의 어느 나라 또는 7대륙의 어느 지역 아울러 동양과 서양의 어느 곳에 살고 있든지 간에, 살아가면서 삶의 즐거움과 함께 응어리를 겪기 마련이요, 튼튼한 몸·가뿐한 마음·포근한 보금자리·뜨거운 배움터·보람찬 일터·밝은 온누리·깨끗한 자연우주하늘·넉넉한 돈의 온갖 행복을 바라는 것은 똑같을 것이다. 따라서 우리의 행복충만을 세계의 모든 나라들에서도 하자!

　먼저 우리의 이웃나라인 일본 중국 몽골 필리핀 베트남 태국 말레이시아 싱가포르 인도네시아 네팔 인도 이란 이라크 카타르 사우디아라비아들의 아시아에서도 행복충만을 하자구나.

　이어 캐나다 미국 멕시코들의 북아메리카 및 콜롬비아 페루 브라질 칠레 파라과이 아르헨티나 우루과이들의 남아메리카에서도 행복충만을 하자.

또한 영국 프랑스 독일 오스트리아 스위스 스페인 이탈리아 그리스 네덜란드 덴마크 스웨덴 핀란드 노르웨이 폴란드 체코 헝가리 루마니아들의 유럽에서도 행복충만을 하자.

더불어 이집트 알제리 말리 수단 케냐 앙골라 탄자니아 모잠비크 남아공들의 아프리카 및 오스트레일리아 뉴질랜드들의 오세아니아와 더불어 남극대륙에서도 행복충만을 하자.

그리하여 세계의 모든 나라들에서 우리의 행복충만을 하자구나!

한편 이렇게 모든 세계에서 행복충만을 가질 때에는 행복충만의 「인사 나누기, 노래 부르기, 행복충만 몸돈 읊조림, 말씀하고 듣기, 몸마음 풀어주기, 자연 풍경 보기, 행복충만 읊조림, 알리는 말씀, 끝 인사하기」의 모두 아홉 마당의 짜임새도 그곳의 특성에 맞게끔 변화를 준다.

이를테면 노래 부르기의 노래도 그 나라 민족의 동요 민요 가요를 부른다. 그렇게 함으로써 행복충만에 쉽게 친밀감을 느끼고 어울리게 만들 수 있는 것이다.

10. 행복충만센터도 마련해야지

우리네 사람들이 살아가노라면 즐겁고 기쁘며 흐뭇할 때도 있는 한편, 어렵고 힘들며 괴로울 때도 있기 마련이다.
아마도 우리의 행복충만을 찾는 벗님들은 삶의 즐거움보다는 삶의 응어리에 처하여 어렵고 힘들며 괴로움을 맞이하고 있는 사람들일 것이다.
곧 우리네 사람들이 태어나 자라고 살아가며 나 보금자리 배움터 일터 온누리 자연우주 하늘의 응어리에 몸과 마음이 짓눌리고 찢기며 깨지고 터질 때에 『삶이 뭐길래? 왜 이렇게 사는가? 목숨보다 질긴 삶이려나?』라는 물음을 많이 하면서, 우리의 행복충만을 찾게 될 것이다.

누구라도 그러하듯이 또한 어떤 모임도 마찬가지이듯이, 처음에는 낯설고 어색하며 겸연쩍다. 하지만 행복충만에 먼저 나온 벗님들의 안내에 따르다 보면 얼른 우리의 행복충만에 적응하여 익숙해지고 친숙해질 것이다.

위와 같이 이런 인연 저런 사연으로 벗님들이 우리의 행복충만을 찾아오면 벗님들이 머물면서 행복충만의 행사와 모임 및 갖가지 프로그램을 할 수 있는 공간인 행복충만센터가 반드시 필요하기 때문에, 행복충만센터를 마련해야 하는구나!

우리의 행복충만센터는 수수하고 검소하게 마련해야 하며, 결코 호화스럽거나 사치스럽게 꾸며서는 안 된다.

특히 행복충만센터의 강당에는 푹신하고 안락하며 멋진 의자를 놓는다. 이는 마루로 만들어 방석을 깔고 앉도록 하는 것이 요즘의 보금자리 배움터 일터의 일상생활과 맞지 않기 때문이다. 아울러 행복충만센터의 강당에는 최신의 음향 설비와 영상 설비 및 조명 시설들을 갖추어야 하며, 최신의 냉난방 시설 및 환기 공기정화 시설들을 두루두루 마련해야 한다.

한편 행복충만센터를 찾아오는 벗님들에게 행복충만을 하는 한편, 행복충만을 보금자리 배움터 일터 온누리에 널리 다니면서 하기 위해서는 잘 짜여진 행복충만의 조직도 있어야 한다.

행복충만의 조직·틀을 터(부서) 조직과 지역별 조직 및 분야별 조직으로 나눠 생각하자구나!

1. 『터(부서) 조직』이다. 이곳에서의 터란 "무엇을 하는 곳"이란 뜻으로, 흔히들 부(部) 처(處) 국(局) 성(省)의 부서(部署)라 부르는 것을 한글로 옮긴 것이다. 행복충만의 아홉마당 짜임새와 이를 도와주는 분야를 중심으로 되도록 한글 이름의 아래와 같은 여섯 갈래의 터로 조직한다.

① 가꿈터 : 행사 기획 조직관리 인사 행정 벗님관리 질서유지 안전관리들을 맡는다. ② 살림터 : 돈과 이어진 경제 재무 재정 예산 회계 감사 물품관리의 일을 한다. ③ 알림터 : 알림쪽지 안내문 포스터 전단지 팸플릿 벽보 현수막 플래카드 배너들의 제작 배포 부착 및 인터넷 신문 라디오 텔레비전 홍보와 함께, 다른 조직과의 섭외들을 맡는다. ④ 노래터 : 노래 부르기를 비롯하여 행복충만 몸돈 읊조림·행복충만 읊조림의 배경 노래 및 소리들의 일을 한다. ⑤. 말씀터 : 말씀하고 듣기와 함께, 행복충만의 진행 사회, 여러 회의와 모임의 진행들을 맡는다. ⑥ 정보터 : 컴퓨터 인터넷 홈페이지의 정보 관리를 비롯하여 마이크 음향 카메라 영상 촬영 녹음 녹화 조명 차량 냉난방 전기 기계 소방 승강기들의 일을 한다.

2. 『지역별 조직』이다. 먼저 우리나라에서의 지역별 조직으로는 서울특별시에 본부를 두고, 부산·광주·대구·인천·대전·울산 광역시 및 경기 강원 충북 충남 전북 전남 경북 경남 제주의 시·도 조직에 이어, 시·군·구 조직과 읍·면 조직 및 동·리 조직의 행정단위별로 조직을 만든다.

또한 세계의 지역별 조직으로도 아시아 유럽 북아메리카 남아메리카 아프리카 오세아니아 남극대륙의 7대륙 조직에 이어, 각 나라별 조직을 구성한 다음에, 그 나라의 행정단위별로 각급 조직을 만들어 나가자구나!

3. 『분야별 조직』이다. 분야별 조직은 지역별 조직 안에서 또다시 나이 성별 보금자리 배움터 일터별로 나눈 것이다. ① 나이별로는 크게는 어린이 청소년 청년 어른 노인들로, 가운데로는 출생년도를 기준으로 10년 단위별로, 작게는 같은 출생년도별들로 나누어 조

직한다. ② 성별로는 남성 여성으로 나누어 조직한다. ③ 보금자리별로는 삼성물산 - 래미안 현대건설 - 힐스테이트 포스코건설 - 더샵 대우건설 - 푸르지오 대림산업 - e편한 세상 GS건설 - 자이 롯데건설 - 캐슬 SK건설 - 뷰 현대산업개발 - 아이파크 한화건설 - 꿈에 그린 부영주택 - 사랑으로 호반건설 - 베르디움 두산건설 - 위브 한신공영 - 휴플러스 태영건설 - 데시앙 쌍용건설 - 예가 동부건설 - 센트레빌들로 나누어 조직한다. ④ 배움터별로는 유치원(어린이집) 초등학교 중학교 고등학교 대학교 대학원들로 나누어 조직한다. ⑤ 일터별로는 온누리의 크고 작은 일터들로 나누어 조직한다.

　　위와 같이 마련된 행복충만센터에서 이런 인연 저런 사연으로 서로 만난 우리 모든 벗님들이 아래와 같이 행복충만을 진행하자구나!

　　1.『인사 나누기』로서, 3분가량 행복충만 행사를 부드럽게 시작하기 위해 진행 벗님들과 모인 벗님들 사이, 모인 벗님들끼리, 처음 벗님들과 이미 벗님들 사이에 "반갑습니다!"라고 말하면서, 큰 절 또는 목례 및 손뼉들로 서로 인사를 나눈다.

　　2.『노래 부르기』로, 25분 정도 곱고 아름다운 목소리로 손뼉의 몸놀림도 하면서, "가요, 동요, 민요, 남녀 듀엣곡, 팝송"의 노래를 되풀이하여 함께 즐겁고 흥겹게 부른다.

　　3.『행복충만 몸돈 읊조림』으로서, 15분가량 온갖 행복을 짓고 닦으며 쌓아 충만하기 위하여 앞의 7분 동안은 "행복충만!"의 네 글자를, 이어 뒤의 8분 동안은 "행복충만! 몸맘보배! 일온자돈!"의 열두 글자를 다 같이 소리 내어 되풀이하여 간절히 읊조린다.

　　4.『말씀하고 듣기』로, 20분 정도 튼튼한 몸, 가뿐한 마음, 포근한 보금자리, 뜨거운 배움터, 보람찬 일터, 밝은 온누리, 깨끗한 자연우주하늘, 넉넉한 돈의 행복과 더불어 사람, 삶, 세상살이, 살아가는 길, 삶의 즐거움, 삶의 응어리, 삶의 이치, 사람 사는 얘기, 사회 각종 분야에 대해 말씀을 하고 듣는다.

　　5.『몸마음 풀어주기』로서, 10분가량 벗님들이 "기지개 켜면서 온몸 풀어주기, 머리·얼굴·목 풀어주기, 손·팔·어깨 풀어주기, 가슴·배 풀어주기, 등·허리 풀어주기, 발·다리·무릎 풀어주기, 단전 숨쉬기"의 일곱 가지를 하여 몸과 마음의 응어리를 풀어준다.

　　6.『자연 풍경 보기』로, 10분 정도 우리 모든 벗님들이 자리에 편안히 앉아서 땅과 바다 및 하늘의 온갖 자연들의 풍경을 담은 아름다운 영상을 함께 보고 들으며 느낀다.

　　7.『행복충만 읊조림』으로서, 10분가량 온갖 행복을 짓고 닦으며 쌓아 충만하기 위하여 "행복충만!"의 네 글자를 다 같이 소리 내어 되풀이하여 간절히 읊조린다.

　　8.『알리는 말씀』으로서, 4분 정도 행복충만의 행사와 모임 및 업무와 소식들을 벗님들에게 알려 행사에 참석하고 서로 축하와 위로하는 말씀을 하고 듣는다.

　　9.『끝 인사하기』로, 3분가량 행복충만을 뜻있게 마무리하기 위하여 진행 벗님과 모인 벗님 사이, 처음 벗님과 이미 벗님 사이, 모인 벗님들끼리 "고맙습니다!"라고 말하면서 큰 절 또는 목례 및 손뼉들로 끝 인사를 한다.

오늘 우리의 행복충만에 같이 하여 『인사 나누기, 노래 부르기, 행복충만 몸돈 읊조림, 말씀하고 듣기, 몸마음 풀어주기, 자연 풍경 보기, 행복충만 읊조림, 알리는 말씀, 끝 인사하기』의 모두 아홉 마당 100분의 짜임새를 함께 한 모든 벗님들께서 마음·뜻·바람·소원·간절함·애절함이 과학적으로 이곳 ⇨ 우리나라 ➡ 지구 ⇨ 달 해 ➡ 태양계 ⇨ 우리 은하·국부 은하군·처녀자리 초은하단들의 은하계 ➡ 관측가능우주·외부우주들의 우주 모두와 더불어, 종교적으로 삼계 이십팔천 ⇨ 육범사성 십계 ➡ 삼천대천세계 ⇨ 저승 지옥 및 극락 천국의 자연우주하늘 모두에 두루 닿으며 널리 알려지고 아로새겨져서, "튼튼한 몸(몸), 가뿐한 마음(맘), 포근한 보금자리(보), 뜨거운 배움터(배), 보람찬 일터(일), 밝은 온누리(온), 깨끗한 자연우주하늘(자), 넉넉한 돈(돈)"들의 온갖 행복을 짓고 닦으며 쌓아 충만하소서!

우리 모든 벗님들께서 건강과 돈들의 온갖 행복이 충만하소서!
우리 모든 벗님들께서 건강과 돈들의 온갖 행복이 충만하소서!
우리 모든 벗님들께서 건강과 돈들의 온갖 행복이 충만하소서!

국민 및 인류 여러분!

**우리 모두 끓어오르는 것을
풀어내어 행복충만하소서!**

☯ 어려움과 도전은 인생의 일부이며,
그것을 이기는 것이 중요하다. * 세종임금
◉ 삶이 그대를 속일지라도, 슬퍼하거나 노하지 말라!
슬픈 날엔 참고 견디면, 기쁜 날이 오고야 말리니! * 푸쉬킨
◆ 하늘이 나에게 복을 박하게 준다면 나는 내 덕을
두텁게 쌓아 이를 막을 것이니라. * 홍자성
◑ 비록 내일 지구의 종말이 온다 해도
오늘 한 그루의 사과나무를 심겠다. * 스피노자
♧ 하늘을 원망하지 않고, 남을 탓하지 말라
(불원천 불우인 : 不怨天 不尤人). * 중용·논어
◈ 행복을 가꾸는 힘은 밖에서 우연한 기회에 얻을 수 있는 것이 아니다.
오직 그 마음에 새겨둔 힘에서 꺼낼 수 있다. * 페스탈로치
☪ 어떤 삶을 살고 있더라도 당신은 행복할 권리가 있다.
그러나 남의 불행 위에 내 행복을 쌓지는 말라. * 법륜

나 일벗님 및 인공지능(AI) 챗지티피(Chat GTP)가 어울려서
2025년 5월 31일에 만든 그림

【 이 세상에 고쳐야 한다고 내세운 문제점 】

차례	내용	쪽
1	한민족 주체성과 자긍심 고취를 위한 서울대 표·마크 바꿈	197쪽~201쪽
2	인류 건강과 세계 평화를 위한 담배제조 금지운동	125쪽~128쪽
3	국민 통합과 정치다툼 해소를 위한 국회의사당 여야어울림 좌석 재배치	222쪽~227쪽
4	문화분야의 관객 참여형 영화 만들기 운동	388쪽~395쪽
5	밝은 온누리를 위한 "얼싸!" 구호 운동	195쪽
6	사람 세포 60조개설 ⇨ 사람 세포 37조개설	95쪽~96쪽
7	한자·영어 ➡ 한글　사용	194쪽
8	영화 및 텔레비전에서 남성 입술에 붉은 연지 사용 금지	395쪽~396쪽
9	국립횡성숲체원 ⇨ 횡성 숲체험원	122쪽

　배우고 겪으며 알고 느끼며 헤아리고 깨우친 것들이 모자란 나 행복충만 일벗님이 감히 위의 문제점들을 잘못 생각한 것이라고 여기시오면, 이 세상 그 어느 분이시든지 훌륭한 가르침을 베풀어주기 바라며, 참으로 고맙게 배우련다.

　나 행복충만 일벗님의 연락 번호는 『 010 － 3968 － 9487 』이며, / 이메일은 『 hbcm3773@naver.com 』이고, / 주소는 『 (우편 번호 : 06318) 서울특별시 강남구 개포로 311 (개포더샵트리에) 902동 1009호 』이다.

부디 연락 주시기를 거듭 간청 드린다.

행복충만

1판 1쇄 발행 2026년 2월 23일

지은이 일벗님

편집 김다인   **마케팅·지원** 이창민

펴낸곳 (주)하움출판사   **펴낸이** 문현광

이메일 haum1000@naver.com   **홈페이지** haum.kr
블로그 blog.naver.com/haum1000   **인스타그램** @haum1007

ISBN 979-11-7374-280-4(03810)

좋은 책을 만들겠습니다.
하움출판사는 독자 여러분의 의견에 항상 귀 기울이고 있습니다.
파본은 구입처에서 교환해 드립니다.